KB152435

열하일기 여정도

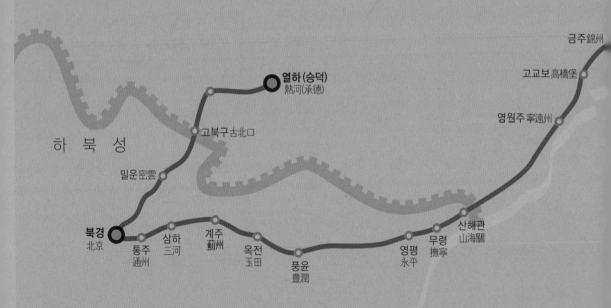

중

요녕성

금주錦州

고교보高橋堡

영원주寧遠州

열하(승덕)
熱河(承德)

고북구古北口

하북성

밀운密雲

산해관
山海關

북경
北京

통주
通州

삼하
三河

계주
薊州

옥전
玉田

풍윤
豊潤

영평
永平

무령
撫寧

○천진天津

발해

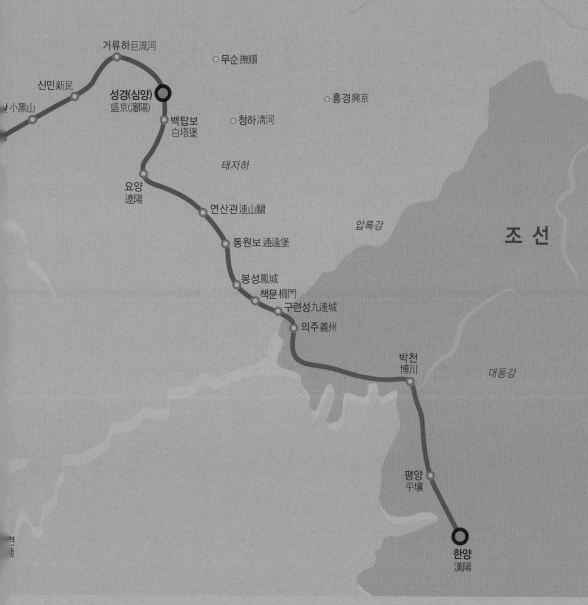

길림성 송화강

○ 개원開原

요하

○ 철령鐵嶺

거류하巨流河

신민新民

小黑山

○ 무순撫順

성경(심양)
盛京(瀋陽)

백탑보
白塔堡

○ 청하淸河

흥경興京

태자하

요양
遼陽

연산관連山關

압록강

조 선

통원보 通遠堡

봉성鳳城

책문 柵門

구련성九連城

의주義州

박천
博川

대동강

평양
平壤

한양
漢陽

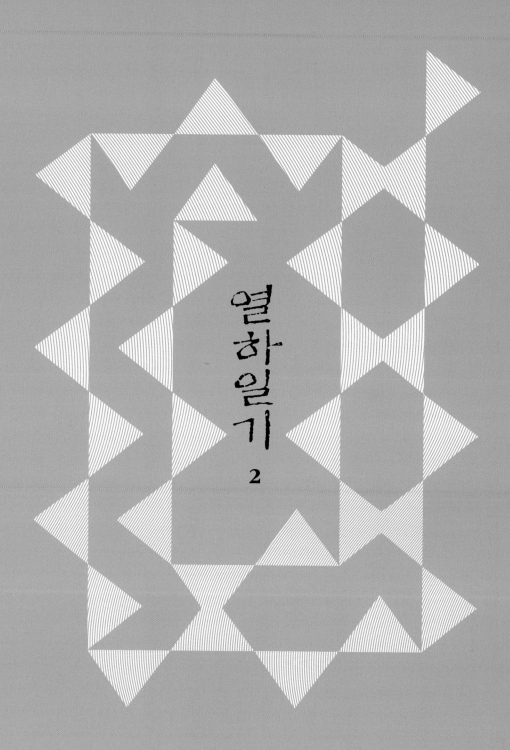

열하일기

2

개정신판 **열하일기 2**

박지원 지음, 김혈조 옮김

2017년 11월 6일 개정판 1쇄 발행
2022년 11월 30일 개정판 6쇄 발행

2009년 9월 21일 초판 1쇄 발행
2015년 11월 15일 초판 9쇄 발행

펴낸이 한철희 | 펴낸곳 돌베개 | 등록 1979년 8월 25일 제406-2003-000018호
주소 (10881) 경기도 파주시 회동길 77 20 (문발동)
전화 (031) 955-5020 | 팩스 (031) 955-5050
홈페이지 www.dolbegae.co.kr | 전자우편 book@dolbegae.co.kr
블로그 blog.naver.com/imdol79 | 트위터 @Dolbegae79 | 페이스북 /dolbegae

주간 김수한
편집 이경아
표지디자인 민진기 | 본문디자인 이은정·이연경·김동신
마케팅 심찬식·고운성·조원형 | 제작·관리 윤국중·이수민
인쇄 한영문화사 | 제본 상지사 P&B
ⓒ 김혈조, 2017

ISBN 978-89-7199-829-8 94810
ISBN 978-89-7199-831-1 (세트)

열하일기 2

박지원 지음
김혈조 옮김

돌베개

차 례

태학관에 머물며 태학유관록太學留館錄

북경으로 되돌아가는 이야기 환연도중록還燕道中錄

열하에서 만난 친구들 경개록傾蓋錄

라마교에 대한 문답 황교문답黃敎問答

반선의 내력 반선시말班禪始末

1권 차례

3권 차례

일러두기

   이 책은 다음과 같은 요령으로 엮었다.

1   이 책은 1932년 박영철이 간행한 『연암집』의 『열하일기』의 편차와 항목의 순서를 따랐다.
2   위의 책을 번역의 대본으로 이용했으나, 친필 초고본과 내용이 상이할 경우에는 초고본을 우선했다.
3   대본과 친필 초고본에 없는 글이시만 반드시 필요한 경우에는 다른 필사본을 참조하여 보충했다.
4   대본에 오탈자가 있는 경우에 다른 필사본과의 대조를 통해 바로잡았다.
5   『열하일기』 자체의 오탈자 역시 바로잡았으며, 필요한 경우에는 주석을 통해 이를 밝혔다.
6   한자의 음이 두 가지 이상이 있을 경우에 가능한 최근 출판된 자전의 음을 따랐다.
       예: 鵠(혹→곡), 懶(난→나)
7   한자는 이해를 돕기 위해 필요한 경우 병기했으며, 운문이나 기타 필요한 경우 원문을 병기했다.
8   글의 제목은 필요한 경우 이를 번역했고, 한문 제목을 함께 제시했다.
9   주석은 간단한 내용은 간주間注로 괄호 처리하고, 긴 내용은 번역문 좌우 여백에 처리했다.
10 맞춤법과 띄어쓰기는 한글 맞춤법과 표준어 규정을 따랐다.
11 중국어 발음의 한글 표기는 정해진 규정을 따랐다.
12 이 책에 사용된 부호는 다음과 같다.
       『 』→ 서명「 」→ 편명
       ' '→ 강조 혹은 간접인용 " "→ 직접인용
       〈 〉→ 그림《 》→ 화첩

열하일기

熱河日記

태학관에 머물며

—

태학유관록
太學留館錄

전편의 8월 초9일 을묘일을 이어서 8월 14일 경신일까지
모두 엿새간의 이야기이다.

◉ — **태학유관록**

본편은 8월 9일부터 14일까지의 기록이다. 연암이 열하에 도착하여 숙소로 배정된 태학관에 머물면서, 그곳에 있던 청나라의 고관과 과시 준비생 및 학자들과 만나서 주고받은 이야기가 그 주된 내용이다.

우리나라의 지리, 풍속, 제도, 중국 시집에 기록된 조선 관련 시화에서부터 천체, 음률, 라마교 등에 이르기까지 다양한 내용을 담고 있을 뿐 아니라, 청나라 통치하에 있는 한족 지식인의 고뇌 등을 엿볼 수 있다. 특히 본편에 수록된 천체, 음률, 라마교 등에 대한 필담 내용은 다음 편에 나올 「곡정필담」, 「망양록」, 「황교문답」, 「반선시말」, 「찰십륜포」 등의 본격적인 토론과 설명에 앞서서 복선을 깔아 놓은 것으로 보인다.

14일자에 수록된 목마牧馬에 관한 서술에서 연암의 탁월한 식견을 엿볼 수 있다. 조선의 현실에 대한 예리한 관찰과 문제의식을 가지지 않고서는 나올 수 없는 글이다. 조선인으로서 열하에 처음 도착한 벅찬 감회 때문인지, 모두가 잠자는 시각에 혼자 마당에 나와서 달 그림자와 장난치는 자신의 모습을 묘사한 9일의 기록과, 술집에 혼자 들어갔다가 겪는 색다른 경험에 대한 11일의 기록은 연암의 면모가 여실하게 드러나는 부분으로, 연암만이 가능한 자기 묘사일 것이다.

경자庚子 8월 초9일 을묘일

사시(오전 10시 무렵)에 태학에 들어가 체류했다. 사시 이전까지 길에서 겪은 일은 앞에 이미 썼고, 이제부터는 오후에 태학관에서 있었던 일을 기록한다. 이날은 몹시 더웠다.

말에서 내려 곧바로 뒤의 명륜당으로 들어갔다. 한 노인이 모자를 벗고 의자에 걸터앉아 있다가 나를 보고는 의자에서 내려와 맞이하며,

"고생이 많습니다."

라고 위로하기에 나도 읍으로 답례하며 자리를 잡고 앉았다.

노인은 내게,

명륜당 연암이 묵었던 곳으로 추정되는 명륜당의 뒷건물

"관직이 몇 품이십니까?"

하고 물어서 나는,

"저는 선비의 몸으로, 삼종형 되시는 다다런大大人을 따라서 귀국에 관광차 왔습니다."

라고 대답했다. 중국 사람들은 정사를 일러 다다런이라 하고, 부사를 일러 얼

다런乙大人이라고 한다. 얼乙이란 둘째(2)라는 뜻이다. 그가 나의
성명을 묻기에 써서 보여 주었더니 또,

　"형님 되시는 다다런의 성명과 관직과 품계는 무엇인지요?"
하고 물어서,

　"이름은 박명원朴明源이요 품계는 일품一品이며, 부마駙馬(임
금의 사위)로 내대신內大臣[1]이옵니다."
라고 답하니 또,

　"형님 되시는 분은 한림翰林(문인 학자) 출신인가요?"
하고 묻기에 나는,

　"아닙니다."
라고 답했다. 노인은 붉은 명함 한 장을 꺼내어 내게 보이면서,

　"저는 이런 사람입니다."
라고 하는데, 명함 오른편에 작은 글씨로 '통봉대부通奉大夫 대리
시경大理寺卿[2]을 지낸 윤가전尹嘉銓[3]'이라고 적혀 있다. 내가,

　"귀공께서는 이미 벼슬을 그만두셨는데 무엇 때문에 멀리 변
방 밖에까지 나오셨습니까?"
라고 물으니 윤공은,

　"어명을 받들었습니다."
한다. 한 사람이 끼어들며,

　"저 역시 조선 사람이옵니다. 제 이름은
기풍액奇豊額이고, 경인년(1770) 문과에 장
원급제하여 지금은 귀주貴州 안찰사按察使
로 임명되었습니다."
라고 자신을 소개한다. 윤공은,

　"바야흐로 지금 세상은 사해가 모두 한

박명원의 묘　경기도 파주 소재

집이니, 대문 밖을 나서면 모두가 동포 형제입니다. 고려 문인인 박인량朴寅亮(?~1096)이 혹 귀댁의 명망 있는 선조이십니까?"

하기에 나는,

"아닙니다. 청나라 학자 죽타竹坨 주이준朱彝尊이 지은 「채풍록」採風錄[4]에 실린 박모朴某[5]가 바로 저의 5대 조부 되시는 분입니다."[6]

라고 하니 기공이,

"과연 문학으로 명망이 있는 집안의 벼슬아치입니다."

라고 한다. 윤공이,

"명나라 어양漁洋 왕사진王士禛[7]의 저서 『지북우담』池北偶談에 그분의 시문이 상세히 갖추어져 수록되었습니다.[8] 이른바 제비와 기러기는 날아다니는 때가 달라 서로 만날 수 없고, 말과 소는 너무 멀리 떨어져 있어 서로 상관이 없다는 말이 있습니다. 제가 책 속의 그분을 만날 수 없다가, 오늘 하늘이 인연을 교묘하게 맺어 주어 변방 밖에서 부평초처럼 우연히 그대를 만나게 되었으니, 그대가 바로 책에 나오는 그 어른의 후손이구려."

라고 한다. 자리에 있던 한 사람이 탄식을 하며,

"그분의 시를 암송하고 그분의 책을 읽으면서 그분을 알지 못한다고 하면 말이 됩니까?"[9]

하니 기공이,

"비록 덕이 있는 그분은 지금 안 계시지만, 그래도 그분을 본받은 후손을 이렇게 만나뵙습니다."

하고 또,

"귀국의 금년 농사는 어떻습니까?"

라고 묻기에 나는,

4 「채풍록」을 주이준의 저서로 본 것은 연암의 오류이다. 「채풍록」은 왕사진王士禛의 『지북우담』의 한 항목인 「조선채풍록」을 말한 것으로 보인다. 주이준의 저서는 『명시종』明詩綜인데, 여기에 연암의 5대 조부 박미의 한시가 수록되어 있다.
5 박모는 연암의 5대 조부 박미朴瀰(1592~1645)이다. 자가 중연仲淵, 호가 분서汾西이다. 선조의 따님에게 장가들어 금양위錦陽尉가 되었다가 1638년 중국(청)에 다녀온 뒤에 금양군으로 봉해졌다. 문집 『분서집』이 있다.
6 박미의 시에 대한 내용은 「피서록」편에 실려 있다.
7 왕사진은 뒤에 이름을 왕사정王士禎으로 바꾸었다. 건륭 황제가 부황인 옹정 황제의 이름을 피해 양시경으로 고치게 했다.
8 「제평양관벽」題平壤館壁이라는 제목의 시 6수가 실려 있다.
9 『맹자』 「만장」萬章 하편에 나오는 말이다.

"6월에 압록강을 건넜고 가을 추수가 아직 멀었습니다만, 다만 떠날 때 곡식 자라기에는 아주 좋은 날씨였습니다."
라고 답했다.

자리에 있던 또 한 사람은 이름이 왕민호王民皞이며, 거인擧人[10]이다. 그가 내게 묻기를,

"조선의 땅은 사방 얼마나 됩니까?"
라고 하기에 나는,

10 거인은 향시에 합격하고 중앙의 과거 시험을 준비하는 사람을 말한다.

"전하는 기록에는 5천 리라고 합니다. 그러나 단군조선은 중국 요임금과 같은 시대이며, 기자조선은 주周나라 무왕 때에 봉해진 나라이고, 위만조선은 진秦나라 때 연燕나라 백성들을 인솔해 온 나라인데, 모두 한 지방에 치우쳐 터를 잡았으므로 그 땅이 아마도 5천 리도 되지 못했던 것 같습니다. 고려 시대에는 고구려, 백제, 신라를 합병하여 고려가 되었으니, 동서가 1천 리이고, 남북이 3천 리였지요. 중국 역대의 역사 기록에는 조선에 대한 민정과 물산, 가요와 풍속이 실제의 사적과는 자못 다르게 기록되어 있습니다. 모두 기자, 위만조선 시대의 기록이지, 지금 조선의 사적이 아닙니다.

중국의 역사를 기록하는 사람은 외국의 역사에 대해서는 소략하게 기록하기 때문에 예전의 기록을 그대로 답습하고 있습니다. 하지만 나라의 풍속은 시대마다 그 시대 나름의 제도가 있게 마련입니다. 고려 시대 이래로 우리나라는 오로지 유교를 숭상하고 예악문물이 모두 중국의 제도를 본받았기에, 예로부터 작은 중국이라는 뜻의 소중화小中華라는 호칭이 있었습니다. 나라를 세운 규모나 사대부들의 처신이나 범절이 조광윤趙匡胤이 세운 송나라와 모두 닮았습니다."

라고 하니 왕군은,

"가히 군자의 나라라 할 만합니다."

라 한다. 윤공이,

"기자조선의 유풍이 성대하게 남아 있으니, 참으로 공경할 만합니다. 그런데 주이준이 편찬한 『명시종』明詩綜이란 책에 그대의 선조 되시는 분의 약력이 빠져 있음은 무슨 까닭인가요?"

하고 묻기에 나는,

"저의 선조의 자와 호, 벼슬 이름이 빠졌을 뿐만 아니라 책 안에 실려 있는 약간의 약력조차 오류를 면치 못했습니다. 저의 5대조는 이름이 미瀰이시고, 자는 중연仲淵이요 호는 분서汾西이며, 문집 네 권이 있어 국내에서 읽혀지고 있습니다. 명나라 만력萬曆(1573~1615) 때 분으로 소경왕昭敬王(선조宣祖 임금의 시호)의 부마이시고 금양군錦陽君에 봉해졌으며, 시호는 문정공文貞公이십니다."

라고 하니 윤공은 필담한 종이를 거두어 자신의 품에 간직하며,

"이걸 가지고 빠진 부분을 보충해야겠습니다."

라고 한다. 왕 거인이,

"다른 잘못된 부분도 바로잡아 주시기 바랍니다."

『명시종』 32책

하니 기공도,

"맞습니다. 하늘이 준 기회입니다."

라고 하기에 나는,

"제 기억력이 거칠고 분명치 못해 책을 보고 고증하면 좋겠습니다."

라고 하니, 기공이 왕 거인을 돌아보며 몇 마디 주고받자 윤공도 거들며 이야기를 나눈다. 한참 만에

왕 거인이 '명시종' 세 글자를 종이에 즉시 쓰고는,

"이리 오너라."

라고 하니 한 소년이 앞으로 와서 손을 맞잡고 대령한다. 왕 거인이 제목을 적은 종이를 주자, 소년은 재빨리 뛰어나가는데 아마도 다른 곳으로 책을 빌리러 가는 것 같다. 소년이 곧 돌아와서는 무릎을 꿇고,

"없습니다."

하고 보고한다. 기공이 또 한 사람을 불러 책 이름을 적은 종이를 주어 보냈으나, 그 역시 금방 돌아와서는 뭐라고 이야기를 한다. 왕 거인이,

"변방 밖이라 원래 책방이 없답니다."

라고 한다. 내가,

"우리 나라의 이달李達[11]이란 시인의 호는 손곡蓀谷인데, 『명시종』에는 이달의 시를 싣고 또 따로 손곡의 시를 실어 놓고 있습니다.[12] 이것은 손곡이란 호를 다른 사람의 이름으로 잘못 알고서 각각 실은 까닭입니다."

라고 하니 세 사람은 크게 웃으며 서로 돌아보고,

"맞습니다. 맞고요. 전국시대의 부자로 알려진 도주공陶朱公이나 치이鴟夷는 본래 범려范蠡[13] 한 사람이지요."

라고 말한다.

윤공이 홀연히 바쁘게 일어서서 붉은 명함 석 장과 자신이 지은 「구여송」九如頌이란 작품을 꺼내 내게 건네며,

"형님 되시는 다다런을 알현했으면 하는데 그대가 수고해 주셨으면 합니다."

라고 하니 다른 두 사람도 따라 일어나,

11 이달(1539~1612)은 조선 중기의 시인으로 본관은 신평新平, 자는 익지益之, 호는 손곡·서담西潭·동리東里이다. 허균의 스승이었으며, 당나라 풍의 시를 지었기 때문에 삼당파三唐派 시인으로 알려졌다. 저서로 『손곡집』이 있다.

12 『명시종』 권95에 이달의 시 1수, 손곡의 시 5수가 수록되어 있다.

13 범려는 춘추시대 초나라 사람으로, 월왕 구천을 도와서 오나라를 멸망시켰다. 뒷날 도陶 지방에 은거하며 큰 부호가 되었으므로 그를 도주공이라고 불렀다.

조주를 목에 건 중국 관리

"윤 대인께서 이제 조정 반열에 참예하러 가시니, 다른 날에 다시 만나기로 합시다."

라고 한다. 윤공은 벌써 의관을 갖추고 목에 조주朝珠를 걸고는 나를 따라 나오더니 정사가 있는 방 앞까지 뒤쫓아온다. 나는 그 문을 나와 길을 지나오면서도 무슨 영문인지 갈피를 잡을 수가 없었다. 두 사람 모두 윤공은 조정에 간다고 말했거니와 윤공이 명함을 내게 전하는 것도 그처럼 단순하고 솔직했으므로, 나는 그가 바로 나를 뒤따라올 줄은 전혀 짐작도 못했다.

정사는 밤낮으로 말을 타느라 흔들리고 시달린 나머지 이제 겨우 말에서 내려 누울 수 있게 되었고, 부사와 서장관은 내가 연락하여 만나게 해 줄 상대도 아니다. 게다가 우리나라의 벼슬아치들은 함부로 지체가 높은 척 생색을 내는 것이 심하여, 중국 사람을 보면 만주족인지 한족인지 구분도 안 하고 덮어놓고 되놈으로 취급하여 얕보고, 교만하고 거드름을 피우는 것이 아주 몸에 밴 습속이 되었다. 그 사람이 어떤 오랑캐인지, 어떤 벼슬을 하는지 응당 상세히 살피지도 않을 것이고, 필경 관대하게 맞이할 리도 없을 것이다. 설령 만나 보더라도 반드시 사림대집을 안 하고 개나 돼지 같은 축생으로 대우할 것이며, 나에게도 쓸데없는 짓을 했다며 싱거운 사람이라고 할 것이다. 그런데 윤공은 발걸음을 멈추고 뜰에 서서 기다리고 있으니, 일이 아주 난처하게 되었다.

내가 정사의 방에 들어가 고하니 정사는,

"혼자 만나는 일은 온당치 않을 터이니, 장차 어찌하면 좋겠는가?"

라고 한다. 나이 든 손님을 뜰에 오래 세워 두는 것이 매우 민망하여 나는 방에서 나와 윤공에게,

"정사께서 사신으로 오는 길에 밤낮으로 노독에 시달림을 견디지 못해, 혹 공손하게 맞이하지 못하는 결례를 저지를까 하여 다른 날에 직접 찾아가서 문후를 여쭙겠노라고 하십니다."

라고 핑계를 대니 윤공은 즉시,

"그렇군요."

하고 한 번 읍을 하고 나가는데, 안색을 살피니 자못 겸연쩍어 하는 표정이다. 훌쩍 가마를 타고 가는데, 장엄하고 휘황찬란한 것이 정말 귀한 사람이 타는 가마이다. 따르는 사람 10여 명은 모두 좋은 의복을 입고 수놓은 말안장에 앉아 떼를 지어 가마를 에워싸고 가는데, 향내가 바람결에 진하게 풍겨 온다.

통관이 당번 역관에게,

"당신네 나라에서는 부처를 공경합니까? 국내에 사찰은 얼마나 있습니까?"

라고 물어서 수역이 들어와 사신에게,

"통관의 묻는 말이 사적인 질문 같아 보이지 않으니, 어떻게 대답을 하오리까?"

라고 묻는다. 삼사가 서로 의논하여, 국가의 풍속이 본래 불교를 숭상하지 않으며 시골에는 더러 사찰이 있으나 도성에는 없다고 답하라고 지시했다.

잠시 뒤에 군기처軍機處 장경章京(벼슬 이름) 소림素林이 말을 달려 와서 태학관에 도착했다. 삼사가 캉에서 내려가 동쪽을 향해 그와 마주 앉았으니, 방의 구조가 그렇게 되어 있었기 때문이다. 소림은 구두로 황제의 조칙을 전하였다.

"조선의 정사는 이품二品 끝의 반열에 서도록 하라."

아마도 황제의 생신을 축하하는 날에 조정의 반열 순서를 조

건륭 황제의 젊은 시절 모습

칙으로 미리 일러 주는 것으로, 이는 전에 없던 과분한 은총이라고 한다. 소림은 나는 듯이 몸을 돌려 가 버렸다. 또 예부에서 태학관에 말을 전하길,

"조선 사신이 오른쪽 문신의 반열에 오름은 그 은총이 전례에 없던 일이니 마땅히 머리를 조아리고 고마움을 표하는 절차가 있어야 합니다. 이런 뜻을 담은 글을 우리 예부에 보내오면 응당 황제께 전하여 올릴 것입니다."

라고 하여 정사가 대답하기를,

"작은 나라의 신하가 사신의 임무를 받들고 와서 전례에 없던 황제의 특별한 대우를 받기는 했으나 개인적으로 감사함을 감히 표시할 수 없는 노릇이니, 그 예를 어찌하면 좋겠는가?"

하니 예부에서는,

"무슨 관계가 있겠소?"

하며 계속 글을 올리라고 독촉한다.

대개 황제는 나이가 많고 세상을 다스린 지 오래되어 권력을 한 손에 쥐고 있고, 총명이 쇠하지 않고 혈기는 더욱 왕성하다. 그러나 나라가 태평하고 임금의 위세가 날로 높아가니, 시새움이 많고 사나움이 엄하고 혹독하며 수시로 화를 내고 기뻐하기 때문에, 조정의 신하들은 눈앞의 일만 이리저리 임시변통으로 꾸며대는 것을 훌륭한 계책으로 여기고, 황제의 비위나 맞추어 기쁘게 만드는 것을 시의적절한 처신이라고 여긴다.

지금 예부에서 글을 바치라고 다그치고 압박하는 것도 아마 황제의 뜻을 받드는 일을 왜곡해서인 듯하다. 그들의 하는 짓을

가만히 그 의도를 엿보면 또한 전적으로 예부에서 나온 것이 아니라고 한다.

당번 역관이,

"왕년에 심양에 사신이 갔을 때도 글을 올려 감사하다고 사례를 한 예가 있으니, 지금 이 일도 그와 별 차이가 없을 듯합니다."

라고 하여, 부사와 서장관이 서로 의논하여 글을 초안해서 예부에 보내 즉시 황제께 아뢰도록 했다. 또 예부에서는, 내일 5경(날이 샐 무렵인 새벽 4시경)에 궁궐에 들어가 황제의 은혜에 공손히 사례하라고 일러 주었는데, 이는 이품과 삼품으로 오른쪽 문신의 반열에 서서 하례에 참석하게 된 걸 사례하라는 말이다.

저녁밥을 먹은 뒤에 다시 윤공의 처소로 갔다. 왕군은 이미 다른 방으로 갔고, 기공이 가운데 방에 거처하고 있어 윤공과 함께 기공의 처소에서 이야기를 주고받았다. 윤공은 기상이 화락和樂하고 단아한 사람이다. 윤공이,

"아까는 너무 바빠서 주고받은 이야기를 미처 마치지 못했으나, 『명시종』의 빠지고 잘못된 곳을 이야기해 주시면 선배들이 빠뜨리고 소략하게 했던 부분을 보완할까 합니다."

라고 하기에 나는,

"우리나라 선배들은 태어나서 늙고 병들어 죽을 때까지 바다 한구석을 벗어나지 못해, 마치 반딧불이가 나부끼고 버섯이 한군데에서 시들어 버리듯 살았습니다. 얼마 안 되는 시 몇 편이 큰 나라의 책에 수록되었으니 참으로 영광이요 다행한 일입니다. 그러나 우물에 빠져 죽은 모수毛遂[14]와 좌중을 놀라게 한 진준陳遵[15]과

14 모수자천毛遂自薦의 모수와 같은 이름을 쓰는 자가 있었는데, 그가 우물에 빠져 죽자 사람들이 모두 진짜 모수가 죽었다고 생각했다.

15 후한 때 진준의 자는 맹공孟公인데, 그와 이름과 자가 같은 인물이 있었다. 사람들은 진준이 좌중에 임했다고 하면 명망 있는 진준이 온 줄 알고 깜짝 놀랐다고 한다.

16 이정구(1564~1635)는
조선 중기 문신 학자로, 자는
성정聖徽, 호는 월사·추애秋
厓·보만당保晩堂이다. 문집
에 『월사집』이 있다.
17 월산대군(1454~1488)의
이름은 이정李婷, 자는 자미
子美, 호는 풍월정風月亭이
다. 저서에 『풍월정집』이 있
다.
18 허봉(1551~1588)은 조선
중기의 문인으로 자는 미숙
美叔, 호는 하곡荷谷이다. 허
균許筠의 형이고 허난설헌
의 오빠이며, 저서에 『하곡
집』이 있다.
19 허난설헌(1563~1589)은
조선 중기의 여성 시인으로
본관은 양천陽川, 본명은 초
희楚姬, 호는 난설헌이다. 강
릉 출생으로, 허엽許曄의 딸
이고, 허균의 누님이다. 문집
에 『난설헌집』이 있다.
20 허난설헌이 시를 잘 지
었으므로, 김성립의 친구들
이 그녀가 못생긴 남편 대신
중국 당나라의 시인 두목을
사랑한다고 하여 '경번천'
이라 조롱했다. 번천은 당나
라 후기의 시인인 두목杜牧
(803~852)의 호이다.

21 옛날에 한 밤을 오경五更
으로 나누고, 일경一更은 다
시 오점五點으로 나눈다. 초
경(一更)은 오늘날의 시간으
로 저녁 7시부터 9시 사이를
말한다. 따라서 초경 사점은
지금의 시간으로 대략 오후 8
시 30분쯤 되는 시간이다. 성
문은 대체로 초경에 닫힌다.

같은 일처럼, 이름이 서로 혼동되는 일이 있다는 것은 참으로 불행한 일이외다.

우리나라 선배 유학자 중에 율곡栗谷 이이李珥가 있고, 재상을 지낸 월사月沙 이정구李廷龜[16]가 있는데, 『명시종』에는 이정구의 호가 율곡이라고 잘못 기록되어 있습니다. 월산대군月山大君[17]은 왕자인데 이름이 어여쁠 정婷이어서 여자로 오인한 듯싶습니다.

허봉許篈[18]의 누이 허씨는 호가 난설헌蘭雪軒[19]인데, 그 소전小傳에 여자 도사라고 기록되어 있습니다. 우리나라에는 원래 도교의 사당이나 여자 도사 같은 것은 없답니다. 또 그의 호를 경번당景樊堂이라고 했으니, 이는 더욱 잘못된 것입니다. 허씨는 김성립金誠立에게 시집을 갔는데, 남편 성립이란 사람이 못생겼으므로 그의 친구들이 성립을 놀리느라, 그의 아내가 번천樊川[20]을 사모한다고 한 것입니다. 규방의 여성이 시를 짓는다는 것이 원래 아름다운 일도 아닌데다가, 두번천杜樊川을 사모한다는 소문이 전해졌으니 어찌 원통하지 않겠습니까?"
라고 하니, 윤공과 기공이 모두 크게 웃는다.

문밖에 서 있던 어린 중들이 무슨 까닭인 줄도 모르면서 모두 나란히 서서 따라 웃는다. 이른바 남의 웃음소리를 듣고 따라서 웃는다는 격인데, 어린 종들이 무슨 일로 웃는지는 모르겠으나 나 역시 웃음을 참을 수 없었다.

영돌이 와서 부르기에 하직 인사를 하고 일어섰다. 두 사람이 문밖까지 따라 나와서 전송을 한다. 그때 달빛은 뜰에 그득하고 담장 맞은편의 장군부將軍府에서는 이미 초경初更 사점四點을 쳤다.[21] 야경을 알리는 징과 나무딱딱이 소리가 사방에서 들린다.

정사의 방으로 들어가니 비복들은 장막 밖에서 곯아떨어졌

고, 정사도 이미 잠이 든 모양이다. 나지막한 병풍 하나를 사이에
두고 나의 잠자리를 보아 놓았다. 일행들은 아랫사람이나 윗사람
이나 모두 닷새 동안 제대로 잠을 못 자다가 오늘에야 제대로 잠
을 잘 수 있었던 것이다. 정사의 베게맡에 술병 둘이 놓여 있다.
흔들어 보니 하나는 비었고 하나는 차 있다. 이렇게 달 밝은 밤에
술을 마시지 않는다면 무얼 하겠는가?

드디어 몰래 따라서 잔에 가득 부어 마시고는 촛불을 불어서
끄고 밖으로 나왔다. 뜰 가운데 홀로 서서 밝은 달을 올려다보았
다. 담 밖에서 '할할' 하는 소리가 들리는데, 이는 장군부의 낙타
가 내는 소리이다. 이윽고 명륜당으로 나가 보니, 제독과 통관들
이 각각 탁자 두 개를 마주 붙이고 그 위에서 잠을 잔다. 저들이
비록 되놈이긴 하지만, 무식해도 너무 무식하다. 그들이 누워서
자는 탁자는 바로 공자 같은 성인이나 현인을 제사지내는 석전釋
奠이나 석채釋菜에 음식을 올려놓는 탁자가 아니더냐? 그런 탁자
이거늘 어찌 감히 침상으로 사용할 수 있으며, 어떻게 차마 누워
잘 수 있겠는가? 탁자는 모두 붉게 칠을 했으며, 100여 개 정도 되
었다.

오른쪽 행랑으로 들어가니 역관 세 명과 비장 네 명[22]이 한방
에서 자고 있었다. 목을 끌어안고 다리를 걸치고서 자는데 아랫
도리를 가리지도 않았다. 모두 코를 우레같이 고는데, 어떤 이는
호리병이 기울어져 물이 '쪼르르' 흐르는 소리를 내기도 하고, 어
떤 이는 톱질을 하는데 톱니가 나무에 먹혀 '빽빽' 하는 소리를
내기도 하고, 어떤 이는 '쯧쯧' 하며 남을 나무라는 소리를 내고,
어떤 이는 '쩝쩝' 하며 원망을 삼키는 소리를 내기도 한다. 만 리
길을 함께 고생하며 함께 자고 함께 먹으며 왔으니 응당 쌓인 정

22 역관 세 명은 홍명복, 조
달동, 윤갑종이고, 비장 네
명은 주명신, 정창준, 이서
구, 조시학이다.

피서산장에서 본 경추봉

분이 생사조차 함께할 형제의 관계가 되었을 터인데도, 같은 침상에 자면서도 꿈은 서로 달리 꿀 것이며, 서로의 속생각은 초楚·월越의 관계[23]인가 보다.

23 초나라와 월나라가 서로 멀리 떨어져 있었으므로, 둘의 관계가 소원할 때 초나라와 월나라의 관계라고 한다.

담배에 불을 붙이고 밖으로 나오니, 어디서 개 짖는 소리가 표범 소리처럼 들려온다. 장군부에서 치는 징 소리는 심심산골의 두견새 소리 같다. 뜰을 이리저리 어정어정 걷다가 뛰기도 하고, 점잖게 걷기도 하며, 달빛에 생기는 내 그림자와 서로 장난을 치기도 하였다. 명륜당 뒤뜰의 오래된 나무는 우거져 하늘을 덮었고, 서늘한 이슬이 동글동글 맺혀 잎사귀마다 구슬을 머금었으며, 진주 같은 이슬방울은 달빛에 반짝인다.

24 지금 시간으로 대략 오후 11시 50분쯤 된다.

담장 밖에서는 또 삼경三更 이점二點을 친다.[24] 애석하구나. 이렇게 아름다운 밤, 이렇게 좋은 달빛에 함께 놀 사람이 없다니.

이때는 어찌 우리나라 사람들만 자고 있겠는가? 도독부都督府의
장군도 자고 있을 것이로다. 나 또한 방에 들어가 쓰러지듯 잠자
리에 들어가리라.

8월 초10일 병진일

맑았다.

승덕 관제묘의 안과 밖

영돌이 잠을 깨운다. 당번 역관과 통관이 일제히 문밖에 모여서 늦겠다고 연달아 재촉을 한다. 나는 겨우 눈을 붙이려는데 밖에서 떠들어 깨우는 소리에 잠을 깼다. 시각을 알리는 북소리가 아직도 울린다. 심신이 피곤하고 달콤한 잠으로 꼼짝도 하기 싫은데, 머리맡에는 벌써 자릿조반으로 죽을 가져다 놓았다.

억지로 일어나서 일행을 따라가니 광피사표光被四表 패루가 있고, 등불 그림자 아래로 늘어선 좌우의 시장 점포들은 북경에 훨씬 못 미치고 심양이나 요동보다도 못하다. 궁궐 밖까지 왔으나 아직 날이 새지 않았다.

통관이 사신을 안내하여 큰 묘당에
들어가 쉬도록 했다. 지난해에 새로 지은
관운장 사당이었다. 겹으로 된 누각과 깊
숙한 전각에다, 회랑은 굽이굽이 감돌고
사랑방은 첩첩으로 있다. 귀신같은 솜씨

로 조각을 했고 울긋불긋한 단청이 눈을 어지럽힌다. 환관과 중
들이 다투어 와서 우리를 에워싸고 구경을 한다. 사당 안 곳곳은
북경의 관리들이 와서 머물고 있으며, 이 안에서 거처하는 왕자
들도 많다고 한다.

당번 역관이 와서 말하기를,

"어제 예부에서 알려 드린 것은 단지 정사와 부사만 궁궐에
와서 사은을 하라고 한 것입니다. 대개 황제의 조칙은 정사와 부
사가 오른쪽 문신 반열에 올라 참여하도록 했기에 그 은혜에 감
사를 드리라고 한 것이고, 아마도 서장관은 사은하는 거행이 없
는 것 같습니다."
라고 한다.

서장관은 잠시 관운장 사당에 남고 정사와 부사만 궐 안으로
들어갔는데 나도 따라 들어갔다. 전각은 단청을 하지 않았으며,
문 위에는 피서산장避暑山莊이라는 편액이 걸려 있다. 오른쪽 곁
채에 예부의 조방朝房(조회를 기다리는 대기실)이 있고, 통관이 그
곳으로 인도해서 들어가니 한족漢族 상서尚書 조수선曹秀先[25]이란
사람이 의자에서 내려와 맞이한다. 정사의 손을 잡고는 매우 환
대하고 반기는 뜻을 보이며,

"대인, 앉으시지요."
라고 청한다. 사신이 손을 들어서 조 상서에게 먼저 앉으라고 양

25 조수선(1708~1784)의
자는 빙지氷持, 호는 지산地
山이다. 저서에 『의광집』依
光集이 있다.

보하자, 조 상서도 손을 들어 사신에게 먼저 앉으라고 연달아 청한다. 사신도 굳이 사양하여 네다섯 차례나 상대가 먼저 앉도록 사양하기에 이르렀고, 조 상서 역시 한사코 사양한다. 정사와 부사가 도리 없이 캉에 올라가 앉자 조 상서도 비로소 의자에 걸터앉아서 서로 인사를 대략 주고받는다.

우리 사신의 의관은 조 상서의 모자나 복장에 견주어 이야기하자면 번쩍번쩍 빛이 나는 것이 가히 신선과 같다고 말할 만하나, 말이 서로 통하지 않아서 읍하고 인사하는 것이 익숙하지 않고 행동이 어딘지 어색하고 뻣뻣해 보였다. 저들의 세련되고 은근한 태도에 비교할 수 없으며, 생뚱맞고 껄끄러운 모습이 자연스레 대범하고 육중한 태도가 되었다.

정사가 서장관의 거취 문제를 물으니 조 상서는,

"오늘의 사은 행사에는 함께 참여할 수 없으나, 뒷날 축하하는 반열에는 함께 나아가도 무방할 것입니다."

라고 하며 말을 마치고는 일어나서 가 버린다.

통관이 또 만주족 상서 덕보德甫[26]가 들어온나고 말을 하여, 사신은 문밖으로 나가서 그를 맞이하고 읍을 한다. 덕보도 답례로 읍을 하고는 걸음을 멈추고 서서,

"오시는 길에 별일 없으셨습니까? 어제 황제께서 내리신 특별한 대우를 알고 계시는지요?"

라고 물어 사신은,

"황제의 은혜가 전에 없던 각별한 일이라서 지극히 영광스럽고 감동이 됩니

26 덕보의 甫는 保의 오자이다. 덕보(1719~1789)의 성씨는 색작락씨索綽絡氏이고 만주 정백기正白旗 사람이다. 자는 중용仲容, 호는 정포定圃·방촌厖村이다. 『사고전서』 편찬에 관여했다. 저서에 『낙현당시문초』樂賢堂詩文鈔가 있다. 『청사열전』 권24 참조.

상서 덕보의 글씨

다.”
라고 답했다.

덕보는 웃으며 뭐라고 지껄이는데, 그 말소리가 음식을 씹다 목구멍에 걸린 것처럼 꺽꺽거려서, 옹이라고 하는지 앙이라고 하는지 분명치 않다. 대체로 만주 사람의 발음은 이와 같다. 말을 한 뒤에 덕보는 몸을 돌려 황망하게 가 버린다.

황제의 식사를 맡은 내옹관內饔官이 황제가 내리는 요리 세 그릇을 가지고 왔다. 백설기처럼 생긴 설고雪餻와 돼지고기 구이, 과일 종류이다. 설고와 과일은 누런 대접에 담았고, 돼지고기는 은으로 만든 접시에 담았다. 예부 낭중이 곁에 있다가 이것은 황제의 아침 수랏상에서 물린 것이라고 일러 준다.

잠시 뒤에 통관이 사신을 안내하여 궁궐 문밖에 이르러, 세 번 절하고 머리를 아홉 번 땅에다 대는 이른바 삼배구고두三拜九叩頭의 예를 행했다. 예를 마치고 돌아서 나오는데 어떤 사람이 앞으로 나서서 읍을 하며,

“금번 황제의 은혜는 전에 없던 일입니다.”
하고는 또,

“귀국에는 응당 예단禮段을 더 보내 줄 것이며, 사신과 따라온 관원에게도 응당 추가 상급이 있을 것입니다.”
라고 한다. 그는 예부의 우시랑右侍郎 아숙阿肅이란 사람으로 만주인이다.

사신이 예부의 조방에 다시 들어가기에 나는 먼저 나왔다. 궐 밖에는 수레와 말이 촘촘하게 서 있다. 말들은 모두 담을 향해 나란히 서 있는데, 붙잡지도 묶지도 아니했건만 나무로 만든 말처럼 가만히 서 있다.

영용의 글씨

문밖에 홀연히 사람들이 좌우로 길을 비키는 모습이 보이더니 숙연해지며 잠잠해진다. 모두들,

"황자皇子가 옵니다."

라고 한다.

말을 탄 사람 하나가 궁궐에 들어가는데, 따르는 시종들은 모두 말에서 내려 걸어서 뒤를 따른다. 그가 이른바 황제의 여섯째 아들인 영용永瑢[27]이다. 얼굴은 흰데 마마(천연두) 자국이 심하게 났고, 콧대는 낮고 작으며 뺨은 매우 넓다. 눈자위는 희고 쌍꺼풀이 세 겹으로 졌으며, 어깨가 벌어지고 가슴이 넓어서 체구가 씩씩하고 건장하기는 하나 귀티라곤 전혀 없어 보인다. 그러나 문장에 능하고 글씨와 그림에도 뛰어나며, 바야흐로 지금『사고전서』四庫全書 간행의 총재관總裁官을 맡고 있어서 사람들의 기대를 한 몸에 받고 있다고 한다.

내가 전에 강녀묘姜女廟에 들어갔을 때 벽 속에 박힌 돌로 만든 액자에서 셋째 황자[28]와 다섯째 황자의 시를 본 적이 있다. 다섯째 황자는 호가 등금거사藤琴居士인데, 그의 시는 스산하고 비통하며 글씨도 가냘프고 힘이 없어 보였다. 재주가 있기는 하나 황제 집안의 부귀한 기상은 없었다.

등금거사는 곧 호부시랑 김간金簡의 생질이다. 김간은 바로 김상명金祥明[29]의 종손자從孫子이며, 김상명의 조부는 조선 의주義州 사람으로 중국에 들어갔다. 상명은 예부상서를 역임했으며 옹정雍正(1723~1735) 때 사람이다. 김간의 여동생이 궁궐에 들어가서 귀비貴妃가 되어 황제의 은총을 받았다.

건륭 황제는 다섯째 아들 등금거사에게 마음을 두었는데 그는 연전에 요절했다.[30] 지금은 여섯째 아들 영용이 황제의 총애를

독차지하고 있으며, 지난해에는 서장西藏(티베트)
까지 가서 반선班禪(라마교의 최고 통치자)을 맞이
하여 왔다. 총애를 받다가 죽은 자는 그 시가 스산
하고 비통하더니, 지금 살아서 총애를 받고 있는
자 또한 귀티가 전혀 없다. 그러니 폐하의 집안 일
이 어떻게 될지 알지 못하겠노라.

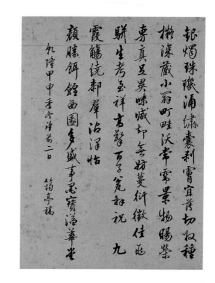

등금거사의 글씨

가산嘉山 사람인 득룡得龍은 말몰이꾼으로
40여 년이나 중국에 드나들어 중국말을 아주 잘한
다. 이날 사람들 틈바구니에 있다가 나를 보고 멀
리서 부른다. 내가 인파를 헤치고 나아가서 살펴
보니, 바야흐로 그는 늙은 몽고의 왕과 양손을 붙
잡고 진지하고 다정하게 이야기를 하고 있다. 몽고 왕의 모자 정
수리에는 붉은 보석이 있고 공작새의 깃털을 꽂았다. 몽고왕은
나이 여든하나인데, 신장은 거의 열 척이나 되고 허리는 구부정
하다. 얼굴 길이는 한 자 남짓 되며 살결은 검은 바탕에 잿빛처럼
부옇다. 몸뚱이를 부들부들 떨고 머리를 체처럼 까불어대는 모습
이 아무런 볼품이 없고 곧 쓰러질 것 같은 씩은 나무처럼 생겼다.
온몸의 원기는 모두 입으로 나오는 것처럼 떠들어댄다. 늙어서
모양이 이 정도라면 비록 과거 흉노족의 임금인 모돈冒頓[31]이라도
족히 겁날 게 없겠다. 시종 수십 명이 있는데 부축하지도 않는다.

또 다른 몽고 왕은 크고 건장해 보이기에, 득룡과 함께 나아
가서 말을 붙여 보았더니 말총으로 만든 내 갓을 가리키며 묻는
다. 말을 미처 알아듣지 못했는데 나는 듯이 가마를 타고는 가 버
린다.

득룡이 지위가 높게 생긴 사람을 여기저기 두루 찾아다니며

31 모돈은 한나라 때 흉노
의 임금으로, 한 고조 유방劉
邦을 곤경에 빠뜨렸다. 묵특
이라고도 부른다.

『문공가례』 '주자가례'라고도 한다.

32 이하 연암이 중국 사람과 주고받은 말은 모두 필담 형식으로 주고받은 것이다.

한번 읍을 하고 말을 거니 모두들 답례로 읍을 하고 말을 받아준다. 득룡은 내게도 자기처럼 해 보라고 권하지만, 나는 처음 배우는 것이라서 껄끄럽고 어색할 뿐 아니라 게다가 중국말을 할 수 없으니 어쩔 도리가 없다. 그래서 관운장 사당으로 들어가니 사신은 이미 나와서 옷을 갈아입고 있었다. 드디어 숙소인 태학관으로 함께 돌아왔다.

밥을 먹은 다음에 뒤쪽 별당으로 들어가니 거인擧人 왕민호가 맞이하며 읍을 한다. 왕 거인은 호가 곡정鵠汀이고, 산동山東의 도사都司 학성郝成과 같은 방을 사용한다. 학성의 자는 지정志亭이고 호는 장성長城이다. 곡정이 내게 우리나라의 과거제도는 어떤 문자를 사용하며 무슨 글을 지어서 사람을 뽑느냐고 묻기에, 대체적인 것을 일러 주었다.[32] 또 혼인하는 제도를 묻기에 나는,

"관혼상제는 모두 주자의 『문공가례』文公家禮를 따릅니다."

라고 했더니 곡정은,

"『주자가례』는 주자 신생이 다 완성하지 못한 책이지요. 우리 중국은 오로지 『주자가례』만을 따르는 건 아닙니다."

라고 한다. 곡정이,

"귀국의 아름다운 점 몇 가지를 일러 주시기 바랍니다."

라고 하기에 나는,

"우리나라가 비록 바다 한구석에 치우쳐 있으나, 또한 네 가지 아름다운 점이 있답니다. 유교를 숭상하는 풍속이 그 첫 번째 아름다운 점이고, 황하같이 홍수 날 염려가 없는 지리가 두 번째 아름다운 점입니다. 소금과 생선을 남의 나라에서 빌리지 않고

자급자족하는 것이 세 번째 아름다운 점이고, 여자가 두 남자를 섬기지 않는 것이 네 번째 아름다운 점입니다."

라고 말하니, 지정이 곡정을 돌아보며 서로 뭐라고 한참을 수군 거리더니 곡정이,

"참으로 살기 좋은 나라입니다."

라고 한다. 지정이,

"여자가 두 남자를 섬기지 않는다고 했는데, 어떻게 온 나라 사람들이 모두 그렇게 할 수 있습니까?"

라고 묻기에 나는,

"하천민인 노비에 이르기까지 나라의 모든 사람이 그렇게 한다고 말한 것은 아닙니다. 명색이 선비의 집안이라면 비록 아무리 가난하더라도 삼종지도가 끊어지면 평생 동안 혼자 지냅니다. 이것이 노비나 종 같은 천한 사람에게까지 영향을 주어서 저절로 풍속을 이룬 지가 근 400년이 됩니다."

라고 하니 지정이,

"국가에서 법으로 금하나요?"

하기에 나는,

"정해진 법령은 없답니다."

하니 곡정이 나서서,

"중국에도 이런 풍속이 있어 아주 고질적인 폐단이 되었습니다. 혼인을 하기 위해 예물만 보내고 아직 초례를 치르지 않았거나, 혼례식은 올렸지만 첫날밤을 치르지 않는데 불행하게 무슨 일이라도 생기면 여자는 평생 동안 혼자 살아야 합니다. 이건 그래도 오히려 나은 편입니다. 심지어는 대대로 사이가 좋은 집안 끼리는 뱃속에 든 아이를 두고 혼인을 정하고 혹은 남녀가 모두

다박머리를 하거나 치아를 갈 어린아이 무렵에 부모끼리 혼담을
주고받았다가 남자에게 불행한 일이 생기면 여자가 독약을 먹거
나 목을 매달아 한곳에 묻히기를 바라니, 참으로 예법에 크게 어
긋나는 일입니다.

　점잖은 군자들은 이를 두고 시신과 함부로 혼인을 했다고 나
무라기도 하고, 절개를 지키기 위한 화냥질이라는 뜻으로 절음節
淫이라고도 합니다. 나라에서 법으로 엄중하게 단속하고 그 부모
를 처벌하기도 하지만 그래도 결국에는 풍속을 이루었으며, 특히
동남 지방이 더욱 심합니다. 그러므로 학식이 있는 집안에서는
딸이 비녀를 꽂을 성인(15세)이 되어야 비로소 혼인 이야기를 꺼
낸답니다. 이런 일들이야 모두 말세의 일이지요."

라고 한다. 내가,

　"『유계외전』留溪外傳[33]이란 책에 실린 효자들의 이야기를 보
면, 심지어 자기의 간을 잘라서 어버이를 먹여 병을 치료한 사람
도 있었습니다. 조희건趙希乾은 가슴을 가르고 심장을 꺼내다가
잘못하여 자신의 창자에 한 자 남짓 상처를 냈는데, 이를 삶아 먹
여서 어머니의 병을 낫게 했고, 그 상처가 절로 붙어 탈이 없었
답니다. 이걸 본다면 어버이를 치료하기 위해 손가락을 베서 피
를 약에 섞어 먹인다든지 병의 상태를 알기 위해 부모의 똥을 맛
본다든지 하는 것은 모두 상대가 안 되는 대수롭지 않은 행동이
고, 부모를 대접하기 위해 엄동설한에 죽순을 캤다든지 얼음에서
잉어를 잡았다든지 하는 일은 아주 굼뜬 행동에 지나지 않습니
다."[34]

라고 하니 곡정은,

　"그런 일들이 많이 있었지요."

33 『유계외전』은 청나라 때
진정陳鼎이 지었으며 충의,
효우 등 13부로 된 18권의 책
이다. 진정의 자는 정구定九
이고, 『유계외전』 외에 『동림
열전』東林列傳이란 저서가
있다.

34 죽순은 맹종孟宗이라는
인물, 잉어는 왕상王祥이라
는 인물과 관련한 고사인데,
『효경』에 나온다.

하고 지정은,

　　"근자에 산서 지방에서 효자에게 정려旌閭를 내린 일은 정말 특이합니다."

라고 한다. 곡정이,

　　"엄동설한에 죽순이 나오고 얼음에서 잉어가 잡혔다니, 이는 천지의 기운이 경박하게 바뀐 것이지요."

라고 하여 서로 크게 웃었다. 지정이,

　　"송나라가 망할 때에 충신 육수부陸秀夫[35]는 관복을 입은 채 임금을 업고 바다에 들어가 빠져 죽었고, 장세걸張世傑[36]은 향을 피워 놓고 배가 뒤집혀서 죽게 해 달라고 하늘에 빌었지요. 명나라의 학자 방효유方孝孺[37]는 임금의 즉위 조서 쓰기를 거부하다가 십족을 멸하는 형벌을 달게 받았고, 명장 철현鐵鉉[38]은 끓는 기름을 뒤집어쓰고 살이 문드러진 사람이 되었습니다. 그런 충신들은 이렇게 하지 않았으면 자신의 마음에 차지 않았을 것입니다. 후대에 충신열사가 되기란 참으로 어렵습니다."

라고 하니 곡정은,

　　"천지가 생긴 지 너무 오래되었으니, 그런 깐깐하고 뛰어난 행동이 아니면 충신이라는 이름을 남길 수 없지요. 남화노선南華老仙(장자莊子)이 '어찌 한숨이나 쉬면서 효도를 말하랴?'[39]라고 말한 것이 바로 이런 까닭입니다."

라고 한다. 내가,

　　"왕 선생이 말한, 천지가 한 번 경박하게 변했다는 논의가 지극히 옳습니다. 단술이 변해서 소주가 되었다면 술맛이 순한지 여부는 따져서는 옳지 않고, 입으로 담배를 피울 수 있다면 다시 맵다고 말할 필요가 없을 것입니다. 이런 것들을 너무 샅샅이 찾

35 육수부(1236~1279)는 송나라의 충신으로 자는 군실君實이다. 단종이 죽자 충신 장세걸 등과 함께 송 위왕衛王(조병趙昺)을 임금으로 추대했으며, 원 세조 쿠빌라이에게 패하여 황제를 업고 바다에 뛰어들어 빠져 죽었다. 뒤에 나오는 「양엽기」편의 '홍인사' 항목에 육수부에 대한 이야기가 다시 나온다. 저서에 『육충렬집』陸忠烈集이 있다.

36 장세걸(?~1279)은 송나라의 충신으로, 원나라에 의해 나라가 멸망하자 육수부 등과 함께 송 위왕을 세웠으며, 원나라와의 해전에서 패하여 익사했다.

37 방효유(1357~1402)의 자는 희직希直이며, 송렴宋濂의 제자이다. 명나라 영락 황제인 성조成祖가 혜제惠帝를 축출하고 왕위에 오르자, 이에 불복하고 즉위 조서 쓰기를 거부하다가, 일족 및 친구 수백 명이 죽임을 당했다. 문집에 『손지재집』遜志齋集이 있다.

38 철현(1366~1402)은 명나라 때 충신으로 영락 황제의 왕위 찬탈에 굴복하지 않았다. 끝까지 항변하자, 영락은 그의 귀와 코를 잘라 삶아서 철현에게 먹였다. 철현이 죽으면서도 욕을 하자 영락은 그의 시신을 기름솥에 집어넣어 태우라고 하였다.

39 『장자』「천운」天運편에 "어찌 단지 한숨이나 쉬면서 인효仁孝를 말하리오."라는 대목이 있다.

원삼

당의

40 원삼은 연둣빛 길에 자주 깃과 색동을 달고 긴 띠를 댄 옷.
41 당의는 저고리와 비슷하게 생겼으며 길이가 무릎까지 닿는 여자의 예복.

42 경관은 전쟁에서 승자가 자신의 무공을 자랑하기 위해 적의 목을 잘라서 무덤처럼 높이 쌓는 것을 말한다.

아내고 깊이 논란을 벌인다면 결국은 절의節義 자체를 배척하는 논의가 세상에 다시 나오게 될 것입니다."

라고 하니 곡정이,

"그렇습니다. 그건 그렇고, 귀국 부인네들의 의복이나 모자의 제도는 어떻습니까?"

하고 묻는다.

나는 저고리와 치마 그리고 머리를 쪽 찌는 방법을 대략 이야기해 주었고, 원삼圓衫[40]이라든지, 당의唐衣[41]에 대해서 대략 그림을 탁자에 그려서 보여 주었더니, 두 사람은 모두 훌륭하다고 말한다.

지정이 다른 사람과 선약이 있다고 일어서며, 금방 다녀와서 다시 모시겠으니 나더러 자리에 좀 더 앉아 있으라고 청하며 나간다. 곡정은 지정을 대단히 칭찬하면서, 그가 비록 무인이긴 하지만 문학에 대해 아는 것이 풍부하여 당세에 견줄 사람이 드물며, 현재 사품의 무관이라고 이야기한다. 곡정은 또,

"귀국의 부인들도 전족纏足을 합니까?"

하고 물어서 나는,

"아닙니다. 한족 여자들이 궁혜宮鞋(전족을 하는 가죽신)를 신은 모습은 차마 눈뜨고 볼 수가 없습니다. 발꿈치로 땅을 밟고 걸어가는 것을 보면 마치 보리를 심는 사람처럼 왼쪽으로 흔들고 오른쪽으로 기우뚱하면서 가는데, 바람이 안 불어도 넘어질 것 같으니 그게 무슨 꼴이란 말입니까?"

라고 하니 곡정은,

"시신의 목을 잘라서 경관京觀[42]을 만든 꼴이니, 세상이 돌아갈 운세를 짐작할 수 있습니다. 앞 왕조인 명나라에서는 전족을

1. 궁혜
2. 궁혜를 본떠 만든 술잔
3. 전족을 한 여인들

시키는 부모를 처벌하기도 하고, 지금 왕조에서는 법령으로 아주 엄하게 금하고 있사오나, 끝내 그것을 금하지 못하고 있습니다. 대개 한족 남자들은 청나라 법에 순종하고, 여자들은 순종하지 않은 탓일 겁니다."[43]

라고 한다. 내가,

    "모양이 우아한 것도 아니고 그렇다고 걷기에 편한 것도 아닌데, 무슨 까닭으로 그렇게 하는 겁니까?"

하고 물으니 곡정은,

    "한족 여자와 만주족 여자가 구분 없이 혼동되는 것을 수치로 여기기 때문입니다."

라고 하더니 그 부분을 즉시 붓으로 지워 버린다. 또,

    "죽더라도 안 바꿉니다."

43 청나라 초기에 한족 사이에서 만주족을 따르지 말라는 십종十從 십부종十不從이라는 소극적 저항운동이 있었다. 열 가지는 따르고 열 가지는 따르지 말라는 것인데, 예컨대 겉으로는 따르는 척하고 속으로는 따르지 말라(陽從陰不從), 남자는 따르고 여자는 따르지 말라(男從女不從) 등이 그 내용이다.

라고 한다. 내가,

　"삼하三河와 통주通州 사이에서 머리가 허옇게 센 여자 거지
가 머리에 꽃을 잔뜩 꽂고 발에는 전족을 한 채 말을 따라오면서
구걸을 합디다. 실컷 먹은 오리처럼 배가 빵빵해가지고 휘청휘청
하며 열 번 넘어지고 아홉 번 엎어지는데, 제 생각으로는 도리어
만주족 여자보다도 훨씬 못해 보이더군요."

라고 하니 곡정은,

　"그 때문에 세 가지 재액災厄이라고 하지요."

하기에 내가,

　"세 가지 재액이라니, 무얼 말하는 겁니까?"

하고 물으니 곡정은,

　"남당南唐[44] 시절에 작은 발로 춤을 추어 후주後主의 마음을
녹였던 장소랑張宵娘[45]이란 여자가 포로로 잡혀서 송나라 궁궐에
왔는데, 궁녀들이 앞을 다투어 그녀의 작고 뾰족한 발을 흉내 내
어 가죽과 천으로 발을 꽁꽁 얽어매더니, 드디어 풍속을 이루었
습니다. 그러므로 원나라 때에는 한족 여자들이 작은 발에 궁혜
를 신음으로써 스스로 몽고 여자와 다르다는 표시를 하기도 했지
요. 앞서 명나라 때에도 법으로 금했으나 막지 못했고, 지금 만주
족 여자들이 한족 여자의 전족을 비웃으며 남자의 음탕한 마음을
꾀어내기 위한 것이라고 하니, 참으로 원통한 일입니다. 이것이
발에 가해진 재액입니다.

　명나라 홍무洪武(1368~1398) 연간에 고황제高皇帝(명나라 태조
주원장)가 미복微服 차림으로 도교 사원인 신락관神樂觀에 갔답니
다. 그때 한 도사가 실로 짠 망건으로 머리칼을 묶는 것이 편리하
게 보여서, 태조는 망건을 빌려 쓰고 거울에 한번 비춰 보고는 대

44 남당은 오대 시절 남경
에 도읍했던 왕조(937~961)
이다.
45 장소랑은 작은 발로 금
련金蓮 위에서 춤을 추어 남
당 후주의 마음을 사로잡았
다고 한다. 남당이 멸망하자
송나라에 사로잡혀 갔다.

38

단히 기뻐했지요. 그리하여 그 방법으로 머리를 묶도록 천하에 명을 내렸답니다. 뒷날 점차로 말총 망건이 실을 대신하여 재갈을 물리듯 꽁꽁 얽어맨 자욱이 머리에 낭자하게 남게 되었지요. 호좌건虎坐巾이란 망건은 앞이 높고 뒤가 낮은 것을 말하는데 마치 범이 쭈그리고 앉아 있는 모습과 같아서 붙여

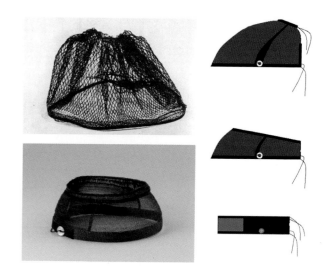

진 이름이며, 또 죄수의 망건과 같다고 해서 수건囚巾이라고도 하는데 그 당시에도 이를 업신여겨 놀리는 사람이 있었습니다. 천하 사람들의 머리를 죄다 그물 속에 가두었다고 말했으니 아마도 너무 불편하게 여기는 사람이 많다는 뜻입니다."

하고는 붓으로 내 이마를 가리키며,

"이게 머리에 가해진 재액이지요."

한다. 내가 웃으면서 그의 이마를 가리키며,

"이 번들번들 빛나는 머리는 또한 무슨 재액인가요?"

하니 곡정은 참혹하고 괴로운 듯 머리를 끄덕이며 즉시 '천하 사람들의 머리를' 하는 대목부터 그 이하의 글자를 모두 진하게 지워 버린다. 또 그는,

"이 연초煙草는 만력(1573~1619) 말엽에 양쪽 절강浙江[46] 지방에 널리 퍼졌습니다만 오히려 사람의 가슴을 답답하게 하고 취해서 거꾸러지게 만드니 천하의 독초입니다. 입을 채우고 배를 불리는 것도 아닌데 천하의 문전옥답 좋은 밭에서 좋은 곡식을 키우듯

46 양쪽 절강이란 전당강錢塘江 남쪽의 절동浙東, 북쪽의 절서浙西를 말한다.

재배합니다. 부인들과 아이들도 즐겨 피워 마치 맛있는 음식을 먹듯 하고, 이를 피우는 기분이 차를 마시고 밥을 먹는 것보다 좋다고 합니다. 쇠로 된 담뱃대와 불로 입을 지지고 핍박을 가하니, 이것 역시 한 세상의 운수인데 그 변괴가 이보다 큰 게 없습니다. 선생도 이 담배를 자못 즐기시는지요?"

하고 묻기에 나는,

"그렇습니다."

하니 곡정은,

긴 담뱃대

"저는 성미가 이걸 좋아하지 않습니다. 언젠가 시험 삼아 한 모금 빨아 보았더니 즉시 취해서 쓰러져 구토와 재채기가 나서 거의 죽을 뻔했습니다. 이게 입에 가해진 재액입니다. 귀국에서도 응당 누구나 피우겠지요?"

라고 물어 나는,

"그렇습니다만, 부형이나 어른 앞에서는 감히 피우지 않습니다."

하니 곡정은,

"옳습니다 독한 연기를 남에게 뿜는 짓 자체가 이미 공손치 못한 짓인데 하물며 부형 앞에서 피울 수 있겠습니까?"

라고 하기에 나는,

"꼭 그래서만은 아니고 긴 담뱃대를 입에 물고서 어른과 마주 대하는 것이 이미 오만하고 무례한 짓입니다."

라고 했다. 곡정은,

"담배는 조선에서 나는 토종입니까? 아니면 중국에서 사 가지고 갑니까?"

하고 물어서 나는,

"만력 연간에 일본으로부터 우리나라에 들어왔답니다. 지금 조선에서 나는 것은 중국 것과 차이가 없습니다. 청나라가 아직 만주에 있을 때에 연초가 우리나라에 들어오기 시작했는데, 그 종자가 본래 왜국倭國에서 나왔기 때문에 남초南草라고 부른답니다."

라고 하니 곡정은,

"이게 일본에서 나온 것이 아니고 본래는 서양의 배편으로 온 것입니다. 서양의 아미리사아亞彌利奢亞(아메리카)의 왕이 일찍이 온갖 풀을 맛보다가 이것을 얻어서 백성들의 입에 나는 부스럼을 치료했답니다. 사람의 비장은 오행의 토土에 속하므로 비장이 허하고 냉하며 습하면 벌레가 생기고 입에 좀이 쓸면 즉사하게 됩니다. 그래서 불로 이 벌레를 공격하여 오행의 목木을 이기고, 토土를 도와서 나쁜 기를 이기고 습한 기운을 제거하는 데는 즉각 귀신같은 효험을 본다고 해서 이름도 영초靈草라고 부른답니다."

라고 하기에 나는,

"우리나라 세속에서도 남령초南靈草라고 합니다. 만약 그 신령한 효험이 이와 같고 수백 년 동안 온 천하의 사람들이 함께 즐기고 있다면, 이것 역시 운수가 있는 것 같습니다. 세상 운수에 대한 선생의 논의가 지극히 옳습니다. 정말 연초가 아니었다면 사해의 사람들이 모두가 입에 종기가 나서 죽지 않았으리라고 어찌 알겠습니까?"

라고 하니 곡정은,

"저는 담배 연기를 즐기지 않지만 나이 육십이 되도록 아직 그런 입병이 없고, 지정 역시 담배 연기를 즐기지 않습니다. 서양 사람들은 대체로 황당한 거짓말을 많이 하고 잇속을 챙기는 것도 약삭빨라서 그 말이 반드시 믿을 만한 말인지 아닌지 어찌 알겠습니까?"
라고 한다.

조금 뒤에 지정이 돌아와서는 '저는 담배 연기를 즐기지 않고 지정 역시 담배 연기를 즐기지 않는다'는 대목에 크게 검은 동그라미를 치면서,

"담배에는 독이 있습니다."
라고 하여 모두 크게 웃었다.

나는 조금 더 있다가 인사를 하고 일어나 숙소로 돌아왔다. 군기처 대신이 황제의 명을 받들고 와서 전한다.

"서번西番(티베트)의 성승聖僧을 만나보겠느냐?"
사신이 대답하기를,

"황제께서 작은 나라를 사랑하여 중국 사람과 동등하게 대해주시니, 중국 사람들과 내왕하는 것이야 무방합니다만, 그밖의 다른 나라 사람에 대해서는 감히 서로 사귀지 않는 것이 본래 저희같이 작은 나라의 법두입니다."
라고 하였다. 군기대신이 가고 나자 사신들의 얼굴에는 모두 수심이 가득 찼다. 당번 역관은 허둥지둥 왔다 갔다 하며 마치 술이 덜 깬 사람처럼 엄벙덤벙한다. 비장들도 공연히 성을 내며,

"황제가 시키는 일은 참으로 고약하네. 반드시 망하지. 아무렴, 망하고말고. 오랑캐들 하는 일이란. 명나라 때라면 어찌 이런 일이 있겠는가?"
라며 투덜거린다. 수역이 그 황망한 중에도 비장들을 향해서,

"지금 춘추대의를 따질 자리가 아니네."

하고 주의를 준다. 잠시 뒤 군기대신이 또 말을 급히 달려와서 황제의 명을 구두로 전한다.

"서번의 성승은 중국 사람과 같은 사람이니, 즉시 가 보도록 하라."

사신들이 서로 상의를 하는데 누구는,

"가서 만나면 결국 더 난처한 지경에 빠질 것입니다."

하고 누구는,

"예부에 글을 올려서 이치를 한번 따져 봅시다."

하는데, 당번 역관은 말하는 사람의 말끝마다 '지당합니다'라고 말할 뿐이다.

나는 한가하게 놀려고 따라온 사람이니, 무릇 사신들의 일이 잘되고 못 되고 간에 털끝만큼도 간섭할 수 없고, 또 나한테는 한 번도 의견을 묻거나 혹 내가 의견을 낸 적도 없었다.

이때 나는 마음속에 기발한 생각이 들며,

'이건 정말 좋은 기회인데.'

하기도 하고, 또 손가락을 뾰족하게 하여 허공에 동그라미를 그리며,

'아주 재미있는 문제야. 지금 만약 사신이 주변의 만류를 뿌리치고 자기 멋대로 하겠다고 고집을 피우면서 황제의 말을 거부한다는 상소를 한번 올린다면 의롭다는 명성이 천하에 울릴 것이고 나라를 크게 빛낼 터이지.'

하고 나는 또 속으로 자문자답하기를,

'황제가 군대를 내서 조선을 칠 것인가? 아니지. 이건 사신이 저지른 죈데, 어떻게 그 나라에 대고 화풀이를 하겠는가? 결국 사신들은 저 멀리 운남雲南과 귀주貴州 쪽으로 귀양가는 것을 막을

수 없을 테지. 내가 의리상 혼자 조선으로 돌아갈 수는 없으니, 서촉西蜀이나 강남의 땅을 내 장차 밟게 되리라. 강남은 그리 멀지 않은 곳이나, 교주交州(월남)와 광동 지방은 북경과 1만여 리나 되는 먼 길이니, 내가 놀러갈 일이 어찌 호화찬란하고 낭만적이지 않을 수 있겠나?'

하고, 나는 마음속으로 기뻐 어쩔 줄 몰라 곧바로 달려서 밖으로 나왔다. 동쪽 행랑채 아래에 서서 이동二同(건량 마두의 이름—원주)을 불러,

"속히 가서 술을 사 오너라. 쩨쩨하게 돈 아끼지 말고. 이제 너와도 작별이다."

라고 하였다.

술을 마시고 들어가니 회의는 아직 결판이 나지 않았고, 예부에서의 재촉이 성화와 같다. 비록 뱃심 좋고 느긋하기로 이름난 명나라의 하원길夏原吉[47]과 같은 명신이라 하더라도, 지금의 형세는 종종걸음을 치며 쫓아가 명을 받들지 않을 수 없을 것이다. 말과 안장을 준비하는 사이에 절로 지연이 되어 날이 이미 기운다. 오후부터 날씨가 너무 뜨거워 행재소의 뮤을 지나고 성 서북쪽의 길을 따라서 갔다. 일행이 반쯤 못 갔을 때 홀연히 황제의 조칙이 왔다.

"금일은 이미 날이 저물었으니, 사신은 돌아가서 모름지기 다른 날을 기다리도록 하라."

이에 서로 돌아보며 예상 밖의 일이라 놀라서 숙소로 되돌아 갔다.

이른바 성승이란 자는 서번의 승왕僧王으로 반선불班禪佛이라 불리기도 하고 장리불藏理佛이라 불리기도 한다.[48] 중국 사람

47 하원길(1366~1430)은 명나라 영락 연간의 대신으로, 자는 유철維喆이다. 저서에 『회록당집』懷麓堂集이 있다.

48 반선은 범어의 반지달班智達(박학)과 티베트어의 선파禪波(크다)의 합성어로, 박학다식한 큰 인물이라는 뜻이다.

들은 모두 성승을 존경하고 믿으며 살아 있는 부처라고 일컫는다. 그는 스스로 말하기를 마흔두 번이나 세상에 태어났는데, 전생에 여러 번 중국에 태어났고, 현재 나이는 마흔셋이란다. 지난 5월 20일에 그를 열하로 맞이해 와서, 별궁을 지어 주고 스승으로 섬기고 있다고 한다.

어떤 사람들은 말하기를, 본래 승왕을 따르는 무리들이 많았는데 국경을 넘어 들어온 이래로 사람들이 점점 낙오하여 처졌고, 끝까지 따라온 사람이 그래도 수천 명이나 되며, 그들은 모두 병장기를 몰래 감추고 있는데 오직 황제만 깨닫지 못하고 있다고 한다. 이 말은 공연히 소동을 일으키려고 만든 유언비어 같다. 또 거리나 시장의 아이들이 부르는 「황화요」黃花謠라는 노래가 바로 그 증거라고 말한다. 이 동요는 명나라 욱리자郁離子[49]가 지었다.

"붉은 꽃이 다 떨어지고 누런 꽃이 피는구나"(紅花落盡黃花發)라는 내용으로, 붉은 꽃이란 청나라의 붉은 모자를 가리키며 몽고와 서번은 모두 누런 모자를 쓴다는 것이다.

또 다른 노래에는,

"원래는 옛 물건인 것을 누가 주인이 되어 볼 것인가?"(元是古物誰是主)[50]

라고 했다.

이 둘을 살펴보면 모두 응당 몽고를 두고 노래한 가요인데, 몽고 48부락이 바야흐로 강하며, 그중에도 토번吐蕃이 더욱 강하고 사납다. 토번은 서북쪽의 오랑캐이니 몽고의 별종 부락으로서 중국 황제가 더욱 두려워하는 대상이다.

박보수가 예부에 가서 사정을 탐문하고 돌아와서는,

"황제가, '그 나라는 예를 아는 나라이련만, 사신은 예법을 모

49 욱리자는 유기劉基(1311
~1375)의 호이다. 자는 백온
伯溫이고, 『욱리자』라는 저
서가 있다.

50 '원래'에 해당하는 한자
元은 몽고가 세웠던 원元나
라를 의미한 것으로 보인다.

르고 있구나'라고 했답니다."

라고 아뢴다. 박보수와 통관들은 모두 가슴을 치고 눈물을 흘리며,

"우리는 이제 죽었네."

라고 한다.

이들의 엄살은 통관 무리가 본래부터 하는 버릇이라고 한다. 비록 털끝만큼의 작은 일이라 해도 만약 황제의 명령과 관계되는 것이면 문득 죽겠다고 호들갑을 떨며 괴롭다고 엄살을 하는데, 하물며 사신에게 중도에서 돌아가라고 하여 황제의 마음이 편치 않음을 내비친 일에 대해서랴.

게다가 예부에서 전하는 '사신은 예법을 모른다'는 말은 더욱 황제의 불편한 심기를 드러내고 있으니, 통관들이 가슴을 치며 눈물을 흘리는 것이 완전히 공갈로 그러는 건 아닐 것이다. 그래도 그들이 하는 행동은 흉물스럽고 단정치 못해, 보는 사람으로 하여금 우스워서 아주 뒤집어지게 만든다. 우리 역관도 털이 닳아빠져 가죽이 드러날 정도로 빤질거리기는 하지만 조금도 동요하지 않았다.

저녁이 된 뒤에 예부에서 알려 오기를,

"내일 식후나 모레는 응당 황제께서 불러 물어보실 조치가 있을 터이니, 사신은 일찌감치 나아가서 만나 봄이 마땅하고 지체하여 잘못되지 않도록 하라."

라고 한다.

저녁밥을 먹은 후에 윤형산[51]을 찾아가니, 혼자 앉아 담배를 피우고 있었다. 손수 담뱃대에 불을 붙여 내게 권하며,

"형님 되시는 다다런은 존체尊體가 편안하고 좋으신지요?"

하고 묻기에 나는,

51 형산은 윤가전의 자이다.

46

"황제께서 보살펴 주시는 덕택입니다."

라고 답했다. 윤공이 『계림유사』鷄林類事[52]에 대해 묻기에 나는,

"이는 우리나라 서울 근방의 방언에 관한 책 같습니다."

라고 했다. 윤공이,

"귀국에 『악경』樂經이란 책이 있다는데 그렇습니까?"

하고 묻는다. 말을 하는 사이에 기공(기풍액)이 들어와서 『악경』이란 책 이름을 보더니 그도,

"귀국에 안부자顔夫子(공자의 제자 안연)의 저술이 있습니까? 중국에 들어오는 사람이 이 두 가지 책을 가지고 있으면 압록강을 건널 수 없다고 하는데 사실인가요?"

라고 묻기에 나는,

"공자님이 계신데 안연이 어찌 감히 책을 저술할 수 있었겠습니까? 또한 진시황이 『시경』, 『서경』 같은 경서를 불태워 버릴 때 어찌 홀로 『악경』만 빠질 수가 있었겠습니까?"

라고 하니 기공은,

"정말 그렇습니까?"

라고 하여 나는,

"중국은 문명이 모이는 곳입니다. 만약 우리나라에 정말 이 두 책이 있어서 가지고 오는 사람이 있다면 모든 신령들이 반드시 가호하실 터이니 어찌 압록강을 건너지 못하겠습니까?"

라고 하니 윤공이,

"맞습니다. 『고려지』高麗志[53]라는 책도 일본에서 나왔지요."

라고 하기에 나는,

"『고려지』가 몇 권인가요?"

라고 물었다. 윤공은,

52 『계림유사』는 송나라 사람 손목孫穆이 고려 숙종肅宗 때 서장관으로 개성에 와서 당시(11~12세기) 고려인들이 사용하던 언어 353개를 추려 설명한 책이다.

53 『고려지』는 원나라 때 왕약王約(1252~1333)이 지은 책이다. 왕약의 자는 언박彦博, 호는 예재豫齋이며, 저서로 『사론』史論 30권이 있다.

"난원蘭畹 무공련武公璉이 베낀 『청정쇄어』蜻蜓瑣語[54]에 고려 책의 목록이 들어 있습니다."
라고 한다.

기공이 내 손을 이끌고 밖으로 나와 함께 달구경을 했다. 그때 달빛이 대낮처럼 밝았다. 내가,

"달에도 또 하나의 세계가 있다면, 달에서 우리 지구를 바라보는 사람이 있어 난간 아래에 서서 우리처럼 달에 그득한 지구의 빛을 감상하겠지요."
라고 하니, 기공은 손으로 난간을 치면서 기이한 말이라고 칭찬한다.

8월 11일 정사일

맑았다.

날이 희뿌옇게 밝아 올 무렵에 정사는 궁궐에 이르렀다. 상서 덕보德保가 사신과 잠시 인사를 나누더니,

"내일은 응당 황제께서 부르시겠다는 명이 있을 것이고, 오늘도 꼭 없다고 장담하기는 어려우니 예부의 대기실에서 잠시만 기다리시죠."

라고 한다. 사신이 다른 사람과 일제히 대기실에 들어가 있으니, 황제가 또 어제 내려보냈던 것과 똑같이 음식 세 접시를 보내왔다.

나는 궐문 밖으로 나와서 한가하게 걸어가며 구경했다. 어제 아침에 보던 것과 달리 오늘은 더욱 분주하고, 검은 먼지가 공중에 자욱하다. 연도에는 다방과 술집이 즐비하고 수레와 말이 시끄럽게 들끓었다. 나는 너무 일찍 일어났으므로 속이 출출하여 혼자 태학관으로 돌아왔다.

오는 길에 젊은 중 하나를 만났다. 그는 준마를 타고 흑공단

으로 된 모난 모자를 쓰고 공단 도포를 입었다. 얼굴 생김이 아름답고 고우며 의관도 말쑥하여 중노릇하기에는 참으로 아깝다. 그가 의기양양하게 옷자락을 휘날리며 가다가 무지하게 큰 노새를 타고 오는 사람을 만났다. 말 위에서 기쁘게 서로 손을 잡고 아는 척을 하더니 갑자기 중이 얼굴에 노한 기색을 띤다.

조금 뒤에 둘이 악을 쓰며 고성을 질러대더니 말 위에서 서로 때리기 시작한다. 중은 두 눈을 사납게 부릅뜨며 한 손으로는 상대의 가슴을 찌르고 다른 한 손으로는 그의 머리를 빠개지도록 두들겨 팬다. 노새를 탄 사람의 몸이 움찔 한 번 기울어지더니 모자가 떨어져 목에 걸린다. 그 역시 체구는 건장하고 수염과 머리칼이 약간 희끗희끗한데, 그의 기색을 살펴보니 중에게 조금 꿀리는 것 같다.

둘이 서로 움켜쥐고 끌어안은 채 안장에서 굴러떨어졌다. 처음에는 노새를 탄 사람이 중을 깔고 앉더니, 조금 뒤에는 중이 그를 뒤집어 깔고 앉았다. 각각 한 손으로 상대방의 가슴을 움켜쥐고만 있고, 주먹으로 때리지는 못한 채 단지 상대방의 얼굴에 침만 뱉는다. 그들이 타고 온 말과 노새는 서로 마주 보고 꼼짝도 않고 서 있다. 두 사람이 한 덩어리로 붙어 큰길에서 굴러도 에워싸고 구경하는 사람이 없고, 싸움을 말리거나 떼어 놓으려는 사람도 없으니, 그들끼리만 으르렁거리며 아래위로 노려보고 분이 나서 헐떡헐떡 씨근덕거릴 뿐이다.

한 과일 가게에 들어가니 제철에 나는 햇과일이 산더미처럼 쌓여 있다. 중국 동전 100닢(16닢이 우리의 1전錢과 같다. ─ 원주)으로 배 두 개를 사서 나왔다. 맞은편 술집 누각의 깃발이 난간 앞으로 펄럭거리고, 은으로 만든 주전자와 주석으로 만든 술병이 처마 밖으로 춤을 추듯 모여 있다. 녹색 난간은 허공에 뻗쳤으며, 황금빛 간판은 햇살에 번쩍인다. 술집의 좌우 깃발에는,

신선은 옥 패물을 맡기고 神仙留玉佩
공경들은 금관자와 담비 옷을 벗는다. 公卿解金貂

라고 적혀 있다.

누각 아래에는 수레와 말이 많지 않은데 누각 위에는 사람 소리가 벌 떼와 모기 떼처럼 웅성거리며 들끓는다. 내가 느긋하게 이층으로 오르니 계단은 열두 층계이다. 탁자를 둘러싸고 의자에 앉은 사람들이 어떤 자리는 서너 명, 어떤 자리는 대여섯 명인데, 모두 몽고와 회족 사람들로 무려 수십 패거리가 있다.

전립

몽고 사람들이 머리에 얹고 있는 것은 꼭 우리나라 쟁반처럼 생겨 모자의 테가 없고 위에는 양털을 붙여서 누렇게 물들였다. 더러 갓을 쓰고 있는 사람도 있는데, 만든 법이 우리나라의 이른바 벙거지라고 하는 전립氈笠과 같으며, 대나무로 만든 것과 털가죽으로 만든 것이 있어 안과 밖에 금칠을 하기도 하고, 오색으로 구름무늬를 얼룩얼룩 그리기도 하였다. 모두 누런 윗도리와 붉은 바지를 입고 있었다.

몽고인 전통 모자

회족 사람들은 붉은 윗도리를 입었으며, 검은 옷을 입은 사람도 많았다. 붉은 모직물로 고깔을 만들어 썼는데, 테가 매우 길고 단지 차양의 앞뒤에만 있어 마치 돌돌 말린 연잎이 물 밖으로 나와 있는 것 같기도 하고, 또 약을 가는 약

몽고인의 모습

약연

연藥研의 쇳덩어리 몽치같이 양 끝만 뾰족한 모습이 너무 경박하고 출싹거리는 것 같아 웃음이 절로 난다.

내가 쓰고 있는 갓은 마치 전립(벙거지範亡兄라고 부른다 — 원주)처럼 생겨서 장식은 은으로 새기고 정수리에는 공작의 깃털을 꽂았으며 목에는 수정의 갓끈으로 묶었으니, 저들 두 오랑캐의 눈에는 어떤 모습으로 비칠지.

한족이든 만주족이든 간에 중국 사람이라곤 한 명도 보이지 않고 누각 이층에는 몽고족과 회족 두 오랑캐 종족만 있다. 모두 사납고 추하게 생겼다. 괜히 올라왔다고 후회가 되었지만 이미 술을 시킨 마당이라 할 수 없이 좋은 의자 하나를 골라서 자리에 앉았다.

술집 심부름꾼이 술을 몇 냥이나 마시겠냐고 묻는다. 대개 술을 무게로 달아서 팔기 때문이다. 나는 넉 냥어치를 가져오라고 시켰다. 심부름꾼이 가서 술을 데우려고 하기에 나는 소리를 질러 데우지 말고 생술 그대로 달아서 가져오라고 했다. 심부름꾼은 싱긋이 웃으며 술을 따라서 가지고 오는데 먼저 작은 잔 두 개를 가지고 와서 탁자에 펼쳐 놓는다.

나는 담뱃대로 작은 잔을 쓸어서 뒤집고는 큰 사발을 가지고 오라고 냅다 소리를 질렀다. 그러고는 한꺼번에 술을 모두 따라서 단숨에 들이켰다. 뭇 오랑캐들이 서로서로 얼굴을 빤히 쳐다보며 모두 경이롭게 여기지 않는 이가 없다. 아마도 내가 호쾌하게 마시는 것을 씩씩하게 보는 모양이다.

대체로 중국의 술 마시는 법이란 대단히 얌전해서, 비록 한여

름이라도 술은 반드시 데워서 마시고 비록 소주라도 데워서 마신
다. 술잔은 은행 알만큼 작은데 그것도 이빨에 걸쳐 가지고 홀짝
홀짝 빨다가 그나마 남은 것은 탁자 위에 놓았다가 조금 뒤에 다
시 홀짝거리지, 결코 잔을 뒤집어 털어 넣는 법이 없다. 여러 오랑
캐들의 마시는 법도 중국과 대동소이해서 우리 풍속의 소위 사발
떼기처럼 술잔을 뒤집어서 털어 넣는 법은 결코 없다.

내가 술을 데우지 말고 찬술을 그대로 가져오라고 하고, 또
단번에 넉 냥어치의 술을 들이마신 까닭은 저들을 겁주기 위해서
대담한 척한 것이었다. 실상은 겁이 나서 그런 것이지 진정한 용
기는 아니었다. 내가 찬술을 시킬 때 저들 오랑캐들은 이미 열에
셋쯤 놀랐을 터이고, 대번에 들이마시는 것을 보고는 크게 놀라
도리어 내게 겁을 먹었을 것이다.

내가 주머니에서 엽전 여덟 푼을 꺼내어 심부름꾼에게 계산
하고 막 일어서려고 하니까, 뭇 오랑캐들이 의자에서 내려와 머
리를 조아리며 일제히 자리에 다시 앉으라고 청한다. 한 놈이 일
어나서 자기의 의자를 비워 주며 나를 부축하여 그 자리에 앉힌
나. 저들은 비록 좋은 뜻으로 하는 행동이겠으나, 내 등은 이미 땀
으로 흥건하게 젖었다.

내가 젊은 시절에 하인들이 술 마시는 것을 보았는데, 그들
이 벌주를 먹이기 위해 하는 말 중에 "그 집 문 앞을 지나가긴 했
으나 집에 들어가지는 않았는데도 나이 칠십에 아이까지 낳았다
하니, 내 놀라 땀이 나서 등이 다 젖었소이다"라고 하였다. 내 성
품이 본시 웃음을 잘 참지 못하는지라, 그 소리를 듣고 얼마나 웃
었던지 사흘 동안이나 허리가 다 시큰거린 적이 있었다. 오늘 아
침에 만 리 변방 밖에서 갑자기 뭇 오랑캐들과 술을 마시게 되었

으니, 만약 벌주를 마시는 이유를 대라고 한다면 응당 '땀이 나서
등이 흥건하게 젖었소이다'라고 말해야 할 것이다.

　오랑캐 하나가 일어나 술 석 잔을 따르고 탁자를 두드리며 내
게 마시길 권한다. 나는 일어나서 사발 안에 있던 찻잎 찌꺼기를
난간 밖으로 던져 버리고, 석 잔 술을 그 사발에 모두 부어 단번에
기울여 호쾌하게 마셨다. 그리고는 몸을 돌려 크게 읍을 하고는
더벅더벅 큰 걸음으로 계단을 내려오는데, 그들이 뒤에서 쫓아오
는 것 같아 모발이 쭈뼛하고 서걱거렸다. 한길에 나와 서서 누각
위를 되돌아보니 아직도 시끌벅적 웃음소리가 나는데, 아마도 내
이야기를 하는 모양이다.

　태학관에 돌아오니 식사 시간이 아직 멀었다. 윤형산의 처소
를 찾아갔더니 조정에 입궐했다고 한다. 몸을 돌려 안찰사 기풍
액에게 갔는데 그 역시 처소에 없다. 왕곡정을 방문하니 곡정은
『구정시집』緱亭詩集의 서문 한 편을 보여 준다. 문장이 아름답지

도 않을 뿐 아니라 한 편 전체가 오직 강희 황제와 지금의 건륭 황제를 서술하고 있다. 그들의 성대한 덕과 위대한 사업은 요임금, 순임금과 비교해도 더 훌륭하다는 대단히 너절한 글이다. 다 읽기도 전에 창대가 와서, 조금 전에 황제가 사신을 불러서 접견했고 또 사신에게 살아 있는 부처라는 뜻의 활불活佛을 만나 보라고 명했다고 말한다.

나는 밥을 재촉하여 먹고 의주 비장과 함께 궁궐에 들어가 사신을 찾았더니, 사신은 이미 활불의 처소로 갔다고 한다. 즉시 궐문을 빠져나오니 여섯째 황자가 대궐문 앞에서 말을 내린다. 말은 궐문 밖에 놓아 두고 시종들이 빽빽하게 에워싸고 총총걸음으로 들어간다. 어제는 말을 타고 바로 입궐하더니 지금은 말에서 내려 들어가니 무슨 까닭인지 모르겠다.

궁성을 따라서 가다 왼쪽으로 꺾어서 가니 서북쪽 일대의 산기슭에는 궁궐과 도교 사원, 사찰의 면면이 눈에 들어오는데, 더러 4, 5층의 누각도 있다. 이른바,

55 이 노래는 『수경』水經이란 책에서 상강湘江을 설명하는 주석에 나오는 것으로, 어부가 부른 노래이다.

열하 산기슭에 세운 외팔묘外八廟의 하나인 보락사普樂寺

돛을 달고 상강湘江을 돌아드니
형산衡山의 아홉 모습 바라본다

帆隨湘轉 望衡九面

라고 하는 경치이다.[55]

곳곳의 군대 막사에서 숙위하던 씩씩한 병사들이 모두 나와서 나를 훑어보더니, 내가 혼자 어디로 갈지를 몰라 이리저리 방황하는 것을 보고는 서로 다투어 멀리 서북쪽을 손으로

가리킨다.

드디어 시냇물을 끼고서 가니 냇가에 흰 천으로 된 막사가 수천 개 있다. 모두 수자리 사는 몽고의 병사들이다. 또 북쪽으로 꺾어서 멀리 하늘가를 바라보니 두 눈이 갑자기 캄캄해진다. 허공중에 황금빛 집이 아물아물 눈에 들어와 번쩍번쩍 눈이 부셨기 때문이다. 시냇물을 가로질러 걸쳐 있는 다리는 거의 1리 정도나 된다. 다리에는 난간이 설치되어 있으며, 붉고 푸른 색이 서로 비치고 몇 사람이 그 위를 걸어가거나 앉아 있는 모습이 아득히 그림 속의 풍경 같다. 다리를 건너가려 하자 모래사장에 있던 어떤 사람이 급히 뛰어오며 손을 휘젓는다. 아마도 건너가지 못한다는 뜻인 것 같다.

마음은 바쁘고 생각은 조급하여 말에 수도 없이 채찍을 치지만 오히려 더딘 것 같다. 드디어 말에서 내려 시냇물을 따라 올라가니, 돌다리가 있고 그 위를 왕래하는 우리 조선 사람이 많다. 문으로 들어가니 기암괴석이 층층이 쌓였는데, 그 기이한 솜씨는 귀신의 손에서 나온 것 같다. 사신과 역관이 궁궐에서 곧바로 나

북경의 건물 지붕(좌)
열차 전가의 황금 지붕(우)

오며 내게 미처 연락을 못 한 것을 애석하게 여기고 있던 차에 뜻
밖에 내가 오는 것을 보고는, 모두들 나를 두고 관광벽이 너무 심
하다고 놀려댄다.

북경에서도 숲 속으로 자줏빛, 붉은빛, 푸른빛, 초록빛의 기
와지붕이 솟아 있고, 더러 정자나 누각 꼭대기에는 금으로 된 호
로병을 세워 놓았으나, 지붕 위에 황금으로 된 기와를 보지는 못
했다. 지금 여기 전각의 지붕을 덮고 있는 금기와는 순금인지 도
금인지는 모르겠으나 이층으로 된 큰 전각이 둘, 누각이 하나, 문
셋은 금기와를 이었다. 그밖의 정자와 누각은 여러 빛깔의 유리
기와를 이었으나 금기와의 색깔에 눌려서 보잘것없다. 조조曹操
가 건축했다는 동작대銅雀臺[56]에 사용했던 기와는 후대에 왕왕 주
워서 이를 가공하여 좋은 벼루로 사용한다고 했는데, 그것은 가
마에서 구운 기와이지 유리는 아니다. 유리기와는 어느 시대부터
사용했는지 알 수 없다.

옛날 시인들이 이른바 '옥으로 만든 계단, 금으로 된 집'이라
고 표현했던 것이 정말 지금 내가 보고 있는 것과 같은 것인가?
그런 표현이 역사 기록에 나타난 것으로는 『한서』漢書에,

"한나라 성제成帝가 소의昭儀(궁녀의 벼슬 이름)로 있다가 나중
에 황후가 된 조비연趙飛燕을 위해 집을 지었는데, 그 문지방(切)
은 모두 구리로 싸고 황금으로 도금하였다."[57]

라고 했는데 당나라 때의 학자 안사고顏師古[58]는 이를 주석하여,

"문지방[切]이란 문의 경계를 말하는데, 끝을 구리로 덮고 그
위에 금으로 도금했다."

라고 하였다. 『한서』에 또,

"벽에 가로로 질러서 돌출시키는 나무 막대인 벽대壁帶는 때

56 동작대는 후한 210년에
조조가 세운 누대의 이름이
다. 구리로 만든 봉황으로 지
붕을 장식한 데서 그 이름이
유래했다. 여기에 사용한 기
와는 잿물을 덮어서 만들었
으므로, 이를 벼루로 만들어
먹을 갈면 먹물이 스며들지
않기 때문에 보배로 여겨, 이
를 동작와라고 했다.

57 『한서』 권97 하 「외척전」
제67 하에 나온다.
58 안사고(581~645)는 당
나라 초기의 학자이다. 사고
는 그의 자이고 이름은 주籕
이다. 『한서』에 주석을 했고,
『오경정의』의 주석 작업에도
참여했다.

59 남전은 섬서성 서안 옆의 지명으로 옥 생산지로 유명하다.
60 복건은 동한 말기의 저명한 학자로, 자는 자신子愼이다. 『한서』, 『좌전』 등을 주석했다.
61 진작은 진나라의 음운학자로, 『한서집주』漢書集注 14권, 『한서음의』漢書音義 17권 등의 저서를 남겼다.

때로 황금강黃金釭을 만들어서 남전藍田[59]에서 생산되는 옥을 박고 투명한 진주와 푸른 깃털로 장식했다."

라고 했는데 한나라 때의 학자인 복건服虔[60]은,

　　"강釭이라는 것은 벽 속의 옆으로 가로지르는 띠〔釭〕이다."

라고 주석을 달았고, 진晉나라 때의 학자 진작晉灼[61]은 이를 주석하며,

　　"황금 고리로 장식을 했다."

라고 설명했다.

62 영현은 한나라 때 인물로, 『조비연외전』趙飛燕外傳을 지었다.
63 맹견은 『한서』를 지은 반고班固의 자字이다.

　　영현伶伭[62]이나 맹견孟堅[63]과 같은 사람들은 여러 차례 황금이라는 글자를 써서 황금 장식의 문지방과 벽대를 표현하려고 노력하여, 천 년이 지난 지금 그 책들의 묵은 종이를 펼쳤을 때 오히려 번쩍번쩍하여 눈부시게 만든다. 그러나 실제는 기껏 벽에 두른 장식 띠와 문지방에 지나지 않았는데도 그토록 과장되게 포장하여 요란을 떨었을 뿐이다.

　　만약 소의昭儀(조비연) 자매에게 여기 열하의 황금 지붕을 보게 한다면, 반드시 앙탈을 부리며 침상에 몸을 던져 울고불고 하며 식음을 전폐했을 것이다. 황제가 비록 그런 청금기와로 된 집을 만들어 주려고 하더라도, 안창安昌[64]이나 무양武陽[65]과 같은 훌륭한 선비들이 나서서 유가의 경전을 인용하며 불가하다고 반대했을 터이니, 황제의 권력으로도 능히 짓지 못했을 것이다.

64 안창은 성제成帝의 스승이었던 장우張禹이다.
65 무양은 성제의 재상인 설선薛宣이다.

　　설령 지었다 하더라도 맹견과 같은 필력을 가지고 장차 어떻게 표현했을지 모르겠다. '금으로 된 전각이 아물거린다'라고 말했다가는 응당 지워 버렸을 것이다. 또 '금대궐이 허공에 솟구쳤다'라고 말했을까? 한번 읊조려 보고는 또 지웠을 것이다. '이층의 큰 대궐을 짓고 기와에 황금을 발랐다'라고 말하든지, 혹은

'황제가 황금대궐을 지었다'라고 말했을까? 조그마한 제목을 가지고 크게 과장이나 해 왔던 양한兩漢 시대의 고문가古文家라고 하더라도 이렇게 큰 제목을 표현할 수 없었을 것이다. 이것이 천고 이래로 문장가들에게 남겨진 한이다.

　그림의 경우도 같다. 자를 이용하여 궁실 그림을 정밀하게 잘 그린다고 하더라도 궁실이란 한 면이 아니고 네 면이며, 안과 밖이 있고, 또 궁실이 포개지고 첩첩이 놓인 경우가 있다. 비록 서양화처럼 교묘하게 복사하듯 그린다 하더라도, 단지 궁실의 한 면만을 그릴 뿐이지 나머지 세 면은 그릴 수가 없으며, 궁실의 외면만 그릴 뿐이지 그 내실은 그릴 수 없다. 겹겹이 포개진 전각이나 첩첩이 쌓인 정자, 굽이치는 회랑과 겹으로 된 누각에 대해서는 단지 날아갈 듯한 처마나 휠휠 나는 모습의 기와만을 그릴 수 있을 뿐이다. 아로새긴 정교함이 털끝처럼 세밀한 부분은 화가가 그려 낼 수 없다. 이것이 천고 이래로 화가들에게 남겨진 한이다.

　그래서 공자는 진작부터 이 두 문제를 탄식하여,

　"글은 사람의 말을 다 표현할 수 없고, 그림은 사람의 생각을 다 그릴 수 없다."(書不盡言 圖不盡意)[66]

라고 하셨다.

66 『주역』「계사」繫辭 하편에 "글은 말을 다 표현할 수 없고, 말은 뜻을 다 표현할 수 없다"(書不盡意 言不盡意)라는 공자의 말이 있다.

중국의 절이나 도교 사원의 숫자가 만 개나 된다고 하지만, 금으로 된 기와를 인 집은 오직 산서山西 오대산五臺山의 금각사金閣寺가 있을 뿐이다. 당나라 대종代宗 대력大曆 2년(767)에 재상 왕진王縉[67]은 중서성中書省의 공문과 승첩(승려 증명 문건)을 발급해, 오대산 승려 수십 명에게 사방으로 흩어져서 시주를 모아 와서 절을 짓도록 했다. 구리를 녹여 기와를 만들고 금으로 도금하여 수만금의 경비가 들었는데, 그 전각이 지금도 건재하다고 한다. 지금여기의 기와도 응당 구리로 만들어 금칠을 올렸을 것이다.

67 왕진은 당나라 시인 왕유王維의 동생으로, 자는 하경夏卿이다. 대종 때 재상을 지냈으며 불교를 독실하게 신봉했다.

내가 요양의 시장에서 잠시 쉴 때에 나에게 황금을 휴대하고 왔느냐고 사람들이 다투어 물은 적이 있었다. "금은 우리나라에서 나는 게 아닙니다"라고 대답하니 모두 나를 비웃었다. 심양, 산해관, 영평, 통주를 지날 때도 금을 묻지 않는 사람이 없었으나, 내가 처음처럼 조선에는 금이 나지 않는다고 하면 그때마다 그들은 자신들이 쓰고 있는 모자의 정수리를 가리키며 "요게 조선의 금이라오"라고 하였다.

내가 살던 연암 골짜기의 집은 송도松都(개성)와 가깝기 때문에 자주 중경中京(송도)에 나들이를 갔다. 송도는 바로 북경에 드나드는 장사꾼을 키우는 곳이다. 매년 7, 8월에서 10월까지 금값이 폭등하여 금 한 푼쭝을 팔면 돈이 마흔닷 냥이나 쉰 냥이지만, 나라 안에서는 금을 쓸 일이라곤 없다. 문무관원들 중 이품 이상은 금관자나 금띠를 하지만, 항상 만드는 것도 아니고 대부분 서로 빌려서 사용한다. 시집가는 새색시의 금가락지나 머리장식도 따지고 보면 그렇게 많지 않은즉, 금이 썩은 흙처럼 값이 낮아야 할 터인데도 이와 같이 비싼 까닭은 무엇인가?

내가 이번 여행에서 압록강을 건너기 전에 평안도 박천군博

川郡에 이르러 말에서 내려 길옆의 버드나무 아래에서 더위를 식히고 있을 때였다. 남부여대男負女戴하여 지나가는 자들이 곳곳에 무리를 이루었는데, 모두들 여덟아홉 살 되는 남녀 아이들을 데리고 간다. 마치 흉년이 든 해에 유랑민들이 이리저리 떼를 지어 다니는 것 같아서 괴이하여 물었더니, "성천成川[68]의 금광으로 간다"고 말했다.

그들이 가지고 있는 도구를 살펴보니 나무바가지 하나, 천으로 된 자루부대 하나, 작은 끌 한 개가 전부였다. 끌은 땅을 파기 위한 것이고, 부대는 파낸 흙을 담기 위한 것이고, 바가지는 금을 물에 일기 위한 것이다.

하루 종일 흙 한 자루만 물에 일면 그렇게 고생하지 않아도 밥은 먹는다고 한다. 어린 계집아이들이 잘 파고 잘 일고, 눈이 밝은 아이는 더더욱 금을 잘 얻는다고 한다. 내가,

"하루 일하면 금을 어느 정도나 얻느냐?"

하고 물으니 그들은,

"그건 재수에 달렸습니다. 혹 하루에 10여 알갱이를 얻습니다만, 재수가 없는 날에는 서너 알 정도 얻습니다. 재수가 좋으면 잠시만에 부자가 되기도 합니다."

라고 한다.

내가 그 알갱이 크기를 물었더니 대략 기장[69] 낟알만 하다고 말한다. 금을 캐는 것이 농사짓는 이익보다 나아서, 한 사람이 하루 얻는 금이 비록 적다 하더라도 그래도 6, 7푼쯤은 내려가지 않으니, 이를 돈으로 바꾸면 두세 냥이 된다고 한다. 비단 농사꾼들의 태반이 자신의 농토를 버리고 떠날 뿐 아니라, 사방의 건달과 놀량패도 모여들어 절로 한 마을을 이루어서 무려 10여만 명이나

된다. 미곡과 온갖 잡화가 모여들어 거래되고 술과 밥, 떡과 엿이 산골에 넘쳐 난다고 한다.

나는 알지 못하겠다, 그 금이 도대체 어디로 흘러가는지. 금을 캐는 양이 많아지면 많아질수록 그 값은 더욱 올라가니, 여기 열하의 기와에 도금한 금이 우리나라에서 캔 금이 아니라고 어찌 장담할 수 있겠는가?

청나라 초 우리가 해마다 중국에 바치는 공물 중에서 제일 먼저 황금을 면제해 준 까닭은 금이 우리의 토산이 아니기 때문이다. 만약 간교한 장사꾼이 있어서 법을 어기고 몰래 금을 팔다가 혹 청나라 조정에 발각이라도 된다면, 비단 사단이 벌어질 걱정뿐 아니라 황제가 이미 황금으로 지붕과 기와를 도금한 마당이니, 우리나라에 금광 설치를 요구하지 않으리라고 어찌 장담할 수 있으랴.

흙을 돋우어 만든 대臺 위에 있는 작은 정자나 누각의 창호에는 모두 우리나라의 종이를 발랐다. 창호에 구멍을 뚫고 안을 들여다보니 어떤 곳은 아무것도 없고, 어떤 곳은 의자, 탁자, 향로, 화병 등이 가지런히 정렬되어 있다.

사신이 비복들을 문밖에 떨어뜨려 놓고 들어가며 함부로 난입하지 말라고 엄하게 단속을 시켰는데, 잠시 뒤에 모두들 대 위로 올라왔다. 우리 역관과 통관이 깜짝 놀라 다시 나가라고 꾸짖으니, 그들은 자기들이 난입해 들어온 것이 아니라 문을 지키는 사람들이 우리가 들어가지 않을까 도리어 걱정하면서 안내해 주어 대에 올랐다고 변명한다. 이때의 일을 기록한 「찰십륜포」扎什倫布와 「반선시말」班禪始末이란 글이 별도로 있다.

정사의 말에 의하면 아침에 요리가 내려온 후 잠시 뜸을 들이고 있었더니, 황제가 만나 보겠다는 명이 있었고, 통관이 안내하여 정문 앞에 이르렀다. 동쪽으로 문을 끼고 황제를 모시고 호위하는 신하들이 서거나 앉아 있는데, 상서 덕보가 낭중 몇 사람과 함께 와서는 사신에게 출입하고 행동할 절차를 지시하고 일러 주고 갔다. 한참 있다가 군기대신이 황제의 질문을 가지고 와서,

"너희 나라에는 사찰이 있느냐?"

라고 묻고 또,

"관운장 사당이 있느냐?"

라고 물었다.

서울의 관왕묘(동관묘)

70 통사는 통역 및 외국과의 외교를 맡은 벼슬 이름이다. 당시 통사는 홍명복, 조달동, 윤갑종 등이다.

건륭 황제 만년의 모습

이윽고 황제가 정문으로 나와 문 안의 벽돌을 깔아 놓은 곳에 앉는데, 임금이 앉는 의자도 내놓지 아니하고 단지 평상을 설치하고 누런 담요만을 깔았다. 황제 좌우에서 시위하는 신하는 모두 누런 옷을 입고, 칼을 찬 호위병은 불과 서넛밖에 되지 않았다. 누런 일산을 들고 양쪽에 갈라서서 있는 자가 단지 두 쌍이며, 그 분위기가 엄숙하고 조용했다.

먼저 회족의 태자를 앞으로 불렀는데 몇마디 하지 않고 나가게 하고, 다음으로 사신과 세 통사通事[70]를 들라고 명했다. 앞으로 나아갈 때는 모두 길게 무릎을 꿇고 무릎으로 걸

어 나갔다. 길게 무릎을 꿇는다는 것은 무릎을 땅에 대는 것이지 꽁무니를 붙이고 앉는 것이 아니다. 황제가,

"조선 국왕은 평안하신가?"

라고 물어서 사신은 공손하게,

"평안합니다."

라고 대답했다. 또 황제가,

"만주말을 할 줄 아는 사람이 있는가?"

라고 물었다. 상통사上通事 윤갑종尹甲宗이 만주말로,

"대략 이해합니다."

라고 대답하자, 황제가 측근의 신하들을 바라보고 기뻐하며 웃었다.

황제는 얼굴이 네모반듯하고 희며, 약간의 누런 기운을 띠고 수염은 반백인데, 모습은 예순 살 정도로 보이며 봄바람이 불듯 온화한 기운이 넘쳐흘렀다. 사신이 황제 앞에서 물러나 반열에 서니 무사 예닐곱 명이 차례대로 배열해 서서 화살 하나씩을 쏜 뒤 무릎을 꿇고 큰 소리로 인사를 했는데, 그중 과녁을 맞힌 사람은 둘이었다. 과녁의 모양은 우리나라의 과녁처럼 가운데는 가죽으로 만들었으며 안에는 짐승 한 마리를 그려 놓았다.

활쏘기를 마치자 황제는 즉시 안으로 되돌아가고, 옆에 모시고 있던 신하들이 모두 퇴출하기에 사신도 물러나서 나왔다. 어떤 문에 채 이르기도 전에 군기대신이 나와서, 조선 사신은 곧바로 활불이 거처하는 찰십륜포[71]로 가서 반선 액이덕니額爾德尼[72]를 만나 보라는 황제의 어명을 전했다고 한다.

살펴보건대 서번은 중국 사천四川과 운남雲南의 변방 밖에 있으니, 소위 서장西藏(티베트)이라는 곳이다. 변방 중에서도 더 변방으로 중국과 아주 멀리 떨어진 지역이다. 강희 59년(1720) 신장

71 찰십륜포는 티베트의 말로, 큰 덕이 있는 승려가 거처하는 집이라는 뜻이다.
72 액이덕니는 만주어로 진보珍寶라는 뜻이다. 1713년 강희 황제가 5세 반선 라마에게 내린 호칭이다.
73 책망아라포탄은 준갈이 부족 갈이단噶爾丹의 조카로, 세력을 얻은 뒤 아라사와 동맹하여 청나라를 괴롭혔다.
74 납장한은 청해고시한靑海固始汗의 손자로, 강희 연간에 직위를 받았으며 달라이 라마 6세를 받들고 청나라에 귀순했다.
75 연신(?~1728)은 만주 정람기 출신으로 청 태종의 증손자이다. 강희 황제 때 장군으로 공을 많이 세웠으나, 옹정 황제 때 구금되어 창춘원 밖 감옥에서 죽었다.

64

지방 준갈이準噶爾 부족의 장수 책망아라포탄策妄阿喇布坦[73]이 몽고 부족의 추장인 납장한拉藏汗[74]을 유인하여 죽이고는 성을 점령하고 차지하였다. 사당을 헐어 버리고 서번의 승려들을 쫓아내어 흩어지게 만들었다. 그리하여 강희 황제는 도통都統 연신延信[75]을 평역장군平逆將軍으로 삼고, 갈이필噶爾弼[76]을 정서장군定西將軍으로 삼아, 군대를 거느리고 가서 새로 봉한 달뢰라마達賴剌麻(달라이 라마)를 보내어 서장 일대를 모두 평정하고 황교黃敎(라마교)를 진흥시키게 했다.

이른바 황교라는 것이 무슨 도道인지는 모르겠으나, 몽고의 여러 부족들이 숭상하고 믿고 있다. 그래서 서장 지역이 혹 침략이나 소요를 당할 염려가 있으면, 강희 황제 때부터 천자가 통솔하는 군대인 육군六軍을 친히 파견하여, 감숙성의 영하寧夏까지 장수를 보내 그 난리를 평정해 준 것이 한두 번이 아니었다. 건륭 을미년(1775)에 지방 수령인 색낙목索諾木이 사천성 서북 지방인 금천金川에서 반란을 일으켰을 때이다. 황제는 서장으로 가는 길이 막힐까 염려하여 아계阿桂[77]를 정서장군으로 명하고 풍승액豐昇額[78]과 명량明亮을 부장으로, 해란찰海蘭察과 서상舒常을 참찬參贊으로, 복강안福康安[79]과 규림奎林[80] 등을 영대領隊로 삼아서 병사들을 진격시켜 토벌하고 평정했다. 이 전쟁 역시 서장을 위한 것이었다.

그 땅을 황제가 개인적으로 보호하고, 그 사람을 천자가 스승으로 섬기며, 그 종교를 황교黃敎라고 이름 짓는 것을 보면 아마도 중국 전설상의 최초의 임금인 황제黃帝나 노자의 도가 아닐는지?

달라이 라마를 그린 대형 걸개 그림

76 갈이필은 만주 양홍기 출신으로 서번을 평정하였고, 그 아버지도 장수였다. 『청사』 열전 참조.

77 아계 장군은 재상 아극돈阿克敦의 아들로, 여러 차례 무공을 세우고 태학사에 올랐다. 자는 광정廣廷, 호는 운애雲崖이다.

78 풍승액(?~1777)은 만주 정백기 사람으로, 병부상서를 지낸 인물이다.

79 복강안(?~1796)의 성씨는 부찰씨富察氏이고, 자는 요림瑤林, 호는 경재敬齋이다. 무영전武英殿 태학사와 군기대신을 지냈다.

80 규림(?~1792)의 성씨는 부찰씨이고, 자는 직방直方이다. 만주족 양황기鑲黃旗 출신이며, 건륭 황후의 조카로 여러 번 전공을 세웠다.

서장 사람들의 의관은 모두 황색인데, 몽고도 이를 본받아 역시 황색을 숭상한다. 그렇다면 지금 황제가 시기심이 많고 폭력적인 성향을 가지고 있으면서도 어찌하여 유독 황색의 꽃을 노래한 참요는 꺼리지 아니하는가?

액이덕니는 서번 승려의 이름도 아니고 서번의 땅 이름도 아니다. 그런데 이것을 사람의 별호로 사용하니 괴상망측하고 황당하여 도통 그 요령을 얻기 어렵다.

사신은 비록 황제의 명령 때문에 억지로 나아가서 서번의 승려를 만나는 보았지만 마음속으로 불평을 했을 터이고, 역관들은 오히려 무슨 일이나 나지 않을까 두려워하면서 어물쩍하며 눈가림으로 대충 꾸며대는 것을 다행으로 여겼을 것이다. 하인들은 마음속으로 서번 승려의 목을 베었을 것이고, 뱃속으로는 황제를 비방하지 않는 사람이 없었을 것이다. 황제가 세계 만방의 진정한 천자가 되려면 자신의 행동 하나도 신중하게 하지 않으면 안 될 것이다.

태학관에 돌아오니 중국의 사대부들은 모두 내가 활불을 만난 것을 영광으로 여겨서 부러워하지 않는 사람이 없었다. 한편 반선의 도술이 신통하다고 입에 침이 마르도록 극구 찬미하지 않는 사람이 없었다. 속된 세상에 구차하게 영합하고 아첨하는 풍조가 이와 같구나. 예로부터 세상의 도가 올라갈지 내려갈지와, 사람들의 심보가 착할지 간사할지는 모두 윗사람이 어떻게 인도하느냐에 달려 있지 않은 적이 없다.

지정志亭(학성)의 처소에서 술을 약간 마셨다. 이날 밤에 달빛이 더욱 밝았다. (이때 주고받은 이야기는 「황교문답」黃敎問答편에 싣는다. ─원주)

8월 12일 무오일

맑았다.

새벽 무렵 사신은 반열에 참여했다가 연희를 관람했다. 나는 잠이 오고 몹시 피곤하여 그대로 누워서 한숨 잤다. 아침밥을 먹은 뒤에 천천히 걸어서 대궐에 들어갔다. 사신은 이미 조정 반열에 참여한 지 오래되었다. 담당 역관과 여러 비장들은 모두 궁궐 문밖의 작은 언덕 위에 남아 있었다. 통관도 들어가지 못하고 여기에 앉아 있었다. 음악 소리가 담장 안의 지척에서 들렸다. 작은 문의 구멍을 통해 안을 들여다보았으나 아무것도 보이지 않았다.

담을 끼고 10여 발자국 정도 가니 두 개의 기둥으로 세운 작은 일각문一角門이 나왔다. 문짝 하나는 닫히고 하나는 열려 있기에 조금 들어가서 보려고 했더니, 군졸 여러 명이 못 들어가게 막으며 단지 멀리 문밖에서 구경하는 것은 허락했다. 문 안에 있는 사람들은 모두 문을 등지고 나란히 서 있는데, 조금도 자리를 뜨지 않고 몸도 한 번 흔들지 않는 모습이 마치 나무인형을 세워 놓은 것 같아서 들여다볼 틈새 하나 없다.

단지 사람들 목덜미 사이로 은은하게 푸른 산 하나와 푸른 소나무, 잣나무가 보이더니, 눈을 돌리는 사이에 갑자기 사라져 버렸다. 또 채색한 적삼과 수놓은 도포를 입은 자가 얼굴에는 붉은 분칠을 하고는 사람들의 머리 위로 상반신이 솟구치는 걸 보면 아마도 수레를 타고 있는 것 같다.

연희를 하는 무대와의 거리가 그리 멀지는 않은데 깊숙하고 음침한 것이 마치 꿈속에 성대한 반찬을 차려 놓은 듯해서 먹어도 그 맛을 알 수 없는 것과 같다. 문을 지키는 자가 담배를 달라기에 즉시 주었다. 또 한 사람이 내가 오랫동안 발꿈치를 들고 구경하는 것을 보고는 걸상(几) 하나를 가져다주며 그 위에 올라서서 구경하라고 했다. 나는 한 손으로 그의 어깨를 잡고 다른 한 손으로는 문 위의 가로로 댄 나무를 잡고 서서 보았다.

걸상

연희를 하는 사람들은 모두 한족의 의관을 차려입었으며, 사오백 명이 한꺼번에 앞뒤로 나아갔다 물러나며 일제히 노래를 불렀다. 걸상을 딛고 서 있는 내 모습이, 살찐 물오리가 횃대에 서 있는 것 같아서 오래 서 있기가 어렵다. 다시 내려와 작은 언덕의

피서산장의 연희를 하던 터

나무 그늘 아래로 돌아가 앉았다. 이 날 날씨가 대단히 더웠는데도 구경하는 사람이 마치 담장처럼 둘러서 있었다. 그중에는 모자의 정수리에 수정을 단 사람도 많았는데 무슨 벼슬아치인지 모르겠다.

젊은 사람 하나가 문을 나와서 가는데 사람들이 모두 길을 비켜 주

었다. 젊은이가 가던 걸음을 잠시 멈추고 시종에게 뭐라고 말을 하는데, 돌아보는 모습이 매우 사나워서 모두 겁을 먹고 엄숙하게 엎드렸다. 두 병졸이 채찍을 가지고 와서 사람들을 물리치니, 앉아 있던 회족 사람 하나가 갑자기 벌떡 일어나 두 병졸의 낯짝에 침을 뱉고 주먹을 한 방 날려 고꾸라뜨렸다. 젊은 관원은 째려보면서 가 버렸다.

모자 정수리에 수정을 단 사람에게 물어보니 바로 호부상서 화신和珅[81]이라는 자란다. 눈매가 밝고 수려하며, 얼굴은 준엄하고 날카롭게 생겼으나, 다만 덕과 그릇이 작아 보였다. 나이는 이제 갓 서른하나란다.

화신은 본래 황제의 의장을 맡은 난의사鸞儀司의 호위병 출신인데, 성품이 교활하고 붙임성이 뛰어나 5, 6년 사이에 갑자기 귀한 몸이 되어 구문제독九門提督(황성의 9개 문을 지키는 장군)을 거느리게 되었고, 병부상서 복륭안福隆安[82]과 함께 항상 임금의 좌우에서 모시고 있어서 조정에 위세를 떨친다고 한다. 고관 이시요李侍堯[83]가 해명海明[84]의 뇌물을 받은 것을 적발하고, 우민중于敏中[85]의 집을 몰수했으며, 아계阿桂 장군을 외직으로 내쳐서 강물이나 관리하게 만들었으니, 모두 화신이 힘을 쓴 것으로, 금년 봄과 여름 사이에 있었던 일이다. 사람들은 모두 그에게 눈을 흘기며 쳐다본다고 한다.

황제는 막 여섯 살 된 황녀를 화신의 어린 아들과 약혼시켰다. 황제는 나이가 많아지자 조급증과 분노가 커져 좌우의 신하들을 자주 채찍으로 때리는데, 어린 딸을 가장 사랑하기 때문에 황제가 크게 화를 낼 때 궁인들이 문득 어린 딸을 안아다가 그 앞에 데려다 놓으면 분노가 풀린다고 한다.

화신

81 화신(1750~1799)은 청나라 최고의 탐관오리로, 뒤에 『동란섭필』편에 상세히 나온다.
82 복륭안(1746~1784)의 성씨는 부찰씨이고, 자는 산림珊林이며 만주 양황기 출신이다. 건륭 황제의 제4녀에게 장가를 들어 액부額駙(부마)가 되었으며, 병부상서·호부상서·군기대신을 지냈다.
83 이시요(?~1788)는 한군漢軍 양황기 출신으로, 자는 흠재欽齋 혹은 소신昭信이다. 운남, 귀주, 섬서, 감숙, 광동, 광서, 복건, 절강 등의 총독을 지냈으며, 무영전 태학사를 역임했다.
84 해명은 운남·귀주의 총독이었다.
85 우민중(1714~1780)은 자는 숙자叔子·중상仲常, 호는 내포耐圃이다. 호부상서를 지냈으며, 『사고전서』 편찬에 참여했다. 저서로 『임청기략』臨淸紀略이 있다.

코담배 호리병

이날 반열에 참여했던 신하들에게 황제는 차와 음식을 세 차례나 내렸다. 우리 사신도 조정의 벼슬아치들과 같은 예로 대접을 받았다. 떡 한 그릇은 황색, 흰색 두 층으로 네 면이 네모반듯하며, 색깔은 마치 누런 밀랍과 같았다. 꿀은 굳고 약간 기름져 칼이 잘 들어가지 않았으나, 위층의 떡은 더욱 보드라운 윤기를 머금어 마치 옥으로 된 듯했다.

떡 위에는 신선 세계의 관원을 하나 세웠는데 눈썹과 수염이 살아 있는 사람처럼 생동감 있고, 도포와 손에 쥔 홀이 선명하고 화려하다. 그 좌우에는 신선 동자를 세워 놓았는데, 조각 솜씨가 기이하고도 교묘했다. 모두 밀가루와 설탕을 반죽하여 만든 것이다. 무덤에 나무 인형을 순장하는 것도 공자님은 불가하다고 하셨는데, 하물며 사람 인형을 먹을 수 있겠는가? 사탕 등속 십여 종류가 모두 한 그릇에 담겼고, 양고기가 한 그릇이다.

또 조정 신하들에게는 채색 비단과 수를 놓은 주머니 등 여러 가지 물건을 하사하고, 정사에게도 비단 다섯 필, 주머니 여섯 쌍, 코담배 호리병〔鼻烟壺〕 한 개를 하사하고, 부사와 서장관에게도 각각 차등을 두어 하사하였다고 한다.

저녁에는 약간 흐려서 달빛이 없었다.

8월 13일 기미일

새벽에 비가 조금 뿌리더니 아침이 되자 쾌청해졌다.

사신은 만수절萬壽節(황제의 생일)의 축하 반열에 참석하기 위해 오경(오전 4시 무렵)에 궁궐로 갔기에, 나는 달게 잘 수 있었다. 아침에 일어나 천천히 걸어서 궁궐 가까이 이르렀다. 누런 보자기가 덮힌 들것 일곱 개를 궐 문 앞에 두고, 사람들이 쉬고 있었다. 모두 옥으로 된 그릇과 골동품이다. 금부처 하나가 보통 사람 앉은키 정도 되는데, 모두 호부상서 화치재和致齋(치재는 화신和珅의 호)가 황제에게 진상하는 물품이란다.

이날도 황제는 음식을 세 차례나 하사했다. 또한 사신에게는 자기로 된 찻주전자 하나, 찻잔과 받침대 하나, 등나무 가닥으로 얽어 만든 빈랑檳榔 주머니 하나, 작은 칼 하나, 자양차紫陽茶[86]를 넣은 주석 주전자 하나를 하사했다. 저녁에는 자그마한 환관이 와서는 주석으로 만든 모난 호리병 하나를 내놓았는데, 통관이 '차'茶라고 한다. 환관은 즉시 말을 타고 돌아갔다. 호리병은 누런

86 자양차는 섬서성 자양현에서 나는 차로, 중국에서 상품으로 꼽는다.

비단으로 입을 봉해 놓았다.

    이윽고 봉했던 비단을 풀어 보니, 색이 누렇고 약간 붉은 기운이 도는 것이 술처럼 생겼다. 서장관이, 누런 비단으로 병 입을 봉해 놓았기 때문에 필시 황봉주黃封酒[87]일 것이라고 말한다. 맛이 달고 향기가 진하지만 술기운이라고는 전혀 없다. 다 쏟아부으니 여지茘枝 10여 개가 떠서 나온다. 모두들,

    "이게 여지로 담은 술이로구나."
라고 한다. 각기 한 잔씩 마시고는,

    "술맛 좋다."
라고 한다.

    술잔이 비장들에게 돌아가자, 술을 못 마시는 자들은 감히 한 번 빨아 보지도 않으니 크게 취할까 겁이 나서이다. 통관배들도 목을 쭉 빼고는 침을 흘린다. 수역이 남은 것을 얻어다가 따라주니 돌아가면서 맛을 보고는 모두들,

    "정말 맛좋은 궁궐의 술이로다."
하고 칭찬하지 않는 사람이 없다. 한참 있다가 일행은 서로 돌아보면서,

    "어어, 취하네."
라고 한다.

    밤이 되어서 나는 기풍액을 찾아갔는데, 황봉주라고 하는 것을 한 잔 가지고 가서 보여 주었다. 기공은 크게 웃으며,

    "이건 술이 아닙니다. 바로 여지로 만든 즙입니다."
하고는, 소주를 꺼내어 대여섯 잔을 섞는다. 색이 맑아지고 맛이 산뜻해지며 특이한 향기가 저절로 배가 된다. 대개 향기가 술기운을 타고서 더더욱 깊은 향내를 풍기기 때문이다.

87 황봉주는 송나라 때부터 관官에서 만들어 병의 입구를 누런 비단이나 종이로 봉한 술 이름.

황봉주

앞서 꿀물을 마시고서 향기를 논한다든지, 여지의 즙을 먹고서 취한다고 하는 사람들은 정말 상상력이 풍부하다 못해 엉터리 거짓말을 하는 사람들이다. 태양을 보지 못한 장님에게 어떤 사람이 태양은 구리쟁반처럼 생겼다고 말하자, 장님은 쟁반을 두드려 보고는 해가 소리를 낸다고 믿고 뒷날 종소리를 듣고서 태양인가 하고 짐작했다고 하니, 그런 엉터리 상상력과 무엇이 다르랴. 또 매실나무를 쳐다보고는 갈증이 해소되었다고 하는 과장과 무엇이 다르겠는가?[88]

이날 밤, 달빛이 더욱 밝았다. 나는 기공의 손을 잡고 명륜당을 나가 난간 아래에서 달빛을 밟고 걸었다. 내가 달을 가리키며 물었다.[89]

"달의 몸체는 항상 둥글게 생겼는데, 그 둥근 고리 모양이 태양빛을 받습니다. 이로 인해, 지구에서 달을 보면 달이 찼다가 기우는 현상이 생기는 것이겠지요?

오늘 밤 온 세상 사람들이 일제히 달을 바라본다면, 달그림자를 관측하는 지구의 위치에 따라 달의 모습이 살이 찌고 여위고 또 얇고 깊게 보이겠지요?

별은 달보다 크고 태양은 지구보다 크지만, 달이 커 보이고 별이 작아 보이는 까닭은 거리가 멀고 가까운 차이로 말미암은 것이겠지요?

이런 논설들을 그대로 믿는다면 해와 지구, 달 등은 커다란 허공에 떠 있는 다 같은 별이겠지요? 별에서 우리 지구를 본다면 그 동그란 것에서 빛이 나는 모습이 마치 바늘구멍과 같겠지요. 해와 달은 동쪽에서 떠올라 다시 서쪽으로 지는데, 해에서 지구

88 장님에 관한 일화는 소식蘇軾의 「일유」日喩라는 글에 나온다.

89 이하 이어지는 내용은 모두 연암의 질문이다. 이 질문의 한문 원문은 모두 4자씩 끊어지도록 문장을 구성하였다. 치밀한 구성과 문제의식을 보여주는 것이며, 「곡정필담」 발문에서 연암이 중국 학자와의 학문적 토론을 위해 세심한 준비를 했다고 말한 것이 빈말이 아님을 보여준다.

를 바라본다면 역시 이와 같을까요?

장차 지구를 해와 달과 일직선상으로 연결한다면, 그 세 개의 별은 반짝반짝 빛나는 모습이 마치 견우성 북쪽의 삼태성三台星[90]과 같아지겠지요?

지구 표면에 붙어 있는 모든 만물들은 형체가 모두 둥글게 생겨 모난 것이 하나도 없습니다. 오직 네모난 대나무(방죽方竹)와 익모초가 모가 났지만, 그것도 네 귀퉁이는 모가 났다고 해도 완전히 네모난 것은 아니지요? 모가 난 물건을 구해 봐도 한 가지도 없거늘 어찌하여 유독 지구에 대해서만 모나다고 논의할 수 있겠습니까?

만약 지구가 모나다고 말한다면, 월식 때에 꺼멓게 먹어 들어간 그림자 부분은 어찌해서 둥근 활 모양을 이루는 것인가요? 지구가 모나다고 말하는 사람들은 모든 것이 방정方正해야 된다는 의리의 입장에서 물체를 인식하는 것이고, 땅이 둥글다고 주장하는 사람은 사물의 형체를 믿고 의리를 놓치는 것입니다. 생각건대 대지의 실제 모양은 둥글지만 담고 있는 의리가 방정하다는 말이겠지요?

해와 달은 오른쪽으로 돌아 마치 수레바퀴처럼 돌아가는 것 같아, 그 궤도가 크고 작은 것이 있고, 돌아가는 속도가 더디고 빠른 것이 있어서, 해가 1년이 되고 달이 그믐이 되는 것이 모두 정해진 법도가 있습니다. 해와 달이 왼쪽으로 돌면서 지구를 두른다고 말한다면 우물 안에 앉아서 하늘을 보듯 지나치게 좁은 식견이 아니겠습니까?

지구의 본체는 둥글고 허공에 걸려 있어 사방도 없고 또 위와 아래도 없으며, 또한 자기의 위치에서 마치 문의 돌쩌귀가 돌

방죽으로 만든 필통

90 삼태성은 하고河鼓·천고天鼓·황고黃鼓의 세 별.

아가듯 해서 태양과 처음으로 마주치는 곳이 아침에 먼동이 트는 지방이겠지요? 지구가 점점 돌면서 처음 태양과 마주치는 곳에서 점점 어긋나고 멀어지면서 정오도 되고 해가 기울기도 하여 낮과 밤이 되는 것이겠지요?

비유하자면 창구멍으로 햇살이 새어 들어와 크기가 작은 콩알만 하게 되었을 적에 창 아래에 맷돌을 놓아두고 햇살이 비추는 곳을 먹으로 표시한 뒤 맷돌을 돌리면 먹으로 표시한 부분은 처음 햇살이 비친 곳을 지키고 움직이지 않을까요? 아니면 서로 어긋나 돌아보지 않고 지나치게 될까요? 맷돌이 한 번 돌아서 처음의 자리로 돌아오면 햇살과 먹을 표시한 부분이 겨우 합해졌다 잠시 만에 다시 사이가 벌어질 것이니, 지구가 한 번 돌아서 하루가 되는 것도 이와 같은 원리겠지요?

또 등불 앞에서 물레가 돌아가는 것을 관찰해 보십시오. 물레가 돌아가는 곳마다 면면이 빛을 받게 될 것이니, 이는 등불이 물레 주변을 돌아가는 것이 아닙니다. 지구가 어두워지고 밝아지는 것도 이와 같은 원리겠지요?

그렇다면 해와 달은 본래 뜨고 지는 현상이 없고, 가고 오고 하는 현상도 없는데, 땅이 고요하다는 것을 너무 독실하게 믿고서 지구는 움직이지 않고 해와 달이 움직인다고 말한다면, 이는 착각이겠지요?

올바른 이론을 찾지 못하면서 지구의 춘하추동 네 계절은 해가 지구의 네 방위에서 노는[遊] 현상이라고 말을 합니다. 논다고 말하는 것은 진퇴가 있고 오르내림이 있음을 말하는 것이니, 차라리 네 방위에 논다고 주장하지 말고 돈다고 말하는 것이 낫지 않겠습니까?

저들 착각하는 사람들은 지구가 돌 때 무릇 땅 위에 있는 것들이 모두 엎어지고 넘어지고 떨어질 것이라고 말합니다. 그들 말대로 만약 추락하는 것이 사실이라고 한다면 지구의 어디로 떨어지는 것입니까? 또 그들의 말을 믿는다면 저 하늘에 걸려 있으면서 기운에 따라 돌고 있는 별이나 은하수는 어째서 엎어지고 떨어지지 않는 것입니까?

움직이지도 않고 돌지도 않는 것이 있다면 우두커니 죽은 사물일 터인데, 어떻게 썩고 파괴되며 궤멸되어 흩어지지 않고 항상 그대로 있을 수 있겠습니까? 지구의 표면에 붙어사는 생물체는 둥근 지구에 발을 모으고 하늘을 이고 살지 않는 것이 없습니다. 벌과 개미에 비유하자면 어떤 놈은 바닥이나 벽에 붙어서 가고, 어떤 놈은 천장에 붙어사는데, 누가 이를 두고 벽에 가로로 세로로 붙었다고 말하며 천장에 거꾸로 붙어산다고 하겠습니까?

지금 지구 저편에는 응당 바다가 있을 터인데, 만약 땅의 생물이 엎어지고 넘어지고 추락한다고 의심을 한다면 건너편 바다에는 누가 제방을 쌓았기에 물이 쏟아지지 않고 항상 차 있단 말입니까?

저 하늘에 나열된 별들은 크기가 어느 정도나 되며, 또한 표면이 있는 것이 지구와 같겠습니까? 표면이 있다면 거기에 생명체가 붙어 있는 것도 지구와 같겠지요? 거기에 있는 생물들도 각기 자기의 세계를 열고 서로 새끼를 놓고 키우고 하겠지요?

지구는 둥글어서 본래 음양이 없는데, 진주 같은 태양이 비추어 불의 기운이 생기고, 거울 같은 달이 비추어 물의 기운이 생깁니다. 마치 집안 살림을 하는 사람이 이쪽 이웃에서 불을 구하고 저쪽 이웃에서 물을 빌리는 것처럼 해서, 하나의 불의 기운과 하나의 물의 기운이 각기 양과 음이 되었겠지요?

억지로 오행五行이라고 이름을 붙이고 서로 상생상극한다고 말합니다. 예를 들어 불은 나무에서 생긴다고 말하는데, 그렇다면 큰 바다에 풍랑이 칠 때 불꽃이 훨훨 타오르는 현상[91]은 무슨 까닭인가요?

얼음에 사는 누에가 있고,[92] 불 속에 사는 쥐가 있다[93]고 했습니다. 사람이 살 수 없는 물속에도 물고기는 살고 있으니, 저들 벌레나 생명체는 모두 자기가 살고 있는 곳이 바로 그들의 땅일 것입니다. 만약 달 가운데도 세계가 있다고 말한다면, 오늘 밤 두 사람이 함께 난간 끝에 기대어 지구의 빛에 대해서 차고 기우는 현상을 의논하지 않는다고 어찌 장담할 수 있겠습니까?"

기공은 크게 웃으며,

"참으로 기이한 이야기입니다, 기이한 이야기예요. 땅이 둥글다는 이야기는 서양 사람이 처음으로 말했습니다만 그들도 땅이 돈다고는 말하지 않았습니다. 선생의 이 학설은 스스로 터득한 것인가요, 아니면 스승에게 전수받은 것인가요?"

하고 묻는다. 나는,

"사람의 일도 알지 못하는데, 어찌 하늘의 일을 알 수 있겠습니까? 저는 평소 측정하고 계산하는 도수度數의 학문에 어둡습니다. 비록 칠원옹漆園翁(장자)처럼 현묘하고 뛰어난 이론을 가지고 있는 사람도 이 세상 밖의 일에 대해서는 그대로 놓아둔 채 논의하지 않았습니다. 이것은 제가 마음속으로 혼자 터득한 것이 아니라, 바로 귀동냥으로 얻어들은 것입니다. 제 친구 홍대용洪大容은 호가 담헌湛軒으로, 학문이 뛰어나 어느 한 방면에만 국한되거나 막히지 않았습니다. 언젠가 저와 달을 마주 보면서 장난삼아

91 풍랑이 칠 때 바다에 반사되는 일광을 불꽃으로 여겼다.

92 얼음에 사는 누에는 『습유기』拾遺記에 있는 말이다. 『습유기』는 후진後晉의 왕가王嘉가 지은 것인데, 황당하고 음란한 내용이 많다.

93 불 속에 사는 쥐는 『태평어람』太平御覽에 있는 말이다. 『태평어람』은 송나라 태종의 명으로 이방李昉 등이 편찬한 책이다.

청나라 엄성이 그린 홍대용의 초상화(상)와 홍대용 묘소의 비석(하)

『홍씨주해수용』

서 이런 이야기를 하였습니다. 그 이론이 황당하여 고찰하기 어렵지만, 비록 성인과 같은 지혜를 가지고서도 가히 압도하기 어려울 것입니다."

라고 하니 기공은 크게 웃으며,

"다른 사람은 꿈속에서도 따라갈 수 없는 이야기입니다. 친구 되시는 담헌 선생은 저서가 몇 권이나 있으신지요?"

라고 물어 나는,

"제 친구에게는 아직 저서는 없습니다.[94] 선배 되시는 김석문金錫文[95]이 먼저 삼환부공설三丸浮空說[96]을 주장했는데, 제 친구가 이를 부연해서 설명했답니다. 자기 스스로도 옳고 그른지 헷갈린다고 하고, 자기가 확실히 이와 같다고 여겨서 터득한 것도 아니며, 남들에게 그런 사실을 믿어 달라고 한 적도 없습니다. 저 역시 오늘 이 시각에 달을 보고 있자니 우연히 그 친구가 생각나서 한바탕 설명하고 보니 마치 그 친구를 만난 듯합니다."

라고 했다.

기려천奇麗川(기풍액)은 한족과는 다르기 때문에[97] 담헌이 전

에 항주杭州 출신 선비들과 교유했던 사실을 함부로 이야기해 줄 수 없었다. 기공이,

"김석문 선생이 지은 좋은 시 한두 구절을 들을 수 있겠습니까?"

라고 하기에 나는,

"그에게 좋은 시가 있으나, 외우지는 못합니다."

라고 했다. 기공은 내 손을 잡고 자신의 방으로 데리고 들어갔다.

방에는 이미 촛불 네 자루를 켜고, 큰 탁자에는 음식을 성대하게 차려 놓았으니 오로지 나를 위해 마련한 것이다. 향고香糕[98] 세 그릇, 여러 가지 사탕이 세 그릇, 용안龍眼과 여지 및 땅콩과 매실을 담은 것이 서너 그릇, 부리와 발이 달린 채 요리한 닭과 거위 및 오리가 있다. 껍질을 벗긴 통돼지는 용안과 여지, 대추와 밤, 마늘과 후추, 호두와 살구씨, 수박씨 등을 박아서 떡처럼 쪘다. 맛이 달고 기름지긴 하지만 소금 찌꺼기가 덕지덕지 붙어 있어서 도저히 먹을 수가 없다. 떡과 과일을 모두 높이가 한 자가 넘게 담았다. 한참 뒤에는 모두 치우고 가져가더니, 채소와 과일 각각 두 그릇과 소주 한 주전자를 다시 차려서 내왔다. 술을 조금씩 따라 마시며 도란도란 이야기를 주고받았다. (이때의 이야기는 「황교문답」편에 실려 있다.— 원주)

닭이 두 번이나 홰를 치고서야 이야기를 마치고 숙소로 돌아왔다. 이리 뒤척거리고 저리 뒤척거리며 잠들 수가 없었는데, 하인들이 벌써 일어나라고 깨운다.

향고

용안

여지

97 기풍액이 스스로 조선 사람임을 밝힌 내용이 앞에 나왔다.

98 향고는 쌀로 만든 떡으로 지금의 케이크처럼 만든 것이다.

8월 14일 경신일

맑았다.

99 축과 어는 음악을 시작하고 끝마칠 때 .시 8하는 악기이다.

어敔

삼사는 날이 새기 전에 대궐로 들어가고, 나는 혼자 늘어지게 잤다. 아침에 일어나 윤형산을 방문했다가 다시 돌아서서 왕곡정을 찾아가 함께 시습재時習齋에 들어가 악기를 구경했다. 거문고와 비파는 모두 길고 넓게 생겼는데, 붉은 장식의 비단에 솜을 넣은 주머니를 만들어서 넣고 겉은 새빨간 모직물로 감쌌다. 종과 편경은 모두 시렁에 매달아서 두터운 깔개로 덮어 놓았다. 축柷, 어敔⁹⁹와 같은 악기도 모두 특이한 비단주머니로 집을 만들어 넣어 두었다. 대체로 거문고 종류들은 그 제도가 너무 크고 칠도 두터우며, 피리 종류들은 모두 궤짝 안에 넣고 자물통으로 단단히 잠가 놓았기 때문에 보지 못하였다.

곡정이,

"악기를 보관하는 것이 너무 어렵습니다. 습기를 꺼리고 건조한 것도 싫어합니다. 거문고에 앉은 먼지를 사자

학獅子癆이라 말하고, 거문고 줄에 낀 손때를 앵무장鸚鵡瘴이라
하며, 생황을 불다가 그 구멍에 말라붙은 침을 봉황과鳳凰過라 하
고, 종과 편경에 붙은 파리똥을 나화상癩和尙이라 말합니다."
라고 말하고 있는데, 한 아름다운 소년이 헐레벌떡 시습재 안으
로 들어와 사나운 눈으로 나를 쩨려보더니 내 손에 있던 작은 거
문고를 빼앗아서 황급히 거문고집에 넣는다.

　곡정이 크게 당황하여 내게 일어나서 나가자고 눈짓을 한다.
일어서서 밖으로 나오려는데, 그 소년이 갑자기 웃으며 나를 막
아서고는 청심환을 달라고 청한다. 내가 없다고 말하고는 즉시
일어서서 나오니, 소년의 표정이 몹시 부끄러워하는 기색이다.
사실 나는 청심환 10여 개를 허리띠에 매달고 있었으나, 그의 무
례함이 괘씸해서 주지 않았다. 소년은 곡정에게 한 번 읍을 하더
니 가 버렸다. 내가 곡정에게,

　"저 아이는 누구인가요?"
하고 물으니 곡정은,

　"윤 대인이 데리고 온 사람인데 북경에서 따라왔습니다."
라고 하기에 내가,

　"그가 악기 관리와 무슨 관련이 있습니까?"
라고 하니 곡정은,

축柷

　"털끝만큼도 상관이 없습니다. 오로지 고려의 청심환을 훑쳐
내려고 체면도 보지 않고 선생을 속이려고 한 것이니, 선생께서
는 마음에 담아 두지 마시기 바랍니다."
라고 한다.

　내가 무심코 태학관 문밖으로 나오니, 말 떼 수백 필이 문 앞
을 지나간다. 목동 하나가 엄청나게 큰 말을 타고 손에는 수숫대

하나만 쥐고 그 뒤를 따라간다. 또 소 삼사십 마리가 코뚜레도 하지 않고 뿔도 묶지 않은 채 지나가는데, 뿔은 모두 길이가 한 자 남짓하다. 소의 빛깔은 푸른색이 많다. 노새 수십 마리가 그 뒤를 따라간다. 목동이 절굿공이만 한 큰 막대기를 쥐고서 있는 힘을 다해 앞에 있는 푸른 소를 한 번 때리자, 소가 놀라서 씩씩거리며 앞으로 뛰어 나가니 모든 소들이 그 뒤를 따라간다. 대오를 맞추어 나가는 모양이 마치 군대가 행진하는 것 같다. 아마도 아침나절에 방목하러 나가는 듯하다.

이윽고 내가 천천히 걸어가며 살펴보니, 집집마다 문을 열고 말과 나귀, 소와 양을 몰아서 나오는데 대체로 수십 마리 이상씩이다. 머리를 돌려서 태학관 밖에 묶어 둔 우리나라 말들을 살펴보니 참으로 한심하다고 할 만하다.

100 석치는 정철조鄭喆祚 (1730~1781)의 호이다. 자는 성백誠伯으로, 박지원 홍대용 등과 교유하였다. 각종 기계와 천문기구를 손수 제작하였고, 지도 제작에도 뛰어났다. 특히 벼루를 좋아하고 잘 만들었기 때문에 돌에 미친 바보라는 뜻으로 자신의 호를 석치라고 하였다.

내가 언젠가 정석치鄭石痴[100]와 함께 우리나라에서 태어나는 말의 값이 비싼지 싼지를 따진 적이 있었다. (이름은 철조哲祚이고 벼슬은 정언正言이며, 술을 잘 마시고 그림에 능하다.— 원주) 내가,

"수십 년이 안 되어서 응당 베갯머리맡에서 말을 먹이고, 부시쇠(화천火鐵) 담는 통을 말구유로 쓰게 될 겁니다."

라고 하니 석치가,

"무슨 말씀인가?"

하고 묻기에 나는 웃으며,

"늦가을에 깐 보잘것없는 서리병아리를 번갈아서 종자를 받으면 4, 5년 뒤에는 베개 속에서 울 정도의 작은 닭이 되는데, 이를 베개닭이라는 뜻의 침계枕鷄라고 부르지요. 말도 종자가 작으니, 점점 작아져서는 어찌 침마枕馬가 되지 않을 수 있겠습니까?"

라고 하니 석치가 크게 웃으며,

"우리가 더 늙으면 새벽에 잠이 더욱 없어져 베개 속에서 닭 소리를 듣게 되고, 또 침마를 타고 측간에 가도 무방하겠지. 다만 세속에서는 말의 교배를 꺼려 하기 때문에 말이 늙어 죽을 때까지 짝짓기 한 번 못하고 동정으로 살고 있네. 나라 안의 말이라고 해 봐야 그 수가 수만 필도 안 되는 마당에, 그나마도 말에게 짝짓기를 시키지 않으니 말이 무슨 수로 번식하겠는가? 이는 나라의 말을 해마다 수만 필씩 잃어버리는 셈이니, 수십 년이 안 되어서 말이든 침마이든 간에 모두 멸종될 것일세."
라고 하며 서로 웃으며 농담을 했다.

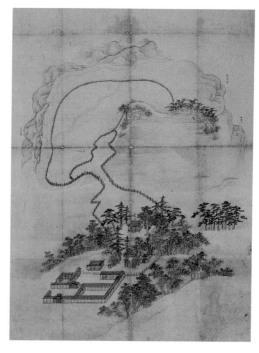

동대문 밖의 마장원馬場院

사실 내가 연암협燕巖峽을 취하여 살게 된 까닭은 일찍부터 목축에 뜻을 두었기 때문이다. 연암협은 첩첩산중에 자리를 잡고 있고, 양쪽은 황무지 골짜기인데다 물과 목초가 아주 좋아서 소, 말, 노새, 나귀 수백 마리를 키우기에 충분했다. 나는 일찍부터 말한 적이 있지만, 우리나라가 이토록 가난한 까닭은 대개 목축이 그 요령을 제대로 얻지 못했기 때문일 것이다.

우리나라에서 목장이랍시고 가장 큰 곳은 다만 탐라(제주도) 한 곳이다. 이곳에 있는 말들은 모두 원나라 세조가 방목한 종자로 사오백 년 동안 종자를 바꾸지 않았다. 애초에는 용매龍媒[101]나 악와渥洼[102]와 같은 우수한 준마였을 터인데 필경은 작은 조랑말

101 용매는 좋은 말인데, '하늘의 말인 천마天馬는 용의 미끼〔媒〕이다'라는 말에서 유래했다.
102 악와는 한나라 무제 때 감숙성 악와라는 강에서 나왔다는 신령스러운 말.

인 과하마果下馬나 느림뱅이 관단마款段馬[103]가 되고 말 것은 필연적인 이치이다.

그런데 작은 조랑말과 느림뱅이 말을 궁궐을 지키는 장수들에게 내주고 있다. 고금 천하에 어찌 장수가 과하마나 관단마를 타고 적진을 향하여 달리는 꼴이 있을까? 이것이 첫째로 한심한 일이다.

궁궐에서 임금이 사용하는 말부터 장수들이 타는 말에 이르기까지 우리나라에서 나는 말이란 하나도 없다. 모두가 요동과 심양 등 중국에서 사들인 말들인데, 한 해에 새로 생기는 말이라곤 네댓 필에 불과한 형편이다. 만약 요동과 심양의 길이 끊어진다면 장차 어디서 말을 구할 것인가? 이것이 둘째로 한심한 일이다.

임금이 거둥을 할 때 따르는 행렬에서 조정의 백관들은 대부분 말을 서로 빌려 타기도 하고 혹은 나귀를 타고 임금의 말을 따른다. 이런 모습으로는 제대로 위의를 갖출 수 없으니, 이것이 셋째로 한심한 일이다.

초헌

문관들로서 초헌軺軒을 탈 수 있는 이상의 벼슬아치들은 말을 탈 일이 없으며, 말을 집 안에서 먹이기도 어렵다. 탈 말을 이미 없앴으니 이런 이들의 자제는 걷지 않으려고 겨우 작은 나귀 한 마리쯤 먹이게 된다. 옛날 중국에는 100리 강토에 불과한 나라라도 대부大夫 벼슬쯤 되면 이미 말 40필쯤은 구비하였다. 우리나라는 둘레가 몇 천 리 되는 나라이니 경상卿相의 벼슬아치쯤 된다면 말 400필쯤은 갖추어야만 할 것이다. 지금 우리나라 대부의 집에서는 비록 말 몇 필인들 어디에서 나올 것인가? 이것이 넷째로 한심한 일이다.

삼영三營(훈련원, 금위영, 용호영)의 군관들은 병졸 100명을 거

쌍가마 김홍도의 〈안릉신영
도〉(부분)

느리는 우두머리지만 가난하여 탈 말을 갖추지 못하고, 한 달에
세 번 하는 군사 조련에는 임시로 삯말을 내어 탄다. 삯말을 내어
타고 전장에 나간다는 소문이 이웃 나라에 들리게 해서는 안 될
것이다. 이것이 다섯째로 한심한 일이다.

　한양의 영문營門에 있는 장수가 이럴진대 팔도에 놓아두었다
는 기병이란 것도 이름만 있고 실상이 없을 것은 이를 통해 알 수
있으니, 이것이 여섯째로 한심한 일이다.

　국내에 있는 역말驛馬들이란 모두 우리나라에서 태어난 말
중에서 우수하다는 놈을 가져다 두었건만, 한번 사신이나 손님
을 태우고 나면 죽지 않으면 병이 든다. 왜 그럴까? 사신들이 타
는 쌍가마[104]는 그 자체가 매우 무거운데다, 반드시 교군 넷이 몸
을 싣듯이 양옆에 붙어 서서는, 타고 있는 사람이 까불리거나 어
지럽지 않도록 가마채를 붙잡는다. 말은 싣고 있는 짐이 무거우
니 그 형세가 부득불 빨리 달리지 않을 수 없고, 달릴수록 짐은 점
점 더 누르기 때문에 말이 죽지 않으면 병든다는 것이다. 죽는 말
이 날로 늘어나니 말 값은 날마다 뛰어오른다. 이것이 일곱째로

104 말 두 필이 각각 앞뒤 채
를 메고 가는 가마로, 종2품
이상의 벼슬아치, 사신 등이
탄다. 도성 안에서는 타지 못
한다.

한심한 일이다.

말의 등에 짐을 싣는다는 것 자체가 천하에 없는 일이다. 그런데도 우리나라에서는 이미 수레가 나라 안에 운행될 수 없으니 관청이든 민간이든 간에 짐을 싣는 것은 단지 말 등만 믿고 있다. 말의 힘은 따져 보지도 않고, 말이야 죽든 말든 많이 실으려고만 욕심을 내서 부득불 더운 여물을 많이 먹여서 말의 힘을 돋우려고 한다. 그 때문에 말의 정강이뼈가 힘을 못 쓰고 발굽은 물러빠져, 한 번만 교배를 시켜도 그 뒤로는 새끼를 못 낳게 된다. 그래서 세속에서 말을 교배하고 새끼를 낳는 일을 금하니, 이러고야 말이 어디서 생길 것인가?

여기에 다른 이유는 없다. 말을 기르고 다루는 방법이 틀렸고, 말을 먹이는 방법이 옳지 못하고, 좋은 종자를 받을 줄 모르고, 목축을 맡은 관원이 망아지를 가르치고 길들이는 방법에 어둡기 때문이다. 그런데도 채찍을 잡고 말 앞에 나서서 국내에는 좋은 말이 없다고들 떠들어댄다. 어찌 나라 안에 정말 쓸 말이 없겠는가? 이런 한심한 일은 하나하나 손으로 꼽을 수도 없다.

말을 기르고 다루는 방법이 틀렸다 함은 무엇을 말함인가?

무릇 동물의 성질도 사람과 같아서 피로하면 쉬고 싶고, 답답하면 시원하게 뻗치고 싶으며, 구부리면 펴고 싶고, 가려우면 긁고 싶다. 말이 비록 사람에게 먹이를 얻어먹기는 하지만 때때로 제 스스로 먹이를 구하는 것이 유쾌할 때가 있다. 그러므로 때때로 고삐나 굴레를 풀어서 물이 있는 연못 사이에 내달리게 하여 울적하거나 근심스러운 기분을 마음껏 발산하도록 해 주어야 한다. 이것이 동물의 성질에 순응하고 기분에 맞게 하는 방법이다.

우리나라의 말을 다루는 법은 바짝 옭아맨 것이 더 단단하지

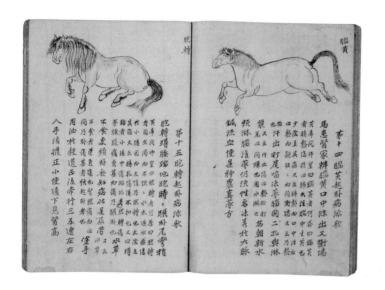

『**마경**』馬經 **필사본** 청淸 유본
원余本元 등이 편찬한 책으로, 조
선에서 필사한 것이다.

못할까 오로지 걱정을 하니, 말은 달릴 때에도 당기고 압박을 당
하는 고통을 벗어나지 못하고, 휴식을 하는 즈음에도 나뒹굴고
문지르는 즐거움이 없다. 말과 사람이 서로 뜻이 통하지 못하므
로 사람은 함부로 말을 꾸짖고, 말은 항상 주인을 원망하고 화를
낸다. 이것이 말을 다루는 방법이 잘못되었다는 것이다.

　말을 먹이는 방법이 옳지 못하다 함은 무엇을 말함인가?

　목마를 때의 물 생각은 배고플 때의 음식 생각보다 더 심하
다. 우리나라의 말들은 일찍이 시원한 물을 마시지 못했다. 말의
성질은 뜨거운 음식을 가장 싫어하니, 뜨거우면 괴롭기 때문이
다. 콩이나 여물에 소금을 뿌려 주는 것은 짜게 하여 말에게 물을
마시고 싶도록 하려는 까닭이고, 물을 마시게 하는 것은 말이 오
줌을 잘 누게 하려는 까닭이며, 오줌을 잘 누이는 것은 몸의 열을
잘 발산시키게 하려는 까닭이다. 말에게 찬물을 마시게 하는 까
닭은 정강이뼈를 단단하게 하고 발굽을 굳게 하려는 이유이다.

우리나라의 말은 반드시 삶아 문드러진 콩과 끓인 쇠죽을 먹이므로 하루를 달리고 나면 벌써 신열이 나고 병들며, 한 끼만 쇠죽을 걸러도 평생 동안 허약하고 피곤하다. 여행하는 말이 더디고 민첩하지 못한 까닭은 바로 뜨거운 음식을 먹이는 탓이거늘, 전쟁을 치르는 말에게까지 더운 쇠죽을 먹이는 것은 더더욱 바른 방법이 아니다. 이것이 말을 먹이는 방법이 옳지 못하다는 말이다.

좋은 종자를 받지 못한다 함은 무엇을 말함인가?

말이란 모름지기 커야 하지 작은 놈은 필요하지 않으며, 건장해야 옳지 약해서는 못 쓰며, 준마를 구해야 하지 노둔한 놈은 안 된다. 무거운 짐을 싣고 멀리 가고 싶지 않다면 그만이겠지만, 만약 그렇게 하려고 한다면 우리나라에서 태어나는 작고 약하며 노둔한 놈은 하루의 집안일도 변변히 해내지 못할 것이다. 군대에서 무력의 위용을 갖추기를 달갑게 여기지 않는다면 모르겠거니

조영석의 〈편자 박기〉

와, 만약 무력을 강구하고 전쟁을 치러 내려 한다면 우리나라에서 태어나는 작고 약하며 노둔한 놈은 단 하루의 군대 일도 견디지 못할 것이다.

지금 우리나라와 중국은 서로 태평하게 지내고 있으니, 암놈, 수놈 합해서 수십 필의 말을 정성껏 구한다면 큰 나라가 반드시 그런 말 수십 필을 아끼지는 않을 것이다. 만약 외국에서 말을 구하여 사사로이 기른다는 것이 오해를 살 소지가 있다면 해마다 가는 사신들이 몰래 구매하면 될 것이니 어찌 그런 인편이 없겠는가? 한양 근교의 물과 풀이 좋은 곳을 택하여 10년 동안 키우고 새끼를 쳐서 점차 탐라와 여러 감영의 목장으로 옮

거서 종자를 바꾸어야 한다.

　말을 번식시키고 교배하는 방법은 마땅히 『주례』周禮와 『예기』禮記의 「월령」月令편을 따라야 한다. 『주례』에 "무릇 말은 수놈이 4분의 1은 되어야 한다"라고 하고, 그 주석에 "말의 타려는 성질을 서로 같게 하려는 것이다. 동물은 기질이 같으면 마음도 하나가 된다. 후한 때의 사농司農(벼슬 이름) 정중鄭衆은 4분의 1이라는 것은 암놈 세 마리에 수놈 한 마리를 의미한다"라고 했다.

　「월령」편을 살펴보면, "늦은 봄에 발정이 나서 묶어 둔 수소와 발정이 나서 날뛰는 수말을 모아서 암놈과 함께 목장에 놀게 해 준다"라고 했다. 청나라 학자 진혜전秦蕙田[105]은 "말을 키우는 사람이 수놈을 번갈아 부려서 너무 피로하지 않게 하는 것은 말의 혈기를 안정시키려는 까닭이고, 말을 관리하는 사람이 여름에 수말을 거세시키는 것은 암말이 바야흐로 새끼를 가졌기 때문이다. 수말을 거세시켜 암놈 근처에 못 가게 만듦으로써 말을 번식시키는 근본으로 삼았으니, 이 모두가 옛날 훌륭한 임금들이 때에 맞추어 만물을 길러서 만물이 자기의 타고난 성정을 다하게 하려는 뜻이다"[106]라고 하였다.

　지금 중국에서는 매년 봄에 화창하고 풀이 파릇파릇하면 수놈에게 방울을 달아 풀어 놓고 교배를 하도록 하는데, 수놈의 주인은 한 번 교배를 시키고 은자 5전을 받는다. 말과 노새가 뛰어난 수놈 새끼를 낳으면 다시 5전을 더 받는다. 반대로 태어난 놈이 시원찮고 또 털빛이 아름답지 않고 성질이 길들이기도 쉽지 않으면 반드시 불알을 까서 그놈의 종자가 퍼지지 않도록 함으로써 수말의 덩치가 커지고 성질도 쉽게 길들일 수 있도록 만든다.

　우리나라의 목장 관리자는 이런 것은 생각하지도 않고 오직

105　진혜전(1702~1764)은 건륭 시대의 학자로, 자는 수봉樹峰, 호는 미경味經이다. 공부와 형부의 상서를 역임했으며, 특히 예학에 밝았다. 저서에 『오례통고』五禮通考, 『주역상일전』周易象日箋, 『미경와류고』味經窩類稿 등이 있다.

106　『오례통고』 권244, 「군례」軍禮 12 '마정'馬政 상上에 나온다.

주세페 카스틸리오네의 〈백준도〉百駿圖(상)와 〈의례용 갑주를 입은 건륭제〉(하) 주세페 카스틸리오네(1688~1766)는 이탈리아의 예수회 선교사이자 화가이다. 중국 이름은 낭세녕郎世寧.

우리나라의 말에서만 종자를 취하게 되니 말이 태어날수록 더욱 작아진다. 비록 뒷간의 두엄을 싣거나 땔나무를 싣는 것도 오히려 견디지 못할까 걱정하니, 하물며 군대나 나랏일을 견딜 수 있겠는가? 이것이 좋은 종자를 받지 못한다는 말이다.

목축을 맡은 관원이 망아지를 기르고 길들이는 방법에 어둡다 함은 무엇을 말함인가?

우리나라의 사대부들은 모든 일들을 직접 하려고 하지 않는다. 옛날에 여러 사람이 모여 있을 때 한 양반이 자신의 비복을 시켜 말에게 콩을 더 주라고 주의를 주었다가 좀스럽다는 이유로 그만 전랑銓郎[107]에게 지탄을 받고 벼슬자리가 막힌 일이 있었다. 근래에는 한림학사翰林學士 한 분이 말을 어찌나 좋아하는지 자못 광적이어서, 말을 감정하는 기술이 백락伯樂이라는 전설적인 인물과 별 차이가 없을 정도였다. 이를 두고서 까탈을 잡는 자가, "옛날 중국에는 양고기 요리를 잘하여 도위都尉 벼슬을 얻은 자가 있다더니,[108] 지금 우리나라에는 말을 잘 다루어서 한림학사가 된 이마학사理馬學士가 있네그려"[109]라고 빈정거렸다고 하니, 그 까탈스러움이 이와 같다.

말을 관리하는 것이 나라를 다스리는 큰 정책이라고 생각하지 않고, 도리어 수치스러운 일로 여겨서 모든 것을 아래 비복들의 손에 맡긴다. 비록 직책은 목장을 감독하는 일이고, 사람은 정식 벼슬을 하는 사람이건만 도대체 말을 기르는 방법에 대해서는 전혀 알지 못한다. 할 수 없는 것이 아니고, 기꺼이 배우려고 하지 않는 것이다. 이것이 목축을 맡은 관원들이 망아지를 기르고 길들이는 방법에 무식하다는 말이다.

옛날 당나라 초에 암수 말 3천 필을 섬서陝西 적안赤岸에서 구하여 감숙성甘肅省 서쪽으로 옮겨서 태복太僕(목축을 담당하는 벼슬) 장만세張萬歲에게 관장하도록 했다. 그리하여 정관貞觀 (627~649) 연간에서 인덕麟德(664~665) 연간에 이르기까지 말이 번식하여 70만 필이 되었다. 측천무후則天武后(685~704) 때에 말이 점차 감소하다가 명황明皇(현종玄宗, 712~756) 때에는 그래도 말이 24만 필이 되었는데, 왕모중王毛仲[110]과 장경순張景順[111]을 한구사閑廐使[112]로 삼아 10여 년 사이에 말이 43만 필이 되었다.

개원開元 13년(725)에 명황이 동쪽으로 태산에 가서 봉선제封禪祭[113]를 지낼 때 말 수만 필을 색깔별로 대오를 이루게 했는데, 멀리서 바라보니 마치 비단을 펼쳐 놓은 것 같았다고 한다. 이것은 목축을 맡은 관직이 적임자를 얻은 것이다. 말을 정말 광적으

107 이조吏曹의 정랑正郎과 좌랑佐郎을 전랑이라고 하는데, 관리의 천거와 전형을 맡아서 보는 중요한 관직이었다.
108 후한 때에 유현劉玄이라는 사람이 조그만 재주를 지닌 비천한 사람에게도 벼슬을 주었기 때문에 이를 풍자하여 난양위爛羊尉 혹은 난양두爛羊頭라고 하였다. 양의 위를 요리하는 사람은 도위에 오르고, 양의 머리를 요리하는 사람은 관내후 벼슬에 오른다고 했다.
109 이 말은 정언正言 벼슬의 홍경안洪景顔이 수찬修撰 벼슬의 심욱지沈勖之의 벼슬을 막으며 올린 상소문에 나온다. 『조선왕조실록』 영조 38년 11월 29일 조목 참조.

110 왕모중은 본시 고려인으로, 말·낙타·매·개 등을 길렀다.
111 장경순은 당 태종 때 목축을 담당하는 태복 벼슬을 지낸 인물이다.
112 한구사는 목축을 담당하는 관직의 이름이다.
113 봉선제는 봉토를 쌓아 하늘과 산천에 지내는 제사를 말하는데, 태산에서 천자가 직접 지낸다.

로 좋아하고, 기르는 방법을 훤하게 아는 사람을 구해서 말을 가르치고 길들이는 행정을 맡긴다면, 비록 한림학사들에게 까탈이 잡히고 빈정거림을 당한다 하더라도, 말을 관리하는 벼슬은 정말 적임자를 얻었다고 할 수 있을 것이다.

웬 사람이 하나 찾아와서 연암 박 어르신이 누구냐고 묻는다. 기풍액의 시중드는 하인이 나를 가리킨다. 그 사람이 나를 향해 읍을 하는데, 기쁨에 넘친 얼굴색이 마치 옛 친구를 만난 것 같은 표정이다. 그는,

"저는 광동안찰사 왕신汪新 어르신의 청지기입니다. 저의 어르신께서 지난번 선생님을 뵙고는 기쁨을 이기지 못하시고, 내일 정오쯤에 다시 오셔서 선생님을 모시고 기쁨을 함께했으면 하십니다. 가지고 계시던 절강 지방의 부채와 금박으로 된 서화를 가지고 와서 드리겠다고 합니다."

라고 하기에 나는,

"지난번에 왕공의 과분한 사랑을 받고도 아직 아무런 보답도 못했는데, 내려 주시는 신기한 물건을 먼저 받는다는 것은 도리에 어긋나는 일입니다."

라고 하니 그는,

"제가 이번에 오면서 가지고 오지는 않았습니다. 내일 왕신 어르신께서 오실 때에 직접 가지고 와서 올릴 것입니다. 내일 정오에는 어르신께서 절대 다른 곳으로 가지 마시기 바랍니다."

라고 하여 나는 고개를 끄떡이며,

"삼가 약속대로 하지요. 그런데 댁은 어느 지방 사람이며, 성함은 어떻게 됩니까?"

하고 물으니 그는,

　"저는 강소江蘇 사람입니다. 성씨는 루婁이고 이름은 일왕一旺이며, 호는 원우鴛玗입니다. 왕 어르신을 따라서 광동에 가 있습니다. 선생님께서는 고국을 떠나신 지 몇 해나 되십니까?"

하고 물어 나는,

　"금년 5월에 떠났습니다."

하니 루는,

　"저희 광동에 비교한다면 조선은 대문 안의 뜰이나 다름이 없습니다."

하고는 또,

　"귀국의 황제는 어떤 연호를 사용하십니까?"

라고 물어 내가,

　"무슨 말씀입니까?"

하고 반문하니 루는,

　"임금이 즉위하던 해의 연호 말입니다."

하기에 내가,

　"우리같이 작은 나라야 중국의 연력年曆을 그대로 사용하고 있는데, 어찌 별도로 연호를 쓰겠습니까? 금년은 건륭 45년입니다."

라고 하니 루는,

　"귀국은 중국과 대등한 천자의 나라가 아닙니까?"

라고 물어서 나는,

　"만방이 한 황제를 함께 받들고 있어, 하늘과 땅이 위대한 청나라의 것이고 세월은 건륭의 시대입니다."

라고 하니 그는,

　"그렇다면 관영寬永이니 상평常平이니 하는 연호는 어떻게

관영통보

상평통보

있을 수 있습니까?"

하기에 나는,

　"무슨 말씀인지요?"

라고 되물으니 그는,

　"표류해 온 귀국의 배를 해상에서 보았는데 관영통보寬永通寶를 잔뜩 싣고 있었습니다."

라고 하기에 나는,

　"그 관영이란 연호는 일본이 주제넘게 함부로 쓴 것이지, 우리나라의 연호가 아닙니다."

라고 했더니 루는 고개를 끄덕인다.

　내가 루의 행동거지와 말투를 자세히 살펴보니, 생김새는 비록 여유 있고 단아하게 보이는 듯하나, 어딘지 무식한 것 같다. 당초 내게 따지듯 묻는 것도 무슨 깊은 뜻을 가지고 물은 것이 아니며, 타국의 돈은 중국에서 금지하는 물건이기는 하나 루가 돈을 묻는 까닭도 금지하는 물건을 캐묻기 위한 것이 아니었다. 그는 우리나라가 정말로 천자의 나라인 줄 알고 있었기에 지금 사용하는 연호가 뭐냐고 물었던 것이다. '귀국의 황제'라고 말했을 때 그의 무식함은 진작 드러났다. 비록 루가 관영과 상평을 우리나라의 연호로 알고는 있었지만, 연호를 독자적으로 쓰는 행위가 참칭僭稱이라고 생각하는 것 같지도 않았다.

　표류한 우리나라의 배가 동전을 싣고 있다는 것은 그다지 괴이할 것도 없지만, 우리나라의 배가 어찌 일본 동전인 관영통보를 잔뜩 싣고 있을 이치가 있겠는가? 필시 루는 관영통보를 본 일이 있는데, 또 우리의 상평통보를 보고는 서로 혼란이 생겨 우리의 동전으로 착각한 것일 게다. 실제로 루는 우리가 중국의 책력을 쓴다는 사실도 모르고 있다가 동전을 보고는 우리에게도 연호가 있는 줄 알았던 것이지, 악의적 의도로 무슨 비밀이나 캐물으려고 했던 건 아니었다.

루는 차를 다 마시고, 내일 다른 곳으로 출타하지 말라고 신신당부를 한다. 내가 고개를 끄덕이니, 발길이 떨어지지 않는지 애석하고 섭섭한 표정을 보이며 읍을 한 번 하고는 갔다.

내가 수역 홍명복에게,

"무엇 때문에 동전을 금하는지요?"

라고 물으니 그는,

"법으로 약조한 규정은 없습니다. 다만 우리나라에서는 중국의 돈 사용을 금하고 있고, 또 작은 나라에서 사사로이 동전을 주조하는 것이 불법이기 때문이겠지요."

라고 하기에 나는,

"춘추시대 제齊나라의 강태공姜太公은 돈을 관리하는 구부九府[114]를 세웠으나, 주나라 천자가 일찍이 금하지는 않았지요. 또한 우리나라에서 동전을 처음 사용한 것이 숙종 임금 경신년(1680)으로, 지금까지 101년이 되었으니 아마도 청나라 초기에는 피차간에 금하는 조약을 넣지 않았던 것 같습니다. 우리나라의 동전은 세종 때에 한 번 주조하여 7, 8년을 사용했으나, 민간에서 불편하게 여겼기 때문에 다시 종이돈을 사용했습니다. 인조 때에 두 번째로 주조했으나 주조하자마자 곧 없앴는데, 이는 백성들이 불편하게 여겨서이지 중국을 꺼려해서 없앴던 건 아닙니다. 지금 북도北道에서는 동전 사용을 금하고 무명을 돈 대신으로 사용하고 있으니 그것은 국경이 가깝기 때문이지만, 그러나 관서 지방에서 의주에 이르는 여러 강변의 읍에서는 일찍부터 동전을 금

114 구부는 주周나라 때 재물과 돈을 관리하던 아홉 개의 기구.

하지 않고 있으니, 이는 참으로 알쏭달쏭하여 이해하기 어렵습니다. 게다가 표류한 우리나라의 배에 실린 동전을 무슨 이유로 금한단 말입니까?"

라고 하니 여러 역관들이,

"그렇습니다. 현재 사역원司驛院[115]에서 몇 해 동안 대처할 방법을 구하고 있으나 중국의 동전을 통용하는 것보다 더 좋은 방법은 없습니다. 우리나라의 은자는 날로 비싸지고 중국의 물건도 날마다 비싸져서 이 때문에 사역원이 손해를 봅니다. 지금 은 한 냥을 가지고 중국 동전 7초鈔와 바꾸니, 만약 중국 동전을 통용한다면 우리나라에서는 동전을 주조하는 번거로움을 없애고 동전은 저절로 값이 떨어져서 이익이 막대해질 것입니다."

라고 하고 주부主簿 주명신周命新이,

"조선통보朝鮮通寶는 한漢 무제武帝 때 만든 오수전五銖錢보다도 고급이고, 가장 오래되고 귀신과도 통한다는 돈이어서 점쟁이들이 점치는 돈으로 사용한답니다."

라고 하기에 내가,

"무엇을 가지고 가장 오래되었고 귀신과도 통한다는 것이오?"

하고 물으니 그는,

"조선통보는 기자조선 때 만든 돈입니다. 중국 사람이 이를 본다면 응당 보물로 여길 터인데, 애석하게도 이번에 가지고 올 수 없었습니다."

하기에 내가,

"그 동전은 세종 때 주조한 것이네. 기자 시절에 어찌 해서체楷書體가 있었겠는가? 송나라 동유董逌가 지은 『전보』錢譜라는 책에 우리나라의 돈은 네 종류가 실려 있는데, 삼한중보三韓重寶, 삼

115 사역원은 고려, 조선 시대에 외국어(중국어, 일본어, 여진어, 거란어, 몽고어) 등을 교육하고 연구하던 기관으로, 통역관이 근무했다.

조선통보

오수전

한통보三韓通寶, 동국중보東國重寶, 동국통보東國通寶이고, 조선통보는 『전보』에 실려 있지 않네. 이로 본다면 조선통보가 오래된 돈이 아니라는 것을 알 수 있네."[116]
라고 말했다.

오후에 세 사신이 대성전에 들어가 배알했다. 주자의 배향 순위를 높여서 대성전 안의 십철十哲[117] 아래에 모셨다. 신위는 모두 붉은 칠을 하여 광이 반들반들하고, 금빛 글씨로 한자를 쓰고 곁에는 같은 내용을 만주 글자로 썼다. 대성전 문밖 벽에는 까만 오석을 박아 넣고, 거기에 강희 황제, 옹정 황제 그리고 지금 황제의 훈시를 새겼고, 또 임금이 찬술한 학규學規를 새겨 넣었다. 뜰 가운데 서 있는 비석은 작년에 세운 것으로 역시 천자가 지은 글이다. 대성전 뜰 가운데에 향을 피우는 솥을 두었는데, 높이가 한 길 남짓되며 아로새긴 정교함이 귀신의 솜씨이다.

대성전 안의 신위마다 앞에는 작은 향로를 두었고, 향로에는 건륭 기해년(1779)에 만들었다는 관지를 새겼다. 매 신위 앞에는 붉은 구름무늬의 비단 장막을 드리웠으며, 양쪽 행랑에 모신 신위 앞에도 대성전 안의 제도와 동일하게 만들었는데, 숭고하고 존엄하며 전아하고 화려하여 이루 다 표현할 겨를이 없다.

삼사가 돌아가는 길에 각기 청심환 몇 알과 부채 몇 자루를 추사시鄒舍是와 왕민호王民皥 두 거인擧人에게 선물로 보냈다. 숭정 갑술년(1634) 6월 20일에 명나라 칙사 노유령盧有齡[118]이 우리나라에 왔는데, 환관이었다. 24일에 사신 노유령은 성균관에 이

116 『전보』에 실린 우리나라의 동전은 모두 8종류가 있고, 그중에는 조선통보라는 명칭도 있다.

117 십철은 공자의 제자 가운데 뛰어난 열 사람을 말한다. 안회顔回, 민자건閔子騫, 염백우冉伯牛, 염옹冉雍, 재아宰我, 자공子貢, 염구冉求, 자로子路, 자유子游, 자하子夏를 이른다.

118 盧有齡은 盧維寧의 오자이다. 그는 황제의 칙서를 가지고 와서 세자(소현세자)를 책봉했다. 『임하필기』林下筆記에 의하면 노유령은 대단히 탐욕스러워 귀국할 때 10만 냥 이상의 은을 전별금으로 가져갔다고 한다.

러러 공자의 신위를 배알하면서 당시 전례에 따라서 반열에 참여
했던 성균관과 사학四學의 유생에게 백금 50냥을 기증한 일이 있
었다. 지금 우리 사신들이 대국의 대성전을 배알할 수 있게 되었
는데, 저들 학문에 전념하고 있는 두 거인에게 겨우 청심환 몇 개
와 부채 몇 자루를 준다는 것이 마음속으로 참으로 부끄러웠다.

　나는 혼자서 그들의 처소를 찾아가,

우리나라의 성균관 대성전

　"갑자기 나선 나그네의 처지인지라, 짐도 제대로 갖추지 못하고 왔답니다. 청심환과 부채를 예물로 올렸으나, 변변치 못하여 참으로 부끄럽습니다."

하고 사정을 이야기했더니 두 사람은 허리를 굽히며,

　"태학관에 있는 처지로서 안내를 해 드린 것인데, 무슨 수고를 했다고 선물까지 주십니까? 여러 대인들이 그 같은 진기한 물건을 진심에서 보내 주셨으니, 비단 큰 재물에 비할 바가 아닙니다."

라고 인사한다.

　저녁 식사를 한 뒤에, 왕곡정(왕민호)이 학생 아이를 보내 붉은 종이쪽지를 전해 왔다. 거기에,

　"왕민호는 연암 박 선생님께 간절히 청하옵니다. 여기 천은天銀[119] 두 냥을 보내오니 수고스러우시겠지만 청심환 하나를 구입

119 천은은 순도 100%의 좋은 은을 말한다.

해 주시기 바랍니다."

라고 적혔기에, 나는 그 은을 돌려보내고 즉시 진짜 청심환 두 알을 보냈다.

황혼 무렵 황제의 명이 떨어져 조선 사신은 북경으로 돌아가라고 한다. 일행은 밤중까지 짐을 꾸리느라 시끌벅적하고 뒤숭숭했다. 밤중에 기려천과 이별을 하니 기려천은,

"18일에 열하를 출발하여 25일에 북경에 도착한 다음, 26일부터 사흘 동안은 여기저기 작별 인사를 하고, 9월 초엿새에는 선산에 성묘를 갔다가 아흐레에 집으로 돌아올 것입니다. 11일에는 귀주로 출발해야 하니, 그 전날 하루는 집에 있으면서 오로지 선생님이 오시기만을 기다리겠습니다."

라고 하기에 나는 좋다고 약속했다. 이어서 왕곡정을 찾아가 이별의 인사를 했더니 곡정이 눈물을 흘리며,

"영원히 이별을 고해야 하는 일이 이 밤에 이루어지다니요! 하물며 내일 팔월 보름날 달 밝은 밤을 어찌 혼자 보낼 수 있겠습니까?"

라고 한다. 이것은 13일인 어저께, 팔월 보름 중추절에 명륜당에 모여서 함께 대화를 하자고 약속했기 때문에 하는 말이다. 지정의 처소로 갔더니, 그는 다른 곳에 자러 가고 없었다. 대단히 애석하고 서운하다. 또 윤형산에게 가서 이별을 고했더니 형산은 눈물을 훔치며,

"나는 이제 나이가 들어 풀끝에 달린 이슬과 같아서 아침 저녁을 기약할 수 없는 신세입니다. 선생은 아직 한창 나이이니 만약 다시 북경에 오시게 된다면 응당 오늘 이 밤에 대한 생각이 없지는 않겠지요."

하고는 잔을 잡아 달을 가리키면서,

　"저 달 아래에서 서로 이별을 하게 됩니다. 다음에 서로 생각이 날 때, 만 리 밖에서라도 저 달을 보게 되면 선생을 본 듯 여길 것이외다. 그동안 뵈오니 선생은 술도 잘 드시고, 한창 나이이니 응당 여색도 좋아하실 터인데, 원하옵건대 이제부터는 삼가시고 몸을 수련하시기 바랍니다. 저는 18일에 북경으로 돌아갈 터이니, 그때 선생이 아직 귀국하지 않았다면 서로 다시 만날 수 있기를 간질히 바랍니다. 북경 동단패루東單牌樓의 두 번째 골목에서 두 번째 집, 대문 위에 대리시경大理寺卿이란 편액이 걸려 있는 집이 바로 제가 거처하는 집입니다."[120]

라고 한다. 드디어 서로 악수를 하고는 작별했다.

120 윤형산은 그다음 해인 1781년에 문자옥에 걸려 사형을 당했다. 그는 자신을 70세 노인이라는 뜻에서 고희노인古稀老人이라고 일컬었는데, 건륭 황제가 고희노인은 자신이 썼던 말이라고 하여 그를 죽이라고 했다고 전해진다.

북경으로 되돌아가는 이야기

환연도중록
還燕道中錄

8월 15일 신유일에서 8월 20일 병인일까지
모두 엿새간의 이야기이다.

⊚ ― **환연도중록**

본편은 황제의 만수절 행사를 마친 뒤, 열하에서 다시 북경으로 돌아가기까지 길에서 경험한 내용을 기록한 것이다. 「막북행정록」은 북경에서 열하로 그리고 「환연도중록」은 열하에서 북경으로의 기록이다. 『열하일기』의 글쓰기 형식에서 일기체의 서술은 이 장에서 끝난다.

『열하일기』 전체에서 왕복 여정 모두를 기록한 것은 「환연도중록」이 유일하다. 열하로 갈 때는 경황 없이 가느라 주변을 제대로 살피지 못했고, 돌아오는 길에는 여유를 가지고 구경을 하거나 정밀하게 살필 수 있었기 때문일 것이다. 특히 만리장성의 역사와 그 제도에 대한 상세한 묘사, 이를 바라보는 심회 등에서 관찰자의 시각을 보게 된다.

어떤 절에서 오미자를 집어 먹다가 발생한 이야기는 바로 소설의 한 장면이고, 이에 대한 연암의 교훈적 풀이는 오늘의 우리에게도 와 닿는 대목이다.

가을 8월 15일 신유일

맑고, 잠시 선선했다.

1 세 사신은 정사 박명원, 부사 정원시, 서장관 조정진 이다.

세 사신[1]이 서로 의논하기를,

"지금 북경으로 돌아갈 상황인데, 예부에서는 우리 사신에게 통지도 하지 않고 우리가 올린 글을 몰래 고쳐서 황제께 올렸습니다. 이 일은 비단 지금 당장에도 매우 해괴한 일이거니와, 이를 알면서도 바로잡지 않는다면 장래에 큰 폐난이 될 것입니다. 마땅히 예부에 다시 글을 올려서 몰래 고친 일을 따진 뒤에 출발해야 합니다."

라고 하고는, 드디어 담당 역관을 시켜서 예부에 글을 올리게 했다. 그랬더니 제독은 두려워 벌벌 떨었다. 그런 사실을 덕 상서德尚書에게 먼저 통지했기 때문일 것이다. 상서 등이 크게 공갈하고 협박하며,

"이 일을 장차 예부의 죄로 떠넘기려고 하는가? 예부가 벌을 받는다면 사신이라고 무사할까? 다만 너희가 황제께 아뢰어 달

라며 올렸던 글은 그 말뜻이 애매모호하여, 고마워하고 머리를 조아리는 내용이 전혀 없었다. 그래서 우리가 너희를 위하여 주도면밀하게 준비하고, 사실에 근거해서 진술하여 영광되고 감동된다는 뜻을 폈다. 그럼에도 불구하고 이제 와서 도리어 이렇게 나오니, 제독의 죄가 더더욱 엄중하다."

라고 하고는, 올린 글을 아예 뜯어 보지도 않고 물리쳤다.

사신이 제독을 불러서 예부에서의 이야기를 자세히 물었으나, 그가 하는 말은 장황하여 알아들을 수가 없으며, 한참 지나서는 그만 넋을 잃었다. 또 예부에서는 사람을 보내 즉시 출발하라고 재촉하고는 조선 사신이 출발한 시각을 즉시 황제에게 아뢰어야 한다고 한다. 그들이 이렇듯 출발을 재촉하는 까닭은 다시 글을 못 올리게 훼방을 놓으려는 수작일 것이다. (이 일에 대한 이야기는 「행재잡록」行在雜錄편에 상세히 나온다. ─ 원주)

아침을 먹은 뒤에 즉시 여정에 올랐으나, 이미 정오를 넘긴 시각이었다. 불교에서는 출가한 중들이 민가 근처의 뽕나무 아래에서 사흘만 잠을 자도 오히려 속세에 대한 그리움이 생긴다고 하는데, 하물며 나는 여기 태학관에서 우리 공자님을 우러러 의지하며 이미 엿새나 잤음에랴. 게다가 거처한 숙소의 건물들이 신선하고 깨끗하고 화려하여 더더욱 절로 잊을 수 없음에랴. 나는 일찍부터 과거 시험을 단념했기에 진사가 될 수 없어 비록 성균관에서 공부하기를 바랐으나 그렇게 할 수가 없었다. 지금 갑자기 우리나라를 떠나 만 리 밖 머나먼 변방 밖의 이곳 태학관에서 엿새 동안 생활하게 되어 마치 본래부터 여기에 있던 것처럼 했으니, 이것이 어찌 우연한 일이겠는가?

또한 동방의 선비로 중국 안에서 멀리 유람을 해 본 사람으로

쌍탑산(상)
김홍도의 〈증명탑〉(하)

는 신라의 고운孤雲 최치원崔致遠[2]이나 고려의 익재益齋 이제현李齊賢[3] 같은 분이 있다. 그들은 비록 서촉 지방과 강남 지방을 두루 밟았지만, 그러나 이곳 변방 북쪽까지는 이를 기회가 없었다. 이로부터 천백 년 사이에 몇 사람이나 다시 여기까지 이를지는 모르겠으나, 이번 나의 이곳 여행에는 그 옛날 송나라의 왕기공王沂公 (왕증王曾)[4]과 부정공富鄭公(부필富弼),[5] 영빈潁濱(소철蘇轍)[6]이 거란으로 사신을 가면서 이곳을 지나갈 때 탔던 수레의 먼지와 말의 자취가 아직도 나의 눈에 삼삼하다. 아! 슬프다. 사람이 이 세상에 태어나 그 정해진 기약이 없음이 이와 같단 말인가?

광인점廣仁店과 삼차구三岔口를 지나시 쌍탑산雙塔山에 이르렀다. 말을 세우고 한번 바라보니 정말 기이하고 절묘하게 생겼다. 바위 표면과 암석의 색깔은 우리나라 황해도 동선관洞仙館[7]의 사인 암舍人巖과 닮았고, 탑처럼 생긴 모양은 금강산의 증명탑證明塔과 같다. 우뚝 솟아 서로 마주 보고 있으며, 아래위로 울퉁불퉁함이 없고, 무엇에 의지하거나 기대지도 않았다. 치우치거나 기울지도 않고, 반듯하게 수직으로 서고 단정·엄숙하며, 교묘하고 화려하고, 웅장하고 특이하다. 햇살이 비치고 구름이 끼어 마치 비단을 감아 놓은 것 같다.

　난하灤河를 건너서 하둔河屯에서 숙박했다. 이날 40리를 갔다.

2　최치원(857~?)은 신라 말기의 문장가이자 학자이다. 본관은 경주이고, 자는 고운 혹은 해운海雲이다. 저서에 『고운집』과 『계원필경집』桂苑筆耕集이 있다.

3　이제현(1287~1367)은 고려의 문장가이다. 본관은 경주이고, 자는 중사仲思, 호는 익재·역옹櫟翁이다. 저서에 『익재난고』益齋亂藁와 『역옹패설』櫟翁稗說이 있다.

4　왕증(978~1038)은 자가 효선孝先이며, 기국공沂國公에 봉해졌다.

5　부필(1004~1083)은 자가 언국彦國이고, 재상을 지냈으며 거란에 사신으로 다녀왔다. 왕안석의 신법을 반대했고, 정국공鄭國公에 봉해졌다. 저서에 『부정공집』이 있다.

6　소철(1039~1112)은 송나라 문인으로 소식의 아우이다. 자는 자유子由·동숙同叔이고, 호는 영빈유로潁濱遺老이다.

7　동선관은 황해도 봉산에 있던 객사 이름이다. 본래 험준한 고개마루이기 때문에 동선관洞仙關이라 불렸고, 근처에 사인암이 있어서 고개 이름을 사인암령舍人巖嶺이라고도 했다. 뒷날 객사를 설치하여 동선관이라고 불렀다.

8월 16일 임술일

맑았다.

해 뜰 무렵에 출발했다. 왕가영王家營에 도착해 점심을 먹었다. 황토량黃土梁을 지나는데 스무 살 남짓 되어 보이는 젊은 귀족 하나가 붉은 보석을 달고 푸른 깃털을 꽂은 모자를 쓰고 털빛이 검은 가라말을 타고 날듯이 지나간다. 단지 한 사람이 말을 타고 앞에 가는데 뒤에서 말을 타고 따르는 시종은 30여 명이나 된다. 모두 금빛 안장을 한 준마를 탔는데, 모자와 의복이 곱고 화려하다. 어떤 사람은 활과 전통을 찼고, 어떤 사람은 조총을 등에 메었으며, 어떤 사람은 차茶 끓이는 솥을 받들었고, 어떤 사람은 연기가 나는 향로를 높이 받들었는데, 번개처럼

왕가영의 행궁

빠르게 말을 달린다. '물렀거라' 하는 벽제 호령도 없이 단지 말발굽 소리만 들린다. 말을 탄 시종에게 누구인지 물어보니, 황제의 친조카로 예왕豫王이라 불리는 사람이라고 한다.

청나라 궁녀의 차림새

태평차가 그 뒤를 따라 가는데 건장한 노새 세 필이 수레를 끈다. 푸른 양탄자로 장막을 만들고, 네 면은 유리를 붙여서 창문을 만들었다. 수레의 지붕은 푸른 실로 그물을 만들어 덮었고, 네 모서리에는 화려한 술을 드리웠다. 무릇 귀인들이 타는 가마나 수레는 모두 이런 모양으로 장식을 해서, 그 지위나 신분에 상응하는 위엄을 나타낸다.

수레 안이 어른어른 비치며 부인의 목소리가 들리더니, 잠시 뒤에 그 노새가 멈춰 서서 오줌을 싸는데 내가 탄 말도 함께 오줌을 싼다. 수레 안의 미인들이 북쪽 창을 열고 다투어 머리와 얼굴을 내밀었다. 보물로 장식한 머리칼을 구름같이 늘어뜨렸는데, 밝은 별 모양의 귀걸이가 대롱대롱 흔들린다. 황금빛 꽃과 비취빛 옥구슬 장식이 꿈속에서 보는 듯 이어져 있고, 요염하게 치장한 기묘하고 화려한 자태는 마치 낙수洛水 물가의 놀란 기러기 같다. 얌전하게 문을 닫더니 홀연히 떠난다. 수레를 탄 사람은 모두 세 명인데, 예왕을 모시는 궁녀들이라고 한다.

마권자馬圈子[8]에 이르러 숙박했다. 이날 모두 80리를 갔다.

8 마권자는 지금의 동영東營이라는 곳의 옛 이름이다.

8월 17일 계해일

맑고 따뜻했다.

9 청석령은 청석량靑石梁의 오자이다.
10 동릉은 하북성 준화현遵化縣에 있는 청나라 황제의 능으로, 이곳에 순치, 강희, 옹정, 건륭 등의 무덤이 있다.
11 치도는 임금, 귀인의 수레나 말이 지나도록 만든 길.

진시황의 치도

새벽에 출발하여 청석령靑石嶺을 지나갔다.[9] 이곳은 황제가 장차 계주薊州에 있는 동릉東陵[10]에 거둥할 터라 이미 도로와 교량을 수축하고 닦아 놓았다. 길 가운데에는 치도馳道[11]를 다져 놓았다. 각 군현에서 미리 장정들을 조발하여, 높은 곳은 깎고 낮은 곳은 메우고 맷돌을 돌려 다지고 흙손으로 발라서, 마치 옷감을 펼쳐 놓은 듯 먹줄을 퉁겨 놓은 듯 조금도 굴곡이 없으며 기울거나 치우친 곳도 없다.

치도의 넓이는 두 길이고, 치도 좌우로 난 도로의 폭은 각각 한 길이 넘는다. 『시경』에 "주나라의 도로는 숫돌처럼 반듯하다"(周道如砥)라고 했는데, 지금 여기 치도馳道를 정말 숫돌처럼 만들고 있으니, 그 비용이 만만치 않았을 것이다. 사람

동릉에 있는 강희 황제의 무덤

들이 흙을 삼태기에 담고 물통을 지고서 떼를 지어 여기저기 돌아다닌다. 허물어진 곳을 찾아다니며 흙으로 보수하고, 말발굽이 한 번 지나간 흔적에는 이미 흙손질을 하였다.

　나무를 X자 모양으로 엮어 세우고 줄로 묶어서 사람들이 치도 위로 못 다니게 금하고 있었지만, 우리나라 사람들은 기어이 세워 놓은 나무를 넘어뜨리고 줄을 끊고 지나갔다. 나는 말을 끄는 하인에게 치도 아래로 가도록 엄히 주의를 주었다. 감히 못할 짓이고, 또한 인정상 차마 안 하는 것이다.

　도로 한쪽 가에는 몇 걸음마다 쓸려 내리는 돌을 막기 위한 장벽을 하나씩 반드시 설치해 놓았다. 높이는 어깨 정도에 미치고, 넓이는 여섯 자쯤 되는데, 마치 성 위에 성가퀴가 있는 것 같다. 교량에는 모두 난간이 있다. 돌로 된 난간에는 천록天祿,[12] 산

12 천록은 고대 전설상의 동물로 재난을 물리친다고 한다. 뿔이 하나 달린 것을 벽사辟邪라고 하고, 둘 달린 것을 천록이라고 한다.

천록

산예

삼간방의 관제묘 터

예狻猊[13] 등을 세웠는데 아가리를 벌리고 있는 모습이 생동감이 있고, 나무로 된 난간은 단청이 찬란하다.

강물의 폭이 넓은 곳에는 둘레가 한 칸, 길이가 한 발쯤 되게 나무광주리를 엮어 그 안에 강가의 자갈들을 담아 물속에 안정되게 박아 교량의 기둥 역할을 하게 했다. 난하灤河와 조하潮河 같은 곳은 모두 수십 척의 큰 배를 물에 가라앉혀서 부교를 만들어 놓았다.

우리 일행은 아침밥을 삼간방三間房에서 지어 먹으려고 점방에 들었는데, 어제 길에서 만났던 예왕이 관운장 사당으로 들어갔다. 우리 점방과는 아래윗집이었다. 예왕을 따르던 기병들은 모두 다른 점방에 이리저리 흩어져 떡, 고기, 술, 차를 사서 먹었다. 내가 무심코 관운장 사당을 구경하기 위해 천천히 걸어서 사당에 들어가니 문에는 지키는 사람도 없고, 뜰 안에는 아무도 없이 괴괴했다. 나는 애당초 예왕이 그 사당에 있는 줄은 알지도 못했다.

뜰 중앙에는 석류가 주렁주렁 달려 있고, 키 작은 소나무가 용처럼 서려 있었다. 이리저리 거닐며 수위를 둘러보다가 층계를 밟고 당堂에 오르려는 즈음에, 잘생긴 소년이 모자를 벗은 채 반들거리는 머리로 문 밖으로 달려 나오더니 나를 보고는 웃으며,

"신쿠."辛苦

라고 하며 맞이하는데, 그 말은 '수고 많다'는 뜻이다. 나는,

"하오."何五(好의 중국 발음)

라고 응답했는데, '하오'라는 말은 '괜찮습니다, 좋다'라는 뜻이다. 이는 우리나라에서 안부를 묻고 답할 때 '괜찮습니다' 하고 답하는 인사말과 같은 말이다.

계단 위에는 아로새긴 난간이 있고 난간 아래 가운데에는 붉은 탁자와 의자 두 개가 있는데 그는 나에게 청하며,

"줘저."坐著

라고 한다. 주인이 손님을 보고 혹 '칭조稱造(請坐의 중국 발음), 칭조'라고 하는 말은 '앉으세요'라는 뜻이다. 조저造諸(坐着의 중국 발음)라는 말은 '앉으세요'라는 뜻이고, 혹은 '칭稱(請의 중국 발음), 칭, 칭'이라는 말은 '하세요'라는 뜻인데, 연달아서 일컫는 것은 모두 앉으라고 정중하고 간곡히 청하는 말이다. 연도에 오면서 매양 사람들의 집에 들어갈 때마다 이렇게 말하지 않는 주인이 없었는데, 모두 손님을 대접하는 예법이다.

그 소년이 모자를 벗었고 편한 옷을 입고 있기에 나는 처음에 주지승인가 여겼는데, 자세히 뜯어보니 아마도 예왕인 것 같았다. 일부러 아는 척하는 것도 그렇고 해서 그를 보통 사람처럼 심상하게 보았고, 그 역시 거만을 떨거나 귀인인 척 티를 내지 않았다. 온 얼굴에 붉은 기가 넘치는 것을 보아선 아침술을 많이 마신 것 같다. 그가 술 두 잔을 직접 따라서 내게 마시기를 권하기에, 나는 연거푸 두 잔을 마셨다. 만주말을 할 줄 아느냐고 묻기에, 나는 모른다고 답했다.

그가 갑자기 난간에 몸을 구부리고 한 번 토하는데, 술이 마치 폭포수처럼 뿜어져 나온다. 문 안을 돌아보며,

"어, 서늘하다."

라고 하니, 늙은 환관 하나가 당 안에서 담비옷을 가지고 나와 그

의 등을 덮어 주고는 내게 나가라고 손짓을 한다.

　나는 즉시 일어나 나와서 난간 끝을 되돌아보니, 그는 아직도 난간에 기대어 아래를 굽어보고 있었다. 행동거지는 경박하고 용모는 마르고 허약하며, 위엄 있는 자태라곤 전혀 없는 것이 돈 많은 시정잡배의 자식이나 다름없었다.

　아침밥을 먹은 후에 즉시 출발하여 수십 리를 갔다. 등 뒤로 기병 100여 명이 멀리 산 아래를 달려가는데, 10여 명은 어깨에 사냥매를 얹고 산골짜기 사이를 흩어져 간다. 한 기병의 어깨에 있는 큰 매는 다리가 개의 정강이처럼 굵고 누런 비늘이 다리를 덮었으며, 까만 가죽으로 머리를 싸고 눈을 가렸다. 사냥을 하는 매와 송골매 같은 날짐승들의 눈을 가리는 까닭은, 무엇을 보고 함부로 몸을 뒤집고 퍼덕이다가 다리를 상하거나 담이 작아지지 않게 하기 위해서이다. 또 그렇게 해서 눈의 정기를 기르고, 싸우려는 의지를 북돋으려고 하기 때문이다.

　나는 말에서 내려 모래밭에 앉아 부시를 쳐서 담배를 피웠다. 말을 타고 활과 화살통을 멘 사람 하나가 역시 말에서 내려 담뱃대에 담배를 쟁이고는 내게 불을 빌리자고 한다. 이윽고 내가 그 사람이 누구냐고 물었더니 그는,

　"황제의 조카 예왕께서 열다섯 살과 열한 살 먹은 황제의 손자를 데리고 열하에서 북경으로 환궁하며 연도에서 사냥하는 것입니다."

라고 하기에 내가,

　"무얼 얼마나 잡았소?"

하고 물으니 그는,

　"사흘 동안 사냥하면서 겨우 메추리 한 마리 잡았답니다."

만주족의 토끼 사냥 청나라, 주
세페 카스틸리오네 그림

라고 답한다.

등 뒤에서 우지끈하고 수숫대가 꺾이며 말 탄 사람 하나가 나는듯이 밭에서 튀어나온다. 안장에 납작 업드려 화살을 메워서 말을 달리는데, 얼굴이 백옥이나 눈처럼 희다. 담배를 피우던 자가 그를 가리키며,

"저분이 열한 살 된 황제의 손자랍니다."

라고 일러 준다. 토끼 한 마리를 쫓으며 말을 달리고 화살을 쏘아 댄다. 토끼가 도망가다가 모래 위에서 벌렁 뒤집어져 네 발을 모은다. 말발굽이 모여들고 힘차게 활을 쏘아댔으나 맞히지 못한 다. 토끼는 다시 일어나 산 아래로 달아났다.

100여 명의 말 탄 사람이 평원을 달리고 포위하여 사냥하느라 흙먼지가 자욱하게 하늘을 가리고 총 쏘는 소리가 번갈아 나더니 갑자기 포위망을 풀고는 떠났다. 먼지 그림자 속에 일단의 무리가 빙글빙글 돌더니 아득히 종적을 감추었다. 토끼를 잡았는지는 알 수 없으나, 말을 달리는 기술만큼은 어른 아이 할 것 없이

만주족의 호랑이 사냥

천성적으로 뛰어났다.

대저 책문에 들어와서 연산관連山關에 이르기까지 높은 산과 험한 고개가 많고, 수목이 빽빽하게 우거진 중에 때때로 새들이 있었지만, 요동에 들어온 뒤부터는 북경에 이르기까지 2천 리 사이에 위로 하늘에는 나는 새가 끊기고 아래로 땅에는 달리는 짐승이 없었다. 당시 장마와 폭염의 계절이었건만 벌레나 뱀도 보이지 않았고, 오는 동안 숲이니 풀 속에서 개구리 울음소리도 들리지 않고 두꺼비가 뛰는 것도 보이지 않았다. 벼가 누렇게 익었는데도 들에는 참새 한 마리 없고, 냇가 모래톱이나 연못의 섬 사이에도 물새 한 마리 보이지 않았다. 백이·숙제 사당 앞의 난하에 이르러 비로소 백갈매기 두 쌍을 보았을 뿐이다.

까마귀와 까치, 솔개는 사람이 모여 사는 도읍지 가운데에 항상 모이게 마련이건만 북경에는 그조차 드물어, 우리나라에서 그런 새들이 하늘을 가릴 정도로 새까맣게 날아다니는 것과는 정말 다르다. 생각건대 변방 밖의 사냥터에는 반드시 금수들이 많았을

터인데, 지금 변방의 여러 산들이 민둥산이 되었기 때문에 더욱 새 한 마리도 보이지 않게 된 것 아닐까? 사냥을 천성으로 여기는 오랑캐이련만 정말 이와 같이 새 한 마리 없다면 장차 어디에서 말을 달리고 짐승을 쫓을 것인가? 모두 잡아서 종자 자체가 멸종되었다는 것은 있을 수 없는 일이고 보면, 어디 따로 새나 짐승이 돌아간 숲이나 못이라도 있는 것인가?

강희 황제 20년(1681) 산시성山西省 오대산五臺山에 유람을 갔을 때 범이 갑자기 관목 숲 속에서 뛰어나왔는데, 황제가 직접 활을 쏘아 그 자리에서 죽였다. 당시 산서 지방의 도어사都御史 목이새穆爾賽와 안찰사按察使 고이강庫爾康이 황제께 아뢰어 그곳을 사호천射虎川이라 이름 짓자고 하였고, 범의 가죽은 대문수원大文殊院에 남겨 두었는데 지금까지 보존되어 있다고 한다. 또 강희 황제는 화살 서른 발을 친히 쏘아 토끼 스물아홉 마리를 잡았고, 송정松亭[14]에 사냥을 나갔을 때는 큰 범 세 마리를 쏘아서 죽였는데, 이를 모두 그림으로 그려 민간에서 사고팔고 하고 있으

14 송정은 송정관松亭關이라고도 하는데 하북성 관성현寬城縣 서남쪽의 험준한 관문이다. 북경과 몽고를 잇는 중요한 교통로에 위치하고 있다.

감숙성의 만리장성　후대에 복
원한 것이다.

니 가히 활쏘기의 귀신이라 평할 만하다.

　　지금 여러 공자들이 사냥터에서 말을 달리는 모습이 저토록
날래고 호쾌한 걸 보면 아마도 집안의 대물림인 것 같다. 지금 수
수밭 안에서 만약 범이라도 한 마리 튀어나왔다면 비단 저들에게
만 신이 났을 뿐 아니라, 만 리 밖으로 유람을 온 나에게도 통쾌한
일이 될 터인데, 그렇지 못했으니 참으로 안타까운 일이다.

　　일행이 만리장성 밖에 이르니, 산꼭대기를 따라서 장성을 만
들어 성이 높았다 낮았다 하고 구불구불히다. 그 요충지가 되는
곳의 장성 꼭대기에 가운데가 빈 방어용 망루를 만들었는데, 높
이는 예닐곱 발 정도 되고, 폭은 열네댓 발 정도 된다. 그 요충지
되는 곳은 4, 50보마다 망루대를 하나씩 설치했고, 완만한 곳에는
200보에 망루대 하나를 설치했다. 매 망루대에는 백총百總(소대
장 급의 장교)이 수비를 하고, 열 개의 망루대마다 천총千總(중대장
급의 장교)이 지킨다. 1, 2리 사이마다 방울을 달아 서로 들리게 하
고, 한 사람이 위급한 경보를 울리면 그 좌우에서 횃불을 올려 양
쪽으로 전하여 수백 리 사이에서 모두 보고 신속하게 미리 준비

할 수 있게 했다. 이는 모두가 명나라 장수인 남궁南宮 척계광戚繼
光이 남긴 계책이라고 한다.

전국시대, 여섯 제후 국가가 있던 시절에도 장성은 있었다.
조趙나라 장수 이목李牧[15]이 흉노 10만 기병을 격파하고 죽여서
첨람襜襤(담림儋林) 부족을 멸망시키고 산서성의 임호林胡[16]와 누
번樓煩[17] 부족을 격파한 뒤 장성을 세웠다. 대주代州 병음산並陰山
아래에서 시작하여 고궐高闕에 이르기까지 요새를 만들고, 운중
雲中, 안문雁門, 대代 등의 군郡을 두었다. 진秦나라가 감숙성甘肅
省 지방의 의거義渠[18]라는 종족을 멸망시키고, 농서隴西(감숙성) 북
쪽 상군上郡을 시발점으로 장성을 쌓아서 오랑캐를 막았다. 연燕
나라가 동호東胡를 격파하여 땅을 천 리나 물리치고 역시 장성을
쌓았으니, 조양造陽에서 양평襄平에 이르기까지 상곡上谷, 어양漁
陽, 우북평右北平, 요동遼東 등의 군을 두었다. 진나라, 연나라, 조
나라 삼국이 모두 서·남·동쪽 세 곳의 변방을 지키며 오랫동안
장성을 쌓았으니, 삼국이 건설한 장성을 연결하면 북·동·서로 뻗
은 것이 또한 만 리가 될 만했다.

진나라가 제후국을 합병하고 중국을 통일하여 천자가 되자,
몽염蒙恬 장군을 시켜서 장성을 쌓게 했다. 지형에 따라 험한 곳
을 이용하여 요새를 만들었으니, 임조臨洮[19]를 기점으로 해서 요
동에 이르기까지 만 리를 뻗쳤다. 생각건대 몽염은 예전 장성을
그대로 두고 증축 보수한 것인가, 아니면 연나라, 조나라의 옛 장
성을 뭉개고 새로 쌓은 것인가?

뒷날 몽염은 사약을 먹고 자결하기 전에,

"임조에서 시작하여 요동까지 성과 참호가 만여 리나 이어
졌으니, 이 장성 가운데에는 지맥을 끊을 수밖에 없는 곳이 있었

15 이목은 흉노와 진秦나라
를 격파하는 전공을 세웠으
나, 진나라의 이간책으로 조
왕이 그의 목을 베었고 조나
라 역시 멸망했다.
16 임호는 흉노족의 하나.
17 누번은 북쪽 오랑캐의
하나로, 산서성에 거주했다.

18 의거는 서쪽 오랑캐의
하나로, 감숙성에 거주했다.

19 임조는 감숙성 난주蘭州
밑의 지명.

20 몽염이 사형을 당하기 전에 자신은 하늘에 죄를 지은 적이 없으므로 죽는 것은 부당하다고 항변하다가 장성을 쌓으며 지맥을 끊은 것은 자신의 죄이므로 죽어 마땅하다고 하며 음독자살하였다. 『사기』 「몽염열전」
21 『사기』 「몽염열전」에 나오는 태사공(사마천)의 논평이다.

다."[20]

라고 했다. 사마천은 북쪽 변방으로 가서 몽염이 진나라를 위하여 쌓은 장성의 망루와 장벽이 산을 까뭉개고 골짜기를 메운 현장을 보고는, 그가 백성의 힘을 함부로 소진했다고 책망했다.[21] 그렇다면 이 장성은 정말 몽염이 쌓은 것으로, 연나라, 조나라가 쌓은 옛 성은 아니란 말인가?

장성은 모두 벽돌을 쌓아서 만들었고, 벽돌은 모두 동일한 틀로 찍어서 구운 것이라 두께와 크기가 털끝만큼도 차이가 없다. 장성 바닥의 터는 돌을 다듬어 쌓되, 땅속으로 다섯 겹 땅 위로 세 겹을 쌓았다고 한다. 더러 장성이 무너진 곳이 있어서 그 두께를 헤아려 보니 다섯 길쯤 되며, 흙을 섞지 않은 것 같으며 벽돌과 벽돌 사이는 순전히 석회로 메꾸어 쌓았다. 석회는 종이처럼 얇아서 겨우 벽돌이 붙어 있게 할 정도여서 마치 나무에 아교를 써서 붙여 놓은 것 같다.

장성의 안팎은 먹줄을 퉁겨서 깎은 듯 반듯하고, 아래는 두텁고 위로 갈수록 줄어들어 비록 대포와 전차라 해도 쉽사리 부수기 어렵게 되어 있으니, 밖의 벽돌이 비록 떨어져 나간다 하더라도 안에 쌓아 놓은 것이 그대로 있기 때문이다.

담이 뭉쳐서 생긴 멍울을 치료하기 위해서는 천 년 묵은 석회를 식초와 섞어 떡처럼 만들어 붙인다. 오래 묵은 석회로는 장성의 석회만 한 것이 없다. 그래서 사행이 중국으로 가면 으레 구해 달라고 한다. 내가 젊은 시절에 주먹만 한 크기의 석회 덩어리를 본 적이 있는데, 지금

만리장성 벽돌

120

장성에 와서 실제로 살펴보니 그것이 가짜라는 걸 확실히 알겠다.

연도에 오면서 본 성의 제도도 모두 장성처럼 벽돌 사이에 석회를 종이처럼 얇게 붙여 쌓았는데, 어디에서 주먹만큼 큰 석회 덩어리를 구할 수 있겠는가? 또한 어떻게 변방 밖의 장성까지 멀리 가서 석회를 구해 올 수 있었겠는가? 이는 우리나라 길가의 무너진 성 밑에서 얻은 것일 뿐이다.

북경으로 돌아가는 길에 고북구古北口에 들어갔다. 북경에서 변방 밖으로 나갈 때는 때마침 야심한 밤이라서 미처 두루 구경을 못했으나, 지금은 바로 한낮이다. 수역首譯과 모래사장에서 조금 쉬다가 드디어 고북구 관문 안으로 들어갔다. 말 떼 수천 필이 문을 메우며 들어간다. 제2관문에는 군졸 사오십 명이 검을 차고 나열해 있다. 또 두 사람이 의자를 마주하여 앉았다가, 나와 수역이 말에서 내려 천천히 걸어 들어가자, 기쁜 얼굴로 재빨리 뛰어와서 우리 앞에 선다. 허리를 굽혀 읍을 하고는 웃으면서 수고 많다고 간곡하게 말한다. 하나는 모자의 정수리에 수정을 달았고, 하나는 산호를 달았는데 모두 관문을 지키는 참장參將이라고 한다.

오대 시대 석경당石敬塘이 세운 후진後晉 개운開運 2년(945)에 거란의 군주인 덕광德光이 중국에 쳐들어와 노략질을 하고 호북구虎北口로 돌아갔다. 후진이 태주泰州를 쳐서 빼앗고 다시 군사를 이끌고 남쪽으로 향한다는 소리를 들은 덕광은 해거奚車[22]에 앉아서 철요기병鐵鷂騎兵[23]에게 모두 말에서 내려 사방으로 공격하여 후진의 군대가 설치한 녹각鹿角[24]을 뽑고 진격하라고 명령했다.[25]

만리장성 둘레에 구口라는 글자가 붙은 곳은 무려 수백 군데이다. 그런데 『자치통감』에는 "태원太原과 분수汾水 북쪽에도 호

22 해거는 북방 민족이 만든 작은 수레.

23 철요기병은 쇠로 된 갑옷을 입은 매처럼 날쌘 기병.

24 녹각은 군영 주변에 설치한 뾰족한 나무로 된 방어물.

25 『자치통감』 권284, 후진後晉에 대한 기록에 나오는 내용이다.

북구虎北口라는 지명이 있다. 당시 거란 군주 덕광의 군사들이 기
주祈州와 역주易州에서 북쪽으로 갔으니, 태원과 분수에 있는 호
북구가 아니라 바로 유주幽州와 단주檀州이다"라고 했으니, 곧 이
고북구의 관문이다. 당나라 임금의 선조 이름 중에 호虎라는 글자
가 있었기 때문에 당나라에서는 호북구를 고북구로 바꾸었다.[26]
또 『자치통감』 주석에 "송나라 사람이 요遼로 사신을 간 일정
을 기록한 『행정기』行程記라는 책에는, '단주檀州에서 북쪽으로
80리를 갔고, 다시 80리를 가서 호북구의 객사에 이르렀다'라고
했으니, 단주의 고북구를 또한 호북구로 이름하였다"라고 했다.

송나라 선화宣和 3년(1121), 금나라가 요나라 병사를 고북구
에서 패배시켰고, 가정嘉定 2년(1209) 몽고가 금나라에 침입하여
병사가 고북구에 이르자, 금나라는 거용관居庸關으로 물러나 나
라를 지켰다. 원나라 치화致和 원년(1328) 태정泰定 황제[27]의 아들
아속길팔阿速吉八(천순제天順帝)이 상도上都[28]에서 따로 즉위하고,
길을 나누어 병사를 파견해서 연나라 철첩목아鐵帖木兒(태정제)를

26 당 고조高祖 이연李淵의
조부가 이호李虎이다.

27 태정 황제는 원나라 황
제 도첩목이圖帖睦爾.
28 상도는 천자가 있는 수
도. 즉 섬서성의 장안長安.

122

대도大都(북경)에서 토벌했다. 당시 탈탈목아脫脫木亞는 고북구를 지키고 있다가 상도에 있는 병사와 의흥宜興에서 전투를 했다.

명나라 홍무洪武 22년(1389)에 연왕燕王에게 명하여 군사를 이끌고 고북구로 나가서 내안불화乃顏不花를 이도迤都에서 습격하게 하였다. 영락永樂 8년(1410)에는 고북구의 작은 관문 입구와 큰 관문 밖의 문을 폐쇄해서 겨우 사람 하나와 말 한 필이 드나들 정도로 만들었는데, 지금 고북구 관문은 다섯 겹의 문으로 되어 있고, 폐쇄한 곳은 없다.

대체로 이 고북구 관문은 역사 이래 전쟁을 치른 장소로서 중국 천하가 한번 요동을 치면 해골이 산처럼 쌓이니, 정말 범의 아가리라는 뜻의 호북구虎北口라고 불러도 될 만하다. 지금 태평한 100여 년 동안 사방은 북소리, 징 소리, 전투하는 소리가 없고, 삼과 뽕나무가 우거지며, 평화롭게 닭과 개는 사방으로 돌아다닌다. 휴양과 생활을 이렇게 편하게 할 수 있었던 때는 한나라, 당나라 이래로 일찍이 없었다.

알지 못하겠다. 청나라가 무슨 덕을 가지고 이런 경지를 이룰 수 있었는지? 무엇이든 극도로 치달았다가는 무너지는 것이 사물의 필연적인 이치이다. 지금 백성들이 오랫동안 전쟁을 치러 보지 못했으니 만약 전쟁을 하게 되면 흙이 무너지고 기와가 깨지듯 여지없이 허물어질 것이다. 아! 참으로 염려되는구나.

산 위 관문은 비록 수많은 산에 에워싸여 있지만 북쪽의 거대한 사막 지역을 바라볼 수 있을 것 같다. 『금사』金史를 살펴보면, 정우貞祐 2년(1214) 조하潮河의 물이 넘쳐흘러 쇠로 만든 고북구의 관문이 떠내려갔다고 한다. 북방 오랑캐들이 자신들의 세력을 믿고 중국을 만만히 보고서 침략을 하는 까닭은, 아마도 그들이 차지하고 있는 땅이 상류에 있어서 그 형세가 마치 물동이를 세워 놓은 것 같기 때문일 것이다.

중국의 커다란 근심 두 가지는 바로 황하와 오랑캐이다. 백곤白鯀[29]은 재주와 능력이 있는 사람이었다. 그는 북쪽 오랑캐가 뭘 믿고서 중국을 침범하는가를 충분히 알았다. 그렇기에 그는 유주幽州와 기주冀州를 틔우고 항주恒州와 대주代州를 깎아서 중국의 강물을 끌어다가 북쪽 사막지방에 물을 댐으로써 중국이 도리어 상류를 차지하면 북쪽 오랑캐를 제압할 수 있으리라 생각했다.

당시 사악四岳[30]도 그 논의를 옳다고 여겨서 한번 시험해 보자고 했으니, 『서경』의 이른바 "옳게 여겨 시험하려다 이내 그만두었다"[31]라는 내용이 그것이다. 요임금도 비록 물이 거꾸로 흐르는 것을 옳게 여긴 건 아니지만 백곤의 변론과 설명이 너무 완강해서 능히 논란을 하지 못했으며, 우임금 역시 물이 역행하는 것을 부당하다고 여겼으나 백곤의 재주와 지혜가 워낙 뛰어나서 간쟁할 수 없었다. 『서경』의 이른바 "임금의 명을 어기고 선한 무리를 헐뜯는다"라는 내용이 그것이다.

대체로 백곤의 사람됨은 지나치게 강직하여 남과 잘 충돌하고 자신의 의견을 너무 신뢰했다. 그는 오직 오랑캐에 대한 근심을 중국 만세의 골칫거리로만 생각했지, 그로 인해 중국의 산하가 물에 잠기는 것은 그다음 문제라고 생각했다. 그래서 지형도 따져 보지 않고 공사 비용도 아끼지 않고 기필코 거꾸로 파서 물을 역류시켰으니, 『맹자』의 이른바 "물이 역류하는 것을 일러 홍수洚水라고 하니, 홍수洚水라는 것은 바로 큰 물 홍수洪水이다"[32]라는 내용이 그것이다.

그러나 깎고, 파고, 틔우고, 물을 대어 지세가 점점 높아져, 흙으로 메워지리라고 생각하지 않았으나 저절로 메워졌으니, 『서경』의 이른바 "백곤이 흙을 메워 홍수가 났다"라는 내용이 그것이다. 그렇게 된 것이 아니라면, 백곤은 무슨 마음으로 여기를 메워 침수되게 하는 죄를 짓고 말았는가? 또 당시 안팎의 벼슬아치들이 하필이면 번갈아 말을 하며 백곤을 힘껏 추천했겠으며, 요임금도 어찌해서 9년 동안이나 가만히 앉아서 지켜보며 그의 실패가 누적되기를 기다렸으리오?

아! 슬프다. 만약 백곤이 이 사업을 성공시켰더라면 중국은 오랑캐도 막고 냇물도 막아서 일거양득이 되었을 것이고, 만세를 두고 덕을 보게 되었을 것이니, 그의 큰 공과 위대한 사업은 응당 우임금보다 위에 있었을 것이다.

이것은 내가 어린 시절에 어떤 어른이 "백곤이 흙을 메워 홍수가 났다"라는 대목을 논변하여 설명한 내용이다. 그런데 지금 그 지형을 살펴보면 전혀 그렇지 않다는 것을 알 수 있다. 이백李白의 「장진주」將進酒라는 시에,

"황하의 물은 하늘 위에서 내려온다."(黃河之水天上來)

라고 했는데, 아마도 그 지형이 서쪽이 높아서 황하의 물이 하늘로부터 내려오는 것 같다고 말한 것이다.

고북구 관내의 점방에서 점심을 먹었다. 점방의 벽에는 황제가 쓴 7언 절구 한 수가 걸려 있었다. 황제가 공민孔敏이란 사람에게 하사한 시이다. 황제가 남쪽으로 순행을 갔다 곧바로 북쪽 열하로 돌아올 때, 산동 곡부曲阜에 있는 여러 공씨孔氏들이 일족을

건륭 황제의 글씨

이끌고 황제를 맞이하며 알현했다. 황제가 시를 지어 위로하고
격려하며 공씨 문중의 어른에게 하사했는데, 공민이 시의 발문을
지어서 황제의 융숭한 은혜를 성대하게 칭송하고 은총과 영광을
도배하듯 포장한 것이다. 돌에 새기고 널리 찍어 내서 점방 주인
에게도 한 부를 보답으로 주고 갔다고 한다. 시의 내용은 별것이
아닌데, 글씨는 아주 뛰어났다. 점방 주인이 내게 사 가지고 가라
고 하기에 값이나 물어보자고 했더니 은자 30냥을 부른다.

점심밥을 먹고 곧 출발했다. 제3관문을 들어가니 양쪽 언덕
의 석벽이 천 길 낭떠러지로 깎아 세운 듯 서 있다. 그 가운데로
수레 하나가 지나갈 수 있는데, 그 아래는 깊은 골짜기로 큰 돌이
첩첩이 쌓여 있다. 옛날 송나라 왕기공王沂公 증會과 부정공富鄭公
필弼[33]이 거란으로 번갈아 사신을 갈 때도 이 길을 경유했다. 그들
의 『행정록』行程錄에,

"고북구는 양옆에 험준한 낭떠러지가 있고, 가운데에 길이
있어 겨우 수레바퀴가 지나갈 수 있다."
라고 했으니 그들이 바로 이곳을 지나갔음을 징험할 수 있겠다.
어떤 절에서 쉬었는데 영빈潁濱 소철蘇轍의 시를 새겨 놓았다.

어지러운 산 꼬불꼬불 돌아서 길이 없는 것 같더니
가느다란 길이 얽히고 감돌며 곁에는 긴 시내로다.
꿈속에 촉도蜀道를 찾아가는 듯한데
흥주興州의 동쪽 계곡, 봉주鳳州의 서쪽이라네.[34]
亂山環合疑無路 小徑縈回長傍溪

彷彿夢中尋蜀道 興州東谷鳳州西

33 왕기공과 부정공 두 사
람에 대해서는 8월 15일 일
기에 주석이 있다.

34 시의 제목은 「백하의 냇
물을 지나며」(過白河澗)이
다.

126

『송사』宋史를 살펴보면, 원우元祐(1086~1094) 연간에 소철이 형 소식蘇軾을 대신하여 한림학사가 되어 임시로 이부상서를 맡아서 거란으로 사신을 가게 되었다. 당시 거란인으로 관반館伴[35]을 맡았던 시독학사侍讀學士 왕사동王師同[36]이 소순蘇洵과 소식의 문장 및 소철이 지은 「복복령부」服茯苓賦를 능히 외웠다 했으니,[37] 위의 시는 바로 문정공文定公(소철의 시호)이 사신으로 여기를 지나며 지은 것이다.

절에는 단지 중 두 명이 거처하는데 뜰 난간 아래에서 오미자 몇 섬을 한창 말리고 있었다. 나는 무심코 오미자 몇 알을 주워서 입에 넣었다. 중 하나가 물끄러미 쳐다보더니 갑자기 눈을 부릅뜨고 성을 버럭 내어 꾸짖는데, 그 행동거지가 아주 흉악하고 막되어 먹었다. 나는 즉시 일어나 난간 가에 기대어 섰다.

우리 일행 중 마두 춘택春宅이 때마침 담뱃불을 붙이러 들어오다가 그 꼴을 보고는 크게 노해 대뜸 앞으로 나가서 욕을 해댔다.

"우리 어르신께서 더운 날씨에 시원한 물이 생각나셔서, 자리에 널린 하고많은 오미자 중 불과 몇 알을 씹어서 입에 침이 저절로 돌게 하여 갈증을 그치게 하려는 것뿐이거늘, 이 도적놈의 까까중놈이 양심도 없구나. 하늘에도 높은 하늘이 있고, 물에도 깊은 물이 있거늘, 이 당나귀 같은 도적놈이 하늘 높은 줄 모르고 물 깊은 줄 모르는구나. 이런 무례한 놈아, 이 당나귀 같은 도적놈아, 이게 무슨 짓거리냐?"

그러자 중은 모자를 벗어 손에 쥐고 입에는 허연 게거품을 물고는 어깨를 으쓱거리며 까치걸음으로 앞으로 나오며,

"너희 어른이 나와 무슨 상관이냐? 뭐 하늘이 높다고. 너는 무서울지 모르겠다만 나는 하나도 겁 안 난다. 뭐야, 이거. 관운장

35 관반은 외국 사신을 접대하는 일을 맡은 관원.
36 왕사동은 왕사유王師儒(1039~1101)의 잘못이다. 왕사유는 요나라의 문신으로, 자는 통부通夫이다. 글을 잘하였고 특히 외교문서 작성에 뛰어났다고 한다.
37 이 내용은 『송사』 「소철열전」에 나온다. 소철이 요遼나라에 사신을 간 해는 원우 4년 1089년이다.

귀신이 살아온데도, 급살을 내리는 귀신이 문 앞에 닥친다 해도, 뭐 그런 게 겁이 나겠어?"

라고 한다. 춘택이 손바닥으로 그의 뺨을 한 대 올려 부치고는 입에 담을 수조차 없는 우리나라의 욕을 마구 해대니, 중은 뺨을 부여잡고는 머리를 들이댄다. 내가 큰 소리로 춘택을 나무라며 야료를 부리지 말라고 해도, 춘택은 분기를 삭이지 못해 씩씩거리며 그 자리에서 아예 끝장을 보려는 것 같다.

중 하나는 부엌문에 기대서서 다만 웃음을 머금은 채, 그 중을 편들지도 않고 싸움을 뜯어말리려 하지도 않는다. 춘택은 또한 주먹으로 그를 때려서 자빠뜨려 놓고는 욕을 해대기를,

"우리 어르신께서 만세야萬歲爺(황제 폐하)께 일러 주면, 네 이 도적놈의 머리통을 빠개 놓든지, 아니면 이놈의 절간을 확 쓸어버려서 널찍한 평지로 만들 터이다."

라고 하니 중은 일어나 옷을 털고 욕을 하며,

"너희 어른이 공연히 남의 오미자를 슬쩍하고는, 너 같은 하인 놈을 부추겨 도리어 바리때 같은 주먹으로 나를 마구 치게 하니, 이게 무슨 놈의 도리냐?"

라고 하는데, 그 기색을 살펴보니 점점 기세가 꺾여 풀이 죽는다. 춘택은 더더욱 날뛰고 씩씩거리며 욕을 하기를,

"뭐, 공연히 슬쩍했다고? 이걸 한 말을 먹었냐, 한 되를 먹었냐? 눈곱만 한 작은 알맹이 하나를 가지고 우리 어르신을 산더미처럼 부끄러워 죽게 만들었으니, 만약 황제께서 이따위 짓을 아시기라도 한다면, 너 이 도적놈의 그 번들거리는 대가리는 재깍 댕강 잘려 나갈 게다. 우리 어르신이 가서 만세야께 아뢸 때, 네놈이 비록 우리 어르신을 겁내지 않는다고 하겠지만, 어디 만세야

도 겁 안 나는지 두고 보자."

라고 하니 그 중은 더욱 기가 죽어서 감히 더 이상 대꾸를 하지 못한다.

춘택은 끝도 없이 함부로 욕을 해댄다. 세도를 믿고 더 기가 살아서 걸핏하면 만세야를 팔고 있으니, 이 시각에 응당 만세야의 두 귀가 간질간질했으리라. 춘택이 말끝마다 황제를 입에 올리고 있어 가히 세력을 믿고 허풍을 떠는 것이라 할 만한데, 기가 살아서 펄펄 뛰는 모습이 사람을 포복절도케 만든다. 그러나 저 막돼먹은 중은 정말 겁을 집어먹고, 만세야 세 글자 듣기를 마치 천둥 번개나 귀신 소리처럼 들었을 것이다.

춘택이 벽돌 하나를 뽑아서 찍으려고 하니, 두 중은 곧바로 웃으며 달아나 숨었다가, 즉시 아가위 두 개를 가지고 와서 화를 풀라는 듯 배시시 웃으며 바치고는 청심환을 달라고 청한다. 당초 야료를 부렸던 까닭도 사실은 청심환을 뜯어내려는 수작이었던 것이다. 그들의 심술을 따져 보면 가히 불량하다고 말할 만하다. 내가 즉시 청심환 하나를 주자 그 중은 수도 없이 머리를 조아리는데, 참으로 낯짝이 두꺼워 부끄러움이 없다. 아가위는 크기가 살구만 한데 너무 시어서 먹을 수가 없다.

아가위

성인은 남에게서 물건을 받거나 사양할 때, 혹은 취하거나 줄 때 함부로 하지 않아서, 그것이 의리에 맞지 않으면 겨자씨 하나처럼 작은 것도 남에게 주지 않고, 또 남의 것을 취하지도 않으셨다.

대저 겨자씨 하나란 천하에서 가장 작고 가벼운 물건이어서 만물 중에서 족히 꼽을 수도 없는 것이니, 세상에 겨자씨 하나를 사양하거나 받을 때 혹은 주고 취할 때 무슨 도리를 삼을 것이 있겠는가? 그런데도 성인께서 겨자씨를 가지고 어마어마한 논설을 펼쳐서 마치 거기에 대단히 중요한 염치나 의리가 달려 있는 듯 말씀하신 것이 너무 지나치다고 생각했다. 그런데 지금 오미자 몇 개를 가지고 징험해 보니 겨자씨에 대한 성인의 논의가 과연 너무 심한 말씀이 아니라는 것을 깨달았다. 아하! 성인께서 어찌 나를 속이겠는가?

몇 알의 오미자는 정말 겨자씨 하나처럼 미미한 물건인데도 저 무지막지한 중이 함부로 내게 무례를 저질렀으니, 정말 생각지 않은 봉변을 당했다고 할 수 있다. 그러나 이것 때문에 분쟁이 생기고 급기야 치고받고 하는 주먹다짐까지 하기에 이르러, 한창 그들이 싸울 때에는 분한 마음을 참지 못해 피차 죽을 둥 살 둥 모르고 사생결단을 내려는 상황이었다. 그때 비록 몇 알맹이의 오미자이긴 했지만 그로 인해 생긴 화는 산더미처럼 컸으니, 천하의 지극히 미미하고 가벼운 물건이라고 해서 하찮게 취급해서는 안 될 것이다.

춘추시대에 초나라 변방인 종리種離에 사는 여자가 오나라 변방인 비량卑梁에 사는 처녀와 뽕잎을 가지고 서로 다투다가 결국에는 두 나라가 전쟁을 하는 사태에까지 이르렀으니,[38] 이 일과 비교해 본다면 오미자 몇 알은 성인이 말한 겨자씨 한 알보다 이미 많은 것이고, 시비곡직을 따진다면 초나라 처녀가 뽕잎을 다툰 것과 하등 다를 바가 없다. 만약 그때 주먹다짐을 하다 목숨을 잃는 변괴가 생긴다면, 군대를 일으켜 그 죄를 묻는 사태가 생기지 않으리라고 어찌 장담할 수 있겠는가?

내 학문이 거칠고 얕아서, 오얏나무 아래에서 갓을 바로잡거나 외 밭에서 신을 신는 등의 무심코 한 일로 인해 남에게 오해나 혐의를 살 만한 행동을 함으로써 애초부터 신중하게 처신하지 못

38 『사기』 「초세가」楚世家에 나오는 이야기로, '비량지흔' 卑梁之釁이라는 고사성어이다.

했는데, 이제 남의 물건에 함부로 손을 대었다는 욕을 스스로 받고 말았으니 어찌 부끄러움과 두려움을 견딜 수 있으랴!

길을 따라오면서 빈 수레가 매일 열하로 들어가는 것을 수도 없이 보았다. 황제가 장차 준화遵化, 역주易州 등에 가려고 하기 때문에 짐을 실으러 가는 것이다. 낙타가 수천, 수백 마리씩 떼를 지어 짐을 싣고 나갔다.

대저 낙타는 하나같이 크기가 일정하고 모두 엷은 흰색에 약간 누런색을 띠었다. 털은 짧고, 머리는 말처럼 생겼는데 작으며, 눈은 양과 같고 꼬리는 소와 같다. 가려고 할 때는 반드시 목을 움츠렸다가 머리를 드는데, 그 모습이 마치 나는 백로와 같다. 무릎은 두 마디이고 발굽은 양 갈래이고 모습은 물새를 닮았다. 학처럼 발을 떼고, 거위와 같은 소리를 지른다. 걸음걸이는 대단히 느려터졌고 행동은 매우 굼떠서 비록 채찍을 친다 해도 전혀 빨리 달리게 할 묘리가 없다.

옛날 당나라 가서한哥舒翰[39]이 서하西河에 있을 때, 그의 주사관奏事官(일을 보고하러 가는 관리)이 장안에 갈 때마다 항상 흰 낙타를 타고 하루에 500리를 달려갔다 한다. 후진後晉 개운開運 2년(945) 부언경符彦卿[40]이 거란의 철요군鐵鷂軍을 크게 격파하자, 거란 군주 덕광은 해거奚車를 타고 도망갔는데, 추격하는 병사가 바짝 뒤를 쫓아와 다급해지자 낙타 한 마리를 잡아 타고는 도주했다고 한다. 그런데 지금 낙타가 가는 것을 보니 느려빠져서 추격하는 기마병을 따돌리기 어려울 듯싶다. 아니면 낙타 중에도 마치 석계륜石季倫[41]이 탔던 소처럼 잘 달리는 놈이 있었던 것일까?

고려 태조 임금 때에 거란이 낙타 40마리를 바쳤는데, 태조

39 가서한(?~757)은 당나라 현종 때의 유명한 장수로, 본래 돌궐족 가서哥舒 부락 출신이다.

40 부언경(898~975)은 후진後晉 때 장수가 된 이래 전공을 세웠고 뒤에 송 태조 휘하에 들어가 태사太師, 절도사 등을 역임했다. 용맹했기 때문에 거란군에서 그를 부왕符王이라고 불렀다.

41 계륜은 진晉의 부호인 석숭石崇의 자字이다. 그는 평소 소를 타고 다녔는데, 그 소를 석숭우石崇牛라고 불렀다.

낙타교 북한 사회과학원 고고학
연구소의 낙타교(만부교) 상상도

는 거란이 무도한 나라라고 하여 낙타를 다
리 아래에 묶어 두어 10여 일 만에 모두 굶
겨 죽였다. 거란이 비록 무도한 나라라 하
더라도 낙타에게 무슨 죄가 있는가? 이놈
은 하루에도 소금 몇 말을 먹고 여물 열 단
을 먹어치우니, 우리나라의 마구간이 빈약
하고 목동 역시 보잘것없었으므로 실로 키
우기도 어려웠을 것이다. 짐을 실으려고 해도 고을의 집들이
낮고 좁으며, 마을의 문들도 혼잡하고 비좁아서 낙타를 수용
하기 어려웠을 터이니, 실로 무용지물일 수밖에 없다. 지금도
그 다리 이름을 낙타교[42]라고 한다. 개성의 유수부留守府[43]에서
3리 떨어졌으며, 다리 옆에는 '낙타교'라는 돌비석을 세워 놓았
다. 그 지방 사람들은 낙타교라고 하지 않고 '약대다리'라고 한
다. 우리 말에 약대란 낙타를 말하고, 다리란 교량을 뜻한다. 또
와전되어 '야다리'라고도 한다. 내가 중경中京(개성)에 처음 유람
을 갔을 때 낙타교를 물었더니 모두들 어디에 있는지 모른다고
했다. 심하도다. 사투리가 변하여 이처럼 이무런 뜻이 없게 되었
구나.

이날 모두 80리를 갔다.

42 낙타교의 공식 명칭은
만부교萬夫橋이다.
43 유수부는 유수가 근무하
는 관청 건물.

8월 18일 갑자일

맑다가 늦게 가랑비가 오다 곧 그치고,
오후에는 큰 바람과 우레가 치고 소낙비가 왔다.

먼동이 틀 무렵에 출발했다. 차화장車花莊과 사자교獅子橋를
지나니, 황제가 거둥할 때 묵는 행궁이 있었다. 목가욕穆家峪에
이르러 점심을 먹고, 식사 후에 바로 떠났다. 석자령石子嶺[44]을 지
나서 밀운密雲에 도착하니, 종실의 여러 왕들과 봉작을 받은 종실
사람, 벼슬아치들이 흩어져서 북경으로 돌아가는 행렬이 꼬리에
꼬리를 물고 이어졌다.

백하白河에 이르니 나루에는 먼저 건너가려는 사람들이 시끌
벅적 떠들고 있으나, 좀처럼 건너갈 수 없었다. 막 부교를 만들고
있어서, 배들은 모두 돌을 운반하고, 단지 배 한 척만이 사람을 실
어서 건넨다.

지난번 갈 때에는 군기대신이 길에 마중을 나오고, 낭중이 우
리를 먼저 건너가도록 신경을 쓰고, 환관이 와서 여정도 탐문했
다. 그 바람에 제독과 통관도 기세가 당당하여 나루터에 다다르

44 석자령은 오늘날 대석령
大石嶺이라 부른다.

자 채찍을 들고 지휘를 했으니, 그 기세가 산을 무너뜨리고 강을 메울 형세였다. 그러나 지금 북경으로 돌아가는 마당에는 측근의 신하가 나와서 전송하지도 않고, 출발에 임하는 날에는 황제 역시 한마디 격려와 위로의 말조차 없다. 아마도 우리 사신이 활불活佛을 기꺼이 보려고 하지 않은 탓에, 처음에 받았던 좋은 대우를 계속 받을 수 없게 된 것일 터이다.

기색을 살펴보니, 갈 때와 올 때의 대우가 판이하게 달라졌다. 백하의 물도 지난번 건넌 물이고, 저기 모래 언덕도 갈 때 서 있던 땅이고, 제독의 손에 쥔 채찍이나 저 강 위에 떠 있는 배도 모두 같건만, 그런데도 지금 제독은 찍소리도 없고 통관은 수긋하여 머리를 떨구고 있다. 그야말로 강산은 달라지지 않았는데 눈을 들어 바라보니 염량세태의 차이가 있다는 격이로다.

슬프다. 세력이란 게 믿을 수 없음이 이와 같구나. 그런데도 세력이 있는 곳에는 미친 듯이 달려들어 따르더니, 눈 깜짝할 사이에 시간이 지나고 일이 썰렁하게 식으면 의지하고 기댈 곳이 없어진다. 마치 진흙으로 만든 소가 바다의 뻘밭에 들어가 빠진 것처럼 한번 가더니 소식도 없이 돌아오시지 않는 것 같고,[45] 빙산이 태양을 만나 흔적도 없이 녹아내린 것 같다. 세상이 생긴 이래로 이런 풍조가 휩쓸고 있으니 어찌 슬프지 않으리?

홀연히 수심에 찬 시커먼 구름이 사방에서 내리누르고 바람과 천둥이 크게 쳐서 비가 올 기세가 매우 급했으나, 오히려 갈 때 공포에 떨었던 것에는 미치지 못했다. 여기를 오고 갈 때 모두 날씨가 이와 같은 것은 대단히 이상한 일이다. 명나라 천순天順 7년(1463)에 여기 밀운과 회유懷柔 지방에 큰비가 와서 백하의 강물이 몇 길이나 넘쳐흘러 밀운성의 군기고軍器庫와 문서방文書房이

45 입춘절에 진흙으로 소의 형상을 만들어 제사를 지낸다. 이 진흙소는 물을 건널 수 없고, 물에 들어가면 흔적도 없이 사라진다.

떠내려갔다고 한다. 아마도 여기는 옛날부터 큰 전쟁터였으니, 눈먼 바람과 괴상한 비가 시도 때도 없이 발작하고, 성난 번개와 분통이 터진 우레의 우울한 원한이 항상 맺혀 있는 것은 아닌지 모르겠다.

연도에 오면서 본 냇가 나루의 배는 만든 모양이 한결같지 않고 모두 다르게 생겼다. 여기 백하의 배는 마치 우리나라 나루터에 있는 배와 같은데, 어떤 것은 배의 허리 부분을 톱으로 자르고 이를 다시 끈으로 엮어서 배 한 척을 만들었다. 하나를 연결한 것도 괴상한데, 세 개를 연결한 것도 있다.

한자는 모양을 본떠 만든 상형 글자가 많다. 예컨대 배 주舟를 좌변으로 하여 도舠, 접艓, 책舴, 항航, 맹艋, 정艇, 함艦, 몽艨 등의 글자는 모양에 따라 이름을 붙인 것이다. 모든 사물마다 그런 방식으로 이름을 붙인다. 우리나라 말에도 작은 배를 '거루'傑傲라 하고, 나루터의 배를 '나루'捏傲라 하며, 큰 배를 '만장이'漫藏伊라 하고, 곡식을 실어 나르는 배를 '송풍배'松風排라 하며, 바다에 나가는 배를 '당도리'唐突伊라 하고, 상류에 다니는 평평한 배를 '물윗배'物遇排라 하며, 관서 지방에서는 배를 '마상이'馬上伊라고 하여 많은 이름이 있고 그 모양도 각기 다르다. 그런데도 불구하고 단지 한 글자로 배 선船자를 말할 뿐이다. 비록 작은 배를 뜻하는 도舠와 접艓, 책舴과 맹艋 등과 같은 글자를 빌려서 쓰긴 하지만, 이름과 실제가 맞아떨어지지 않는다.

말 탄 사람 사오십 명이 회오리바람을 일으키며 오는데 그 기세가 거만하고 사나워, 우리나라의 지친 하인들이나 꾀죄죄한 말을 보고는 아주 하찮게 여기는 눈치이다. 한 떼거리가 뭉쳐서 배에 오르는데 가장 뒤에 말 탄 사람은 팔뚝에 털이 새파란 큰 매를 없었다. 말에 채찍을 쳐서 단번에 훌쩍 배에 뛰어오르다가 말의 뒷발굽이 허공에 미끄러지면서, 안장에 탄 사람이나 팔뚝에 있던 매나 모두 뒤집혀 그만 물에 곤두박질쳤다. 물살에 떠밀리고 허우적거리며 기어오르려 하다가 다시 빠지고 푸드덕거리며 엎치락뒤치락 힘이 빠져서 한참 있다가 겨우 물에서 나와 기진맥진하여 배에 올랐다.

매는 기름 등잔에 뛰어든 나방처럼 젖은 날개를 푸득거리고, 말은 오줌통에 빠진 쥐새끼 꼴이다. 비단옷과 수놓은 언치(말안장 밑에 까는 담요)에는 불쌍하게도 물이 뚝뚝 듣고, 어디 몸 둘 곳도 없어 공연히 말에다 채찍을 쳐서 화풀이를 하니 매만 놀라서 더욱 푸드덕거린다. 자기 잘난 것만 믿고 남을 업신여기다가 금방 앙갚음을 받는구나. 족히 경계로 삼을 만한 일이다.

건너고 나서 그를 따르는 기병에게 누구냐고 물으니, 말 위에서 몸을 기울여 진흙 위에 채찍으로,

"사천四川 지방의 장군."

이라고 쓰는데 생긴 모습이 늙고 그다지 굳세고 용맹해 보이지 않는다.

부마장駙馬莊에 도착하여 숙박했다. 숙소로 정한 점방은 성 밑에 있는데, 회유현懷柔縣 성이다. 밤에 문을 나서서 소변을 보고 있는데, 기병 이삼십 명 혹은 100여 명이 떼를 지어 말을 타고 지나간다. 매 대오 앞에는 등불 하나가 인도할 뿐이다. 아마도 모두 귀족들 같다. 수레와 말 소리가 밤새 끊이지 않았다. 이날 65리를 갔다.

8월 19일 을축일

맑았다. 더러 비를 뿌렸으나 늦게 더욱 맑아졌다.
매우 더웠다.

새벽에 회유현을 출발하여 남석교南石橋에 이르러 점심을 먹
었다. 처음으로 홍시를 먹었다. 감의 모양이 사각형에 홈이 파지
고 밑에는 받침대 같은 것이 있어서 우리나라의 소위 반시盤枾라
는 것과 닮았으며, 달고 연하며 물이 많다. 홍시는 계주 반산盤山
에서 나는데, 감과 배, 대추와 밤이 온 산에 널렸다고 한다.

반산 홍시

임구林溝를 지나서 청하淸河에 이르러 숙박했다. 이리로 오는
길은 큰길로, 갈 때의 그 길이 아니다.

한 사당에 들어가니 강희 황제의 어필로 쓴 금빛 편액에 '좌
성우불'左聖右佛이라고 적혀 있다. 좌성이란 관운장을 말하는 것
이다. 좌우 주련에는 관운장의 도덕과 학문을 성대하게 떠벌려
놓았다. 관운장을 존숭하여 떠받들기 시작한 것은 대체로 명나라
초부터인데, 이름인 관우關羽를 함부로 쓰고 부를 수 없다고 하여
패관기서에는 모두 관모關某라고 일컬었다. 명나라, 청나라 시대

상희商喜의 〈관우금장도〉關羽擒將圖 상희는 15세기 명나라의 궁중 화가이다. 이 그림은 관우가 당시 위나라 장수 방덕을 사로잡은 모습을 묘사한 작품이다.

에는 공문서라든지 장부 등에 관운장을 성인으로 취급하여 관성關聖이라 하기도 하고, 혹은 학문적 스승으로 높여서 관부자關夫子라고까지 일컫기에 이르렀다. 이런 오류와 비루함이 그대로 답습되어 천하의 사대부들은 관운장을 정말 학문하는 학자로 인정하게 되었다.

이른바 학문이란 무엇인가? 생각을 삼가고(愼思), 분명하게 논변하며(明辯), 자세히 묻고(審問), 널리 배우는(博學) 것을 말한다. 성인이란 한갓 타고난 덕성德性만 가지고 존숭하기엔 부족하다고 하여, 다시 학문을 추가하여 성인이라고 하는 것이다. 우禹임금은 남에게 좋은 이야기를 들으면 그에게 절을 하고, 짧은 시간이라도 아껴 사용했다. 안연顏淵은 같은 잘못을 두 번 저지르지 않으며 자신의 분노를 남에게 전가하지 않았다. 그런데도 그들을 성인으로 인정하기에는 오히려 마음이 거칠다고 논란을 했으니,

그것은 학문의 지극한 공력에 약간의 비이성적인 객기라도 있었기 때문일 것이다.

　　이러한 객기를 제거하려면 모름지기 '자기'를 이기고 '예'로 돌아가야 한다는 소위 극기복례克己復禮를 해야 한다. '자기'라고 하는 것은 사적인 인간의 욕망을 말한다. 만약 하나의 터럭처럼 작은 것이라도 '자기'라는 생각이 마음에 붙어 있다면, 성인은 이를 마치 도적이나 원수처럼 여겨서 반드시 잘라 내고 깎으며, 죽이고 없애고야 말려고 하였다. 이긴다는 의미의 극克은 바로 그런 것이다. 『서경』에,

　　"상商나라를 쳐서 반드시 이기려고〔克〕 하였다."⁴⁶
라고 했고 『역경』에,

　　"고종高宗이 귀방鬼方⁴⁷을 정벌하여 3년이 되어서야 그들을 이겼다〔克〕."⁴⁸
라고 했다. 전쟁을 3년이나 오래도록 하면서 반드시 이긴 뒤에야 그만두었다고 말한 까닭은 사생결단을 하여서 그들을 이기지 않으면 나라가 나라꼴이 될 수 없었기 때문이다.

　　'자기'를 이긴 뒤라야 비로소 예로 돌아갈 수 있다. 돌아간다는 복復이란 글자는 털끝만큼도 미진함이 없다는 말이다. 마치 해와 달이 일식과 월식이 있지만 본래의 그 상태로 완벽하게 되돌아가거나, 잃었던 물건을 다시 찾으니 저울의 눈금만큼도 감소되지 않은 것처럼, 본래의 모습 그대로 되돌아가는 것과 같다. 지혜와 어짊 그리고 용기, 이 세 가지 만고불변의 가치가 아니고는 이런 학문을 이룩한 사람은 아직 없었다. 비록 관운장의 의리와 용맹이라 하더라도 자기를 이기고 예로 돌아갔다고 대우할 수는 없다.

　　그러나 지금 사람들이 관운장의 학문을 칭송하는 까닭은 관

46 『서경』 「태서」泰誓 중中편에 나오는 말이다.

47 귀방은 중국 서북쪽의 강성했던 종족 이름이다.
48 『주역』 「기제」旣濟 괘에 나오는 말이다.

공이 춘추대의에 밝았기 때문일 터이다. 오吳나라와 위魏나라의 참람僭濫한 역적에게 엄정하게 굴었던 관운장으로서 어떻게 후대 사람들이 자신을 망령되게 높여서 황제라고 하는 호칭에 스스로 안주할 수 있겠는가. 관공의 영혼이 천 년 뒤까지 살아 계신다면 이 따위 분수에 맞지 않는 짓을 결코 받아들이지 않을 것이다. 만약 그런 영혼이 없다고 한다면 그에게 아첨을 해 본들 무슨 도움이 될 것인가.

49 오경박사는 한나라 때 유가 경전에 밝은 사람에게 주는 벼슬 이름이다.

오경박사五經博士[49]는 모두 주공, 공자, 안자, 증자, 맹자와 같은 성인이나 현인들의 후손들에게 세습되었기 때문에, 후대의 동야씨東野氏(주공의 후손), 공씨孔氏, 안씨顔氏, 증씨曾氏, 맹씨孟氏들을 모두 성현의 후예라고 일컬었다. 그렇다고 해서 관공의 후예인 관씨關氏가 후대의 오경박사라고 해서 또한 성인의 후예라고 일컬어 그들을 동야씨와 공씨 사이에 놓는다는 것은 말도 되지 않는 소리이다.

50 문묘는 공자를 모신 사당.

운남성의 문묘文廟[50]에서는 왕희지王羲之를 신주로 모시고 제사를 지내니, 이것은 왕희지를 글씨의 성인이니 붓의 대가니 하는 말 때문에 생긴 잘못이다. 성인의 도가 갈수록 멀어지고, 중국 변방의 오랑캐들이 번갈아 중국의 주인이 되어 각기 자신들의 도를 가지고 어지럽힘으로써 천하의 바른 학문은 아득하여 끊어지지는 않았으나 겨우 허리띠처럼 가늘어졌다. 어찌 알겠는가. 천년 뒤에는 『수호지』 같은 소설을 중국의 정통 역사책이라고 말하지 않으리라는 것을.

옆에 있던 누가 나서며,

"남쪽 오랑캐와 북쪽 오랑캐가 언제까지나 중국의 주인이 된다면 왕우군王右軍(왕희지)을 문묘에 모셔도 될 것이며, 『수호지』

를 정통 역사라고 해도 옳을 것입니다. 비록 문묘에 모신 공자와
안연을 쫓아내고 대신 석가를 모셔 놓고 제사를 지내도 나는 유
감이 없을 것입니다."
라고 하여 서로 한바탕 웃고는 자리에서 일어났다.

　북경으로 돌아가는 관원들이 여기에 이르자 더욱 많아졌다.
열하로 들어가는 빈 수레가 밤낮으로 끊이질 않는다. 마두와 역
졸들 중 이전에 서산西山에 가 본 적이 있는 자
들이 멀리 서남쪽 일대의 돌산을 손으로 가리
키며,

　　"저게 서산이지."
라고 말한다.

**서산 불사리탑佛舍利塔(상)
십칠공교(하)**

　구름이 뭉게뭉게 이는 가운데에 멀리 상투
처럼 솟은 수많은 청산들이 보일락 말락 은은
히 비치고, 산 위의 흰 탑은 구름 사이에 뾰족
뾰족 서 있다. 병풍처럼 생긴 산에는 푸른빛이
뚝뚝 떨어지는 듯하고, 그림 같은 봉우리가 푸
른색을 둘렀다.

　그들 둘이서 수작하는 얘기를 들으니,
　"수정궁水晶宮, 봉황대鳳凰臺, 황학루黃鶴樓
는 모두 강남의 것을 모방해서 만든 것이고, 물
결이 일렁이는 호수 가운데에는 흰 돌로 다리
를 만들어 수의교繡漪橋, 옥대교玉帶橋, 십칠공
교十七孔橋라 이름을 붙였는데, 너비는 모두 수
십 걸음이고, 길이는 100여 길로 꿈틀꿈틀 마
치 무지개가 걸려 있는 모습 같더라. 좌우에는

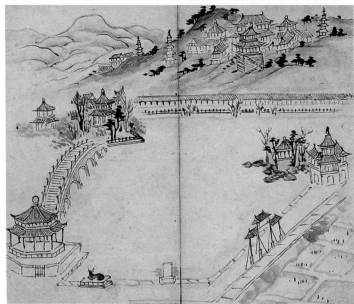

옥천수홍(상)
강세황의 〈서산도〉西山圖(하)

돌난간을 둘렀고, 용처럼 생긴 배에 비단 돛을 달고 그 다리 밑으로 출입한다네. 물을 40리나 끌어다 호수[51]를 만들었고, 돌구멍으로 물을 뿜게 하여 이를 옥천玉泉이라 하는데, 황제가 강남으로 순유를 갈 때와 사막 북쪽 변방에 납실 때라도 반드시 이 옥천수를 마신다네. 물맛이 천하제일이고, 북경의 뛰어난 경치 여덟 곳[52] 중에서 바로 '옥천수홍'玉泉垂虹[53]이 곧 그 하나일세."

라고 한다. 마두 취만翠萬이는 전에 이미 다섯 번이나 갔고, 역졸 산이山伊는 두 번 갔다고 한다. 그래서 이들 두 하인과 약조를 하여 함께 서산을 유람하기로 했다.

51 북경 이화원 안의 곤명호昆明湖를 가리킨다.

52 북경팔경은 연경팔경燕京八景이라고도 하며, 원·명·청나라마다 꼽는 경치가 조금씩 달랐는데, 청나라 건륭 연간에 꼽은 것은 태액추풍太液秋風, 경도춘음瓊島春陰, 금대석조金臺夕照, 계문연수薊門煙樹, 서산청설西山晴雪, 옥천수홍玉泉垂虹, 노구효월盧溝曉月, 거용첩취居庸疊翠이다.

53 옥천수홍이란 옥천에 드리운 무지개를 말한다.

8월 20일 병인일

맑았다. 새벽에 비가 뿌리더니 곧 그쳤다.
기온이 약간 서늘해졌다.

54 건덕문은 원나라 토성의 북면 서쪽에 있는 문이다. 이 건덕문 자리에 1368년 대장군 서달이 다시 덕승문을 세웠고, 연암이 본 덕승문은 1419년 북경성을 쌓으며 새로 만든 성문이다. 1368년과 1419년에 세운 성문의 이름은 같은 덕승문이지만, 그 위치는 조금 다르다(1권 460쪽의 북경 성문의 명칭 참조). 그리고 연암이 말한 建德門은 健德門의 오자이다.

원나라 때 토성의 옛터

해 뜰 무렵에 출발했다. 20여 리를 가서 덕승문德勝門에 도착했다. 문의 제도는 조양문이나 정양문 등 여러 문과 꼭 같으니, 황성에 있는 아홉 개의 문이 모두 같다. 진흙 뻘이 너무 심하여 한 번 빠지면 자기 힘으로는 빠져나오기 어렵다. 양 떼 수천 마리가 길을 메우고 가는데 오직 몇 명의 목동이 몰고 간다.

중국의 양은 크기가 왜소하고 몽고의 양은 크기가 큰데, 집집마다 이를 키운다. 우리나라는 종묘사직의 제사에만 오직 양을 쓰고, 개인의 집에서는 양을 키울 수 없다. 그러므로 양 한 마리의 값이 소에 비해 거의 배가 되니, 올바른 정책이 아니다.

덕승문은 원나라 때에는 건덕문建德門[54]이라 했는데, 명나라 홍무洪武 원

55 마선(1407~1454)은 몽
고 와랄부瓦剌部의 수령이
다. 『명사』에는 야선也善 혹
은 액삼額森으로 표기되어
있다.
56 상황은 퇴위한 황제를
말하는데, 여기서는 명나라
영종英宗 주기진朱祁鎭을
가리킨다. 그는 1449년 몽
고에게 사로잡히는 소위 토
목보의 변을 당하였다. 영종
의 동생 주기옥朱祁鈺(경제
景帝)이 권위된 황제 자리를
이었으므로, 영종을 상황이
라고 불렸다.
57 고염무의 「창평산수기」
昌平山水記에 나오는 내용
이다.
58 자형관은 하북성 보정시
保定市에 있는 관문으로 중
국 9개 관문의 하나이다. 송
나라 때는 금피관金陂關으
로 불렸으나, 원나라 이후에
는 산에 박태기나무(紫荊)가
많아서 자형관으로 불렸다.
거용관과 도마관倒馬關의
사이에 있는 관문이기 때문
에, 이 세 개의 관문을 합해
서 내삼관內三關이라 했다.
59 무흥이 『열하일기』 본문
에서는 흥興이라는 글자가
빠져 있다.

년(1368)에 대장군 서달徐達이 덕승문으로 이름을 바꿨다. 덕승문
밖으로 8리를 가면 원나라 때 건설한 흙으로 쌓은 토성의 옛터가
있다.

　　정통正統 14년(1449) 10월 기미일에 마선乜善[55]이 상황上皇[56]을
받들고 토성 위에 올라, 통정사通政司 참의參議로 있는 왕복王復
을 좌통정左通政으로 삼고, 중서사인中書舍人으로 있는 조영趙榮
을 태상시太常寺 소경少卿으로 삼아 토성에서 싱횡께 알현하도록
했다고 하는데,[57] 바로 여기이다.

　　『명사』明史를 살펴보면,

　　"마선이 상황을 옹위하고 와서 자형관紫荊關[58]을 격파하고 곧
바로 들어와 북경을 엿볼 때였다. 병부상서兵部尙書 우겸于謙과
석형石亨은 부총병副摠兵 범광范廣과 무흥武興[59]을 인솔하여 덕승
문 밖에 진을 치고 마선과 대치하고 있었는데, 병부의 일은 시랑侍
郎 오녕吳寧에게 맡기고 북경의 모든 문을 닫고는 친히 전쟁을 독
려했다. 진중에 명을 내리기를, '진중에 임한 장수가 군졸을 돌보

지 않고 먼저 퇴각하면 그 목을 벨 것이고, 장군을 돌보지 않고 먼저 퇴각하는 부대는 뒤의 부대가 앞의 부대의 목을 벨 것이다'라고 하였다. 이에 장군과 병졸들이 모두 죽을 각오로 명을 받들었다.

경신일에 적군이 덕승문을 엿보자, 우겸은 석형에게 명을 내려서 빈 집에 군사를 매복하고 몇 필의 기병으로 적을 유인하라고 했다. 적군이 기병 만 명으로 침범하자 복병이 들고일어나 먀선의 동생 발라孛羅가 대포에 맞아 죽었다. 서로 닷새를 대치하니 먀선은 우겸을 초대한 것이 받아들여지지 않고, 또 전세가 불리하게 돌아가자 자신의 뜻을 끝내 이룰 수 없다는 것을 알고 드디어 상황을 옹위하고 서쪽[60]으로 달아났"
라고 하였다.[61]

지금 덕승문 밖은 여염집과 시장이 번화하고 아주 화려하여, 하나같이 정양문 밖과 같은 모습이다. 태평한 세월이 오래 지속되자 모든 곳이 다 이렇다.

서관西館에 머물렀던 역관과 비장, 일행 중의 하인들이 일제히 길 왼편에서 기다리고 있다가 말에서 내리자 다투어 와서는 손을 잡고 노고를 치하한다.

박래원만 보이지 않는데, 그는 멀리까지 마중하러 나간다고 혼자 아침을 먼저 먹고 일찌감치 갔으나 동직문으로 잘못 나가서 서로 길이 어긋났다고 한다.

창대는 장복을 보자마자 그동안 일행과 떨어져 혼자 쓸쓸히 보낸 괴로움은 말하지도 않고 대뜸 한다는 말이,

"내가 특별 상금으로 받은 은자를 가지고 왔단다."
라고 하고, 장복 역시 그간의 노고는 묻지도 않고 웃음을 주체하지 못하는 얼굴로,

60 『열하일기』 본문에는 북北으로 되어 있으나, 『명사』에 근거하여 서쪽으로 고쳤다.
61 『명사』 권170 열전 「우겸」于謙편에 나오는 내용이다.

"상으로 받은 은자가 몇 냥이나 되냐?"

라고 묻는다. 창대가,

"1천 냥인데, 응당 너하고 반반씩 나누어야지."

라고 하니 장복이,

"너, 황제를 보았니?"

라고 묻자 창대는,

"보고 말고. 황제의 눈알은 호랑이 눈알 같았고, 코는 화로처럼 생겼더라. 옷을 벗은 채 벌거숭이 차림으로 앉아 있더군."

하니 장복이,

"모자는 무얼 쓰고 있더냐?"

라고 물으니 창대는,

"황금으로 된 투구를 쓰고 있더라. 나를 불러서 커다란 술잔에 술을 한잔 부어 주면서 '네가 서방님을 잘 모시고 험한 길도 꺼리지 않고 왔으니, 참으로 기특하구나'라고 하시데그려. 그리고 정사의 벼슬을 일품각로一品閣老로, 부사를 병부상서兵部尚書로 각각 올려 주더라."

라고 하는데 황당한 거짓말이 아닌 게 없다. 비단 장복만 그 거짓말에 꼴깍 속아 넘어간 게 아니라, 하인들 중에 사리를 좀 안다고 하는 자들까지도 믿지 않는 사람이 없었다.

변군(변계함)과 조 판사(조달동)가 나와서 환영해 주었다. 드디어 서로 손을 잡고 길옆 술집으로 들어갔다. 술집의 푸른 깃발에는,

서로 만나 의기투합하니 그대와 한잔 하려고
높은 술집 늘어진 버드나무 주변에 말을 묶는다.[62]

62 이 작품은 당나라 시인 왕유王維(699?~759)의 「소년행」少年行이라는 작품 4수 중의 첫 번째 수의 3, 4구이다.

相逢意氣爲君飮 繫馬高樓垂柳邊

라는 시구가 적혀 있다.

지금 우리가 늘어진 버드나무 주변에 말을 묶어 두고 높은 누
각의 술집에서 술을 마시게 되었으니, 옛 시인들이 시를 짓는다
는 게 실제의 사실을 묘사한 것에 불과한데도 완연하게 그 참뜻
이 들어 있다는 사실을 새삼 깨닫게 되었다.

술집 누각의 아래위는 40여 칸으로 난간을 아로새기고 그림
같은 기둥에다가 울긋불긋 휘황찬란하고, 분칠을 한 벽과 비단을
바른 창문이 묘연히 마치 신선이 사는 집 같다. 좌우에는 고금의
이름난 그림과 명가의 글씨 들을 많이 걸어 놓았고, 또 술자리의
아름다운 시들이 많이 있었다.

아마도 석양이 지는 저녁에 관아에서 공무를 파하고 귀가하
던 조정의 벼슬아치들과 나라 안의 명사들의 수레와 말이 구름처
럼 모여들어, 술잔을 입에 물고 시를 짓고 서화를 논평하며 밤이
새도록 질펀하게 놀면서 이런 아름다운 시구와 글씨, 그림들을
다투어 남긴 것이리라. 매일 밤을 이와 같이 보내어,
어제 남긴 것이 오늘이면 모두 팔린다고 한다.

이것이 술집에서는 이윤이 남는 것이기
에 서로 경쟁적으로 의자와 탁자, 그릇이나
골동품을 사치하게 진열하고 화초를 풍성하
게 꾸며서 작품의 소재나 볼거리를 제공한
다. 자리에 비치해 둔 물품들이 우아하고, 정
품의 먹과 좋은 종이, 값진 벼루와 훌륭한 붓을
모두 그 안에 갖추어 두었다.

양무구의 〈매화도〉

148

옛날 양무구楊無咎[63]가 기생집에서 놀면서 그 집의 조그마한 벽에 매화 가지를 그려 놓았더니, 왕래하던 사대부들이 이 그림을 보기 위해 술집을 두루 찾게 되어 그 술집은 그림 덕에 문전성시를 이루었는데, 뒷날 그림을 몰래 훔쳐간 사람이 있었다. 그 뒤부터는 문득 수레와 말이 줄어들었다고 한다.

오대 시절에 장일인張逸人[64]이 언젠가 최씨 술집의 술독에,

무릉성武陵城 안 최씨 술집의 좋은 술

지상에는 또 없을 것이고 하늘에나 있겠지.

구름처럼 떠돌며 노니는 도사가 한 말을 마시고는

술에 취해 흰 구름 깊은 골짜기 입구에 누웠네.[65]

武陵城裏崔家酒 地上應無天上有

雲遊道士飲一斗 醉臥白雲深洞口

라고 시를 썼더니, 그때부터 최씨 집의 술을 사려는 사람이 더욱 많아졌다고 한다.

대체로 중국의 이름난 사대부들은 기생집이나 술집에 드나드는 것을 별로 꺼려 하지 않았기 때문에, 여씨呂氏 집안에서 자제를 훈계하여 다방이나 술집에 출입하지 못하게 했던 까닭이다.[66]

우리나라 사람들이 술을 마시는 풍습은 천하에서 가장 험악하다. 이른바 술집이라는 것도 모두 깨진 항아리 구멍처럼 생긴 작은 들창문에 새끼줄로 얽어맨 문으로 된 초라한 술집이다. 길가에 작은 소각문小角門을

63 양무구(1097~1169)는 송나라 때 화가이다. 자는 보지補之, 호는 도선노인逃禪老人이다. 매화·대나무·소나무 등 삼우三友를 잘 그렸고, 특히 매화에 뛰어났다.

64 장일인은 오대 시절의 풍류인사로, 최씨 집에서 주조한 봉밀주蜂蜜酒에 감탄하여 시를 지었다고 한다.

65 시의 제목은 「술집 최씨에게 주다」(贈酒店崔氏)이다.

66 북송北宋 때 사람 여공저呂公著(1018~1089)가 아들 여희철呂希哲(1036~1114)을 교육하며 다방과 술집에 출입하지 못하게 했다. 『소학』 「선행편」 참조.

조선 주막 풍경

중국 술집 풍경

내고 새끼줄로 얽은 발을 드리우고 쳇바퀴로 등불을 매단 곳은 반드시 술집이다. 흔히 시인들이 푸른 깃발 운운하는 표현은 모두 실제가 아니니, 큰 대나무 장대에 달아 놓은 술집 깃발이 지붕 끝으로 튀어 나와서 펄럭이는 것을 본 적이 없다.

그러나 주량만큼은 너무도 지나쳐서, 반드시 큰 사발로 콧대를 찡그려가며 단번에 술잔을 뒤집어 마신다. 이는 술을 들이붓는 것이지 마시는 게 아니며, 배 불리기 위해서이지 고상한 정취를 돋우기 위함이 아니다.

그러므로 한번 마셨다 하면 반드시 취할 때까지 마시고, 취하면 반드시 주정을 하고, 주정을 하면 반드시 치고받고 싸우니, 술집의 항아리, 잔, 사발을 깡그리 걷어차서 깨뜨려 버린다. 이른바 풍류 넘치고 운치 있는 술자리가 어떤 모습인지 모를 뿐만 아니라, 중국 사람들의 이런 술 마시는 모습을 도리어 비웃으면서 배를 불리는 데 아무런 소용이 없다고 한다. 비록 이런 중국 술집의 실내장식들을 고스란히 우리나라로 옮겨 놓는다 하더라도 하룻저녁도 못 가서 그릇이나 골동품이 죄다 박살날 것이고, 화초들은 꺾이고 짓밟힐 것이다. 참으로 안타까운 일이다.

이주민李朱民[67]이란 나의 친구는 풍류가 넘치고 교양이 있고 운치를 아는 선비이다. 평생 중국을 연모하기를 마치 목마른 사람이 물을 찾듯, 배고픈 사람이 밥을 찾듯 했지만, 다만 술 마시는 습관만큼은 중국의 옛 법을 즐기지 않았다. 그는 잔의 크기를 따지지 않고, 술의 청탁淸濁을 막론하고, 손에 닥치는 대로 문득 잔

67 필사본 『열하일기』 중에는 이수민이 이성흠李聖欽으로 되어 있는 이본이 있다. '성흠'은 이희명李喜明(1749~?)의 자이고, 이희명은 연암과 친하게 지낸 성위聖緯 이희경李喜經(1745~?)의 아우이다. 이희명을 이주민으로 바꾸어 표기한 데에는 어떤 사정이 있었던 것으로 보인다. 그 아우 이희영李喜英(1757~1801)도 신유사옥 때 체포 처형되었다. 이런 사실과 관련되어 이름을 바꾸어 표기한 것으로 추측된다.

을 뒤집어 입을 벌리고는 단번에 털어 넣었다. 술자리를 같이하는 친구들이 이를 두고 '복주'覆酒(술 털어 넣기)라고 고상하게 놀려대곤 했다.

이번 연행에 반당伴倘[68] 자격으로 함께 오기로 되었는데, 누군가가 그를 술주정이 심해 가까이 할 수 없는 사람이라고 헐뜯는 바람에 결국 못 오게 되었다.

나와 그는 10년을 술을 같이 마신 사이이다. 주민은 술을 마셔도 얼굴이 단풍처럼 벌겋게 달아오르지도 않고, 입으로 물컹물컹한 것을 뿜어내지도 않으며, 마실수록 더욱 늠름해진다. 다만 술잔을 털어 넣는 것이 약간 흠이라면 흠이다. 그러나 그는 손사래를 치며 나쁜 습관이라고 항상 인정하려 하지 않았다. 언젠가,

"두자미杜子美(두보) 같은 시인도 술을 털어 넣었다네. '어린아이를 시켜 손에 든 잔을 털어 넣게 했다네'(呼兒且覆掌中杯)[69]라고 시를 지었으니, 이는 입을 벌리고 옆으로 누워서 아이를 시켜 술을 털어 넣으라고 한 것 아니겠는가?"

라고 말을 하여, 좌중이 크게 웃은 일이 있었다.

만리타향에서 갑자기 그 친구가 생각난다. 모르겠거니와, 주민은 지금 이 시각에 어느 집 술자리에 앉아 왼손에 술잔을 잡고 여기 만 리 밖으로 유람 온 나그네를 생각하고 있을까?

전에 머물던 서관의 숙소로 돌아오니, 벽에 걸렸던 몇몇 주련과 자리 오른편에 놓아두었던 생황이나 철현금鐵絃琴이 모두 탈 없이 그대로 있다. 당나라 가도賈島[70]라는 시인이 객지 병주幷州에서 10년간 타향살이를 하다가 배를 타고 멀리 나가 병주를 바라보면서 "문득 병주를 바라보니 그곳이 제2의 고향이로다"(却望幷州是故鄉)라고 읊었다고 하더니, 바로 지금의 나 같은 경우를 두

68 반당은 사신 행차에 자부담으로 따라가는 사람.

69 「소지」小至라는 시의 끝구절이다. 두보의 시는 "教兒且覆掌中杯"라 했다. 송나라 문천상文天祥의 시인 「호가곡」胡笳曲에는 "呼兒且覆掌中杯"라고 되어 있다.

70 가도(779~843)는 당나라 시인으로, 호는 무본無本이다. 만당풍의 시풍을 열었고, 저서 『장강집』長江集을 남겼다. 인용된 시의 제목은 「도상건」渡桑乾이다.

청나라 은자인 화은

72 황인점(1732~1802)은 영
조의 부마로, 영조 27년에 창
성위가 되었다. 1776년 정조
즉위년에 사은사가 되었으
나 병으로 가지 못했고, 이후
1779년 사은사로 청나라에
다녀온 이래로 여섯 차례 중
국을 다녀왔다. 사행 때 『천
주실의』 등 천주교 서적을 구
입한 것이 문제가 되어 신유
사옥(1801) 때 파직당했다.

고 말한 것이로다.

저녁을 먹은 뒤에 주부主簿 조명위趙明渭가 자기 방에 특이한 골동품과 서책을 진열해 두고 있다고 자랑하기에 나는 즉시 그와 함께 방으로 갔다. 방문 앞에 화초 화분 10여 개를 진열해 놓았는데 모두 이름을 모르는 것들이다. 방 안에 있는 흰 유리로 된 항아리는 높이가 두 자쯤 되고, 침향목으로 만든 가산假山은 높이가 두 자쯤 된다. 석웅황石雄黃[71]으로 만든 붓꽂이 산인 필산筆山은 높이가 한 자쯤 되고, 또 같은 높이의 청강석靑剛石(단단한 푸른 옥돌)으로 만든 필산도 있다. 대추나무 뿌리에 괴강성魁罡星(북두성) 문양이 천연적으로 생긴 것이 있는데, 오목烏木으로 받침대를 하였고 값은 화은花銀(당시 통용된 은자) 30냥이라고 한다. 특이한 내용의 책 수십 종과, 청나라 포정박鮑廷博이 편찬한 『지부족재총서』知不足齋叢書, 청나라 진원룡陳元龍의 저서인 『격치경원』格致鏡原 등은 모두 값이 너무 비싸다.

조군은 20여 차례나 사행에 참여해서 북경을 마치 제집 드나들듯 하고, 중국말에 제일 능통하다. 물건을 매매할 때 값을 그다지 깎으려고 하지 않아서 그에게는 단골 상인이 많으며, 상인들도 으레 그가 거처하는 곳에 물건을 진열해서 볼거리를 제공한다고 한다.

그런데 연전에 창성위昌城尉 황인점黃仁點[72]이 정사로 사신을 왔을 때였다. 건어호동乾魚衚衕의 조선관에 불이 나서 큰 장사꾼들 여럿이 미리 물건을 가져다 진열해 놓은 것들이 모두 불에 타 잿더미가 되어 버렸는데, 특히 조군의 거처에 진열해 놓은 것이 다른 곳에 비해 더욱 심했다. 매매하는 물건 이외에도 화재로 타버린 것이 모두 진기한 골동품이나 서책인데 돈으로 계산하면 화

은 3천 냥은 될 것이다. 모두 융복사隆福寺⁷³와 유리창琉璃廠의 물
건들로 상인들이 조군의 방을 빌려서 진열해 놓은 것이므로 값을
보상해 달라고 할 수도 없었다고 한다.

　그런데도 그때의 일을 경계로 삼지 않고, 지금 또 조군의 방
을 빌려서 옛날처럼 진열해 놓고 눈과 마음을 즐겁게 만드니, 참
으로 대국의 풍속이 악착같거나 쫀쫀하지 않음이 이와 같음을 볼
수 있겠다.

　밤이 되자 서관에 머물러 있던 역관들이 모두 내 방에 모였
다. 술과 안주거리를 약간 준비했으나, 오랜 여행의 뒤끝이라 도
통 입맛이 없었다. 여러 사람이 모두 내가 앉아 있는 오른쪽의 보
퉁이를 힐끔거리며 속에 뭐가 들었나 생각하고 있는 모양이었다.
그래서 내가 창대에게 보따리를 풀어서 자세히 살펴보게 했다. 특
별한 물건은 없고 단지 지니고 갔던 붓과 벼루뿐이었으며, 두툼하
게 보였던 것은 모두 필담을 하느라 갈겨 쓴 초고와 유람하며 적
은 일기였다. 그제야 사람들은 궁금증이 풀렸다는 듯 웃으며,

　"어쩐지 이상하다고 생각했네. 갈 때는 보따리가 없더니, 돌
아올 때는 보따리가 너무 커졌기에 말이야."
라고 하는데 장복도 서운한지 머쓱한 표정으로 창대에게 말한다.

　"특별 상금 은자는 어디 있는 거야?"

필산

열하에서 만난 친구들

—

경개록

傾蓋錄

⊙ — **경개록**

경개傾蓋라는 말은 가던 수레를 멈추고 일산(蓋)을 기울인다(傾)는 뜻이다. 공자가 담郯이란 지방을 가다가 길에서 정자程
子를 처음으로 만나 수레를 멈추고 일산을 기울여 친근하게 이야기했다는 고사에서 유래한 말이다. 이 편에는 연암이 열하
태학에서 만난 중국 사람의 간단한 이력을 기록하고 있다.

이 편은 앞으로 서술할 각 편의 등장인물들의 민족·출신·이력·성격 등에 대해서 소개하고 있는데, 이는 후편을 이해하는
데 도움이 되는 예비적 자료이다.

머리말
「경개록서」傾蓋錄序

　　나는 사신을 따라 북쪽으로 만리장성을 나가 열하에 이르렀다. 열하라는 곳이 본시 북방 소수민족이 장막을 치고 나라를 세운 지방이고, 거처하는 백성들은 여러 오랑캐들이 섞여 있어서 더불어 이야기할 만한 사람이 없었다. 사신 일행이 태학에서 묵게 되어 들어가 보니, 우리보다 먼저 태학을 숙소로 잡은 중국의 사대부들이 많이 있었다. 황제의 생신 축하 반열에 참여하기 위해 온 자들이다. 같은 건물에서 함께 생활하며 밤낮으로 상종하니 피차에 나그네 신세로 번갈아 초대하고 초대받는 주객이 되어, 무릇 엿새 동안 함께 있다가 흩어졌다. 옛말에 "나이가 들어 만나도 젊어서 만난 듯 새롭고, 지나가다 잠시 일산을 기울이며 만난 사이라도 오래된 친구 같다"(白頭如新 傾蓋如舊)라고 했으니, 만나서 한마디 이상을 주고받은 사람을 여기 수록해 둔다. 일산을 기울여 잠시 만난 친구라는 뜻으로 글의 제목을 '경개록'傾蓋錄이라 한다.

• 왕민호王民皞는 강소江蘇 사람이다. 나이는 54세이고, 사람됨이 순진하고 질박하며 꾸밈이 적다.

지난해에 승덕부承德府의 태학을 북경에 있는 것과 꼭 같은 모양으로 만들었는데, 금년 봄에 공사를 마쳐서 황제가 친히 거둥하여 석전釋奠과 채전菜奠[1]을 시행했다. 왕군은 거인擧人 자격으로 이곳 태학에서 학문을 닦고 있다. 금년 4월에 있었던 북경의 회시會試에 가지 않았으며, 8월에 황제의 칠순 경사로 인해 거듭 회시를 보였으나 역시 응시하지 않았다. 내가 무슨 연유로 과거 시험을 폐하느냐고 물었더니,

"나이가 많아서 그렇답니다. 머리가 허옇게 센 늙은이가 과거장에 가는 것은 선비의 수치입니다."

라고 대답했다.

왕민호는 점잖은 사람으로 호는 곡정鵠汀이고 그의 자는 잊

었다. 그와 나눈 이야기를 적은 「곡정필담」鵠汀筆談과 「망양록」忘羊錄이란 글이 따로 있다. 키가 7척이 넘고, 매우 곤궁하여 수심에 잠긴 태도를 보이며, 앉아 있는 사이에 자주 탄식의 소리를 낸다. 비복 하나가 있어 서로 의지하고 지낸다. 하루는 나를 초청하여 함께 식사를 했다.

• 학성郝成은 안휘安徽 흡주歙州 사람이다. 자는 지정志亭이고, 호는 장성長城이다. 현재 벼슬은 산동山東의 도사都司이다. 비록 무인이긴 하지만 박학다식하다. 키가 8척이 넘고, 붉은 수염에 눈동자가 서글서글하고, 뼈대가 정밀하고 단단해 보였다. 나와 밤낮으로 필담을 주고받았으나 피곤해하지 않았다. 그가 지은 저술은 모두 시화詩話이다.

• 윤가전尹嘉銓은 직예直隷(하북성河北省) 박야博野(옛날 조나라 땅―원주) 사람이다. 호는 형산亨山이며, 통봉대부通奉大夫 대리시경大理寺卿을 지내다가 은퇴했다. 나이는 70세이다. 금년 봄에 황제께 글을 올려 벼슬을 사직했는데, 황제가 특별히 이품관의 모자와 의복을 하사하여 총애했다. 시를 잘 짓고, 그림과 글씨에도 능하다.

윤가전의 시는 『정성시산』正聲詩刪에 많이 실렸으며, 『대청회전』大淸會典[2]을 편찬할 때에는 한림翰林 편수관編修官을 지냈다. 그의 나이가 황제와 같았기 때문에 더욱 황제의 돌봄과 지우知遇를 입어서 특별히 열하에 부름을 받았다. 연희를 구경할 때에 자신이 지은 「구여송」九如頌을 바쳤는데, 황제가 크게 기뻐하며 81개의 극본 중에서 제일 먼저 이 「구여송」을 연희하게 했다. 황제와는 평

2 『대청회전』은 청나라 왕조의 정사政事와 고사를 모은 책으로, 『건륭회전』이라고도 한다.

생 시를 주고받는 시 친구란다. 내게도 「구여송」 한 본을 보내 주었는데, 이전에 자비로 간행한 것이다.

하루는 상자 속에서 부채 하나를 꺼내어 즉석에서 괴이하게 생긴 바위와 대나무 떨기를 그리고 그 옆에 5언 절구를 써서 내게 주었다.[3] 또 주련도 써 주었다. 하루는 양 한 마리를 통째로 쪄서 왕민호와 나를 초청하여 함께 먹었다. 그 밖에 과일과 엿을 종일 토록 차려 내왔으니, 오직 나를 위해 준비한 것이다. 신장이 7척이 넘고, 자태가 우아하고 고결하며, 두 눈동자가 빛이 난다. 안경을 쓰지 않고도 잔글씨를 쓰고 그림을 그릴 수 있을 정도로 굳세고 강건하여 나이 50여 세쯤으로 보이지만, 머리와 수염은 하얗게 세서 한 가닥도 검은 것이 없다. 대범하고 소탈하며, 성품이 까다롭지 않고 화락和樂한 인물이다.

그는 북경에 돌아가서 꼭 다시 만나자며 내게 자신의 집 위치를 써서 가르쳐 주었다. 북경의 동단패루東單牌樓 두 번째 호동胡同 첫째 골목 둘째 집, 문 위에 대리시경이라는 편액이 걸린 집이라고 했다. 또 내게 술을 끊고 여색을 멀리하라고 주의를 주기도 했다. 내가 북경으로 돌아가서 그에 대한 평판을 들어보니, 사람들은 그를 당나라 시인 백거이白居易[4]에 견준다고 한다. 내가 북경으로 돌아와 꼭 가서 방문하려고 여러 차례 사람을 보내 찾아가 보게 했으나, 그가 황제를 모시고 역주易州로 가서 오랫동안 돌아오지 않아 결국 서로 만나지 못했다. 그와 함께 고금의 음악과 역대의 치란을 논한 내용이 모두 「망양록」忘羊錄에 실려 있다.

• 경순미敬旬彌는 자가 앙루仰漏이며 몽고 사람이다. 현재 맡은 벼슬은 강관講官이며, 나이는 39세이다. 신장이 7척이 넘고, 하

3 시 내용은 「망양록」편에 나온다.

4 백거이(772~846)의 자는 낙천樂天, 호는 향산거사香山居士 · 취음선생醉吟先生이다. 신악부新樂府 운동을 창도했고, 저서에 『백씨장경집』白氏長慶集이 있다.

얀 얼굴에 눈이 길며 눈썹이 진하다. 손은 파뿌리처럼 희다. 정말 잘생긴 남자라 할 만하다. 그와 함께 엿새 동안 태학관에 머물렀지만 그는 한 차례도 필담하는 자리에 끼어들지 않았다. 한족 만주족을 막론하고 모두 남들과 다정하고 정성스럽게 지내지 않는 사람이 없었는데, 이 사람만 유독 사람됨이 자못 찬찬하지 못하고 오만한 듯하다.

• 추사시鄒舍是는 산동山東 사람이다. 거인擧人으로 왕곡정과 함께 태학에서 공부하고 있다. 당시 북경에서 회시가 거듭 있어 이곳 태학에서 공부하던 선비 70명이 모두 과거 시험을 보러 북경에 갔지만, 왕곡정과 추사시 두 사람만 응시하지 않았다. 사람됨이 비분강개를 잘하고, 꺼려야 할 일이나 저촉될 일도 피하지 않는 성격이다. 예스럽고 괴상하게 생겼으며, 행동거지도 과격하고 거칠어 사람들은 모두 그를 미친놈이라고 지목하고 싫어하는 사람이 많다.

• 기풍액奇豊額은 만주 사람이다. 자는 여천麗川이고, 현재 맡은 벼슬은 귀주貴州 안찰사按察使이다. 나이는 37세이고, 본래는 우리나라 사람인데 중국에 들어간 지 4대가 되었다. 본국에서의 집안이 어디이고 관향貫鄕이 어디인지 모른다. 다만 본래 성씨는 황씨黃氏라고 기억한다고 한다. 신장이 8척이고, 하얀 얼굴에 아름다운 자태를 지녔고, 위엄 있게 보이려고 잘 꾸민다. 박학다식하고 글을 잘 지으며, 우스개 이야기도 잘한다. 불교를 배척함에는 매우 준엄하고, 논리가 제법 바르긴 하지만, 인간됨이 교만하고 잘난 체를 잘하여 세상이 안중에 없다.

태학사太學士 이시요李侍堯가 운남과 귀주의 총독總督 시절에 귀주 안찰사 해명海明[5]에게 금 200냥을 뇌물로 받은 사실이 적발되어, 이시요는 갇히게 되고 해명은 사형에서 감형을 받아 흑룡강黑龍江으로 유배를 가게 되었는데, 기려천이 해명을 대신하여 귀주 안찰사가 되었다. 내가 우연히 그가 거처하는 방 뒤를 돌아다니다 보니 누런 칠을 한 궤짝이 수십 개 있었는데 모두 비어 있었다. 황제의 생신에 예물로 바치고 난 궤짝인 것 같다. 나와 함께 이야기하다가 이별이라는 말이 나오자 그는 문득 눈물을 흘렸다. 어떤 사람은 기풍액이 세도가 화신和珅에게 빌붙어서 해명을 적발하고 안찰사를 대신하게 되었다고 한다. 북경에 돌아갔을 때 그의 집을 찾아가서 귀주로 떠나는 그와 작별을 하였다.

　　• 왕신汪新은 자가 우신又新이며, 절강浙江 인화仁和 사람이다. 현재 맡은 벼슬은 광동廣東 안찰사이다. 기려천에게 내 이름을 듣고서 여천과 약조하여 나를 방문했다. 여천이 마련한 자리에서 만나 한번 서로 보고는 문득 오래 사귄 친구처럼 푹 빠져 마음을 주고받았다. 신장이 7척이 넘고, 성긴 수염에 얼굴빛은 검고 못생겨 위엄은 없으나, 억지로 꾸미지는 않는다. 나와는 나이도 같고, 같은 달에 났으나 나보다 생일이 열하루가 늦다.

　　"오서림吳西林 영방穎芳[6]은 별일 없으신지요?"
하고 내가 물으니,

　　"오서림 선생은 오중吳中(강소성江蘇省) 지방의 학덕 높은 선비입니다. 연세가 여든이 넘었지만 아직 강녕하시고 굳세며, 저서를 폐하지 않고 있습니다."
라고 한다.

엄과의 글씨 동생 엄성의 소상小像에 쓴 발문

"소음簫飮 육비陸飛[7]는 별 탈 없으시겠지요?"

하고 물으니 왕신이 깜짝 놀라며,

"모르겠습니다만, 도대체 존형尊兄께서는 어디에서 오 선생과 육비를 알게 되셨는지요?"

라고 되묻기에 나는,

"소음이 건륭 병술년(1766) 봄에 과거 시험을 보러 북경에 와서 있을 때, 우리나라 선비 중에 우연히 그를 숙소에서 만난 사람이 있었답니다. 소음의 시문과 서화가 우리나라 사람들의 입에 자주 오르내리고 있습니다."

라고 하니 왕은,

"소음은 괴짜 선비입니다. 금년이 회갑인데 강호에 불우하게 떠돌며 시와 그림을 타고난 운명으로 여기고 산수를 벗으로 삼아 세월을 보내며, 많이 마셔서 대취하면 미친 듯 노래하고 분개하여 욕을 퍼붓습니다."

라고 하기에,

"무엇에 분노하여 욕을 한답니까?"

하고 물으니 왕신은 대답을 하지 않는다. 내가,

"구봉九峰 엄과嚴果[8]는 어떻게 지냅니까?"

라고 물으니 왕은,

"제가 고향을 떠난 지 오래되어 어떻게 지내는지 모르겠습니다. 육비는 저와 절친한 사이인데, 사람들은 그를 육해원陸解元이라 부르며 명나라의 저명한 화가인 당백호唐白虎(이름은 인寅)[9]와 문장가 서문장徐文長(이름은 위渭)[10]에 비긴답니다. 서호西湖를 벗어나지 않은 지 30년이 되니, 부귀가 극에 달했을 것입니다. 저는

7 육비(1719~?)는 절강성 인화 사람이다. 건륭 연간의 인물로 자는 기잠起潛, 호는 소음이다. 시와 그림에 능했고, 항주 서호를 자신의 집으로 여기고 살았다. 홍대용이 북경에 갔을 때 만나서 교유했던 인물이다.

8 엄과는 절강성 항주 사람으로, 철교鐵橋 엄성嚴誠의 형이다. 자는 구봉·민중敏中이고 호는 춘산春山·고연古緣이다. 글씨에 뛰어났고, 저서에 『고연유고』가 있다.

9 당인(1470~1523)은 명나라 4대가로 꼽히는 저명한 화가이다. 처음의 자는 백호이고 나중에 자외子畏로 바꾸었고, 호는 육여거사六如居士이다.

10 서위(1521~1593)는 명나라 문인이다. 자는 문청文淸 혹은 문장, 호는 천지天池이다. 만년에는 청등靑藤 혹은 제생諸生이란 호를 썼다. 『서문장집』과 『남사서록』南詞敍錄이란 저술이 있다. 작품 『사성원』은 네 개의 잡극을 모은 것이다.

고향을 떠난 지 10년이 되어 그동안 그가 차와 술에 취미를 붙였
다는 소식을 풍문으로만 들었습니다. 아마도 그가 마음 먹은 대
로 만족하며 지내고 있는 줄 알겠거니와, 저처럼 이 풍진 세상에
파묻혀 있지는 않을 것입니다."
라고 한다. 왕신이 모레 다시 와서 즐거움을 다하자고 약속하자,
기려천이 왕신에게,

　"박공께서는 술을 잘 마시니, 모름지기 야자술(椰子釀)을 사
오시게."

라고 하니, 왕은 고개를 끄덕인다. 또 여천이,

　"연암은 식성이 양고기를 즐기지 않고 땅콩을
좋아하신다네."
라고 하니, 왕은 또 고개를 끄덕인다. 문까지 전송
을 하니 여천이 나를 돌아보며,

　"이 사람은 술고래입니다."
라고 하는데 주량이 아주 세다는 말이다.

　다음 날 왕신은 청지기를 보내 내일 어디로 출
타하지 말고 꼭 자기를 기다려 달라고 신신당부를
하며, 지니고 있던 금칠을 입힌 부채와 뛰어난 서화
를 가지고 와서 올리겠다고 한다. 그 다음 날 북경
으로 돌아가라는 황제의 명이 갑자기 떨어져서 다
시 상면하지 못했다.

　● 파로회회도破老回回圖는 몽고 사람이다. 자는
부재孚齋이고 호는 화정華亭이다. 현재 맡은 벼슬은
강관講官이며 나이는 47세이다. 강희 황제의 외손

으로, 신장은 8척이고 긴 수염이 빛이 나며 얼굴은 깡마른데다 누렇고 광대뼈가 튀어나왔다. 학문이 깊고 넓다. 나는 그를 술집에서 만났는데 자못 점잖은 기풍이 있었다. 달고 다니는 비복들이 30여 명이고, 의복과 모자 및 말안장과 말이 호사스러운 것으로 보아 아마도 무관을 겸하고 있는 모양이다. 모양새 역시 장수를 닮았다.

• 호삼다胡三多는 승덕부承德府 민가民家(한인漢人을 민가라고 일컫는다. —원주)의 어린이다. 매일 아침 일찍 책을 옆구리에 끼고 와서 왕곡정에게 글을 배운다. 이제 열두 살인데, 맑고 수려하여 속세의 티가 없다. 예절과 몸가짐이 의젓하고 행동거지가 찬찬하고 우아하다. 부사(정원시)가 복숭아를 시로 읊어 보라고 하자, 운자를 청하더니 그 자리에서 짓는데, 표현이나 내용이 모두 원만했다. 상으로 붓 두 자루를 주었더니, 또 운자를 청하고 시를 즉석에서 지어서 상품을 주셔서 감사하다는 뜻을 갖추어 진술했다.

하루는 사신들이 모두 아침 일찍 반열에 참여하러 가서 방이 텅 비었다. 나 혼자 있는데 삼다가 와서 말을 붙인다. 마침 나는 망건을 벗고 누웠는데, 삼다가 망건을 쥐고 요리조리 살펴보면서 귀찮게 이것저것 캐묻는다. 그래서 내가 그의 이름을 가지고 장난치며,

"한 놈의 오랑캐도 많거늘 하물며 세 놈(胡三多)이랴."

라고 했더니 삼다가 즉각 응답하기를,

"땅에는 두 명의 왕이 없거늘, 어찌하여 하나의 왕을 적다(王一少)고 하십니까?"

라고 하는데, 왕일소王逸少(일소는 왕희지의 자字)라는 이름을 가지고 대꾸한 것이다. 중국 사람들은 음이 같으면 글자를 통용해서 쓰니, 일逸과 일一을 서로 통용해서 말한 것이다. 삼다가 대꾸한 말이 비록 유창하다고 할 수는 없지만, 재치있고 지혜롭다고 하겠다.

통관 박보수朴寶樹의 노새가 엄청나게 큰데, 이놈이 뛰쳐나와 마당을 돌며 날뛰었다. 삼다가 재빨리 뛰어가 그 턱을 막고 턱살을 쥐면서 가니, 노새가 머리를 숙이고 순순히 굴레를 받는다. 하루는 정사가 큰 창가에 기대어 앉아 있을 때 삼다가 그 앞을 뛰어 지나가자, 정사가 그를 불러 환약과 부채를 주었더니 삼다는 절을 하며 고맙다고 인사를 하고 나서는 대뜸 정사에게 이름과 관직의 품계를 물었다. 그의 당돌하기가 이와 같았다.

● 조수선曹秀先[11]은 강서江西 신건新建 사람이다. 자는 지산地山이고, 현재 맡은 벼슬은 예부상서禮部尙書이다. 나이는 예순 살쯤 된다. 어제 내가 사신을 따라갔다가 대기실에서 만났다. 다음날 나는 새로 지은 관운장 사당에 우연히 이르렀는데, 동쪽 행랑에서 훈장이 학동 네다섯을 가르치고 있었다. 내가 그에게,

"이 안이 대단히 넓은데 여기에 와 계시는 경대부들이 몇 분이나 됩니까?"

라고 물었더니 그는,

"현재 예부 조 대인께서 여기에 계신답니다."

라고 한다. 나는 그에게 종이와 먹을 빌려서 내 이름을 써서 조 대인께 통지해 달라고 부탁했다. 훈장은 즉시 일어나 황망히 간다. 내가 멀찍이서 훈장을 바라보았더니, 그는 계단 위에 나와 서서

11 조수선(1708~1784)의 자는 항청恒聽·빙지氷持이고 호는 지산地山이다(연암이 자를 지산이라 한 것은 착오이다). 예부상서 등을 역임했고, 특히 서예에 뛰어났다. 『사서당고』賜書堂稿, 『의광집』依光集, 『사성집』使星集, 『지산초고』 등 많은 저서를 남겼다.

내게 오라고 손짓을 한다. 내가 계단 아래에 이르렀더니, 조공이 문 밖으로 나와서 맞이하였다. 그가 몸소 나를 부축하여 의자에 앉으라고 하기에 내가 머뭇거리며 사양했더니, 조공도 굳이 내게 먼저 앉으라고 청한다. 내가,

"그대는 귀인貴人이시고 저는 동쪽 오랑캐 먼 나라의 변변치 못한 사람이온데, 손님의 예로 대해 주시어 감히 몸둘 바를 모르겠습니다."

라고 했다. 조공이,

"당신은 공적인 일로 중국에 오셨소이까?"

라고 묻기에 나는,

"아닙니다. 관광하러 귀국에 왔습니다."

라고 했다. 조공이,

"당신의 관직은 몇 품이신지?"

라고 묻기에 나는,

"저는 수재秀才(선비)입니다. 사신을 따라 왔으며 어떤 직책에도 매이지 않았습니다."

라고 했더니 조공은 황급히 나를 부축하며 앉게 하고는,

"아무런 직책에도 매인 것이 없다 하시니, 선생은 바로 저에게 존귀한 손님입니다. 저는 저대로 손님을 맞는 예법이 있사오니 선생께서는 굳이 사양하지 마십시오."

라고 한다. 그리고 내게,

"귀국에서는 관리를 뽑는 제도가 어떠합니까? 3년에 한 번 치르는 향시鄕試는 몇 명이나 뽑으며, 시험 제목은 무엇인지요?"

라고 묻는다. 조공은 글씨를 쓰면서 안경을 꺼내어 한 손으로는 안경을 귀에 걸고 다른 한 손으로는 빠르게 글씨를 써 나간다.

조수선의 벼루와 글씨

잠시 뒤에 30여 명의 사람이 갑자기 건물 안으로 들어와서 일렬로 나란히 서더니, 그중 모자에 수정을 단 사람[12]이 한쪽 무릎을 꿇고는 조심스럽게 일을 아뢴다. 조공과의 거리가 10여 보쯤 되는데도 말할 때는 반드시 손으로 입을 가린다. 조공은 거들떠보지도 않고, 필담을 하느라 글씨를 급하게 쓰면서 입으로는 그의 보고에 대해 대꾸를 한다. 수정을 단 자가 잠시 일어났다 다시 무릎을 꿇고 앉았다. 그가 일을 다 아뢰고 의자 하나를 끌어다가 멀리 동쪽 벽 아래에 앉자, 뒤에 나란히 서 있던 자들이 일시에 물러나 나간다. 잠시 뒤에 일을 아뢴 사람 역시 아무 말도 없이 나가 버리자, 건물 안은 마치 아무도 없는 듯 고요해졌다.

나는 조공과 마주하여 앉고 훈장은 모퉁이에 앉았는데, 훈장의 나이는 쉰 살쯤 되고 머리에는 풀로 엮은 모자를 쓰고서 우리

12 청나라 때 5품 문관의 모자에 수정을 달았다.

가 필담하는 것을 보고 있다. 갑자기 한 사람이 조공을 뵙겠다고 명함을 보내왔는데, 새로 임명된 호남湖南 무슨 어사御史 윤적尹績이라고 쓰였으나 호남 밑의 글자가 소매에 가려 보이지 않는다. 조공이 붓을 던지고 황망히 일어나 달려 나가서 맞이한다. 훈장이 나를 끌어당기는데 잠시 자리를 피해 달라는 뜻인 것 같다.

나는 훈장의 뒤를 쫓아서 다시 그의 방에 이르러 잠시 기다렸다. 윤적과 조공이 함께 들어가 앉았더니, 오래지 않아 윤적이 앞에 서고 조공이 그 뒤를 따라 나간다. 나는 속으로, 손님을 전송하고 돌아와 조용히 나하고 이야기하겠거니 하고 생각하였다. 그러나 한참을 기다려도 돌아오지 않기에 괴이하게 생각되어 훈장에게 물었더니, 그는 이미 대궐에 들어갔다고 한다.

조공은 늙고 못생겨서 위엄이 있는 자태는 아니지만, 사람됨이 화락하고 남에게 친절한 것 같았다. 내가 북경으로 돌아왔을 때 중국의 사대부들 중에는 조공을 칭찬하는 사람이 많았고, 지산 선생의 문장과 학문을 당세의 으뜸으로 쳐서 송나라 문인인 구양영숙歐陽永叔[13]에 견주었다. 장정옥張廷玉[14]이 『명사』明史를 편찬할 때 조공도 편찬 기관인 사국史局에 함께 참여했는데, 아마도 두 사람의 오랜 친분 때문인 것으로 보인다.

그 뒤에 다시 관운장 사당을 찾아갔으나 훈장 역시 거기에 없었다. 훈장의 이름은 잊어서 기록할 수 없는데, 아마도 한족인 것 같다. 문장을 그리 잘하는 편이 못 되어 겨우 필담을 할 정도의 수준이고, 그것도 한참 들여다보고 이것저것 맞추어 보고 나서야 무슨 말인지 겨우 구분하는 정도였다.

• 왕삼빈王三賓은 민閩 지방(복건성福建省) 사람이다. 나이는

13 영숙은 구양수(1007~ 1072)의 자이며, 그의 호는 취옹醉翁 혹은 육일거사六一居士이다. 송나라 고문가로, 당송팔대가의 한 사람이다. 14 장정옥(1672~1755)의 자는 형신衡臣, 호는 연재硯齋이다. 옹정 황제 때 중요 관직을 지낸 문신이다. 『명사』 외에 『대청회전』 등 수많은 책을 편찬하였다.

스물다섯인데, 아마도 윤형산의 청지기 같기도 하고 혹시 기려천의 비복 같기도 하다. 창대가 말하기를,

"어제 아침에 우연히 명륜당 오른쪽 문 가리개 아래에 있었는데, 기려천과 왕삼빈이 팔짱을 끼고 목을 나란히 하여 홰나무 뒤에 서 있더니 한참 뒤에 입을 맞추고 혀를 빨더군요. 마치 전각 위의 얼룩무늬 목을 한 비둘기처럼 하였는데, 사람이 가리개 사이에 있으면서 훔쳐보는 줄도 모릅디다. 왕삼빈은 수도 없이 음란한 교태를 간드러지게 떨더이다. 그저께 새벽에는 책을 가지고 윤 대인의 구들방에 갔더니 왕삼빈이 윤 대인의 이불 속에서 머리를 내밀고 책을 받았습지요."

라고 한다. 곡정의 비복인 악씨鄂氏도 곡정의 남색男色 상대인 미소년인 것 같다. 왕삼빈은 비단 얼굴이 잘생겼을 뿐 아니라, 글씨를 이해하고 그림을 잘 그린다.[15]

15 왕삼빈에 대한 창대의 말은 옥류산장玉溜山莊본(단국대 박물관 연민문고 소장), 만송문고晚松文庫본(고려대 도서관 소장), 충남대본(충남대 도서관 소장) 등의 『열하일기』에 나온다.

라마교에 대한 문답

황교문답
黃敎問答

⊛ — 황교문답

본편은 황교黃敎에 대하여 중국 사람과 문답한 내용을 수록한 것이다. 황교는 티베트 지방에 유포된 불교의 한 유파인 라마교의 한 갈래이다. 청나라는 그 법왕 반선을 초빙하여 황금전각에 모셔 놓고 스승의 예우를 하고 있었던 바, 유학자 연암은 이 괴상한 종교에 대한 자신의 호기심과, 또 중국인들이 이에 대해서 어떻게 생각하고 있는가를 세밀하게 기술했다.

황교에 대한 상세한 기술은 기본적으로 독특한 종교에 대한 호기심의 발로에서 나온 것이지만, 연암의 목적은 기실 다른 곳에 있었다. 이는 본편의 머리말에 밝혀 놓았다. 곧 천하 형세의 관찰이 그 주된 목적이다. 왜 황제는 황교를 예우하는가? 정치적 목적은 무엇인가? 중국인, 특히 한족 지식인들은 이를 어떻게 생각하는가? 이는 민심의 향배를 관찰할 수 있는 좋은 대목이다.

이런 목적을 위해 독특한 캐릭터를 가진 사람들을 등장시켜 학문과 세태에 대해 발언하도록 유도하고, 아울러 그들의 행동 양태까지 세심하게 묘사함으로써 천하의 형세가 저절로 드러나도록 하는 수법을 사용했다. 연암은 "눈썹 한번 움직이는 데서도 참과 거짓을 볼 수 있고, 담소하는 동안에는 그 정실을 알아낼 수 있다"고 말했으니, 이것이 소위 지묵紙墨 밖에서 그림자와 메아리를 얻는 수법이다. 『열하일기』에 중국인들의 심상한 태도와 반응조차 시시콜콜하게 적은 까닭이므로, 유의해서 살펴볼 대목이다.

머리말
「황교문답서」黃教問答序[1]

1 친필 초고본에는 '황교문답'이 '서장문답'西藏問答으로 되어 있다.

남의 나라에 들어가는 사람이 "나는 적국의 사정을 잘 엿보았다"라고 말하기도 하고, "나는 그 나라 풍속을 잘 관찰했다"라고 말하기도 하지만, 나는 그런 말들을 전혀 믿지 않는다.

남의 나라에 들어간 사람이 어떻게 길가에 다니는 사람을 붙잡고 갑자기 몰이보거나 찾아길 곳이 있겠는가. 이것이 첫째로 불가능한 일이다. 언어가 서로 달라 잠시 사이에는 하고 싶은 말을 충분히 다하지 못할 터이니, 이것이 둘째로 불가능한 일이다. 그 나라 사람과 외국 사람은 이미 서로의 처지가 달라 아무래도 염탐을 한다는 혐의를 받게 될 것이다. 이것이 셋째로 불가능한 일이다. 말의 수준이 얕으면 실제의 사정을 얻지 못할 것이요, 그렇다고 말이 너무 깊이 파고들어 가면 그 나라에서 꺼리는 일을 범하기 쉬우니, 이것이 넷째로 불가능한 일이다. 묻지 않아야 될 일을 물으면 행적이 무슨 정탐이나 하는 것처럼 될 터이니, 이것이 다섯째로 불가능한 일이다. "그 직위에 있지 않으면 그에 대한 정치를 꾀하지 말라"[2]는 말은, 자기 나라에서도 지켜야 할 도리이거늘, 하물며 타국에서랴. "그 나라에서 크게 금지하는 것이 무엇인지 물어본 연후에 그 나라에 감히 들어갔다"[3]라는 말은 타국에서 지켜야 할 도리이거늘, 하물며 대국에 대해서랴. 이것이 여섯째로 불가능한 일이다.

하물며 그 나라 장수와 재상 들의 잘나고 못난 것, 풍속의 좋고 나쁜 것, 만주족과 한족의 등용되고 소외되는 것, 과거 명나라의 사정 등은 함부로 물어서는 안 될 내용이다. 이는 물어서는 안될 일일 뿐만 아니라, 감히 생각도 못할 일이다. 저들도 응당 대답하지 않을 것이며, 감히 생각도 못할 일이다.

심지어 돈, 곡식, 군사, 산천, 지형 등과 같은 문제는 그리 큰 관계가 없어 보이지만 이에 대해서는 말하지 않는 것이 마땅할 뿐 아니라, 물어보면 저들은 반드시 묻는 의도를 의심하고 괴이쩍게 생각할 터이다. 왜 그러한가? 돈과 곡식은 나라의 허실에 관계된 일이요, 군사는 나라의 강약에 관계된 일이요, 산천과 지형은 관문과 요새에 관계되므로, 이것이 문답해서는 안 되는 까닭이다.

저 옛날 사람들은 다른 이야기를 주고받고, 문답하는 내용과 관계가 없는 데서 항상 정보를 얻었다. 예컨대 교량이 잘 수리되었는지와 밤에 시간을 알리는 북소리의 분명함을 통해 선정善政의 여부를 알아맞히기도 했고,[4] 의식의 자리에서 옥을 높이 드는가 낮게 드는가를 통해 그 사람이 죽을지 여부를 점치기도 하였다.[5] 시와 음악을 통해 민풍民風을 징험하기도 하고,[6] 시장 물가의 비싸고 헐한 것을 통해서 민심의 향배를 증험해 맞출 수 있었다.[7]

2 『논어』「태백」泰伯편에 나오는 말이다.

3 『맹자』「양혜왕」하편에 나오는 말이다.

4 송나라 범연귀范延貴가 장희안張希顔이 다스리는 고을을 지나면서 잘 수리된 교량과 도로, 밤에 분명한 북소리를 통해서 그가 선정을 베푸는 훌륭한 관원이라는 것을 알아맞혔다고 한다. 『송명신언행록』宋名臣言行錄.

5 공자 제자 자공子貢은 주은공邾隱公과 노정공魯定公이 회담하는 자리에서 옥을 잡은 의식이 하나는 지나치게 높고 하나는 지나치게 낮아서 모두 정도의 의식을 잃은 것이므로 두 사람 모두 곧 죽을 것으로 예언했다. 『춘추좌전』 정공定公 15년 참조.

6 『예기』「왕제」王制편에 시를 통해 민풍을 살핀다는 말이 있다.

7 원元나라 조천린趙天麟이 시장의 물가를 살펴서 민심의 향배를 알 수 있다고 임금께 아뢰었다. 『역대명신주의』歷代名臣奏議.

옛사람만 한 지혜와 재주도 없이 한갓 서서 이야기나 하는 자리에서 이런 정보를 얻으려고 한다면 역시 어려운 일일 것이다. 더구나 세상이 넓고 커서 그 존재 형식이나 속성을 볼 수 없음에랴. 더더구나 벙어리끼리 서로 만나 반드시 필묵에 의지해서야 뜻이 통하고서랴!

내가 열하에 이르러 묵묵히 천하의 형세를 살펴본 것이 다섯 가지가 있었다. 황제는 해마다 열하에 잠시 머무는데, 열하라고 하는 곳은 곧 만리장성 밖의 황량한 벽지이다. 천자는 무엇이 '괴로워'서 이런 변방 밖의 쓸쓸한 벽지에 와서 거주하는 것일까? 피서를 위한 것이라 명분을 대지만, 그 실상은 천자 자신이 몸소 나서서 변방을 방어하려는 목적이다. 그렇다면 여기서 몽고의 강성함을 알 수 있겠다.

황제는 서번西蕃(티베트)의 승왕僧王을 맞이하여 스승으로 삼고 황금전각을 지어 그를 그곳에 거처하게 하고 있다. 천자는 무엇이 '괴로워'서 이런 특별히 격에 넘치고 사치한 예우를 하는가? 명목은 스승으로 모시면서도 기실은 황금전각 속에 그를 감금해 두고 세상이 하루하루 무사하기를 빌고 있는 것이다. 그리고 본즉 서번이 몽고보다 더 강성함을 알 수 있겠다. 이 두 가지 일은 황제의 심정이 이미 '괴롭다'는 것을 보여준다.

사람들의 글줄을 관찰해 보면, 비록 그것이 평범하고 몇 줄 안 되는 편지 쪽지라도 반드시 역대 황제들의 공덕을 늘어놓고 지금 세상의 은택에 감격한다고 쓰는 사람들은 하나같이 한족 문인이다. 아마도 그들 자신은 망한 명나라의 백성으로서 항상 재난을 당할까 근심을 품고 혐의를 받을까 경계하는 마음을 견디지 못해 입만 열면 찬미하고 붓만 잡으면 아첨함으로써, 마치 자신들은 지금의 세상에 초월한 듯한 태도를 더욱 드러내려고 하는 것이리라. 이로 보면 한족들의 마음 씀씀이도 역시 너무도 '괴로운' 것이다.

남의 나라 사람들과 필담을 할 때는 비록 평범한 내용을 주고받았더라도 말을 마친 뒤에는 즉시 종이 쪼가리 한 장 안 남기고 모두 불에 태워 버린다. 이는 비단 한족만 그런 것이 아니고 만주족은 더욱 심하다. 만주족은 모두 황제와 가까운 직위에 있으므로 법령이 엄하고 가혹하다는 사실을 누구보다 잘 알고 있기 때문이다. 그렇다면 한족의 심정만 '괴로운' 것이 아니라, 법으로 금지하고 있는 당사자들의 심정도 '괴로울' 것이다.

시장에서 파는 벼루 하나의 값이 백금白金[8]이 되지 않는 것이 없다. 아하! 천하가 소란할 때는 구슬과 옥이 굴러다녀도 거두어들이지 않더니, 나라 안이 태평할 때는 땅에 묻힌 기왓장과 벽돌 같은 것도 반드시 파내게 된다. 부귀한 자들은 당연히 구하여 보게 되고, 빈천한 자들은 눈을 부릅뜨고 주워 모은다. 취미로 감상을 하는 자는 어쩌다가 한번 문질러 매만져 보지만, 우둔한 자는 발에 못이 박히도록 쏘다닌다. 그리하여 밭 갈다가 얻은 것, 고기 잡다가 건져 낸 것, 무덤 속에서 갓 파내 송장 냄새가 밴 것까지 이것저것 모두가 천하의 보물이 된다. 천하의 진기한 보물을 완상하는 사람의 심정 또한 '괴로운' 심정이라 할 것이다.

그렇다면 한 조각 돌덩이로도 천하의 대세를 엿볼 수 있을 터인데, 하물며 중국 사람들의 '괴로운' 심정이 돌을 감상하는 사람의 '괴로움'보다 더 큰 문제가 있음에랴. 이제 필담을 하다가 불 태워 버린 나머지와 필담의 부스러기로서 반선班禪[9]에 관계되는 것들을 기록하여 '황교문답'이라고 한다.

8 중국 명나라에서 근대에 이르기까지 은 1냥 혹은 은화 1원元을 일금一金이라고 하였다. 따라서 백금은 당시 은 100냥에 해당되는 돈이다.

9 반선(판첸Pan-chen)은 정치와 종교의 권리를 장악한 라마교의 우두머리인데, 본래는 대학자라는 의미를 가진 티베트어이다. 반班은 학자라는 뜻의 범어梵語 반지달班智達에서, 선禪은 크다는 뜻의 장어藏語 홈파欽波(chenpo)에서 나왔다.

내가 활불活佛의 거처인 찰십륜포扎什倫布[10]에서 숙소로 먼
저 돌아오니 학지정郝志亭(지정은 학성郝成의 자, 호는 장성長
城 — 원주)이 맞이하면서,

"선생께서 잠시 성불聖佛을 보셨을 터인데, 생긴 모습이 어떻
던가요?"

라고 묻기에,

"공公은 아직 그를 못 보셨습니까?"

라고 내가 되물으니 지정은,

"성불은 깊고 엄중한 곳에 계시므로 모든 사람이 다 볼 수 있
는 것은 아니랍니다. 더군다나 신통한 술법을 가지고 있어서 사
람의 오장육부를 훤히 들여다본답니다. 보물 거울을 하나 걸어
두었는데 간사하고 음탕한 생각을 품은 사람을 그 거울에 비추면
반드시 푸른색이 돌고, 탐욕스러워 도적놈의 심보를 가진 사람을
비추면 반드시 검은색이 돌며, 위태롭고 화를 끼칠 마음을 품은
사람을 비추면 반드시 흰색이 돈답니다. 오직 충성스럽고 효성스
러운 사람과 일심으로 부처를 공경하는 사람이 이르면 거울은 반

티베트 포탈라궁과 찰십륜포를
본떠서 만든 열하의 건축물들

드시 붉은 노을 띠에 누런빛을 띠면서 마치 경사스러운 구름 모
양과 우담바라의 꽃 같은 모습이 거울 표면에 왕성하게 감돈다고
합니다. 이 오색 거울이야말로 정말 겁이 납니다.”

라고 한다. 내가,

　　“이것은 진시황이 사람의 간담을 비춰 본다는 조담경照膽鏡
을 모방하여 이야기를 더욱 신비하게 꾸민 것 같군요.[11] 그러나 조
담경조차 정통 역사서에 전하는 이야기가 아니니 어찌 족히 믿을
수 있겠습니까?”

라고 하니 지정은,

　　“벽 사이에 정말 그런 거울이 없던가요?”

라고 묻는다. 나는 그가 쓴 “오색 거울이야말로 정말 겁이 납니
다”라는 부분에 붉은 동그라미를 치면서,

　　“그대가 거울을 검고 푸르고 희게 만드는 세 가지 마음을 스

11 조담경 이야기는 동진
때 갈홍葛洪이 지은 『서경잡
기』西京雜記에 나온다.

조담경을 비추는 경극의 한 장면

스로 가지고 있지 않다면 그까짓 거울을 어찌 두려워하십니까?"
하고 반문하니 지정은,

　"불교의 『법화경』이나 『능엄경』 등 여러 불경에서 부처의 공덕을 찬양하는 게송偈頌들은 모두 사람을 겁주는 내용입니다. 이 불경을 믿지 않으면 곧 화가 미친다고 반복하여 증거를 대고 힐난해서 중생을 겁주고 공포에 떨게 하여 억지로 선한 길에 귀의하도록 강요합니다. 그 거울도 그와 닮았으니, 거울은 문자로 쓰지 않은 불경이고, 불경은 구리로 만들지 않은 거울입니다. 제가 비록 열흘 동안 고기를 먹지 않고, 열흘 동안 목욕재계하더라도, 혹 간의 끝이나 허파의 갈래 어디에 털끝만큼의 부정한 것이라도 남아 있다면 세 가지 색깔이 나타나지 않으리라 어찌 장담할 수 있겠습니까?"
라고 하고는 썼던 필담 종이를 즉시 찢어서 불 속에 던져 버린다. 그리고 또,

　"활불은 참으로 신통하답니다. 활불에게 절을 하는 사람이 모자를 벗고 머리를 조아렸을 때, 활불이 직접 자신의 손으로 그의 이마를 어루만지고 웃음을 머금으면 크게 복을 받게 되고, 만약 웃음을 머금지 않으면 받는 복이 그다지 크지 않습니다. 활불이 눈을 감으면 그 사람이 크게 두려워하며 향을 사르고 참회하면서 뼈저리게 회개하여 저절로 죄과가 소멸되어 다시는 죄를 짓지 않는다고 합니다. 이것들은 활불께서 교훈적인 이야기를 말로 하지 않으면서도 손을 한번 펴는 사이에 공덕의 결과가 이렇게 나타나는 것입니다. 화석和碩(1등 종친에게 붙이는 작위) 친왕親王과

화석 액부額駙(부마와 같은 뜻)는 아침마다 절을 하고 머리를 조아리지만, 그밖의 외인들이나 일반 관원들은 정말 알현하기 어렵습니다."

라고 한다.

내가 활불의 내력을 물었더니 지정은,

"건륭 40년(1775)경에 서방 정토의 사람들이 활불 법왕法王이 세상에 나타났다고 떠들썩하게 이야기를 했고, 더러는 법왕이 40대 이전의 전신前身(전세에 태어났던 몸)까지 능히 안다고 말합니다. 지금 몽고 48개의 부족이 바야흐로 강성하지만, 서번을 가장 두려워하고, 서번의 여러 나라들은 활불을 가장 두려워한답니다. 활불은 바로 장리대보법왕藏理大寶法王입니다.

앞 시대인 명나라 때부터, 양삼보楊三寶[12]와 승려 지광智光,[13] 우리 고향의 하객霞客[14] 등 여러 사람이 서역의 여러 불교 국가를 여행했습니다. 오사장烏斯藏(원나라, 명나라 때 서장西藏의 호칭)은 중국과 만여 리 떨어진 곳입니다. 대법보왕大法寶王과 소법보왕小法寶王이 있어서 죽은 뒤에 남의 태중에 들어가서 서로 번갈아 환생하도록 하는데, 모두 도술을 갖추었고 태어나면서부터 신령하고 성스럽다고 합니다. 지금 활불도 그런 식으로 태어났는데, 바로 옛날 원나라 때 서인도의 부처님의 아들이고, 대원大元 황제의 스승이 된 사람[15]의 후신後身이라고 합니다.

지난해에 영공永公(이름은 영귀永貴[16]이고, 내각 학사로 총애를 받는 신하이다.—원주)이 여섯째 황자를 모시고 왕이 타는 수레와 불교식 치장을 준비하고 가서 활불을 맞이해 왔답니다. 활불은 황제가 측근의 신하를 보내 자기를 맞이하러 온다는 사실과, 그들이 북경을 떠난 날짜 및 신하의 이름까지 이미 알고 있더

반선을 맞이해 오는 연극 장면

랍니다. 그가 거처하는 곳은 모두 황금기와를 덮어서, 그 화려하
기가 중국에 있는 것보다 더 성대하답니다.

　오는 길에 여러 가지 신통한 일들이 많았는데, 지나가는 길에
있는 여러 나라의 서번 왕들 중에는 몸뚱이를 불사르고 이마를
태우며, 손가락을 자르고 살을 깎아 내는 사람까지 있었답니다.

　부모에게 불효하던 어떤 어리석은 백성이 한번 활불을 보고
나서는 홀연히 자비심이 생겨서 칼로 자신의 왼쪽 옆구리를 째고
간 끝의 작은 조각을 잘라 내어 불에 구워서 불치병이 있는 아비
에게 바쳤는데, 아비의 병이 즉시 나았고 그의 왼쪽 옆구리도 곧
완전하게 회복되었으며, 사람이 영판 바뀌어 그만 효자가 되었답
니다. 그 일이 임금께 알려져 그가 사는 고을에 효자 정문을 내리
게 하고, 그에게는 세금을 면제하였다고 합니다.

산서山西 지방의 지독한 자린고비는 큰 부자가 되어서도 평생 돈 한 푼에도 인색했는데, 길에서 활불을 멀리 바라보고 절을 하다가 갑자기 자비심이 생겨 드디어 10만 금을 녹여서 커다란 불탑 하나를 세웠다고 하니, 이런 일들이 대략 활불이 보인 공덕입니다.

활불은 물이 앞에 나타나도 다리도 필요 없고 배도 필요 없으며, 맨발로 물을 밟아도 물결이 복사뼈 이상까지 올라가지 않고, 남보다 먼저 건너가 건너편 언덕에 도착했다고 합니다. 한번은 큰 범 한 마리가 길에 엎드려 꼬리를 흔들고 있기에 황자가 화살을 뽑아서 쏘려고 했더니, 활불이 쏘지 못하게 말리더랍니다. 수레에서 내려가 범을 어루만지고 위로하니, 범은 활불의 옷자락을 물고는 마치 무언가 하소연을 하려는 듯 남쪽으로 가기에 활불도 그 뒤를 따라갔답니다.

큰 바위 굴에서 범이 바야흐로 새끼에게 젖을 주고 있는데, 머리가 둘 달린 큰 뱀이 범의 굴을 에워싸고 새끼를 삼키려 하고 있었지요. 뱀의 머리 하나는 어미 범을 막고 있고 다른 머리 하나는 아비 범을 막고 있어서, 범은 이빨과 발톱을 가지고서도 들어갈 수 없어 슬피 부르짖다 그만 기진맥진한 상태가 되었답니다. 활불이 가지고 다니던 지팡이를 세워 뱀에게 주문을 외우자 뱀의 두 머리가 저절로 바윗돌에 부딪혀 부스러져 죽었답니다. 뱀의 머릿골 안에 큰 구슬이 각기 들어 있었는데 밤중에도 빛이 나는 야광주랍니다. 구슬 하나는 황자에게 바치고, 다른 하나는 학사에게 바쳤답니다.

범은 활불의 수레를 열흘 동안 호위하며 대단히 공손하고 순하였기에, 황자는 범을 데리고 가서 우리 안에 넣어 키우자고 했으나 활불이 불가하다고 하여 그만두었답니다. 그리고 범에게 뭐라고 타이르는 것처럼 몇 마디 하자, 범은 머리를 조아리고는 그제야 가 버렸다고 합니다. 이것이 활불의 신통한 술법입니다. 구슬 두 개는 황제에게 바쳐서 황제 수레의 장식물로 달았는데, 가뭄이 들거나 전염병이 돌 때에 신에게 바치는 신비한 폐백으로 사용하면 영험한 보답이 내리지 않은 적이 없답니다."

라고 말한다. 내가 지정에게 묻기를,

"활불의 전생에 대한 일은, 비유하자면 괴목나무 잎의 푸른 벌레가 꿀벌 집을 뚫고 들어가서 벌의 새끼가 되고, 얼룩얼룩한 털이 표범처럼 생긴 큰 송충이가 허물을 벗고 호랑나비가 되며, 누에가 나방이 되고, 굼벵이가 매미가 되며, 비둘기가 매가 되고, 매가 꿩이 되며, 꿩이 대합조개가 되고, 닭이 뱀이 되며, 뱀이 거북이가 되는 것처럼 모두, 몸은 비록 변화하지 않는 것이 없으나 어리석음을 끊고 참된 진리를 깨닫는 각성覺性을 가지고 있어서 그 변화된 몸을 가지고도 능히 그 이전의 형체를 알 수 있다는 말인가요?

장주莊周(장자)가 꿈에서는 자신이 나비가 되었음을 기뻐했지만, 꿈과 생시가 서로 달라 아무런 상관이 없다면 윤회하여 새로 태어나는 것이 서로 관련이 없지 않겠습니까?

만약 활불처럼 환하게 알게 되어서, 전생의 이 몸은 어느 곳 어느 사람의 아들이었다가, 이생에서의 몸은 다시 어떤 곳의 어떤 사람의 아이라는 것을 알게 되어, 전생의 부모와 이생의 부모가 모두 무고하여 큰 자비심을 가지고 또렷하게 알아보고는 각각 '아들아'라고 부른다면 장차 어떤 부모를 원망하고 어떤 부모를 은혜롭게 생각할 것이며, 이를 슬퍼해야 합니까? 아니면 기뻐해야 합니까?"

라고 하니, 지정은 갑자기 몇 줄기 눈물을 흘리며 "이를 슬퍼해야 합니까? 아니면 기뻐해야 합니까?"라는 대목에다 동그라미를 쳤다.

갑자기 문을 당기는 소리가 나자, 지정은 황급히 필담하던 종이를 구겨서 주먹 안에 거머쥔다. 문이 열리며 들어오는 사람은, 곧 같은 숙소에 있는 왕민호였다. 이어서 들어오는 사람도 왕군과 같은 방에 있는 추사시鄒舍是였다. 모두 거인擧人으로 만리장성 밖으로 와서 객지 생활을 하는 사람들이다. 지난해에 여기 열하에 북경과 꼭 같은 태학을 지었는데, 두 사람은 이 태학에서 현재 공부를 하고 있으며, 나를 방문하기 위해 온 것이다.

지정이 두 손님에게 자세하게 이야기를 하는데, 마치 책을 외우는 것처럼 말을 한다. 두 손님은 한편 이야기를 들으며, 한편 탁자 위의 필담한 종이에 동그라미 쳐 놓은 것을 손으로 가리킨다. 아마도 내가 했던 말들을 외워서 전해 주고 있는 모양이다. 왕 거인이 나의 이름과 자호를 종이에 써서 추 거인에게 보여준다. 왕 거인과는 구면이고, 추 거인은 초면이기 때문이다.

추생이,

"귀국에는 불교가 어느 시대에 시작되었습니까?"

라고 묻기에 나는,

"중국 소량蕭梁[17] 대통大通(527~529) 연간에 승려 아도阿道가 처음으로 신라에 들어왔습니다."

라고 하니 그는 또,

"귀국의 사대부들은 유교, 불교, 도교의 삼교 중에서 어떤 종교를 가장 숭상하나요?"

라고 물어 나는,

"옛날 신라 고려 시절에는 비록 현명한 선비라도 불교를 익히

17 남조南朝의 양梁나라는 소연蕭衍이 세웠으므로 소량이라고 부른다. 소연은 무제武帝이다.

는 사람이 없지는 않았으나, 지금 우리 조선이 나라를 세운 400년 동안은 비록 어리석은 선비라 하더라도 다만 공자의 글만을 외우고 익힌답니다. 나라 안의 이름난 산에는 비록 전 왕조 시절에 만든 정갈한 가람과 유명한 사찰들이 있긴 하지만 지금은 모두 황량하게 퇴락했으며, 거처하는 중들도 모두 미천한 무뢰배들로서 오로지 종이와 신발을 만드는 것을 생업으로 합니다. 이름은 비록 승려라고 하지만 눈으로 불경을 알지 못하는 형편이니, 불교를 배척할 필요도 없이 그 종교는 저절로 끊겼습니다. 또 나라 안에는 원래 도교라는 것이 없으니 도교 사원 역시 없답니다. 소위 이단의 종교를 금지하거나 없애려고 기약하지 않아도 스스로 세상에 설 수가 없습니다."

라고 답을 하니 추생은,

"천하에 살기 좋은 나라라고 말할 만합니다. 이단의 폐해에 대해서는 성인께서 장차 사람들끼리 서로 잡아먹게 되리라고 이미 염려하셨지요.[18] 당시에 듣는 사람들은 필시 지나친 말이라고 여겼겠습니다만, 지금 산중에는 왕왕 사람을 먹는 도사가 있어서, 어린아이를 키우기가 아주 어렵게 되었답니다. 동자 아이를 순전한 양기 덩어리라고 생각하여 쪄서 먹는 것을 가장 좋아한다나요. 그래서 민가에서는 밤중에 어린아이를 궤짝 속에 감춰 두면서도 오히려 잃어버릴까 근심하기에 이르렀습니다.

그 지방의 관청에서 거듭 그들을 적발하고 체포하고 도교 사원을 허물고 불살라 버리면 도사들은 이내 승려의 명부에 이름을 올려서 달아나고 절간에 몸을 숨긴답니다. 심지어 남녀 방중술의 비법이라든지, 나쁜 질병에 특효약이라고 처방하는 약들은 모두 가난한 도사들이 만들어 낸 것입니다. 그 때문에 그들을 좋아하

18 『맹자』「등문공」편에 나오는 말이다.

고 따라다니며 몰래 그 술법을 배우려는 사람도 많습니다. 사람을 홀리는 괴상한 짓은 다 표현할 수도 없답니다. 중국의 불교는 본래의 참된 취지와는 이미 어그러졌으니, 앙루仰漏가 말한 소위 '이름은 승려이지만 실제는 도사이다'라는 말이 옳은 말입니다."
라고 한다.

앙루는 몽고인 경순미敬旬彌의 자이다. 그가 나와 이야기할 때에 '이름은 승려이지만 실제는 도사이다'라는 논의를 했고, 전에 내가 이 말을 학지정에게 했는데, 지정이 추사시에게 말해 주었던 모양이다. 추생은 또,

"귀국에도 옛날에 신통한 승려가 있었는지, 그 이름을 듣기를 원합니다."
라고 하기에 나는,

"우리나라가 비록 바다 한 귀퉁이에 있긴 하지만 풍속이 유교를 숭상하여서 고금왕래에 큰 선비와 석학 들이 없었던 적이 없습니다. 그런데 지금 선생의 질문은 우리나라 선배 유학자의 이름에 대해서는 언급하지 않고 도리어 신통한 승려에 대해 물으시는군요. 우리나라의 풍속이 이단의 학문을 숭상하지 않으니 신통한 승려가 정말 있을 리도 만무하고, 굳이 답변하고 싶지도 않습니다."
라고 말하니 왕군이 끼어들며,

"이단 중에도 또 이단이 있어서 도리어 그들의 도를 해치는 것도 있답니다. 방금 제 친구인 추사시가 이야기한 것은 귀국의 유교와 불교의 차이점을 바로 알고 싶어서 한 질문입니다."
라고 하니 추생도,

"그렇습니다."

라고 하기에 나는,

　"비록 승려의 이름을 듣는다 하더라도, 어찌 유교와 불교의 차이점을 변별할 수 있겠습니까?"

라고 하니 추생은 끝내 우리 동방 유학자의 이름은 묻지 않았으며 또,

　"유학 문파門派에도 도학道學과 이학理學의 호칭이 따로 있는데, 귀국의 유학에도 이런 분류가 있습니까?"

라고 묻는다. 나는,

　"성인 문하의 가르침에는 단지 덕행, 언어, 정사政事, 문학 등 네 가지 분류가 있긴 하지만 이를 하나로 꿰는 방법이 바른 이치일 텐데, 이 이치를 배우고 묻고 하는 것이야말로 바로 학문하는 일이 될 것입니다. 어찌 유학에 다른 분류를 두어서 도학이니 이학이니 하는 호칭을 둘 수 있겠습니까?"

라고 하니 추생은,

　"맞습니다. 선생의 말씀이 아주 옳습니다. 공자 문하의 70명의 수제자가 스승에게 물은 내용이란 것도 인仁과 효孝에 대한 것에 지나지 않았습니다. 후세에는 그렇질 않아서 제자가 스승을 처음 찾아와서 책을 펴고는 대뜸 이기理氣를 강론합니다. 그러면 선생도 옷깃을 여미고 높은 자리에 올라앉아서 문득 성명性命을 말합니다. 지금의 학자라는 사람들은 학문적으로는 하늘과 인간의 이치를 꿰뚫었다고 하지만, 실제로는 하나의 고을도 제대로 다스리지 못하고, 이치로는 하늘의 소리개가 날고 물의 물고기가 뛰는 것 같은 만물의 현상을 살핀다고 하지만, 실제로는 한 가지 일도 제대로 할 수 없습니다. 이 따위 학문하는 사람을 두고서 이학理學 선생이라고 말합니다.

시골의 글방이나 서당에서는 천품이나 자질이 고루하고 꽉 막혔으며 행동거지도 괴상하고 현실감이 없는 사람이라 할지라도 대략 경전이나 익히고 겨우 글자의 뜻이나 통하면 모두 선생 자리를 열어서 강의를 하지 않는 사람이 없습니다. 묵고 썩어빠진 것을 맛보고는 좋은 곡식이라 하고, 덕지덕지 기운 옷을 걷어 모아서는 좋은 가죽옷이라고 하며, 자막子莫[19]이 중도를 고집했던 것처럼 두길보기 하는 사람을 도리어 법도를 지키는 사람이라 하고, 후한後漢의 호광胡廣[20]이라는 학자처럼 여기저기 붙는 처세를 하면서도 스스로는 중용을 했다고 말합니다. 이 따위 학문하는 사람을 일러서 도학道學선생이라고 말합니다.

이런 것들은 오히려 이야기할 거리도 못 됩니다. 옛날의 이단이란 묵자墨子의 학문으로 갔다가 유가의 학문으로 돌아오기도 하고, 유가의 학문으로 갔다가도 양주楊朱[21]의 학문으로 돌아가서는, 서로 반목하고 등을 돌리며 가깝고 친한 사이일수록 더욱 멀어지고 소원해졌습니다.

그런데 지금의 학자들은 죽을 때까지 자기 영역을 벗어나지 않고, 한번 학문이라는 영역을 싸잡아 쉬면 더욱 육경六經이라는 벽돌을 쌓아서, 보루를 견고하게 만들어 놓고는 때때로 여러 사람의 말을 바꿔치기해서 자신의 깃발을 새 것처럼 꾸며 새로운 학문이라고 내세웁니다. 절반은 주자의 학문을 따르고, 절반은 그 반대 학파인 육상산陸象山[22]의 학문을 따르면서 모두가 달아난 죄인처럼 한 학파에 숨어들어서 머리를 내밀었다가 숨었다가 하는 모습이 마치 호숫가 갈대숲의 도처에 숨어서 출몰하는 도적놈과 같습니다.

책의 좀벌레나 뒤지던 사람을 양성해서 성城이나 사직에 붙

19 자막은 『맹자』 「진심」盡心 하편에 나오는 인물로, 묵자 사상과 양주 사상의 중도를 취했던 학자이다.
20 호광(91~172)의 자는 백시伯始이다. 여러 관직을 두루 거치며 여섯 황제를 섬겼다. 겸손하고 세련된 태도로 환관과 외척이 집정했을 때에도 벼슬을 잘했기 때문에, "만사는 백시에게 물어볼 필요가 없고, 천하 중용에는 호공이 있다"라고 그를 기롱하였다.
21 양주는 극단적 개인주의를 주장한 제자백가의 학자이다.
22 상산은 송나라 때 학자인 육구연陸九淵(1139~1192)의 호이다.

어사는 쥐새끼나 여우처럼 만들어서는 고증학이란 학문을 가지고 붙어살게 합니다. 반면에 잘 달리는 준마를 억눌러서 느려터진 둔마를 만들어 놓고는 훈고학이라는 학문을 가지고 그 입에 재갈을 채워 찍소리 못하게 만듭니다. 혹 여기에 반발하여 단단히 무장을 하고 깊숙이 쳐들어가 공격을 하다가는 도리어 공격과 겁탈을 당하여, 그 형세가 결국에는 말에서 내려 결박을 당하고 두 무릎을 땅에 꿇을 수밖에 없습니다.

지금의 유학자라는 사람은 아주 두렵습니다. 겁이 납니다, 겁이 나요. 저는 평생 유학을 배우기를 원하지 않습니다. 눈을 부릅뜨고 입을 열어서 능히 이단의 학문을 제창하는 사람이 있다면 저는 불원천리하고 양식을 싸 가지고 가서 그를 스승으로 섬길 것입니다. 지금 선생님의 논의를 들으니 확고하게 정도를 지키는 말씀이라 도리어 소인의 내심을 한편 기쁘고, 한편 슬프게 만듭니다."

라고 한다.

추생의 모습을 살펴보면 용모는 우뚝하고 훤칠하며, 말은 시원하고 거칠 것이 없는데, 칭찬하는 것 같기도 하고 소통하는 것 같기도 하며, 엎치락뒤치락 자주 말을 바꾸며 거짓말을 하는 것 같아 전적으로 나를 업신여기고 가지고 노는 것 같았다. 나는,

"잠시 전에 이단을 배척하는 선생의 논의를 듣자오니 참으로 공경하고 탄복을 했는데, 도리어 이제는 그와 반대되는 괴상한 말씀을 하시는 것은 무슨 까닭입니까? 저와 같은 비천한 사람이 바다 한 귀퉁이에서 태어나 견문도 부족하고 학식도 거칠어서 큰 인물에게 비웃음을 받는 것은 진실로 마땅하겠으나, 그러나 잘하는 것을 아름답게 여기고 잘하지 못하는 것을 안타깝게 여기는

것이 군자로서 행해야 할 정당한 도리이니, 응당 그렇게 해야 할 것입니다.

게다가 선생은 공자를 모신 태학에 거처하고 있는 사람으로서 이단을 배우고 싶다고 하시니, 만약 진심에서 하신 말씀일진대 먼저 모범을 보여야 할 위치에 있는 상국上國의 사람에게서 이 따위 이야기를 들으리라고는 생각지도 않았소이다. 만약 거짓으로 하신 말씀이라면 이는 외국의 변변찮은 선비를 나무라고 조롱한 것이니, 멀리서 온 사람을 위로하고 맞이하는 정당한 도리가 아닐 것입니다. 부끄러워 이만 물러가겠소이다."
라고 했더니 추생은 사죄하며,

"감히 그렇게 말하려 했던 것이 아닙니다. 마침 제 마음속에 치밀어 오르는 것이 있어서 저도 모르게 이야기 끝에 왔다 갔다 횡설수설하면서 거기까지 가게 된 것입니다. 이제 선생께 이렇게 책망을 당하고 보니, 제가 감히 선생을 오래 모시지 못하겠습니다."
라고 하고는 추생은 의자에서 내려와 몸을 숙여 땅에 여러 차례 머리를 박고는 앉는다. 이는 바로 사죄를 드린다는 뜻인데, 나는 처음에 그게 무슨 짓인지 이해를 못하였다.

왕민호가 나서며,

"제 친구는 충직하고 솔직한 사람이니 말한 본래의 취지가 그와 같지는 않을 것입니다. 선생께서 뭔가 착각하고 오해하신 겁니다. 이단을 스승으로 삼고 싶다는 그의 말은 바로 공자께서 '중국에 도가 행해지지 않으니 저 오랑캐 나라에 가서 살아야겠다'[23]고 하신 말씀과 같은 의미일 겁니다."
하고는 서로 크게 웃는다. 나도 따라서 함께 웃긴 하였지만, 그러

23 『논어』 「자한」子罕편에 나오는 말이다.

나 기분은 끝내 찝찝했으며, 오랑캐 나라에 가서 살고 싶다는 비유는 사람으로 하여금 더욱 부끄럽고 한스러운 생각을 치밀게 하였다. 추생은 또,

"선생께서 여기 열하에 오신 까닭은 오직 성스러운 활불을 바라보고 절하기 위해서입니까? 아니면 황제의 생신을 축하하러 오신 것입니까?"

하고 묻는데, 이때에 지정은 잠시 문 밖으로 나갔다. 나는,

"오로지 성스러운 천자의 경사스러운 칠순 생신을 축하하려고 온 것입니다. 만약 황제의 분부가 없었다면 어떻게 여기 열하까지 올 수 있었겠습니까? 어제 성스러운 활불을 만나본 까닭도 황제의 명을 받아서 갔던 겁니다."

라고 하니 왕군이 거들며,

"박 선생은 사신이 아닙니다. 친족 형인 다런大人(사신)을 따라서 우리나라에 관광차 오셨답니다."

라고 하니 추생은 나를 뚫어지게 쳐다보더니 한참 있다가,

"선생께서는 여기에 와서 사람 잡아먹는 담인噉人[24]이 겁나지 않습니까?"

라고 묻기에 내가,

"담인이라는 게 무엇입니까?"

라고 되물으니 추생이,

"양련진가楊璉眞珈[25]가 세상에 다시 태어났답니다."

라고 말하자 왕군의 얼굴색이 바뀌더니 마치 서로 말싸움을 할 기세였다. 나는 비록 그게 무슨 말인지는 모르겠으나, 다만 두 사람의 기색이 좋지 않은 것으로 봐서는 왕군이 추생을 책망하는 것 같았다.

24 담인은 활불을 모욕하기 위해, 사람을 잡아먹는 놈이라는 뜻으로 한 말이다.

25 양련진가의 진가는 眞迦, 眞伽, 眞加라고도 쓴다. 양련진가는 서번의 고승 팔사파八思巴의 제자로 원나라 세조 쿠빌라이에게 총애를 받았다. 조趙, 송宋의 왕릉 101기를 발굴하여 보물을 취하고 시신을 훼손했던 인물이다. 훔친 보물을 사묘寺廟를 수리하는 자금으로 사용했다.

그즈음에 지정이 돌아와 앉아서 필담한 종이를 보더니 급히 손으로 찢어서 입에 넣고 씹으면서 추생을 노려보며 한동안 아무 말이 없다. 지정은 내가 보지 않는 틈을 타서 입을 오므려 나를 가리키고 추생에게 눈짓을 하다가 우연히 내 눈과 마주치자 매우 부끄러워하는 얼굴빛이었다. 그리고 차를 가져오라고 시키면서,

　"귀국의 말은 밤중 어느 시간에 새끼를 낳는지요?"(貴國馬生得何宵)

라고 묻기에 내가,

　"말이 태어나는 시간을 어찌 알겠소?"

라고 하니 사람들이 모두 크게 웃었다. 지정은,

　"여기서 사용한 소宵라는 글자는 소소宵小의 소宵라는 뜻으로 작을 소小자와 서로 통하는 글자입니다."

라고 한다. 중국에서는 글자의 발음이 같으면 뜻도 함께 사용하기 때문이나. 나는,

　"나라가 작기 때문에 태어나는 가축도 따라서 작은가 봅니다."

라고 답했다.

　나는 반선의 내력을 소상하게 알고 싶었으나, 추생의 말에 무슨 곡절이 있고 왕군과 지정 두 사람이 깊이 꺼려하는 것 같아서 잠깐 사이에 더 물어볼 수가 없었다. 추생은 차를 마신 후에 바로 인사를 하고 떠났고, 지정 역시 다른 일이 있었으며, 나도 일어서니 왕군도 나를 따라 나왔다.

하루는 내가 윤형산을 방문했더니, 그는 대궐에 들어가서 아직 나오지 않았다. (형산의 이름은 가전嘉銓이고 성은 윤씨이다. 태학에 머물고 있으며 벼슬은 대리경大理卿, 금년 나이 70살이고, 봄에 벼슬에서 물러났다. ─원주) 돌아서서 지정의 방에 갔더니 텅 비었다. 곧 되돌아서 나오려는데 지정이 외출했다 막 돌아오면서 나를 보고는 기뻐하며 손을 잡고 자기 방으로 이끌었다.

지정은 모자를 벗어 벽에 걸어 놓고는 사람을 불러 차를 가져오라고 하면서 내게,

"추 거인은 미친 선비이니, 선생께서는 절대 다시 만나지 마시기 바랍니다."

라고 말한다. 내가,

"미친 선비라는 건 무엇을 두고 말하는 것입니까?"

라고 물으니 지정은,

"그의 뱃속은 온통 울분으로 가득 차 있어, 남과 토론을 할 때에는 남에게 지지 않으려 하고, 문득 욕을 잘해댑니다. 혹시라도 어르신께서 그의 거칠고 어리석은 성격을 모르고 있다가 혹여나 그의 노련한 주먹이라도 힌방 먹을까봐 걱정을 했습니다."

라고 하기에 나는 웃으며,

"그런 광기는 저로서는 따라갈 수가 없습니다."

라고 하니 지정은,

"저 같은 사람은 그의 어리석음을 따라갈 수 없답니다."

라고 말하며 서로 크게 웃었다.[26] 나는 지정에게,

"성불이 양련楊璉의 후생後生의 몸이라는 것에 대해서, 지금 장군께서 무슨 까닭으로 그렇게 깊이 꺼리십니까?"

라고 물으니 지정은,

26 "그 어리석음은 따라갈 수 없다"(其愚不可及)라는 말은 『논어』에 나오는 구절인데, 이를 따라서 필담을 하였기 때문에 서로 웃은 것이다.

"그것은 미치광이 추생 때문입니다. 그는 다른 사람을 끌어들여 활불을 욕보이려 하고 있습니다."

라고 하기에 내가 조심스럽게,

"양련이라는 것이 무슨 욕이라도 됩니까?"

하고 물으니 지정은 침통한 표정을 지으며,

"차마 말할 수도, 들을 수도 없는 말입니다."

라고 한다. 내가,

"예를 들어 '왕빠'王八나 '마뽀류'馬泊六 같은 아주 몹쓸 욕입니까?"[27]

라고 물으니 지정은 손을 내저으며,

"아닙니다. 양련은 서번의 중으로 원나라 때 중국에 들어온 인물입니다. 그는 송나라 왕릉을 모두 도굴하여 전쟁으로 인한 화보다도 더 악독하게 파헤치고 보물과 옥을 산더미처럼 쌓아 놓았답니다. 그는 비밀스러운 술책과 산을 가르는 보검을 가지고 있어서 주문을 외우며 한번 내려치면 남산 아래 깊숙하게 매장된, 제아무리 견고한 석관이라 하더라도 즉각 열리지 않는 법이 없으며, 물오리 모양의 금과 물고기 모양의 옥 부장품들이 땅을 치면 절로 튀어나오고, 구슬로 꾸민 옷과 옥으로 된 궤짝이 어지럽게 흩어진답니다.

심지어 송장을 매달아 놓고 수은을 짜내며, 시신의 뺨을 갈라서 반함飯含[28]으로 넣은 구슬을 빼내기도 했답니다. 그래서 강남 사람들은 서로 저주를 퍼부을 때 '쌀밥을 해서 곰보딱지 양련에게 갖다 바칠 놈'이라는 욕까지 한답니다. 지금 활불이 서번 사람이기 때문에 양련을 끌어들여 욕을 하려는 것이지, 활불이 양련의 후생의 몸이라는 건 아닙니다."

27 왕빠는 왕빠단王八蛋을 말하며, 마뽀류는 馬八六, 馬百六, 馬伯六이라고 표기하는데, 두 단어 모두 성적으로 상대방을 비하하는 심한 욕이다.

28 반함은 상례에서 소렴을 할 때 쌀 혹은 구슬을 입에 넣어 복을 비는 의식.

라고 한다. 내가,

　"추생은 무슨 까닭으로 활불을 함부로 욕한답니까?"

라고 물으니 지정은,

　"그는 유학을 업으로 하는 선비이므로 활불에게 복종하지 않기 때문입니다."

라고 하기에 내가,

　"그가 만약 유학을 업으로 하는 선비라면 지난번에 무엇 때문에 유학자를 욕하였습니까?"

라고 물으니 지정은,

　"그 미치광이는 하늘의 천둥소리도 겁내지 않고, 국가의 법령도 두려워하지 않습니다. 공자에게도 욕을 퍼붓고 부처에게도 욕을 해대며, 오직 자기 뜻대로 하고 싶은 욕을 실컷 하고 나서야 머리꼭지까지 치밀었던 분기가 문득 가라앉는가 봅니다."

라고 한다. 지정이,

　"귀국의 능침과 분묘의 제도는 어떻습니까?"

라고 묻기에 나는,

　"비록 옛 예법을 따른다고는 하지만, 나라의 풍속이 검소함을 숭상하여 무덤 안에 보물을 순장하지는 않습니다. 장군과 재상으로부터 일반 서민에 이르기까지 초상을 치르고 장례를 지내는 제도는 모두 『주자가례』를 따릅니다. 또 국토가 한쪽 귀퉁이에 있고 병화兵禍가 잦지 않아서 무덤이 도굴 당할 염려는 본시 없답니다."

라고 하니 지정은,

　"참으로 살기 좋은 나라에 살기 좋은 땅입니다. 살아서도 즐겁고, 죽어서도 즐겁습니다. 주공이 효성스러운 마음에서 어버이를 후하게 장례 치르라고 상례를 만든 것이 도리어 역사 이래로 도적놈에게 도굴하는 심보를 열어 놓은 꼴이 되었습니다. 필부로 죽은 사람이야 무슨 죄가 있겠습니까마는, 무덤 안에 보물을 가지고 있는 게 죄라면 죄지요. 하물며 제왕가의 무덤이야 말할 필요도 없겠지요. 천하의 재물을 아끼려고 어버이의 장례를 검소하게 치르지 않는다[29]는 성인의 말씀이 그만 천고의 제왕에게 화를 끼치는 말씀이 되고 말았소이다.

이 때문에 나라가 어지럽거나 난리라도 한번 겪으면 도굴의 피해를 입지 않은 무덤이 없을 지경이 되었습니다. 북경의 골동품 거리인 유리창 안에서 팔고 있는 골동품들은 모두 역대 임금들의 무덤 속에서 나온 물건입니다. 금방 매장해 놓고도 돌아서면 도굴을 당하며, 오래된 무덤일수록 더 자주 도굴되고 더욱 값나가는 골동품으로 알아줍니다. 많게는 열 차례나 땅에 묻혔다가 나온 것도 있습니다.

만약 한나라 때 깐깐하기로 이름난 법관 장석지張釋之[30]가 삽을 쥐고 청빈한 학자 유향劉向[31]이 삼태기를 잡고 청렴한 문장가 양진楊震[32]의 무덤을 쓴다고 말해도, 도적놈들은 보물을 매장하지 않았다는 말을 믿지 않을 것입니다."
라고 한다. 내가,

"무덤에서 나온 그릇들은 흉하고 께름칙하며 더럽고 냄새가 나서 대단히 상서롭지 못할 터인데 어찌해서 이를 보물로 여긴답니까?"
라고 물으니 지정은,

"맞습니다. 은나라 때의 쟁반이나 주나라 때의 술잔이 만고에 해독을 끼쳤습니다. 후세의 고상한 척하는 사람들이 서화를

29 『맹자』「공손추」하편에 나오는 말이다.

30 장석지는 서한 때의 인물로, 자는 계季이다. 법을 공평하게 집행했다. "법이란 천자와 만백성이 함께하는 공공의 것이다"라는 유명한 말을 남겼다.
31 유향(BC77~AD6)은 서한 때의 산문 작가로, 자는 자정子政이다. 저서에 『신서』新序, 『설원』說苑 등이 있다.
32 양진(?~124)은 동한 때의 학자로, 자는 백기伯起이다. 양심적인 인물로서, 누가 밤에 뇌물을 주며 캄캄한 밤중이므로 아는 사람이 없다고 말하자, 그는 "하늘도 알고(天知), 귀신도 알며(神知), 나도 알고(我知), 당신도 안다(子知)"라고 말했다고 한다. 경학에 밝아서 당시에 '관서공자關西孔子 양백기'라는 말이 있었다.

올려놓는 상이나 서재를 꾸미고, 집을 엄숙하게 꾸미는 데는 그런 상서롭지 못한 물건들이 아니면 진열하기에 적당하지 않다고 생각합니다. 감상가들은 이를 확실하게 식별하는 것을 박학하다고 여기고, 수장가들도 부지런하고 악착같이 긁어모으는 것을 취미로 삼는답니다."

라고 한다. 내가 그에게,

"장군의 댁에도 감상할 만한 골동품들이 있습니까?"

라고 물으니 지정은,

"저는 무인이라 이런 물건을 사서 모을 수도 없으며, 조상 대대로 농사를 짓는 집안이라 오래된 물건도 없답니다. 다만 가지고 있는 것이라곤 기껏 손바닥만 한 오래된 벼루가 있을 뿐입니다. 세상에 전하는 말로는 소동파가 직접 만든 것이라고 하는데 원장元章[33]의 관지款識가 음각으로 새겨져 있습니다. 또 원풍元豊 (1078~1085) 연간에 구리로 만든 푸르고 모난 술잔이 있을 뿐입니다."

라고 한다. 내가 한번 구경하자고 했더니 지정은,

"그거야 어렵지 않습니다만, 지금은 객지에 있는 몸이라 지니고 오질 못했습니다."

라고 한다. 내가,

"듣자 하니, 강남 지방에서 나오는 서화나 골동품 중에는 솜씨 좋은 장인들이 만든 모조품이 많다고 하던데요?"

라고 물으니 지정은,

"그렇습니다. 저희 집에 있는 골동품 두 개도 창문閶門[34]에서 함부로 만든 물건이 아니라고 어찌 보증할 수 있겠습니까? 저의 감식 능력이 본시 얕아서 바보 천치의 수준을 면치 못하고 있습

33 원장은 송나라 서예가인 미불의 자이다.

34 창문은 소주시蘇州市 성 서에 있는 성문 이름인데, 특히 이곳에서 가짜 골동을 많이 만들었다고 한다.

니다."

라고 한다. 내가 이어서,

　　"활불이 진짜 그런 행실을 했습니

까?"

라고 물으니, 지정이 묻는다.

　　"무슨 행실 말인가요?"

내가 양楊이라는 글자를 써 보이니 지정

은 손을 내저으며,

라마승

　　"아닙니다. 그는 정말 신통하고 성스러운 사람입니다."

라고 말하고는 이어서 내게,

　　"삼가 다시는 추사시를 찾아가지 마시기 바랍니다."

라고 부탁을 하는데, 그는 추사시를 위험하고 망령된 사람이라고

생각하는 것 같다.

　　나는 주의를 받아들이겠다고 하고서 그에게 또 물었다.

　　"이른바 라마喇嘛란 무슨 종족인가요? 모두 몽고의 별도의

부족입니까?"

　　"아닙니다. 서번의 말로 큰 덕을 가진 승려를 뜻합니다. 그러

므로 이른바 라마라는 사람들은 모두 승려입니다. 지금 몽고 사

람이 승려가 되면 모두 라마의 복장을 입으며, 북경의 옹화궁雍和

宮에 거처하는 중들을 모두 라마라고 일컫습니다. 만주족이나 한

족 중에도 라마교에 몸을 맡겨서 중이 된 사람이 많은데, 입고 먹

는 것이 여유 있고 풍족하기 때문입니다.

　　대략 원나라, 명나라 때에 간혹 서번의 법왕이 직접 공물을

가지고 중국에 사신으로 왔는데, 그때 데리고 온 아랫사람 숫자

가 삼사천 명이 넘었습니다. 이들이 국경에 들어오면 항상 많은

티베트 라싸 소재의 포탈라궁

이익을 얻게 되므로 더러 변방에 머물며 돌아가지 않았습니다. 명나라 홍무洪武(1368~1398) 초년에는 서번의 왕을 공경하고 중히 여겨 그 은총을 내림이 비할 데가 없었으며, 영락永樂(1403)에서 무종武宗 초년(1506)에 이르기까지 더욱 대우가 성대하여 북경의 여러 절에 머물게 하고 극진히 대접했습니다.

금년 봄에는 황금궁전을 창건하고 활불을 맞이하여 그곳에 거처하게 하였습니다. 그러나 옛날 원나라, 전 왕조 명나라 시절에 비한다면 그에게 대접하는 물품이 훨씬 못할 겁니다. 서번의 여러 법왕이 거처하는 궁전은 황금기와를 덮고 백옥계단을 만들고, 창틀이나 난간은 모두 침향목沈香木, 강진목降眞木, 오목烏木[35] 같은 고급 목재를 써서 만들었으며, 수정이나 유리로 창문을 내고, 벽은 모두 화제火齊[36]와 슬슬瑟瑟[37] 같은 옥돌로 장식을 했답니다. 지금 여기 활불이 거처하는 황금궁전은 그들이 본토에 만든 포탈라布達拉 궁전에 비한다면 그야말로 흙으로 계단을 만들

35 오목은 흑단黑檀의 속 부분.

36 화제는 운모의 한 종류로 가볍고 자줏빛이 난다.
37 슬슬은 구슬의 한 종류로 푸른빛이 돌고 투명하다.

고 띠풀로 지붕을 이은 꼴입니다.

활불은 여기에 오래 머물고 싶지 않아 돌아가게 해 달라고 고집을 부리고 있으나, 황제께서 명년에 오대산에 유람을 갈 때 친히 산서山西까지 전송해 주겠다고 이미 날짜까지 정해 놓았다고 합니다. 그는 음률을 잘 이해하고, 팔풍八風[38]을 점치며, 전 세계 나라의 말을 한다고 합니다."

"전 세계 나라의 말을 할 줄 안다면 무엇 때문에 이중으로 통역을 합니까?"

"비록 음성을 이해한다고는 하지만 어떻게 그 자리에서 능히 뜻을 통할 수가 있겠습니까? 또 그가 올 때에 숲 속에서 향내를 맡다가 신령스러운 나무 하나를 뽑아서 분재로 만들어 가지고 왔습니다."

"신령스러운 나무라니요?"

"그 나무의 이름은 천자만년수天子萬年樹라고 합니다. 엇갈린 가지와 펼쳐진 가지가 모두 천자만년天子萬年이란 글자 모양을 이루고 있답니다. 『장자』에서 말한 8천 년을 봄으로 삼고 8천 년을 가을로 삼는다는 나무로, 어떤 사람들은 이 나무를 명령冥靈[39]이라고 말합니다."

"지금 집 안에 있는 매화나무 같은 것도 부드러운 가지를 억지로 묶고 당겨서 옆으로 비스듬히 눕힌 특이한 모양의 가지를 만드는데, 이것이야 사람이 인위적으로 교묘하게 만든 것이지 어찌 자연적으로 만들어진 것이겠습니까?"

"그런 게 아닙니다. 나뭇잎의 결이 모두 천자만년이라는 글자를 이루고 있습니다."

라고 말하고는, 그 잎의 모양을 이렇게 그려서 보여

38 팔풍은 불교에서 말하는 사람의 여덟 가지 심리 상태인 애哀, 이利, 훼毁, 예譽, 칭稱, 기譏, 고苦, 낙樂을 말한다.

39 명령은 『장자』에 나오는 나무로, 초나라 남쪽에 있는 이 나무는 500년을 봄으로, 500년을 가을로 삼는다고 한다.

준다.

내가 그에게,

"그대는 그 나무를 보신 적이 있습니까?"

라고 물으니 지정은,

"아직 모습은 보지 못하고 단지 이름만 들었습니다. 요임금의 뜰에 돋았던 명협蓂莢[40]과 초나라에 있었다던 신령한 나무인 명령冥靈처럼, 사해에 향기가 퍼져 나가면 만국이 모두 안녕하게 된답니다. 사시장철 꽃이 피는데, 꽃잎이 12개랍니다. 꽃받침이 처음으로 터지는 것으로 초하루인 것을 알고, 달이 차면서 매일 꽃잎이 하나씩 피어서 완전하게 다 피면 보름이라는 것을 알며, 달이 어두워져 이지러지기 시작하면 매일 꽃잎이 하나씩 오그라들어서 꽃 꼭지가 떨어지면 그믐이라는 것을 안답니다. 그 때문에 명수蓂樹라고도 하고, 영수靈樹라고도 한답니다.

언제인가 활불이 황제와 마주 앉아서 차를 마시다가 갑자기 남쪽을 향해 찻물을 뿌렸답니다. 황제가 깜짝 놀라서 물으니, 성스러운 활불은 공손히 대답하기를, '이제 보니 700리 밖에 큰불이 일어나 수많은 집을 태우고 있는데, 비를 보내서 겨우 불을 끌 수 있었습니다'라고 말했답니다. 다음 날 담당 부서의 신하가 번갈아 황제에게 '정양문 밖 유리창에서 불이 나 망루까지 번졌는데 불길이 너무 세고 넓어서 사람의 힘으로는 끌 수가 없었습니다. 그때는 바야흐로 정오 무렵이고 하늘에는 구름 한 점 없이 맑았는데, 갑자기 사나운 빗줄기가 동북 방향에서 불어와 즉시 불을 껐습니다'라고 아뢰었습니다. 찻물을 뿌려 비를 보낸 시각이 바로 불이 났을 때라고 합니다."

라고 하기에 내가,

40 전설상의 상서로운 풀로, 초하루부터 보름까지 하루에 한 잎씩 났다가, 열엿새부터 그믐까지 한 잎씩 떨어진다고 한다.

명협

"제가 북경에 도착하기 전에 이미 길에서 이런 이야기를 여러 번 들었습니다. 이는 과거 한나라 때에도 난파樊巴[41]라는 사람이 술을 뿌려 고향 성도成都의 불을 끈 예가 있으니, 어찌 기이한 일이라고 하겠습니까. 그런데 북경에서 여기까지는 400여 리인데 어째서 활불은 700리라고 했습니까?"

라고 물으니 지정은,

"그렇습니다. 그것이 바로 활불의 신통력을 족히 보여주는 증거이지요. 대저 북경에서 여기 장성 밖의 열하까지는 700리입니다. 인조仁祖(강희 황제)께서 항상 열하에 와서 머무시는데, 황족인 친왕親王이나 각부의 대신들이 모두 산을 넘고 물을 건너서 여기까지 오기를 꺼려하였으므로, 황제가 특별히 역참의 거리를 줄여서 400여 리로 만들었습니다. 그리하여 항상 말을 달려서는 일을 보고할 수 있게 했습니다. 이는 성군은 편안한 시절에도 위태함을 잊지 않는다는 뜻이랍니다."

라고 한다.

내가 지정과 이야기를 할 때는 매양 성스러운 천자의 명성과 교화가 동쪽으로 퍼지고, 성스러운 천자의 문화와 교육이 사방에까지 이른다는 내용을 칭송했다. 이 때문에 지정은 함께 이야기하기를 즐거워하였고, 추생은 함부로 말하기도 하고 일부러 장황하고 헷갈리게 해서 나를 어리둥절하게 만들었다.

하루는 대궐 아래에서 혼자 걸어서 숙소로 돌아오다가 우연히 어떤 술집 누각에 올랐다. 누각 위에는 한 사람이 한참 밥을 먹고 있다가 나를 보고는 젓가락을 내려놓고, 마치 오래된 친구를 만난 것처럼 의자에서 내려와 웃으며 맞이했다. 내 손을 잡고는 자기 의자에 앉으라고 권하면서 자기는 다른 의자를 끌어다가 마주 앉았다. 서로 성명을 써서 보였는데, 이름을 보니 바로 파로회회도破老回回圖라는 사람이다. 자가 부재孚齋이고, 호는 화정華亭이며, 벼슬은 강관講官이었다. 만주인이려니 생각하고 물었더니 몽고인이란다.

그가 종이를 잡고 빠르게 써 내려가는 것을 보니 필법이 정갈하고 민첩했다. 내가 그에게 물었다.

"그대는 박명博明[42]이란 분을 아십니까?"

"제 아우나 다름없습니다."

"반정균이란 사람도 아시나요?"

"일찍이 무영전武英殿[43]에서 한 번 만났습니다."

라고 답한다.

42 박명(1726~1774)은 청나라 만주족 출신의 학자이다. 성은 박이제길특博爾濟吉特이고 원래 이름은 귀명貴明이다. 자는 희철希哲, 호는 서재西齋이다.
43 무영전은 북경 고궁에 있는 궁전 이름으로, 「황도기략」편에 설명이 나온다.

박명의 글씨

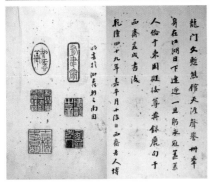

박명은 박학다식하고 글씨를 잘 쓰는 사람으로, 나는 수십 년 이래로 그의 필적을 많이 보아 왔고 그 역시 같은 몽고인이었기 때문에 물었던 것이다. 또한 그의 벼슬이 강관이라고 하기에 반정균의 소식을 물어서 그의 집이 어디에 있는지 알고 싶었던 것인데, 아마도 반정균과는 친하지 않은 것 같다.

내가 그에게 물었다.

"이 세상에는 유불도 삼교가 있으니, 귀국에서는 어떤 종교를 가장 숭상하는지요?"

"중국처럼 큰 나라에 어찌 삼교만 있겠습니까. 자신의 도를 행한다면 모두 종교라 일컬을 수 있겠지요."

"귀국 몽고의 사정을 물은 것이지, 중국을 두고 말한 것이 아 닙니다."

"저는 중국에서 태어나고 자라서 북쪽 사막에 대해서는 알지 못합니다. 그러나 몽고 역시 중국의 끝에 있는 나라이니 의당 유 교가 성하겠지요. 귀국은 무릇 몇 개의 종교가 있습니까?"

"단지 유교만이 있을 뿐입니다."

"사람 사는 것이 어디 유교 아닌 게 있겠습니까? 그러나 유교 라고만 말한다면 이미 구류九流[44]의 대열로 밀려나게 됩니다. 우 리 유가의 광대하고 끝이 없는 도를 가지고 도리어 유불도 삼교 가운데에서 스스로를 협소하게 만드는 꼴이고, 유儒라는 한 글자 만 가지고서 전체를 아우르려고 하니 이것이 이단을 더욱더 조장 하는 까닭입니다."

라고 한다.

때마침 회족 사람 몇이 와서 술을 마시기에 내가 부재에게,

"저들도 서번의 부락 사람들입니까?"

하고 물으니,

"아닙니다. 회족입니다. 곧 당나라 때에는 회흘回紇[45]이라고 불렀는데, 당나라에 공이 있기도 했지만 중국의 큰 우환이 되기 도 했습니다. 회골回鶻이라고도 하는데, 오대 시절에는 서쪽으로 돌궐突厥을 침범하여 드디어 한나라 서역의 옛 땅을 차지해 이른 바 청진교淸眞敎(회교, 즉 이슬람교)를 유행시키고 있으니, 이것 역 시 이단 중의 한 종교입니다.

하늘과 땅 사이에는 단지 우리 유가의 도인 오도吾道만이 있 을 뿐입니다. 우리 도의 한 끝부분을 얻은 자들이 스스로 하나의 종교라고 하고 있으니, 우리 유가의 도를 배운 사람들은 바로 나

44 구류는 중국 한나라 때 분류된 제자백가의 아홉 유 파, 즉 유가·도가·음양가· 법가·명가·묵가·종횡가·잡 가·농가 등 9개의 학파를 말 한다.

45 회흘은 위구르족. 회골回 鶻, 외오아畏吾兒, 유오이維 吾爾라고도 한다.

의 도, 즉 오도吾道일 뿐이라고 말해야지, 유교라고 불러서는 옳지 않습니다."

라고 하기에 나는,

"그렇지 않습니다. 자기를 일컬어 오吾, 즉 '나'라고 하니, 오吾는 저것과 상대해서 사용하는 말입니다. 나를 가지고 남과 상대하는 것은 이미 남과 내가 함께 존재한다는 것을 인정하는 말입니다. 그런데도 나의 도라고만 말하는 것이 옳다고 주장한다면 자기 스스로도 작아질 뿐만 아니라, 남과 자기 사이에서 이기적이게 되어 공평하지 못하게 됩니다. 도란 천지 사이에 지극히 공정한 이치이거늘, 어찌 내가 가지고 있는 하나의 물건을 움켜쥐고선 남들이 와서 엿보는 것을 허용하지 않을 수 있겠습니까? 제 생각에는 오도吾道라는 두 글자 역시 허심탄회하거나 아주 공정한 호칭은 아닌 것 같습니다.

유儒라는 글자로 전체를 아우를 수 없다는 말씀은 잘 알아듣겠습니다만, 유교의 교教라는 글자는 중용에서 말한, '도를 닦는 것을 일러 교教라고 한다'라고 하는 의미가 아니겠습니까? 그러므로 문교文教, 성교聲教,[46] 명교名教[47] 등은 모두 성인의 교화를 뜻하는 말입니다.

이쪽에서 교라고 말한다면 저쪽에서도 교라고 말할 터인데, 이단과 함께 교라는 글자를 섞어서 사용하는 걸 부끄럽게 여긴다면, 장차 교라는 글자 자체가 없어지고 말 것입니다. 지금 우리가 '나의 도'(吾道)라고 말한다면 저들도 장차 자기의 교를 가지고 '나의 도'라고 말할 터인데, 그렇다고 발끈해서 우리의 도인 오도吾道라는 이름까지 싸잡아 없애야겠습니까?"

라고 말하니 부재가,

46 성교는 통치자의 명성과 위엄으로 백성을 교화하는 것을 말한다.
47 명교는 명분에 맞는 가르침이다.

"그런 말이 아닙니다. 세속의 선비들은 이단이 우리 도의 한 부분임을 모르고 시끌벅적 그들을 공격만 해대니, 저들도 처음부터 머리를 꼿꼿이 쳐들고 우리 도와 맞먹으려고 버티게 됩니다. 양주楊朱, 묵적, 노자, 장자에서 하는 말들은 모두 오도吾道에 있습니다. 심지어 불교의 인과응보와 같은 학설도 오도에선 대단히 배척하는 말이긴 하지만, 사실은 오도에서 그 이야기를 먼저 했답니다."

라고 하기에 내가,

"인과응보설은 윤회설이 아닙니까?"

하고 물으니,

"아닙니다. 인과설이란 단지 이 일이 원인이 되어 결과적으로 저 일이 나타난다는 말입니다. 농사짓는 것에 비유하자면, 씨를 뿌리는 것은 원인이 되고 거기에서 싹이 생기는 것은 결과가 되며, 김을 매는 것은 원인이 되고 수확을 하는 것은 결과가 되는 것과 같습니다. 나무를 심는 것 역시 그러해서, 꽃이 피는 것은 원인이고 열매를 맺는 것은 결과가 됩니다.

예컨대 『서경』에, '좋은 길을 따라가면 길吉하고, 어긋나는 길을 좇으면 흉凶하다'[48]라는 말은 바로 오도吾道의 인과설에 해당합니다. 좋은 길이나 나쁜 길로 간다고 하는 행위는 원인이 되고, 길하고 흉하다는 것은 나타난 결과입니다. 그 결과가 길하고 흉하다고 표현하는 것만으론 부족하다고 해서, 『서경』에는 그 말의 바로 뒤에 이어서, '그 결과가 그림자와 메아리와 같다'라고 말함으로써 좋은 길과 나쁜 길 중에서 어떤 길을 좇느냐에 따라 거기에 부응하는 결과가 그처럼 빠르게 나타남을 강조하였습니다.

『주역』에서도 '선을 쌓은 집안에는 경사가 반드시 남음이 있

48 『서경』 「대우모」大禹謨 편에 나오는 말이다.

고, 악을 쌓은 집안에는 재앙이 반드시 남음이 있다'[49]고 했으니,
이 역시 오도吾道의 인과응보설입니다. 그 결과를 경사나 재앙이
라고 말하는 것만으론 부족하다고 생각해, '반드시 남음이 있다'
라고 강조해서 말했습니다. 그럼 여기 반드시 남음이 있다는 것
을 목격한 사람은 누구이겠습니까?

불교를 믿는 사람들이 처음에 인과설을 말한 것은 뜻이 높고
분명했습니다. 그러나 그들은 오도吾道에 인과뿐 아니라 보응하
는 자취가 있음을 살펴보고는 자기들도 윤회의 학설을 만들어 보
충했습니다. 실로 오도에서 안타깝게 여기는 부분입니다.

『서경』의 '착한 일을 하면 백 가지 상서로움이 내릴 것이고,
착하지 못한 일을 하면 백 가지 재앙이 내릴 것이다'[50]라는 말도
오도에서 말하는 인과설이라고 할 수 있겠는데, 다만 그것을 내
려 주는 사람이 누구란 말입니까?

서양 사람들은 마음을 바르게 하여 품행을 닦는 이른바 거경
居敬을 아주 독실하게 하고, 불교를 공격하는 데 더욱 힘을 쏟고
있지만, 그러나 천당과 지옥의 이야기를 만들었습니다. 그들은

오도吾道에 일심으로 '하늘에 계신 분을 마주 대하고 따른다'[51]라
는 말이 있음을 보고는 자기들도 '강림하신다', '굽어보신다', '살
피신다', '들으신다'라는 말을 만들어선 주재하는 하늘이 분명히
있다고 하며, 재앙과 상서로움을 한결같이 내린다는 내릴 강降자
를 가지고 스스로를 기만하고 있습니다.

대체로 불가에서도 원래 윤회설이 없었는데 중국 사람들이
불경을 한문으로 번역할 때에 말과 문장이 달라서 이를 표현하기
어렵게 되자, 이에 뜻이 통하도록 응보설과 윤회설이란 말을 만
들어 인과설과 아울러 묶은 것입니다. 후대에 참선의 경지에 들

어 심신이 기쁘게 된 승려들은 인과설을 이야기하는 것을 부끄러
워해서 드디어 이를 불교의 찌꺼기라고 여기게 되었습니다. 이런
것들은 살펴보지 않을 수 없습니다."
라고 말한다. 내가,

"지금 법왕이 남의 몸을 빌려서 태어나는 방법은 윤회설의
증거가 아닙니까?"
라고 물으니 부재는,

"아닙니다. 남의 몸을 빌려서 태어난다 함은 윤회가 아닙니
다. 소위 윤회설이란, 예를 들어 여기 사나운 짐승이 있는데 홀연
히 부처님의 성품을 품게 되면 후생에 가서 좋은 응보를 받아 반
드시 착한 사람으로 태어나는 것이요, 지금 중생 중에 짐승 같은
행실을 하는 자가 있다면 다음 생에는 악한 응보를 받아서 마땅
히 짐승으로 태어난다는 것입니다. 비유하는 설명에 불과하지만
거칠고 수준이 얕기 짝이 없습니다. 『시경』에서, '효자는 다하여
없어지지 않으리라. 너 같은 효자를 길이길이 태어나게 하리라'[52]
라고 말했듯이, 윤회에 대한 증거는 본래 이와 같아야 합니다.

법왕이 남의 몸을 빌려서 태어난다 함은 바로 봄체 자체를 완
전히 바꾸어 환골탈태하는 것으로, 마치 때 묻고 해진 지금의 의
복을 다른 옷으로 다시 갈아입는 것과 같습니다."
라고 답한다. 내가,

"이런 이치가 정말 있는 겁니까?"
라고 물으니 부재는,

"활불이 주문을 외우며 조화를 부리는 술법은 흡사 도가의
도사가 하는 것과 같은데, 기실 선가에서는 마선魔禪이라고 일컬
을 뿐입니다. 대체로 이런 일들은 있다고도 할 수 없고, 없다고도

52 『시경』 대아大雅 「생민
지십」生民之什 '기취'旣醉편
에 나오는 말이다.

紫閣元勳

아계 장군

53 아계(1717~1797)는 아
극돈阿克敦의 아들로 여러
차례 무공을 세우고 태학사
에 올랐다. 자는 광정廣廷,
호는 운암雲巖이다.

할 수 없는데, 자신이 승려가 되어 보지 않고서
야 어찌 능히 그 진위를 알 수 있겠습니까?

옛날 운남雲南에서 휴가를 받았을 때 언젠
가 이 문제를 지금 태학사太學士이신 아계阿桂[53]
장군에게 물어보았습니다. 제가 보기에 서장西
藏 땅에 들어간 사람은 지혜가 부족하여 이런 일
을 알 수 없을 터이지만, 장군께서는 명철한 분
이시니 이 일은 궁극적으로 어떻게 된 것입니
까? 그랬더니 그는 이렇게 대답을 했습니다.

'이런 일이 실제 있었는지, 아니면 없었는
지는 꼭 물어볼 필요도 없네. 만약 우리 집에 대
단히 총명한 아이가 태어났다고 치세. 네다섯
살 때부터 세속적인 일을 털끝 하나도 알지 못
하게 하고, 날마다 노숙한 스승과 명망 높은 유학자를 자리에서
떠나지 못하게 하여 오직 성현의 말씀을 그의 심성에 주입시키
며, 자라서는 의식에 대한 걱정이 없게 하여 금이니 옥이니 비단
이니 하는 인간이 가지고 싶어 하는 물건을 눈 앞에 시나치게 하
더라도 마음에 담아 두지 않게 하고, 그를 신명처럼 공경하여 매
일 오직 도를 향하는 것만 알게 한다면 어찌 성현이 되지 않을 수
있겠는가? 마찬가지로, 이런 아이를 아주 어렸을 때부터 오직 나
이 먹은 승려가 맡아 키우며 매일 설법을 하여 공덕을 알게 하고,
공덕을 짓고 부처를 극진하게 공경하도록 감독하여 어려서부터
성장하기까지 그 마음에 속세의 법을 얽히게 하지 않는다면 또한
어찌 부처가 되지 않을 수 있겠는가?'라고 말했습니다."

저녁에 윤형산을 방문하여, 법왕이 다른 사람의 몸을 빌려서 태어난다는 투태탈사投胎奪舍의 방법과 윤회설이 어떻게 다른지를 물어보았다. 형산은,

"그것은 몸 자체를 바꾸는 것과 같습니다. 다만 몸뚱이는 바람과 비, 추위와 더위에 영향을 받아서 삭게 되고, 머리카락은 학처럼 하얗게 되고 피부는 닭살처럼 주름이 잡혀서 늙는 것을 막을 수가 없습니다. 그리하여 육신은 죽어서 흙과 물, 바람과 불로 돌아가 절로 자연에 흩어집니다. 오직 밝고 빛나는 정신과 지혜는 본래부터 젊고 늙고 하는 것이 없어서, 마치 장작이 다 타고 나면 다른 장작에 불이 옮겨 붙는 것과 같지요.

비유하자면 천 리를 가는 사람이 자신의 집을 지고 갈 수는 없는 것과 같습니다. 반드시 숙박하는 집을 교대로 들게 되는데, 제아무리 천하에 정이 있는 사람이라도 자신이 묵었던 여관집이 그립다고 해서 그 집에 계속 머물 수는 없답니다. 불이 나무에 붙어서 일어나 불과 나무가 서로 사랑하듯 잠시 붙어 있다가 인연이 다하면 불은 다른 나무로 옮겨 붙지만, 불이 나무의 재를 못 잊어 연연해하지는 않습니다. 법왕이 남의 몸을 빌려서 태어난다는 것은 단지 이와 같습니다.

윤회설은 곧 불가에서 지나치게 형식적으로 만든 법조문과 같은 것입니다. 옛날 한나라 문제文帝의 황후였던 두태후竇太后[54]는 그 자신이 노자 사상에 빠져서, 유학을 진흥시키자고 말한 조관趙綰과 왕장王臧[55]을 꾸짖어 결국 자살하게 만들었습니다. 그리고 『노자』라는 책은 집안 사람들의 평범한 말이 적힌 책에 불과하다고 말한 원고생轅固生[56]에게 화를 내면서 '어찌 사공司空 벼슬을 하는 사람이 형벌을 적어 놓은 법률 서적처럼 딱딱한 유가의

54 두태후는 문제의 황후이고, 경제景帝의 모후로서 황제黃帝와 노자의 학술을 좋아했다.
55 조관과 왕장은 모두 서한의 유학자로 유술을 숭상했으며, 한무제에게 등용되어 어사대부에 올랐다.
56 원고생은 서한 때의 유학자로, 특히 『시경』에 밝았는데 경제景帝에게 발탁되었다. 학자가 곡학아세曲學阿世해서는 안 된다는 유명한 말을 남겼다. 원고생과 두태후의 논쟁은 『사기』「유림열전」에 수록되어 있다.

57 도교에서는 유가의 책을
율령과 같은 법률 서적이라
고 여겨서, 이를 성단서城旦
書라고 하였다. 우리나라에
서는 태조의 이름인 단旦을
피해서 성조서城朝書라고
고쳐 사용했다.
58 오복, 오형은 『서경』에
나오는 말로, 천자가 정한 제
도의 하나이다. 오복은 천자,
제후, 경, 대부, 사 등의 다섯
계급, 혹은 천자의 수도에서
부터 500리마다 끊어서 후
候, 전旬, 수綏, 요要, 황荒 등
의 다섯 복服으로 나눈 지역
을 말한다. 오형은 얼굴에 문
신하는 것, 코 베는 것, 발뒤
꿈치 자르는 것, 거세하는
것, 죽이는 것 등 다섯 가지
형벌을 말한다.

책을 내세우리오?'[57]라고 말한 것도, 따지고 보면 유가의 말을 법
조문이 적힌 법률서로 인식했기 때문이지요.

저들이 말하는 윤회설이란 것도 당시 왕들이 법전을 제정하
는 것과 같습니다. 오복五服 오형五刑[58]을 모두 헌법의 조문에 갖
추어 놓고, 상벌을 내리는 것을 각각 조문에 따라 살펴서 법으로
비추어 볼 수 있게 했습니다만, 윤회설은 사람의 공이나 죄가 드
러나기도 전에 사실은 법률 조문부터 먼저 만들어 놓은 것과 같
은 겁니다.

불교를 믿는 자들은 공이나 죄에 대한 세상의 평가가 부당하
고, 그에 따른 상벌 역시 믿을 수 없다고 여깁니다. 그래서 살아
있으면서 직접 경험하고 눈으로 볼 수 있는 이야기를 하면 사람
들이 소홀히 보거나 쉽게 여길 것이라고 생각하여, 저 어둡고 캄
캄하며 예측할 수 없는 사후세계로 이야기를 옮겨, 듣지도 보지
도 못하는 상태에서 권장할 것을 따르고 경계할 것을 피하도록
한 것입니다. 바로 이것이 옛사람이 말한 소위 '몰래 임금의 권세
를 조종한다'라는 것입니다.

비록 그렇긴 하시만 우리 유가에서는 그들을 오로시 공격하
여 원수나 적을 대하듯 할 필요까지는 없습니다. 성인께서 도를
밝히고 가르침을 베푼 것 또한 이와 같은 내용이 있을 것입니다.
거기다가 천지는 너무나도 크고 풍속도 각기 다르며, 사물도 바
른 것과 바르지 않은 것이 있어 이치도 그에 따라서 다릅니다. 마
치 물이 그릇의 둥글고 모난 형태에 따라서 모양이 달라지는 것
과 같습니다.

이 우주의 고금에 윤회가 없다고도 할 수 없으며, 남의 몸을
빌려서 태어나는 것이 없다고도 할 수 없습니다. 또 생식을 하여

신선이 된 사람이 없다고도 할 수 없으며, 장생불사한 사람이 없다고도 할 수 없습니다. 한참 생각해 보고도 이런 이치는 절대 없다고 말한다면 이는 헷갈린 견해이고, 반대로 이런 이치가 모두 있다고 말하는 것 역시 잘못된 견해입니다. 이런 이치는 가끔씩 있을 수 있는데, 가끔씩 있을 수 있는 일을 가지고 모든 이치에 통한다고 하며 천하를 바꾸려고 한다면, 이는 더더욱 잘못된 생각입니다."

라고 하기에 나는,

"진秦, 한漢 이래로 천하를 다스린 사상은 모두 이단의 사상이었습니다. 진나라는 법가의 사상으로 오히려 천하를 합병하였고, 한나라는 노장사상으로 천하를 부유하게 했습니다. 성인께서 이단이 유가의 인의의 사상을 가로막는 것을 비록 염려하기는 했으나, 만약 지금 법왕이 남의 몸을 빌려서 태어나는 그런 신비한 술법으로 천하 국가를 다스리게 한다면 도리어 우리 유가의 도에 의지하여, 인의예악 사이에서 활동하며, 백성과 사물의 올바른 법칙 안에서 행하고 설 수 있을 것입니다. 그러나 요컨대 요堯·순舜의 도에는 함께 들어갈 수는 없습니다."[59]

라고 반문하였다.

형산은 한참 동안 눈을 감고 입으로는 마치 염불을 하듯 중얼중얼 하더니 한참 만에 눈을 뜨고 미소를 지으며,

"선생의 말씀이 아주 옳습니다. 이단과 오도吾道와의 관계를 따져 보면 비록 바르고 바르지 못한 차이라든지, 또는 순수하고 잡스런 구별은 있지만, 이익을 일으키고 어짊을 행하며, 잔인한 것을 제거하고 살육을 없애려 하는 마음 씀씀이는 처음부터 같지 않은 게 없습니다."

59 여기 연암이 말한 내용은 초고본에는 상당히 다르게 되어 있다. 누가 이렇게 개작했는지는 알 수 없다. 참고로 초고본의 내용을 그대로 소개한다. "그러나 성인께서 비록 이단이 인의를 막을까봐 근심을 하셨지만, 그러나 이단으로 하여금 천하를 다스리게 하였더라면 장차 오도吾道에 의지하여 인의와 충신의 사이에 주선하고 백성과 사물의 올바른 법칙 안에 행하고 설 수 있을 겁니다. 요컨대 함께 요순의 도에 들어갈 수는 없습니다. 3대 이후에 천하를 다스린 사람으로서 겉으로 왕도의 학문을 하고 속으로 성인의 학문을 한 자를 듣지 못하였습니다. 진나라는 형명의 학문으로 천하를 겸병하고, 한나라는 황노 사상으로 자기들의 도를 소강 상태에 이르게 했습니다. 하필이면 법왕의 투태탈사投胎奪舍를 한 뒤라야 이를 이단이라고 말하겠습니까?"

라고 답한다. 내가,

　"법왕의 술법을 무슨 도라고 부릅니까?"

라고 물으니 형산은,

　"이른바 황교黃敎라는 것입니다."

라고 한다. 내가,

　"황교라면 바로 황제와 노자의 도를 말합니까? 아니면 연금
술이나 신선이 되는 술법을 말합니까?"

라고 물으니 형산은,

　"천지 사이에는 별의별 세계가 있고 별의별 인종이 다 있습
니다. 황교의 도는 이름 없는 것을 귀하게 여기고, 맑고 진실되며
편안하고 즐겁게 지냄을 그들은 삶이라 하며, 때에 순종하여 자연
으로 돌아가는 것을 그들은 죽음이라고 합니다. 살아 있다고 해서
특별한 즐거움이 있는 것도 아니고, 죽는다고 특별히 슬퍼하지도
않습니다. 번갈아 남의 몸을 빌려서 환생하여, 억만 겁을 지나도
없어지지 않고, 임금이나 벼슬아치 되는 것도 즐기지 않습니다.

　지각이 있는 상태에서도 잠을 자는 듯하고, 잠을 자도 마치
깨어 있는 듯, 뭐가 뭔지 애매모호하고 혼돈한 상태에 있는 것 같
으며, 하늘의 말 없음을 본받고, 전쟁이나 살육을 좋아하지 않는
답니다. 이 세계를 꿈이나 환상으로 여기며, 사물을 요망한 것으
로 보고, 언어를 사악하고 간사한 것으로 간주합니다. 태어나고
살아 있는 것 자체를 허망한 것으로 여기며, 사랑하고 그리워하
는 것을 장애로 생각합니다. 교종도 아니고 선종도 아니며, 생각
함도 없고 고뇌도 없으니, 이야말로 천지 사이에 아주 특별한 세
계요, 하나의 별종의 학문이며, 세속을 초탈한 옛 초인이나 신기
한 인물들의 도이며, 고집스러운 자기 견해도 없고 남을 위한 공

리功利도 없는 그런 학문입니다.

　『장자』에서 자휴子休[60]가 말한 '정신을 하나로 집중시키면 백성이 병들지 않고, 농사가 풍년이 된다'라는 것이나, '요임금이 막고야산藐姑射山과 분수汾水를 구경하다가 우두커니 스스로 천하를 잃은 것같이 하였다'라는 것이 곧 이와 같은 도이겠지요.

　비단 서번의 여러 나라만 모두 황교에 복종할 뿐 아니라, 몽고의 여러 부족도 모두 숭상하고 믿고 있습니다. 지금 조정의 정치 교화가 위로는 요순 시대의 태평성대를 능가하여 황제의 명성과 위엄이 미치는 곳은 모두 순종하고 편안하며, 변방 밖의 소란스러움도 항상 맑고 고요해졌으니, 원나라 명나라 때부터 이미 그러했습니다. 아마도 이는 싸우고 죽이고 침략하고 도적질하는 것을 서번의 풍속에서 꺼린 탓일 겁니다. 그렇다면 황교라는 것이 도리어 중국의 성스러운 교화에 만분의 일이라도 보탬이 된다고 할 수 있겠지요."

라고 말한다.

　때마침 형산에게 다른 일이 있는 것 같기에 나는 즉시 일어났다. 몸을 돌려서 기려천(여천은 기풍액의 자이고, 만주인이다. 본래는 우리나라 사람으로, 조선에서의 성씨는 황黃이다.―원주)의 숙소로 갔더니 여천은 내게 사천四川의 어사인 단례端禮가 지은 7언 절구 50수를 꺼내어 보여준다. 황제가 공작 깃털을 하사한 것에 대해 읊은 시이다. 공작 깃털은 무관으로서 4품 이상의 지위가 되어야 모자의 꼭대기에 달 수 있는 것이지만, 문관도 황제가 하사하면 달 수 있기 때문에 영광으로 여겼다. 시는 섬세하고 교묘하며 아름다워서 뛰어난 기예가 만당晚唐과 원나라 때의 시풍을 가지고 있다.

60 『장자』「소요유」逍遙遊 편에는 자휴가 연숙連叔이라는 인물로 나온다.

공작 깃을 단 붉은 모자

여천이 내게 시를 비평해 달라 부탁했으나, 나는 굳이 사양하였다. 그래도 내게 비평을 해 달라고 간절하게 청하는데, 나의 재주와 식견을 떠보려고 그러는 것이었다. 나 또한 서툰 재주를 내보이고 싶지 않았기 때문에 끝내 사양했다. 여천은 즉시 그 시에서 평측平仄이 틀린 곳을 찾아 점을 찍고 다시 착착 접어서 탁자 위에 올려놓는다. 그러고는 윤형산이 지은 율시 한 편을 꺼내서 보여주고는 함련頷聯인 제3, 4구의 대구로 사용한 '연모'燕毛와 '웅장'熊掌 부분에 붓을 가져다 대고 보여준다. 내가,

"이것은 사륙문四六文의 문체에 쓰기 합당하지, 한시의 댓구로는 옳지 않은 것 같은데요."[61]

라고 했더니 여천은 미소를 지으며,

"개똥 같구면. 이 사람이 하는 정치도 이 시처럼 흐리멍덩하겠지요."

라고 하기에 내가,

"어찌 그리 경박하시오?"

라고 하니, 여천은 즉시 개똥이란 두 글자를 찢어서 입에 넣고 씹는다. 내가 크게 웃으며,

"점잖은 어른을 못살게 놀려대더니, 그 벌로 아주 개똥을 스스로 자시게 되었구려."

라고 하니 여천도 크게 웃는다. 잠시 뒤에 윤형산이 들어와 앉아서 셋이 마주하며 이야기를 하다가 형산이 곧 일어나 나가므로 서로 쳐다보며 웃었다.

하루는 여천이 명륜당 뜰을 산보하는데, 웬 사람이 세숫대야를 들고 그 뒤를 따라갔다. 여천은 서서 세수를 하고 수건으로 얼

61 연암이 말한 이 비평적 발언은 초고본 계열에만 있다.

굴을 닦은 다음에 다시 가다가 나를 보고 멀리서 "박공" 하고 불렀다. 내가 즉시 나아가니 여천은,

"잠시 전에 황제가 하사한, 누런 비단으로 봉했다는 것을 조금 맛이나 봅시다."

라고 한다. 나는 즉시 숙소로 돌아와서 호리병을 기울여 살펴보니 겨우 한 잔 정도 남아 있었다. 내가 직접 잔을 쥐고 가져갔더니 여천은 웃으며,

"이건 여지 즙이랍니다. 여지는 나무에서 딴 지 하루만 되면 즉시 향이나 색이 변하여 만에 하나라도 성하질 못합니다. 때문에 꿀에다 재어 두지만 그래도 열에 아홉은 색과 맛이 변한답니다. 처음 나무에서 막 땄을 때의 그 맛이란 입이 열 개고 손이 열 개라도 다 표현할 수가 없습니다. 저도 북경에 도착해서 황제에게 하사받은 적이 한두 번이 아니었고, 어제도 하사를 받았습니다."

라고 말하고는, 잔 하나를 꺼내어 소주 대여섯 잔과 남은 여지 즙을 섞어서 내게 마시라고 권한다.

내가 한 잔을 마셔 보니 맑은 향기가 입에 그득하게 퍼지며, 달고 시원하기가 비할 데가 없다. 잔을 돌려 여천에게도 마시라고 권했더니, 여천은 머리를 저으며 굳이 사양한다. 내가 괴이하게 여겨 물었더니 그는,

"저는 이미 불교의 계율을 좇아서, 술을 끊은 지 오래되었답니다. '날마다 여지 300개를 먹으니, 이제 영남嶺南[62] 사람이 다 되었구나'(日食荔枝三百顆 不防常做嶺南人)라고 한 것은 소동파가 지은 시지요"[63]라고 하더니 또 말하기를,

"제가 지금 귀주貴州 안찰사로 있다 보니 항상 여지를 먹습니

62 영남은 중국 오령五嶺의 남쪽 지방으로, 곧 광동과 광서 지방을 가리킨다.
63 「여지를 먹다」(食荔枝)라는 시의 둘째 수 끝 부분이다. 본래의 시에는 "日啖荔枝三百顆 不防長作嶺南人"이라고 되어 있다.

다. 영남이란 곳은 옛날엔 귀양 가는 지방이었답니다."
라고 한다.

어느 날 밤, 달이 하도 밝아 여천과 함께 축대 위를 거닐었는데, 밤도 깊고 이슬도 차지자 여천이 자기 방으로 가자고 청한다. 그가 내게,

"그저께 조선의 사신께서는 무슨 까닭으로 활불을 흔쾌히 만나보려고 하지 않았는지요?"
라고 묻기에 내가,

"어제 사신께서는 황제의 조서를 받고 만나러 갔습니다."
라고 하니 여천은,

"지난번에 사신이 말에서 내려 길 가운데 앉아 기꺼이 가지 않으려다 황제의 조서가 내려서 그만두었다고 하던데, 무엇 때문에 질질 시간을 끌었답니까?"
라고 묻는다. 그 말로 보아 자못 무슨 관련이 있어 실정을 후벼파고 염탐하려고 하기 때문에 즉시 대답을 하지는 않았다. 여천이,

"조선 사신의 축하 반열을 높여 준 것에 대해 소문이 자자합니다."
라고 하기에 나는,

"도중에 말에서 내린 것은 기꺼이 가지 않으려 한 까닭이 아니랍니다. 통관이 군기대신이 응당 올 터이니 기다렸다 함께 가는 것이 옳다고 말했기 때문입니다. 그래서 궁성 밖의 나무 그늘 아래에서 말을 내려 더위를 피하며 군기대신이 오기를 기다리고 있었던 것입니다. 그런데 잠시 뒤에 황제의 조서가 내렸기 때문에 중도에 그만 작파하고 되돌아온 것이지, 고의로 시간을 끈 것은 아닙니다."[64]

64 앞의 일기에 의하면 8월 10일에는 활불을 만나려다 중도에 그만두고 돌아왔고, 8월 11일에 활불을 만나라는 황제의 명이 다시 내려와 결국 활불을 만났다. 기려천이 여지즙에 술을 섞어서 준 날짜는 13일이었다.

라고 말하였다. 여천은,

　　"조선 사신은 거의 규탄을 받을 뻔했고, 참여했던 예부의 여러 대인大人들은 그 때문에 마음이 두근거리고 끙끙 앓아서 식사도 폐했답니다. 어제 황제의 은혜로운 조서를 다시 받들게 되었으니, 이는 세상에 드문 성대한 은전입니다. 고려는 응당 사대하는 정성을 더욱 굳건히 하고, 두 사신은 그 은총을 서로 치하해야 할 것입니다. 잠시 전에 묘당에서 덕보德保 대인을 만났더니 기쁨을 이기지 못하고 있더이다."

라고 하기에 놀라고 괴이하여 나도 모르게 천천히 대답하기를,

　　"우리나라가 대국에 대해서 한집안처럼 섬기고 있으며, 지금 나와 그대는 내국인이다, 외국인이다 하는 구별도 이미 없습니다만, 그러나 법왕에 대해서는 좀 다릅니다. 그는 서번 사람이고 보니, 사신이 감히 어떻게 지망지망 상면할 수 있겠습니까? 이는 신하된 사람으로서 함부로 외교를 하지 않는다는 그런 뜻이옵니다. 그러나 황제의 조서를 몇 차례 받들고 나서야 사신 또한 어찌 감히 만나보지 않을 수 있겠습니까?"

라고 하니 여천은,

　　"지당한 말씀입니다. 그런데 어제 사신은 저 활불에게 절을 한 것인가요? 아니면 황제의 조서에 절을 한 것인가요?"

라고 묻는다. 사실 사신은 활불에게 절을 한 적이 없는데, 그가 캐묻는 말이 심각한 문제로 변했기 때문에 절을 하지 않았다고 감히 분명하게 말할 수가 없어 붓을 잡고 주저주저하였다. 그러자 여천이 먼저,

　　"황제의 조서를 받들고 가셨으니 응당 성은에 절을 한 거겠지요."

하고는 또다시,

"존형尊兄께서도 활불에게 절을 하셨나요?"

라고 묻기에 나는,

"단지 멀리서 바라보았을 뿐입니다."

라고 했더니 여천은 '멀리서 바라보았다'는 글자를 가리키면서,

"멀리서 바라보았다, 이건 이미 활불에게 아첨을 한 거네요. 존형께서는 황제의 조서를 받은 것도 아닌데, 어째서 허겁지겁 버선발로 뛰어가셨나요?"

라고 하는데 나도 모르게 부끄러워 얼굴이 붉어졌다. 그래서 사과하며,

"관광에 너무 정신이 팔려 그것까진 생각하지 못했소이다."

라고 했더니 여천은 또 크게 웃으면서,

"그렇군요. 점잖은 어른에게 진선진미盡善盡美하라고 너무 몰아세웠으니, 그 죄를 부디 용서하시기 바랍니다."

라고 한다. 내가,

"나는 기왕에 만 리 길을 관광차 나섰으니, 그렇게라도 하지 않았다면 어떻게 여기 황금궁전과 옥계단을 볼 수 있었겠습니까?"

라고 하니 여천은,

"물론입니다."

라고 말하고는 이어서,

"저의 전신도 본래는 중이었습니다. 그 뒤로 한 번도……."

라고 하는데, '한 번도' 밑으로 뭐라고 쓴 수십 자는 먹물이 마른 붓으로 급히 써 내려가서 말이 분명치 않다. 마침 내가 촛불에 나아가 담배에 불을 붙이느라고 자세히 보지 못했다가 다시 자세히 보려고 하니, 그가 이미 촛불을 댕겨서 필담 종이를 태워 아궁이

에 던져 넣었다. 그러고는,

　　"저는 본래 머리를 기른 중이었습니다."

라고 한다. 내가,

　　"공은 전에 활불을 배알한 적이 있습니까?"

라고 물으니 여천은,

　　"황족인 친왕親王이나 액부額駙(부마) 및 몽고왕이 아니면 활불을 만날 수 없습니다."

라고 한다. 또,

　　"저는 이미 선비의 옷을 입고 선비의 모자를 쓴 사람으로 평생 흙으로 빚은 옛 불상에게도 절을 한 적이 없는데, 어찌 육신이 살아 있는 가짜 부처에게 절을 할 수 있겠습니까?"

라고 한다.

　　나는 '머리를 기른' 또는 '선비의 옷과 모자'라는 글자를 들여다보다가 나도 모르게 웃음을 터뜨렸다. 그래서 그 글자에 커다란 동그라미를 검게 쳤는데, 여천은 나의 의도를 이해하지 못하는 것 같더니, 크게 웃고 나서 즉시 태워서 아궁이에 던진다. 내가 그에게,

　　"공은 스스로 유가의 선비라고 하면서도 말끝마다 비구라느니, 머리를 기른 중이라느니 하는 까닭은 무엇입니까? 남에게는 부처에게 아첨했다고 책망하더니, 내가 이제 보니 공이야말로 가짜 부처의 제자라고 말할 수 있으니 힘써 불교를 배워야 하겠습니다."

라고 하니, 여천은 크게 웃으며 '가짜 부처의 제자'라는 글자에 크게 검은 동그라미를 치고는 말한다.

　　"만약 존형께서 재물이 많다면 나는 반드시 존형을 단골 손

님으로 삼았을 겁니다."

"무슨 말이오?

"빚을 잘 갚으니 하는 말이외다."

그가 또 말한다.

"당나라의 창려昌黎 한유韓愈는 젊어서는 불교를 그렇게 배척하더니, 만년에는 결국 선학禪學을 즐거워하였지요."

내가 그의 말을 듣고 보니 분명 어떤 뜻이 있는 것 같았기 때문에 물었다.

"양명陽明 왕수인王守仁[65]의 학문은 비록 편벽되긴 했으나 진실로 한창려처럼 왔다갔다 헷갈리지는 않았지요?"

라고 하니 여천은,

"신건백新建伯(왕양명의 봉호)의 명분과 이론은 자못 뛰어나서, 그의 불교에 대한 배척론은 깊이 뼛속까지 스며들기는 합니다만, 사람의 마음과 눈을 통쾌하게 만들기로는 한창려의 씩씩하고 맹렬한 문장만 못하지요."

라고 하고는 또,

"진령秦嶺에 구름 비꼈는데 고향집 어드메뇨

남관藍關에 눈이 쌓여 말은 전진하지 못하네.[66]

雲橫秦嶺家何在 雪擁藍關馬不前

라고 시를 읊을 때는 불교를 배척한 것을 이미 후회했을 것입니다."

라고 한다. 내가 그에게,

"지금 세상에 문장이 뛰어난 인물로 그 두 사람과 비교할 만한 분이 있습니까?"

라고 물으니 여천은 대답은 하지 않고 멋대로 붓으로 장난을 치며,

"없다고 하면 있고, 있다고 하면 없습니다."(空則是色, 色則是空)

라고 하기에 나도,

"나라고 생각하면 너고, 너라고 생각하면 나입니다."(我則是爾, 爾則是我)

라고 응수했더니, 여천은 앞으로 나와서 내 손을 한참 잡고는 스스로 자기 가슴을 가리키다 또 내 가슴을 가리킨다. 그러고는,

"그 활불이란 중의 생김새가 어떻던가요?"

라고 묻는다. 내가,

"실로 석가여래의 상을 닮았습디다."

라고 답하니 여천은,

"응당 살이 쪘겠지."

하고는 탐욕스럽다는 탐貪자를 크게 쓰면서,

"구하지 않는 게 없고 긁어모으지 않는 게 없답니다."

라고 하기에 내가,

"출가한 승려 같지도 않던데 뭐 그리 계율을 지키겠습니까?"

라고 물으니 여천은,

"즐겨 먹지 않는 게 없답니다. 말, 소, 낙타, 양, 개, 돼지, 거위, 오리 등 모두 먹어치운답니다. 당나귀를 통째로 먹기 때문에 살이 찐다고 합니다."

라고 하기에 내가,

"여색도 탐하는지요?"

라고 물으니,

반선 6세의 황금상

"그것 하나만은 범하지 않는다고 합니다."

라고 한다. 활불의 술법이 신통한지 물었더니,

"천만에요. 아무것도 없답니다. 죽림칠현으로 이름난 진晉나라 완적阮籍의 후신後身이 글씨 잘 쓰는 당나라 태사太師 안진경顏眞卿이 되었고, 안진경의 후신이 청렴한 법관으로 유명한 송나라 염라閻羅 포청천包靑天이 되었고, 포청천의 후신이 송나라 충신 악비岳飛가 되었다느니 말하니, 이따위 말들은 간사하고 천한 놈들이 만들어 낸 것입니다."

라고 한다.

학지정이 말한 오색 거울에 대해서 물었더니 여천은,

"정말 그런 거울을 가지고 있다고 합디다. 이는 옥돌의 일종인 화제火齊로 만든 거울입니다."

라고 한다. 천자만년수라는 나무에 대해서 물었더니,

"그런 얘기는 들어보지 못했습니다. 어떻게 생겼다고 하던가요?"

라고 하기에 나는 학지정에게 들은 내용을 대략 설명하며,

"과연 그런 나무가 있다면 정말 신령스러운 나무입니다."

라고 했더니 여천은 그게 웃으며,

"존형께서는 도대체 어디에서 그따위 요망한 나무 이야기를 들으셨소이까?"

하고 다시,

"저 활불들은 스스로 자기의 학문을 말하며 임종 때에 자신의 학문을 하나의 구절로 압축하여 전한다고는 이야기합디다."

라고 한다. 닭이 울 무렵이 되고서야 자리를 파했다.

내가 북경으로 다시 돌아와 많은 사대부들과 교유했으나, 그러나 여천만큼 불교를 철저하게 배척하는 사람을 보지 못했다.

하루는 내가 방문 앞에 서 있는데, 그가 거울을 가지고 자신을 비추어 보다가는 내 쪽으로 와서 내 얼굴을 비춘다. 또 내가 차고 있던 주머니를 장난으로 더듬으며, 속에 든 구슬로 꿴 목걸이를 만지작거리면서,

"이건 선비가 응당 가지고 있을 물건이 아닌데요."

하고 웃기에 내가,

"이것은 갓끈입니다."

라고 했더니 여천은,

"모름지기 살펴보아야 믿을 수가 있지요."

라고 하기에, 내가 즉시 주머니에서 꺼내어 보여주었

갓끈(상)과 조주(하)

더니 그제야 여천은 크게 웃는다. 아마도 처음에는 중이 사용하는 염주를 내가 가지고 있다고 생각한 모양이다. 나는 벽에 걸려 있는 조주朝珠를 가리키며,

"저건 뭐하는 물건입니까?"

라고 물으니 여천은,

"이것은 나라에서 신분을 나타내는 물품으로, 반드시 가지고 있어야 하는 것이외다. 대개 조정의 관복을 입으면 목에 염주를 걸어야 하기 때문에 이를 조주라 부르는데, 비싼 건 값이 천 냥이나 만 냥 하는 것도 있답니다. 각로閣老[67]를 지냈던 우민중于敏中[68]은 자가 내재耐齋인데, 금년 봄에 죽었습니다. 7월에 그의 가산을 몰수하여 관할 관청에서 이를 팔아 처분하였는데, 그의 조주 네 개의 값이 은자 3만 7천 냥이었습니다. 값이 너무 비싸 아무도 감히 사려는 사람이 없었다고 합니다."

라고 말했다.

67 각로는 황제의 칙문을 작성하는 벼슬이다.
68 우민중(1714~1779)의 자는 숙자叔子 혹은 중당重棠이다. 여천이 그의 자를 내재라고 한 것은 착오인 듯하다. 호가 내포耐圃이다.

연암은 말한다.

천하에는 별의별 종족과 부락이 많다. 내가 열하에 이르고 보니 왕이랍시고 모여든 자들을 많이 보았다. 몽고 사대부로서 중국에서 태어나고 자란 자들은 문장이나 학문이 만주족이나 한족과 대등했으나, 용모는 우뚝하고 건장하여 자못 닮지 않았다. 하물며 그들 48개 부족의 추장임에랴.

추장들은 각기 왕의 호칭을 가지고 있었다. 예컨대 흉노족들에게 붙은 좌현왕左賢王이나 곡려왕谷蠡王처럼 서로 신하로 예속되지도 않고 세력이 나뉘어 대적하고 있어서 감히 누구도 먼저 준동하지 못하니, 이것이 바로 중국이 아무 탈 없이 느긋하게 지낼 수 있는 까닭이었다.

편경(경쇠)

내가 활불의 거처인 찰십륜포扎什倫布에서 두 사람의 몽고 왕을 보았고, 피서산장避暑山莊의 문 밖에서도 두 사람을 보았다. 그중 늙은 왕은 나이가 81세였고, 허리가 경쇠처럼 구부정하게 휘었으며 피골皮骨은 시커멓게 썩었으나, 얼굴은 당나귀처럼 길고 신장은 거의 열 척이나 되었다. 젊은 왕은 괴강魁罡[69]이나 〈종규도〉

69 괴강은 재앙을 끼치는 별의 이름.

鍾馗圖[70]에 나오는 귀신의 모습이었다.

70 〈종규도〉는 당나라 현종이 꿈에 본 귀신을 화가 오도자에게 시켜 그린 그림.

　서번 사람들은 더욱 흉악해 보여서, 사납고 추악하여 마치 괴이한 짐승이나 기이한 귀신처럼 생겼다. 정말 겁이 덜컥 나는구나. 회족 사람들은 옛날의 회골 부족으로 더더욱 사납고 포악해 보였으며, 중국 서남쪽 소수민족의 수령인 토사土司는 서번이나 회골 사람과 비교하면 웅건하기가 대동소이하다.

　악라사鄂羅斯(러시아)는 흑룡강 연안에 있는 부족이다. 집에 가만히 있을 때에는 반드시 개 한 마리를 끌어안고 있는데, 개들은 크기가 모두 당나귀만 하다. 개의 목걸이에는 10여 개의 방울을 달고, 턱밑에는 여러 가지 끈으로 장식을 해서 수레를 끌게 한다. 개의 크기가 이러할진대, 하물며 사람은 어떠할까? 다닐 때는 반드시 개를 끌고 다니고, 곁눈질을 하며 피리를 분다. 이들의 모자와 옷은 신분에 따라 모양이 다르기 때문에 쉽게 분간할 수 있다.

〈종규도〉 작자 미상

　만주족의 종족이 많이 불어났다고는 하지만 아직 중국 사람의 반은 될 수 없다. 그들이 중국 땅에 들어온 지 벌써 100여 년이 되어 중국의 지리 조건에서 태어나고 자라며, 중국의 풍속과 기질에서 길러지고 습관이 들어 한족과 다름없이 말쑥하고 우아해져서 저절로 유순하고 약해졌다.

　지금 중국 천하의 형세를 살펴보건대, 그들이 가장 두려워하는 대상은 항상 몽고에 있지, 다른 오랑캐에 있지 않음은 무슨 까닭인가?

강하고 사납기로만 친다면 서번이나 회족만 한 종족도 없겠지만, 그들의 문화 문물이나 국가의 법률 제도 등은 도저히 중국과 겨룰 만한 것이 없다. 다만 몽고의 땅덩어리는 중국과 100리도 안 되게 붙어 있고, 가깝게는 흉노와 돌궐로부터 멀리는 거란에 이르기까지 모두 큰 나라들의 영향 아래 있기 때문이다.

한나라 때 위율衛律[71]과 중항열中行說[72] 같은 사람들은 한나라를 배신하고 도망가서 숨는 소굴로 삼았으며, 하물며 몽고의 법률 제도나 문물이 아직 옛 원나라가 남긴 풍속을 그대로 가지고 있음에랴. 게다가 전사와 말이 군세고 건장하며 몽고 특유의 풍속까지 겸하고 있으니, 중국 천하의 기강이 한번 느슨하게 풀려서 숨 한 번 들이마시고 내쉴 짧은 시간이라도 위급해지면, 몽고 마흔여덟 부족의 왕들이 어찌 변방에서 팔짱만 끼고 있거나 토끼나 여우를 쫓아다니며 활시위만 당기고 있겠는가?

내가 본 추장들은 이미 그와 같았고, 나와 함께 담론을 했던 부재孚齋와 앙루仰漏 같은 인물은 모두 문학에 뛰어난 선비였다. 옛날 오호五胡 시대 전한前漢을 세운 유연劉淵이란 흉노가 변방 장성 안에 거처할 때 유주幽州와 기주冀州 지방의 명사들이 그에게 가서 추종하였다. 유연의 아들인 유총劉聰은 경전과 역사서를 두루 섭렵하였으며, 약관의 나이에 수도 낙양에 가서 유학을 하니, 중국의 명사들 중 그와 교유하지 않은 사람이 없을 정도였다.

아하! 중국 천하가 한번 요동을 쳐서 민초들이 바람처럼 움직이고 들고 일어난다면, 유연이나 유총 같은 무리가 그 안에 섞여 있지 않으리라고 어찌 장담하겠는가? 내가 본 적이 있는 사람은 다만 몇몇일 뿐이니, 하물며 내가 만나 보지 않은 사람은 도대체 몇 명인지 알 수도 없음에랴.

71 위율은 한나라 무제 때 흉노에 투항한 인물로, 흉노의 왕인 선우單于가 그를 왕으로 봉했다.
72 중항열은 한나라 문제 때 태감太監 벼슬을 지내다가, 흉노에게 투항한 인물이다.

    지금 열하의 지세를 살펴보니 열하는 천하의 두뇌에 해당하는 지역이다. 황제가 북으로 열하에 연이어 가는 것은 다른 특별한 이유가 없다. 두뇌를 깔고 앉아서 몽고의 숨통을 조이려는 것일 뿐이다. 그렇게 하지 않았다면 몽고가 이미 매일같이 출몰하여 요동을 흔들어 놓았을 것이다. 요동 지방이 한번 흔들리면 중국 천하의 왼쪽 팔뚝이 잘려 나가는 것이다. 천하의 왼쪽 팔뚝이 잘려 나가면 중국의 오른쪽 팔뚝인 청해성清海省 지방만 가지고는 움직일 수 없을 것이다. 그렇게 되면 내가 본 서번의 여러 오랑캐들이 슬슬 나오기 시작해서 감숙성과 섬서성 지방을 엿볼 것이다.

    우리나라는 다행히 바다 모퉁이에 치우쳐 있어서 중국 천하의 일과 무관하다. 그리고 나는 지금 머리가 희끗희끗한 나이인지라 앞날에 벌어질 일을 미처 보지 못할 것은 당연하지만, 앞으로 30년이 지나지 않아서 천하의 근심거리를 근심할 줄 아는 사람이 있다면 내가 금일 하는 말을 의당 다시 생각하게 될 것이다. 때문에 내가 본 오랑캐와 여러 종족을 여기 기록해 둔다.

중존仲存 이재성李在誠[73]의 논평

73 이재성(1751~1809)은 연암의 처남이다. 자는 중존, 호는 지계芝溪이다. 참봉을 지냈으며, 저서로 『지계집』 7책이 있다고 한다.

연암이 「심세편」審勢篇에서 말한 다섯 가지 망령됨과, 여기 「황교문답」黃教問答에서 말한 여섯 가지 불가능함은 모두 『예기』 「곡례」曲禮에서 말한 3천 가지 금지하는 예법에 있는 내용이라고 할 수는 없지만, 그러나 예법을 아는 사람이라면 절로 그런 일을 저지르지 않을 것이다. 비단 남의 나라에 들어가는 사람만 그럴 것이 아니라, 집에서 사람 한 명을 대접하거나 물건 하나를 접할 때에도 모두 그렇지 않음이 없을 것이다.

이는 이른바 "말이 진실하거나 미덥지 않고, 행실이 독실하거나 공경스럽지 못한 사람이라면 비록 자기 고을에서라도 다닐 수 있겠는가"[74]라는 말이 이런 것이다. 이를 이해하지 못하는 사람들은 연암이 세상 사람들에게 행세하는 비결이나 가르쳤다고 생각하겠지만, 나의 생각으로는 무릇 모든 사람이 마음을 다스리고 자기를 바로잡는 방법은 본래 이렇게 해야 마땅할 것이다.

74 『논어』 「위령공」衛靈公 편에 나오는 말이다.

또 말한다. 일개 반선班禪이지만, 처음 듣고 처음 보는 것이어서, 귀신스럽고 괴상망측함은 말하더라도 능히 그 형상을 가늠할 수 없고, 보았더라도 능히 그 형색을 헤아릴 수 없을 것이다. 연암이 함께 이야기한 사람들의 발언은 같은 날짜, 같은 자리에서 한 것도 아니고, 모두 각각 들었거나 전해지는 이야기를 듣고 이를 근거로 말한 것이어서, 활불에 대한 이야기의 깊고 얕음과 상세하고 소략함이 이처럼 다르다.

대저 그들이 하는 말들은 모두 놀랍고 이상하여, 활불을 칭찬하는 것 같기도 하고 조롱하는 것 같기도 하며, 괴상하고 기이하

반선과 황제의 만남을 다룬 연극

며 속임수 같고 거짓말 같아서 다 믿을 수 없다. 그래서 끌어 붙여서 이를 기록하고, 잡된 내용을 모아서 서술하여 문득 「황교문답」 한 편을 완성한 것이다.

　신령스럽고 환상적이며, 거대하고 화려하며, 밝고도 섬세하여 아주 특이하고 이색적인 글이 되었다. 이른바 활불의 술법이나 내력을 갈고리로 후벼 파내고 더듬어서 찾아낼 수 있을 뿐 아니라, 연암이 만나서 이야기한 사람들의 성격이나 학식 및 용모와 말버릇까지 모두 펄펄 살아서 뛸 듯 환하게 드러난다.

반선의 내력

—

반선시말
班禪始末

◉ — **반선시말**

반선은 라마교의 지도자로, 소위 살아있는 부처로 통하는 인물이다. 이 편에서는 라마교와 활불의 역사적 내력을 설명했다. 아울러 중국에서 라마교를 어떻게 대접했고 어떤 경로로 오늘에까지 이르렀는가를 서술했다. 라마교의 역사와 유래에 관해 비교적 정통한 인물들이 연암에게 해 준 말들을 거의 가감 없이 정리했다. 객관적이고 정확한 사실을 담아내기 위해서 한 사람의 이야기에만 의존하지 않고 여러 명의 상이한 이야기를 수록한 것이 특징이다.

본편에서도 연암은 중국인들이 반선 자체를 화제로 꺼내는 것을 경계하고 두려워하는 현상을 기록하여 민심의 향배를 짐작할 수 있게 하였고, 발문 형식의 글에서는 황제가 황금전각을 지어서 활불을 대접하는 행위가 통치자에게 어떤 의미를 가지는지 예리하게 비판했다.

반선의 내력
「반선시말」班禪始末

1 서번은 西藩, 西蕃이라
표기하기도 하며, 중국 고대
서역 일대와 서부 변경 지방
을 범칭하여 부른다.
오사장이란 서장西藏(티베
트) 지방을 원나라, 명나라
시절에 일컬었던 말이다.
2 황중은 감수 지방으로
흐르는 서녕하西寧河의 좌
우 지역.
3 액이덕니는 진보珍寶라
는 뜻의 몽고어이다.
4 팔사파(1235~1280)는
『원사』元史 열전 「석노」釋老
에는 파극사파帕克斯巴로
표기되어 있다. 이외에도 발
사팔發思八, 발사발拔思發,
팔합사파八合思巴라고도 표
기한다. 팔사파는 신동이라
는 의미이고, 본명은 나고라
사감장羅古羅思監藏이다.

반선班禪(판첸) 액이덕니額爾德尼는 서번西番 오사장烏斯藏의 대보법왕大寶法王이다.[1] 서번은 사천四川과 운남雲南의 국경 밖에 있으며, 오사장은 더욱 멀어 청해성靑海省 밖에 있다. 당나라 때 토번吐蕃의 옛 땅을 지나 황중湟中[2]에서 5천여 리 떨어진 곳이다.

혹자는 "반선은 곧 장리불藏理佛인데, 소위 삼장三藏이란 곳이 바로 그 땅이다"라고 말한다. 반선 액이덕니는 서번의 말로, 밝고 신령하며 지혜로운 법승이란 뜻이다.[3] 그는 스스로 자신의 전신이 팔사파八思巴[4]라고 말하는데, 그의 말 중에는 황당무계하고 불경스러운 것이 많다. 그러나 도술에 식견이 높고 사리가 밝아 때때로 맞아떨어지는 효험이 있다고 한다.

팔사파라는 사람의 탄생은 대략 이러하다. 토파土波[5] 지방의 한 여자가 새벽에 물을 길러 나갔다가 물에 떠 있는 한 자 정도의 헝겊을 보고 그것을 건져서 배에 찼는데, 오랜 뒤에 헝겊이 점점

변하여 기름 덩어리로 응고되어 특이한 향기
가 났다. 이를 먹어 보니 맛이 달더니, 드디어
남녀의 교합한 느낌이 있다가 팔사파를 낳았
다. 팔사파는 태어나자마자 신령스럽고 성스
러웠다.

구리로 된 팔사파 상

원나라 세조世祖(1215~1294, 쿠빌라이忽必
烈)가 북쪽 사막 지방에 있을 때, 팔사파가 어
리지만 능히『능가경』楞伽經 등 불경 만 권을
외운다는 이야기를 듣고는 사신을 보내 그를
맞이해 오게 하였다. 그는 지혜가 원만하고 밝
으며, 온몸에는 향기가 그득하고, 걸음걸이는
하늘의 신과 합치하며, 목소리는 음률에 맞았다. 황제는 마치 석
가여래를 본 듯 크게 기뻐하였다. 당시 세조의 막하에는 요추姚
樞,[6] 사천택史天澤[7] 등과 같은 어진 신하들이 있었지만, 모두 자신
들은 그에게 미칠 수 없다고 하였다.

팔사파는 음률과 소리에 밝아서 몽고의 새로운 문자(파스파
문자)를 만들어 천하에 반포하였다. 황제는 그에게 대보법왕이라
는 호를 하사하였는데, 이는 부처를 높이는 호칭일 뿐 실제 토지
를 소유한 왕의 작위는 아니었다. 대개 법왕法王이란 호칭은 여기
에서 시작되었다. 팔사파가 죽자, 황제는 '황천지하 일인지상 선
문대성 지덕진지 대원제사'皇天之下 一人之上 宣文大聖 至德眞智 大
元帝師[8]라는 호를 내렸다.

뒷날 비단우산으로 팔사파를 맞이하여 악귀를 진압하는 놀
이인 청산염마請繖厭魔의 유희가 생겼다. 병졸 수만 명을 동원하
여 모두 비단바지와 수놓은 도포를 입게 하고, 수레와 말의 깃발

5 토파는 토번吐蕃과 같은
발음이며, 티베트Tibet를 한
자로 음역한 것이다.
6 요추(1201~1278)는 원
나라 초기의 정치인이자 교
육자로, 자는 공무公茂 호는
설재雪齋이다.
7 사천택(1202~1275)은
원나라 초기의 문인이고 명
장으로, 자는 윤보潤甫이다.
8 굳이 뜻을 풀이하자면,
넓은 하늘 아래에서 황제 한
사람의 위에 있으며 공자처
럼 문文을 펼친 위대한 성인
이고 지극한 덕과 참된 지혜
의 소유자로 원나라 황제의
스승이라는 말이다.『원사』
에 의하면 실제 하사된 호는
'皇天之下 一人之上 宣文輔
治大聖 至德普覺眞智 佑國如
意大 大寶法王 西天佛子 大元
帝師'이다.『원사』元史 권202
「석로」釋老 참조.

원나라 세조와 팔사파의 만남
티베트 찰십륜포사 벽화

과 덮개는 모두 황금과 진주, 비단, 보옥으로 장식하고는 황성을 에워싸고 네 개의 성문을 지나가게 했다. 다시 서번과 중국의 소규모 군악으로 비단우산을 맞이하여 궁궐에 들어가게 하는데, 이를 일러 팔사파교八思巴敎라 하였다.

그러나 이미 팔사파의 본래 종교의 교지와는 크게 어그러져서, 괴이한 것들이 어지럽게 섞이고 귀신의 도가 잡되게 뒤섞였다. 황제와 황후, 왕비와 공주들이 모두 채식荼食을 하고, 비단우산을 맞이하여 땅에 무릎을 꿇고 손을 들어 절을 하며, 억조창생과 함께 복을 빈다. 이른바 타사가아打斯哥兒[9] 놀이이다. 팔사파를 만나 유람하는 놀이[10]를 하는 날에는 가산을 기울이고 탕진하여 만 리 밖에서 구경하러 오는 자들까지 있었다. 원나라가 망할 때까지 해마다 그렇게 하였으니, 그들이 팔사파교를 숭상하고 받드는 것이 이와 같았다.

팔사파와 동시대에 담파澹巴[11]라는 인물이 있었고, 후에는 가린진珈璘眞이라는 인물이 있었는데, 모두 서번의 승려로 비밀스

9 타사가아는 『원사』元史에 '다사격이호사'多斯格爾好事 혹은 '도극갈이호사'都克噶爾好事라고 표기되어 있다. 원나라 순제順帝가 만든 축제의 하나로 팔사파를 기념하기 위해 흰 우산을 맞이하여 황성을 유람하는 의식이다.
10 『원사』에 의하면 이 놀이를 유황성遊皇城이라고 한다.
11 膽巴 혹은 단파丹巴라고 표기하기도 한다.

러운 술법을 잘하였다. 그러나 팔사파교와는 다른 것으로, 능히 타인의 은밀한 마음을 꿰뚫어 보고 황제의 심중을 알아 맞혔기 때문에 황제들은 모두 그를 스승으로 삼았다. 그러나 당시에도 남의 몸을 빌려서 환생한다는 투태탈사投胎奪舍의 이야기는 아직 생기지 않았다.

홍무洪武(1368~1398) 초년에 명나라는 서번의 여러 나라에 널리 포고령을 내렸다. 그러자 오사장에서 먼저 사신을 파견하여 중국에 조공을 보냈다. 그 국왕 난파가장복蘭巴珈藏卜[12]이란 자는 승려였는데, 오히려 스스로 자기를 황제의 스승인 제사帝師라는 용어로 일컬었다. 이때에 서번의 여러 제사와 대보법왕은 이미 나라를 소유한 국왕의 호칭이 되었으니, 마치 한나라, 당나라 시대에 중국 주변의 오랑캐들이 자신의 국왕을 일러 선우單于나 가한可汗이라고 불렀던 칭호와 같은 것이었다.

황제는 제사라는 호칭을 모두 국사國師라는 이름으로 바꾸고, 그들에게 옥으로 된 인장을 하사했다. 황제 자신이, 인장을 만들 옥의 문양을 살피고, 아름다운 옥으로 만들어 쓰게 하였다. 인장에는 '출천행지'出天行地(하늘이 낳고 땅에서 실행한다), '선문대성'宣文大聖(법문을 펴는 위대한 성인) 등의 호칭을 새겼으나, 역사를 쓰는 사관들이 이런 사실을 생략해 버렸다. 하사한 인장은 천자의 옥새와 같이 쌍룡을 새긴 손잡이 꼭지와 묶는 끈이 있었다.

그 뒤에도 서번의 여러 나라들은 법왕이니 제사니 하는 호칭을 사용하면서 계속 중국에 사신을 파견하여, 천자의 뜰에까지 그 명성과 호칭이 이르게 된 나라들이 무려 수십 개나 되

12 『명사』 열전 「오사장대보법왕」편에는 난전파장포蘭戩巴藏布라고 표기되어 있다.

옥으로 된 인장 명나라 성조成祖가 하사한 인장

었다. 그리하여 황제는 모두 다 국사로 칭호를 바꾸어 봉하고, 더러는 대국사大國師라는 호칭을 덧보태어 그들을 총애하고 남다르게 대우했다.

명나라 성조成祖(재위 1403~1424, 연호는 영락永樂) 때(1406)에는 부마를 파견하여 서번의 승려인 탑립마噠立麻[13]를 맞이했는데, 임금이 타는 수레와 의장대를 하사하여 참람僭濫되게도 마치 천자의 행렬과 맞먹게 하였다. 연회를 베풀고, 그에게 하사한 금은보화, 돈, 비단은 이루 다 셀 수조차 없었다. 고제高帝와 고후高后[14]를 위하여 재궁齋宮을 지어 복을 빌었는데, 그리하여 채색의 구름과 감로수가 생기는 상서로움과, 길조를 상징하는 동물과 화초 들이 나타났다. 성조는 크게 기뻐하여 탑립마[15]를 '온갖 선행이 시방세계에 갖추어지고, 뛰어남이 석가여래와 같은 대보법왕'이라는 뜻의 '만행구족시방 최승등여래 대보법왕'萬行具足十方 最勝等如來 大寶法王이라는 칭호를 봉해 주고, 금으로 짜고 구슬을 단 가사를 하사하였다. 그리고 그를 따르는 무리 모두를 대국사로 봉했다.

탑립마의 비밀스러운 주문과 신비한 신통력은 요술과 같아서, 작은 귀신을 잠깐 사이에 만 리 밖으로 심부름을 보내 제철에 나지 않는 얻기 어려운 물건들을 능히 가져오게 하는데, 그 현란한 변화와 요망한 괴이함은 사람의 생각으로는 도저히 헤아릴 수조차 없었다.

당시 서장에는 대보법왕 이외에도 대승법왕大乘法王, 대자법왕大慈法王 등의 호칭을 얻은 자도 있었고, 또 천교闡教, 천화闡化 등의 다섯 교왕敎王이 있었다.[16] 다섯 교왕은 조공을 바치는 사신들을 서녕西寧[17]과 조황洮湟[18] 지방에 쉴 새 없이 보내서, 중국 역시 일찍부터 그 번거로움과 비용을 괴로워할 정도였다.

13 『명사』明史에는 합리마哈里瑪(1384~1415)라고 표기되어 있다. 영락 4년 1406년에 부마 목흔沐昕을 보내어 맞이해 오게 하였다. 그의 본명은 각패상파却貝桑波이고, 1407년 영락 황제의 부름을 받아 남경에 도착했다. 남경 영곡사靈谷寺에 건물을 지어 태조의 명복을 빌었다.

14 고제는 성조의 아버지 명 태조 주원장朱元璋이고, 고후는 어머니 효자孝慈 황후이다.

15 『명사』에는 법왕 갈이마噶爾瑪라고 표기되어 있다.

16 명나라 영락제가 티베트 불교 지도자에게 부여한 봉호에는 천교왕, 천화왕, 찬선왕贊善王, 호교왕護敎王, 보교왕輔敎王 등 다섯 교왕이 있었다. 이들에 대한 구체적 사실은 『명사』 열전에 수록되어 있다.

17 서녕은 중국 청해성青海省에 있는 지명이다.

18 조황은 중국 감숙성甘肅省 서남쪽에 있는 지명이다.

그러나 실상은 그들을 넉넉하게 예우함으로써 어리석게 만들고, 널리 봉호를 하사하여 그들이 중국에 스스로 조공을 바치고 조회를 오게 만듦으로써 그들의 세력을 은밀히 분산시키려는 속셈이었다. 서번 사람들은 이를 깨닫지 못하고, 그들 역시 중국에서 내리는 하사품을 탐내어 중국에 조공을 바치는 것을 유리하다고 생각했다.[19]

정덕正德(명나라 무종武宗의 연호, 1506) 연간에는 궁중의 관리를 보내어 오사장의 활불活佛을 맞이해서 궁중 내탕고內帑庫의 황금을 모두 사용하여 대접했다. 황제와 황후, 왕비와 공주들이 다투어 노리개와 머리꽂이, 패물을 꺼내어 그를 맞이하는 깃발과 일산을 만들었는데, 그 비용이 셀 수 없을 만큼 엄청나게 많았다. 활불은 10년을 있다가 돌아가려고 했는데, 그 기한이 다가오자 피하여 몸을 숨겼기에 볼 수도 없었거니와, 받았던 보물과 옥 들은 다 날리고 돌아갈 때는 빈손으로 달아나듯 가 버렸다.

만력萬曆(명나라 신종神宗의 연호, 1573~1620) 때에도 쇄란견조鎖蘭堅錯[20]라는 신통한 승려가 있어서 역시 중국과 교통하여 활불로 일컬어졌다.

이상이 서번 지방에 관한 이야기의 대략이다. 이는 한림의 서길사庶吉士 왕성王晟이 일찍이 나를 위하여 반선의 내력을 이와 같이 말해 준 것이다. 왕성의 집은 영하寧夏[21]에 있으며, 본래는 채씨蔡氏 집안의 자제이다. 그의 말에 의하면, 자신의 숙부가 차茶를 팔려고 자주 변방 밖으로 왕래하였기 때문에 서번의 일을 익히 안다고 했다. 또한 왕씨王氏는 대대로 서쪽 변방에서 벼슬을 하였기에 왕성은 어린 시절부터 오사장, 즉 서번의 내력을 상세하게

19 명나라는 1596년 조공의 횟수를 3년에 1회로 제한하고, 수행 인원과 조공 경로를 제한하는 규정을 만들기에 이르렀다.

20 『명실록』에는 쇄남견조鎖南堅錯라고 되어 있고, 활불로 일컬어졌으며 중국에 공물을 보내왔다고 기록되어 있다(만력 7년 2월 16일). 한편 『중국소수민족문화사』라는 책에는 만력 연간에 활동한 달라이 라마는 3세 색남가조索南嘉措(1543~1588)라는 인물이라고 하였다.

21 영하는 현재 중국 감숙성과 섬서성 사이에 있는 영하회족 자치구寧夏回足自治區를 말한다.

알 수 있었노라고 하였다.

왕성은 금년 초에 생애 처음으로 북경에 들어와 4월에 치른 회시會試에서는 몇 등으로 합격했고, 전시殿試에서는 13등으로 합격했는데, 경전과 역사서에 박학했으며 기억력이 아주 뛰어났다. 나는 우연히 유리창에서 그를 처음 만났는데, 그의 의중을 살펴보니 그 역시 나와의 만남을 아주 기이한 인연으로 생각하는 것 같았다. 게다가 그는 북경에 처음 오는 길이어서 교유하는 범위가 넓지 않았으며, 숨기고 꺼려야 할 일이 무엇인지도 몰랐다.

처음 만난 다음 날, 그는 천선묘天仙廟[22]로 나를 방문하여 서번 승려에 대한 일을 소상하게 말해 주었다. 필담으로 하는 말이 물 흐르듯 막히지 않아 자못 박식하고 문장의 아름다움을 과시하려는 것 같았다. 역사책의 기록에 의거하여 살펴보면 그가 하는 말은 실제의 기록인 것 같다.

그는 또 이렇게 이야기했다.

"팔사파를 비롯하여 중국에 들어온 승려들 중에는 혹 어진 사람도 있고 혹 그렇지 않은 사람도 있었으나 활불로 일컬어진 사람은 없었다. 활불이라는 호칭은 명나라 중엽부터 시작되었다.

천선묘(낭랑묘)

비록 그들은 승왕僧王이라고 불리기는 했으나, 모두 처자가 있었기에 자식에게 승왕의 대를 잇게 했다. 다만 그들은 일찍이 자신들의 아내를 봉해 달라고 중국에 청한 적이 없으며, 중국에서 승왕을 지극히 예우하지 않은 적은 없었으나, 다만 부인을 봉해 주는 일만큼은 시행하지 않았다. 대개 그들 왕의 신분이 승려였기 때문일 것이다.

유독 오사장에서만 법승法僧들이 승왕을 이어갔으며, 스스로 그 땅에서 왕노릇 하였다. 명나라 중엽 이후부터는 오랫동안 중국으로부터 봉호를 받는 번거로운 절차를 거치지 않았다. 항상 대법왕大法王과 소법왕小法王 둘이 있다가, 대법왕이 죽을 때가 되면 소법왕에게 부탁하기를 '아무 곳, 아무 사람 집에 특이한 향기가 나는 아이가 태어나면 그가 바로 나다'라고 유언을 한다. 대법왕이 죽고 난 뒤 아무 곳에서 태어난다고 했던 아이가 태어나고, 과연 피부에서 향기가 나는가 살펴 즉시 그를

반선 6세의 탕카 북경 옹화궁 소장

맞이할 의장을 꾸미고, 보배로운 덮개와 구슬로 장식한 양산, 옥으로 치장한 가마, 금으로 장식한 수레를 보내어 아이를 맞이해 온다. 헝겊 한 자로 그를 싸가지고 오는 까닭은 팔사파가 향기 나는 헝겊에 감응되어 태어났기 때문이다. 그 아이를 키워서 소법왕으로 삼고, 전에 있던 소법왕을 대보법왕으로 삼는다.

지금의 반선[23]은 바로 그 대보법왕인데 이미 14대째 남의 몸을 빌려서 환생한 법왕이며, 원나라와 명나라 사이에 있던 신통한 승려들은 모두 그의 전신이었다. 반선이 중국으로 오는 길에 원나라 때 타사가아의 고사, 즉 양산을 보내어 팔사파교를 성대하게 맞이해 온 사실을 또렷하게 이야기하면서, 이번에 자신을 맞이하는 예식은 형편없는 의장과 군악을 써서 그 위의威儀를 갖추지 못했다고 투덜댔다. 그래서 운휘사雲麾使와 난의위鸞儀衛[24] 열두 기관의 수레와 의장대를 모두 동원하고, 태상법악太常法樂,

23 연암이 중국에 있던 당시 열하에 왔던 반선 액이덕니는 제6세 반선이고, 본명은 나상패단익서羅桑貝丹益西(1738~1780)이다.

24 난의위는 청나라 때 궁중에서 복무한 기관으로 황제와 황후의 의장을 담당하였고, 운휘사는 이 난의위에 소속된 정4품의 관직 이름이다.

청진악淸眞樂, 흑룡강고취黑龍江鼓吹, 성경고취盛京鼓吹 등의 음악을 연주하여 교외에 나가서 마중했다."

내가 왕성에게 물었다.

"태상법악이 무엇입니까?"

"자세한 건 모릅니다."

"청진악은 무엇인가요?"

"회족이 사용하는 70줄로 된 큰 비파입니다."

"흑룡강고취는 무엇입니까?"

"12개의 구멍이 뚫린 용적龍笛(피리)이고, 자와가등刺窩哥登이라는 악기는 상세히 알 수 없습니다."

"운휘사와 난의위는요?"

"그걸 동원했지만, 황제가 타는 말과는 전혀 비교가 안 되지요."

그때 거인擧人 주씨周氏가 곁에 있다가 순상馴象, 순마馴馬, 정편靜鞭, 골타骨朶, 종천樅鷹, 비두篦頭, 선수扇手, 반검班劍[25] 등을 나열하여 쓰는데, 그 항목이 셀 수 없을 정도로 많았지만 쓰는 즉시 먹으로 문질러 버려 알아볼 수 없었다.

조맹부의 글씨

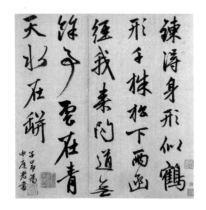

한림 왕성王晟은 자가 효정曉亭이다. 효정은 또 이렇게 말했다.

"반선이 중국에 들어올 때 길에서 내각의 신하에게 '조왕趙王이 보운전寶雲殿의 동쪽 사랑채에서 나를 위해 『금강경』을 쓰고 있었는데, 겨우 29자를 썼을 무렵 가경문嘉慶門에 불이 나는 바람에 조왕은 놀라서 글을 쓰려는 생각이 달아나 더 이상 글을 쓰지 못했다. 그 글씨가 천하의 보물이 되었는데, 그게 지금 어디에 있느냐?'고 물었는데, 내각의 학사가 이를 황제에게 보고하였습니다.

반선이 말한 조왕이란 원나라 서예가 조맹부입니다. 패엽貝葉[26]에 까만 옻칠로 스물아홉 자를 쓴 것인데, 무슨 이유로 단지 스물아홉 자만을 썼는지 세상에서는 그 까닭을 모르고 있었지요. 처음에 이 글씨를 성안사聖安寺 부처의 뱃속에 보관하였고,[27] 명나라 천계天啓(명나라 희종熹宗의 연호, 1621~1627) 연간에 축씨祝氏 성을 가진 강남의 큰 상인이 부처 몸뚱이를 흙으로 이겨서 다시 만들다가 글씨를 발견하고 몰래 가지고 돌아갔답니다.

청나라 강희康熙 연간에 황제가 남쪽으로 순행할 때 이과李果라는 나이든 선비가 이 글씨를 가지고 와서 황제에게 바쳐, 드디어 그 글씨를 서화를 비장하는 서고에 보물로 수장하게 되었고, 무근전懋勤殿에는 황제가 이를 본떠서 쓴 모사본을 갖추어 두게 하였습니다.

반선이 창정滄亭에 이르러 임서臨書할 때, 탑본한 조맹부의 글씨를 보여주었답니다. 그러자 반선은 '진품이 아니다. 처음 쓴 글씨는 글씨의 힘이 들쑥날쑥 나열되어 있어'라고 하기에 드디어 패엽에 쓴 진품 필적을 보여주었더니 기뻐하면서 '이 글씨야말로 진품이다. 바로 이것이야'라고 하였답니다.

반선은 또 말하기를, '영락천자永樂天子 성조成祖가 나와 함께 영곡사靈谷寺에서 분향을 하였다. 천자의 수염이 너무 아름다워 그 수염을 쥐고 품 안에 넣다가 잘못하여 갓끈을 건드려 끊어지게 되어 그만 구슬 두 개를 잃어버렸지. 천자가 분노하여 환관 위방정魏芳庭을 꾸짖었고, 그때 유리국사琉璃國師가 흰 코끼리를

26 옛날에 종이를 대신하던 다라수多羅樹 나무의 나뭇잎. 여기에 불경을 적은 것을 패엽경이라고 부른다.
27 성안사는 금金나라 천회天會(1123~1135) 연간에 창건된 사찰로, 그 터와 일부 건물이 북경 선무구宣武區에 남아 있다.

육환장을 쥔 지장보살

타고 뒤에 도착했지. 유리국사가 육환장六環杖[28]으로 영곡사 문에 있는 사천왕을 쳤더니 사천왕이 두려워 벌벌 떨며 눈물을 흘렸는데, 국사가 손바닥으로 눈물을 받자 그만 눈물이 두 개의 구슬로 변하였다. 그리하여 환관은 추궁을 면하게 되었는데, 내가 그 상황을 잘 알고 있지'라고 하였답니다.

이 이야기는 유걸劉傑의 『오운비기』五雲秘記라는 책에 실려 있습니다. 이 책은 역대의 재앙이나 길흉, 제왕들의 장수와 요절을 모두 예언하고 점을 친 말들로 된 금서로, 민간에서는 수장할 수 없고 오직 궁중의 서고에만 비장해 둔 것인데, 반선이 이를 어디에서 알았을까요?

반선은 또, '정덕천자正德天子(명나라 무종武宗, 재위 1506~1521)가 나를 표방豹房[29]에서 만났다'라고 했는데, 정덕 연간에는 소위 활불이란 것이 중국에 아직 들어온 적이 없답니다. 그 일은 구체적인 증거가 있고, 선배들의 전하는 기록 중에도 그런 말들이 많이 적혀 있습니다. 그러나 수백 년간 멀어지고 소식이 끊어져 그 일이 자못 미묘하여 헤아려 알기 어렵게 되었습니다. 이 때문에 반선이 팔사파의 후신이라고 말하기도 하고, 혹은 탑립마가 되었다고도 하고, 혹은 전 시대에 있었던 활불들은 모두 반선의 윤회로 다시 환생했다고 말하는데, 그 진위를 억지로 단정할 수가 없습니다."

내가 열하에 있을 때 몽고 사람 경순미敬旬彌가 내게 이런 이야기를 해 주었다.

"서번은 옛날 삼위三危[30] 땅입니다. 『서경』書經에 순임금이 삼묘三苗[31]를 삼위로 쫓아냈다고 한 바로 그 땅입니다. 거기에는 세

나라가 있는데, 첫째가 위衛 나라로 달뢰라마達賴喇嘛가 사는 곳으로 옛날의 오사烏斯입니다. 또 하나는 장藏이라는 나라인데, 반선라마班禪喇嘛가 사는 곳이며 옛날에도 역시 장藏이라고 했습니다.[32] 또 한 나라는 객목喀木인데, 다시 서쪽으로 더 가서 있으며 여기에는 대라마大喇嘛는 없고 옛날에는 강국康國이라고 불렀습니다. 그 땅은 사천四川 마호馬湖의 서쪽에 있으며, 남으로는 운남雲南과 통하고 동북으로는 감숙甘肅과 통합니다. 당나라의 원장법사元奘法師[33]가 삼장三藏에 들어갔다고 한 곳이 바로 그 땅입니다.

원장법사가 갔을 때 그곳은 사람이 살지 않고 큰물만 있었는데, 돌아올 때는 물이 마르고 마을이 생겼더랍니다. 당나라 중엽에 이르러서는 갑자기 토번吐蕃이라는 대국이 되어 중국의 근심거리가 되었습니다만, 아직 불교를 받들 줄은 몰랐습니다. 원나라 초에 불교가 북쪽으로 전파되었는데, 이곳 토번에 승려가 있어서 파사파巴斯巴(巴와 八은 발음이 같다. 곧 팔사파八思巴이다. ─원주)라고 불렸으나, 이는 그를 부르는 호칭이지 이름은 아니었습니다. 그는 큰 신통력을 갖추고 있어서 원나라 초기에 그를 황제의 스승, 곧 제사帝師로 삼고 대보법왕에 봉했습니다. 법왕이 죽으면 모두 조카로 법왕의 자리를 이어 갔습니다.

명나라 초에는 여러 법왕들이 중국에 와서 조회를 했는데, 성조成祖는 당나라를 거울삼아 모두 넉넉하게 예우해 주었습니다. 그 승려들은 모두 신기한 술법을 가지고 있어서 더욱 존중되고 예우를 받았습니다. 지금의 라마교는 대략 명나라 중엽부터 시작되었습니다. 괴승 종객파宗喀巴[34]가 먼 지방에서 와서 서장에 들어갔는데, 신이한 술법을 가지고 있어서 한번 보면 즉시 사람을 놀라 자빠지게 만들었답니다. 게다가 죽은 뒤에 남의 몸을 빌려

32 티베트를 오늘날 서장西藏이라고 부르는 기원은 청나라에서 시작되었다. 서西는 중국의 서쪽이라는 의미이고 장藏은 위장衛藏을 가리킨다. 당나라 시절 토번吐蕃 왕조는 그 중심부와 동·남쪽의 지방을 중심부라는 뜻의 위衛라고 불렀고, 서·북쪽은 장藏이라고 불렀다.

33 원장법사는 『서유기』에 나오는 현장법사玄奘法師를 말한다. 현玄은 강희 황제의 이름자이기 때문에 이를 피하여 원이라고 하였다.

34 종객파(1357~1419)는 종객(청해성 황중현湟中縣) 출신으로, 본명은 나상찰파羅桑札巴이다. 서장불교의 황교黃敎(격로파格魯派)를 창시한, 종교 개혁 지도자이다. 그가 황색의 모자를 썼기 때문에 격로파를 황모파, 황교라고 일컬었다.

종객파

35 강희 황제의 묘호廟號는 성조聖祖이고, 시호는 인황제仁皇帝이다. 즉 인조는 강희 황제를 말한다.

36 호토극도呼土克圖라고도 하는데 장생불로 혹은 화신化身의 뜻이며, 내몽고의 활불을 일컫는 말로서, 달뢰라마와 반선의 다음가는 호칭이다. 내몽고의 활불은 '장가章嘉 호도극도'라고 하고, 외몽고의 활불은 '철포존단파哲布尊丹巴 호도극도'라고 한다.

다시 탄생한다는 말을 해서 여러 법왕들이 모두 스승으로 삼아 스스로 제자의 대열로 물러나기를 달갑게 여겼답니다.

종객파는 대를 전하는 두 제자가 있어서 맏이를 달뢰라마라 하고, 둘째를 반선 액이덕니라고 합니다. 달뢰라마는 현재 7대째 거듭 남의 몸을 빌려 환생하였고, 반선 액이덕니는 4대째 환생했답니다. 청나라 천총天聰(청 태종의 연호, 1627~1636) 때 반선이 큰 사막을 넘어 사신을 파견하여 조공을 바쳤는데, 동방에 위대한 성인이 태어난 것을 알았기 때문입니다. 그로부터 해마다 사신을 파견하여 조공을 해 왔습니다. 강희 때 인조仁祖[35] 황제가 반선을 중국에 모시려 했으나 온 적이 없고, 지난해(그는 스스로 주석하기를 금년이라고 하였다.—원주) 황제 생신일인 만수절萬壽節에는 중국에 들어와 황제를 뵙기를 청하였기 때문에 넉넉하게 예우를 해 주는 것입니다.

대체로 그 종교는 명분상은 불교라고 하지만 실체는 도가道家입니다. 마음으로 세상을 보려는 유심법唯心法이나, 술법과 주문이 도가와 서로 닮았습니다. 그들의 경전이 넓고 심오하며 과장해서 말하는 것은 도가보다 더 지나칩니다. 달뢰라마와 반선 액이덕니 외에 또 호도극도胡圖克圖[36]라는 호칭이 있는데 모두 종객파의 제자입니다. 또 남의 몸을 빌려 다시 태어나기를 대여섯 대를 거친 사람도 많다고 합니다. 이들은 국왕의 스승으로, 신통력은 없고 다만 참선하는 이치를 잘 이야기한답니다."

경순미는 또,

"이름은 중이고 실제는 도사라고 하는 것은 바로 이를 두고
하는 말입니다."

라고 하는데, 그 말이 자못 불분명하고 왕성이 말한 내용과도 크
게 차이가 난다. 그가 한 말에 '명나라 중엽에 종객파라는 특이한
승려가 있었고, 그 맏제자를 달뢰라마라 하고 둘째 제자를 반선
액이덕니라 한다'라든지, 또 '천총 연간에 반선이 사막을 넘어 조
공을 보냈다'고 했는데, 천총은 명나라 중엽과는 100여 년이나 거
리가 있고 또 지금과 천총 연간도 100여 년이 되는데 한 사람이
지금까지 살았다는 것인지, 아니면 4대를 남의 몸을 빌려 탄생하
며 이름만 그대로 답습한 것인지, 소위 호도극도란 누구의 제자
를 말하는 것인지 불분명하다.

나는 또 경순미에게,

"국왕의 스승으로 참선하는 이치를 잘 말했다는 사람은 누구
를 가리킵니까?"

라고 캐물으니, 순미는 이에 대해 모두 대답하지 못하고 마침내

다른 이야기를 하였다.

　열하에서 돌아오는 길에 장성에 들렀을 때, 한 손님과 장성 아래에서 이야기를 하다가 그에게 서번에 관해 물었다. 그는 이렇게 답했다.

　"서번은 옛 토번 땅입니다. 장교藏教를 떠받드는데, 황교黃教라고도 부릅니다. 본래부터 그 국가의 풍속이 그렇습니다. 특별히 중이라는 이름을 붙인 건 아니건만 중국 사람들이 그를 승려라고 부르는데, 실상은 불교와는 크게 다르답니다. 지금 중국에는 불교가 폐한 지 오래되었습니다."

　열하에 있을 때 조정의 귀한 벼슬아치들조차도 도리어 내게 반선의 생김새를 물었던 까닭은 대개 황족들이나 부마 혹은 조선의 사신이 아니면 반선을 만나 볼 수 없었기 때문이다. 지금 북경에 돌아와 유황포兪黃圃와 진립재陳立齋[37] 등 여러 사람과 교유하였건만 그들은 반선에 대해 한 번도 언급한 적이 없었다. 내가 묻기라도 하면 문득 "원나라, 명나라 사이에 있었던 일이랍니다"라고 하거나, "우리는 상세히 알 수기 없답니다"라고 말하며, 마침내 한마디도 기꺼이 말하려고 하지 않았다.

　하루는 태사太史 고역생高棫生 등 여러 사람들과 단가루段家樓에서 술을 마시고 있을 때였다. 고 태사가 반선의 일을 말하며 이야기를 막 끄집어내려 했는데, 자리에 있던 풍생馮生이란 자가 눈짓으로 이야기하지 말도록 하였다. 나는 매우 괴이하게 생각했다. 나중에 알고 보니 산서山西 지방 출신의 선비가 황제에게 일곱 조목으로 상소를 하였는데, 그중 한 조목에서 반선의 일을 극렬하게 논하는 바람에 황제가 크게 분노해서 살가죽을 벗겨 죽이는 형벌에 처하라고 했다는 사실을 한참 뒤에 들었다. 우리나라

37 두 사람에 대해서는 『열하일기』 1권 「관내정사」편 8월 초3일의 일기에 나온다.

의 마부들 중에는 선무문宣武門 밖에서 형벌에 처하는 광경을 본
자가 많다고 한다.[38]

그로부터 나는 감히 반선의 일을 다시 캐물으려고 하지 못했
다. 비록 유황포와 진립재처럼 서로 친하게 지내는 사이라 하더
라도 말을 꺼내지 못했다. 산서의 선비 이름을 혹자는 "상소를 한
사람은 거인擧人 장자여張自如라고 한다"라고 말한다.

서번에 대한 내력은 왕효정이 말한 것보다 더 상세한 게 없
다. 반선이 열하에서 차茶를 뿌려서 북경의 불을 껐다거나, 물위
를 맨발로 걸어서 강을 건넜다고 하는 일 등은 일찍이 후한後漢
때의 난파欒巴나 양梁나라 때의 달마達磨 같은 사람에게도 있었
던 사적이므로, 여기서는 다시 언급하지 않는다. (유황포의 이름
은 세기世琦, 진립재의 이름은 정훈庭訓, 고태사의 이름은 역생棫
生이고 모두 거인擧人이다. — 원주)

38 연암과 함께 연행에 참여했던 노이점의 연행록 『수사록』에 의하면 9월 5일 정양문 밖에서 산서의 선비를 연과법臠剮法(내장을 도려내고 목을 자르는 형벌)으로 처형했다고 한다.

반선시말 후지 後識[39]

내가 이 문제를 가만히 따져 보았다. 옛날의 훌륭한 제왕들은 능히 누군가에게 배운 뒤에 그를 자기의 신하로 삼았기 때문에 그 자신이 더욱 거룩할 수 있었고, 자신의 신분이 천자이면서도 필부와 벗하는 것을 자신의 존위가 깎인다고 생각하지 않았기 때문에 더욱 위대해질 수 있었다. 후세의 임금에게는 이런 도가 없다. 그런데도 오랑캐 승려의 술법과 잘못된 도와 이단의 학설에 대해 황제가 몸소 굽히고 들어가는 것을 부끄럽게 여기지 않음은 무슨 까닭인가?

내가 지금 그러한 일을 목격했거니와, 저 반선이란 자는 과연 어진 사람인가? 황금지붕으로 된 집은 지금 천자도 능히 거처할 수 없는 집이건만, 반선은 도대체 어떤 인간이기에 감히 태연하게 차지하고 있는가?

혹자는 말한다. 원나라, 명나라 이래로 과거 당나라가 토번

에게 괴로움을 당한 일을 경계로 삼아, 서번의 반선이 오기만 하면 곧 그들을 봉해 줌으로써 그들의 세력을 분산시키려 한 것이며, 그들에게 신하로 삼지 않는 예우를 해 주는 건 비단 지금 시대에만 그런 것이 아니라고. 그러나 이건 그런 것이 아니다. 원나라, 명나라가 나라를 평정했을 초기에는 그 취지가 여기에서 나오지 않은 건 아니겠지만, 원나라 세조는 그를 황제의 스승이라는 의미로 제사帝師라 부르고 그가 죽은 뒤에는 '황천지하 일인지상 선문대성 지덕진지'皇天之下 一人之上 宣文大聖 至德眞智라는 호를 내렸다.

　일인지상一人之上의 일인一人이란 천자 한 사람을 가리키는 말인데, 천자란 만방에서 임금으로 받드는 대상이다. 일인지상이라고 해서 반선이 천자보다 위에 있는 사람이라고 했으니, 천하에 천자보다 더 높은 사람이 어디에 있는가? 선문대성 지덕진지, 즉 문화를 편 위대한 성인이고, 지극한 덕과 진실한 지혜를 가진 인물이란 바로 공자를 가리키는데, 세상에 인간이 생겨난 이래로 어찌 공자보다 더 훌륭한 이가 다시 있을까?

원나라 세조는 북방 오랑캐에서 일어난 사람이니 그런 행실을 했다는 것에 대해 괴이하게 생각할 것도 없지만, 명나라 초기에 황제가 이상한 승려들을 먼저 방문하여 왕자들의 스승으로 삼고 널리 서번의 법왕을 초빙하여 높이고 예우하면서도, 그것이 중국을 비천하게 하고, 지존의 체모를 깎으며, 옛 성인을 추하게 만들고, 참스승인 공자를 억누른다는 사실조차 스스로 깨닫지 못했다. 국가를 세우는 처음부터 이런 방법으로 자제들을 훈계하고 가르쳤으니, 이 얼마나 비루한 짓인가?

대저 그들의 술법이란 장생불사할 수 있다는 것인데, 그러나 그것은 바로 남의 몸을 빌려서 다시 태어난다는 투태탈사投胎奪舍이며, 그것이 뜻밖에 세속 임금의 마음에 먹혀 들어간 것일 뿐이다.

어떤 사람은 말한다. 양梁나라, 진陳나라 황제로 천자 신분을 버리고 불가의 종이 된 사람이 있었으니 승려가 천자보다 높게 된 지 오래되었건만, 황제가 그들을 위해 황금궁전을 지어 주었다는 말은 아직 들어보지 못했다고.

중존 이재성의 논평

　　대저 이는 모두가 의심스러운 내용을 전하는 글이다. 그러나 뒷날 중국이 한 시대의 역사책을 편찬하려면 부득불 반선의 전기를 쓰지 않을 수 없을 터인데, 시대가 흘러가고 일이 지나가 버려서 연암의 이 글처럼 상세하게 갖추기가 쉽지 않을 것이로다. 다만 연암의 글은 외국인의 사사로운 기록이라서 중국 역사서를 쓰는 사람이 참고할 방법이 없을 터이니, 안타까운 일이 아닐 수 없다.

열하의 라마교 관련 건물

반신을 만나다

찰십륜포

扎什倫布

◉ — **찰십륜포**

찰십륜포란 티베트의 언어로, 고승대덕이 거처하는 집을 의미한다. 건륭 황제는 티베트 소재의 찰십륜포를 모방해서 열하에 황금전각의 찰십륜포(수미복수지묘須彌福壽之廟)를 건설하고, 활불을 초빙하여 거주하도록 했다. 건륭은 조선 사신에게 자신이 스승의 예우로 섬기는 활불을 만나 보도록 하였던바, 본편은 찰십륜포 건물과 라마승의 모습을 전반부에 배치했고, 후반부에는 황제의 명에 의해 조선 사신이 억지로 활불을 만나는 과정을 서술했다.

연암은 이 글에서 내키지 않는 걸음이지만 부득이 갈 수밖에 없던 조선 사신의 처지와, 그런 굴욕적 만남의 과정에서도 끝내 유자로서의 자존을 꺾지 않으려는 사신의 모습을 놓치지 않고 담았다.

반선을 만나다
「찰십륜포」扎什倫布

1 반추산은 본래 석정石
挺, 봉추산棒槌山으로 불렸
고, 현재는 경추봉罄錘峰으
로 불린다. 앞의 8월 9일 일
기 참조.
2 십주十洲는 도교에서 바
다 가운데 신선이 산다는 열
개의 명승지를, 삼산三山은
바다 가운데 있는 세 개의 신
령스러운 산을 말한다.

반선 액이덕니를 찰십륜포에서 보았다. 찰십륜포란 서번의
언어로, '위대한 승려가 사는 곳'이라는 뜻이다.

피서산장避暑山莊에서 궁성을 끼고 따라가면 오른쪽으로 반
추산盤捶山[1]이 멀리 보이고 더 북쪽으로 10어 리를 가서 얼하熱河
를 건너면 산을 의지하여 만든 동산이 있다. 산을 뚫고 기슭을 깎
아 산의 골격을 드러내서 저절로 언덕이 찢어지고 석벽이 잘려
바위돌이 포개지고 쌓여서 십주삼산十洲三山[2]의 형상을 이루었
다. 짐승이 아가리를 벌리고 새가 날갯짓 하는 모습에 구름이 흩
어지고 우레가 서린 것 같다. 다섯 개의 구멍이 나 있는 다리가 있
고, 다리에서부터 길은 모두 층층대로 되어 있으며, 평평한 곳에
는 모두 용과 이무기를 아로새겨 놓았고, 길을 따라 나 있는 흰 돌
의 난간은 구불구불 문까지 이어졌다. 또 문은 정문과 양 옆에 작
은 협문으로 되어 있으며, 모두 몽고 병사들이 지키고 있다.

문을 들어서니 벽돌을 깔았고 땅에는 계단이 세 갈래로 나 있다. 흰 돌로 된 계단 난간에는 구름과 용 무늬를 새겼고, 세 개 의 계단은 한 다리에서 모이게 만들었다. 다리는 교각 부분이 다 섯 구멍으로 되어 있고, 축대의 높이는 다섯 길이다. 주변 난간은 모두 무늬 있는 돌로 해마海馬와 천록天祿, 각단角端³을 새겼는데, 비늘, 뿔, 갈기, 발굽은 모두 석재 문양을 이용하여 색깔을 냈다.

1. 열하 찰십륜포(수미복수
지묘須彌福壽之廟)의 전경
2. 각단
3. 황금기와와 용의 모습

3 각단은 이마나 코에 뿔 이 있고 말을 한다는 상상의 동물로, 인장의 머리에 주로 조각한다.

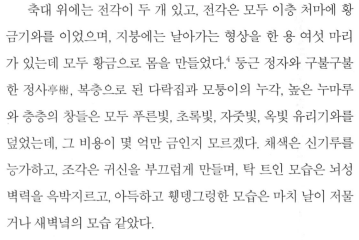

축대 위에는 전각이 두 개 있고, 전각은 모두 이층 처마에 황금기와를 이었으며, 지붕에는 날아가는 형상을 한 용 여섯 마리가 있는데 모두 황금으로 몸을 만들었다.[4] 둥근 정자와 구불구불한 정사亭榭, 복층으로 된 다락집과 모퉁이의 누각, 높은 누마루와 층층의 창들은 모두 푸른빛, 초록빛, 자줏빛, 옥빛 유리기와를 덮었는데, 그 비용이 몇 억만 금인지 모르겠다. 채색은 신기루를 능가하고, 조각은 귀신을 부끄럽게 만들며, 탁 트인 모습은 뇌성벽력을 윽박지르고, 아득하고 휑뎅그렁한 모습은 마치 날이 저물거나 새벽녘의 모습 같았다.

동산 안에는 새로 심은 어린 소나무가 산의 골짜기까지 이어졌으며, 나무는 모두 반듯하고 길이는 한 자 남짓한데 종이쪽을 묶어서 심은 날짜를 표시해 두었는데, 날짜를 따져 보니 일전에 심은 것이다. 온갖 기화요초들을 어지럽게 심어 놓았으나 모두 처음 보는 것들이라 이름을 알 수 없다. 때마침 협죽도夾竹桃 나무의 꽃이 한창 피었다.

라마[5] 수천 명이 모두 홍색의 중 옷을 끌고, 황색의 좌계관左髻冠을 쓰고, 어깨는 맨살을 드러내고 맨발로 문이 미어터지게 몰려든다. 얼굴은 도끼로 깎아 놓은 듯 반듯하고 검붉은 자주 색깔이며 우뚝한 코에 눈은 우묵하게 깊이 파였다. 넓은 턱에 수염이 돌돌 말렸으며, 손과 발에는 모두 묶은 쇠사슬이 흔들거리고, 귀에는 황금 귀걸이를 꿰었으며, 팔뚝에는 용 문신을 새겼다.

전각 북쪽 벽 아래에는 침향목으로 만든 연꽃 모양의 걸상(蓮榻)이 있어 높이가 사람의 어깨까지 오는데 반선은 가부좌를 틀고 남향으로 앉았다. 머리에 이고 있는 모자는 황색 모직으로 만든 것으로 말갈기 같은 것이 달렸는데, 신발처럼 생겼고 높이는

협죽도

라마승의 모자

4　실제로는 지붕의 네 모서리마다 상하 두 마리씩 있어 모두 여덟 마리이다.

5　라마는 라마교의 고승을 말한다. 본래 라마는 티베트어로 상인上人 혹은 화상和尚을 뜻한다.

찰십륜포 내부(좌)와 연탑蓮榻(우)

두 자쯤 되었다.[6] 금실로 짠 옷을 걸쳤는데, 소매가 없고 왼쪽 어깨에 걸쳐 전신을 감싸서 둘렀다. 옷섶 오른쪽 겨드랑이 아래로 오른쪽 팔뚝이 드러났는데, 길이와 굵기는 허벅지만 하고 색은 금빛이다. 얼굴색은 짙은 황색이고 얼굴 둘레는 거의 예닐곱 뼘쯤 되고, 수염이 난 흔적은 없다. 코는 쓸개[7]를 매달아 놓은 것 같고 눈꼬리는 몇 치쯤 되며, 눈알은 희고 동자는 겹으로 테두리가 되어서 음침하고 컴컴해 보였다.

　왼쪽에는 야트막한 상이 두 개 놓이고 몽고의 두 왕이 무릎을 맞대고 앉아 있다. 얼굴은 모두 검붉은 색인데, 하나는 코가 뾰족하고 이마가 툭 튀어나왔으며 수염이 없고, 다른 하나는 얼굴이 각지고 꼬불꼬불한 수염을 하고 있었다. 누런 옷을 입고 쩝쩝거리며 서로 쳐다보고 말하다가 다시 머리를 들어 올려다보는 모습이 마치 반선이 하는 말을 듣고 있는 것 같았다.

　두 라마가 반선의 오른쪽에 입시하고 있으며, 군기대신軍機大臣은 라마 아래에 서 있다. 군기대신은 본래 황제를 모실 때는 황

6　라마 계관모鷄冠帽라고 부르며, 장족藏族의 말로 반하班霞라고 한다.
7　아름답고 잘생긴 코를 표현할 때 쓸개를 매달아 놓은 것 같다고 하며, 이런 코를 가진 사람은 부귀영화를 누린다고 한다.

합달

색의 옷을 입는데, 반선을 모시면 라마의 복장으로 바꾸어 입는다.

나는 조금 전에 햇빛에 비치는 황금기와를 보다가 전각 안에 들어오니 천지가 침침해졌다. 게다가 그들이 걸치고 입은 의복이 모두 금빛으로 짠 옷이어서 그들의 피부 색깔은 짙은 황색에 압도되어 마치 황달병에 걸린 사람처럼 누렇게 떠 있었다. 대저 피부 색깔에 금색이 있는데다 고름이 있는 듯 통통 부어서 꿈틀대고, 살집은 많고 뼈는 적어 보여서 청명하고 영민하며 준걸스러운 기상은 없었다. 비록 큰 몸뚱어리가 우뚝하게 방에 꽉 찰 정도로 크기는 하나 조금도 경외할 만한 모습은 없으며, 흐리멍덩한 모습이 무슨 물귀신이나 바다귀신의 화상을 보는 것 같았다.

황제가 황궁의 사무를 맡아 보는 내무관內務官을 보내어 우리 사신에게 조서를 전달하는데, 무늬 있는 옥색 비단 한 필을 폐백으로 가지고 가서 반선을 만나라는 것이다. 내무관이 손수 비단을 세 단으로 잘라 사신에게 주었다. 그 비단을 합달哈達이라고 부른다.

반선이 스스로 말하기를 자신의 전신이 팔사파이고, 팔사파의 어머니가 향내 나는 헝겊을 삼키고 팔사파를 낳았기 때문에 반선을 보려는 사람은 반드시 헝겊을 잡는 것이 예법이며, 황제도 반선을 볼 때면 매번 누런 헝겊을 잡는다고 한다.

사신이 반선을 만나기 전에 군기대신이 사신에게 말하기를, 황제도 반선에게 머리를 조아려 절을 하고, 황제의 여섯째 아들도 머리를 조아려 절을 하고, 황족들과 부마들도 머리를 조아려 절을 하니, 지금 조선 사신도 머리를 조아려 절을 하는 것이 마땅하다고 하였다.

사신은 아침나절에 이미 예부禮部에서,

"고두례叩頭禮⁸는 천자의 뜰에서만 하는 예법이거늘, 어찌하여 천자를 공경하는 예법을 서번의 승려에게 시행하란 말인가?"

8 고두례는 공경하는 뜻으로 머리를 땅에 조아리고 절을 하는 예법을 말한다.

하고 항의하며 다투기를 그치지 않았더니 예부에서는,

"황제도 그를 스승의 예로 대우하는 마당에, 지금 조선 사신이 황제의 조서를 받들었으니 예법을 같이하는 것이 마땅할 터입니다."

라고 말하였다. 사신은 가고 싶지 않아서 꼿꼿하게 서서 완강하게 버텼다. 상서尙書 벼슬의 덕보德保가 분노하여 모자를 벗어 땅바닥에 내동댕이치고, 캉 위에 몸을 던져 벌렁 누워서는 고래고래 소리를 지르며,

"빨리 가시오, 빨리 가."

하고는 사신에게 나가라고 손으로 휘저은 일이 있었다.

지금 군기대신이 사신에게 뭐라고 말하는 것 같은데, 사신은 못 들은 척하였다. 제독提督이 사신을 인도하여 반선 앞에 이르자, 군기대신이 두 손으로 공손히 비단을 받들고 서서 사신에게 건네주었다. 사신은 비단을 받아서 머리를 꼿꼿이 들고 반선에게 비단을 주었다. 반선은 앉은 채로 비단을 받는데 조금도 몸을 움직이지 않았으며, 받은 비단을 무릎 앞에 두어서 비단이 탑상 아래로 드리워졌다. 차례대로 비단을 받아서는 다시 군기대신에게 주니, 군기대신은 공손히 받들고 반선의 오른쪽에 시립했다.

사신이 차례대로 다시 나가려고 하자, 군기대신이 오림포烏林哺에게 눈짓을 하여 사신을 나가지 못하게 했다. 이는 사신에게 활불을 향해 머리를 조아리고 절을 하는 예를 갖추라는 신호였으

나 사신은 모르는 척하였다. 그리고 멈칫멈칫 뒷걸음을 치며 물러나, 몽고의 왕이 앉은 수놓은 흑공단 깔개에 앉았다. 앉을 때 약간 몸을 구부리고 소매를 들어서는 이내 앉아 버렸다. 군기대신이 당황한 기색을 띠었으나 사신은 이미 앉고 말았으니, 그 역시 어찌 할 수 없어서 마치 못 본 듯 행동했다.

제독은 비단을 나누어 줄 때 남은 비단 약간을 얻어서는 반선에게 나아가 비단을 바치고 땅에 머리를 조아리며 공손히 절을 하였고, 오림포 이하의 사람들도 모두 머리를 공순하게 조아려 절을 하였다.

차茶를 몇 순배 돌린 뒤에 반선은 소리를 내어 조선 사신이 온 이유를 물었다. 그 목소리가 전각 안을 울려 마치 항아리 안에서 외쳐 부르는 것 같았다. 엷은 미소를 띠며 머리를 구부려 좌우를 둘러보는데, 눈썹 사이에 주름이 생기며 동자가 속눈썹 안에서 반쯤 튀어나왔다. 눈을 얇게 뜨고 깊이 이리저리 굴리는 품이 흡사 근시안처럼 보였으며, 눈알 아래는 더욱 하얘지고 흐리멍덩해져서 더더욱 정채가 없었다.

라마가 반선의 말을 받아서 몽고 왕에게 전하고, 몽고 왕이 군기대신에게 전하고, 군기대신이 오림포에게 전해서 우리 통역관에게 전하게 했으니, 대개 다섯 차례나 통역을 거쳤다. 상판사 조달동趙達東이 일어나 팔뚝을 휘저으며,

"만고에 흉악한 놈일세. 반드시 뒤끝이 좋지 않아 개죽음을 하고 말 게야."

라고 말하기에 내가 눈짓으로 말렸다.

라마 수십 명이 붉은색, 녹색 등 여러 색깔의 서역 지방의 융과 붉은 양탄자, 서장 지방의 향과 작은 금불상을 짊어지고 와서

등급대로 나누어 주었다. 군기대신은 받들고 있던 비단으로 불상을 쌌다. 사신은 차례대로 일어나 나가고, 군기대신은 하사한 물품을 열어 보고는 물목을 기록하여 황제에게 보고하려고 말을 타고 떠났다.

사신은 찰십륜포의 문을 나와서 오륙십 보쯤 걸어가, 깎아지른 기슭을 등지고 소나무 그늘이 있는 모래 위에 둘러앉아 밥을 먹으며 논의를 하였다.

"우리가 서번의 승려를 만나 보는 예법이 자못 서툴고 거만하여 예부에서 지도하는 것과 어긋나게 하였네. 그가 바로 천자의 스승이고 보니, 이해득실이 생길 일이 없다고 할 수 있겠는가. 저들이 주는 물건을 물리치고 받지 않으려니 불공하다고 여길 것이고, 그렇다고 받자니 명분이 없으니, 장차 어찌 하란 말인가."

당시에 창졸간에 일이 벌어진 터라 선물을 사양하거나 받는 것이 옳은지 그른지를 따져 볼 겨를도 없었다. 그리고 무릇 모든 일이 황제의 조서와 관계되어 벌어진 것이라서 저들의 거행도 눈 깜짝할 사이에 후다닥 해치워 마치 유성과 번갯불처럼 빠르게 진행되었다.

우리 사신의 나아가고 물러나고 앉고 서는 모든 행동이 단지 저들의 지시에 따라서 할 수밖에 없었으니, 이미 흙으로 빚은 인형이나 나무로 깎은 꼭두각시와 다를 바 없었다.

게다가 5중의 통역을 하고 보니, 피차의 통역관은 도리어 귀머거리와 벙어리가 되어, 마치 허허벌판을 가다가 창졸간에 괴상한 허깨비를 만난 것 같아서 어떤 상황이 벌어졌는지 헤아릴 수도 없었다. 사신이 적당히 둘러댈 교묘한 말이나 침착하게 대꾸할 말을 설령 가지고 있다 하더라도 장황하게 늘어놓을 방도가

없으며, 저들 역시 상세하게 지도할 수가 없으니, 형편이 그럴 수밖에 없었다. 정사는,

"지금 우리가 거처하고 있는 곳은 태학관이니 불상을 가지고 들어갈 수 없다."

하고는 우리나라의 역관들에게 불상을 놓아둘 곳을 찾아보라고 지시하였다.[9]

이때 서번 사람들과 한족 구경꾼들이 담처럼 늘어서 있었다. 군뢰들이 곤봉을 휘두르며 쫓아내면 흩어졌다가는 다시 모여들었다. 그중에는 이마에 수정을 달거나, 푸른 깃을 단 벼슬아치들이 섞여 있었는데, 궁중의 환관이 와서 몰래 염탐하고 있다는 사실을 우리 일행은 미처 깨닫지 못했다.

영돌永突이 큰 소리로 나를 부르며,

"사신께옵서 영화롭고 기뻐하는 기색을 짓지 않고 오랫동안 길에 앉아서 일의 잘잘못을 따지고 수군거리고 있으니, 혹 저들에게 공연히 괴이한 생각이 들도록 만들 염려는 없겠습니까?"

라고 말한다.

주위를 둘러보니, 전에 황제의 조서를 전했던 소림素林이란 자가 내 등 뒤에 서 있었다. 소림은 무리의 틈에서 빠져나와 말에 올라 재빠르게 갔다. 또 무리 중에서 두 사람이 말에 올라 빠르게 가는데, 자세히 살펴보니 모두 작은 환관 나부랑이였다. 고려 때 환관 박불화朴不花[10]가 원나라에 들어간 뒤부터 원나라 내시들 중에는 우리나라 말을 익히는 자가 많았다. 명나라 때에는 조선의 준걸스럽고 잘생긴 고자를 선발하여 데리고 가서 환관들에게 우리말을 교습하게 하였다. 지금 와서 염탐하고 갔던 두 환관이 우리말을 잘하지 못한다고 어찌 장담할 수 있으랴.

9 이 불상에 대한 논의는 「피서록」편에 다시 나온다.

10 박불화는 고려인으로 원나라에 들어가 환관이 된 인물이다. 기황후奇皇后와 같은 고향이라는 이유로 권세를 누리고 고려의 내정을 간섭했다.

소림과, 푸른 깃을 달고 와서 말을 세우고 한참을 있다가 간 사람은 그 신속하게 왕래하는 형세가 마치 물 찬 제비처럼 날랬다. 사신과 통역을 맡은 무리는 그제야 그들이 와서 엿보고 갔음을 눈치챘다. 아직 반선에게 선물로 받은 금불상을 어디에 둘지 조치를 취하지 못했기 때문에 모두들 돌아가지도 못하고 묵묵히 앉아 있었다.

황제가 궁전 동산에서 매화포梅花砲[11] 불꽃놀이를 놓고는 우리 사신을 불러서 들어와 보게 하였다. 이층 처마의 전각에 뜰 가운데는 천자의 누런 휘장을 쳤으며, 전각 위에는 일월 문양과 봉황이 아로새겨진 병풍을 설치하고, 도끼 모양이 그려진 보배 병풍을 매우 삼엄하게 진설陳設하였으며, 천 명 정도의 관원이 반열을 지어 서 있다.

그때 반선이 먼저 도착하여 기다란 걸상 위에 앉았는데, 일품의 보국공輔國公들과 조정의 귀한 벼슬아치들 중에는 걸상 아래로 쫓아와서 모자를 벗고 머리를 조아리며 절을 하는 사람들이 많았다. 반선이 친히 그들 모두의 이마를 손으로 어루만져 주니, 그들은 일어나서 나오며 사람들을 향해 자랑스럽고 영예로운 얼굴 표정을 지었다.

한참 뒤에 천자가 황색의 작은 가마를 타고 들어오는데, 칼을 차고 모시는 시위들은 단지 대여섯 쌍 정도이다. 가마를 인도하는 풍악은 필률篳篥 한 쌍, 용적龍笛[12] 한 쌍, 징 한 쌍, 비파, 생황, 호드기, 구라파 철현금 두서너 대, 박자판 한 쌍이다. 의장대는 없고 시종 100여 명이 따랐다. 천자의 가마가 이르자 반선이 천천히 일어나 걸음을 옮겨 걸상 옆 동쪽 가장자리에 가서 섰는데 얼굴

11 매화포는 불꽃놀이의 불꽃 모양이 매화처럼 생겼다고 해서 붙인 이름이다. 뒤의 「산장잡기」편에 「매화포기」梅花砲記라는 글이 별도로 실려 있다.

12 용적은 본서 325쪽 그림 참조.

필률

검은 옷을 입은 건륭 황제의 소상

에는 웃음을 띠고 기쁜 표정을 짓는다. 황제와는 네댓 칸 정도 떨어졌으며, 가마에서 내려선 황제가 빠른 걸음으로 이르러 양손으로 반선의 손을 쥐었다. 서로 손을 흔들며 마주보고 웃으며 이야기를 한다.

황제는 갓 정수리가 없이 붉은 실로 짠 관을 쓰고 검은 옷을 입었으며, 금실로 짠 두터운 보료에 다리를 펴고 앉았다. 반선은 황금삿갓을 쓰고 누런 옷을 입었으며, 역시 금실로 짠 두터운 보료에 앉았다. 그는 가부좌를 틀고서 약간 동쪽 앞을 향해 앉았다. 탑상 하나를 사이에 두고 두 보료에 앉으니 무릎이 서로 마주 닿을 정도인데 자주자주 상반신을 기울여 이야기를 주고받으며, 말할 때에는 반드시 서로 웃음을 띠고 즐거워한다.

13 화신은 건륭 황제의 총애를 받은 신하로, 뒷날 가경 황제 때 탐관오리로 처형되었다. 「태학유관록」편에 나온 인물이다.
14 복장안(?~1817)은 만주족 출신의 장수로, 호부상서, 제독 등을 시냈다.

자주 차를 올리는데, 호부상서 화신和珅[13]은 천자에게 올리고, 호부시랑 복장안福長安[14]은 반선에게 올렸다. 복장안은 병부상서 복륭안福隆安의 아우로, 화신과 함께 시중 벼슬을 지내며 그 위세가 조정을 떨게 하는 인물이다.

날이 저물어 황제가 일어나자, 반선도 역시 일어나 황제와 나란히 서서 서로 악수를 하고 한참 있다가 등을 돌리고 탑상에서 내려왔다. 황제는 나올 때의 모습과 같은 의장으로 안으로 들어가고, 반선은 황금지붕을 씌운 가마를 타고 찰십륜포로 되돌아갔다.

중존 이재성의 논평

『목천자전』穆天子傳[15]으로부터 시작하여 그 이후에 나온, 예컨대 한나라의 『동방삭』東方朔,[16] 『비연외전』飛燕外傳,[17] 『서경잡기』西京雜記[18] 등 궁중의비밀을 쓴 서책들은 궁정 밖에서 참견할 것이 못 되는 궁녀들이 쓴 책이므로모두 패관잡기류로 취급하지만, 이런책들을 통해서 한 시대의 제왕이 품은뜻이나 행동거지를 족히 살펴볼 수 있다. 그런데 여기 연암이 쓴 이 한 편과같은 글은 무어라 불러야 할는지?

티베트의 라마승

중국의 사대부들로서 반선을 아직 만나보지 못한 사람들은반선이 어찌 생겼는지를 도리어 우리 조선 사람에게 물었다. 이는자신들의 눈과 귀를 더럽히지 않으려는 의도인데, 그런데도 우리조선 사람들은 그에게 함부로 대접받고 업신여김을 당해도 조금도 꺼리는 바가 없었다면, 이는 대단히 수치스러운 일이다.

15 『목천자전』은 주周나라목왕穆王이 서역 지방으로여행한 내용을 기록한 것으로, 저자 미상이다. 진晉나라곽박郭璞이 주석을 하였다.
16 『동방삭』은 한나라 무제때 동방삭의 우스개 이야기를 기록한 저자 미상의 책이다.
17 『비연외전』은 한나라 성제成帝 때 미천한 출신으로황후가 된 조비연趙飛燕과그 여동생 합덕合德에 대한이야기를 적은 책이다.
18 『서경잡기』는 한나라 때의 잡사를 기록한 책으로,『사고전서』에 의하면 양梁나라 사람 오균吳均이 편찬했다고 한다.

行在雜錄

嗚呼

皇明吾中國也吾中國之於屬邦其錫賚之物

雖微如毫絲若實自天榮動一域慶流後世而其奉

溫諭雖數行之札高若雲漢驚若雷霆感若時雨何

也吾中國也何爲吾中國曰中華也吾先君列朝之所

受命也故其所都燕京曰京師其巡幸之所曰行在

我效土物之儀曰職貢其語當字曰天子其朝廷曰

天朝陪臣之在廷曰朝天行人之出我疆場曰天使

屬邦之婦人孺子其語中國莫不稱天而尊之者四

사행과 관련된 문건들

—

행재잡록
行在雜錄

◉ — **행재잡록**

행재行在란 말은 천자가 여행하고 있는 곳을 의미한다. 당시 건륭 황제가 있던 곳은 열하이므로, 여기서의 행재잡록이란 열하에서의 이러저러한 기록이란 뜻이다. 본편은 청나라 예부에서 조선 사행에게 내린 문건, 만수절 행사와 관련해서 지시한 문건 등을 그대로 옮겨 놓은 것이다.

이 문건의 내용을 통해 청나라가 조선을 어떻게 대접했는가, 특히 하급 관료들이 조선 사신을 어떻게 인식하고 행동했던가 하는 사실을 엿볼 수 있다. 또한 연암은 문서 하나까지 꼼꼼히 챙기는 기록의 철저함을 보여주고 있는데, 이는 조선과 중국 양국간의 외교를 어떻게 보느냐 하는 연암의 문제의식의 소산이다. 특히 청조의 시혜적 정책을 조선의 장래와 결부시켜 논파한 서문의 내용과, 사신의 자세를 준엄하게 일깨운 후반부의 글은 주목할 내용이다.

머리말

「행재잡록서」行在雜錄序

아아! 슬프다. 명나라는 지난날 우리나라가 조공을 바치던 상
국上國이었다. 상국이 예속된 나라에 하사하는 물건은 비록 실오
라기나 터럭같이 미미한 것이라도 마치 하늘에서 내린 물건처럼
여겨, 영광이 온 나라에 진동하고 경사가 만대에 끼칠 것이다. 그
리고 황제가 내리는 문시는 비록 몇 줄 되지 않는 서찰이라 하더
라도 하늘처럼 높이 여기고, 뇌성벽력이 치듯 깜짝 놀라야 하며,
가뭄에 내리는 단비처럼 감동스럽게 여겨야 할 것이다.

왜 그렇게 해야 하는가? 우리가 상국으로 여기는 나라이기
때문이다. 무엇 때문에 상국이 되었는가? 천하의 중앙에 있으며
문명이 가장 화려한 중화中華이기 때문인데, 우리의 선왕과 여러
조정을 임금과 나라로 인정해 주었다. 때문에 그들이 도읍한 연
경燕京을 일러 경사京師 즉 서울이라 했고, 천자가 궁궐을 떠나 순
행하며 머무는 곳을 일러 행재行在라고 하며, 우리의 토산품을 바

치는 의식을 직공職責이라 한다.

황제의 자리에 있는 사람을 천자天子 즉 하늘의 아들이라 하며, 그 조정을 일러 천조天朝 즉 하늘의 조정이라 하고, 속국에서 천자의 뜰로 나아가는 것을 조천朝天 즉 하늘에 조회를 간다고 하며, 우리의 강토로 나오는 외교를 맡은 관원을 천사天使 즉 하늘의 심부름꾼이라 한다. 명나라의 속국인 우리나라에서 부인이나 아이들이 상국을 이야기할 때 늘 하늘 천天을 일컬으며 높이지 않은 적이 없어, 400년을 오히려 하루같이 해 왔던 까닭은 우리나라가 명나라 왕실에서 받았던 은혜를 잊을 수 없기 때문일 것이다.

옛날 임진년에 왜놈들이 우리의 강토를 뒤집었을 때, 우리 신종神宗 황제께서 천하의 군사를 동쪽으로 가게 하여 우리를 구원했다. 궁중의 내탕금을 다 고갈시키면서까지 군사들에게 제공해 한양, 개성, 평양을 회복하고, 팔도를 되찾게 하였다. 조종祖宗은 나라가 없어질 마당에 다시 찾게 되었고, 백성들은 이마에 문신을 뜨고 풀로 만든 옷을 입는 섬 오랑캐의 풍속을 면하게 되었으니, 실로 그 은혜는 살과 골수에 사무치고 만대를 두고 잊지 못할 터이니, 이는 모두 상국 명나라가 우리에게 베푼 은덕이다.

지금 청나라는 조선이 명나라의 옛 신하였음을 살피고 사해를 하나로 여겨, 우리나라에 혜택을 더 보태어 준 것 또한 여러 세대가 지났다. 금이 조선에서 나는 물산이 아니라고 하여 공물의 물품에서 빼 주었고, 무늬가 있는 조선 말이 쇠약하고 작다고 하여 면제시켜 주었으며, 쌀·모시·종이·돗자리의 폐백도 해마다 바치는 양을 감해 주었다. 근년 이래로는 칙사를 내보내야 할 일도 우리 사신 편에 문서를 받아 가도록 맡겨서 칙사를 맞이하고 보내는 번거로운 폐단을 없애 주었다.

이번에 우리 사신이 열하에 올 때에는 특별히 군기대신이라는 측근의 신하를 파견하여 길에서 맞이하도록 하였고, 사신이 천자의 뜰에 설 때에는 청나라 대신과 함께 서도록 반열을 명했으며, 연회를 구경할 때에는 조정의 신료들과 나란히 하여 연회를 베풀고 선물도 하사하였다. 또 조서를 내려, 정식 사신이 올리는 공물 이외에 특별 사신의 토산품은 영구히 바치지 말도록 면제해 주었다. 이는 실로 전에 볼 수 없던 성대한 특전으로, 명나라 시절에도 받지 못했던 대우이다.

그런데도 우리는 이를 혜택이라고 생각할 뿐 은혜라고 생각하지 않으며, 이를 우대하는 것으로만 여길 뿐 영광으로 여기지 않음은 무슨 까닭인가? 청나라가 상국이 아니기 때문이다. 우리가 지금 황제가 있는 처소를 일러 행재라고 하고 거기서 일어나는 일을 기록하면서도, 정작 나라에 대해서는 상국이라고 말하지 않는 까닭은 무엇 때문인가? 문명국 중화가 아니기 때문이다. 우리가 청나라의 힘에 굴복하여 복종했으니 그들은 바로 강대국이다. 청나라는 힘으로 우리를 정벌하여 굴복시킨 강대국이지만 우리나라를 처음부터 나라로 인정해 준 천자의 나라는 아니다.

지금 저들이 하사품을 내리는 총애와 공물을 감면해 주는 조칙은 대국의 처지에서는 그저 작은 나라를 불쌍히 여기고 먼 변방의 나라를 어루만지는 정책에 지나지 않을 것이다. 그렇다면 세대마다 하나의 공물을 면제해 주고, 해마다 하나의 폐백을 감면해 주는 것은 혜택일 뿐이지 우리가 말하는 은혜는 아닐 것이다.

슬프다. 오랑캐들의 탐욕이란 밑도 끝도 없는 계곡이나 골짜기와 같아 싫증이 나도록 만족시킬 수 없는 습성을 가졌다. 가죽 폐백이 부족하다고 여기면 가축이나 말을 요구할 것이고, 가축이나 말도 부족하다고 여기면 구슬과 옥을 바랄 것이다. 그러나 지금은 그렇게 하지 않는다. 우리를 자애롭게 보살피고 관대하고 정성스럽게 대하고, 친근하게 이해하고 상세히 살펴 번거롭거나 가혹한 일을 행하지 않으며, 우리의 요구를 어기거나 거절하는 일도 없다. 이는 비록 사대하는 우리의 정성이 그들을 감동시켜 그들의 만족할 줄 모르는 욕심을 순화시킨 것이겠으나, 그들의 의중에는 단 하루도 우리의 존재를 잊은 적이 없기 때문일 것이다.

왜 그런가? 저들이 중국 땅에 들어와 빌붙어서 살아온 지 100년이 넘었으나 지금까지 중국의 땅을 뜨내기의 객지로 보지 않은 적이 없으며, 미상불 우리나라를 적국이 될 가능성이 있는 인접나라로 보지 않은 적이 없었다. 지금 사해가 태평한 날이 되었건만 은근히 우리에게 친절을 보이려는 사람들이 많은 까닭은 우리를 두텁게 대우해서 덕을 팔려는 것이고, 우리와 견고한 관계를 맺어 우리의 대비를 느슨하게 풀게 하려는 속셈이다.

뒷날 혹시 청나라가 자기들의 본고장인 만주로 되돌아가 국경을 깔고 앉아서 우리에게 예전의 군신 관계의 예를 따지면서, 흉년이 들었을 때는 구제를 청하고 전쟁이 났을 때는 원조를 바란다면, 지금 저들이 자질구레한 종이 쪼가리나 돗자리를 감면해주는 혜택이 뒷날에는 도리어 가축과 말, 구슬과 옥을 요구하는 끝없는 욕심의 구실이 되지 않으리라고 어찌 장담할 수 있겠는가? 그들의 조치를 우대하는 것으로 여기지 영광으로 여기지 않는다고 말하는 것은 바로 이 때문이다.

지금 황제의 뜻이 전적으로 이런 의도에서 나온 건 아니겠지만, 우리나라가 강대국에게 사사로이 두터운 대우를 받은 지 여

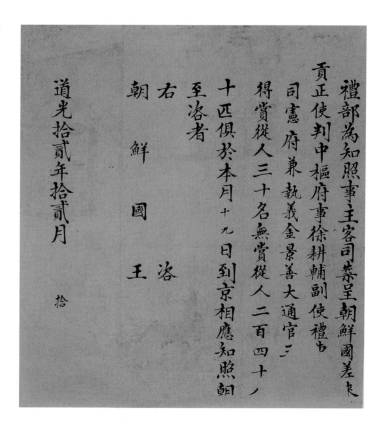

1 "천하의 근심을 남보다
먼저 걱정하고 천하의 즐거
움을 남보다 뒤에 즐긴다"라
는 말은 송나라 범중엄范仲
淹의 「악양루기」岳陽樓記에
나오는 구절로, 훌륭한 위정
자를 가리킨다.

러 해가 되고 본즉, 사람들의 마음이 느긋해져서 이런 일을 가볍
게 보거나 소홀하게 생각하기 쉬운 법이다. 내가 이 편에 우리가
중국에 아뢴 문건이나 황제의 조칙을 기록하는 까닭은 천하의 근
심을 남보다 먼저 걱정하는 사람[1]을 기다리고자 함이다.

예부에서 장 대사張大使(회동사역관會同四譯館의 대사大使[2] 장문금張文錦은 자
가 환연煥然이고, 순천順天 대흥大興 사람으로, 키가 작고 사람됨이 야무지고 사
납다. ― 원주)에게 내린 지시 문건

2 대사는 역관에 딸린 벼
슬 이름이다.

　　지금 황제의 교지를 받들어 이르노라. 교지에 "조선에서 온
정사와 부사는 열하에 이르러 예식을 치를 것이다"라고 했으니,
이 분부를 받들어 조선의 사신에게 즉시 전해서 알려라. 열하로
데리고 갈 관원과 시종들의 상세한 명단을 등급의 조목에 따라
작성하여 즉시 정선사精饍司[3]에 보내도록 하리. 내일은 데리고 출
발해야겠기에, 이를 위해 특별히 분부하노라. 8월 초4일 일경一更
무렵.

3 정선사는 예부에 딸린
관아로, 주로 연회와 의식 등
을 맡아 보았다.

예부에서 장 대사에게 내린 지시 문건

　　황제의 뜻을 받들어 조선 사신을 데리고 열하로 가서 예식
을 거행하라는 것은 이미 분부했거니와, 사신과 수행하는 관원들
의 성명을 아울러 소상하게 적어서 즉시 예부에 보내게 하라고
지시하고 보고가 오기를 기다리고 있는데, 아직도 보고가 올라

오지 않았다. 어명을 받아서 하는 일이 어찌 이리 지연될 수 있는 가? 즉시 상세한 명단을 조목조목 적어 빠른 시간 내에 송부해 주기를 기다리노라. 아울러 이번에 파견되어 수행할 통역관 오림포烏林哺, 사가四哥(서종현徐宗顯), 보수保壽(박보수朴寶樹) 등 세 사람에게 즉시 이 분부를 전해서 알리고, 그들로 하여금 내일 사시巳時(오전 9시에서 11시까지)에 조선 사신들을 대동하여 임구林溝[4]로 가서 숙박할 것을 특별히 지시하노라. 아울러 장 대사에게 이르노니 내일 묘시卯時(오전 5시에서 7시까지)에 관아의 문에서 기다리면 면대해서 분부할 일이 있으니 특별히 지시하노라. 8월 초4일.

열하의 행재소로 갈 조선국 진하進賀 및 사은謝恩의 사행 명단

정사正使 금성위錦城尉 박명원朴明源, 부사 이조판서(임시직) 정원시鄭元始, 서장관 겸 장령掌令 조정진趙鼎鎭, 대통관大通官 홍명복洪命福·조달동趙達東·윤갑종尹甲宗, 종관종관從官 주명신周命新(정사의 비장)·정창후鄭昌後·이서구李瑞龜(부사 비장)·조시학趙時學(서장관 비장), 종인從人 64명, 이상 모두 74명. 말 55필.

상서尙書 조수선曹秀先과 덕보德保(덕보는 만주인 상서이고, 조수선은 한족 상서이다. 육부六部에는 모두 만주인과 한족의 상서尙書와 시랑侍郎을 두었다. ─ 원주)가 황제에게 아뢴 문건

신 조曹와 신 덕德은 아룁니다. 조선국의 사신으로 만수절萬壽節을 경하하러 온 정사 금성위 박과 이조판서 정 및 따라온 사람들을 이달 초9일에 열하에 도착시켰고, 신들이 별도로 사람을 보내어 편안하게 보살펴 드리도록 하였습니다. 이를 아뢰나이다. 건륭 45년 8월 초9일 아룀.

황제께서 "잘 알았다"고 하신 뜻을 받들었다.

상서 조수선과 덕보가 황제에게 아뢴 문건

신 조曺와 신 덕德은 황제께서 내린 은혜에 감사드린다는 조선 사신의 보고를 사정에 따라 대신 아뢰나이다. 조선국 사신 금성위 박과 이조판서 정 등이 올린 글에 의하면, "엎드려 아뢰옵나이다. 조선국 국왕이 황상의 칠순 만수절을 만나 그 기쁨을 견디지 못하와 신들로 하여금 국서를 받들고 가서 경하를 드리게 하였는데, 열하에 이르러 예를 거행할 수 있게 해 주시니 영광되고 행복하옵니다. 또 성은을 입어 작은 나라의 사신들을 천자의 나라 이품, 삼품 대신의 끝에서 예를 올릴 수 있도록 배려하셨으니, 파격적으로 베푸신 은혜는 천고에 없던 일이옵니다. 귀국해서는 응당 국왕에게 황제의 은혜를 떠받들고 감동되었던 일을 아뢸 것입니다. 우리가 기뻐하고 춤을 추는 성심을 청컨대 예부의 대인들께서는 저희를 대신하여 황제께 보고해 주시기 바랍니다"라고 문서를 갖추어 보내왔기에, 이에 삼가 갖추어 아뢰나이다. 건륭 45년 8월 10일 아룀.

황제께서 "잘 알았다"고 하신 뜻을 받들었다.

예부에서 황제에게 아뢴 문건

예부에서 삼가 글을 올려 아뢰옵니다. 이달 12일 신들은 어명을 받들어 회동이번원會同理藩院[5]의 관원들을 파견하여 조선의 사신 정사 박과 부사 정, 서장관 조 등을 데리고 찰십륜포에 이르러 반선 액이덕니를 찾아뵙고 절을 하는 예식을 거행하였습니다. 예식을 치른 후에 반선은 그들을 앉게 하여 차를 마시게 하고, 중

5 회동이번원은 중국 주변국의 사신이 왔을 때 일을 주선하고 처리하는 관청으로, 예부 소속이다.

국과 조선국의 거리 및 중국에 들어와 조공을 바치는 이유 등을 하문하였는데, 조선국 사신은 황제의 칠순 경사를 맞아 하례를 드리는 국서를 올리고 아울러 황제의 은혜에 정중하게 사례하기 위함이라고 답을 했습니다. 액이덕니는 이 말을 듣고 매우 기뻐하시며 즉시 "영원히 공경하고 순종하면 복을 절로 얻게 될 것이니라"라는 분부의 말씀을 하시고, 이어서 사신에게 구리 불상, 서장의 향, 서역의 융단 등을 선물로 하사했고, 조선국 사신들은 즉시 땅에 머리를 조아려 절을 하고 사례를 하였습니다. 사신들에게 내린 구리 불상 등의 물품 목록을 문서로 작성하여 바치옵니다. 이 때문에 삼가 글을 갖추어 아뢰나이다. 건륭 45년 8월 12일 아룀.

　황제께서 "잘 알았다"고 하신 뜻을 받들었다.

◉ 사신이 반선을 만난 일은 내가 「찰십륜포」에 갖추어 실어 놓았으니, 비록 하원길夏原吉(명나라 초기의 충신)이라 하더라도 어떻게 덧보탤 수 있겠는가? 조선 사신이 반선에게 절을 하고 알현했다는 예부의 보고서를 보니, 기히 무고라고 말할 만하다. 그러나 황제에게 보고해야 하는 처지에서는 그렇게 하지 않을 수 없었을 것이다. 중원의 사대부는 반선에 대해 말하게 되면 문득 부처에게 절했다고 일컫고 보니, 나 또한 감히 절을 하지 않았다고 대답하지 못한 까닭은 그들이 성을 내거나 괴이하게 여기고 공손하지 못하다고 여길까 걱정했기 때문이다. 귀국하는 날에 더욱 두려워함이 마땅하다. 절을 하고 안 하고에 대해서는 굳이 많은 변론이 필요치 않겠으나, 다만 내가 목격한 것에 근거해서 상세히 기록함으로써, 연암 산중에서 농사 지으며 한바탕 웃음의 자료로

삼을까 한다.

반선이 준 선물 목록

정사正使 — 구리 불상 1존尊, 서역 융단 18장, 합달哈達(비단 폐백 — 원주) 1개介, 붉은 양탄자 2필, 서장 향 24묶음, 계협편計夾片[6](무엇을 하는 물건인지 모르겠다. — 원주) 1부대.

부사副使 — 구리 불상 1존, 서역 융단 14장, 합달 1개, 붉은 양탄자 1필, 서장 향 20묶음.

서장관書狀官 — 구리 불상 1존, 서역 융단 10장, 합달 1개, 붉은 양탄자 1필, 서장 향 14묶음.

⊙ 이른바 구리 불상이란 높이가 한 자 남짓 되는 것으로, 몸에 지니고 다니는 호신용 불상이다. 중국에서는 흔히 선물로 주고받는 물건이다. 먼 길을 떠나는 사람은 반드시 이것을 지니고서 아침저녁으로 음식을 공양한다. 서장의 풍속에는 연례적으로 조공을 바칠 때 부처 한 좌座를 으뜸 토산품으로 여긴다. 이번 구리 불상도 법왕法王이 우리 사신을 위해 먼 길을 부사히 가도록 빌어주는 폐백이다. 그렇긴 하지만 우리나라에서는 한 번이라도 부처에 관계되는 일을 겪으면 평생 누가 되는 판인데, 하물며 이것을 준 사람이 바로 서번의 승려임에랴.[7]

사신은 북경으로 돌아와서 반선에게서 폐백으로 받은 물건을 역관들에게 다 주었고, 역관들도 이를 똥이나 오물처럼 자신을 더럽힌다고 여기고 은자 90냥에 팔아서 일행의 마두에게 나누어 주었고, 이 은자를 가지고는 술 한 잔도 사서 마시지 않았다. 이를 결백한 행동이라고 한다면 결백할 수도 있는 행동이겠으나

6 협편夾片은 일종의 메모하는 용지이다.

7 선물로 받은 불상에 대해서는 뒤의 「피서록」편에 다시 언급된다.

다른 나라의 풍속으로 따져 본다면 물정이 어두운 촌티를 면하지 못했다고 할 것이다.

예부에서 내린 문건

공무를 위해 본부에서 조선국 사신에게 내린 공문은 한 통이라 하더라도 응당 병부兵部에 보내어, 거기서 전송轉送하는 것이 옳겠다.

주객사主客司[8]에서 내린 문건

통지하는 일은 행재소 예부禮部의 공문에 준거한 것이다. 공문에 의하면, 본부 예부에서 올린, 조선 사신이 열하에 도착했다는 문건 한 통, 또 조선 사신이 황제의 은혜에 공손히 사례한다는 문건 한 통, 또 반선 액이덕니가 사신에게 하사한 물품 목록을 아린 문건 한 통을 응당 베껴서 각각 공문을 갖추어 통지하라는 것이다. 앞서 보내온 문건들은 응당 각각의 원본대로 베낄 것이고, 아울러 황제의 뜻을 받들어서 이송한 문서까지 베껴 일과 문건을 담당한 부서에 보내어 검시하도록 하고, 예부의 하급 관원과 절강浙江에도 아울러 통지하라.

예부에서 황제에게 올리는 문건

예부에서 삼가 하례 의식에 관한 일을 아룁니다. 공손히 살피건대 건륭 45년 8월 13일은 황상의 칠순 만수절로 경하하는 의식을 거행하겠습니다.[9]

이날 아침 일찍 황제의 의장을 맡고 있는 난의위鑾儀衛에서 황상의 수레와 의장대를 담박경성전淡泊敬誠殿[10] 뜰에 미리 진열

해 놓고, 중화소악中和韶樂[11]은 담박경성전 처마 밑 양쪽에 설치하며, 단폐대악丹陛大樂[12]은 두 궁문宮門 안의 양쪽 정자에 설치하여 모두 북쪽을 향하게 할 것입니다. 왕의 뒤를 따라 호종하는 화석친왕和碩親王 이하 입팔분공入八分公[13] 이상 및 몽고의 왕공 토이호특土爾扈特 등은 모두 망포보복蟒袍補服[14]을 입고 담박경성전 앞에 이르러 양쪽으로 일제히 모이고, 홍려시鴻臚寺 관원이 왕공王公 등을 인솔하여 담박경성전 뜰 아래 양쪽 방향에 와서 날개 모양으로 나열하여 서게 하고 문무대신과 조선국 정사 및 남방 민족의 추장인 토사土司는 두 궁문 밖에서 각기 품계의 등급에 따라 날개 모양으로 안배하여 설 것입니다. 3품 이하 관리들과 조선의 부사 및 소수민족의 족장들은 피서산장 문 밖에서 각기 품계의 등급에 따라 날개 모양으로 서게 될 것입니다.

예부의 장관인 상서尙書가 황상께서 곤룡포를 입고 담박경성전의 보좌寶座에 오를 것을 아뢸 것이고, 이때에 중화소악은 건평장建平章[15]을 연주하며, 황제께서 어좌에 오르면 음악은 그치게

11 중화소악은 큰 음악 이름으로, 명나라, 청나라 때 제사나 조회 혹은 연회에서 연주했다.

12 단폐대악은 99개의 악기를 이용해서 대궐의 계단에서 연주하는 큰 음악이다.

13 친왕親王 이하, 보국공輔國公 이상으로 모두 6개 등급의 귀족을 통칭하여 입팔분공이라고 한다. 팔분八分이란 본래 八份의 의미로서, 후금 시절 전쟁의 노획물을 균등하게 여덟 등분으로 나눈 데서 유래했다. 팔분에 든다는 뜻의 入八分이란 말은 귀족이 되는, 일종의 등급에 해당하는 용어이다.

14 망포보복은 가슴과 등에 이무기 모양을 수놓은 흉배를 단 관복으로, 황제는 용 문양을 수놓았다.

15 건평장은 대궐의 의식(설날, 만수절), 종묘제례, 연회 등에서 연주하는 음악의 장이다. 이 외에 원평元平, 수평邃平, 윤평尹平, 화평和平, 태평太平, 치평治平, 안평安平, 융평隆平, 현평顯平, 예평豫平, 숙평淑平, 경평慶平, 옹평雝平, 정평正平 등이 있다. 의식의 절차에 따라 연주되는 곡이 모두 다른데, 건평장은 특히 황제가 어좌에 이를 때 연주되는 곡이다.

됩니다. 난의위의 관리가 정숙하라는 뜻으로 채찍을 치라고 고하면 계단 밑에서 세 번 채찍을 칩니다. 의식의 진행을 고하는 명찬관鳴贊官이 반열에 배립해 서면 단폐대악은 경평장慶平章의 음악을 연주하게 됩니다.

그러면 홍려시鴻臚寺의 관원이 여러 왕들과 문무관원을 인솔해서 각기 반열에 배립해 서게 하고, 명찬관이 들어와서 무릎을 꿇으라고 고하면 왕 이하 관원들은 나아가서 무릎을 꿇고, 일어나서 고두례叩頭禮를 하라고 고하면 왕 이하 관리들은 세 번 무릎를 꿇고 아홉 번 머리를 조아리는 고두례를 행하게 됩니다. 명찬관이 물러나라고 고하면 왕 이하 관원들은 모두 다시 원래의 자리로 돌아가 서게 되고, 이때 음악이 그칩니다. 난의위 관리가 채찍을 치라고 하고 계단 아래에서 세 번 채찍을 치면, 예부의 상서가 예식이 완료되었음을 아뢰고 중화소악은 태평장太平章을 연주합니다.

황상께서 수레를 타고 궁궐로 돌아가시면 음악은 그치고, 왕공 이하 관원들이 모두 나옵니다. 내감內監(환관)이 주청하여 황상께서 내전의 어좌에 오르시면, 왕비와 빈嬪들은 모두 황상 앞에 곤룡포를 갖추어 놓고 여섯 번 엄숙히 머리를 숙이고 세 번 무릎을 꿇고 세 번 절을 합니다. 의식이 이루어지면 황제께서는 자리에서 일어나고 비빈들은 궁으로 돌아가며, 이어서 황자, 황손, 황증손 등이 예를 거행하게 됩니다. 이렇게 하기 위하여 삼가 갖추어 아룁니다.

주객사에서 내린 문건

주객사는 행재소 예부의 문건에 준하여 다음과 같이 알린다.

문건에 의하면 건륭 45년 8월 12일 내각에서 다음과 같은 황제의 뜻을 받들었노라.

"조선은 대대로 봉해 준 신하의 나라를 잘 지켜 본시부터 공순하다고 일컬었다. 해마다 세시歲時에 바치는 공물을 신중하고 정성껏 보내니 가히 가상하다고 하겠다. 간혹 특별히 조칙을 반포하거나 하사품을 주어 귀국시키는 일이 있을 때에는 유구流球 등의 국가처럼 역시 글을 갖추어 사례하는 말을 보내오고, 오직 조선국만이 자기 나라의 특산품을 준비하고 아뢰는 글을 붙여 보내와 정성을 표하고 있다.

지난번에는 특별한 일 때문에 사신이 멀리서 왔는데, 만약 가지고 온 물품을 그대로 돌려보낸다면 산을 넘고 내를 건너는 고생만 더할 것 같아 여러 차례 정식 공물에 포함시켜 우리가 그들을 우대하고 보살피고 있다는 뜻을 보여주었다. 그러나 조선은 자기들의 직분을 삼가고 지켜서 정식 공물이 올 때에 따로 토산품을 준비하여 바치고 있으니, 왕래하는 데 번잡함을 더하고 한 가지 허례적인 의식만 덧보탠다는 것을 깨닫겠노라.

우리의 군신 관계는 서로 정성으로 대우하고 믿음으로 누 나라가 일체가 되었으니, 이와 같은 번잡한 예절이 무슨 필요가 있겠는가? 올해 짐의 칠순 만수절에도 조선은 표문表文을 갖추어 경하했다. 이미 어명을 전달해서 조선의 사신을 행재소로 오게 하여 조정의 신하들과 같은 반열에서 예식을 거행하도록 하였도다. 그들이 딸려 보낸 표문과 공물을 이번에는 받게 하여 조선이 경하하고 축하한다는 정성을 펴도록 하였으나, 이후로는 세시와 경사스러운 명절의 정식 공물은 관례에 따라 받고 그 나머지 글과 표문을 갖춘 공물은 모두 바치지 말게 해서, 짐이 먼 나라 사람을 어루만지고 배려하며, 실속을 주로 하고 허식을 꾸미지 않는다는 지극한 뜻에 부합하게 하라."

상서 조수선과 덕보가 황제에게 아뢴 문건

신 덕德과 신 조曹는 황제의 은혜에 공손히 사례한다는 조선 사신의 보고를 사정에 의해 대신 아뢰나이다. 조선국 사신 금성위 박과 이조판서 정 등이 보내온 글에 의하면, "엎드려 생각건대 삼가 황상의 만수절을 만나 온 천하에 경사가 넘치고 본국에서도 기뻐하고 즐거워하는 축하를 이기지 못하와 약소하나마 경하를 드리는 정성을 바치나이다.(예부에서는 여기에다 '라마의 성스러운 승려를 바라뵈옵고 복을 받았다'라는 내용을 덧보태었다.—원주) 지난번에는 파격적인 은혜로운 상이 작은 나라에 특별히 내렸고, 저희같이 천한 신들에게도 미치게 되어(예부에서는 이 구절을 '국왕과 측근의 신하에게 상이 내리고 아울러 따라온 사람들에게는 비단과 은자가 내렸다'라는 말로 바꾸었다.—원주) 그 입은 영광은 전후에 없던 일입니다. 삼가 귀국하여 마땅히 국왕에게 감격스럽게 받은 황제의 은혜를 아뢸 것입니다.(예부에서 여기에다 '별도로 표문을 갖추어 사례하는 말을 진술한다'라는 구절을 첨가했다.—원주) 예부의 대인들께서는 이 사실을 황제께 아뢰어 주시기를 청합니다"라고 문서를 보내 왔습니다. 이 때문에 삼가 갖추어 아뢰나이다. 건륭 45년 8월 14일 아룀.

황제께서 "잘 알았다"고 하신 뜻을 받들었다.

◉ 각 관아에서 만주 문자나 한문으로 문서를 만드는 하급 관리인 필첩식筆帖式들이 가지고 있는 문서 장부 중에는 이런 취지로

보낸 문건인데도 원본의 내용과는 크게 다른 것이 있다. 이는 대체로 예부에서 문서를 받아서 황제에게 전하여 아뢸 때 말을 덧보태거나 고치기 때문이다. 우리 사신이 깜짝 놀라 담당 역관을 시켜 예부의 대기실로 가서 먼저 그 사유를 따지며, "무슨 까닭으로 바친 문건을 몰래 고치고, 그러고서 알리지도 않았는가?"라고 하니, 대기실의 낭중郎中은 버럭 성을 내며 "너희가 바친 문건에는 사실이 모두 빠져 있기 때문에 예부의 대인들이 너희 나라를 위한다고 주선한 것이고, 이미 아뢰어서 바친 것이다. 너희에게 덕이 되는지도 모르고 도리어 기세등등하게 와서 따지는 까닭은 무엇이냐?"라고 했다.

⊙ 내각의 육부六部 중에서 예부는 거행하는 일이 가장 많아, 하늘·땅·교외·종묘·산천의 제사, 황제의 일상생활, 사해만국 등에 대해 관여하고 경유하지 않는 일이 없다. 내가 열하에 있을 때 예부에서 우리나라와 관련된 일을 거행하는 것을 보고는 천하의 일을 짐작할 수 있었다.

황제가 우리 사신에게 특별한 은혜라도 베푸는 것이 있으면 예부에서는 그에 따라 황제에게 전해 아뢰어야 할 감사의 글을 즉시 지어서 예부에 올리라고 우리를 독촉한다. 이것은 사신의 재량에 달린 문제이고, 사신이 머리를 조아리고 사례를 할 것인지 말 것인지는 사신의 자유이다. 대국의 체통으로 보더라도 비록 외국의 사신이 개인적으로 감사하다는 글을 올려 황제에게 아뢰어 달라고 요청하더라도 번거롭고 자잘하며 소란을 떤다는 이유를 달아서 물리쳐야 마땅할 것이다.

그런데도 지금은 그렇게 하지 않고, 오직 황제에게 올리는 글

칙유

이 뒤처질까, 제때에 황제에게 아뢰지 못할까 걱정을 하며, 심지어는 우리 사신에게 물어보지도 않고 몰래 글귀를 고치기까지 하였다. 큰 체통은 돌이보지 않고, 단지 일시적으로 황제를 기쁘게 할 거리나 찾음으로써 윗사람을 속이는 죄과에 스스로 빠지고 외국의 멸시를 달게 취하고 있다. 예부가 이 모양이니 다른 부서야 짐작할 만하다.

　게다가 사신은 조만간 돌아가야 하므로 중국이 보내는 공문은 저절로 받아서 갈 수 있을 터인데도 급하게 먼저 파발로 발송해서 마치 저자의 소인배들이 자기의 공을 팔고 덕을 보였다고 얼굴에 티를 내는 것처럼 행동을 한다. 대국에서 어찌 그리도 천박하고 속이 보이는 짓을 하는가? 천하에 족히 본받을 만한 게 없도다.

또한 깊이 우려할 일은 예부가 우리나라의 일에 분주히 뛰어다니는 까닭이 우리를 두려워해서 그렇게 하는 것이 아니라, 다만 황제의 성질이 엄하고 급한 것을 두려워해서 그렇게 한다는 점이다. 우리 사신은 앉아서 예부의 독촉만 받고, 예부는 일의 쉽고 어려움을 떠나 오직 빨리 이루어지기만을 기약하고 있으니, 이는 다른 이유가 아니라 부지불식간에 우리를 후하게 대접하고 있다고 믿고 있기 때문이다.

근년 이래로 이미 만들어진 관례가 되고 보니, 통관이나 서반序班[16] 같은 관원들이 그 사이에서 제 마음대로 조종할 일이 없어지는 바람에 우리 사신에게 불평이 쌓인 지 오래되었다. 만약 황제가 갑자기 조회를 보지 않고 예부가 명을 받들어 거행하는 것을 빙자하여 조금이라도 차질이 생기면 일개 서반 한 사람으로도 우리 사신의 행동을 마음대로 통제할 것이다. 하물며 예부가 분주하게 쫓아다니는 까닭이 황제의 마음을 기쁘게만 하고 목전의 일을 얼버무리려는 미봉책에서 나옴에랴. 사신이 되는 사람은 이를 살피지 않을 수 없을 터이다.

⊙ 무릇 우리 사신의 물러가고 나아가는 모든 행동은 전적으로 중국 예부가 관리한다. 우리 사신이 어떤 일의 성사 여부를 독촉할 대상은 그저 역관에 지나지 않는다. 역관은 통관을 상대로 도모하고 부탁하는 데 불과하며, 통관은 아문衙門에게 도모하고 부탁하는 데 불과하니, 소위 아문이란 곧 회동사역관會同四譯館 소속의 사역四譯과 제독提督 및 대사大使와 같은 벼슬아치들이다. 제독이나 대사는 예부의 고관에 비겨 그 신분이나 지위상의 위의가 대단히 엄격하게 구분되어 있어서 잠깐 사이에 경솔하게 요구

하거나 부탁할 수 있는 관계가 아니다.

그러나 사신이 의심이나 분노를 항상 역관에게만 퍼붓는 까닭은 대개 말을 스스로 통할 수 없기에 피차가 역관의 혓바닥에만 의존하기 때문이다. 사신은 자신이 그들에게 속지 않았나 의심을 품고, 역관은 이를 밝히기 어려워 항상 원망하게 되니, 상하의 사정과 처지가 막혀서 서로 통할 수 없다. 사신이 역관에 대한 책임을 독촉하면 할수록 서반과 통관의 농간이 더욱더 심해져, 일이 되고 안 되고 혹은 빠르고 더딤이 처음에는 그들이 장악하는 정도에 있으나 무릇 일이 겨우 털끝만큼 작아도 걸핏하면 뇌물을 찾게 되고 해가 갈수록 점점 증가하여 이제는 아주 관례가 되었다.

저들에게 조종되고 농간을 당하는 것이 지금은 그저 돌아가는 날짜가 잠시 지체된다든지 문서가 약간 뒤로 밀린다든지 하는 일에 불과하지만, 만에 하나라도 위급한 일이 생겨 대국에 사신으로 가게 되면, 대국의 사신 대접이 항상 지금과 같으리라는 보장은 없을 것이다. 그렇게 되면 사신은 단지 숙소에 깊이 앉아 있는 외국의 사신에 불과할 뿐이니 장차 누구를 믿을 것인가? 오로지 서반이 하는 일이나 쳐다보고 의뢰하게 되어, 무릇 예부와 관계되는 모든 일은 이제 그들이 마음 놓고 공공연히 농간을 부리게 될 것이다. 사신된 사람으로 염려하지 않을 수 없는 일이다.

⊙ 청나라가 일어난 지 140여 년이 지났건만 우리나라의 사대부들은 중국을 오랑캐라고 여겨 수치스럽게 생각한다. 사신의 일을 억지로 받들고 가면서도 문서를 주고받는 일이나 청나라 정세의 허실에 관해서는 일체 역관에게 맡겨 버린다. 압록강을 건너고부

터 북경에 들어가기까지 지나는 길 2천여 리 사이에 있는 지방 장관이나 관문의 장수들을 비단 만나 보지 않을 뿐 아니라 그 이름조차 알지 못한다.

이로 말미암아 통관들이 공공연히 뇌물을 요구해도 우리 사신은 그들의 조종을 달게 받으며, 역관은 허둥지둥 명을 받아 거행하기에 급급하고, 마치 그 사이에 무슨 크고 중요한 일이라도 항상 숨겨져 있는 듯이 행동한다. 이는 사신들이 함부로 잘난 체 우쭐거리고 자기 편한 대로만 하려는 잘못에서 나온 것이다.

사신이 역관에게 일을 맡기면서 지나치게 의심을 하는 것은 사람으로서 할 정리가 아니고, 그렇다고 지나치게 믿는 것 역시 옳지 않다. 만약 하루아침에 무슨 걱정거리라도 생긴다면 삼사三使(정사, 부사, 서장관)는 묵묵히 서로 얼굴만 쳐다보고 한갓 통역관의 입이나 올려다보고 말 것인가? 사신된 사람은 불가불 이에 대한 대처 방법을 강구하지 않을 수 없을 터이다.

연암은 쓰노라.

종존 이재성의 논평

이상의 글은 나라를 위한 깊은 우려와 원대한 염려에서 나온 것이다. 여기 실려 있는 글과 문집에 수록된 은화銀貨를 논의한 일단의 글[17]에 대해서는 나라의 책임질 자리에 있는 당국자가 숙지하고 연구해 보는 것이 마땅할 터이다.

17 『연암집』에 수록된 「하김우상이소서」賀 金右相履 素書의 별지別紙로 보낸 글을 말한다. 물가의 안정을 꾀하려면 돈의 관리, 특히 은자 관리를 잘해야 하며, 은자가 중국으로 빠져나가는 것을 단속해야 하고 이를 위해서는 사행 인원을 감소시켜야 한다는 것이 그 대체적 취지이다.

천하의 대세를 살피다

———

심세편
審勢編

◉ — 심세편

천하의 형세를 살핀 글이다. 특히 중국의 문화 정책과 관련한 사상 통제의 실제를 예리하게 분석했다. 문자옥과 같은 대대적인 지식인 탄압의 실제, 주자의 학문을 국학으로 존숭하는 이유, 『고금도서집성』과 『사고전서』 같은 방대한 책을 출판하는 목적 등을 청조의 지식인 관리와 통제라는 정치적 측면과 관련시켜 해석한 점은 주목된다. 지나치게 정치적 관점으로만 보았다는 비판도 받을 수 있겠으나, 천하의 대세를 전망한다는 측면에서 연암의 고심처이기도 하다.

이른바 '종이와 필묵의 밖에서 그림자와 메아리를 얻는 수법'은 첩자라는 혐의를 받지 않고 청나라 현실을 꿰뚫어 볼 수 있는 방법으로 연암이 제시한 것일 뿐 아니라, 『열하일기』의 글쓰기 방식과도 통하는 문제이므로 독자들에게 『열하일기』를 읽는 방법을 제시한 것이기도 하다. 그들이 눈썹 한번 움직이는 데서 참과 거짓을 볼 수 있을 것이고, 웃고 이야기하는 동안에 정실을 알아낼 수 있다고 했는바, 『열하일기』 곳곳에 배치된 희소노매喜笑怒罵와 심상한 표현조차 예사롭게 읽고 넘어가서는 안 된다는 의미로 생각된다.

박영철본에는 이 「심세편」이 다음의 「망양록」편 뒤에 있으나, 내용상 「망양록」편 앞에 오는 것이 맞으므로 순서를 바꾸었다.

천하의 대세를 살피다

「심세편」審勢編[1]

연암씨는 말한다.

중국을 유람하는 사람에겐 다섯 가지 망령된 생각이 있다. 지위와 문벌이 서로 높다고 거들먹거리는 짓은 본시 우리나라의 풍속에서도 비루한 습속이다. 식견이 있는 사람이라면 우리나라 안에 있으면서도 양반이란 말을 입 밖에 내기를 부끄러워하는 터에, 더구나 변방의 나라에서 지방의 명칭을 딴 성씨를 가지고 도리어 중국의 오래된 명문세족을 업신여길 것인가. 이것이 첫째 망령이다.

중국의 붉은 마래기 모자나 말발굽처럼 생긴 소매는 비단 한족만 부끄럽게 여길 뿐 아니라 만주족 역시 부끄러워한다. 그러나 그들의 예법이나 풍속, 문물제도는 사방 오랑캐가 당해 낼 수 없고, 또 중국과 겨루어 맞먹을 만한 것이라곤 한 치의 나은 점도 없다. 그런데도 우리나라 사람들은 한 줌의 알량한 상투를 가지

**청나라 관리의 모자 마래기
(홍모紅帽)**

고 세상에서 제일인 양 뽐낸다. 이것이 둘째 망령이다.

옛날 월정月汀 윤근수尹根壽[2] 공이 사신의 소임을 띠고 명나라로 가는 도중에 어사御使 왕도곤汪道昆[3]을 만나자, 길옆에서 숨을 죽이고 행차에 날리는 먼지만 빤히 바라보고도 오히려 이를 영광으로 여겼다고 한다. 오늘날 중국이 비록 만주족 치하의 오랑캐가 되었다 하더라도 천자라는 칭호는 아직 고치지 않았다. 그렇다면 내각의 대신들은 곧 천자의 공경公卿 벼슬아치들이다. 딱히 옛날의 벼슬아치라고 해서 더 떠받들고 오늘의 벼슬아치라고 해서 깔볼 까닭이 없다.

사신에 임명된 자는 본래 중국 관리들을 만나는 예법을 지녀야 할 터인데도 공식 석상에서 절하고 읍하는 것을 도리어 부끄럽게 생각하고, 번번이 이를 대충 넘어가거나 모면하고자 하여 결국은 규정과 관례가 되었다. 때로 접견하는 절차가 있어도 대체로 뻣뻣하고 거들먹거리는 것을 고상한 운치로 여기고, 공손하고 겸손한 태도를 가지는 것을 치욕으로 여긴다. 저들이 비록 이것을 까탈스럽게 책망하지는 않지만, 어찌 우리의 무례함을 경멸하지 않으리라고 장담할 수 있으랴. 이것이 셋째 망령이다.

우리가 문자를 알게 된 이후부터 중국의 글을 빌려 읽지 않은 적이 없었기 때문에, 중국의 역대 역사를 이야기하는 것은 모두 꿈속에서 해몽을 하는 것과 같지 않은 것이 없다. 그런데도 과거장에서 답안지나 쓰던 습관을 가지고 운치도 없는 글을 시문詩文이라고 억지로 지어 놓고는 갑자기 "중국에는 제대로 된 문장이 없다"고 흰소리를 친다. 이것이 넷째 망령이다.

중국 땅의 인사들은 강희康熙 이전은 모두가 명나라의 유민들이요, 강희 이후는 곧 청나라 황실의 신하이다. 백성들은 당연

2 윤근수(1537~1616)의 자는 자고子固, 호는 월정, 외암畏菴이다. 저서에 문집 『월정집』, 『조천록』朝天錄 등이 있다.
3 왕도곤(1525~1593)은 명나라 문학가로, 자는 백옥伯玉, 호는 남명南溟이다. 문집 『태함집』太函集 외에 수많은 저작을 남겼다.

히 지금 왕조에 충절을 다하고 법제를 준수하여 받들어야 할 것이다. 만약 외국 사람과 짧은 시간에라도 무슨 이야기를 하다가 국내의 사정을 외국인에게 누설한다면, 이는 정말 당세의 난신적자亂臣賊子로 내몰릴 수 있을 것이다.

그런데도 어쩌다가 중국 인사를 만나 그가 은택을 받아서 살기 좋은 세상이라고 자랑이라도 하는 것을 보면, 문득 말하기를 "『춘추』 한 권도 읽을 만한 곳이 없구먼" 하면서 매양 연나라, 조나라 거리에는 현실을 비분강개하여 노래를 부르는 인사를 볼 수 없다고 탄식한다. 이것이 다섯째 망령이다.

중국의 선비들에게는 세 가지 어려운 일이 있다. 일단 거인擧人, 즉 과거 시험 합격자가 되면 역사와 경서 전부를 사건에 따라 척척 변증하고, 제자백가와 구류九流[4]의 본말을 대체로 섭렵하여, 메아리가 울리듯 빠르게 묻고 답해야 한다. 그렇지 못하면 선비가 될 수 없다. 이것이 첫째 어려운 일이다.

선비는 너그럽고 점잖으며, 예절에 밝고 의젓하여 교만하거나 거만을 떨지 않아야 하고, 자기 마음을 비우고 남을 대함으로써 내국人國의 체면을 잃지 않아야 한다. 이것이 둘째 어려운 일이다.

큰 일이든 작은 일이든, 먼 일이나 가까운 일이나 간에 법을 두려워하지 않는 사람이 없다. 법을 두려워하므로 관직에 신중하고, 관직에 조심하기 때문에 제도가 한결같고, 사·농·공·상 사민四民은 자기의 본업을 나누어 제각각 제 할 일을 한다. 이것이 셋째 어려운 일이다.

우리나라 사람의 다섯 가지 망령도 실상은 중국인의 자기 모멸로부터 나왔지만, 자기 모멸을 하게 된 것도 실상은 중국 사람

탓이 아니다. 그들이 본래부터 가진 세 가지 어려운 일이란 것 역시 우리나라 사람의 처지에서는 멸시할 수 있는 게 아니다.

남북조 시절, 양梁나라의 진경지陳慶之[5]라는 장수가 위魏나라에서 남방으로 돌아온 이래로 북방 사람들을 매우 정중하게 대우하였다. 학자 주이朱異[6]가 이상하게 여겨 그 까닭을 물었더니 경지는 이렇게 대답했다.

"진晉나라, 송나라 이래로 낙양洛陽을 가리켜 황폐한 중원이라 하였으니, 이는 양자강 이북이 죄다 오랑캐 땅이 되었음을 두고 말하는 것입니다. 그러나 전에 낙양에 이르러서야 비로소 문명하고 예교를 갖춘 양반이 모두 중원 땅에 있음을 알게 되었고, 예의가 풍부하고 성대하며 인물이 많아 눈과 귀로 보고 들은 것을 입으로 다 전달할 수 없습니다."

이로 말미암아 본다면 작은 도랑물이나 보던 사람이 한번 바다를 보면 그만 넋을 빼고 탄식하게 됨은 고금의 모든 사람이 보이는 동일한 행동일 것이다.

나는 열하에서 중국의 많은 사대부들과 교유했다. 평범한 내용의 토론을 통해서도 내가 알지 못하던 지식을 매일 알게 되기는 했으나, 당시 정치의 잘잘못과 민심의 향배에 대해서는 도무지 알아낼 방법이 없었다.

옛글(『맹자』)에 "그 나라의 예법을 보면 그 나라의 정치를 알수 있고, 그 음악을 들으면 그 나라의 도덕을 알 수 있다. 이는 백세가 지난 뒤에 백세 이전의 왕과 비교해 보아도 틀리지 않을 것이다"[7]라고 하였다. 자공子貢[8]처럼 말을 잘하는 재주와 계찰季札[9]과 같은 지혜를 갖추고 있지 않다면, 비록 앞에서 온갖 악기와 춤추는 도구를 펼쳐 놓고 날마다 음악을 연주하더라도 진실로 정치

5 진경지(484~539)는 남조 양나라의 장군으로 자가 자운子雲이다. 위나라와의 전투에서 혁혁한 공을 세웠다.
6 주이(483~549)는 남조 양나라의 학자로 자가 언화彦和이다. 경사 잡학에 통달하여 태학박사가 되었다.

7 『맹자』 「공손추」 상편에 나오는 내용으로, 본래 공자 제자인 자공子貢이 한 말인데 맹자가 인용한 것이다.
8 자공은 공자의 제자로 말재주가 있으며, 경제에도 밝았다.
9 계찰은 춘추시대 오나라 사람으로, 신의가 있으며 음악에도 밝아, 노나라에 가서 과거 주나라의 성대한 음악을 알았던 인물이다.

와 도덕이 어디에서 나온 것인지 그 근본을 모를 터인데, 하물며 상고시대의 음악을 대충대충 토론만 하고서 당시 세상의 흥망성쇠를 어떻게 알 수 있겠는가? 그런데도 지루하고 번잡하며 중복된다는 혐의를 회피하지 않고, 일부러 이같이 현실성 없고 황당하며 막연한 내용을 물었던 까닭은 무엇인가?

대체로 중국 선비들은 그 성질이 자랑하고 떠벌리기를 좋아하며, 학문은 해박한 것을 귀하게 여겨 경서와 역사서를 닥치는 대로 인용하여 이야기하느라 입에 자개바람이 난다. 그러나 우리나라 사람들은 대부분 외교적 언사에 익숙하지 못해, 혹 어려운 것을 묻는 데 급급하거나 당대의 일을 섣불리 이야기하기도 하고, 혹 우리의 의복과 갓을 과시하면서 그들이 자신들의 의복과 관을 부끄러워하는지 살피기도 하며, 혹은 바로 대놓고 한족을 그리워하느냐고 다그쳐 물어봄으로써 그들의 억장을 무너지게 만든다. 이따위 행동은 비단 그들이 꺼려하고 싫어하는 행동일 뿐 아니라, 우리에게도 어설픈 실수이고 역시 섬세하지 못한 짓이다.

그러므로 그들의 환심을 사려 한다면 반드시 대국의 명성과 교화를 곡진하게 찬미함으로써 먼저 그들의 마음을 푸근하게 만들고, 중국과 외국이 한 몸이나 다름없음을 부지런히 보여주어 혐의를 받지 않도록 힘써야 한다. 한편으로 예법이나 음악의 문제에 뜻을 두어서 스스로 전아하게 보이도록 하고, 또 한편으로는 역대의 역사 사실을 거론하되 최근 사정에 대해서는 다그치지 말아야 한다.

겸손한 마음으로 배움을 청하여 마음 놓고 이야기를 터놓도록 유도하고, 겉으로는 잘 모르는 것처럼 가장해서 그들의 마음

을 답답하게 만든다면, 그들의 눈썹
한 번 움직이는 데서도 참과 거짓을
볼 수 있을 것이요, 웃고 이야기하는
동안에도 실정을 능히 탐지해 낼 수
있을 것이다. 이것이 내가 종이와 먹
을 떠나서 그들의 정보와 소식을 대략
이나마 얻을 수 있었던 방법이다.

주희(좌)와 육구연(우)

슬프다! 중국 유학의 도와 학술은
산산이 부서지고 지리멸렬해져 천하의 학문이란 한 갈래에서 나
오지 않게 되었다. 주자朱子와 육상산陸象山[10]이 갈라져 벌써 수백
년이 되도록 서로 원수처럼 헐뜯고 비방을 해 왔다. 명나라 말년
에 와서는 천하의 학자란 학자는 모두 주자를 으뜸으로 삼아 육
상산의 학문을 하는 자가 드물었다. 청인이 중국을 통치하면서부
터 그들은 학문의 종주宗主가 어디에 있는지, 그 학문을 따르는
사람은 많은지 적은지를 몰래 살폈다.

그리하여 많은 쪽을 따라서 힘껏 섬기고, 주자를 공문십철孔
門十哲의 반열에 올려서 제사지내며, 천하에 호령하기를 "주자의
도학은 바로 우리 황실이 대대로 해 온 가학家學이다"라고 하였
다. 드디어 세상은 주자의 학문에 흡족하여 기뻐서 복종하는 자
가 있는가 하면, 주자학의 겉만 번드르르하게 꾸며서 세속에 영
합하고 출세하려는 사람까지 생기게 되어, 소위 육상산의 학문이
란 것은 거의 끊어질 지경이 되었다.

슬프다! 저들이 주자의 학문을 참으로 이해하여 그 정통을
얻으려 하는 것이겠는가? 아니, 황제의 높은 지위를 이용하여서
겉으로만 주자를 따르고 사모하려는 것이다. 이는 중국의 대세를

10 상산은 남송의 유학자
육구연陸九淵(1139~1193)
의 호이다. 그는 주자와 동시
대 인물로 이론상으로 서로
대치했다.

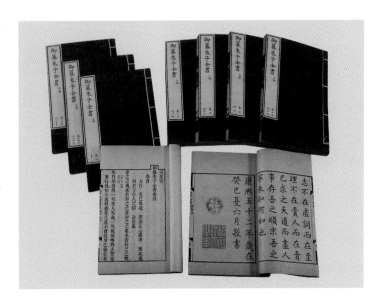

강희 시대에 간행된 『어찬 주자 전서』御纂朱子全書

살펴서 이를 먼저 차지하고, 천하 사람들의 입에 재갈을 물려서 아무도 감히 자기를 오랑캐라고 부르지 못하게 하려는 의도일 것이다. 무슨 근거로 그렇다는 것을 아는가?

주자는 중국을 떠받들고 오랑캐를 배척했던 인물이다. 그런 즉, 황제도 일찍이 자기 저술을 지어서 송나라 고종高宗이 춘추대의를 몰랐다고 배척하고, 금나라와 강화講和를 주장한 당시 역적 진회秦檜[11]의 죄를 성토하는 논의를 하였다. 또 주자가 많은 서적에 주석한 것을 보고는 황제는 천하의 선비란 선비는 다 모으고, 국내의 도서를 모두 거둬들여 『도서집성』圖書集成 과 『사고전서』四庫全書 같은 방대한 책을 만들고 온 천하에 외치기를, "이는 자양紫陽(주자의 호)이 남긴 말씀이고, 고정考亭(주자의 별호)이 남긴 뜻이다"라고 하였다.

황제가 걸핏하면 주자를 내세우는 까닭은 다른 뜻이 있는 게 아니다. 천하 사대부들의 목을 걸터타고 앞에서는 숨구멍을 억누

11 진회(1090~1155)는 송나라 말기에 재상을 지낸 인물로, 금나라와 화의를 주장했다. 충신 악비岳飛를 죽였으며 성질이 잔인하고 음흉했다.

진회 동상

르며, 뒤에서는 등을 쓰다듬으려는 의도이다. 천하의 사대부들은 대부분 그러한 우민화 정책에 동화되고 협박을 당해서 쪼잔하게 스스로 형식적이고 자잘한 학문에 허우적거리면서도 이를 눈치 채는 사람이 아무도 없다.

혹자는 물을 것이다. '청나라 사람들이 이미 중국의 예절과 문화를 숭상하고 있으면서도 어째서 만주의 묵은 풍속은 고치지 않는가?' 그리고 혹자는 이렇게 말할 것이다. '이것으로 그들의 속사정을 충분히 알 수 있을 것이다.' 이에 대해 저들은 이렇게 말할 것이다.

"나는 천하를 이익의 수단으로 삼으려는 것이 아니다. 나는 명나라 황실을 위하여 큰 원수를 갚고 큰 치욕을 씻어 주었다. 그러나 천하에는 천자의 자리를 오래 비워 둘 수 없는 이치인즉, 나는 천하를 위하여 중국 땅을 지키다가 만약 중국 땅에 새로운 주인이 생긴다면 나 역시 보따리를 싸 가지고 동쪽으로 돌아갈 것이므로, 우리 조상들이 지켜 왔던 옛 제도를 감히 고치지 않고 있는 것이다."

혹자는 또 물을 것이다. '저들이 자기들의 옛 습속을 바꾸지 않고 그대로 따르는 일은 당연하겠지만, 어째서 중국 사람들에게 자기들의 법을 억지로 따르게 하고 있는가?' 그리고 혹자는 이렇게 말할 것이다. '이것으로 그들의 속사정을 충분히 알 수 있을 것이다.' 이에 대해 저들은 이렇게 대답할 것이다.

"제왕이란 천하의 문자와 도량형을 같게 만들고, 제도를 하나로 통일하는 사람일 뿐이다. 청나라의 신하가 되려는 자는 그 시대 제왕의 제도를 따르는 것이 마땅하고, 청나라의 신하가 되지 않을 자는 그 시대 제왕의 제도를 따르지 않으면 그만이다."

〈**강희남순도**〉康熙南巡圖**(부분)**

중국의 동남 지방은 지혜가 계발되고 문명이 발달한 곳이어서 천하에서 제일 먼저 사회적 문제가 생기는 곳이고, 사람들의 성품이 말이나 행동도 신중하지 못하고 가벼워서 따지기를 좋아한다. 그런즉 강희 황제가 여섯 번이나 강소江蘇, 절강浙江 지방을 순유한 까닭은 몰래 호걸들의 마음을 억눌러 막기 위함이었고, 지금 건륭乾隆 황제도 강희의 뒤를 밟아서 다섯 번이나 이 지방을 순유했다.

한편, 천하의 우환은 언제나 북쪽 오랑캐에게 있으니, 그들을 복종시킨 뒤에도 강희 시절부터 열하에 궁궐을 짓고 몽고의 막강한 군사들을 유숙시켰다. 중국의 수고를 덜고 오랑캐로 오랑캐를 방비하였다. 이렇게 하면 군사 비용은 줄이면서도 변방을 튼튼하게 하는 것이므로, 지금 황제는 그 자신이 직접 이들을 통솔하여 열하에 살면서 변방을 지키고 있다. 서번은 억세고 사나우나 황교(라마교)를 몹시 경외하니, 황제는 그 풍속을 따라서 몸소 자신이 황교를 숭앙하고 받들며 그 나라 법사法師를 맞이하여 궁궐을 거창하게 꾸며서 그들의 마음을 즐겁게 하고 명색뿐인 왕으로 봉함으로써 그들의 세력을 꺾었다. 이것이 바로 청나라 사람들이 이웃 사방 나라를 제압하는 전술이다.

다만 중국 땅에 대해서는 아무런 마음을 쓰지 않는 것처럼 보인다. 그러나 그들의 계산은 세상의 일반 백성이야 세금만 적게 바치게 해 주면 안정되리라고 생각하였다. 어찌 알지 못했으랴. 자기들의 모자와 복장을 도리어 편하게 여겨서 반대하지 않고, 자기들의 제도를 바꾸고 싶어 하지 않으리라는 사실을.

다만 천하의 사대부들에 대해서는 둘러보아도 안정시킬 만한 마땅한 방법이 없었다. 그래서 짐짓 주자의 학문을 가지고 마음이 떠 있는 선비들을 위로한다면 지혜와 용기가 뛰어나고 기개와 풍모가 있는 선비들은 속으로 화를 낼망정 감히 겉으로 말을 못하게 될 것이고, 비루한 아첨쟁이들은 시의를 따르고 일신의 이익을 꾀할 것이다. 한편으로는 중국 땅의 선비들을 몰래 문약하게 만들고, 한편으로는 문명과 교화의 명성을 드러내 놓고 수용하게 하였다.

옛날 진秦나라처럼 선비를 파묻어 죽이는 방법을 쓰지 않으면서도 그들을 도서 교정 사업에 몰두하게 만들고, 진나라처럼 책을 불사르지는 않으면서도 그들을 『사고전서』를 출판하는 취진국聚珍局(건륭 때 『사고전서』의 판명板名을 취진판이라고 하였다. ― 원주)에서 이반離叛되고

『사고전서』

분열되게 만들어 버렸다.

아하, 슬프다! 그들이 천하의 사람을 우롱하는 기술이 교묘하고도 심각하다고 할 만하도다. 소위 책을 구입하게 하는 재앙이 책을 불사르는 재앙보다 심하다는 것은 바로 이를 가리키는 말이다.

그러므로 중국의 선비들 중에는 왕왕 주자를 반박하는 데에 조금도 주저하거나 꺼리지 않았던 자가 있었으니, 모기령毛奇齡[12]이 그런 선비이다. 모기령을 두고 주자의 충신이라 말하는 자도 있고, 더러는 유가의 도를 지킨 공적이 있다고 말하는 자도 있으며, 혹자는 은혜 있는 사람과 원한을 맺었다고도 말한다. 모기령에 대한 이러저러한 평가들을 통해서 중국 선비들의 미묘한 뜻을 충분히 엿볼 수 있다.

아하! 주자의 도는 중천에 뜬 해와 같아 사방 만국이 모두 우러러 쳐다보는 대상이니, 황제가 개인적으로 떠받든다 한들 주자에게 무슨 누를 끼칠 것인가. 그런데도 중국의 선비들이 이토록 그것을 수치스럽게 여기는 까닭은 무엇 때문인가? 아마도 황제가 겉으로는 주자를 떠받드는 척하면서 속으로는 세상을 통제하는 수단으로 삼는 것에 격분해서일 것이다. 그러므로 때때로 주자의 주석 중 한두 가지 틀린 내용을 가지고 청나라 통치 100년간의 괴롭고 억울한 기분을 씻어 내리려고 한다. 그런즉 오늘날 주자를 반박하는 선비는 결과적으로 옛날 육상산의 부류와는 목적이 다르다는 사실을 징험할 수 있다.

그런데도 우리나라 사람들은 이런 의도를 모르고, 중국의 선비와 잠시 만나서 데면데면 이야기하다가도 주자를 건드리는 이

12 모기령(1623~1716)은 명말 청초의 대학자로 자는 대가大可 혹은 자제우字齊于, 호는 초청初晴이다. 제자들은 그를 서하선생西河先生이라 불렀다. 저서에 『서하전집』이 있다.

야기가 약간이라도 나오면, 그만 눈이 휘둥그레져서 듣고 있다가 문득 육상산의 도당이라고 배척한다. 그리고 귀국해서는 나라 사람들에게 "중국에서는 지금 육상산의 학문이 굉장히 유행하고 사악한 학설이 그치지 않더라"라고 떠들어댄다. 그 말을 듣는 사람 역시 사실 여부를 따져 보지도 않고 마치 이런 담론을 보기라도 한 것처럼 덮어놓고 속으로 화부터 내고 본다.

아하! 사문난적斯文亂賊에 대한 성토를 멀리 중국 땅에까지 미치게 할 수는 없겠으나, 이단을 용납하고 묵인하는 죄는 진실로 사림士林 사이에서 용서받기 어려울 것이다.

엄화계罷畫溪[13] 꽃나무 아래에서 약간의 술을 마시며, 다음에 나오는 「망양록」忘羊錄·「곡정필담」鵠汀筆談을 뒤적이며 교열을 하다가 붓을 꽃이슬에 적셔 이런 뜻의 의례義例를 만들어, 뒷날 중국을 유람하는 사람으로 하여금 거리낌없이 주자를 반박하는 사람을 만나더라도 그를 범상치 않은 선비인 줄 알고, 이단이라고 함부로 배척하지 말며, 외교적 언사를 잘하여 점차로 그 본질까지 찾아내는 데 효과가 있게끔 하였다. 모름지기 이런 방법을 써야 천하의 대세를 엿볼 수 있을 것인저.

13 엄화계는 황해도 개성 부근의 연암이 우거하던 연암협 골짜기에 있던 시냇물 이름이다.

양고기 맛을 잊게 한 음악 이야기

—

망양록
忘羊錄

⊙ ─ **망양록**

양을 잊은 것에 대한 기록이라는 말인데, 다른 것에 정신이 팔려 차려 놓은 양고기 요리를 먹는 것조차 잊었다는 뜻이다. 여기 정신을 팔게 만든 것은 다름 아닌 고금 음악의 변천사이다. 본편은 태학관에서 만난 왕민호와 윤가전을 상대로 고금의 음악의 문제를 담론한 내용으로 구성되어 있다.

음악의 악률과 그 원리에 관한 문제, 음악의 문화적 의의, 악기의 변천사, 음악 이론의 변천 등을 중심으로 전문적 지식을 동원하여 담론한 글이므로, 『열하일기』 중에서 가장 이해하기 어려운 부분이다.

그러나 음악만을 위한 토론이 아니라, 역시 음악과 관련한 고금의 정치 문제, 왕조의 흥망성쇠를 함께 논하고 있으며, 한 시대의 지식인의 처세 문제까지 골고루 다루고 있다. 연암은 앞의 「심세편」에서 고금의 음악 문제와 같은 비정치적 내용을 다룬 목적이 어디에 있는가를 분명하게 밝힌 바 있다. 요컨대 표면적으로 음악 문제를 토론의 주제를 삼고 있으나, 그 이면에는 역사 발전의 내면적 이유, 인간의 자기 가치를 결정하는 처세관 등의 핵심적 주제가 자리 잡고 있다.

머리말

「망양록서」忘羊錄序

아침나절에 형산亭山 윤가전尹嘉銓과 곡정鵠汀 왕민호王民暭
를 따라 태학의 수업재修業齋에 들어가 악기를 두루 구경하고 윤
형산의 숙소로 돌아왔는데, 윤형산은 오로지 나를 접대하기 위해
양을 통째로 쪄서 내놓았다. 그때 한창 음악의 악률이 고금에 어
떻게 다른가를 논하고 있어서 양을 차려 놓은 지 꽤 오래되었으
나 먹으라고 권하지를 못했다.

이윽고 윤공이 "양을 아직도 쪄서 내오지 못했느냐?"고 물으
니, 모시는 사람이 "진작 차려 놓았는데 벌써 다 식었습니다"라고
대답했다. 윤공은 나이가 들어 정신이 없다며 나에게 사과를 했
다. 나는 "옛날 공자님께서 순임금의 음악인 소韶를 들으시고는
고기 맛을 잊었다고 하더니,[1] 지금 제가 학식 있는 분의 고매한 이
야기를 듣느라 양 한 마리를 통째로 잊은 꼴입니다"라고 하니, 윤
공은 "이른바 장臧이란 사람은 책을 읽고 곡穀이란 사람은 장기

1 『논어』「술이」편에 나오
는 말이다.

를 두다가 모두 양을 잃었다는 그런 격입니다"[2]라고 하여 서로 크
게 웃었다.

드디어 그 필담한 내용을 차례로 정리하여, '양을 잊었다'는
뜻의 망양록忘羊錄이라고 편의 이름을 짓는다.

2 『장자』「변무」駢拇편에
나오는 이야기이다.

1. 훈塤
2. 배소排簫
3. 축柷
4. 박부搏拊
5. 어敔

3 동양 음악에서는 한 옥
타브를 다섯 등분의 계단, 즉
음계로 나누어 '궁, 상, 각,
치, 우'라 하고, 서양은 일곱
음계로 나누어 '도, 레, 미,
파, 솔, 라, 시'라고 한다.
4 동양 음악에서 한 옥타
브를 12등분하여 음의 한 계
열을 일정한 진동수에 고정
시켜 절대표준음고를 설정
하는데, 이 12개의 표준음
에 이름을 붙여서 12율律이
라고 한다. 황종黃鐘, 대려大
呂, 태주太簇, 협종夾鐘, 고
선姑洗, 중려仲呂, 유빈蕤賓,
임종林鐘, 이측夷則, 남려南
呂, 무역無射, 응종應鐘 등이
12율이다. 12율은 6율律과
6려呂로 구분하는데, 12율
을 2개씩 합한 음계를 하나
의 음계로 간주할 때는 6율
이 되고, 6율에 간음間音을
하나씩 끼운 음계는 6려가
된다. 황종, 태주, 고선, 유빈,
이측, 무역 등이 6율이 되고,
대려, 협종, 중려, 임종, 남려,
응종이 6려가 된다.

연암이 말하길,

"궁宮·상商·각角·치徵·우羽[3] 다섯 음을 정명定名(명실상부하게 정해진 음계)으로 삼고, 육률六律[4]은 허위虛位(정해지지 않은 자리)로 삼습니다. 소리가 법도에 맞으면 율律이 되고, 맞지 않아 율이 아니라고 한다면 음악에서 고금의 차이나 아악이나 속악의 구분이 마땅히 없어야 합니다. 그런데도 시대마다 음악이 달라지고 풍류가 변천하는 것은 무슨 까닭입니까? 혹 악기를 만드는 것이 고금의 차이가 있어서 성률이 따라서 변천하는 것인가요?"

곡정이 말하길,

"아닙니다. 제가 본래 이 학문에 어둡습니다만, 한두 가지 좁은 소견이 없지 않아서, 항상 학식이 풍부한 군자에게 바른 평가를 받아 보기를 바랐던 터입니다. 목소리는 목구멍과 혀, 입술과 치아에서 나오는데 각기 그 모양이 다르면 음도 따라서 달라지기 때문에 굳이 이름을 붙여 소리를 따라 분배한 것입니다. 오직 음의 소리를 정해 놓은 뒤라야 변화하는 음을 알 수 있을 것이고, 변화하는 음을 알아야 악기를 불어서 만 가지 각기 다른 음을 이름

에 따라 안배하여 표준음을 취할 수 있을 것입니다. 이것이 궁상
각치우 오음이 만들어진 까닭입니다. 그러나 변한다는 측면에서
볼진대, 음이 하필 다섯 개만 있겠습니까? 백 개의 음이라고 말해
도 될 것입니다.

율律은 법률이라고 했을 때의 그 율입니다. 입에서 나온 목소
리에는 이미 고저청탁과 굵고 가는 구분이 있으니, 귀로 들을 수
있는 범위에서 처음으로 악기를 만들어 일정한 규율로 삼은 것입
니다. 마치 법규의 조문에 차등이 있으나 각각 그 법률에 합당한
것과 같습니다. 다만 음률은 소리가 나기를 기다린 뒤라야 거기
에 견주어 표준을 정할 수 있기 때문에 육률六律을 자리가 정해지
지 않은 허위虛位로 삼습니다. 그러나 차등을 짓는 관점에서 헤아
려 본다면 율이라는 것이 어찌 여섯 개에 그치겠습니까? 천 개의
율이라고 말해도 옳을 것입니다.

저는 어떤 것이 오음의 궁宮인지 우羽인지 혹은 육률의 종鐘
인지 여呂인지 모르겠습니다만, 검은 기장의 낟알[5]로 길이를 재
려고 애쓰고, 갈대를 태운 재[6]로 기후를 점치려고 북새통을 떠는
일 들은 또한 의혹만 받으리라 생각합니다."

연암이 말하길,

"비유하자면 악기는 골짜기와 같고, 소리는 골짜기를 돌아
나가는 바람과 같습니다. 골짜기를 고칠 수 없다면 바람에는 변
화가 없음을 알 수 있습니다. 다만 사나운 바람, 온화한 바람, 회
오리바람, 찬바람 등의 차이가 있을 뿐입니다. 이것으로 논해 본
다면 음률이 고금에 다른 까닭은 악기를 고쳤기 때문에 소리가
따라서 변한 것 아니겠습니까?"

곡정이 말하길,

5 옛날에 검은 기장의 중
간 크기를 선별하여 이를 도
량형의 표준으로 삼았는데,
이 도량형은 악기를 만들고
음의 기준을 만드는 원리와
밀접한 관련이 있다.
6 갈대의 막을 태운 재를
피리의 관 안에 집어넣어 밀
폐된 방 안에서 뿜고, 이를
관찰하여 날씨를 점쳤다고
한다.

고 기타 음악의 법칙을 위반
한 소리를 간성이라고 한다.
이를 음성淫聲, 흉성凶聲, 만
성慢聲이라고도 한다.

8 『사기』 악서樂書와 『한
서』漢書 지리지地理志에 의
하면 고대 위衛 나라의 상간
桑間 지역과 복濮 강가의 음
악은 망국의 음악이었고, 남
녀가 자주 모여 음탕한 일을
많이 했다고 한다. 그 지방의
노래 가사가 『시경』에 남아
있다.

9 『서상기』는 원元나라 때
왕실보王實甫가 지은 희극
이다. 당대의 전기소설 『회진
기』會眞記를 뼈대로 하여 장
군서張君瑞와 최앵앵崔鶯鶯
의 연애 이야기를 부연해서
만든 것이다.

10 『모란정』은 명나라 때 탕
현조湯顯祖가 쓴 전기소설
『모란정환혼기』牧丹亭還魂記
를 희곡으로 꾸민 작품이다.

『모란정』 공연의 한 장면

"그렇습니다. 음률이 연결되어 곡조가 되고, 곡조가 맞아서
가락이 되고, 가락이 합해서 곡이 됩니다. 음률에는 간성姦聲[7]이
없지만 가락에는 공정치 못하고 치우친 편음偏音이 있습니다. 과
연 한 골짜기에서 부는 바람에도 사납고 온화하며, 회오리치거나
차갑거나 한 차이가 있으며, 새벽과 밤, 아침과 낮에 따라 바람의
변화가 있는 것과 같습니다. 이것은 가락과 곡의 분위기가 바뀌
고 듣는 사람이 달라짐에 따라 때로는 흥이 나기도 하고 때로는
기분이 꺾이기도 하여, 비로소 고금의 차이와 바르거나 외설적인
구분이 있게 되는 까닭입니다.

요순 시대에는 백성들의 풍속이 너그러워 귀를 즐겁게 하는
음악이 소韶(순임금의 음악)와 호濩(탕임금의 음악)의 소리였으니,
그 시대에는 어떤 소리를 배척했는가를 알 수 있습니다. 주나라
말기의 유幽임금과 여厲임금 시절에는 풍속이 음란하고 사치스
러워 그들의 귀를 즐겁게 했던 음악은 상桑과 복濮[8] 같은 음탕한
소리였으니, 역시 그들이 싫어서 배척했던 음악이 무엇인지 알
수 있습니다. 예컨대 근세의 잡극에서 『서상기』西廂
記[9]를 연희하면 지겨워서 잠이 오지만, 『모란정』牧
丹亭[10]을 연희하면 정신이 번쩍 들며 귀를 기울이게
됩니다.

이는 비록 시정의 하찮은 일이긴 하지만 민속
의 취향과 기호가 시대에 따라 변천하고 바뀐다는
사실을 족히 증명할 수 있습니다. 사대부들이 옛날
의 음악을 부흥시킬 것을 생각하면서도 가락을 고
치고 곡조를 바꿀 줄 모르고, 문득 악기를 뜯어고쳐
서 원래의 소리를 찾으려 하다가는 결국 악사나 악

기, 모두를 망치게 될 것입니다. 이는 화살이 닿는 곳을 따라다니며 과녁을 그리고, 취하는 걸 싫어하면서도 억지로 술을 마시는 것과 무엇이 다르겠습니까?"

연암이 말하길,

"제가 심양에 이르러 생황을 부는 사람이 있기에 이를 빌려서 한번 불어 보았는데 과연 우리나라의 음과 합치되고, 음을 연결하여 가락을 일으키니 역시 우리의 음률과 맞아떨어졌습니다. 북경에 들어와서는 유리창에 이르러 또 생황을 한번 불어 보았습니다. 잘 모르겠습니다만, 지금 생황의 부는 구멍이나 소리가 나는 구멍, 쇠청[11]은 여와씨女蝸氏[12] 때의 옛 제도와 변함이 없는 것인가요?"

곡정이 말하길,

"이는 악기를 만드는 장인의 제조와 관계되는데, 저는 아직까지 제 손으로 만지며 자세히 보지는 못했습니다."

형산이 말하길,

"어찌 변하지 않았겠습니까? 팔음八音[13]의 포匏는 곧 생황인데 대나무 뿌리를 깎아 만듦으로써 바가지〔匏〕를 대신한 것이 이미 오래되었답니다."

곡정이 말하길,

"율려律呂의 변화는 악기 탓이 아닙니다. 음탕한 노래가 유행했다는 위衛 나라의 상간이나 복 지방에서 그들이 피리를 불지 않았다면 그만이겠거니와 만약 불었다면 반드시 피리였을 것이며, 만든 제도는 의당 요순 시대의 옛 방식이었을 것입니다. 그들이 두드려 친 것이 종이나 경쇠가 아니었다면 그만이겠지만, 만약 두드려 쳤다면 반드시 종이나 경쇠였을 것이고, 그 음률은 요순

생황

11 쇠청은 생황의 대롱 아래 끝에 붙여 떨어 울리게 하는, 백동으로 만든 서(조각). 금섭金鍱·금엽金葉·쇠서라고도 한다.
12 여와는 중국 고대 신화에서 인간을 창조한 여신이다. 이 여와가 생황을 만들었다는 전설이 있고, 그래서 여와를 음악의 여신이라고도 한다.
13 팔음이란 소리를 내는 여덟 가지 악기 재료인데, 금金, 석石, 사絲, 죽竹, 포匏, 토土, 혁革, 목木이다.

의 음악인 소호韶濩가 끼친 것일 겁니다.

그러나 시작하는 곡조는 어떤 한 음에서 나와서 음률이 이어지고 조화를 이루며, 그런 뒤에 정성正聲이니 간성姦聲이니 하는 구분이 비로소 생겼을 겁니다. 합쳐진 가락(강腔)이 어떤 심정에 감동되고 마음을 따라서 곡조가 완성된 뒤에 옛날 음악이니 지금의 음악이니 하는 차이가 생겼을 겁니다. 화합되고 순수하며 깨끗하고 통하는 소리는 정음正音일 것이고, 음란하고 화려하며 슬프고 사나운 소리는 간성일 것입니다. 이제 악기의 단 하나의 소리와 단 하나의 음률일 때는 어떻게 정음인 소호韶濩를 논할 것이며, 어찌 간성인 상복桑濮이 있을 수 있겠습니까?"

연암이 말하길,

"오음의 소리를 들어 볼 수 있겠습니까?"

곡정이 말하길,

"저는 입으로는 소리를 낼 수 없지만, 그 소리의 모양에 대해서는 들은 바가 있습니다. 넓고 크며 웅장하고 깊은 음은 옛날의 소위 궁음宮音이고, 높고 밝으며 낮고 슬픈 음은 옛날의 소위 상음商音입니다. 건고하면서도 조용한 음은 옛날의 소위 각음角音이고, 불똥이 튀듯 빠르고 격양되는 음은 옛날의 소위 치음徵音이며, 가라앉으면서 가느다란 것은 옛날의 소위 우음羽音입니다. 소리가 나는 것은 희로애락애오욕의 칠정七情으로 인해 나지 않는 것이 없습니다. 또 변궁變宮, 변상變商, 변각變角, 변치變徵, 변우變羽의 소리도 있지요. 음률은 소리에 의존하여 어울리고, 마음의 느낌은 편벽되거나 바른 것이 있어, 음은 그에 따라 움직이고, 음률은 그에 따라 조화되며, 곡조는 그에 따라 이루어진답니다."

연암이 말하길,

"오음에도 선하고 악한 것이 있습니까?"

곡정이 말하길,

"무슨 말입니까?"

연암이 말하길,

"예컨대 궁음이 넓고 크며 웅장하고 깊은 것이라면 이는 선한 것이고, 상음이 낮고 슬프며, 치음이 불똥 튀듯 빠른 것이라면 이는 선하지 않은 것 아닙니까?"

곡정이 말하길,

"아니지요. 오음은 모두 정성正聲입니다. 소위 넓고 크며 웅장하고 깊으며, 낮고 슬프며, 불똥 튀듯 빠르다는 것은 다만 각 소리의 본질을 표현한 것일 뿐, 그 효용은 바르지 않은 것이 없습니다. 궁상각치우가 아닌 음을 일러 간음間音이라고 하는데, 오음의 사이에 위치하기 때문이니, 이것이 바로 간성姦聲입니다. 오음은 변하여 반음半音이 되고, 또 반으로 나뉘어 반의 반음이 되어 본래의 음률을 잃지 않는다면 맑고 탁한 소리가 서로 어울리며, 높고 낮은 음이 서로 조응하게 됩니다. 그러므로 음을 연결하여 곡조가 생긴 뒤라야 그 음의 선악을 따질 수가 있습니다.

이는 한 가지 사실로 증명할 수 있습니다. 궁음宮音은 오음 중 먼저 나오는 정음으로 임금이 되는 상입니다. 비파를 연주하여 새로운 궁성宮聲을 내었으나 궁성이 가서는 돌아오지 않자, 이를 본 악공 왕령언王令言[14]이 수나라 양제煬帝가 강도江都에 갔다 피살되어 돌아오지 못할 줄을 알았다고 합니다. 그러니 궁음에 어찌 선하지 않은 것이 있겠습니까?[15] 궁성이 가서 돌아오지 못한 까닭은 궁성의 죄가 아니고 궁성에서 음을 연결하여 곡조를 시작한 탓입니다.

14 왕령언은 수隋나라 대업大業(605~617) 연간의 저명한 음악가로, 특히 음률에 밝았다고 한다.

15 궁성이 가서 돌아오지 않았다는 말은 음정 조율이 잘 되지 않아서 궁성에서 소리를 내기 시작하여 마지막에 다시 궁성으로 돌아와야 하는데, 그렇게 되지 못했다는 말이다. 수나라 왕령언은 아들이 오랑캐 비파를 가지고 공자곡公子曲이라는 곡을 연주했을 때, 궁성이 돌아오지 못함을 보고서 수 양제가 돌아오지 못할 줄 알았다고 한다. 그는 아들에게 궁성은 임금을 형상하는 소리이기 때문이라고 설명했다. 『수서』隋書 열전 예술, 왕령언 참조.

16 왕망은 후한 말기의 인물로, 왕을 죽이고 신新이라는 나라를 세웠다.
17 신악新樂은 고악古樂의 상대되는 말로, 고악이 옛날의 고전 음악이라고 한다면 신악은 음탕한 노래로 알려진 위衛 나라, 정鄭나라의 노래로 일종의 유행곡을 말한다.
18 진陳은 북제北齊의 잘못이다. 남북조 시대 북제의 후주後主인 고위高緯(556~577)는 정치를 폐하고 자신이 비파를 타며 신곡 「무수곡」을 작곡하였다. 음악 때문에 나라를 망쳤기 때문에 후대에 그를 무수천자無愁天子라고 불렀다. 『수서』隋書 「음악지」 참조.
19 만보상(?~595?)은 수나라 음악가로, 『악보』樂譜 64권을 저술했으나, 만년에 가난과 질병에 시달리다가 아사 직전에 태워 버렸다고 한다.

20 왕승건(426~485)은 자가 간목簡穆이고 서예와 음악에 뛰어났던 인물이다.
21 위魏나라 조조曹操가 업鄴땅에 구리로 만든 봉황새를 옥상에 안치한 대를 쌓고, 이를 동작대라 하였다. 삼조란 조조曹操, 조비曹조, 조예曹叡의 세 사람을 말한다.

22 『남제서』南齊書 열전 「왕승건」전에 나오는 말로, 그 내용이 축약되어 인용되었다.

왕망王莽[16]이 신악新樂[17]을 산천의 제사를 받드는 명당明堂 자리에 바쳤는데, 그 소리가 슬프고 사나워 듣는 사람들이 나라를 흥하게 만들 음악이 아니라고 말을 했습니다. 진陳의 후주後主[18]가 근심이 없다는 「무수곡」無愁曲을 만들었는데, 듣는 사람들이 슬퍼하고 원망하여 눈물을 흘리지 않는 사람이 없었다고 합니다. 수隋나라 개황開皇(수 문제文帝의 연호, 581~600) 초에 새로운 음악이 만들어졌을 때, 악공 만보상萬寶常[19]은 그 음악이 음란하고 거칠며 슬프기 때문에 오래지 않아 천하가 끝장날 것이라고 논평했답니다.

대개 음악이 이루어지는 것은 궁음을 돌려가며 가창의 첫 음으로 삼는 선궁기조旋宮起調에 달렸는데, 선궁기조란 예컨대 음이 상商에서 시작하면 상이 궁음이 되고, 각角에서 시작하면 각이 궁음이 되며, 치徵에서 시작하면 치가 궁음이 되고, 우羽에서 시작하면 우가 궁음이 되는 그런 것입니다."

형산이 말하길,

"남북조南北朝 시기 송宋나라 순제順帝(유준劉準, 467~479) 때 상서령尚書令 왕승건王僧虔[20]이 임금께 아뢰기를, '지금의 악부樂府인 「청상곡사」淸商曲辭는 사실 위魏나라의 「동작」銅爵과 「삼조」三祖의 풍류[21]에서 유래한 것인데, 그 노래가 끼쳐 놓은 음이 귀에 가득 차 그 소리가 적당하고 온화하고 우아하기가 이보다 더 근사한 것이 없었습니다. 그러나 십수 년 사이에 없어진 것이 절반이고, 민간에서는 경쟁적으로 새로운 소리와 잡스러운 곡을 만들었으나 번잡하고 음란하기 짝이 없습니다. 마땅히 책임질 관리에게 명하여 모두 보충하고 고치시기 바랍니다'[22]라고 했습니다.

대체로 위魏나라는 한나라의 음악을 계승했고, 한나라는 진秦나라의 음악을 계승했으니, 진나라의 수도 함양咸陽은 주周나라의 수도 호경鎬京과 거리가 멀지 않은데다, 진나라의 큰 음악인 하夏는 전국시대의 여러 나라에서 으뜸이고 보니 그 흘러온 음악과 여운이 그때까지 남아 있었던 것입니다.

『진서』晉書 악지樂志에 일컫기를, '비무鼙舞라는 춤곡은 어느 시대에 생긴 것인지 소상하지는 않으나, 한나라 때 이미 연회에 사용했다'라고 했는데, 진晉나라가 있던 양자강 이남의 강좌江左 지방에는 옛날에 아악이 없었습니다. 진나라 음악가인 양홍楊泓은 「불무서」拂舞序라는 글에서 '처음 강남에 도착하여 백부무白符舞, 혹은 백부구무白鳧鳩舞라고 하는 춤곡을 보았는데, 오吳나라 사람들이 손호孫皓[23]의 폭정을 근심하여 진晉에 소속되기를 바라며 만든 노래이다'라고 했는데, 그 곡에는 백구편白鳩篇, 제제편濟濟篇, 독록편獨祿篇, 갈석편碣石篇 등이 있습니다.[24]

혹자는 말하기를, '백부무白符舞란 바로 백부伯符[25] 손책孫策의 창춤이다. 손책은 창춤을 잘 추어 아무도 대적할 사람이 없었는데, 강동江東(양자강 하류 남쪽 지방) 사람들은 손책이 온다는 말만 들어도 넋을 잃었다. 나중에 천하가 평정되면서 강동 지방의 아이들이 가요로 전한 것이다'라고 합니다.

「동작」과 「삼조」란 위나라 태조太祖(조조曹操)가 업鄴땅에 동작대를 세우고 스스로 악부를 지어 이를 관현악에 올린 것인데, 그 뒤 문제文帝(조비曹조, 220~227)와 명제明帝(조예曹叡, 227~240) 연간에 드디어 청상령淸商令을 두어서 이를 관장하게 했답니다. 비록 왕승건의 말처럼 곡이 꼭 중용中庸되고 온화하며 우아하다고 할 수는 없으나, 옛날과 시대적 거리가 멀지 않으니 남긴 음이

23 손호는 오吳나라의 마지막 임금이다.

24 노래 가사에 대한 상세한 내용은 『악부시집』樂府詩集 진晉 불무가시拂舞歌詩를 참조.

25 백부는 손책(175~200)의 자이다. 소패왕小覇王으로도 불린 손책은 한나라 말기 여러 영웅 중 한 사람이다.

귀에 가득 찬다고 하는 것은 이 때문입니다.

진晉나라[26]가 낙양에서 양자강 남쪽 건강建康으로 수도를 옮긴 뒤부터 중원 지방의 옛 음악들은 이리저리 흩어지고, 전진前秦의 부견苻堅이 한나라 위나라 청상淸商의 음악을 얻어서 전진前秦과 후진後秦에 전하였으며, 남북조 시기 송宋 무제武帝(유유劉裕, 363~422)가 관중關中 지방을 평정하고는 그 악공들과 악기들을 거두어서 모두 강남 지방으로 옮겨 갔습니다. 수隋나라가 진陳나라를 평정하고 이를 모두 얻어서 중원으로 되가져 갔습니다. 이것이 고금 악기의 흘러온 자취입니다. 수나라 사람들은 강남에서 얻은 악공과 악기들을 본시 중국의 정성正聲이라 말하고, 이에 청상의 옛 호칭을 따라 관서官署를 설치하였고, 이를 통틀어 청악淸樂이라고 일렀습니다.

태산太山에 사는 나의 옛 친구 비불費黻은 자가 운기雲起이고 호는 노재魯齋입니다. 음악에 정통하여 저서에 『삼뢰정의』三籟精義 30권과 『청상이동』淸商理董 30권이 있습니다. 제가 『대청회전』大淸會典 편수에 참여했을 때 비불이 편찬 관서에 와서 글씨를 썼고, 아울러 그가 저술한 음악학에 관련된 여러 책들을 바쳤습니다. 소리와 악기에 대해 논하고 그림으로 그리기도 했으며, 글로 써서 역대 아악의 변천 과정을 세세한 것까지 남김없이 밝혀 마치 손금을 보듯 환하게 하였습니다.

그러나 오직 그 자신만 알 뿐이고, 다른 사람들은 그리 깊이 이해하지는 못했습니다. 게다가 책 안에는 대신들에게 거슬리는 내용이 많았고, 또 비불을 싫어하는 사람까지 있어 그 책은 결국 『대청회전』에 실리지 못했습니다. 식자들은 지금도 이를 애석하게 여기고 있답니다. 제가 젊었을 때 한번 열람했지만 잘 이해할 수 없었는데, 그 이래로 연도가 오래되어 그나마도 모두 잊어버렸으니 더더욱 안타깝습니다." (형산이 이 내용을 적어서 곡정에게 보여주었더니, 곡정은 연신 고개를 끄떡인다. 두 사람이 한동안 이야기를 주고받는 것을 보니 아마도 비불의 일을 말하고 있는 것 같았다. ─원주)

이마두(마테오 리치)

연암이 말하길,

"구리줄로 현을 만든 작은 구라파 양금은 어느 시대부터 유행했습니까?"[27]

곡정이 말하길,

"언제부터 시작되었는지는 알 수 없으나, 아마도 100년 전의 일일 겁니다."

형산이 말하길,

"명나라 만력萬曆(1573~1615) 때 오군吳郡 사람 풍시가馮時可가 서양인 이마두利瑪竇[28]를 북경에서 만나 양금의 소리를 들었고, 또 자명종을 가지고 있던 사실을 스스로 기록하였으니, 아마도 만력 연간에 이마두가 휴대하여 가지고 왔을 겁니다. 악률은 모두 생笙과 황簧에 근본하는데, 천금天琴이 황률簧律에 가장 합하기 때문에 소리를 살피는 사람이 그 음률을 쉽게 정한답니다.

내가 묻기를,

"천금은 또 어떤 모양으로 만든 건가요?"

곡정이 말하기를,

"이것이 서양 철현금인데, 천주天主의 기물에 속하기 때문에 천금이라 이름합니다. 서양 사람들은 역법曆法에 정통하고, 그들의 학술인 기하학은 정미하고 세밀하여, 무릇 물건은 모두 기하

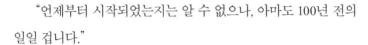

27 여기 구라철현금(천금)에 대한 내용은 본래 초고본 계열의 「망양록」에는 첫째 부분으로 편성되어 있다. 1801년 신유박해 이후에 천주교 혹은 서양의 물건을 기휘해야 되는 사회적 분위기 때문에 구라철현금의 내용이 뒤로 편제된 것으로 보인다. 초고본 계열의 필사본들도 서로 내용이 조금씩 다르기도 하고, 어떤 필사본은 그 자체를 삭제하기도 했다. 여러 개의 필사본을 종합하여 재구성하고, 이를 번역했다.
28 이마두는 1580년에 중국 북경에 온 이탈리아 선교사 마테오 리치(1552~1610)를 말한다.

양금(구라철현금)

학을 응용하여 만들었습니다. 거기에 비해 우리 중국에서 기장
낟알을 포개어 길이를 재는 따위는 도리어 거칠고 조잡한 짓
입니다. 게다가 그들의 문자는 소리를 뜻으로 삼는 표음
문자여서 새나 짐승의 소리와 바람과 비의 소리
조차 귀로 분변하고 혀로 형용하지 못하는
것이 없답니다. 그러하니, 그들은 오성五
聲과 육률六律에 더욱 정통하였습니다. 천금이 세상에 나오자 살
필 수 없는 소리가 없으며, 정할 수 없는 음률이 없습니다."

형산이 말하길,

"음音은 ○²⁹에서 일어나고, 율律은 역歷에서 생깁니다."

연암이 말하길,

"천금의 붉은 찌에 써 놓은 글씨는 무슨 표시인가요?"

곡정이 말하길,

"그것은 줄을 고르는 음악의 부호를 써 놓은 것입니다. 조선
에도 천금이 있습니까?"

연암이 말하길,

"중국에서 사 가지고 온 것인데 초기에는 음률을 맞출 줄 몰
랐고, 줄마다 나는 땡똥땡똥 하는 소리가 마치 옥쟁반에 구슬이
구르는 소리와 같아, 노인이 낮잠을 쫓거나 우는 아이를 그치게
하는 데에 그저 그만이었습니다."

곡정과 형산은 크게 웃는다.

연암이 말하길,

"7, 8년 전에 저의 친구 홍대용은 자가 덕보德保 호는 담헌湛軒
인데 능히 음률을 잘 맞추어서 처음으로 토속 음악과 조화를 이
루게 하였습니다. 그런 뒤에 우리나라 여러 금사琴師들이 많이 이

29 초고본 계열에만 나오는
내용인데, 이 부분이 지워져
있어서 ○으로 표시하였다.

316

를 본받게 되었으니 지금은 나라 안에 크게 유행합니다. 우리나라에는 원래 가야금이라는 것이 있으니 큰 거문고의 반을 갈라서 12줄의 현을 만들었습니다. 가야금은 신라 시대부터 비롯되었는데 현을 타는 것이 중국의 거문고를 타는 모양과 같습니다. 지금 천금의 가락을 타는 방법은 바로 가야금과 아주 흡사합니다."

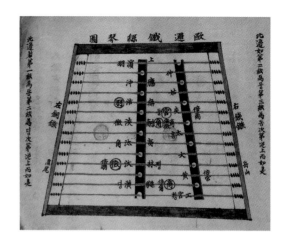

양금의 음 표시

형산이 묻기를,

"선생은 천금을 탈 줄 압니까?"

하고는 시중드는 사람을 눈짓으로 불러서 뭐라고 시키는 것 같은데, 아마도 천금을 찾아오라는 것 같다.

연암이 말하길,

"대략 타는 법을 이해하긴 합니다. 모르겠습니다만 근방에 이 악기가 있을런지요. 대인을 위해서 응당 한번 타 보겠습니다."

형산이 말하길,

"이미 점포에 찾아보라고 했습니다."

잠시 뒤에 시중드는 사람이 돌아와서 "없습니다"라고 한다.

형산이 말하길,

"구해도 구할 수 없으니, 선생께서 입으로 읊어 주기를 감히 청합니다."

내가 구송口誦했더니, 윤과 왕 두 사람은 모두 한참 동안 눈을 감았다가 눈을 뜨고는 서로 쳐다본다.[30] 곡정이 형산에게 뭐라고 하자 형산이 머리를 끄덕인다. 곡정이 다시 구송해달라고 청하

30 연암이 천금을 탈 줄 안다거나, 입으로 천금 소리를 흉내 내었다는 등의 내용은 초고본 계열의 『열하일기』에만 실려 있다. 필사본 총서 4 『열하일기』 원元 책 참조.

여 내가 앞에서처럼 읊었더니, 곡정은 눈을 감았다가 잠시 뒤에 뜨
고는 말하기를 "이해가 안 됩니다" 하기에 그만두었다. 내가 곡정
에게 읊어 보라고 청했더니 곡정은 표정을 가다듬고 단정히 앉아
뭐라뭐라 읊으며 이해가 되느냐고 묻기에, 내가 "이해가 안 됩니
다" 하여, 그만두었다.

연암이 말하길,

"중국에는 순임금 시대의 음악인 소韶와 탕임금 시대의 음악
인 호濩의 곡조가 아직 남아 있습니까?"

형산이 말하길,

"하나도 없답니다."

곡정이 말하길,

"도대체 소와 호를 말하던 시절이야말로 얼마나 대단한 세상
이었습니까! 그 시절의 사람들이 지켰던 떳떳한 도리와 사물들의
법칙, 그 시대가 숭상하고 좋아했던 것을 가히 알 수 있습니다. 요
堯를 임금으로 삼고, 순舜을 신하로 삼으며, 고요皐陶를 스승으로
삼아, 매우 총명하고 재주 있고 준수한 당시 사대부의 맏아이를
신발히여 학교에 입학시켰습니다. 그야말로 맹자가 말한 '생활
환경을 통해 기질을 바꾸고, 봉양을 통해 체질을 바꾼다'[31]는 그런
교육이었습니다.

그들에게 했던 교육이란 것 또한 얼마나 대단한 사업이었습
니까! 관대하고 검소하며 온화하고 솔직하게 되도록 성정을 도야
하고, 정신과 기개를 고무시켜서 마음과 귀를 신령스럽게 하여 약
관의 나이에 계발되고 깨닫게 하였습니다. 게다가 음악의 이치를
통달한 기夔와 같은 사람이 음악을 담당하는 관리가 되어, 교육을
받은 천하의 자제들을 인솔하여 한 시대의 음악을 만들어서, 임금

31 『맹자』「진심장」 상편에
나오는 말이다.

의 덕과 정치를 표현하고 백성들의 취향에 부합시켰습니다.

그 음악으로 하늘에 성대하게 제사 지내면 하늘의 신이 흠향歆饗하실 것이고, 그 음악으로 종묘에 제사를 지내면 조상들의 신이 임할 것이며, 그 음악으로 사방 사람들을 교육하고 감화시키면 백성들이 즐거워하여 막히거나 거슬리는 일이 한 가지도 없을 것이며, 억눌리거나 위축되는 사물이 한 가지도 없을 것입니다. 천지 사이에 꽉 찬 것은 모두가 만물이 생동하는 평화스러운 일단의 기운입니다. 음악이 그런 경지에 이른다는 것이 마땅한 일이라 하겠습니다.

그 후 1,100년을 지나 공자와 같은 사람이 태어나, 그 음악의 중요한 부분과 가락의 여운을 한번 듣고 아득히 그 음악을 상상하시고는, 자신도 모르게 거기에 빠져 석 달이나 고기 맛을 잊으셨다[32]고 했는데, 하물며 그 음악이 있던 당시에 음악 소리를 듣고 날아온 봉황을 직접 본 사람이야 어떠했겠습니까?[33] 그들의 손이 절로 춤추고 발이 절로 뛰었음을 알 수 있습니다.

무왕의 시절은 또 얼마나 대단한 세상이었습니까! 주지육림의 포악한 정치에서 백성을 건져 내어 아무 데서니 춤추고 술에 취해 노래하는 어지러운 풍속을 씻어 냈건만, 오랫동안 물든 더러운 풍속은 그래도 여전히 남아 있었습니다. 묵은 폐습을 통렬하게 개혁하는 것은 정말 일조일석에 될 일이 아니었습니다.

그러므로 무왕의 음악에 방패를 들고 춤을 추는 사람이 산처럼 둘러섰다고 했는데,[34] 이는 팔짱을 끼고 읍양揖讓을 하며 천자의 자리를 선양받은 요순 임금의 음악보다는 뒤떨어지는 것이며, 거칠고 우락부락한 모습을 발양시킨 음악 역시 관대하고 검소하며 온화하고 솔직한 요순의 음악에 비할 바가 아니었습니다.

32 공자가 제齊나라에 있을 때 소韶 음악을 듣고 석 달 동안 고기 맛을 잊으며 "음악이 이런 경지에 이르렀는지 상상도 못했다"라고 했다고 한다. 『논어』「술이」편.
33 『서경』「익직」益稷편에 "순임금의 음악인 소韶를 아홉 번 연주하자 봉황이 날아와서 춤을 추었다"라는 기록이 있다.

34 『예기』「악기」樂記편에 나오는 내용이다.

35 공자는 순임금의 음악에 대해서는 아름다움과 선함을 다했다고 하고, 무왕의 음악은 아름다움은 다했지만 선함은 미진하다고 평가했다. 『논어』「팔일」편.

36 범중엄(969~1052)은 송나라 인종 대의 명재상이다. 자는 희문希文이고, 그가 지은 「악양루기」岳陽樓記는 명문장으로 알려졌다.

37 사마광(1019~1086)은 송나라의 명신으로, 자는 군실君實이며, 태사온국공太師溫國公에 봉해져서 사마온공司馬溫公이라고 불렸다. 편년체 역사서인 『자치통감』을 저술했다.

38 채원정(1135~1198)은 송나라의 대학자로, 율려학律呂學과 이학理學에 정통했다. 자는 계통季通이고, 호는 서산西山이며, 『대학설』大學說 등 수많은 저서를 남겼다.

39 제사에서 신주神主의 제도가 생기기 전에는 어린아이를 앉혀 놓고 신주를 대신하였는데, 그 어린이를 시동이라고 불렀다.

이로써 본다면 무왕의 음악인 대무大武는 응당 그 뒤 성왕成王과 강왕康王 시절에 완성되었을 터인데도 오히려 무武라는 글자를 음악 이름에 붙였습니다. 그런즉 이 두 음악에 대해 공자가 논평한 말을 굳이 보지 않더라도 무왕의 음악이 모두 선한 것만은 아니라는 사실도 알 수 있습니다.[35] 주나라의 전성시대에는 비록 순임금 때 음악을 맡았던 후기后夔와 같은 사람이 음악을 맡았다 하더라도 고작 이런 정도를 이루는 데 그쳤을 것입니다.

그런데도 황우皇祐(북송 인종의 연호, 1049~1054)와 원풍元豊(북송 신종의 연호, 1078~1085) 연간에 범중엄范仲淹[36]이나 사마광司馬光[37] 같은 군자들은 옛 음률을 능히 이해하거나 소상히 알지도 못하면서 옛 음악의 이치를 흐리멍덩하고 부정확하게 설명하고는, 아홉 번 연주하자 봉황이 날아와서 춤을 추었다는 전설적인 순임금 음악인 소韶의 옛 모습을 복원시키려고 하였습니다. 하지만 당시 덕화와 정치가 능히 하늘이나 백성의 마음과 합쳐 하나로 되었는지는 모르겠습니다.

더욱 가소로운 것은 남송南宋 때의 음악가인 채원정蔡元定[38]이 『율려신서』律呂新書라는 책을 지어 율려의 표준 기본음인 원성元聲을 반드시 찾아낼 수 있다고 말했다는 겁니다. 하지만 그가 찾을 수 있다고 한 원성이 과연 그 본래의 음률을 버리고 다시 어디에 있다고 하는 건지 모르겠습니다.

만약 채씨의 말처럼 원성을 찾고 또 순임금의 음악을 똑같이 본떠 만든다 하더라도 당시 군주에게 정말 중화의 덕화와 만물을 고르게 키우는 공덕이 없다면, 이는 비유하자면 제목도 없이 자기 멋대로 써 나간 과거 시험 답안이고, 시동尸童[39]도 없이 먹지도 못할 음식만 죽 늘어놓은 격일 뿐입니다.”

연암이 말하길,

"『사기』에 의하면 우임금의 목소리는 음의 기준이 되고, 우임금의 신장은 길이를 재는 척도가 되었다지요. 옛날에는 태자가 태어나면 천문을 맡은 태사太史는 관악기를 불고 장님에게 그 소리를 살피게 했다 하니, 아마도 한 시대의 음악을 이루는 데는, 반드시 임금의 목소리를 가지고 음의 기준을 삼은 것이겠지요? 성인은 원기元氣가 모인 사람이니, 그 목소리가 나올 때는 반드시 광대하고 화평해서 음률에 맞지 않은 것이 없었을 겁니다. 그렇다면 옛날의 성스러운 왕들은 우임금과 다름없이 목소리가 음의 기준이 되었을 터인데, 유독 우임금의 목소리만을 일컫는 까닭은 무엇인가요?"

곡정이 말하길,

"제왕이 천하를 자기의 집처럼 소유한 지가 오래되었습니다만, 처음 땅에 떨어져 승냥이처럼 사납게 울어댈 때야 의당 무슨 음률에 속할 수 있었겠습니까? 『시경』 「사간」斯干편에 아들이 태어나자 그 소리가 왕왕 시끄러웠으며, 『서경』 「순전」舜典편에 우임금의 아들 계啓가 태어나며 고고呱呱하게 소리를 질러댔다고 하지만, 반드시 음률에 맞았기 때문에 제후가 되고 왕이 되었겠습니까?"

형산이 말하길,

"『예기』 「악기」樂記편에 의하면 무릇 소리란 사람의 마음을 거쳐서 생긴다 했습니다. 대체로 대단히 귀하고 아주 장수하는 사람의 목소리는 마치 큰 종이 우렁차게 울리듯 소리를 낸다 하니, 더러는 음악의 표준음에 맞는 사람도 있을 겁니다. 그러나 신장이 척도가 되고 목소리가 기준이 되었다고 하는 말은 신성한

우리나라 종묘제례악

우임금의 언행이 털끝만큼도 과오나 차이가 없어서 모든 행동이 기준과 척도에 맞았다는 사실을 극찬한 말일 것입니다. 실제 그 목소리의 청탁이 율려에 합치되고, 신장의 장단이 척도에 맞았다는 말이 아닙니다. 몸소 천하 사람보다 솔선하고 백성이 떳떳이 지켜야 할 도덕이나 사물의 법칙의 표준이 되었기에 저절로 사방의 억조창생이 본받는 대상이 되었겠지요."

곡정이 말하길,

"윤 대인의 말씀이 아주 지당하십니다."

형산이 말하길,

"조선의 악률樂律은 어떻습니까? 성스럽고 신령한 누군가가 임금의 스승이 되어 마음과 생각, 지식을 총동원하여 음률을 만들었습니까? 아니면 중국의 것을 모방하였습니까? 종묘 제사나 산천 제사에도 모두 음악을 사용하는지요? 또 춤을 춘다면 그 대오는 몇 줄이나 서서 추는지요?"

연암이 말하길,

"우리나라가 삼국 시절에는 비록 음악이 없지는 않았지만 모두 우리 특유의 향악鄕樂이었습니다. 당나라 중종中宗(684~710) 때 신라에는 음악을 관장하던 기관인 악부樂府가 있었으며, 측천무후則天武后(685~704)[40] 때에는 양재사楊再思[41]라는 사람이 자주색 도포를 펄럭이며 구려무句麗舞(고려무高麗舞)를 추었다고 하는

40 측천부후는 딩 고종의 왕후로서, 고종의 사후에 아들인 중종과 예종을 세웠다가 폐하고는 스스로 황제의 자리에 오른 여인이다. 국호를 주周라고 고치고 음란한 생활을 하다가 재상 장간지 등에 의해 폐위되었다.
41 『구당서』舊唐書 열전 「양재사」전에 의하면, 어떤 이가 양재사에게 얼굴이 고려 사람을 닮았다고 하자, 일어나 종이를 잘라서 고깔을 만들어 모자에 붙이고 자줏빛 도포를 펄럭거리며 고려 춤을 추었다고 한다.

데, 아마도 상스럽고 우아하지 못했다고 생각됩니다. 송나라 휘종徽宗(1100~1125) 때에는 음악을 관장하던 대성부大晟府에서 만든 대성악大晟樂을 하사했다고 하나, 모두 다 시대가 너무 멀어서 앞선 일을 상고할 수는 없습니다.

앞 시대 명나라 홍무洪武(1368~1398) 때에는 우리나라에 팔음八音을 하사하였고, 춤은 여섯 대열, 즉 서른여섯 명이 추는 제후의 육일무六佾舞를 추게 해서 돌아가신 임금들을 제사 지내는 음악의 제도가 갖추어졌습니다. 거기에 사용하는 악기들은 처음에는 중국에서 들어왔지만, 후에는 국내에서 모방하여 만든 것이 많았습니다. 그러나 우리나라의 소리는 와전되기 쉽고, 옛날의 척도는 표준을 맞추기가 어렵습니다.

선왕 장헌왕莊憲王(세종대왕)께서는 성스러운 덕을 가지고 계셔서 상서로운 검은 기장과 오래된 옥을 얻어서 아악을 정하게 되었습니다. 다만 당시 중국에서 나온 악기들이 모두 옛 음률에 맞는지, 국산 기장으로 표준을 삼으면 기록에 전하는 것과 과연 오류나 차이가 없었는지 어떤지는 알지 못하겠습니다."

형산이 의자에서 일어나 몸을 구부슴하게 숙이며,

"동방의 성덕을 갖춘 임금이십니다. 원컨대 귀국의 악곡 중 몇 장을 들을 수가 있겠습니까?"

내가 「몽금척」夢金尺[42]이나 「용비어천가」龍飛御天歌를 창졸간에 외어서 대답할 수도 없고, 또 꺼려해야 할 문제인지 아닌지도 모르고 해서 다른 이야기를 둘러댔더니, 형산과 곡정은 더 묻지 않았다.

곡정이 말하길,

"조선 음악의 곡조는 어떻게 하는 것인지요? 선생께서 능히 소리로 표현하실 수 있습니까?"

42 「몽금척」은 조선 태조가 조선을 건국하기 전에 꿈에서 신선에게 받았다는 황금의 자를 상징하여 만든 춤곡이다.

연암이 말하길,

"제가 본시 입재주가 없어서 형용하지는 못하겠습니다만, 음조가 길게 이어지며 가락이 느릿느릿 길게 이어진다는 사실은 알고 있습니다."

형산이 말하길,

"참으로 군자 나라의 음악이로군요."

연암이 말하길,

"제가 처음 요동 지방에 들어와 길가에서 노랫소리와 악기 소리를 듣고는 소리를 따라가 들어 보았습니다. 피리 하나, 퉁소 하나, 젓대 하나, 비파 하나, 월금 하나가 노랫소리를 반주하며, 주발만 한 북을 두드려서 박자를 맞추고 있었습니다. 피리 소리는 새납, 즉 태평소처럼 생겼고, 젓대 소리는 우리나라의 우조羽調[43]와 닮았는데 배청倍淸, 즉 음정은 배나 높았습니다."

곡정이 말하길,

"그게 무슨 말입니까?"

연암이 말하길,

"이른비 우조라는 것은 오음의 우羽를 말함이 아니고, 바로 곡조 이름입니다. 그러므로 오른쪽 우右자를 써서 우조右調라고도 부릅니다.[44] 우리나라의 속악에는 또 계면조界面調[45]라는 것이 있는데, 바로 우조와는 반대되는 음조입니다. 무릇 음률을 말할 때는 모두 청淸이라는 용어를 사용하여 표현하는데, 배청倍淸, 즉 음정이 배나 높다 할 때의 청은 청탁의 청이 아니며, 배청이란 본래의 음률보다 배나 높다는 말과 같습니다."

곡정이 말하길,

"그것은 본래 음률의 절반입니다."

새납(태평소)

43 우조는 동양 음악에서, '우'羽 음을 으뜸음으로 하는 곡조. 다른 곡조보다 기풍이 맑고 씩씩하며, 윗조라고도 한다.

44 우조羽調의 우羽는 높다(上), 위(上)의 의미를 음차해서 쓴 것으로, 우조는 높은 음을 말하며 右調라고도 한다.

45 계면조는 국악에서 쓰는 음계의 하나로, 슬프고 애타는 느낌의 음조이다. 서양 음악의 단조短調와 비슷하다.

연암이 말하길,

"어제 황제께서 앞으로 나오실 때 음악이 연주되던데, 역시 요동에서 들었던 것과 닮았습니다. 또 징과 바리를 가지고 박자를 맞추던데, 혹 이것이 아악인지요? 어찌 그토록 음조가 높고 박자가 지나치게 빠른지요?"

형산이 말하길,

"선생께서는 어제 반열에 참여하셨습니까?"

연암이 말하길,

"반열에 들어가지는 못했고, 다만 담장 밖에서 들었습니다."

형산이 말하길,

"그것은 태상太常 아악이 아니고, 바로 연희에서 한 단락이 끝날 때 연주하는 음악입니다. 아악에는 본래 징과 바리를 쓰지 않습니다."

용적

방향

연암이 말하길,

"아악이란 어떤 것입니까?"

형산이 말하길,

"대개 앞 시대 명나라의 제도를 따르고 있습니다. 큰 조회에는 64명[46]의 악공을 씁니다. 인악引樂(지휘) 2명, 소簫 4명, 생笙 4명, 비파琵琶 6명, 공후箜篌 4명, 진쟁秦箏 6명, 방향方響[47] 4명, 두관頭管(피리의 일종) 4명, 용적龍笛(큰 젓대) 4명, 장고杖鼓 24명, 대고大鼓 2명, 판板 2명으로 구성됩니다.

협률랑協律郎[48]이 행사에 앞서서 대궐의 섬돌에 진설하고, 황제의 수레가 나타나고 의장대가 움직이면 협률랑은 해와 달을 수놓은 깃발을 들어서 「비룡인지곡」飛龍引之曲을 연주하라고 외칩

46 64명은 인악引樂(지휘) 2명을 뺀, 실제로 악기를 연주하는 악공의 숫자이다.
47 방향은 타악기의 한 종류로, 돌 혹은 옥으로 만들었는데, 뒷날에는 쇠나 구리로 만들었다.
48 협률랑은 음악을 관장하는 기관의 벼슬 이름이다. 협률도위都尉, 협률교위校尉, 협률랑郞의 관직이 있다. 『명사』에는 화성랑和聲郞으로 되어 있다.

니다. 황제가 어좌에 앉기를 기다려 깃발이 내려지고 음악이 그칩니다. 명찬관鳴贊官[49]이 국궁鞠躬을 외치고 협률랑은 「풍운회지곡」風雲會之曲을 연주하라고 외칩니다.

음악이 연주되면 백관들은 절을 하고 머리를 조아리며, 예를 마치고 일어나면 음악이 그칩니다. 화석친왕和碩親王이 대궐에 오르고 보국공輔國公과 각로閣老들이 따라 올라가면 협률랑은 「경황도」慶皇都와 「희승평」喜昇平의 곡을 연주하라고 외칩니다. 지금은 명칭이 비록 달라졌지만, 악공과 악기는 바뀌지 않았고, 곡조도 고쳐지지 않았습니다."[50]

연암이 말하길,

"악공들의 복장은 어떠했습니까?"

형산이 말하길,

"갈래가 구부러진 복두幞頭 두건을 쓰고, 붉은 비단에 꽃을 그린 소매 넓은 적삼을 입으며, 도금한 허리띠를 두르고, 붉은 비단으로 이마를 묶어, 붉은 매듭을 묶고 검정 가죽신을 신습니다."

연암이 묻길,

"이는 한족漢族의 제도와 비슷한 것인가요?"

형산이 말하길,

"아닙니다. 아악에는 능라비단이나 수놓은 망포蟒袍를 입지 않고, 또 요란한 모자도 쓰지 않습니다.

복두 두건

51 태상아악은 당나라 초
에 태상시太常寺의 소경少卿
인 조효손, 장문수 등에게 고
금의 음률을 짐작하여 아악
을 정하게 했는데, 12음악에
48곡 84조調를 만든 아악이
다.

태상아악太常雅樂[51]은 무릇 구주九奏, 팔주八奏, 칠주七奏, 육주六奏 등 네 등급이 있고, 음란하고 지나치며 흉악하고 거만한 소리를 금합니다. 천지나 종묘사직 등에 지내는 큰 제사에는 연주자인 악생樂生이 72명이고, 춤을 추는 무생舞生이 132명으로 구성되는데, 행사에 앞서 신악관神樂觀[52]과 태화전太和殿[53]에서 먼저 연습을 합니다.

한나라 때에는 음악을 맡은 태상관太常官을 매우 중시했습니다. 무릇 나라에 정치적인 큰일이 있어서 승상이나 제후, 구경九卿에게 의논하라고 안건을 내려보내면 음악 관청의 박사博士가 미상불 그 논의에 참여하지 않은 적이 없었을 정도입니다. 예컨대 공경대부들과 장상들이 연명을 하여 태후에게 올려서 창읍왕昌邑王[54]을 폐하자고 청하며 아뢰기를 '신 장창張敞[55] 등은 삼가 박사들과 함께 의논을 했습니다'라고 하였습니다.[56]

창읍왕을 폐하는 문제가 천하에서 얼마나 중요한 일이었습니까. 그런데도 반드시 박사의 말에 먼저 의거하고 있습니다. 박사의 지위가 낮고 미천해도 그와 같이 중시하는 까닭은 아마도 그가 천지의 신과 종묘에 제사 지내는 예악의 근본을 맡고 있기 때문일 것입니다.

명나라 시절, 행사를 할 때 절차 진행을 외치는 찬례贊禮라는 관직은 곧 송나라 시대의 대축大祝과 같은 관직입니다. 송나라 역시 그 관직을 중시하여 반드시 재상의 자제를 음직蔭職으로 임명했으니, 이는 또한 옛날 사대부의 맏아들을 뽑아서 교육했던 뜻을 계승한 것입니다. 명나라 초에도 문학에 뛰어난 선비를 그 자리에 앉혔는데, 후에는 그만 누런 관을 쓴 도사들을 그 자리에 채웠으니 잘못된 일입니다.

옛날에는 관리를 임명하는 데 각자 가진 재주를 바꾸지 않았으며, 재주가 있어도 겸직을 시키지 않았습니다. 순임금 시대에 의례를 맡았던 백이伯夷는 의례만을 맡았고, 음악에 뛰어난 기夔는 음악만을 맡았습니다. 한 가지 직분만을 맡아서 그 일에만 몰

52 신악관은 북경의 천단天壇과 지단地壇 서남쪽에 있으며, 악생과 무생이 교묘에 제사를 지낼 때 나와서 점호를 받고 연습하는 장소이다.
53 태화전은 천단 안에 있는 전각의 이름이다.

54 창읍왕은 본래 한漢나라의 폐왕이 된 유박劉髆의 봉호인데, 여기서는 그의 아들 유하劉賀를 가리킨다. 유하는 자식이 없던 소제昭帝를 이어서 황제의 지위를 계승했으나, 무도無道하여 대장군 곽광霍光에 의해 폐위되어 해혼후海昏侯로 불렸다. 『소학』참조.
55 장창(?~BC48)은 서한의 대신으로 자는 자고子高이다. 충언과 직간으로 이름이 난 인물이다.
56 이하 형산의 말은 『춘명몽여록』春明夢餘錄「태상시」太常寺에 나오는 내용이다.

두하여 평소에 강습하게 함으로써 평생을 두고 익히고 연구하게
했습니다. 비단 그들만 종신토록 그 관직에 있도록 한 것이 아니
라 가능하다면 세습도 시켰으니, 유독 역사를 담당하는 태사太史
와 음악을 맡은 관직만 그렇게 하였습니다.

　　그러나 후세에는 그 직책이 항상 세습되지 못하고 이 사람 저
사람 아무나 맡아서, 위로는 기夔와 같은 훌륭한 음악인에 미치지
못하고, 아래로는 보통의 광대에게도 미치지 못한 사람이 창졸간
에 직분을 맡으면 마치 신부가 처음 시집에 와서 오직 보모에게
만 의존하여 그가 시키는 대로 행동을 하듯 합니다. 의식을 거행
하는 행사장에서 깃발을 잡고 대궐 섬돌에 서 있는 모양이 마치
각 관청의 계단 앞 나무처럼 우두커니 서 있으니, 아주 우스꽝스
러운 일이지요. 귀국의 음악을 맡은 관리도 응당 이런 모습이겠
지요?”

　　연암이 말하길,

　　“저의 이번 중국 여행길은, 춘추시대에 오吳나라 계찰季札이

57 원문의 奚唐은 亥唐의 오
자이다. 진晉 평공은 제후였
지만 어진 사람 해당이 시키
는 대로 따랐던 사람이어서,
그가 들어오라고 해야 들어
오고 앉으라고 말해야 앉고
먹으라고 해야 먹었다고 한
다. 『맹자』 「만장」 하편.

노魯나라에 가서 과거 주周나라의 성대한 음악을 보았다는 사실에 비한다면 참으로 부끄럽습니다."

형산이 말하길,

"저의 오랜 친구인 도규장陶逵章은 제齊땅 사람입니다. 태상시太常寺에서 벼슬을 하면서 언젠가 저에게 쪽지를 보내어 자조적인 농담을 하기를, '음악에 대한 소양도 없이 이 직분을 맡고 보니, 해당亥唐이 들어오라고 말해야 진晉 평공平公이 들어갔던 것처럼[57] 독자적으로 행동하지 못하고 남이 시키는대로 움직였으니 이게 부끄럽고, 그러면서도 길을 가르쳐 주는 농부에게 속임을 당하는 건 아닌가 하고 매번 의심하고 있으니,[58] 이른바 숲속의 개구리 소리를 듣고 음악이라고 논하고,[59] 서까래의 제비 소리를 듣고 『논어』의 한 구절이라고 하는 것과 같은 노릇이네'[60]라고 말한 적이 있었습니다."

이에 서로 웃느라고 집이 떠나갈 듯하였다.

형산이 말하길,

"홍무洪武(1368) 초에 신악관神樂觀을 천단天壇 서쪽에 설치하여 악생과 무생에게 음악과 춤을 교습했습니다. 고황제高皇帝(명 태조)께서 직접 원구圜丘와 방택方澤[61]을 나누고 제사 지내는 악장을 만드셨으며, 후에는 합해서 제사를 지냈고 다시 합사合祀하는 악장인 「예성가」禮成歌 9장을 지었습니다.

그러나 식자층은 그 음악이 옛것을 회복하지 못했음을 안타깝게 여겼습니다. 황제는 상서 도개陶凱[62]와 협률랑 냉겸冷謙[63]에게 조서를 내려서 아악을 정하게 하고, 또 학사 송렴宋濂[64]에게 명하여 악장을 만들게 하였습니다. 이때에는 무릇 왕세자나 세자빈의 무덤이나 임금의 능에 제사를 지낼 때에도 음악이 없었으며,

58 항우가 유방에게 쫓겨 도망가다가 음릉陰陵에서 길을 잃었을 때 농부에게 길을 묻자, 농부는 왼쪽 길이라고 거짓말로 가르쳐 주었다.

59 『몽구』蒙求에 의하면, 공규孔珪라는 사람이 숲에서 나는 개구리 울음소리를 오히려 손님을 맞이하는 음악소리라고 여긴 고사가 있다.

60 『논어』의 "아는 것을 안다 하고, 모르는 것을 모른다고 하는 것, 이것이 바로 아는 것이다"(知之爲知之 不知爲不知 是知也)라는 대목을 한자로 읽으면, 그 발음이 마치 제비가 지저귀는 소리와 같다고 한 왕안석의 말이 『설부』說郛에 실려 있다.

61 원구는 하늘에 제사를 지내는 제단으로 지금의 천단天壇이고, 방택은 땅에 제사를 지내는 제단으로 지금의 지단地壇이다.

62 도개(?~1373)는 명나라 홍무 연간의 인물로, 박학다식하고 시문에 뛰어났다. 예부상서가 되어 여러 예법의 제도를 제정하고, 과거 시험 제도를 정비했다. 저서에 『소감록』昭鑑錄이 있다.

63 냉겸은 본래 원나라 출신으로 미술에도 뛰어난 인물인데, 후에 음악으로 명나라에 발탁된 음악인이다.

64 송렴(1310~1381)은 자가 경렴景濂이고 호는 잠계潛溪이다. 절강 출신으로, 명나라 초기를 대표하는 3대 문장가 중 한 사람이다.

교제郊祭나 종묘 제사에 사용하는 악기를 옮겨 가지 않았습니다.

홍무 6년(1373)에는 제사를 지내고 환궁할 때에도 악생이 음악을 연주하고 무생이 춤을 추며 앞에서 길을 인도하는 것이 마땅하다고 하여, 한림과 학자 출신의 신하들에게 음악과 노래를 만들라고 명했습니다. 그리고 황제가 공경하고 삼가며, 거울삼아 조심하겠다는 뜻을 담도록 하였답니다. 태조는 말하기를, '짐은 일찍이 허황된 말로 아름답게 찬송만 하는 후세의 악장을 한스럽게 여겼으니, 그런 가사는 신에게 아첨하는 것인가, 아니면 당시 임금에게 아첨하는 것인가?'라고 하였습니다.

그리하여 유신儒臣들이 황제의 뜻을 받들어 나누어서 노래를 지었으니, 감주甘酒, 준우峻宇, 색황色荒, 금황禽荒[65] 등으로 모두 39장으로 되어 있고, 「회란가」回鑾歌라고 명명하였답니다. 이는 음악의 근본을 알았다고 평가할 수도 있겠습니다만, 오히려 문장 위주로 만들었다는 결점을 면치 못했으며, 성률에 대해서는 당시의 식자들은 오히려 '완전히 아니올씨다'라고 평을 하였습니다.

또 홍무 12년(1379)에는 다음과 같은 조서를 내렸습니다.[66]

'심이 한미한 출신으로 천하의 임금으로 군림해서 천지의 신들을 받드는 데 혹시라도 몸을 닦아 결백하게 하지 않는다면 생민들을 위해 복을 비는 것이 되지 못하며, 나의 명을 길이 보전할 수도 없을 것이다. 옛날 성숙공成蕭公[67]이 음복의 고기를 받아 놓고도 어물어물 게으름을 피웠기 때문에 군자들은 그의 말로가 좋지 않으리라는 것을 예견하였다.

그러므로 행동거지나 몸가짐의 법도가 운명을 결정하는 것이 이와 같을진대, 하물며 목소리가 모두 지극한 정성에 감동되어 나오지 않는 것이 없음에랴. 신이 없다고 말하며 믿지 않는 자

명 태조 추남으로 그려진 명 태조. 이 그림은 명 태조를 만주인으로 가정하여 그린 것이다.

65 감주, 준우, 색황, 금황 등의 가사는 술, 건축, 여색, 사냥에 대한 경계의 생각을 담은 노랫말이다.
66 12월에 반포한 「유신악관칙」諭神樂觀勅이라는 조칙문인데, 여기 인용된 글은 원래의 조칙문과는 약간 다르게 되어 있다.
67 성숙공은 주나라 문왕의 아들인 성백成伯의 봉호.

는 자신을 속이는 것이며, 신에게 아첨하며 복을 바라는 자는 미혹된 것이다. 짐이 신악관을 설치하고 음악을 갖추는 까닭은 천지신명과 종묘의 영혼에 제사를 받들려 함이지, 전대의 제왕들을 본받아 거짓을 꾸미고 황당한 말에 현혹되어 장수의 수단이나 구하려고 함이 아니니라.

장수하는 길이 설혹 있다 하더라도, 마음을 청정하게 닦고 속히 가고 빨리 오게 해서 그로 하여금 활동에 어려움이나 장애가 없도록 하는 데 지나지 않을 것이다. 만약 불로장생의 길이 과연 있다면 은나라, 주나라의 어른들은 어디에 존재하며 한나라, 당나라의 원로들은 어디에 있느냐?'

그러고는 이 조서를 돌에 새겨 신악관 안에 세우게 하셨습니다. 이 비석을 살펴보면, 명 태조는 가히 음악의 이치에 밝고 사람 살아가는 도에 통달했다고 평가할 만합니다. 그러나 도사들에게 점검하고 관리하게 만든 것은 끝내 옛날의 뜻이 아니었습니다.

그리하여 성조聖祖 인황제仁皇帝(강희 황제)께서 천지신명을 받드는 음악과 만국의 화합과 협력을 위한 성대한 의식을 누런 관을 쓴 도사 나부랭이들로 하여금 관할하게 하는 건 옳지 않다고 하시고는, 음악을 맡는 관직인 태상太常에게 모두 돌려주었습니다. 또한 정공왕鄭恭王[68]의 세자인 주재육朱載堉[69]이 음률을 살피는 데 정통함에도 불구하고 당시에 등용되지 못했음을 깊이 애석하게 여기셨지요. 지금의 『율려정의』律呂精義라는 책이 그가 지은 저서입니다. 위대한 성인이 중화中和의 덕을 세움에, 음악은 본조本朝(청나라)에 들어와서 비로소 바로잡히고 크고 우아하게 되었습니다."

곡정이 말하길,

주재육

68 정공왕은 명 태조의 8대 손이다. 이름은 주후완朱厚烷으로 정공왕에 봉해졌으며, 음악의 음률에 뛰어났으나, 상소 문제로 왕의 작위가 박탈되었다.
69 주재육(1536~1611)은 자가 백근伯勤, 호가 구곡산인 句曲山人이며, 정공왕의 아들이다. 15세에 아버지 정공왕의 무고함을 밝히기 위해 궁문 밖에 흙집을 짓고 15년을 석고대죄했는데, 이 기간 동안 그는 음악에 대한 이론을 공부하고 저서로 정리했다. 뒤에 『율려정의』라는 방대한 전집으로 편찬되었다.

송 휘종

"조선의 악기와 악공들은 응당 고려의 옛것을 따랐을 터이니, 이는 필시 숭녕崇寧(송나라 휘종의 연호, 1102~1106) 연간에 반포한 대성악大晟樂일 것이외다."

연암이 말하길,

"지금 우리나라에서 사용하는 음악은 바로 홍무 연간에 하사한 것입니다."

곡정이 말하길,

"홍무 연간에 하사한 것도 기실 대성악의 자투리입니다. 주자는 '숭녕崇寧(1102~1110)·선화宣和(1111~1125) 말엽에 간사하고 아첨하는 무리와 죄수 떨거지가 어찌 족히 천지의 화평한 소리를 말할 수 있었으리오?'[70]라고 했습니다. 그러나 송나라가 양자강 아래로 옮겨 간 뒤로 금나라 태종이 송나라 수도 변경汴京(지금의 개봉開封)에 있던 악기와 악공 들을 모두 취해 북쪽으로 가져가서 이름을 태화악太和樂이라고 바꾸었지만, 그 실상은 대성악이었습니다.

금나라가 어지러워지자 또다시 남쪽으로 변경과 채주蔡州로 옮겨지고, 변경과 채주마저 함몰되자 중원의 옛 물건은 모두 원나라에 들어가게 되었습니다. 원나라 사람 오래吳萊[71]는 태상太常에서 사용한 음악은 본래 대성악의 자투리라고 생각하여 예전의 악공들에게 교습하여 큰 제사의 음악으로 갖추어 놓게 하였습니다. 그러므로 원나라의 악공들은 자손 대대로 하변河汴 지방에 호적을 두고 있습니다.

명나라가 원나라를 쫓아내자, 비로소 악공들과 악기들을 모두 찾을 수 있었습니다. 그러므로 태상시太常寺의 아악과 악관이 익히는 음악은 오히려 대성악이라고 부를 수 있지만, 대열을 지

70 주자 문집인 『회암집』의 「율려신서서」律呂新書序에 나오는 내용이다.

71 오래(1297~1340)는 원나라 때의 학자로, 본명은 내봉來鳳이고 자는 입부立夫이다. 저서로 『연영집』淵穎集이 있다.

어 춤을 추는 온갖 놀이는 모두 원나라의 옛 제도입니다. 고황제高皇帝(태조)께서 원나라의 정치는 크게 개혁했으나, 대성악만은 금나라가 송나라를 따랐고, 원나라는 금나라를 따라 그 유래가 오래되었으니 필시 중국의 남은 제도일 것이라고 여겨서, 다시 바꾸거나 새로 창작하지 않았습니다. 그 때문에 홍무 연간에 반포한 귀국의 악률은 본시 하나의 대성악임을 알 수 있습니다."

연암이 말하길,

"옛말에 의하면, 천자의 가운뎃손가락 마디만 한 길이의 율관律管을 만들어 이를 흙 속에 묻어 기후를 점쳤다고 하는데, 그 이치는 어떤 것입니까?"

곡정이 말하길,

"그것은 바로 방술사方術士인 위한진魏漢津[72]이란 사람이 송나라 휘종徽宗의 손가락 길이를 취해서 대성악을 이루었다는 이야기입니다. 그는 본시 촉 지방 출신의 죄수였습니다. 위한진은 '성스러운 왕의 타고난 천품은 천지 음양과 한 몸이 되므로, 그 목소리가 음의 기준이 되는 율이 되고, 몸은 길이의 척도가 된다'고 말을 하여, 이에 휘종에게 청하여 가운데 손가락 세 번째 마디를 황종黃鐘의 율로 정해서 천지의 바름과 합하게 하고 음양의 조화를 갖추자고 하였습니다. 당시 재상인 채경蔡京[73]은 홀로 그의 학설을 기화로 여겨 황제에게 아첨하고 견강부회하여 먼저 솥 여덟 개[74]를 주조하자고 설득했으니, 참으로 가소로운 일이지요.

옛날에 성스러운 왕이 먼저 세상에 나와서 처음으로 곡식을 재는 말과 길이를 재는 자를 만들 때에 믿고 근거할 만한 기준이 없었는데, 마침 손가락 마디를 기준으로 삼고 몇 개의 기장 낟알을 넣어 표준을 삼은 것입니다. 또한 당시에는 사철이 그 계절에

72 위한진은 북송 때의 음악가로, 1105년에 대성악을 완성했다. 저서 『대성악서』大晟樂書가 있었다고 한다.

73 채경(1047~1126)은 북송의 명신으로 글씨를 잘 썼던 인물이나, 휘종 연간의 육적六賊 중의 우두머리로 꼽혔다.
74 실제는 아홉 개인 구정九鼎이다. 구정은 우왕禹王 때 주조한 솥으로 천자에게 전하는 보물이다.

75 문왕과 주공 때의 자연
현상으로, 성군이 나와서 세
상이 태평하게 되었다는 비
유로 사용한다.

맞는 기후를 잃지 않았으니, 소위 '바람이 나뭇가지를 울리지 않
고 바다에 물결이 일지 않았다'[75]는 것이 그 말입니다.

기후가 사계절에 맞게 되었다는 것은 이치상 괴이할 것이 없
습니다만, 후세에 와서는 임금이 어질어야만 천지의 기후도 고르
고 만물도 잘 자란다는 이치는 생각하지 않고, 단지 손가락 길이
로 기준의 율을 만들고 갈대를 태워서 좋은 기후를 맞이하고 이
루려고 했으니, 이야말로 그림 그리는 일은 먼저 바탕을 희게 칠
한다는 회사후소繪事後素의 뜻조차 모르는 것이고, 소위 근본은
헤아려 보지도 않고 지엽적인 것만 가지런히 맞추려는 격입니
다.[76] 가령 계절에 맞게 기후가 이른다 하더라도, 그런 기후가 과
연 어떤 기후에 속하는 것인지도 모를 겁니다.

76 이 말은 각각 『논어』와
『맹자』에 나오는 구절이다.

하물며 사람의 손가락 마디의 길이라는 것은 그 장단이 일정
하지 않습니다. 그런즉 휘종의 손가락 길이가 길었기 때문에 결
국 음악의 악률도 높아지게 되었습니다. 위한진은 크게 두려워하
여 몰래 그 무리인 임종요任宗堯[77]에게 말하기를, '악률이 높으니,
이는 북쪽 변방의 음이다. 북쪽 진영이 부글부글 끓고 있으니, 장
차 천하에 변괴가 있을 것이로다'라고 하였답니다.

77 임종요는 송나라 휘종
때 전악典樂을 맡았던 인물
이다. 자는 자고子高이고, 위
한진에게 음악을 배웠다.

음악이 완성되자, 드디어 송나라는 금나라의 침입을 받아 임
금이 포로로 잡히는 소위 정강靖康(송나라 흠종欽宗의 연호, 1126년)
의 화를 당하게 되었으니, 소리란 것은 속일 수가 없음이 이와 같
습니다. 위한진 같은 소인은 비록 음률을 살피는 재주는 있었지
만 음악을 만드는 덕은 없었고, 또한 당시 사대부들은 위한진 같
은 재주도 없으면서 거기에 적극적으로 빠져들어 허둥지둥 아부
를 하였으니, 주자가 그들을 배척하여 '간사하고 아첨하는 무리
와 죄수 떨거지'라고 말한 까닭은 바로 이 때문입니다."

형산이 말하길,

"그렇지 않습니다. 명나라 냉겸이 정했다는 음악과 춤은 홍무洪武 6년(1373)의 일로 송나라 때 만들었다는 대성악의 음률과는 크게 다른 것입니다.

대성악에서 신을 맞이하는 첫째 연주의 소리는 남려南呂의 각角인데, 이는 대려大呂의 변조變調(조 바꿈)입니다. 홍무 연간에 만든 것은 태주太簇의 우羽이니, 이는 중려조仲呂調입니다. 냉겸의 칠균七均[78]은 태주太簇에서부터 이측夷則, 협종夾鐘, 무역無射, 중려仲呂는 모두 정조正調이지만, 오직 청황종淸黃鐘과 청임종淸林鐘[79]은 변조變調입니다.

본래의 소리는 무겁고 커서 임금과 아비의 소리가 되고, 반응해서 나는 소리는 가볍고 맑아서 신하와 자식의 소리가 됩니다. 그러므로 이를 사청성四淸聲[80]이라고 하는데, 만약 사청성을 쓰지 않으면 바로 감응하는 소리인 응성應聲이 없어서 임금의 덕은 뻣뻣하게 되고 신하의 도리는 끊어지게 되며, 아비의 도리는 말라버리고 자식의 도리는 없어지게 됩니다.

위한진의 음률은 옛날에 만든 것보다 매번 2율을 낮게 만들어서, 임종林鐘이 궁음이 되는 경우에는 상음과 각음은 정조가 되고 나머지는 모두 변조에 속하게 되며, 남려南呂가 궁음이 되는 경우에는 오직 상음 하나만 정조가 되고 나머지는 모두 변조에 속하게 됩니다. 이는 칠균 중 변조가 다섯을 차지하는 꼴이니, 이를 논하는 사람들은 그것 때문에 임금의 도가 세미해지고, 백성과 신하, 사물이 쓰러져 떨치지 못하니, 이야말로 망국의 음악으로 슬프고 음란하며 원망스럽고 목이 메어서 오래 들어 줄 수가 없다고 하였습니다.

78 고대에 칠음(궁, 상, 각, 치, 우, 변궁, 변치)을 12율에 배정시키고, 매 율은 균등하게 궁음을 만드니, 율은 궁음이 만든 일곱 종의 음계가 된다. 이를 칠균이라고 한다.
79 청황종, 청임종의 청淸은 음정이 한 옥타브 높을 때 붙이는 글자이다.
80 청성은 자성子聲, 반성半聲이라고도 부르는데, 황종黃鐘, 태주太簇, 대려大呂 따위의 음들에서부터 한 옥타브 위의 음을 말한다. 반대로 한 옥타브 낮은 음은 전성全聲, 중성中聲이라고 한다.

명나라 사람 잠계潛溪 송렴宋濂이, 위한진이 만든 음악은 세상을 어지럽힐 것이라고 평가한 까닭은 이 때문입니다. 주자는 건양建陽(복건성) 지방 채원정蔡元定의 균조均調와 후기候氣 법이 치밀하고 화통하다고 칭찬하고, 그가『예서』禮書의「악제」樂制,「악무」樂舞,「종률」鍾律편 등을 고증하여 바로잡을 때는 대체로 채원정의『율려신서』를 근본으로 해서 부연 설명하였습니다.

　　그러나 주자는 음률에 대해서 그다지 명백하게 이해하지는 못하여 오로지 채씨의 학설을 신뢰하고, 소위 선입견이라는 것을 가지고 위한진을 배척한 것이고, 그 자신이 음률을 살펴서 선한 것인지 아닌지를 알았던 것은 아닙니다. 다만 당시 재상 채경에 의해서 위한진의 학설이 주장되었기 때문에 주자는 있는 힘을 다해서 위한진을 공격했던 것입니다. 채원정의『율려신서』의 내용은 실제로 행사에서 시험해 보지 못했고, 위한진의 음악은 당세에 분명하게 시험해 보았으니, 후세의 논평하는 사람들이 쉽게 위한진 음악의 단점을 지적할 수 있었던 것이지요.

　　실제로 채씨가 음률을 이해한 것이 고정考亭(주자)보다 뛰어났지만 지니치게 파고들며 집요하다는 평을 면치 못했고, 음률을 살피는 능력은 위한진이 채씨보다 정밀했지만 억지로 끼워 맞추고 아첨하는 데서 출발하였습니다. 명나라 냉겸이 아악을 정할 때는 비록 옛 제도를 정성껏 답습했지만 그 소리만큼은 송나라, 원나라의 음률이 아니었습니다.

　　제가『대청회전』편찬에 참여할 때, 여러 사람의 이론을 고증하고 살펴보았는데 홍무 연간에 정한 음악은 실제로 송나라의 대성악과는 크게 달랐습니다. 지금 왕곡정 어르신이 홍무 연간에 반포된 조선의 음악은 옛날 대성악이라고 하신 말씀은 틀린 것 같습니다."

곡정이 말하길,

"어째서 그렇다는 겁니까?"

형산이 웃으며,

"그냥, 그렇다는 거지요."

형산이 말하길,

"대체로 중원의 악공은 진晉나라 때 망했고, 악기는 수隋나라 때 망했습니다. 잡극과 온갖 연희들이 아악을 어지럽힌 것은 당나라 현종玄宗이 의당 그 죄의 수괴일 것입니다."

연암이 말하길,

"그 설명을 듣고 싶습니다."

형산이 말하길,

"춘추시대에는 천하의 시세와 정국이 혼란했지만 그래도 옛 태평성대와 그리 멀지 않았고, 진나라, 한나라 이래로는 비록 큰 난리가 여러 차례 일어났으나 모두 중국 안에서 일어난 것이기 때문에 악공이나 악기 들이 어디로 옮겨 가지 않아 오히려 그 전형이 보존되었습니다. 나라를 통치하는 사람들도 전쟁이 끝나면 먼저 악기를 수습했기 때문에 음악을 맡은 관원들이 반드시 세상에 모두 나와 전쟁의 바람과 먼지가 겨우 잦아들자마자 다투어 악기들을 끌어안고 관직에 나아가 녹봉을 받았습니다. 자손들은 음악의 업에 전념하여 손과 입으로 악기를 마음먹은 대로 다루고, 보고 듣는 대로 연습하고 익혔습니다.

그러다가 동진東晉이 수도를 옮기고 다섯 성씨가 번갈아 난리를 일으키는 소위 5호胡 16국國 시대에 이르러 사해는 갈가리

찢기고 태악太樂의 악공들은 이리저리 떠돌다가 도탄에 빠지게 되었지요. 후조後趙의 석륵石勒이 업鄴땅을 차지하자 「동작」銅爵과 「청상」淸商 같은 고전은 바람에 날려 다 없어져 버렸고, 남연南燕의 모용초慕容超가 태악의 종률령鍾律令 이불李佛과 그 악공들을 잡아온 대신 그 어머니를 후진後秦의 요장姚萇에게 바쳤으나 예전의 악공들은 이미 도망갔습니다. 남북조 시기의 송나라 무황제武皇帝(유유劉裕)가 관중에 들어왔지만 그가 얻은 악공과 악기를 가히 알 만하겠고, 또 비틀거리며 황급히 동쪽으로 돌아갔으니 그가 옮겨 간 것 역시 짐작할 만합니다.[81] 그래서 제가 중원의 악공들은 진나라 때 망했다고 말하는 겁니다.

『수서』隋書에 실려 있는 역대의 척도尺度는 열다섯 종류가 되는데, 첫 번째로 주나라의 동척인 주척周尺에는 한漢나라 유흠劉歆[82]의 동곡척銅斛尺, 동한東漢 건무建武(후한 광무제의 연호, 25년) 시절의 동척, 진晉나라 순욱荀勖[83]의 율척律尺, 남제南齊 조충지祖冲之[84]의 동척 등이 나열되어 있으나 쓸 수 있는 것은 하나도 없었습니다.

이른바 주척이라는 것은 가장 믿을 수가 없습니다. 왕망王莽의 나라인 신新나라 15년 동안에 만든 모든 것들은 반드시 주나라의 제도를 모방한다고 이름을 내걸었지만 대부분 진짜처럼 꾸민 가짜였고, 게다가 옛날 법도는 팽개치고 자기들 멋대로 만들어, 아침에 만든 것을 저녁에 허물기도 하여 그 척도가 일정함이 없었습니다. 후세에 주척이라고 불리는 것은 왕왕 유흠이나 왕망의 무리들이 위조한 것이고, 남북국 시대 우문각宇文覺이 또 가짜 주나라인 북주北周를 만들고 보니 그 당시의 주척까지 생겨났답니다. 그런즉 보물처럼 보관되었던 주척들은 곧 이어서 수나라 소

81 『수서』隋書 음악지音樂志 하편에 나오는 내용이다.

82 유흠(BC46~23)은 한나라 때의 유학자로 자는 자준子駿이다. 저서에 『유자준집』劉子駿集이 있다.
83 순욱(?~299)은 진晉나라 학자로 법률, 음악 등의 학문에 밝아 이를 정리했다.
84 조충지(429~500)는 남북조 시기의 위대한 수학자, 과학자, 경학자였다. 『술이기』述異記 등 수많은 저서가 있었다고 한다.

왕망이 만든 주나라 도량형

유가 되었습니다.

수나라 문제文帝[85]는 본래 학문을 좋아하지 않는데다 음악 또한 즐거워하지 않았습니다. 그러나 천하를 차지한 뒤에는 부득이 음악을 세우지 않을 수 없었습니다. 당시에 패국공沛國公 정역鄭譯[86]이란 사람이 능히 음률을 알아 고악 12율을 말하면서, 서로 돌려가며 궁음이 되게 하여 각각 일곱 가지 소리를 쓰도록 했는데, 당시에는 이를 이해한 사람이 아무도 없었습니다.

이보다 먼저 북주北周 무제武帝 때에 소지파蘇祗婆라는 구자국龜茲國[87] 사람이 있었지요. 그는 호비파胡琵琶를 아주 잘 탔는데, 그가 연주하는 소리에는 한 균均 안에 더러 일곱 소리가 있었습니다. 그들이 말하는 사타력娑陀力이란 중국말로 궁성宮聲을 뜻합니다. 계식鷄識은 남려성南呂聲을, 사식沙識은 각성角聲을, 사후가람沙侯加濫은 응성應聲 즉 변치성變徵聲을, 사랍沙臘은 치성徵聲을, 반섬般贍은 우성羽聲을, 사이건侯利鍵은 변궁성變宮聲을 각각 뜻하는 말입니다.

정역은 그 법을 추산하고 부연하여 12균 84조를 만들었으며, 또 7음 이외에 다시 한 음을 만들어 이를 응성應聲이라 불렀습니다. 정역은 본래 무뢰한 사기꾼이어서 매국 행위를 여러 번 하였습니다. 수 문제가 처음에는 그를 좋아했으나 나중에는 미워하게 되었지요. 정역의 기법은 비록 그럴듯해 보이지만 그 근본이 오랑캐 음악에서 나온 것을 번안한 것이기 때문에 음률이 약간 높고 거칠답니다.

때문에 당시 음악가 만보상萬寶常이 제작한 악기들은 대체로 정역의 것보다 2율을 낮게 했으므로 소리가 담박하고 우아하기는 했으나, 한편 세속인의 귀에는 좋아하지 않게 되었답니다. 그

85 문제 양견楊堅(581~604)은 남북조 400년의 혼란을 끝내고 통일 국가 수隋를 건설한 황제이다.

86 정역(540~591)은 수나라 음악 이론가로, 자는 정의正義이다. 『악부성조』樂府聲調라는 저서를 남겼다고 한다.

87 구자국은 중국 서역 지방, 신장 지방의 나라 이름.

88 하타의 아버지는 본시 서역인으로 중국에 들어와 거부가 되었다. 하타는 국자박사가 되었는데, 특히 경학과 음악에 밝았다. 유교 경전에 관한 많은 주석서와 문집을 남겼다.
89 소기의 자는 백니伯尼이고, 음악에 밝았던 인물이다.
90 우홍(545~610)은 수나라의 대신으로, 자는 이인里仁이다. 예악 제도를 정리했고, 『오례』五禮 100권을 편찬했다.

91 조효손은 수나라 당나라 사이에 살았던 악률학자였다. 628년에 아악을 완성했다.

92 장문수는 당나라 초기의 인물로 음률에 정통했으며, 『신악서』新樂書를 편찬했다.

93 당 태종 정관貞觀 14년에 상서로운 구름이 생기고 황하 물이 일시적으로 맑아졌는데, 협률랑 장문수가 태종에게 아첨하여 음악으로 만들었다.

러므로 정역이나 만보상, 두 사람은 모두 자신의 음악적 재주를 가지고서도 당세에 뜻을 얻지 못했습니다.

하타何妥,[88] 소기蘇夔,[89] 우홍牛弘[90] 등의 수나라 학자들은 각기 패거리를 만들었는데, 하타는 황제인 수 문제에게 황종黃鐘이란 음은 임금의 덕을 형상하는 음이라고 아부하는 말을 하였고, 황제는 그 말에 기뻐하며 음악에 황종의 한 궁음만 쓰게 하고 나머지 음률은 쓰지 못하게 했습니다. 우홍 등은 다시 황제의 뜻에 순종하고 부화뇌동하여 궁음을 돌려서 쓰지 않고, 또 전대의 내려온 금석金石의 악기들을 모두 헐어 버리거나 녹여 버렸습니다. 이로 말미암아 역대 악기들의 전형을 징험할 수 없게 되었답니다. 이것이 제가 중원의 악기가 수나라에서 망했다고 말하는 까닭입니다.

당나라 초에는 협률랑 조효손祖孝孫[91]에게 명하여 아악을 제정하게 했습니다. 조효손은 일찍이 하타와 소기의 무리들과 의견이 맞지 않아 수나라 시절에는 기를 펴지 못하고 배척당했다가 당나라에 이르러서는 뜻을 펴게 되었으니, 협률랑 장문수張文收[92] 등과 의논하여 아악을 정했는데, 그 음악이 꽤나 전아하다고 일컬어졌습니다.

그러나 당 태종은 공명과 이익에만 급급하고 평소 음악을 즐거워하지 않아서, 정치를 하는 이치와 음악은 무관하다고 말했습니다. 이는 소박한 생각 같지만 실제로는 비루한 생각입니다. 그는 예악이 좋은 정치를 이루는 근본임을 도대체 알지 못하고, 그저 사람의 귀나 즐겁게 만드는 광대들의 도구쯤으로만 알았습니다.

게다가 장문수는 세상에 아첨을 하여 「경운하청가」景雲河淸歌[93]를 지었는데, 이는 한나라의 옛 음악인 「주안가」朱雁歌, 「천마

가」天馬歌[94]를 모방한 것으로, 이름을 연락讌樂이라 하고 정월 초
하루 군신을 모은 조회에서 첫 번째로 연주했습니다. 그러나 당
나라 시대의 아악은 형식적으로 그 숫자만 갖추어 둔 것에 그칠
뿐이었습니다.

음률을 잘 아는 당나라 현종玄宗에 이르러, 다시 궁중에 궁정
음악을 관리하는 좌우 교방敎坊을 설치했습니다. 그곳 악생들을
황제의 이원제자梨園弟子라고 부르고, 황제가 직접 악공들과 궁녀
들에게 음악을 가르쳤습니다. 천보天寶(당 현종의 연호, 742~755) 연
간의 전성기에는 매양 궁중에서 연회를 베풀어 술을 마실 때에는
고창高昌,[95] 고려, 천축天竺(인도), 소륵疏勒[96] 등의 음악까지 섞어
서 베풀었고, 심지어 코끼리와 말의 춤까지 곁들이게 되었답니다.

그리하여 역대를 이어 오던 정통 음악의 중요 부분은 땅을 쓸
어 내듯 다 없어지고 말았습니다. 그리고 얼마 있지 않아 안록산
의 화가 생겨서 드디어 음악은 진흙과 숯 구덩이에 빠져 난장판
이 되었습니다. 이는 당 현종이 음률을 잘 알았던 죄라고 할 것입
니다.

연암이 말하길,

"당 현종이 즐겼다는 「예상우의곡」霓裳羽衣曲은 근래에 볼 수
있는 『서상기』 같은 잡극인가요?"

형산이 말하길,

"그렇습니다. 「예상우의곡」 12편은 세상에 전해지길, 하서河
西(섬서와 감숙 지방) 절도사로 있던 양경술楊敬述[97]이 바친 것이라
고 합니다. 당 현종은 이를 얻어 매우 기뻐하고, 드디어 자신이 직
접 연회를 했습니다. 이것이 후세 잡극의 시초가 되었으니, 그 소

94 한나라 무제가 바다에
갔을 때 붉은 기러기가 나타
나고 강에서 천마가 나왔는
데, 이를 기념하여 각각 노래
를 만들었다.

95 고창은 서역 신장 지방
에 있던 고대 국가 이름이다.
96 소륵은 신장 위구르 자
치구역에 있던 고대 국가 이
름이다.

97 양경술은 당나라 인물로
무측천 때 도독을 지냈고, 현
종 때는 하서도대총관河西道
大總管을 지냈다. 현종에게
「바라문곡」婆羅門曲을 바쳤
는데, 현종은 이를 윤색하여
「예상우의곡」을 만들었다.

리가 느리고 애잔하며, 곱고 아름답습니다."

연암이 말하길,

"송나라는 어질고 도타운 덕을 가지고 나라를 세웠으니, 숭녕崇寧(송 휘종의 연호, 1102~1106) 이전의 아악은 응당 볼만한 것이 있겠지요?"

형산이 말하길,

"그것은 송나라 학자 화현和峴[98]이 제정한 아악입니다. 송 태조 때 주왕박周王朴이 정한 율적律尺은 서경西京(상안)의 옛날 석척石尺보다 약간 짧아서, 그 기준으로 만든 악기는 소리가 높은 음이 되어 중화中和의 음에 맞지 않았습니다. 송 태조 건덕建德 4년(966)에 화현에게 조서를 내려 옛 제도를 모방해 자를 만들라고 하였습니다.

역사가들은 화현의 아악이 음조가 화창하다고 말했으나, 이는 세상과 시속에 아부하는 말입니다. 송나라는 나라를 얻은 지 몇 년 되지도 않았는데, 무슨 깊고 두터운 어짊이나 은택이 있어서 그 영광이 사해를 덮고 인민들이나 사물의 화락함을 이룰 수

[98] 화현(933~988)은 음악에 정통한 인물이다. 자는 회인晦仁이고, 『봉상집』奉常集, 『비각집』秘閣集 등의 저서가 있다.

있었겠습니까. 화현이 태조에게 아첨하여 '무력을 쓰지 않고 선양을 받아 천하를 얻게 되었다'고 말하고는 현덕승문玄德升聞[99]의 춤을 만들어 한 줄에 16명씩 8줄을 세워서 팔일무八佾舞[100]의 두 배를 만들었으니, 더욱 가소로운 일입니다. 현덕승문이라고 했으니 그렇다면 우빈虞賓[101]은 어디에 있단 말입니까?"

곡정도 크게 웃으며 붓을 잡고 빠르게 쓰기를,

"방에 있었겠지요."

형산이 말하길,

"대저 제왕으로서 음악을 몰라도 불가하고, 역시 너무 훤하게 알아도 옳지 않습니다. 음악을 이해하지 못하면 마치 수나라 문제나 당나라 태종과 같아서 정치를 잘한 임금이라고 평가할 수는 있겠지만, 그러나 음악에 억지로 힘을 쓰더라도 그 본령은 대단히 비루한 임금이 될 겁니다.

한편 당나라 명황明皇(현종)이나 송나라 도군道君(송 휘종이 자

102 천보는 현종의 연호로,
이때에 안록산의 난이 일어
났다. 정강은 휘종의 연호로,
이때에 금나라의 침입을 받
아 국왕 흠종이 포로가 되고,
결국 수도를 옮기는 치욕을
당했다.

신을 일컬은 칭호)처럼 평소 음악을 잘 안다고 알려진 임금이 천보
天寶와 정강靖康[102]의 난리를 부르게 된 것은 무슨 까닭입니까? 대
체로 음악의 덕은 계절에 나는 곤충이나 철새와 같고, 음악의 재
주는 시장과 우물 같으며, 음악의 일은 역사와 같고, 음악의 이름
은 시호諡號와 같습니다."

연암이 말하길,

"곤충이나 철새와 같다는 말은 무슨 뜻입니까?"

형산이 말하길,

"여치와 베짱이는 본래 한 곤충이고, 황조와 꾀꼬리는 원래
같은 새로, 계절에 따라서 몸이 바뀌고, 우는 소리가 각기 다르답
니다."

연암이 말하길,

"무엇을 일러 시장과 우물이라 합니까?"

형산이 말하길,

"시장에서는 화목을 볼 수 있고, 우물에서는 질서를 볼 수 있
습니다. 서로의 물건을 가지고 비교해 보고 두 사람의 뜻이 서로
맞으면 교환을 하는 것이 시장에서 물건을 교환하는 도리이고,
뒤에 온 사람이 먼저 온 사람을 원망하지 않고 물동이를 줄지어
놓고 차례를 기다리다가 자기의 뜻을 채우면 돌아가는 것이 우물
에서 물을 뜨는 도리입니다. 대저 역사의 본체는 꾸미지 않고 정
직한 것을 본바탕으로 하고, 사람의 시호는 그 인간의 잘잘못을
평가해서 드러내는 것입니다."

형산이 일어나서 작은 가죽상자를 열어 검은 종이로 만든 조
그마한 부채를 내게 보이는데, 그의 기분이 대단히 좋아 보였다.
또 아주 자그마한 오지그릇으로 된 합盒(뚜껑이 있는 작은 그릇)을

꺼내어 탁자 위에 죽 늘어놓는데, 무엇을 하려는지 이해할 수 없었다. 합마다 뚜껑을 열어 보이는데, 녹색, 푸른색, 젖빛 금색, 은색의 물감이 가득가득 차 있다. 형산은 탁자를 의지하고 부채를 펴서 오래된 바위와 어린 대나무를 그린다.

연암이 말하길,

"저는 선생에게 용면龍眠[103]과 같은 탁월한 그림 솜씨가 있을 줄은 전혀 짐작을 못했소이다."

형산이 말하길,

"그저 마음속의 뜻을 빗대어 표현해 보았을 뿐입니다. 보시기에 어떻습니까?"

연암이 말하길,

"뱀의 비늘처럼 매미의 날개처럼 하늘하늘 투명하게 저절로 비치는 대나무 잎이 문득 천 길을 뻗어 나갈 기세가 있어 보입니다."

형산이 크게 웃고는 스스로 4구句의 화제를 쓰는데,

푸른 대나무에서 군자의 모습을 보고
굽은 언덕에서 아름다운 말씀을 듣는 듯.[104]
부채를 펼쳐 내어 그림 한 폭 그려
손을 마주 잡으니 마음이 하나일세.

綠竹瞻君子 卷阿矢德音
揮毫開便面 握手得同心

라고 하였다. 또 이름과 자가 새겨진 작은 도장을 다른 종이에 각기 찍고, 이를 잘라 글씨의 왼쪽 옆에 붙이고는 착착 접어서 내게 주었다.

연암이 말하길,

"옛 음악은 끝내 회복될 수 없는 것인가요?"

곡정이 웃으며,

"선생께서는 옛것을 논의하기를 참으로 좋아하십니다. 대체로 세상에 음악을 논하는 사람들은 음률은 논하되 시, 즉 가사를 논하지는 않고, 시는 논하되 노랫말 주인공의 덕을 논하지는 않으며, 덕은 논하되 세상을 논하지는 않고, 세상은 논하되 풍속을 논하지는 않으며, 풍속은 논하되 운세를 논하지는 않습니다.

옛 음악을 부활시킨다고 떠들썩하게 소란을 떨지만 한갓 상당上黨 양두산羊頭山[105]에서 나는 검은 기장을 찾고, 진회秦淮[106] 지방의 갈대를 태운 재나 찾고 있으니, 음악은 끝내 고아해질 수 없습니다.

궁음을 돌려서 주조음主調音으로 삼는 선궁기조법旋宮起調法에 대해서는 앞에서 저의 견해를 대략 진술했습니다만, 시를 노래하는 문제에 대해서는 시가 옛사람의 마음속에서 우러나온 말이므로 부득이 한 일입니다. 예컨대 기뻐하는 사람은 부득불 웃지 않을 수 없고, 슬퍼하는 사람은 통곡하지 않을 수 없으며, 굶주린 사람은 음식을 외치지 않을 수 없고, 목마른 사람은 물을 찾지 않을 수 없는 것과 같아서, 거기에는 허위와 가식이 없고 구차스러움이나 억지가 없습니다.

그 마음에 감동되어 즐거움이 지나치면 음탕해지고 슬픔이 지나치면 마음의 병을 앓게 되는 일이 비록 없을 수 없지만, 또한 그 마음에서 우러나오지 않는 것이 없답니다. 공자가 말하기를,

105 상당은 산서 지방으로, 그곳 곡원현縠遠縣 양두산에서 나는 기장이 검고 실하여 길이를 재는 척도로 사용하기에 적당하다고 한다.
106 진회는 강소 지방의 강 이름. 이곳에서 나는 갈대의 재를 이용하여 기후를 측정했다.

'『시경』300편을 한마디로 요약하면 생각함에 사악함이 없다'는 사무사思無邪가 바로 그것입니다.

윤 대인께서 음악의 재주를 시정에 비유한 말씀은 음악의 정곡을 깊이 찌른 것입니다. 사고파는 두 사람이 흥정하며 저울 눈금만큼의 작은 이익을 다투어도 서로 만족하지 않으면 거래는 성립되지 않습니다. 사람을 윽박질러서 억지로 사고팔지 않는다는 것은 화합의 극치입니다. 그 때문에 『시경』300편은 모두 서로 느껴서 마음속에서 우러나 지어진 시입니다. (이상은 노래가사인 시를 논한 것이다. ─원주)

비록 그러하나, 문왕을 제사 지내며 부르는 노래인 『시경』의 「유천」維天편과 무왕을 제사 지내며 부르는 노래인 「집경」執競편을, 순임금을 제사 지내며 부르는 노래인 『서경』의 「칙천」勅天, 「갱재지가」賡載之歌와 비교한다면 진실하고 질박함은 좀 못하지만 표현의 아름다움만큼은 훨씬 낫습니다. 더구나 한漢나라나 위魏나라 때 악장의 노래인 「안세방중가」安世房中歌를 비롯하여[107] 「주안」朱雁, 「천마」天馬, 「삼조」三祖[108] 등의 노래가사는 뜻을 제멋대로 포장하고 서술하기에 이르렀으니, 과연 「유천」과 「집경」에 비교나 할 수 있겠습니까?

재판하는 것에 비유하자면 이치가 곧은 사람은 의연하고 늠름하며 말은 간단하고 목소리는 밝습니다만, 이치가 왜곡된 사람은 부끄러운 얼굴로 기색이 사나우며 말은 너절하고 장황하며 목소리는 으르렁거리는 것과 같습니다. 후세에 노랫말을 짓는 신하들은 사실에 근거하지 않고 허구로 글을 지어 오로지 거짓을 꾸미고 아첨하려고만 했으니, 노래가사 주인공의 덕에 너무도 부끄러워 소리가 어색해지는 것입니다.

107 한나라 무제 때 사마상여司馬相如가 만든 악장으로, 종묘에 제사 지낼 때 부르며 전체 17장으로 구성되었다.
108 「주안」, 「천마」, 「삼조」는 모두 한무제 때 지은 악장樂章 이름이다.

이는 제사를 지낼 때 조상신이 임하거나 사람들이 화합한다는 것은 논할 필요도 없고, 악공이 노래를 부르는 즈음에 기쁘지도 않은데 억지로 웃고 슬프지도 않은데 억지로 곡을 하는 것과 다름없을 것입니다. 이러고서야 마음에 감동되어 목소리로 나온다는 그 소리가 의당 조화롭고 부드럽다고 하겠습니까? 아니면 부끄럽고 비굴하다고 하겠습니까? 시어를 읊조리는 것이 이럴진대 음악의 고저장단에 따라 부르는 노랫소리를 알 만하며, 노랫소리가 이렇다면 그 화성의 음률을 가히 알 수 있을 것입니다.

또한 저는, 서산西山 채원정이 말한 소위 원성元聲이라는 것을 장차 무엇을 근거로 어디에서 찾으려는지 잘 모르겠습니다. 원성이 음률에 있겠습니까, 아니면 그 주인공의 덕에 있겠습니까? 이는 덕이 근본이 되고 그를 찬양한 시는 그 덕에 짝을 맞춘 것이며, 소리가 위주이고 음률은 그다음이기 때문입니다. (이상은 덕에 대해서 논한 것이다. ― 원주)

군자가 나라를 처음으로 세워 후손에게 국가 경영의 실마리를 물려줄 때에는 미상불 만세 뒤에도 뽑히지 않을 터전을 세워주지 않음이 없을 터이니, 예컨대 주공周公이 노나라를 다스리고, 태공太公이 제나라를 다스린 것과 같습니다. 그러나 역시 불초한 먼 후손에 대해서는 어찌할 수 없는 노릇이니, 주공과 태공 모두 못생긴 후손이 나라를 망칠 것이라는 논의를 한 적이 있습니다. 그 시대로부터 이미 백 세대나 훌쩍 흘러가 버리고 말았으니, 음악도 세대의 변천을 이길 수는 없었던 것입니다. (이상은 세상을 논한 것이다. ― 원주)

풍속은 사방이 각기 다르니 이른바 백 리마다 풍속이 다르고, 천 리마다 습속이 다르다는 것이 이것입니다.[109] 그러므로 강력한

109 전한前漢 사람 왕길王吉이 한 말이다.

법으로도 미칠 수 없고, 말로도 깨우칠 수 없는 경우에는 오직 음악만이 귀신같은 기능과 오묘한 작용을 펼칠 수 있습니다. 마치 바람처럼 움직이고 햇살처럼 비추어 알지도 느끼지도 못하는 중에 고무되는 것과 같은 작용을 합니다.

그 효과의 빠름은, 예컨대 순임금이 삼묘三苗를 정벌할 때에 양쪽 섬돌에서 깃털로 장식한 일산으로 춤을 춘 지 70일 만에 삼묘씨가 와서 신하로 복종하였다는 것이니, 이를 두고 풍속을 크게 변화시켜 지극한 도에 이르게 했다고 평가해도 옳을 것입니다.

그러나 실제로는 남방의 부드러운 풍속과 북방의 억센 풍속은 바꿀 수 없으며, 정鄭나라 음악의 음란함과 진秦나라 음악의 씩씩함은 변할 수 없습니다. 이는 바로 지리적으로 타고난 소리이고 기질적으로 타고난 성향에 따른 것이므로, 성인도 이 풍속의 다름에 대해서는 어찌할 수가 없었습니다. 그러므로 공자님도 음란한 정나라 음악을 추방할 뿐이라고 말씀하신 것입니다. (이상은 풍속을 논한 것이다. ─ 원주)

성인도 어찌할 수 없는 것이 운세입니다. 이지러졌다가 차며, 소멸되었다가 자라는 것이 하늘의 운세입니다. 고허孤虛니 왕상旺相[110]이니 하는 표현은 땅의 운세를 말한 것입니다. 오래되면 변화를 생각하고, 묵으면 새로운 것을 생각하며, 막히면 통하는 것을 생각하게 되니, 이것이 바로 운세가 바뀌는 시점입니다. 이를 불자들은 칠일겁七日劫이라 일컬었고, 우리 유가에서는 500년에 한 번 성인이 태어나는 시기라고 말한 것입니다.

성인이 운세 변화의 기회를 만나 태어나면, 시운에 순종하여 넘치는 것은 잘라내고 부족한 것은 보충하여 일을 아주 잘 처리할 것입니다. 하夏나라가 충직(忠)한 것을 숭상했다든지, 은殷나

110 고허라는 것은 날짜를 천간 지지로 배열해 나갈 때 12지지地支를 가지고 서로 고孤하고 허虛함을 상대적으로 배열해 나가는 것을 말한다. 왕상은 오행을 다시 세분하여 하나하나의 상태를 이야기할 때, 왕旺, 상相, 휴休, 수囚, 사死의 다섯 단계로 변천해 나가는 것을 말한다.

라가 질박(質)한 것을 숭상했다든지, 주나라가 꾸밈(文)을 숭상했다든지, 진秦나라가 봉건제와 정전제를 파괴하여 천고의 죄상을 저질렀다든지 하는 등은 기실 시운으로 부득불 그렇게 되지 않을 수 없었던 노릇입니다.

기름진 살코기란 모든 사람이 함께 즐기는 것이지만, 오래 병든 사람의 경우는 비록 한 가마솥의 고깃국이라 하더라도 그 냄새만 맡아도 헛구역질이 날 것이고, 풀뿌리나 나무 열매에 오히려 입맛이 선뜻 당길 것입니다. 아무리 노래를 잘하는 사람이라도 한 가지 노래만 항상 부른다면 좌중의 듣는 사람이 모두 일어나 버릴 것입니다. 법이 오래되어 폐단이 생겼는데도 이를 바꾸거나 고칠 줄 모른다면, 이를 일러 변통할 줄 모르는 교주고슬膠柱鼓瑟[111]이라 할 것입니다. 이는 바로 모든 사람이 공통적으로 느끼는 감정입니다.

그러므로 정치가 요순시대처럼 태평성대가 아니라면 비록 순임금의 음악인 소韶를 연주하여 춤을 춘다 하더라도 좋아하거나 싫어하는 틈바구니에서 신과 사람이 화합하기 어려울 것이니, 이는 성인도 운세의 순환함에 대해서는 어찌할 수 없는 것이지요. (이상은 운세를 논한 것이다. ─ 원주)

대저 문자가 생긴 지 오래되었습니다. 공자는 오래된 유가의 경전을 정리했으니, 이야말로 천지 시운의 일대 변화로서 공자도 부득이 그렇게 할 수밖에 없었습니다. 공부자가 돌아가신 뒤부터 제자백가의 말들이 어지럽게 그 사이에서 섞여 나와 그들의 저술이 엄청나게 불어났으며, 사람들은 제각기 옛 법도는 무시하고 오직 자신만 옳다고 하였습니다. 조그마한 동자 아이들마저도 천인天人과 성명性命이 어떠니 하는 고차원적인 이야기를 하는 소

111 교주고슬은 아교풀로 비파나 거문고의 기러기발을 붙여 놓으면 음조를 바꿀 수 없다는 뜻으로, 고지식하여 조금도 융통성이 없음을 이르는 말이다.

굴에 잽싸게 나아갔으나 반드시 익혀야 할 육예六藝[112]의 학문은 쓰다 버린 헌 갓처럼 무용지물로 보게 되어, 스승의 도는 드디어 없어졌답니다.

스승의 도가 없어지자, 옛날 교육을 맡았던 사도司徒의 직분이나 음악을 담당했던 전악典樂의 관직은 빈자리로 오래 비워 두게 되고, 구차스럽게 자리만 늘어놓고 있을 뿐입니다. 이로 말미암아 음악은 천한 광대와 장인바치의 몫으로 돌아가고, 자제 중 총명한 이들은 문무와 관련된 춤[113]을 반드시 배우고 익혀야 할 청소년 시기를 헛되이 보내어, 비록 관현악을 아래위에 늘어놓고 온갖 악기들이 조화로운 음악을 연주한다 하더라도, 어떤 것이 궁음宮音이고 우음羽音이며, 무엇이 황종黃鐘이고 대려大呂인지 아무것도 모르게 됩니다.

여염집 사이에 설령 음률을 탐닉하고 즐겨서 거문고를 타고 피리를 부는 사람이 있다 하더라도 대체로 부랑배나 파락호가 되는 신세를 면치 못하고 보니, 음악을 하는 일을 자제들은 수치로 여기고 부모들은 못하게 막으며, 마을에서는 천하게 여기게 되었지요. 옛 성인들은 교육을 하고 정치를 하는 데 필요한 신령한 조화와 오묘한 작용이라고 여겼던 음악이었건만, 이제 와서는 오로지 천한 광대와 장인바치에게 전적으로 책임 지우고 있으니, 천부당만부당 이런 이치는 없을 것입니다."

형산이 말하길,

"지당하신 말씀이외다. 주나라 때에는 공경대부의 자제들에게 춤을 가르쳐, 악관에 소속된 관리인 대서大胥는 춤추는 위치를 바로잡게 하고, 소서小胥는 춤의 대열을 바로잡게 하였습니다. 이 법은 한나라 시절까지도 남아 있어서 신분이 비천한 사람들의 자

112 육예는 예禮, 악樂, 사射, 어御, 서書, 수數, 즉 예법, 음악, 활쏘기, 말타기, 글씨, 산수 등 여섯 가지 과목을 말한다.

113 『예기』「내칙」편에 보면, 나이 13세가 되면 시와 음악을 배우고 무작舞勺이라는 문무文舞를 익히며, 15세가 되면 말타기, 활쏘기를 배우고 무상舞象이라는 무무武舞를 익힌다고 한다.

제는 종묘 제사의 춤에 참여할 수 없었습니다. 무릇 녹봉 2천 석을 받는 군수에서 600석을 받는 지방의 방백들과, 관내의 제후로부터 대부에 이르기까지 그 적자嫡子(본처의 자식)를 춤추는 무생舞生으로 뽑았습니다. 이 시기는 아직 예악이 올바르게 있었던 옛날과 그리 멀지 않은 시절이었기 때문에 그 선발하는 방법도 엄정했고, 교육의 사전 대비가 이렇게 철저했습니다."

연암이 말하길,

"7균均과 12균이라는 것은 무엇을 말합니까?"

형산이 말하길,

"균均이란 가지런하고 고르다는 것으로, 운韻이라는 말과 같습니다. 마치 시를 짓는 사람이 4운韻, 8운, 10운을 말하는 것과 같지요. 7균이란 7성聲이 하나의 운이 되고, 12균이란 12율이 하나의 운이 되는 것입니다. 옛날에는 운韻이란 글자가 없었기 때문에 균均이라고 일컬었습니다."

형산이 묻기를,

"귀국에 『악경』樂經이란 책이 있다는데, 사실인가요?"

연암이 말하길,

"떠돌아다니는 말일 뿐입니다. 중국에도 없는 책이 어찌 외국에 남아 있겠습니까?"

곡정이 말하길,

"이는 있을 수 있는 책이 아닙니다. 세상에서는 『악경』이란 책도 진시황의 분서에 들어갔다고 한스럽게 여기지만, 저는 애초에 중국에도 『악경』이란 책은 없었다고 생각합니다."

연암이 말하길,

"역사책에 전하기로는, 기자箕子가 조선 땅으로 피해서 올 때에 시서예악詩書禮樂의 책을 가지고 오고, 의원·무당·점쟁이·장인·광대의 무리들이 5천 명이나 함께 따라서 동쪽으로 나왔다고 했기 때문에, 육예六藝에 관한 책 전부가 유독 진시황의 화염에서 빠져 우리나라로 흘러 전했을 것이라고 말합니다."

곡정이 웃으며,

"그런 이야기는 일 꾸미기 좋아하는 중국의 선비들이 견강부회해서 억지로 만들어 낸 말입니다. 예컨대 명나라 때 풍희馮熙[114]라는 사람이 자기 집에 대대로 소장해 왔다는 이른바 고서세본古書世本에 기자조선본『서경』이 있다고 한 것이 그런 예입니다.

풍희는 말하기를, '기자조선본『서경』은 기자가 조선에 봉해질 때 전해진 고문『서경』인데, 책의 구성은 「요전」堯典 「순전」舜典편에서부터 「미자」微子편에 이르고, 그 아래에는 단지 「홍범」洪範 한 편이 붙어 있다'고 말하고 홍범 팔정八政[115]의 내용 아래에 52개의 글자를 더 첨가시켰으나, 청나라 초기의 학자인 정림亭林 고염무顧炎武가 자신의 『일지록』日知錄이란 저서에서 원나라 사람 추간秋澗 왕운王惲[116]의 저서 『중당사기』中堂事記라는 책을 근거로 기자조선본『서경』이 위서僞書임을 이미 밝혀 놓았습니다."[117]

연암이 말하길,

"제가 심양에 들어왔을 때 만나는 수재들마다 우리나라에 『고문상서』[118]가 있느냐고 물었습니다. 이는 대개 기자가 동쪽으로 나올 때 가지고 나왔다고 여기거나, 혹은 위만衛滿이 소지하고 나온 것으로 생각하기 때문입니다. 위만이란 사람은 비록 제 스스로 상투를 묶고 오랑캐의 복장을 입기는 했으나 한편 스스로는 호걸인 체했고, 그 도당 수천 명 중에는 선비들도 아주 없지는 않았을 터이니, 진秦나라를 피하여 유가의 경전을 끌어안고 따르

114 역사책에는 豊熙라고 표기되어 있다. 풍희(1470~1537)의 자는 원학原學, 호는 오계五溪이다. 예의 논쟁 때문에 귀양 갔다가 적소에서 죽었다.

115 팔정은 『서경』 「홍범」편 안에 서술된 국가에서 시행하는 여덟 가지 중요한 정사를 말한다.

116 왕운(1227~1304)은 원나라 인물로, 자는 중모仲謨 호는 추간이다. 각종 예의 제도를 제정했다. 저서에 『추간선생대전집』이 있다.
117 『일지록』 2권의 「풍희위상서」馮熙僞尙書에 나오는 내용이다.
118 『고문상서』는 한나라 경제景帝 때 공자의 옛집 벽에서 나왔다는 『서경』을 말한다.

는 자가 있었으리라는 건 이치상 괴이하지 않습니다.

그러나 고구려는 본래 무력을 숭상하고 노략질하기를 좋아하므로, 설령 남긴 경전이 있다 하더라도 존중하고 숭상할 줄 몰랐을 겁니다. 게다가 여러 번 난리를 겪었으니 동방 천여 년 이래로 『고문상서』가 있었다는 이야기는 들어 보지 못했습니다."

곡정이 말하길,

"그 문제는 선배 되는 석창錫[활] 주이준朱彝尊이 이미 변증을 했습니다. 『서경』 주서周書[119]와 이에 대한 공안국孔安國의 서문에 '성왕成王이 동●(점은 오랑캐 이夷라는 글자인데, 그들이 나를 상대하며 의식하여 피한 것이다. 대체로 오랑캐를 나타내는 글자인 호胡, 로虜, 이夷, 적狄 등의 글자는 그들이 나를 의식해서 쓰지 않았다. —원주)를 정벌하고 나자 숙신肅愼이 와서 축하를 드렸는데, 성왕은 영백榮伯에게 명하여 숙신에게 폐백을 보내라고 하였다'라고 했는데, 이에 대한 설명으로 그 전傳에 '해동의 여러 오랑캐 나라인 고구려, 부여, 간맥馯貊 등은 무왕이 은나라를 정벌하고 나서부터 모두 길이 통하게 되었다'라고 하였습니다.

이에 대해서 주이준은 '주서周書 「왕회」王會편에 비로소 직稷, 신愼, 예濊, 양良이라는 나라가 보이지만, 고구려와 부여의 이름은 보이지 않는다'고 말하고, 한편 동국의 역사책을 인용하여 '고구려 건국은 한漢나라 원제元帝 건소建昭 2년(기원전 37)이니, 공안국이 임금의 명을 받아 『서경』을 주석하고 그 글을 쓸 한나라 시절에도 고구려와 부여는 아직 중국과 길이 통하지 않았는데, 하물며 주나라가 은나라를 멸망시킨 초기에 있어서랴'라고 말하였습니다.

주자는 사람이 태어나 여덟 살이 되면 모두 소학교에 입학하

119 『서경』에는 시대를 구분하여 '우서'虞書 · '하서'夏書 · '상서'商書 · '주서'周書를 두었다. 주나라 때와 관련된 글만을 모아 전체 편을 '주서'라고 이름을 붙였는데, 아래 언급된 성왕이 동이를 정벌하자 숙신이 와서 하례했다는 이야기는 주서의 「주관」周官편에 있는 내용이다.

주이준의 글씨

고, 그에게 육예六藝인 예禮·악樂·사射·어御·서書·수數의 문장을 가르쳤다고 했는데, 이는 상고시대의 학교 제도를 논한 말이지, 상고시대에 어찌 육예의 문장이 있었겠습니까? 이른바 마당에 물을 뿌리고 청소하며, 손님을 맞이하고 인사하는 것은 곧 예이고, 시가를 읊조리고 춤을 추는 것은 곧 악이니, 사射(활쏘기)·어御(말타기)·서書(글씨 쓰기)·수數(셈하기)도 이로써 미루어 본다면 무엇인지 알 수 있습니다.

이를 두고 육예의 일을 가르쳤다고 한다면 옳겠으나, 육예의 문장을 교육했다고 한다면 이는 후세의 억지 설명을 따른 것입니다. 상고시대에는 『서경』에 말했듯, 활을 쏘는 예법을 가지고 쓸 만한 인재인가를 밝히고, 그렇지 못한 경우에는 매를 때리고 그 잘못을 기록하여 기억하게 하는 교육을 시행했을 뿐입니다.[120] 공자가 '예藝를 즐겼다'[121]라고 말한 것은 바로 이것입니다.

또 주자는 『대학』의 주석에서 말하기를, '열다섯 살이 되면 천자의 맏이와 여러 아들, 공경대부와 원사元士(천자 나라의 선비)의 적자와 일반 백성 중 준수한 자들은 모두 대학에 들어간다'고 했으니, 그 말은 맞습니다. 그러나 그들에게 '이치를 궁구하여 마음을 바로잡고, 자기를 수양하여 남을 다스리는 것을 교육했다'고 하는 말은 역시 후세의 억지 설명을 따른 것입니다.

육예를 강습한다는 것은 이치를 궁구하여 마음을 바로잡는 일이고, 옛사람들은 몸소 실천하는 일을 독실하게 하면서 저절로 마음속으로 터득했을 것입니다. 어떻게 열다섯 살 이전에는 허둥지둥 육예의 문장을 학습하고, 열다섯 살 이후에는 갑자기 육예를 버리고 수기치인修己治人하는 도를 재빠르게 이해할 수 있다는 말입니까?

120 『서경』 「익직」益稷편에 나오는 말이다.
121 『논어』 「술이」述而편에 나오는 말이다.

모르겠습니다만, 어떤 놈의 도학선생이 고을과 마을의 학교와 서당마다 앉아 있으면서 무슨 놈의 『이학전서』理學全書를 펼쳐 놓고, 이와 같은 것은 형이상학적인 것이고 저와 같은 것은 형이하학적인 것이다 하며 가르쳤습니까? 열세 살에 문文을 강조하는 무작舞勺이라는 춤을 배우게 하고, 열다섯 살에 무武를 강조하는 무상舞象이라는 춤을 배우며, 스무 살에 우禹임금의 대하大夏라는 춤을 배우게 했다는데,[122] 아마도 이는 상고시대의 소학이나 대학의 과목 순서가 이와 같음에 불과했을 것입니다.

그런데도 후세의 유학자들은 상고시대에는 원래 육예의 문장이 없었다는 사실은 모른 채 입을 열기만 하면 진나라의 분서를 욕하고, 걸핏하면 분서 이전에 온전한 경전이 해외로 흘러 나간 것이 아닌가 하고 의심하고 있습니다. 저 잘난 송나라의 구양수歐陽脩도「일본도가」日本刀歌라는 시에서 서복徐福[123]이 일본에 갔을 때 진시황의 분서에서 빠진 책이 일본에 100여 책 있었다고 했으니, 더더욱 가소로운 일입니다.

대체로 천지 사이를 채우는 사물들은 자신의 모습(形), 색色, 정서(情), 환경(境)을 벗어날 수 없습니다. 시험적으로 육예六藝를 가지고 살펴봅시다. 예禮란 실천하는 것이니, 실천을 하면 반드시 그 흔적이 남게 됩니다. 자신의 몸을 바로 한 뒤에 활을 쏘게 되니, 이는 활 쏘는 모습 즉 형식입니다. 말고삐를 잡을 때는 마치 실을 짤 때 손이 아래위에서 따로 놀지만 천이 만들어지는 것처럼 사람과 말이 아래위에 있지만 일체가 되게 잡으며, 말 두 마리를 부릴 때에는 춤이 가락에 맞듯 해야 된다고 했는데, 이는 말을 모는 법입니다. 1 더하기 2는 3이 되니, 이런 원리를 가지고 따지면 천 년 뒤의 날짜도 계산할 수 있으니, 이는 산수의 기술입니다.

122 『예기』「내칙」內則편에 나오는 내용이다.

123 서복은 진시황 때의 방술사로, 불로초를 구하기 위해 배를 타고 삼신산에 갔다는 인물이다. 제주도에 기념관이 있으며, 『사기』에는 서불徐市로 되어 있다.

문자를 만드는 여섯 가지 방식인 육서六書가 있는데, 그중 모양을 본떠 만든 상형문자가 많습니다.

오직 음악이란 것만 정서도 있고 환경도 있지만, 유독 그 일정한 형식이 없습니다. 무릇 일정한 형식이 있다는 것은 굵직한 흔적을 남기게 되므로 모두 언어로 형용할 수 있고 문자로 기술할 수 있습니다. 그러나 일정한 형식이 없다는 건 신비로운 작용을 말하는 것입니다. 음악이란 아득하고 그윽한 가운데 슬며시 나무라고 깨우쳐 주며, 황홀한 가운데 힘이 불끈 솟게 해, 소리를 감추면 적막하다가 소리를 발하면 성대하고 조화롭습니다.

아름다운 소리가 모이면 마치 예법에 맞는 것 같고, 마음에 와 닿은 소리는 마치 화살이 명중한 것 같으며, 조화롭게 일체가 됨은 사람과 말이 일체가 되어 말을 타는 것 같고, 서로 다른 소리를 빌려 뜻을 전달하는 것은 마치 문자 창조에 가차假借[124]의 방식이 있는 것 같으며, 소리를 두 배로 내어 합하는 것은 마치 산수에서 수를 셈하는 것 같습니다.

음악의 소리는 모발의 숲 사이를 감돌고 혈맥의 살결을 통과해서, 들려올 때는 어렴풋이 손님을 마중하는 것 같고, 사라져 갈 때는 가물가물 쫓아갈 수 없을 듯합니다. 만져도 손에 걸리는 게 없고, 보아도 눈에 뜨이는 게 없습니다만, 사람의 삭신을 시큰거리고 슬프게 만들며 애간장을 녹입니다. 떠나갈 듯 가다가 다시 돌아오는 소리는 마치 아직 미련이 남아 있는 것 같고, 끊어지다가 다시 이어지는 소리는 마치 다른 생각이 있는 것 같습니다.

지극히 맑기 때문에 향기가 없고, 지극히 은미하기 때문에 그림자가 없으며, 지극히 촘촘하기 때문에 사이가 벌어짐이 없고, 지극히 크기 때문에 외부가 없으며, 지극히 조화롭기 때문에 흩

124 가차는 육서의 하나. 다른 글자의 음이나 뜻을 빌려서 대신하는 방식을 말한다.

어지지 않고, 지극히 우아하기 때문에 특유의 색이 없으며, 지극히 신령스럽기 때문에 무심한 것 같고, 지극히 오묘하기 때문에 말이 필요 없습니다.

대저 경쾌하고 민첩한 언어를 가지고도 음악을 능히 형용할 수 없는데 하물며 문자 찌꺼기로야? 그래서 저는 하·은·주 3대 이래로 애초부터 『악경』이란 책은 없다고 말하는 겁니다."

형산은 곡정이 쓴 글씨에 수없이 동그라미를 치며,

"앞 시대 어느 누구도 말하지 못한 내용을 처음으로 말하십니다. 『예기』 안에 들어 있는 「악기」樂記라는 글 한 편은 도리어 쓸데없이 군더더기 말이나 해 놓은 꼴입니다. 「악기」라는 글이 본시 한나라 유학자들의 떠돌아다니는 허황한 문장이니까요."

연암이 말하길,

"성인이 책을 짓는 까닭은 앞 시대 성인의 가르침을 계승하여 뒷 시대 후학에게 열어 주려는 때문입니다. 공자께서 위衛 나라에서 노魯나라로 되돌아와 『시경』을 정리하고 예禮를 바로잡으셨는데, 왜 하필 음악에 대해서만은 저술한 것이 없을까요?"

곡정이 한참 말이 없다가,

"단언하건대 저술이 없었을 겁니다. 공자가 『시경』을 정리하고 예를 바로잡았다는 그것이 바로 음악학입니다. 음악의 본질은 시에 의지하고, 음악의 효용은 예에 깃들어 있습니다. 대저 언어를 가지고 남을 교육하는 사람은 그 물정을 왜곡하기 쉽고, 문자로 교육하는 사람은 그 천기天機[125]를 천근淺近하게 만들기 쉽습니다.

대저 음악이 사람을 감동시키는 까닭은 빠르되 호들갑을 떨지 않고, 드러내되 노골적이지 않으며, 심오하되 어둡지 않으며,

125 천기는 천지자연의 심오한 비밀 혹은 본래의 천성을 뜻하는 말이다.

부드러우면서도 능히 의연할 수 있고, 곧으면서도 능히 완곡할 수 있기 때문입니다. 깊이 생각하고 상상하게 만들기도 하고, 마음속에서 감격스러움이 배어 나오기도 하며, 흐느껴 울게도 만들고, 정성스럽고 간절하게 만들기도 합니다. 그 소리가 사람의 귀에 들어오는 순간 모골이 송연하여 겁이 나기도 하고, 전율하며 불안해하기도 하며, 애태우며 마음이 허해지기도 하고, 빙그레 웃으며 뭔가를 생각하게 만들기도 합니다.

이는 언어와 문자 밖의 것으로, 말하기 어려운 말과 문자화할 수 없는 문장을 따로 개척한 것입니다. 숭고함은 하늘과 맞먹으며, 낮음은 땅과 짝을 이루며, 자유자재인 것은 귀신과 엇비슷하고, 빙빙 도는 것은 순환하는 계절과 같습니다. 만물을 촉촉하게 적심은 비와 이슬의 윤택을 빌리지 않고, 사람을 밝게 함은 일월의 광택을 기다리지 않으며, 고무하고 격려함은 바람이나 우레의 빠름과 다투지 않고, 점점 젖어들게 함은 강물이 젖어드는 것을 본받을 필요가 없습니다.

쇠, 돌, 실, 대나무, 바가지, 흙, 가죽, 나무 등 여덟 가지 재료로 만든 갖가지 악기 소리는 효성과 공경, 충성과 믿음, 예의와 염치의 품행이 아니건마는, 입으로 악기를 불고, 손가락으로 악기를 타고, 어깨를 들썩이며 발을 구르고 동작을 하면, 인의예지의 사단四端이 뭉게뭉게 솟아오르고 희로애락애오욕의 칠정七情이 샘솟듯 하니, 이는 도대체 누가 시켜서 그렇게 만드는 것입니까? 그러므로 사람의 사지와 각 신체 부위가 말하지 않았는데도 저절로 깨닫게 된다고 하는 것은 바로 음악을 두고 하는 말이외다.[126]

대개 상고시대에는 글과 글씨가 그리 넓게 펴지지 못하여, 거리와 항간에 떠도는 노래를 학교로 거두어 이를 문자로 기록하고

126 『맹자』 「진심장」盡心章 상편에 나오는 말이다.

시의 구절로 만들어 악기에 올렸습니다. 때문에 옛날에는 대학에서 사람을 가르칠 때 꼭 책을 펴 놓고 교육하는 것만이 아니라, 시가를 읊조리고 춤을 추는 것 또한 하나의 학문이었던 셈입니다. 제자인 증점曾點이 비파를 타고 안회顔回가 거문고를 타면 공자의 모습이 홀로 있는 듯하고, 주나라 문왕을 제사하는 청묘淸廟에서 한 사람이 노래 부르고 세 사람이 감탄하며 호응을 하면 마치 문왕을 보는 듯하다는 것입니다.

　그러므로 오음五音이라는 것은 소리의 문리文理이고, 육률六律이라는 것은 소리의 의지意志입니다. 본질이 서로 다르면서도 하나의 음악에 귀결되는 것은 소리의 덕행입니다. 순일하여 잡스러움이 없고, 순수하여 밖으로 드러나는 것을 일러 아雅라고 하는데, 아雅란 소리의 빛입니다. 때문에 성인 공자께서는 저술하지 않은 책과 말하지 않은 뜻을 홀로 남겨 두시어 사람들이 스스로 깨닫도록 하였으니, 지혜가 뛰어난 사람은 음악의 덕을 알 것이며, 지혜가 낮은 사람은 음악의 음률을 알 것입니다. 이것이 바로 성인이 앞 시대 성인을 계승하고 뒷 시대 후학들을 열어 주려는 뜻일 겁니다. 그렇기 때문에 저는 애초에 『악경』이라는 책은 없었다고 생각하는 겁니다.”

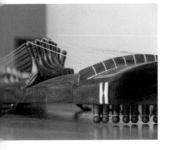

안족

　연암이 말하길,
　“육예에서 음악에 관한 책이 없다는 이야기는 잘 들었습니다. 그러면 악보는 남아 있습니까?”
　형산이 말하길,
　“애석하게도 옛날의 악보는 모두 불타, 지금은 전해 오는 것이 없답니다.”

연암이 말하길,

"진시황 때 불에 탔습니까?"

형산이 말하길,

"아닙니다. 수나라의 음악가 만보상이 『악보』 64권을 지어, 8음이 돌아가며 궁음이 되는 법과, 현을 고치고 안족雁足[127]을 옮기는 변화를 함께 논하여 84조調 144율律을 만들어 1,800소리로 끝나게 했습니다. 그러나 당시 사대부들이 이를 배척하여, 결국 만보상은 굶어 죽으며 분통이 터져 그의 저서를 모두 불에 태워 버렸습니다.

명나라 가정嘉靖(명 세종의 연호, 1522~1566) 때, 태복승太僕丞으로 있던 장악張鶚[128]이 악서를 지었는데, 『대성악무도보』大晟樂舞圖譜라는 책에 거문고와 비파로 시작해 나아가 여러 악기에 이르기까지 하나하나 악보를 지었습니다. 다른 책으로 『고아심담』古雅心談이 있습니다. 같은 시대에 요주遼州의 동지同知 이문찰李文察[129]이 저작한 악서로 『사성도해』四聖圖解, 『악기보설』樂記補說, 『율려신서보주』律呂新書補註, 『흥악요론』興樂要論 등이 있었고, 그 후에 나온 『율려정의』律呂精義, 『오음정의』五音正義, 『악학대성지결』樂學大成旨訣 등은 소리나 악기의 도수度數를 논한 책입니다.

금보琴譜에는 조현調絃(줄 고르는 법), 농현弄絃(타는 법), 수법手法, 수세手勢가 있고, 또 사마귀가 매미를 잡는다는 뜻의 당랑포선螳螂捕蟬, 평평한 모래사장에 내려앉은 기러기라는 뜻의 평사낙안平沙落雁, 한 가닥 낚싯대를 달밤에 드리우고라는 뜻의 일간명월一竿明月, 임금의 은혜에 감복한다는 뜻의 감군은感君恩이니 하는 것들이 있는데, 이것들은 모두 거문고 연주자들이 구두로 비법을 전수하는 비결秘訣입니다."

127 안족은 현악기의 줄을 받치는 기러기발.

128 장악의 자는 윤천允蕭이며, 임청臨淸 사람이다. 율려학律呂學에 밝아, 태상시승太常寺丞을 지냈다.

129 이문찰(1493?~1563)은 복건성 장주漳州 사람으로, 자는 정모廷謨, 호는 누운루霒이며, 음악 이론을 연구하여 수많은 저서를 남겼다.

금보琴譜

곡정이 말하길,

"대체로 음악에는 악보가 없을 수도 있으니, 신묘한 경지를 연구하여 그 변화를 알게 되면 『주역』이라는 책도 하나의 악보가 될 수 있습니다. 음악에는 전수의 비결이 없을 수도 있으니, 한 가지 악기의 이치를 깨달아 이를 다른 악기에 연장하고 유추할 수 있다면 순임금의 음악인 우소虞韶 한 권의 책이 천지 사이에 저절로 존재할 수 있습니다.

옛사람들은 글자를 두 번 겹치게 써서 모두 음악의 비결로 사용했습니다. 예컨대 바람 소리는 '솨솨', 빗소리는 '처처', 사슴은 '유유', 새는 '짹짹', 기러기는 '꾸욱꾸욱', 여우는 '캥캥', 징경이는 '꽝꽝', 풀벌레는 '웅웅', 깃털은 '슥슥', 사냥개는 '컹컹', 방울은 '짤랑짤랑', 얼음 찍는 소리는 '쿵쿵', 나무 찍는 소리는 '쩡쩡'이라고 했으니, 모두 실제 소리를 조사해서 비결로 삼을 수 있습니다."

연암이 말하길,

"중국의 악성樂聲은 한 글자에 하나의 음률 아닙니까?"

곡정이 말하길,

"아닙니다. 한 글자에도 청탁과 누르고 치켜세우는 억양의 법이 있고, 평상거입平上去入의 차이가 있습니다. 하물며 노래란 말을 길게 뽑는 것인데, 말을 길게 뽑는 것은 읊조린다는 영詠이라는 글자가 되는 것이지요."

연암이 말하길,

"공자가 아들 백어伯魚에게, '너는 『시경』의 「주남」周南편과 「소공」召公편을 하느냐?'[130]라고 되어 있습니다. 후세의 입장에서

130 『논어』 「양화」陽貨편에 나오는 말이다.

따져 본다면 그 정도의 시쯤은 하루아침에라도 외울 수 있는 것이어서, 아들에게 물어볼 필요도 없습니다. 그런데 공자가 읽었느냐고 묻지 않고 하느냐(爲)고 물었으니, 이는 악기를 타면서 노래를 불렀다는 것 아니겠습니까?"

곡정이 말하길,

"선생의 말씀이 옳습니다. 누구도 말하지 못한 독창적인 생각이외다. 옛날에 악기를 타며 노래를 한다는 말은 바로 후세의 책을 읽는 일과 같은 것입니다. 상고시대에는 서적이라는 것이 기껏 『주역』, 『서경』, 『시경』, 『예서』에 지나지 않았을 터인데, 이마저도 모두 천자의 도읍지에 보관했을 겁니다. 공자께서 주나라에 가서 노자에게 예를 물었다고 하는 것이 바로 그 증거입니다.

비록 공자 같은 성인도 나이 오십이 되어서야 비로소 『주역』을 읽을 정도였으니, 공자의 칠십 수제자와는 일찍이 『주역』에 대해서 담론하지 못했고, 그저 시나 예에 관한 것을 이야기하는 데 불과했습니다. 그것도 모두 입으로 전수하는 것이어서, 후세에 날마다 증가하는 번다한 문장을 직접 보는 것과는 다릅니다.

그 당시에 익히는 것이라곤 제사 지내고 인사하는 범위를 넘지 못했을 것이고, 문관은 깃털로 장식된 일산을 잡고 무관은 도끼가 그려진 깃발을 쥐고 아침저녁으로 악기를 타고 시가를 노래하는 것일 뿐이었습니다.

공자께서 말하기를, '천자의 나라인 하夏나라는 그 예를 내가 능히 말할 수 있으나 그 제후국인 기杞나라에 대해서는 징험할 수 없으며, 역시 천자의 나라인 은殷나라의 예는 내가 능히 말할 수 있으나 그 제후국인 송宋나라에 대해서는 징험할 수 없으니, 문헌이 부족하기 때문이니라'[131]라고 하셨으니, 시와 예의 흘러온

131 『논어』 「팔일」八佾편에 나오는 말이다.

내력이 입으로 전수되었다는 사실을 알 수 있습니다. 이른바 '배우고서 때때로 이를 복습한다'는 말이 바로 그 증거입니다.

그러므로 『논어』에 공자가 백어에게 말한 바로 그다음 장에서 공자는 '예에 이르기를, 예에 이르기를'(禮云, 禮云), 또 '악에 이르기를, 악에 이르기를'(樂云, 樂云)[132]이라고 말씀하셨습니다. 이는 예와 시의 근본이 제사 지내고 악기를 타며 시가를 노래하는 것, 그밖에 있지 않음을 넌지시 일깨워 준 것입니다.

『시경』의 첫 번째 편인 「관저」關雎장의 내용과 품격은 거듭거듭 반복하고, 정성스럽고 간절하며, 애가 끊어지듯 몹시 슬퍼하는 것인데, 이것이 마음의 덕성과 사랑하는 도리에서 쏟아져 나오게 되는 이유는 아마도 가사의 뜻이 그러하기 때문일 것입니다.

이 시를 두고 공자는 즐겁지만 넘치지 않고, 슬프지만 마음이 상하지는 않는다[133]고 평했는데, 그것은 아마도 노래 부르는 소리가 그러하기 때문일 것입니다. 그러므로 '태사太師[134] 지摯가 악사 벼슬을 처음 할 때에 연주하던 「관저」의 끝장 악곡이 아직까지도 아름답고 성대하게 귀에 가득하구나!'[135]라고 하였으니, 바로 이를 말함입니다.

후세에 시를 학습하는 방법은 악기와 노래를 폐하고 네모반듯한 책만 바라보고 앉았으니, 이로 인해 노랫소리와 문자의 시가 둘로 나뉘었습니다. 그런데도 주자는 『시경』을 주석하면서 정鄭나라와 위衛 나라의 국풍을 모두 음탕한 죄목으로 몰아 버렸으니, 이는 시의 뜻이 음탕하다는 것만 알았지 노랫소리가 음탕하다는 사실은 몰랐던 탓입니다. 남녀가 은밀하게 사랑할 때는 오직 남들이 눈치챌까 염려하게 마련인데, 어떻게 길에 싸돌아다니며 노래를 부르고 자기들의 추잡하고 음란한 행실을 스스로 떠

벌리고 다닐 수 있겠습니까?

그렇다면 안연이 나라를 다스리는 방법을 물었을 때, 공자가 정나라 시를 추방하라고 말하지 않고 어째서 정나라 노랫소리를 추방하라고 말했겠습니까?[136] 그러므로 만약 정나라의 소리로 노래를 부르게 된다면 『시경』의 「표유매」標有梅나 「야균」野麕과 같은 점잖고 도덕적인 시도 응당 음란한 시에 속한다고 말해야 할 것입니다.

또한 소리라는 것은 눈으로 살피는 것입니까, 아니면 귀로 살피는 것입니까? 학사와 대부들은 음악의 근원을 구명하고 찾고자 하여 음악을 만드는 이치에서만 헤매고 몰두하다가 결국 눈으로 훔쳐보는 데서 홀연히 음률을 찾으려고 하였습니다.

옛 성인들은 귀로 듣는 데에 있는 힘을 다 쏟아부었는데, 지금의 군자들은 눈으로 보는 데에서 갑자기 찾으려고 합니다. 이는 아침저녁으로 악기를 타며 노래를 부르는 것이 얼마나 대단한 공부인가를 알지도 못한 채, 소리와 음률을 놓아 버리고 폐하면서 한갓 책장 위에서만 읽어 내려고 하는 것입니다.

이것이 송나라 여러 선비들이 입만 뻥긋하면 음률을 이야기하면서도 음을 살필 줄 몰라 도리어 악공들에게 비웃음만 사고, 결국은 음악이 고루한 곳으로 돌아가게 한 책임을 면할 수 없었던 까닭입니다."

연암이 말하길,

"진秦·한漢 이래로 비단 옛 음악을 회복하기 어려웠을 뿐 아니라, 비록 좋은 시절이 다시 돌아오더라도 올바른 음악을 만들 사람이 없을까요?"

곡정이 말하길,

136 『논어』 「위령공」衛靈公 편에 나오는 말이다.

"어찌 그렇기야 하겠습니까? 주나라가 쇠할 무렵에, 지나치게 꾸미는 문치文治의 폐단이 극에 달했습니다. 그러다가 그 말기의 전국시대에 이르러 제후들이 강대해지자 앞다투어 무력을 숭상하였습니다. 학관을 비우고 연회를 베풀며, 천자의 뜰을 나누어 차지하고는 서로 대등한 예식을 치른 자들은 모두 권모술수를 부리는 모사꾼이었습니다.

이로 말미암아 제자백가의 언어가 제멋대로 날뛰고 잡스럽게 모여들어 각자 자기의 학설이 옳다고 하고 자기만의 학문을 가지게 되었습니다. 그러나 그들이 주장했던 취지를 요약하면, 미상불 인의를 근본으로 한다고 하면서 유교를 빌려서 만들지 않은 학설이 없었습니다.

몸뚱이는 배움의 터전인 학교를 떠났고, 예악의 이치는 한갓 입으로만 시끌벅적하게 되뇌고 몸으로 익히지 않았습니다. 제사를 지내는 예의의 모습은 날마다 앞에서 사라지고, 음악을 하는 소리는 날마다 귀에서 멀어졌습니다. 인간의 몸에서 잠시라도 떠나서는 안 될 예악의 실체가 단지 헛된 도구가 되어 다시는 사용하거나 익히지 않게 되었습니다. 이는 실속 없이 겉만 화려한 글을 짓고 이론만 밝은 사람들이 저지른 과오입니다.

사람의 생각이란 지나친 꾸밈을 싫어하고 질박함을 생각하며, 화려함을 싫어하고 실질을 취하며, 사치한 것을 병으로 여기고 검소함을 숭상하며, 번거로운 것을 미워하고 간소한 것을 생각하지 않을 수 없을 터입니다. 그런데도 천하를 통치하는 사람은 대중을 몰아서 어둡고 우매한 지경에 가두어 놓으려고 하니, 이것은 예전 성인들이 이상 정치를 이루는 요체는 아니었을 것입니다.

서책을 불태우고 선비들을 파묻어 죽인 진나라는 그 정책이 잘못되었음을 면하지 못할 터이고, 한나라의 처지에서는 진나라의 실책이 오히려 다행이라 할 것입니다. 또 유방과 항우가 서로 자웅을 겨루는 사이에 천하의 자제들은 전쟁 속에서 처참하게 죽어 나갔습니다. 그나마 다행으로, 전쟁의 칼날 아래에서 벗어날 수 있었던 사람들이 비로소 자신의 총명함을 간직한 채 고유의 품성을 모두 온전하게 할 수 있었습니다. 이것이 바로 시운이 한번 좋은 시대로 돌아온 시기였습니다.

그 당시에는 진나라의 혹독했던 형벌은 모두 없애고 세 가지 법인 소위 약법삼장約法三章[137]만 남겨 두었으니, 당시의 법은 그다지 치밀한 것은 아니었습니다. 여러 신하들이 자신의 공을 다투며 술에 취하여 왕의 이름을 함부로 부르고 칼을 빼서 기둥을 치기도 했으니, 신하들에 대한 통제가 그다지 심하지 않았습니다. 조정에는 말수가 적고 무뚝뚝하며 남의 과실을 말하기를 부끄럽게 여기는 선비들이 많았으니, 풍속이 그다지 각박하지 않았습니다. 부호들이나 토착 세력들이 전쟁 통에 사망하거나 이리저리 떠돌아다니게 되어 그 토지는 일정한 수인이 없었으니, 천하의 토지는 정전제井田制를 실행할 만했습니다.

문제文帝와 경제景帝의 시대에는 한나라가 일어난 지 40여 년이 되어 휴양을 하고 숨을 한번 돌린 뒤여서 논밭 사이에는 말들이 무리를 짓고, 곳간 창고에는 묵은 쌀이 쌓일 정도가 되었으니, 군현에 학교를 설치할 만했습니다. 정치를 하는 학사 대부들도 유가 경전을 전공한 박사의 집에서 오히려 머리를 숙였으니, 가히 교육을 해 볼 만한 경지가 되었습니다. 이는 다름이 아닙니다. 한나라 초기에는 책을 끼고 다니면 처벌한다는 진나라의 법

137 한고조 유방이 관중 땅에 들어서면서 진나라의 번다한 법률을 폐하고 세 가지로 추려 약법約法을 공표했다. 이 3장章의 약법이란, 남을 죽인 자는 사형에 처하고, 남을 상해하거나 물건을 훔친 자는 처벌한다는 세 가지 법 조목이다.

138 단선본은 당나라 덕종 연간에 활동했던 비파 연주의 대가로. 본래는 장안 장엄사莊嚴寺의 승려였다.
139 당나라 덕종 때 인물인 강곤륜은 비파를 잘 타는 인물로서 스스로 자기의 재주가 최고라고 믿고 있다가. 숨은 실력자인 장엄사 승려 단선본을 보고는 기가 죽어서 그를 스승으로 모시려고 했다. 단선본은 강곤륜에게 10년 동안 비파를 가까이 하지 말고 예전의 잘못된 이론이나 연주 솜씨를 완전히 없애라고 했다. 결국 강곤륜은 본래의 모든 기법을 버리고 백지 상태에서 출발하여 단선본의 음악의 경지를 터득하게 되었다는 고사이다.
140 숙손통은 서한 사람으로, 진나라 말기에 박사가 되었고, 뒷날 한고조 유방을 도와 예의를 제정했으며 태자 태부太子太傅가 되었다.
141 한고조의 군신들이 예의를 모르자, 숙손통은 노나라 선비와 자신의 제자를 동원해서 예의를 바로잡겠다고 건의하였다. 노나라 선비를 초빙하러 갔으나. 두 선비는 이를 거절하였다. 전쟁이 끝난 초기이고 또 숙손통이 예의를 모른다고 여겼기 때문이다.(『사기』「숙손통열전」)

률이 아직도 없어지지 않아서 천하의 책은 모두 국가 기관의 창고에 보관되어 있었고, 백성은 관에서 하는 말을 믿고 따랐으며, 벼슬하지 않은 처사處士도 감히 엉뚱한 이야기를 못했기 때문입니다."

연암이 웃으며,

"이것이야말로 바로 선사禪師인 단선본段善本[138]이 강곤륜姜崑崙을 보고 나서 10년 동안 악기를 만지지 못하게 하여 본래부터 가지고 있던 잘못된 이론이나 기법을 잊게 만들었다는 고사와 같습니다."[139]

곡정이 말하길,

"맞습니다. 세상에 드물게 보는 재주를 가졌던 숙손통叔孫通[140] 같은 사람도 처음에 아첨하는 사람을 멀리해야 한다는 조목에 걸려 배척을 당했습니다. 그러나 그는 젊고 총명한 조조鼂錯, 가의賈誼 등과 같은 110여 명을 얻어서 그들의 눈을 가리고 다른 책을 보지 못하게 하여, 이에 음악으로 문학을 본뜨게 하고, 악기를 타고 시가를 노래하는 것으로써 옳은 행실을 깨우치게 했습니다. 그리하여 한번 손짓하는 춤 동작으로 밀세는 임금을 심기고, 한번 발짓하는 춤 동작으로 가깝게는 부모를 섬기게 하였습니다.

대저 그렇게 한 뒤에 노魯나라 출신 두 선비를 세워서 백성의 교화를 책임지는 사도司徒의 직분을 맡게 했더라면 이들이 음악을 만들 인물이 아니라곤 할 수 없을 겁니다.[141] 그리고 다시 사마상여와 사마천 같은 인물을 학관에 배치했더라면, 이들이 노래를 만들 인물이 아니라곤 할 수 없습니다. 다만 무슨 공을 기록하고 무슨 덕을 서술할 만한지는 모르겠으나, 당나라, 송나라 시대의 가사들이 전적으로 터무니없는 내용이었던 것보다는 오히려 나았을 겁니다."

연암이 말하길,

"사마상여나 사마천의 경우는 그들의 문사만 취한 것입니까? 가의와 조조 또한 어찌 그 두 사람보다 못하겠습니까?"

곡정이 말하길,

"비단 그들의 문장만을 취한 것은 아니외다. 옛날에는 음악과 역학曆學이 모두 법규나 기록을 맡은 태사太史에 예속되어 있었습니다. 한나라의 율서에는 처음에 음악을 말하지 않고 군사에 대해서 말했으며, 군사를 쓰는 것을 말하지 않고 군사를 없애는 것을 말했습니다. 음악과 군사는 서로 연관성이 없습니다만, 그렇게 함으로써 천하가 부유하게 되고 백성이 즐거워하게 되었으니, 이것이 조화로운 음악의 근본입니다. 대개 음악을 만든 뜻을 깊이 깨달았기 때문일 것입니다."

연암이 말하길,

"한나라가 천하를 통치한 것이 그렇게나 성대했습니까?"

곡정이 말하길,

"선생께서는 무슨 말을 그렇게 하십니까? 어째서 선생께서는 한나라를 그리 과소평가하시는지요? 제 생각에는 한고조의 공로는 은나라를 정벌하고 주나라를 건국했던 무왕에게 양보하지 않을 것이고, 그 덕은 주나라 왕실에 부끄럽지 않을 것이외다. 다만 부족했다면 무왕의 아버지인 문왕文王과 같은 전통 있는 집안이나, 무왕의 아우로서 성왕成王의 삼촌이었던 주공과 같은 어진 재상, 소공召公과 같은 위대한 신하, 800년이나 누린 긴 왕조, 공자와 같은 훌륭한 백성 등이 없었다는 점입니다.

대저 하·은·주 3대의 시절에는 천자가 직접 통치했던 지역이 사방 천 리 정도의 땅에 지나지 않았습니다. 수많은 제후들이 각각 천하의 땅을 분할하여 통치하였고, 크게 악독하고 간사하여 나라를 어지럽히는 경우가 아니라면 천자가 직접 관여하지 않았습니다. 천자의 일은 5년에 한 번씩 제후들을 순수巡狩하면서 제후국이 잘 다스려지고 있는지 살피며, 도량형 제도를 통일하는 것 정도입니다. 천하에 역적질을 하는 반란이 아니라면 그저 볕이 잘 드는 대궐의 방에서 팔짱을 끼고 앉아 삼가고 공경이나 하고 있지, 그밖에 다른 무슨 일을 했겠습니까?

상하가 서로 버티어 지탱하고, 강하고 약한 것들이 서로 견제하고 있으니, 이른바 나라에 훌륭한 신하들이 많은 것은 마치 발이 많이 달린 벌레는 죽더라도 쓰러지지는 않는다는 셈이지요. 진秦·한漢 이래로는 만 리 되는 영토를 거머쥐었으니 일반 백성이 굶주리고 배부르며 추위에 떨고 따뜻한지는 모두 천자의 생각 하나에 달려 있게 되었습니다. 천자의 생각이 조금이라도 삐끗하면 천하는 흙이 무너지듯 기와가 깨지듯 전혀 손을 쓸 수 없게 되니, 문과 뜰의 경계가 조금도 없게 되어 누구나 엿보게 됩니다.

비복 전진前秦을 세웠던 부견符堅[142]의 강력함이나, 수隋나라 말기에 스스로 왕이라고 칭했던 두건덕竇建德[143]의 국량으로도 천하의 절반을 차지했으나 하루아침에 그 자신이 사로잡히게 되어 흥하고 망하는 것이 순식간에 벌어졌습니다. 한 자의 땅이나 한 명의 인민이라도 반드시 천자 한 사람에게 달렸으니, 천자가 되라고 하는 커다란 운명이 아니고는 그 자리를 누리고 연장해 갈 수 없으며, 특출한 제도가 아니라면 능히 통치할 수 없으니, 천자 노릇 하기가 어려운지 쉬운지는 고금의 형세가 아주 다르답니다.

주나라가 흥하게 되었을 때에 백이·숙제보다 앞선 인물로 태

142 부견(338~385)의 자는 영고永固이며, 5호 16국 시기에 전진을 세웠다.
143 두건덕(573~621)은 수나라 말기에 하북 지방을 차지하고 스스로 장락왕長樂王이라 칭했고, 국호를 대하大夏라고 했다.

백太伯과 중옹仲雍[144] 같은 훌륭한 인물이 있었으며, 백이·숙제보다 뒤의 인물로 관숙管叔과 채숙蔡叔[145] 같은 되잖은 인물도 있었습니다.[146] 한나라가 일어날 때에도 이만한 인물이 있었습니까? 다만 한나라 고조高祖는 위대한 공로는 있지만 심덕이 없었으며, 문제文帝는 덕은 있지만 학문이 없었고, 무제武帝는 의지는 있지만 식견이 없었으니, 애석하게 여길 만합니다.

미앙궁未央宮은 축대를 온전하게 쌓지도 못하고 땅도 평평하게 고르지 못한 채, 흙 한 덩이와 돌 한 덩어리도 기술자의 손에 맡기지 않고 몇 길 되는 썩은 담장을 서둘러 쌓아서 그럭저럭 400년을 버텼습니다. 비유하자면 농사짓는 시골 노인이 보리밥에 오이장아찌로 입맛을 맞추어 배를 실컷 불리지만, 홍운사紅雲社[147]의 달콤한 여지 맛에 대해서는 도대체 들어 보지도 못한 것과 같다고나 할까요.

비록 그렇긴 하지만, 명분 없는 전쟁을 해서는 안 된다고 길을 막고 유방을 설득했던 삼노三老 동공董公[148]은 무왕을 도와 전쟁을 했던 강태공보다 훌륭하고, 항우에게 억울하게 피살당한 초나라 의제義帝[149]를 위해 제후들에게 상복을 입고 항우를 정벌하자고 했던 유방의 격문 하나는 무왕이 은나라를 정벌하러 가면서 했던 맹세의 글인 『서경』의 「태서」泰書편보다 낫습니다.”

연암이 말하길,

“선생께서 한나라의 공을 논하는 것이 지나친 듯합니다. 한나라 고조인 유방이 도탄에 빠진 진나라 백성을 구하려는 마음을 본시부터 가졌던 것도 아니고, 술에 취해 함부로 소리를 지르며 아방궁을 보고 황제 될 생각을 일으킨 것에 불과했습니다. 곧 여러 도적놈들 중 흉악하고 교활한 우두머리일 뿐인데, 어떻게 주

144 太伯은 泰伯으로도 쓴다. 태백과 중옹은 모두 문왕의 큰아버지로, 조카 문왕이 왕이 되도록 자신들은 피신을 하였다.

145 관숙과 채숙은 모두 문왕의 형제들로, 조카 성왕이 천자가 되었을 때 모반을 하였다.

146 네 인물에 대한 토론은 뒤편의 「곡정필담」에 다시 나온다.

147 여지를 홍운이라고도 하는데, 복건성 보전莆田, 송각宋표 등의 지방에서 나는 것이 제일 맛있으며, 맛있는 여지를 먹기 위해 홍운사라는 계모임을 조직하기도 하고, 시사를 조직하여 홍운시사라고 불렀다. 여지가 붉게 익어서 나무에 그득하게 달려 있는 모습을 멀리서 바라보면 마치 붉은 구름과 같다고 한 데서 홍운이라는 말이 유래하였다.

148 진나라 제도에 10리에 하나의 정亭, 10정에 하나의 향鄕을 두고, 향에는 삼노를 두어서 교화를 담당하게 했다. 유방이 신성新城으로 정벌을 나갈 때, 삼노였던 동공은 82세의 나이로 길에 나가서 유방에게 의제의 억울한 죽음을 알렸고, 유방은 상복을 입고 제후들에게 항우를 치자고 격문을 보냈다. 이로 인해 동공은 성후成侯로 봉해졌다.

149 의제는 항우가 군사 행동의 명분을 위해 세운 초楚 회왕懷王.

나라 덕의 훌륭함과 비교할 수 있겠습니까? 만약 성공한 사적만 가지고 공을 논한다면 역사 이래로 세상을 어지럽혔던 간사한 영웅들도 모두 후세에 나름대로 할 말이 있을 겁니다.

한고조가 천하를 평정했으니 한두 가지 그럴듯한 일이 없을 수는 없겠지만, 그것 역시 시대의 이해관계에 따라 편의를 차지한 데 불과할 뿐입니다. 이른바 제후의 문하에도 어질고 의리를 아는 사람 정도는 있다는 격[150]인데, 이를 어찌 고귀하다고 할 수 있겠습니까?

항우가 한나라를 위해 초나라 의제를 몰아내어 죽인 것은 한나라의 처지에서 보면 행운일 것입니다. 만약 항우가 이런 난처한 일을 보류했더라면, 한고조가 과연 천하의 3분의 2를 차지하고도 고개를 숙이고 숨을 죽이며 갖가지 폐백을 쥐고 의제의 뜰에서 조공을 바칠 수 있었겠습니까?

곡정이 크게 웃으며,

"선생께서는 화를 푸십시오."

연암이 말하길,

"저야 원래 화낼 일이 없지요."

곡정이 말하길,

"한고조로 하여금 의제를 섬기게 했더라면 하는 말씀은 형식적 의리를 따져서 극단적으로 하는 논의입니다. 3대 이전의 시대는 불가불 덕을 가지고 따져볼 수밖에 없고, 3대 이후는 공을 가지고 논해야 할 것입니다. 천명天命의 배려가 두터운가 여부를 살펴보면 왕조의 장단을 점칠 수 있으니, 주나라와 한나라의 덕을 비록 같은 차원에서 논할 수는 없겠지만, 그렇더라도 어린 임금이나 과부가 된 황후를 속여서 나라를 빼앗은 왕조[151]와 한나라를

150 유우석劉禹錫의 시에 "제후의 문하에도 인과 의를 갖춘 사람이 있고, 영대에도 고생하는 사람이 많다"(侯門有仁義 靈臺多苦辛)라는 구절이 있다.

한고조 유방

151 후조後趙를 세운 석륵石勒은 위魏를 건국한 조조와 서진西晉의 기초를 닦은 사마의司馬懿를 평하여, 어린 임금이나 과부를 속이고 잔꾀를 부리며 천하에 아첨을 해서 천하를 빼앗는 일을 했다고 혹평하였다. 『자치통감』

서로 비교한다면 어찌 하늘과 땅의 차이가 나지 않겠습니까?

그러므로 역대 왕조의 복을 누림이 짧은지 긴지 하는 문제는 공의 많고 적음을 보아야 한다는 것입니다. 위魏나라, 진晉나라가 왕조를 쉽게 얻었다가 쉽게 빼앗겼던 그런 문제에 대해서는 이미 선배들이 논한 바가 있었으며, 당나라, 송나라가 천하를 통치함에도 왕위를 몇 대 누리지 못해서 천운이 떠나고 왕실에 문득 대란이 생겼으니, 당나라 천보(현종) 연간 이후에는 나라가 나라꼴이 아니었으며, 임금도 임금답지 않았다고 평가할 수 있습니다.

서한西漢과 동한東漢을 여기에 비교한다면, 서한의 애제哀帝와 동한의 영제靈帝는 그래도 임금으로서의 통치권을 손에 쥐고 있었고, 영토가 외적의 침입을 당하는 일이 없었으니, 여기에서 국가를 정당하게 얻었는가 부정하게 얻었는가에 따라서 천명이 두터운지 얇은지 하는 문제를 가히 징험할 수 있을 것입니다.

게다가 의제義帝가 있은 연후에 한나라의 공덕이 더더욱 빛나고 드러났을 터입니다. 당시에 의제를 받들어서 세운 것은 항우 집안에서 일시적으로 내놓은 임시방편의 권도에 불과하고, 그것도 거소노인居巢老人이라고 불렸던 항우의 모사인 범증范增의 졸렬한 꾀에서 의당 나왔을 터입니다. 전쟁을 하고 있는 마당에 나라를 건국하려는 영웅에게 일시적인 명분이야 따질 것은 아니지만, 한고조가 상복을 입고 항우를 성토하자고 한 것은 비유하자면 맞고소를 하여 소송을 하는 두 당사자가 턱도 아닌 상대방의 흠을 억지로 잡는 꼴입니다. 가령 한고조가 실패하여 수수睢水에서 죽었더라면 역사책에서는 으레 '의제 원년에 한왕漢王 유방劉邦이 병사를 일으켜 항우를 치다가 실패하여 죽었다'라고 간략히 썼을 것입니다.

152 동한의 광무제인 유수劉秀는 천자가 되기 전에 서한 말의 임금인 유현劉玄이 자신의 형인 유연劉縯을 죽였는데도 천자의 위세에 눌려 상복을 입지 못하고 태연히 있다가 밤중에 침소에서 눈물을 흘렸다.

153 위魏나라 때의 대장군 사마소司馬昭는 전횡을 일삼으며, 태자사인太子舍人 성제를 시켜서 국왕 조모曹髦를 살해하게 하였다. 주모자인 사마소는 문책을 당하지 않고 하수인인 성제에게 모든 책임을 지워서 사형에 처했다. 즉 한고조는 아무런 죄가 없고 의제를 죽인 항우만이 후세에 임금을 죽인 자로 비난받았음을 말한다.

지극한 의리를 가지고 따져 본다면, 은나라가 왕자 미자微子를 송宋나라에 봉해 주었던 것처럼, 무왕이 기자箕子를 봉해 주어 물러나 변방을 지키는 제후로 복종하게 만들었더라면 기자는 은나라 왕실의 충순한 신하가 되는 데에 아무런 문제도 없었을 것입니다. 잠자리에 들어 눈물의 흔적을 보이면서도 끝내 천자의 위엄을 두려워했더라면 한나라 광무제光武帝[152]는 갱시更始(서한 말기의 회양왕淮陽王 유현劉玄의 연호) 황제의 현명한 종친이 되는 데에 해롭지 않았을 것입니다. 그런데도 역사라는 것은 황제(위나라 황제 조모曹髦)를 죽이라고 배후 조종을 하면서 대궐에서 편히 일상생활을 했던 사마소司馬昭를 나무라지 않고, 도리어 그 하수인 노릇을 했던 성제成濟[153]에게 모든 죄를 뒤집어씌웠습니다.

마음을 가라앉히고 조용히 역사를 살펴본다면 항우 집안에서 존중해 주었던 의제가 한나라와 무슨 관계가 있었겠습니까? 즉 의제를 강상江湘(호남성 지방)의 100리 되는 작은 나라에 봉해 주어 한나라의 손님 대우만 해 주었더라면 한나라 400년 역사 중 가장 성대한 일이 되는 데 해롭지 않았을 것이고, 까짓 의제를 처리하는 문제에 무슨 어려움이 있었겠습니까?

또한 후세의 군자들은 역사에 대한 논의를 세움에 지나치게 고상한 것만을 힘써서, 한나라와 당나라를 이야기하는 것을 부끄럽게 여기며, 한나라의 공덕은 낮추어 보아서 아무도 칭송하고 감탄하는 사람이 없게 되었습니다. 그러나 한나라 시절의 여러 제후들은 대체로 우애와 효도를 가지고 집안을 계승해 나갔고, 사람을 등용할 때는 법을 잘 지키는 관리를 우선적으로 뽑았고, 인민들을 인도할 때는 힘써 농사를 짓도록 권장했습니다. 이 세 가지는 천하를 다스리는 큰 근본으로 역대 다른 왕조에서는 드문 일입니다.

　바른 것을 지켰던 급암汲黯, 어린 임금을 보좌했던 곽광霍光, 고상했던 엄자릉嚴子陵, 속인들에게 모범이 되었던 황헌黃憲, 벼슬에 대한 출처를 잘했던 제갈량諸葛亮, 예를 좋아했던 하간헌왕河間獻王, 선을 좋아했던 동평헌왕東平憲王 등등 이런 덕목은 천하의 으뜸이 되는 기운으로 역대 어느 왕조에서도 미치지 못하는 것들입니다.

　무릇 이런 몇 가지 일들은 질박하고 곧으며, 충성스럽고 간절하여 인간의 참된 뜻이 온화하게 드러난 것이니, 이른바 어진 사람은 능히 마음의 덕에 합하여 사랑하는 이치를 잃지 않았다는 바로 그런 것입니다.[154] 이는 모두 음악을 만드는 실체이고, 족히 노래로 읊조리고 감탄할 만한 것이 있으니, 커다란 아악으로 만들어도 의당 부끄러운 기색이 없을 터입니다.

　세상의 사람들은 한나라 문화에 익숙하고 젖었기 때문에 오랜 뒤에도 한나라를 생각하게 됩니다. 흉노 출신 유연劉淵은 한나라의 이름을 빌려서 안락공安樂公 유선劉禪을 이어 전한前漢이라는 나라의 종묘를 세웠고, 남북조 시기 송宋을 세운 유유劉裕가 관내 지방으로 들어오자 나이든 백성들이 한나라 선조들의 10개의 왕릉을 설명하였습니다. 오대 시대 한나라를 세웠던 유지원劉知遠이나, 남한南漢을 세웠던 유엄劉龑 같은 사람들도 오히려 묘금도卯金刀, 즉 유씨劉氏를 빙자하여 국호를 세웠습니다.

　이런 왕조들이야 있고 없고 간에 진짜 한나라와는 아무 상관도 없는 일이지만, 사람이 지켜야 할 떳떳한 도리는 역대 왕조가 멸망하고 나면 그 왕조의 왕이었던 집안의 성씨가 여지없이 박살난 것과는 닮지 않았지요."

154 주자는 『논어』와 『맹자』의 주석에서 인仁을 마음의 덕, 사랑하는 이치라고 그 개념을 설명하였다.

이때에 날은 이미 석양을 향하고, 종일 마신 술은 각기 10여 잔이나 되었다. 형산은 한낮부터 의자에서 아주 곤하게 잠에 빠졌고, 곡정은 자주 칼을 빼서 양고기를 썰어 우적우적 씹으며 내게도 먹으라고 권했다. 그러나 나는 양고기의 누린내를 아주 싫어해서 떡과 과일만을 먹었다.

곡정이 말하길,

"선생께서는 제나라나 노나라같이 큰 나라들은 별로 즐기지 않으시네요?"

연암이 말하길,

"큰 나라에는 노린내가 나니까요."

그랬더니 곡정이 부끄러운 기색을 한다. 나 역시 하지 말아야 할 말을 했다는 것을 깨닫고, 즉시 먹으로 이 글자를 지웠다. 그리고 그에게,

"제가 공자의 제자 자공子貢[155]처럼 양을 아끼는 것은 아니지만, 그래도 마음만은 왕숙王肅과 같답니다"라고 사과하였다.

(제齊나라 왕숙이 처음 위魏나라에 들어가서 양고기는 먹지 않고 항상 붕어고기를 반찬으로 밥을 먹었다. 고조가 양고기 맛과 붕어고기 맛이 어떠냐고 묻자, 왕숙은 '양고기는 제나라와 노나라 같은 큰 나라에 비유할 수 있고, 붕어고기는 주邾와 거莒 같은 작은 나라에 비유할 수 있다'고 대답했다. 그러자 팽성왕彭城王 협勰이 '그대는 제나라, 노나라 같은 큰 나라를 중요시하지 않고, 주와 거 같은 작은 나라를 아끼니, 내일은 그대를 위해 주와 거의 음식을 준비해야겠다'고 말했다. 곡정은 양고기를 즐기지 않는 나를 보고 위의 고사를 떠올리며, 내가 조선처럼 작은 나라 출신이어서 중국과 같은 큰 나라의 음식 맛을 모르냐고 농담을 한 것

155 제후가 천자에게서 책력을 받으면 이를 공경하는 뜻에서 양을 잡아서 예물로 삼는다. 그런데 공자가 살던 시대에는 제후가 천자를 공경하지도 않고, 천자도 책력을 반포하지 않는데도 불구하고, 애꿎게도 양만 희생을 시키자, 공자의 제자 자공은 양을 희생으로 하는 예법을 폐해야 한다고 했다. 공자는 자공에게 "너는 양이 아까워서 그러느냐? 희생하는 예법이라도 있어야 언젠가는 예전의 법이 다시 회복될 수도 있을 것이다"라고 말했다. 연암은 『논어』의 이 말을 이용하여 자신을 마치 자공이 양을 아꼈던 인물이었던 것처럼 비유하였다.

이었다. 그런데 내가 큰 나라는 노린내가 난다, 즉 지금 청나라는 오랑캐 여진족이 지배하는 노린내의 나라라는 뜻으로 말한 것처럼 되어 그만 해서는 안 될 말을 범한 꼴이 되었다. 그래서 곡정이 부끄러운 기색을 한 것이다. ―원주)

곡정이 말하길,

"박공께서는 고려공안高麗公案(고려에 관한 문건)을 아시는지요?"

연암이 말하길,

"그 문제는 동파東坡 소식蘇軾이 지은『동파지림』

『동파지림』

東坡志林에 실려 있지요. 고려는 아무 죄도 없었는데 소동파는 고려를 아주 증오했습니다. 고려의 명신 김부식金富軾과 김부철金富轍은 소식과 소철을 사모하여 이름마저 그들의 이름을 따서 지었는데도 소동파는 자못 몰라주었습니다."

곡정이 말하길,

"소동파가 황제께 올린 글에서 논하기를, 고려가 조공을 바치는 것은 털끝만 한 이득도 없고 도리어 다섯 가지 손해만 끼치고 있으니, 청컨대 서적을 사 가지고 가는 것을 허락하지 마시라고 하였습니다. 그러나『책부원귀』册府元龜[156]와 같은 책이 고려에 들어가 광범위하게 인쇄되지 않았습니까?"

연암이 말하길,

"소동파가 황제께 건의한 말은 실언임을 면치 못할 것입니다. 작은 나라가 중국을 사모하여 찾아왔는데, 큰 나라가 이해관계만을 가지고 말해서야 옳겠습니까?"

156『책부원귀』는 1005년 송나라 때 만들어진 책으로, 육경자사六經子史에서부터 역대 군신의 사적을 수록한 1천 권의 서적이다.

곡정이 말하길,

"그렇습니다. 송나라 정화政和(휘종의 연호, 1111~1118) 연간에 고려의 사신을 승격하여 대사급 수준인 국신사國信使로 삼아 그 예우를 하夏나라[157] 위에 두고, 사신을 맞이하고 전송하는 관원인 인반引伴이니 사신을 접대하는 관원인 압반押伴이니 하는 명칭도 접송接送과 관반館伴으로 바꾸게 하였습니다. 그런데도 고려는 요遼나라를 섬겼다 금金나라의 신하가 되었다 하며 중국이 예우해 주는 뜻을 저버린 것이 많아, 송나라의 고종은 이를 몹시 유감으로 생각했습니다.

당시 고려가 조공을 오는 길은 명주明州와 명월明越[158] 지방을 경유했는데, 송으로서는 그 사신들을 맞이하고 물자를 공급해 주는 데에 아주 곤란을 받았습니다. 중국이 고려에 숙식을 제공하고 예물을 하사하는 경비만도 누 만금으로 계산되어, 당시 회제淮淛[159] 지방이 아주 떠들썩했습니다.

옛날 형남荊南[160] 지방에 있던 고계흥高季興이란 인물은 오대 시절의 절도사였습니다. 당시 한 주州를 차지하고 있던 절도사들은 한 지방에서 스스로 패권을 잡은 우두머리로 자처하지 않는 자가 없는데, 고씨만은 스스로 겸손하고 자신을 낮추어서 국가에서 내려 주는 하사품을 이롭게 생각하며 자신은 그저 변방을 지키는 신하라고 두루 일컬었습니다. 때문에 당시 사람들은 그를 지목하여 지지리 못난이라는 뜻에서 '고무뢰'高無賴라고 불렀습니다. 송나라 때 회제 지방에서도 고려를 '고무뢰'라고 일컬었으니, 이는 고려 사람을 대접하는 비용 때문에 아주 데었다는 뜻입니다.

소동파가 다섯 가지 해로움을 논했던 까닭도 이런 이유가 있

157 이 하나라는 조원호趙元昊가 서역 지방에 세운 나라로, 서하西夏라고도 했다.

158 명주와 명월은 현재 중국 절강성의 해안 지방이다.

159 회제는 현재 강소성과 절강성 지방을 말한다.
160 형남은 현재 호북성의 창의昌를 말한다.

었습니다. 그러므로 당시 어사御史인 호순척胡舜陟[161]이나 시어侍御 오불吳芾[162]도 모두 이 문제를 논했습니다. 비단 재물이 없어지는 폐단만을 말한 것은 아니고, 대개 고려가 금나라를 위해 송나라의 허실을 엿보고 간첩 노릇을 하는 것을 걱정했기 때문이었습니다."

연암이 말하길,

"그것이야말로 정말 억울하고 원통한 일이외다. 우리 동방이 중국을 사모한 것은 바로 본심에서 나온 것입니다. 21대의 역사를 살펴보면 신라, 고려라고 호칭한 지 수천 년 사이에 무릇 단 한 번이라도 중국의 변방을 전쟁으로 놀라게 한 일이 있었소이까?

조선이 한나라 사신을 살해한 일은 곧 위만조선에서 한 짓이지, 기자조선에서 한 일이 아닙니다. 수나라, 당나라 때 명을 거역한 것은 바로 고씨高氏의 고구려高句驪이지, 왕씨王氏의 고려가 아닙니다. 그런데도 중국 역사책에서는 문득 고구려라는 글자에서 구句를 빼 버리고 여驪에서 마馬의 부수를 생략하여 두루뭉수리로 고려라고 통칭했습니다. 이 고구려는 왕씨가 나라를 세우기 이전에 이미 있었던 국호입니다. 선후가 뒤바뀌고 실제와 이름을 뒤죽박죽 섞어서 부르니 참으로 한심한 노릇입니다.

우리나라가 삼국 시대에는 신라가 당나라를 가장 사모하여 바다 뱃길로 중국과 통하면서 의관과 문물이 모두 중국의 제도를 본받았으니, 가히 오랑캐가 변하여 중국이 되었다고 평가할 만했습니다. 『예기』「왕제」王制편에 동방을 이夷라고 했으니, 이夷라는 것은 저柢, 즉 뿌리 혹은 바탕이라는 뜻입니다. 마음이 어질어서 살리기를 좋아하며, 만물이 땅에 뿌리를 내리고 태어난다는 말인데, 천성이 유순한 까닭은 바로 이 때문입니다.

161 호순척(1083~1143)은 북송의 관료 학자로 감찰어사, 시어사 등의 벼슬을 지냈다. 자가 여명汝明이고 호는 삼산노인三山老人이며, 많은 저술이 있었으나 없어졌고 그 후손이 편집한 『호소사총집』胡小師總集이 전한다.
162 오불(1104~1183)은 북송의 관료 학자이다. 자가 명가明可이고 호는 호산거사湖山居士이다. 저서에 『호산집』등이 전한다.

고려는 신라를 계승해서 왕조를 500년간 유지하면서 6, 7명의 어질고 성스러운 임금이 없지 않았습니다. 왕위 계승 문제에 비록 잘못된 때가 있었지만, 중국을 사모하는 정성은 바뀌지 않아 오매불망 꿈에서조차 나타나기에 이르렀고, 중국의 좋은 문장을 만나면 반드시 경건하게 손을 씻고 읽었습니다. 송나라 휘종 때 고려가 중국에 의원을 보내 달라고 청해서 중국이 의원 둘을 보냈는데, 사실 이것은 귀국하는 의원을 통해서 거란보다도 여진을 더 경계하고 대비해야 한다는 뜻을 중국에 몰래 전달하기 위한 조치였습니다.[163]

무릇 이런 몇 가지 사실은 역사책마다 끊이지 않고 서술했으니, 이는 바로 마음속에 중국을 담아 두고 존화양이尊華攘夷의 간절한 정성을 충분히 표현한 것입니다. 그런데도 당시 중국 사대부들은 고려의 이런 본심은 이해하지 못하고, 도리어 강한 이웃나라의 간첩이라고 의심했으니 또한 원통하지 않겠습니까?

송나라 건염建炎(남송 고종의 연호, 1127~1130) 천자는 금나라의 침입으로 양자강 남쪽으로 수도를 옮겼으면서도, 이에 대해 복수할 대의는 잊어버린 채 양응성楊應誠의 되잖은 계책을 경솔하게 믿고 고려에 지름길을 빌려서 금나라에 사로잡힌 송나라 휘종을 구출하려고 하다가, 그 계책이 불가하다고 반대했던 장수 책여문翟汝文[164]의 선견지명이 현실로 맞아떨어지게 되어 결국은 약한 나라에 유감을 사게 만들었습니다.[165]

저는 이를 고려에 대한 문건이라는 뜻의 고려공안高麗公案이라고 부를 것이 아니라, 고려의 원통한 문건이라는 뜻으로 고려원안高麗冤案이라고 불러야 한다고 생각합니다.

고려는 본래 중국으로 가는 길을 거란이 막고 있어서, 중국에

163 송 휘종 선화宣和 원년 (1119) 고려의 예종이 병이 들어서 중국에 의원 2명을 보내달라고 요청하였는데, 본뜻은 중국에 여진을 경계하라는 것을 일러주기 위한 조치였다고 한다. 『송사』 휘종 원년 8월 기사 참조.

164 책여문(1076~1141)은 송나라 문신으로 자는 공손公巽이다. 『충혜집』忠惠集 등 수많은 저서를 남겼다.
165 이에 대한 설명은 저자 연암이 이 편의 끝에 주석을 따로 달아 두었다.

조공을 보낼 길이 없었습니다. 비록 천자의 뜰에 직접 갈 수는 없지만, 송나라의 위엄이나 교화는 가만히 앉아서 능히 본받을 수 있는 것이 아니었기에 만 리 뱃길의 멀고 험함을 꺼려하지 않고 예전에 신라가 갔던 옛 자취를 찾아 물고기 밥이 될 수도 있는 위험천만한 바닷길을 뒤따랐던 것입니다. 앞에 가던 배의 노가 깨지고 엎어져도, 뒤의 노가 계속해서 따라가 만 번도 더 죽을 고비를 넘겨 가며 그 정성을 바치려고 하였습니다. 이는 바로 작은 변방의 나라로서 큰 나라를 섬기는 마땅한 도리일 뿐이지, 어찌 감히 큰 나라에서 이익을 얻기 위한 행동이라 하겠습니까?

기름지지 않은 고려의 토산품을 가지고는 천자의 뜰에 갖추어 둘 만한 것도 못 되지만, 지금 그 옛날을 생각해 보면 임금을 위하는 법도에 어긋나지 않으려고 붉고 누런 광주리와 보자기에 예물을 담고 바리바리 싸서 천자의 뜰에 공손히 보내었습니다. 그 정성 어린 물건이 비록 화려하지는 않더라도 이것은 바로 중국을 사모하는 정성에서 나온 것이지, 그것이 어떻게 중국의 총애를 낚아채려는 행동이었겠습니까?

고려가 비록 작은 나라이고 백성의 살림살이가 가난하다고는 하나 그래도 기름진 곡식으로 조상의 제사를 받들 만하고, 실과 삼베는 신성한 제복祭服을 갖추기에 족했습니다. 산에서 나는 쇠와 바다에서 나는 소금은 남의 나라에서 빌리지 않고 자급자족할 수 있는데, 어찌 감히 중국이 내려 주는 곡식을 뻔뻔하게 탐을 내겠으며, 천자의 벼슬아치를 함부로 귀찮게 만들려고 했겠습니까?

송나라의 여러 황제는 사신을 재우고 먹이는 비용을 아끼지 않고, 멀리서 찾아와 주는 뜻을 위로하고 따뜻하게 맞이하기를 다른 나라보다도 더 극진하게 해 주었습니다. 그것은 고려가 성인 기자箕子의 가르침을 오래도록 전했고, 본래부터 예의의 나라로 일컬어졌기 때문입니다. 매우 성대한 접대와 예우를 통해 중국이 수풀이나 바다처럼 큰 포용력을 가지고 만물을 품고 의지하게 해 줌을 볼 수 있습니다. 사해의 부를 차지한 중국으로서 그까짓 일개 사신의 비용을 아까워하며, 천자의 존엄한 처지로서 사신이 가져오는 예물에 대해서 어찌 이해관계를 따질 수 있겠습니까?

소동파는 학문과 식견이 얕고 짧아 후하게 주고 박하게 받는다는 뜻은 모른 채, 문득 실오라기만 한 이익에 관한 다섯 가지 논의를 끄집어내어 마치 시장의 장사치처럼 손익을 따졌습니다. 이 때문에 송나라가 사방의 이웃 나라들과 시장 장사꾼의 논리로 국교를 맺기는 했으나, 결국 중국을 왕으로 여기는 만국의 마음은 끊어 놓은 것입니다. 저는 일찍부터 소식의 그 따위 상소야말로 당시 중국 조정을 수치스럽고 욕되게 하였다고 말했습니다.”

곡정이 말하길,

“선생의 말씀이 맞습니다. 비록 그렇긴 하지만 후세의 처지에서 논해 보면 큰 원칙에 어긋난 것이라 하겠으나, 당시의 입장에서 따져 본다면 의미심장한 염려였지요. 주자는 촉당蜀黨과 낙당洛黨[166]에 대해 지지하는 견해가 달랐기 때문에 촉당의 소동파를 극단적으로 비방했는데, 이는 촉당의 공문중孔文仲이 낙당의 정자程子를 비방하여 다섯 귀신의 수괴라고 말한 것보다도 더 심한 것이 있습니다.

그리고 주자는 진관秦觀이나 이천李薦[167] 같은 촉당의 무리에 대해서는 출싹거리고 황당한 사람들이라고 지목하면서도, 남헌南軒 장씨張氏인 장식張栻[168]과는 교분이 있었기 때문에 소인배로

166 송나라 시절의 붕당으로, 소동파·공문중·진관·이천 등은 촉당에 속했으며, 송대 성리학자인 정호·정이·장식·주자 등은 낙당에 속했다.
167 진관(1049~1100)과 이천은 모두 송나라 때의 저명한 문학가이다.
168 장식(1133~1180)은 남송 때의 학자로 주자와 교분이 두터웠다. 주자는 그 교분 때문에 장식의 아버지인 장준의 행장行狀을 지어 주었다.

알려진 장식의 아버지 장준張浚을 떠받들었으니, 군자로서 붕당을 짓지 않기란 참으로 어려운 노릇입니다.

지금 선생께서 소동파에 대한 주자의 정론을 믿고 의지하여 주자보다 오히려 더 엄하게 소동파를 배척하시니, 고려를 위하여 유감을 푼다는 혐의를 면하기 어렵습니다."

하면서 웃는다.

연암도 크게 웃으며,

"억울함을 하소연한다고 하면 그럴 수도 있겠으나, 무엇 때문에 유감을 풀겠습니까?"

곡정이 말하길,

"농담으로 한 말입니다. 천고에 공적이고 합리적인 시비에 대해서는 사람의 생각이 대체로 같을 것이니, 누구더러 시비를 따르라고 권하며 누구더러 시비를 따르지 말라고 말리겠습니까?"

연암이 웃으며,

"저를 두고 주자와 같은 당이라고 하시는 말씀은 진실로 마음에 달갑게 여기겠으나, 바로 면전에서 잘못되었다고 지적하시니 마치 촉당의 사람이 근엄하게 서 있는 것 같습니다."

곡정이 크게 웃으며,

"천만에요. 저는 주자의 문하에 있는 자로子路입니다."

연암이 말하길,

"그 자로가 문 앞에까지 도달했다고 하니, 불러들일까요?"[169]

곡정이 말하길,

"주자와 같은 파당이라면 세상에 드문 한아漢兒[170]일 겁니다. 그 한아가 문약文弱하게 된 데에는 주자도 그 책임을 분담해야 합니다."

169 공자의 제자 자로는 용기 있고 바른 말을 잘하는 인물이며, 너무 직설적인 발언을 하여 공자에게 핀잔을 당했다. 이 때문에 제자들이 그를 무시하자, 공자는 자로의 학문이 방에까지는 아직 들어오지는 못했으나, 문에 이르러 마루에 올랐다는 비유를 하여 그를 칭찬했다.
170 한무제가 20년 동안 흉노를 공격하였기 때문에 한 병漢兵이라는 말만 들어도 겁을 먹고 한아漢兒라고 불렀다고 한다. 곧 강인한 사람을 말한다.

연암이 말하길,

"주자는 천고에 의리를 주장한 사람입니다. 의리가 이기는 곳이라면 천하에 가장 막강할 터인데, 어찌해서 문약해지는 것을 근심하십니까?"

곡정은 '세상에 드문 한아'라는 부분을 찢어 화로 안에 던지며,

"그 까닭을 굳이 제가 하는 말에서 찾으려고 할 필요도 없이, 선생께서도 응당 이해하고 있을 것이외다."

곡정이 말하길,

171 『홍간록』은 명나라 소경방邵經邦이 여러 역사책에서 내용을 뽑아서 편찬한 책.

"『홍간록』弘簡錄[171]의 도서목록을 정리해 놓은 「군서목」群書目 편에는 정인지鄭麟趾가 편찬한 『고려사』가 들어 있는데, 선배인 영인寧人(고염무의 자) 고염무는 그 책이 역사가의 바른 모습을 갖추었다고 칭찬했으나, 유감스럽게도 저는 아직 보지 못했습니다. 그런데 무석無錫 지방의 왕안王晏은 자신이 지은 『고려기략』高麗紀略에서 외국이 중국을 정통으로 삼는 대의를 몰라, 고려 건국 초기에 사건과 관계된 연호를 쓰면서 도적의 나라인 양梁나라[172]의 거짓 연호부터 사용했다[173]고 하여 『고려사』를 배척했습니다."

172 양나라는 오대 초기인 907년에 주온朱溫(주전충朱소忠)이 건국한 후량後梁을 말한다.
173 『고려사』「세가」世家편에 "梁 開平"이라고 하여 양나라 연호인 '개평'을 사용한 것을 말한다.
174 주온(852~912)은 황소의 난 때 기병을 하여 선무절도사가 되었고, 당나라 황제에게 전충全忠이라는 이름까지 하사받았으나, 여러 가지 술책을 써서 점차 중원을 차지하고 결국 당나라를 멸망시키고 후량後梁이라는 왕조를 세워 황제가 되었다.

연암이 말하길,

"고려가 처음 일어나기는 실제 주온朱溫[174]이 건국한 양나라 정명貞明 4년(918)이었습니다. 당시 중국에는 천하를 통일한 천자가 있지 않았으니, 외국에서 연호를 기록한다면 장차 어느 연호 뒤에다 붙여야겠습니까?"

곡정이 말하길,

"어느 시대를 막론하고 국가를 어지럽히는 신하와 집안을 망치는 자식이 없었던 적은 없으며, 한 시기를 위선적으로나마 평

정한 사람들도 오히려 선대의 훌륭한 왕들을 모방했으나, 주온은
그 정체가 순전히 도적놈이었습니다. 그런데도 역사책에서 왕위
를 찬탈한 순서를 가지고서 주온을 황제의 정통으로 떠받든 자는
오직 『자치통감』을 지은 송나라 사마광司馬光[175] 한 사람뿐이었습
니다. 광명정대한 식견을 가진 제갈공명은 유비를 한漢나라 황실
의 후손이라고 했으니, 당시 공명의 확고한 견해를 어찌 후세에
족보를 통해 후손을 따지는 것에 비할 수 있겠습니까? 후세의 역
사를 쓰는 사람은 제갈공명의 말을 신뢰하지 않고 장차 어디에서
의리를 찾는단 말입니까?

  하지만 사마광의 『자치통감』에서는 유비가 조조를 정벌한 것
을 두고 구寇, 즉 쳐들어왔다는 표현을 사용했습니다. 구寇라는
글자는 남의 집에 몰래 들어가 물건을 훔치는 행위를 말합니다.
제갈공명은 한나라 황실의 으뜸 신하로 스스로 자기 집에 들어가
다른 도적을 쫓아내고 잡으려 했던 것이거늘, 천하의 어떤 사람이
구寇라는 글자의 뜻을 있는 그대로 사용하지 않는단 말입니까?
만약 제갈공명을 두고 구寇라는 글자를 사용해도 된다면 천하의

175 사마광(1019~1086)은
송나라 역사가로 자는 군실
君實이다. 중국 역사를 편년
체로 서술하여 『자치통감』을
지었다. 이외에 문집과 『계
고록』稽古錄이란 저술이 있
다.

사마광의 『자치통감』

모든 문서에서 의義라는 글자를 다 깎아 없애도 무방할 것입니다.

사마광이 『자치통감』에서 '소열昭烈(유비를 말함)이 비록 중산정왕中山靖王(한나라의 종실)의 후손이라고 운운하지만'이라고 했던 말을 곱씹어 보면 더더욱 기가 막힙니다. '비록 운운하지만'이라는 말은 길에 오다가다가 우연히 들은, 분명하지 않은 말을 할 때 사용하는 표현입니다. 운운했다고 했으니, 도대체 누가 운운했다는 겁니까? 주온 같은 도적놈이 운운했다는 말입니까?

이변李昪[176]은 본시 권신의 양아들로서 양아버지인 양행밀楊行密[177]과 서온徐溫[178]의 왕위를 교묘하게 빼앗으려고 기도하다가, 그 뜻을 얻은 뒤에는 또 왕위를 찬탈했다는 행적을 부끄럽게 여겨서 죽은 의부를 배신하고서 자신의 조상을 당나라 문종文宗이라고 칭탁했습니다. 천하에 이씨 성이 당나라를 건국한 농서隴西 이씨만 있는 것이 아닐 터인데, 황제의 관 앞에서 그 후손이라고 칭탁을 했습니다. 막길렬邈佶烈[179]도 그런 부류의 사람이었습니다.

그런데도 사마광은 역사를 기록하면서 도적놈 양나라에 정통을 부여하고, 이변이나 막길렬 같은 인물을 끌어와 한나라 황실의 당당한 후예인 유비를 그들과 비교했습니다. 도대체 무슨 억하심정으로 주전충의 양나라가 당나라의 정통을 대신했다고 했을까요? 또 사방이 소란할 적에 후당後唐을 세운 주사朱邪[180]가 변경汴京에 쳐들어와 양나라를 멸망시킨 사실을 마치 하夏나라를 찬탈한 유궁씨有窮氏, 한나라를 찬탈하여 신新이라는 나라를 세운 왕망과 비교하며, 그 운수가 오래가지 못했음을 사마광은 한탄했습니다.

역사 서술에서 강목체綱目體를 쓰는 방법이 크게 바른 것 같지만, 오히려 익도益都(산동 지방)의 상서 종우정鍾羽正[181]이 균형을 잡아 쓴 것에 비해서는 뒤떨어집니다. 종우정의 정통론은 사마광이나 구양수의 잘못된 정통론을 준엄하게 배척했습니다.

종우정에 의하면 '하·은·주 3대와 한·당·송은 바른 적통을 이어 나라를 통일한 이른바 정통正統의 나라이며, 바른 적통이긴 하나 천하를 통일하지 못한 사람은 주나라 말기의 혜공惠公과 촉한蜀漢의 소열제昭烈帝(유비), 진晉의 원제元帝와 송宋의 고종高宗이고, 통일은 하였으되 바르지 못한 임금은 진시황과 진晉나라 무제武帝와 수隋나라 문제文帝이다. 비록 정통은 아니라 하더라도 천하에 천자의 자리를 오래 비워 둘 수는 없는 노릇이니, 역사를 쓰는 사람들이 불가불 황제의 지위를 부여하지 않을 수 없긴 하나, 조비曹조[182]·왕망王莽·주온朱溫 같은 인물은 의리도 정당하지 못하고 형세도 같지 않다'라고 말하였습니다.

그러나 이러한 논의도 장주長洲(강소성 소주 지방)의 송실영宋實穎[183]이 양梁나라가 연호를 쓴 사실을 엄하게 내친 것에는 미치지 못합니다. 그는 '왕망의 나라도 신新이라고 쓸 수 없고, 안록산도 연燕이라고 국호를 쓸 수 없거늘, 흉악한 역적 주전충의 나라를 누가 양梁이라고 쓸 수 있다는 말인가? 하물며 그 당시에 진晉·기岐·오吳·촉蜀 등이 격문을 보내어 당나라를 부흥시키려고 했으니, 이는 당나라 왕실이 아직 망한 것이 아니었다. 모두 당나라 연호인 천우天祐를 20년이나 사용했으니, 당나라 왕실은 아직 건재한 것이다. 진晉나라[184]는 비록 당나라 왕실이 내려준 성씨이긴 하지만, 그래도 당시 제후의 우두머리 노릇을 하는 나라로서 임금의 원수요 나라의 도적을 직접 자기 손으로 죽이고 멸망시켰으니, 이는 천하에 일찍이 주전충의 양나라는 있지 않았다는 것을 의미한다'라고 말했습니다.

182 조비는 삼국시대 조조曹操의 아들인 위魏나라 문제文帝이다.

183 송실영(1621~1705)은 청나라 초 순치順治 연간의 학자로, 경사에 두루 통하고 시문에도 밝았다. 자는 기정旣庭, 호는 상원相爰이며, 『독서당』讀書堂과 『옥경산방』玉磬山房 등의 저서가 있다.

184 진晉나라는 당나라 말기에 이극용李克用을 봉해 주었던 나라 이름이다. 그는 본래 이민족 출신으로 그 아버지는 주朱라는 성씨인데, 당나라가 이씨 성을 내려주었다. 이극용은 당이 멸망한 뒤에도 당의 연호인 천우를 사용하면서 주전충과 싸우며 당을 부흥시키려 하였다.

그 당시 중국 주변의 변방 국가들은 누가 진짜 중국의 천자인지 그 진위를 알지 못했고, 혹은 중국을 사모하는 정성이 절실하거나, 혹은 자신들의 영토를 스스로 지키려는 이유에서, 혹은 중국과 원조 관계를 맺어서 자기들의 민중을 진압하려는 등등의 이유 때문에 있는 힘을 다해 설설 기면서 변방의 신하라고 일컫고 중국의 연호를 떠받들었으니 이는 사리로 보아서는 괴이할 것이 없습니다.

다만 후세의 역사를 쓰는 사람의 처지에서 논한다면 누가 정통 천자인가 하는 진위를 확실하게 하고, 누가 옳은지 그른지 하는 것을 분명하게 드러내야 합니다. 중국의 문헌들이 해마다 압록강을 건너가서, 교화는 태사太史 기자箕子를 따르고, 학문은 주자를 으뜸으로 여기며, 예의의 나라라고 칭하여 온 지 이미 천 년이나 되었으니, 춘추의 의리를 따지는 책임을 어진 사람들이 갖추고 있어야 할 것입니다."

연암이 말하길,

"현명한 사마온공과 같은 사람도 역사를 평기할 때 그와 같은 실수를 저질렀는데, 하물며 외국이야 오죽하겠습니까? 우리나라가 비록 중국과는 한집안이나 다름없는 처지이긴 하지만, 그래도 중국에 대해서는 마치 담을 뚫고 옆집의 불빛을 빌려서 책을 비추어 보듯[185] 불분명할 수밖에 없고, 얼굴을 가리고 누구인지 더듬어서 알아내려고 하는 것처럼 막연하거늘, 하물며 식견이 이런 경지에 못 미침에 있어서이겠습니까? 지금 선생의 양나라를 배척하는 논의를 듣고 나니 저도 모르게 멍하니 어찌할 바를 모르겠습니다. 그렇다면 고려의 역사에서 정통으로 삼아야 할 중국의 연호는 어디에 두어야 하겠습니까?"

185 한 나라 때 광형匡衡이란 사람이 가난하여 집의 담을 뚫어 옆집의 불빛을 통해 책을 읽었다.

곡정이 말하길,

"그것은 당시에 진晉·기岐·오吳나라의 선례가 있으니, 살펴보면 쉽게 정할 수 있을 것입니다."

그리고 곡정은 일어나서 탁자 위에 조그만 가죽상자를 열었다. 그때 형산은 우레처럼 코를 골며 잠을 자는데, 이따금 머리를 병풍에 들이받는다. 곡정이 웃으며 큰 소리를 내어 노래를 하듯 높이 읊조리기를, '무전스쯔례'木枕十字裂(목침이 열 십十자로 쪼개지는 소리로다)[186]라고 하니, 형산의 드르렁거리는 코골이가 잠시 그쳤다가는 이내 다시 코를 곤다. 그래서 나도 '무전스쯔례' 하고 소리를 높여 읊조렸더니, 곡정이 손에 작은 책자를 쥐고는 눈이 휘둥그레져서 "알아듣습니까?"라고 하는데, 내가 중국말을 할 줄 안다고 하는 말이다.

작은 책자는 과거 시험을 보는 사람들이 편리하게 볼 수 있도록 베껴 만든 역대의 연도를 적은 것이었다. 곡정이 책을 펼쳐서 후당後唐 장종莊宗의 연도를 살펴보더니 동광同光(후당 장종의 연호, 923~926) 원년(923) 갑신甲申[187]으로부터 거꾸로 계산하여 양나라 균왕均王인 주우정朱友貞의 연호 정명貞明 4년(918)에 이르러서는 말했다.

곡정이 말하길,

"고려의 건국은 아마도 당나라 소선제昭宣帝 천우天祐 15년(918) 무인년인 것 같습니다. 천우 4년(907)에 주전충이 당의 황제를 폐하여 제음왕濟陰王으로 만들었다가, 그 이듬해 무진년(908)에 황제를 시해했습니다. 그러나 당나라의 연호는 오히려 당시의 제후들에게 맡겨져 16년이나 지속되었으니, 이것은 또한 춘추시대 제齊나라 소공昭公이 왕위에서 쫓겨나 건후乾侯 지방에 있으

186 코를 고는 소리가 마치 베고 있는 목침이 열 십자로 쪼개지는 소리를 낸다고 하는 말인데, 이는 한유의 시 「조한수」朝鼾睡(코골이)에 "……말과 소도 그 소리에 놀라 먹지를 못하고, 온갖 귀신이 모여 상종하는 듯, 목침이 열 십자로 쪼개지는 듯, 반들반들한 거울 표면에 부스럼이 생기는 듯……"이라는 구절이 있다.

187 동광 원년인 923년의 간지는 계미癸未이다.

博學鴻儒西河先生
山陰山陰蕺堂講術人
南昌門人聶弘敬摹

모기령

면서도 연호는 그대로 사용했다는 그런 의미이겠지요."

연암이 말하길,

"지금 중국에서는 학문적으로 주자와 육상산陸象山 중 누구를 더 숭상하나요?"

곡정이 말하길,

"모두들 자양紫陽(주자)을 존중한답니다. 모신毛甡[188] 같은 사람은 주자가 쓴 글의 글자마다 반박을 합니다만, 그것은 반박을 좋아하는 그의 천성 탓입니다. 그는 나라의 법령조차 겁을 내지 않습니다. 주자에 대한 그의 반박은 합리적인 부분은 적고 비꼬아 놓은 것이 대부분입니다. 합리적인 부분이라는 것도 딱히 유가의 학문에 공적이 있는 것도 아니며, 비꼬아 놓은 건 도리어 세상의 도에 해를 끼치는 내용입니다.

그는 '자기를 죽이려는 자와도 지기의 친구가 될 수 있으며, 때리지 않으면 정이 들지 않고, 덕이 높은 승려나 부처를 욕함은 도리어 애욕愛欲에서 나온 것이다'라는 식의 궤변을 늘어놓았습니다. 모신의 주자에 대한 반박을 자기 딴에는 주자의 학문을 알아주는 공신으로 자처한다고 말하기도 했지만, 공격을 하면 피를 보게 되어 있는데 누가 그것을 사랑이라고 믿겠습니까?

주자의 문생들이 그와 이웃하고 있으니 응당 임안부臨安府(주자 생존 시 남송의 수도)로 몰려가 부득불 그를 고발하는 고소장을 내지 않을 수 없었을 겁니다. 유명한 포염라包閻羅[189] 같은 재판관이 불문곡직하고 그를 잡아들여 먼저 서른 대의 죽비를 안겨야 하는데, 그래도 저 모신은 끝까지 참고 죽비를 맞으면서 눈 한 번 찌푸리지 않을 것입니다. 모신이 더 때리라고 소리소리 질러대면, 포염라가 성질이 버럭 나서 다시 건장한 집장사령들에게 더욱 힘주어 사납게 치라고 할 터이지만, 그래도 그는 끝내 승복하지 않을 겁니다.

　모신은 평생 동안 자기를 좋게 평가해 줄 부분도 주자를 공격하는 데 있고, 자기를 비난할 부분도 주자를 공격하는 데 있을 것이라고 스스로 인정했습니다. 주자는 저술이 많지만 유독 『춘추』春秋에 대해서는 손을 대지 않았으니, 이는 정말 시원하고 활달한 처신이었습니다. 주자의 『대학』 보망補亡[190] 1장은 소인배의 온갖 입씨름에 시달렸고, 또 주자는 『시경』의 소서小序[191]를 모두 제거함으로써 호된 주먹맛을 톡톡하게 맛보았습니다. 『참동계』參同契[192] 주석은 ……."(날이 저물어 파하고 일어서게 되어 이에 대한 이야기는 마치지 못했다. ― 원주)

모기령의 글씨

〔송나라 고종高宗 2년(1128)에 절동浙東 노마보군도총관로馬步軍都摠管인 양응성楊應誠이 상소를 올려 "고려에서 여진까지의 거리는 매우 가까우니, 청컨대 신을 삼한三韓에 보내 고려와 결탁하여 금나라에 잡혀간 흠종欽宗과 휘종徽宗을 맞아 오도록 하시기 바랍니다" 하였다. 이에 양응성을 임시로 형부상서로 임명하고 외교 사절로 고려에 파견했다. 그때 절동 수사帥司 책여문翟汝文이 아뢰기를, "만약 고려가 금나라와의 관계 때문에 사양하고, 또 길을 묻는다는 핑계로 고려가 우리나라를 찾아오기를 청하여 남방을 엿보기라도 한다면 장차 어떻게 대처할 것입니까?"라고 말했는데, 과연 사신이 이르고 보니 고려는 책여문의 말처럼 되었다고 한다. ― 원주〕

190 『대학』 경문의 없어진 '격물'格物장에 대해서, 주자는 자신이 없어진 부분을 보충한다고 하여 이를 채워 넣었는데, 이른바 '격물보망장'格物補亡章이라 하였다.
191 『시경』의 매 편에는 대서大序와 소서小序가 있다. 대서는 공자의 제자 자하가 썼다고 알려져 있고, 소서는 한나라 때의 『시경』 학자인 모형毛亨이 썼다고 알려져 있다.
192 『참동계』는 신선술과 도술 및 점술에 관한 잡서로, 위백양魏伯陽이 지은 책이다. 주자는 자기의 이름을 바꾸어 『참동계고이』參同契考異라는 책을 저술했다. 특히 이 책 때문에 모기령의 공격을 집중적으로 받았다.

곡정과 나눈 필담

곡정필담
鵠汀筆談

⊙ — **곡정필담**

본편은 연암이 열하 태학관에서 함께 기거했던 중국의 학자와 벼슬아치 중에서, 특히 곡정 왕민호와 주로 필담한 내용을 수록했다. 토론의 주제는 특정한 분야에 국한되지 않고 다양한 주제를 자유롭게 전개했다. 우주와 천체에 대한 문제, 물체의 본질, 생물의 기원 등과 같은 자연과학적인 문제와 철학적 주제에서부터, 종교·정치·역사·문화와 인물에 대한 평가에 이르기까지 실로 다양한 분야의 주제에 걸쳐 있다.

본편의 많은 이야기들은 곡정의 입을 빌어서 나왔고, 연암은 단지 그 말에 추임새를 넣는 역할을 하거나 곡정의 발언이 나오도록 교묘히 유도하고 있음을 알 수 있다. 그러나 본편의 발문에 해당하는 '덧붙이는 말'에서 연암이 고백한 내용처럼, 중국 학자들과의 학술적 만남을 자못 양국 간의 학술적 대결로 간주하고, 길을 가는 말 위에서 그 토론을 대비하여 철저히 준비했다는 사실을 고려해 볼 때, 곡정의 발언은 중층적 의미를 내포하고 있다.

본편의 흐름을 통해 독자는 만주족의 지배하에 있던 불우한 지식인 곡정을 떠올린다. 연암은 곡정을 이러한 인물 형상으로 창조하는 한편, 그와의 대화 형식을 통해 연암 자신의 모습까지 드러나도록 했다. 그리하여 곡정의 발언, 혹은 그에 대응하는 연암의 발언은 바로 연암의 철학 사상, 역사 인식 등의 문제와 긴밀하게 마주 닿아 있음을 알 수 있을 것이다.

머리말
「곡정필담서」鵠汀筆談序

어제는 윤공의 처소에서 이야기하느라 날이 저무는지도 몰랐다. 윤공은 때때로 졸면서 머리를 병풍에 박았다. 내가,

　"윤 대인께서 고단하신 모양이니, 저는 이만 물러가겠습니다."

라고 했더니 곡정은,

　"조는 사람은 졸면 되고 말하는 사람은 말하면 되니 상관없습니다."

라고 한다.

　윤공이 잠결에 그 말을 얼핏 들었는지, 곡정을 향해 무어라고 몇 마디 한다. 곡정은 머리를 끄덕이며 즉시 필담하던 초고를 거두고는 내게 읍을 하며 같이 나가자고 한다. 윤공은 노인인데다 나 때문에 일찍 일어나 정오가 지나도록 필담을 주고받았으니, 그가 고단하여 졸음이 오는 건 조금도 괴이할 것이 없다. 곡정은

내일 아침에 조찬을 준비할 터이니 함께 식사를 하자고 청한다. 내가,

"매번 이야기하는 자리가 항상 시간이 짧아서 유감이니, 내일은 응당 일찌감치 가겠소이다."

라고 하니, 곡정이 즉시 좋다고 한다.

다음 날 사신은 5경更(새벽 3~5시)에 일어나 조정 반열에 참여하러 갔고, 그 시각에 나도 함께 일어났다. 바로 곡정에게 가 촛불을 밝히고 이야기를 했다. 도사都司 학성郝成도 같이 만났는데, 윤공은 새벽에 이미 조정에 들어갔다. 밥을 먹으며 필담하느라 종이 서른 장을 갈아 치웠으니, 인시寅時(새벽 3~5시)에서 유시酉時(오후 5~7시)까지 무릇 여덟 시간[1]이었다. 학성은 늦게 참여했다가 먼저 갔기 때문에, 필담의 초고를 정리하고 차례를 정하여, 이를 곡정필담鵠汀筆談이라 하였다.

내가,

"윤 대인께서 어제 너무 고단해 보여서 손님인 제 마음이 편치 않았는데, 너무 일찍 와서 너무 늦게까지 있었다는 뜻은 아니었습니까?"

라고 하니 곡정은,

"그런 일은 없습니다. 윤 대인은 매일 한낮이 되면 잠시 도가道家의 양생법인 용호교龍虎交[2]를 하는데, 남들에게 자신이 하는 양생법의 하찮은 기예를 보이고 싶지 않아서 그런 것이지, 결코 손님을 싫증 내는 뜻은 없을 겁니다."

라고 하고는,

"윤공은 어떤 사람 같습니까?"

라고 묻기에 내가,

"신선이 사람들 사이에 있는 것 같습니다. 선생은 그분과 사귄 지 오래되었습니까?"

라고 물으니 곡정은,

"헝클어진 쑥, 명아주와 화사한 복사꽃, 오얏꽃의 관계와 같

2 용호교는 도가의 수련에서, 땅과 물 혹은 양과 음을 상징하는 용과 호랑이를 교합하는 양생법의 하나이다.

아서,[3] 서로 문벌이나 가는 길이 다르답니다. 여기 와서 알고 사귄 지 한 열흘이 지났습니다."

3 헝클어진 쑥과 명아주는 가난한 집을 상징하고, 화사한 복숭아꽃, 오얏꽃은 귀족 집안을 상징한다.

곡정이,

"박공께서는 응당 기하학에 정통하시겠지요?"

라고 하기에, 내가 물었다.

"어떻게 아십니까?"

"저 윗방에 있는 안사按司 기풍액이 침이 마르게 이야기합니다. 고려의 박 공자公子는 기하학에 정통하다고. (저들이 우리를 고려라고 일컫는 것은 마치 우리가 중국을 한漢이나 당唐이라고 부른 것과 같으며, 여러 사람들이 더러 나를 공자公子라고 일컬었다. ─ 원주) 달 안에도 하나의 세계가 있어 흡사 지구와 같다느니, 지구는 큰 허공에 걸려 있는 작은 별이라느니, 지구도 빛을 발하여 달 가운데에 두루 비친다느니 하는 등의 말씀은 모두 기이한 논의로서 가히 경천위지經天緯地할 이야기입니다."

"솔직히 말씀드리자면 저는 지금까지 기하학에 대해서는 반 글자도 엿본 적이 없습니다. 전날 밤에 우연히 기풍액과 손을 잡고 앞채에 나가 달을 구경하다가 저도 모르게 기이한 흥이 도도하게 일었습니다. 그래서 앞뒤 생각 없이 함부로 말한 것이니, 바로 한때 주고받은 이야기일 뿐입니다. 하물며 이는 억측으로 지어낸 말이지, 기하학으로 미루어 보아서 한 말이 아니랍니다."

"너무 겸손하실 것 없습니다. 지구에 빛이 있다는 이야기를 듣고 싶습니다. 여기 지구에 빛이 있다면 모르겠습니다만, 이는 태양의 빛을 받아서 빛나는 것인지요, 아니면 지구 스스로 광택을 발하는 것인지요?"

"꿈속에서 푸르고 붉은 글자의 부적을 읽은 것 같아,[4] 이젠 모두 잊어버렸습니다."

"저에게도 평소에 가진 독창적인 견해가 있긴 합니다만, 감히 아직까지 남들에게 말하지 않은 까닭은 혹 나라 안의 사람들을 깜짝 놀라게 하고 조금은 괴이쩍게 만들까 봐 걱정이 되어서입니다. 그로 인해 뱃속에 뭐가 결리는 듯 뭉치고 쌓이는 증상이 생겨서, 겨울이나 여름에 특히 더 괴롭답니다. 아마 선생도 이런 증상을 느끼고 병이 되지나 않았는지 걱정이 됩니다."

내가,

"이번에 아주 툭 터놓고 이야기해서 그 체증을 깨어 버리는 게 좋겠소이다. 해서 몇 년 동안 약을 쓰지 않을 효험을 거둡시다."

라고 하니 곡정이 손을 내젓고 웃으며,

"아닙니다, 아니에요."

하기에 내가 말했다.

"손님이 먼저 나서지 않는 것이 예법입니다."

잠시 뒤에 음식이 들어오는데, 과일과 채소를 먼저 두고, 그다음에 차와 술, 떡과 엿, 볶은 돼지고기, 지진 달걀, 밥은 최후에 들어왔는데 하얀 멥쌀로 지었고, 국은 양의 위 내장으로 끓인 것이다.

중국의 먹고 마시는 법은 모두 젓가락만 사용하고 숟가락을 쓰지 않는다. 느긋하고 느릿느릿 술을 권커니 잣커니 하며, 작은 잔으로 흥을 돋운다. 우리나라처럼 긴 숟가락으로 밥을 치대어 단번에 배를 불리고 즉시 상을 거두는 법이 없다. 때때로 작은 국자 모양의 구기를 써서 국을 뜰 뿐이다. 구기는 숟가락처럼 생겼으나 자루가 없고, 제사 때 사용하는 술잔인 작爵처럼 생겼으나

구기

작

398

발이 달리지 않았으며, 모양이 연꽃의 한 잎을 닮았다. 내가 구기를 가지고 시험 삼아 밥을 한번 퍼 보았는데 깊어서 혀로 핥을 수 없었다.

　나는 절로 웃음이 나와서,

　"얼른 월왕越王 구천勾踐을 불러다 주시오."

하니 지정志亭이,

　"무슨 말이오?"

하기에 내가,

　"월왕 구천이 목은 길고 입은 까마귀의 부리처럼 생겼다고 하지 않았소이까?"[5]

라고 하니 지정은 곡정의 어깨를 부여잡고 입에 들었던 밥알을 뿜어내며 무수히 재채기를 해댄다. 지정이,

　"귀국의 풍속에는 밥을 뜰 때 어떤 물건을 사용합니까?"

라고 묻기에 나는,

　"숟가락을 씁니다."

하니 지정이,

　"모양이 어떻게 생겼습니까?"

라고 물어서 나는,

　"작은 가지(茄) 잎처럼 생겼습니다."

하고 탁자 위에 그림으로 그려 보였더니 두 사람은 더욱 우스워서 몸이 고꾸라질 지경이다. 지정이

　"무슨 놈의 가지 잎처럼 생긴 숟가락이　　　何物茄葉匙

　　컴컴한 뱃속에 구멍을 뚫고 깨뜨린단 말인가?　鑿破混沌竅"[6]

라고 하니 곡정은,

　"얼마나 많은 영웅들의 손길이　　　多少英雄手

5 월왕 구천의 생김새는 목이 길고 입은 까마귀 부리를 닮았기 때문에 환난은 함께 나눌 수 있어도 기쁨은 공유하기 힘들다는 평을 받았다. 여기서 연암이 그를 불러달라고 한 것은 그렇게 생긴 숟가락을 달라는 의미이기도 하고, 한편 중국 음식을 즐겁게 먹기 힘들다는 뜻이기도 하다.

우리나라의 전통 숟가락

6 자기가 숟가락 때문에 우스워서 재채기를 했다는 말이다.

7 숟가락 대신 젓가락을
사용해서 식사를 하라는 말
인데, 장량이 식사를 하고 있
던 한고조에게 젓가락을 빌
려서 여이기麗食其의 계책
이 틀렸음을 설명한 고사가
있다.
8 『예기』「곡례」편에 있는
두 구절인데, 연암은 청결하
게 먹기 위해 숟가락을 사용
해야겠다는 뜻으로 인용하
였다.

도리어 젓가락을 빌려 쓰느라 바빴던고.　　　還從借箸忙"7

라고 하기에 내가,

"기장밥을 먹을 때는 젓가락을 사용하지 말고　飯黍毋以箸

큰 그릇에 여럿이 먹을 때는 손을 비비지 않는다. 共飯不澤手8

라고 하는 말이 있는데, 중국에 들어온 이래로 숟가락(匙)을 보지 못했습니다. 옛날 사람들은 기장밥을 먹을 때 손으로 움켜쥐었겠지요?"

라고 하자 곡정은,

"비匕라는 숟가락이 있긴 하지만 이처럼 길지는 않습니다. 기장밥이든 쌀밥이든 간에 습관적으로 젓가락을 사용하고 있으니, 이른바 '손에 잡는 행동이 습관을 이룬다'는 말처럼 고금이 서로 달랐던 모양입니다."

라고 한다.

비(숟가락)

내가,

"곡정 선생의 뱃속에 그득히 들어 있는 커다린 딩어리는 정녕 해산하기 어려운 것인가 봅니다."

라고 하니 지정이,

"무슨 말입니까?"

라고 묻는다. 나는,

"아까 이야기한, 나라 안의 사람들을 크게 놀라게 하고 조금 괴이쩍게 만든다는 그 뱃속의 탯덩이 말입니다."

라고 했더니 곡정이 웃으며,

"응당 두라금탕兜羅錦湯9이라도 복용해야겠습니다."

라고 하니 지정이,

9 두라금은 사라수莎羅樹
의 씨 안에 든 솜으로 짠 천
이다. 운남과 티베트 지방에
서 생산되었다. 탕湯이라는
글자를 붙여서 약 이름으로
사용했는데, 그런 천으로 뱃
속의 이물질을 싸서 꺼내야
된다는 뜻으로 사용된 것 같
다.

"우물우물 대추라도 삼킨 것처럼 우물쭈물 얼버무려 넘어가시려고 합니다."

라고 한다. 내가,

"신선 안기생安期生이 먹고 장수했다는 오이만 한 크기의 대추가 아니라면, 쓸모없이 크기만 한 위왕魏王의 바가지를 삼킨 것 아니겠습니까?"[10]

라고 하니 곡정이 껄껄 웃으며,

"맞습니다."

라고 하기에 나는,

"도리어 이야기가 듣고 싶어 온몸이 근질근질해짐을 막을 수가 없습니다."

하니 곡정은,

"어디가 가렵소? 다시 마고麻姑 할미의 긴 손톱을 청해야겠소이다."[11]

라고 한다. 지정이 다시 지구의 빛에 대한 이야기를 하라고 청하기에 나는,

"제가 다만 허튼소리를 말할 터이니, 선생께서도 허튼소리로 들으시겠습니까?"

하니 곡정은,

"아무렴, 무방합니다."

라고 말한다.

내가,

"낮에는 만물이 빛을 비추다가 밤이 되면 모든 것이 컴컴해져 어둡게 되는 것은 무슨 까닭입니까?"

10 『장자』에 나오는 말로, 위왕이 닷 섬들이 큰 박을 얻어서 바가지를 만들었으나 너무 커서 쓸모가 없었다는 고사이다.

11 『신선전』에 나오는 고사. 마고라는 여자 신선은 손톱이 길어서 가려운 등을 긁기에 좋았다고 한다.

라고 물으니 곡정이,

"그거야 낮에는 햇빛을 받아서 밝은 것이지요."

한다. 나는,

"만물 그 자체에 밝음이 없는 것으로 봐서는, 만물의 본질은 어둡지 않은 것이 없습니다. 비유하자면 캄캄한 밤에 거울을 마주하면 시커먼 것이 나무나 돌과 다름없는 것과 같습니다. 거울이 비록 비추는 성질을 가지고 있긴 하나, 능히 스스로를 밝게 만드는 본체를 갖추지 못했음을 알 수 있습니다. 햇빛을 빌린 뒤라야 빛을 발하여 반사되는 곳에 밝음이 생겨나는 것이니, 물이 밝은 빛을 반사하는 것도 이런 원리이지요.

지금 땅덩어리 겉을 둘러싸고 있는 바다는 비유하자면 큰 유리거울일 것입니다. 만약 달세계에서 이 지구의 빛을 바라본다면 역시 지구의 모양은 응당 초생, 보름, 그믐이 있고, 그 면면이 태양빛을 마주하는 곳마다 큰 물과 큰 땅덩이가 서로 어울리고 비춰 빛을 받아서 반사되는 곳에 번갈아 가며 밝아졌다 그림자가 지는 것이 마치 저 달빛이 이 땅덩이에 두루 비치는 깃과 같을 섭니다. 그리고 햇빛을 받지 못하는 곳은 절로 검어서 마치 초승달 전의 달이 컴컴하게 걸려 있는 것과 같아, 땅덩이의 표면이 두터운 곳은 응당 달세계에 희끄무레한 그림자처럼 보일 것입니다."

라고 하니 곡정이,

"저 역시 일찍이 이런 허황한 생각을 한 적이 있거니와, 지구가 빛나고 그림자가 생기는 이론은 선생께서 논한 것과는 약간 다르답니다."

하기에 내가,

"반드시 서로 같을 필요는 없겠지요. 그 설명을 한번 들어 봅시다."

지정이 곡정을 돌아보며 연신 산과 강의 그림자가 어떻다고 몇 마디를 하니, 곡정은 머리를 내저으며 연신 아니라고 한다. 내가,

"뭐가 아니란 말이요?"

하고 물으니 곡정은,

"선생께서 방금 말씀하신 땅이 비친다는 이야기를 학공께서 산과 강의 그림자라고 잘못 알아듣고 하는 소리외다."

라고 한다. 내가,

"불가의 학설에서는 달 속에 어렴풋하게 보이는 것을 두고 지구의 산과 강의 그림자라고 합니다. 이는 달을 하나의 둥글고 텅 빈 물체로 본 것인데, 마치 거울이 물건을 비추는 것처럼 달에 지구의 모습이 비친다는 거지요. 이른바 달에 있는 요철凹凸은 또한 지구의 산과 강의 울퉁불퉁한 모습이 비친 것인데, 마치 그림의 부본副本처럼 지구의 모습이 달에 엷게 칠해진 것과 같다는 말입니다만, 이는 모두 지구와 달의 본래의 속성과는 다른 것입니다.

제가 달세계가 있다고 한 것은 정말 그런 세계가 있다는 말이 아니라, 본래 지구의 빛을 논변하려고 하니 설명할 장소가 마땅치 않아 가설적으로 달세계를 설정해서 말했던 것입니다. 위치를 바꾸어서 처해 보자는 것으로, 우리가 달 가운데 있으면서 지구의 테두리를 우러러본다면 응당 지상에서 달을 바라보는 것과 같다는 말입니다."

라고 하니, 곡정이 말했다.

"맞습니다. 선생께서 말하신 학설은 제가 이미 분명하게 이해해서 들었습니다. 이미 달세계가 있다고 한다면 응당 산과 강

이 있을 터이고, 산하가 있다면 응당 요철이 있을 터이니, 멀리서 서로 바라보면 응당 그런 모습이 나타나, 지구를 빌리지 않더라도 그 그림자는 나타날 것입니다. 다만 지구의 빛에 대해 운운하신 것은 저는 지구가 태양의 빛을 빌려서 그림자를 내는 것이 아니라 지구 본래에 번쩍이는 빛을 가지고 있다고 생각합니다.

무릇 사물이 크면 신령이 지키게 되고, 사물이 오래되면 정기가 응축되니, 묵은 조개가 야광주를 토하여 그 빛이 밝게 비추는 까닭은 그 신령스러움과 정기가 모인 때문입니다. 지구는 크고도 오래되어 허공에 달린 보배로운 구슬과 같아서, 큼지막한 신령과 정기가 저절로 광명을 발할 것입니다. 비유하자면 군자의 마음속에 온화하고 순조로움이 쌓여서 밖으로 아름다움을 드러내는 것과 같습니다. 하늘에 가득한 은하수의 별들을 보면 모두 자기 몸에서 빛을 내고 있습니다."

지정은 곡정이 쓴 필담을 읽고 웃으면서 '달세계에서 지구의 빛을 바라본다' 하는 구절과, '지구가 허공에 달린 보배로운 구슬'이라는 구절에 동그라미를 치고는,

"두 선생께서 응당 달 속으로 한번 가서 거기에 산다는 항아姮娥[12] 아가씨에게 누가 옳은지 재판을 받지 않고는 안 될 것 같습니다. 그때는 이 학성더러 증인을 서라고 하지는 마십시오." 하니 곡정은 크게 웃으며, '항아에게 재판을 받는다'는 구절에 동그라미를 친다.

곡정이,
"만약 달 안에 세계가 있다면, 그 세계는 어떨까요?"
하고 묻기에 나는 웃으며,

12 항아는 중국 전설에서 달에 산다는 여신인데. 그는 본래 예羿의 처로서 서왕모 西王母의 불사약을 훔쳐 먹고 신선이 되어 달로 도망갔다고 한다.

"아직 월궁月宮에 한번 달려가 보지 못했으니 어떤 모양의 세계가 열려 있는지 어찌 알겠습니까? 다만 우리의 공허하고 환상적인 세계를 가지고 저 달세계를 상상한다면 역시 거기에도 물체가 있어서 쌓이고 엉기기가, 마치 우리 지구처럼 한 점의 미세한 티끌(塵),[13] 즉 원소元素가 쌓여서 된 것과 같을 겁니다.

원소와 원소가 서로 의지하여 응결되면 흙이 되고, 원소가 거칠게 응결되면 모래가 되고, 견고하게 응결되면 돌이 되고, 원소가 진액으로 응결되면 물이 되며, 원소가 따뜻하게 응결되면 불이 됩니다. 원소가 맺히면 금속이 되고, 원소가 번영하면 나무가 되고, 원소가 움직이면 바람이 되고, 원소가 쪄지고 기운이 꽉 차면 여러 가지 미생물로 바뀝니다.

지금 우리 사람이라는 것도 바로 그 생물체의 한 종족일 뿐입니다. 만약 달세계가 음의 성질로 땅이 되었다면 물은 그 티끌 같은 역할을 할 것이고, 눈은 흙의 역할을 할 것이며, 얼음은 나무의 역할을 할 것이고, 불은 수정이요 금속은 유리일 것입니다. 달의 세계가 정말 이렇다는 것은 아닙니다. 비록 저의 생각이나 역량을 가지고 가설로 표현한 것이지만, 저렇게 큼지막하게 모양을 이루어 덕德은 양陽에 비할 만하고, 체體는 해(日)에 필적할 만한데도, 어찌 하나의 물질이나 기가 모여서 꿈틀거리고 생명으로 변화하는 것이 없다고 할 수 있겠습니까?

지금 우리 인간은 불에 들어가면 타 버릴 것이고, 물에 들어가면 익사해 버릴 것입니다만, 물과 불을 떠나서는 살 수 없습니다. 다른 세계에서 이런 현상을 본다면 우리 인간은 물과 불에서 산다고 말할 것입니다.

지금 여러 생물체 중 물에 사는 것은 비단 물고기만이 아닙니

13 연암이 사용한 미세한 티끌(塵)이란 말은 결국 물질을 구성하는 최소단위이므로, 이를 원소元素라는 말로 번역하였다.

『산해경』에 나오는 기인들
왼쪽부터 기굉국, 천흉국, 일목국
사람의 모습

다. 비록 비늘이나 딱딱한 딱지가 붙은 생물이 주종을 이루겠지만, 깃털이나 터럭이 있는 종족 역시 한편에 붙어서 삽니다. 물고기는 비록 육지에 올려놓으면 죽지만, 진흙 개펄에 깊이 몸을 숨기기도 합니다. 이로 본다면 물에 사는 수족 또한 일찍이 흙을 떠나지 않았음을 의미합니다. 감히 물어보겠습니다. 이 세상의 천하 만국 밖에 또 몇 개의 세계가 있겠습니까?"

라고 하니 지정이,

"서양 사람들이 기록한 것을 믿는다면 개의 나라(狗國), 귀신의 나라(鬼國), 모가지만 있어 날아다니는 나라(飛頭國), 가슴에 구멍이 뚫린 사람의 나라(穿胷國), 팔뚝이 하나인 사람의 나라(奇肱國), 눈이 하나인 사람의 나라(一目國) 등등 별의별 기괴한 나라들이 있어서 보통 사람의 상상을 초월합니다."

하자 곡정이,

"비단 서양 사람들의 기록만이 아니고, 우리의 경전에도 나와 있는 나라입니다."

하기에 내가,

"무슨 경전인가요?"

하니 곡정은,

"『산해경』山海經입니다."

한다. 내가,

"이 대지를 둘러싸고서 정녕 몸에 비늘이 있는 황제가 몇 곳이나 있고, 깃 달린 황제가 몇 분이나 있을지 알 수 없습니다. 그렇다면 지구를 가지고 달을 헤아려 본다면 거기에 또 다른 세계가 있다는 것이 이치상 괴이할 건 없습니다."

하니 곡정이,

"달에 세계가 있건 없건 간에 우리 세상과는 관계가 없으니, 소위 남쪽의 월나라 사람이 살이 찌든 마르든 간에 북쪽 진나라 사람과는 무관하다는 격입니다. 앞 시대의 성인들이 논하지 못했던 내용을 지금 선생께 듣게 되었으니, 제가 속세의 시름을 갑자기 벗어 버리고 광한궁廣寒宮(달세계)에 앉아서 얼음비단으로 된 옷을 입고 얼음미음을 마시며, 청렴하기로 이름난 백이伯夷·오릉於陵[14]과 함께 서로 읍하고 선후를 사양하는 듯합니다. 뗏목을 타고 바다에 떠서 어디로 가겠다고 했던 것[15]을 보면 공자님도 특별한 세계를 망상한 것이니, 만약 선생께서 사뿐히 바람을 타고 달세계로 가시겠다면 공자님을 잘 모시고 다녔던 중유仲由에 뒤지지 않게 제가 선생을 모시고 다니겠소이다."

지정이 '공자님도 특별한 세계를 망상했다'는 구절에 동그라미를 치면서,

"저는 깡충깡충 뛰는 토끼가 되거나, 폴짝폴짝 뛰는 두꺼비가 되는 것을 마다하지 않겠습니다."

14 『맹자』에 나오는 신중자陣仲子라는 인물이 청렴결백한데, 오릉 땅에 살았다.
15 『논어』「공야장」公冶長 편에 나오는 말이다. "공자께서 말씀하시길, '나의 도道가 세상에 행해지지 않으니 뗏목을 타고 바다에 떠서 다른 곳으로 가겠는데, 나를 따라갈 사람은 아마 유由(자로)일 것이다.' ……."

라고 하여 서로 웃느라고 온 집안이 떠나갈 듯했다.

곡정이,

"우리 선비들은 근세에 와서 지구가 둥글다는 학설을 자못 믿고 있습니다. 대저 땅은 모나고 움직이지 않으며, 하늘은 둥글고 돈다는 이론이 우리 유가에서 목숨처럼 중요하게 여긴 것인데, 서양 사람들이 이를 혼란에 빠뜨리고 있소이다. 선생께서는 어떤 학설을 따르시는지요?"

라고 묻기에 내가,

"선생은 무엇을 믿으십니까?"

하니 곡정은,

"비록 제 손으로 우주 밖을 더듬어 본 적은 아직 없습니다만, 자못 지구가 둥글다고 믿습니다."

한다. 나는,

"하늘이 창조한 물건은 모가 난 것이 없습니다. 비록 모기의 넓적다리와 벼룩 궁둥이, 빗방울과 눈물, 침 같은 것도 처음부터 둥글지 않은 게 없습니다. 지금 저 산과 강, 대지, 일월성신은 모두 하늘이 창조한 것이건만 아직 모난 별은 보지 못했습니다. 그렇다면 지구가 둥글다는 사실을 의심없이 증명할 수 있지요. 제가 비록 서양인의 저술을 본 적은 없으나, 일찍부터 지구가 둥글다는 사실은 의심할 게 없다고 말했습니다.

대저 지구란 그 형체(形)는 둥글고 그 작용(德)은 모나며, 일의 효과(事功)는 동적이며 그 성질(性情)은 정적입니다. 만약 허공 가운데에 지구를 붙박아 놓고, 움직이지도 돌지도 못하게 하여 우두커니 공중에 매달아 둔다면, 바로 물을 썩게 만들고 흙을 죽게 해서 즉시 썩어 문드러져 흩어지는 현상을 보게 될 것입니다. 어떻게 오래도록 정지하여 머물면서 허다한 물건들을 실을 수 있으며, 강물을 쏟아지지 않게 할 수 있겠습니까?

지금 지구의 곳곳마다 각자의 세계를 열어 별의별 종류들이 발을 붙이고 하늘을 이고 땅에 서 있는 모양은 우리와 다를 바가 없습니다. 서양인은 지구가 둥글다고 인정하면서도 둥근 것이 돈다고 말하지는 않았습니다. 이는 지구가 둥글다는 사실만 알았지, 둥근 것은 반드시 회전한다는 사실은 몰랐던 겁니다.

그러므로 제 생각에는 지구가 한 번 돌아서 하루가 되고, 달이 지구 주위를 한 번 돌아서 한 달이 되며, 태양이 지구를 한 번 돌아서 한 해가 되고, 목성이 지구를 한 번 돌아서 12년이 되며, 북극성 같은 붙박이별이 지구를 한 번 돌아서 1회會(10,800년)가 됩니다. 저 고양이 눈동자를 보아도 땅이 돈다는 것을 징험할 수 있습니다. 고양이 눈동자는 12시간에 따라 변화가 있으니, 그 한 번 변하는 즈음에 지구는 7천여 리를 운행합니다."

곡정이 크게 웃으며,

"그야말로 토끼 주둥이에 건곤이 있고, 고양이 눈동자에 천지가 있다고 말할 수 있겠습니다."

하기에 내가,

"우리나라의 근세에 김석문金錫文[16]이란 선배가 해와 달과 지구가 큰 둥근 모양을 하고 공중에 떠 있다는 삼대환부공三大丸浮空의 학설을 만들었고, 저의 친구 홍대용 역시 지구가 돈다는 지전설 이론을 처음으로 말했습니다."

하니 곡정이 붓을 멈추고 지정을 향해서 뭐라고 말을 하는데 아마도 홍대용의 자와 호를 일러주는 것 같다. 지정이,

16 「태학유관록」 8월 13일 일기에 김석문에 대한 주석이 있다. 이 책 78쪽.

"담헌 선생은 곧 김석문 선생의 제자인가요?"

라고 묻기에 내가,

"김석문 선생은 돌아가신 지 이미 100년이나 되었으니 사제 간이 될 수 없습니다."

하니 곡정이,

"김 선생의 자와 호는 무엇이며, 아울러 저서는 몇 권이나 있는지요?"

라고 묻는다. 나는,

"그의 자와 호는 모두 기억하지 못합니다. 또한 저서를 남기지는 않았습니다.[17] 홍대용 역시 아직 저서를 남기지 않았습니다만,[18] 지구가 돈다는 그의 지전설 이론을 저는 일찍부터 믿어 의심치 않았습니다. 그가 일찍이 저에게 자기를 대신하여 그 이론을 저술하기를 권했으나, 제가 조선에 있을 때 이리저리 바빠서 아직 저술을 못하고 있습니다.

어젯밤에 우연히 기풍액과 함께 달을 감상했는데, 달을 보다가 그 친구가 생각나는 바람에 흥이 일어 억제할 수 없었습니다. 대개 서양인이 지구가 돈다고 하지 않은 까닭은 만약 한번 지구가 회전한다고 말하면 무릇 여러 천체의 궤도를 더더욱 추측하기 어려우니, 지구를 잡아서 한곳에 가만히 두기를 마치 말뚝을 박는 것처럼 고정시켜 놓아 추측하기 편하게 하려는 이유가 아닌가 합니다."

라고 하니, 곡정은 말했다.

"저는 평소 이 학문에 어둡긴 하나, 일찍이 한두 가지 엿본 것이 있긴 합니다. 그러나 차를 여섯 잔만 마셔도 신선과 통하는데 쓸데없이 일곱 잔을 마시는 것처럼[19] 공연히 불필요한 짓을 한 것

17 김석문(1658~1735)의 자는 병여炳如, 호는 대곡大谷이다. 저서로 『대곡역학도』大谷易學圖를 남겼다.
18 홍대용은 천문 등에 관한 저서로 『홍씨주해수용』이라는 책을 남겼다. 앞의 78쪽 도판 참조.

19 당나라 시인 노동盧소의 「칠완다가」七椀茶歌라는 시에 차를 한 잔 마시면 입술과 목을 적시고, 두 잔 마시면 고민을 깨트리며, 세 잔 마시면 향기가 창자에 전해져 문자 5천 권 책이 생기고, 네 잔 마시면 땀이 나며 평생의 불평한 일이 날아가고, 다섯 잔 마시면 기골이 맑아지며, 여섯 잔 마시면 신선과 통하며, 일곱 잔은 마실 필요가 없이 겨드랑이에 맑은 바람이 생기며 신선이 되었음을 깨닫는다는 내용이 있다. 여기서 유래하여 칠완다七椀茶라는 말은 더 이상 불필요하다는 뜻으로 쓰는 고사가 되었다.

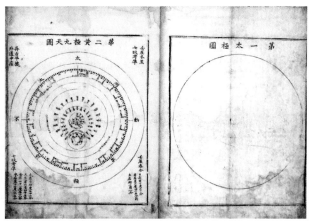

김석문의 『대곡역학도』 연세대 소장

같아 다시는 정신을 쓰지 않았습니다. 지금 선생의 논의는 서양인도 말하지 못한 것이니, 저로서는 감히 그렇다고 갑자기 믿을 수도 없고, 또 문득 배척하여 틀렸다고 할 수도 없는 형편입니다. 요컨대 까마득하여 살피기 어렵긴 하지만 선생의 변설이 매우 정묘하여, 마치 고려에서 공물로 바친 가사袈裟에 바늘구멍이 지나간 실밥을 하나하나 꿰뚫어 보는 것처럼 또렷합니다."[20]

지정이,

"어떤 것을 삼대환三大丸이라 하며, 한 개의 작은 별이란 무엇입니까?"

하고 묻기에 나는,

"공중에 떠 있는 삼환三丸이라는 것은 태양과 지구와 달을 말합니다. 지금 이에 대해 설명하는 사람들은 '별은 태양보다 크고, 태양은 지구보다 크며, 지구는 달보다 크다'라고 말합니다. 이 말을 믿는다면 저 하늘에 가득한 수많은 별들은 이 지구와는 아무런 상관이 없습니다. 다만 이 삼환만이 서로 이웃하여, 해와 달은

20 고려 공물로 바친 가사에 대한 예찬은 소식의 「마납찬」磨衲贊이라는 글에 나온다.

지구의 소유물처럼 붙어 있으므로 지구의 관점에서 일월이라고 부르며, 지구는 태양의 빛을 빌려 양기로 삼고 달의 기운을 받아 음기로 삼습니다. 마치 인가人家에서 동쪽 이웃에게 불을 빌리고 서쪽 집에서 물을 빌리는 것과 같다고나 할까요.

저 하늘의 그득한 별에서 삼환을 본다면, 커다란 허공에 점처럼 늘어서 있는 아주 자잘한 별들에 지나지 않을 겁니다. 지금 우리는 그 작은 별에 불과한 한 덩이의 물과 흙의 경계에 앉아서, 보는 시각도 넓지 못하고 깜냥도 한계가 있습니다. 그런데도 함부로 하늘의 별자리를 끌어다가 구주九州21에 갈라서 짝을 지어 놓고 있습니다.

21 중국의 전 국토를 아홉 개의 주로 나누고, 하늘의 별자리를 그 주의 짝으로 소속시켰다.

지금 구주라는 것이 이 세계에 있는 건 마치 사마귀 점 하나가 얼굴에 붙어 있는 정도의 크기이니, 『장자』에서 말한 이른바 큰 연못에 뚫린 작은 구멍 정도라는 말이 바로 이것입니다. 그러하니 별자리가 각각 땅의 분야를 맡고 있다는 학설이라는 것이 어찌 허황되지 않겠습니까?"

하니 지정은 '이 말을 믿는다'부터 '자잘한 별'에 이르기까지 어지럽게 동그라미를 쳤으며, 곡정은 기이한 이론이고 통쾌한 논의로, 앞 시대의 사람들이 말하지 못한 것을 말했다고 극구 칭찬한다.

내가,

"저는 만 리 길을 어렵게 걸어서 귀국에 관광하러 왔습니다. 우리나라가 극동에 있고, 구라파는 가장 서쪽에 있습니다. 저는 극동의 사람으로서 태서泰西의 사람을 북경에서 한번 만나 보기를 원했습니다만, 지금 갑자기 열하로 들어오는 바람에 태서 사람이 있는 북경의 천주당에 가 보지 못했습니다. 만약 여기서 황

제가 칙명을 내려 바로 귀국하라고 한다면 다시 북경에 들어갈 수 없을 것입니다.[22]

지금 여기 열하에서도 대인들과 선생들 사이에서 외람스럽게 교유할 수 있게 되어 많은 가르침을 받아 비록 저의 큰 소원을 이루긴 했으나, 서양의 외국인들은 서로 만날 길이 없으니 이것이 저에게는 크나큰 한이 됩니다. 듣자 하니 서양 사람들도 황제의 수레를 따라와서 이곳 열하에 있다고 합니다. 원컨대 가르침을 받고자 하니, 혹 서로 아는 분이라도 있으면 소개해 주시면 다행이겠습니다."

하니 곡정은,

"이런 일은 원래 관청에서 황제의 조칙을 받아 처리하는 일이니, 길이 같지 않으면 서로 도모하지 않는 법입니다. 게다가 황제가 머무는 곳은 어디든 서울이나 다름이 없어 사람들이 인산인해를 이루어 찾아 나서는 것도 쉽지 않을 터이니 공연히 헛수고하실 것 없습니다."

라고 한다. 지정은 저녁 무렵에 바쁜 일이 있다고 하직을 고하며, 필담하던 초고 대여섯 장을 거두고 일어나서 먼저 가 버렸다.

곡정이,

"홍담헌 선생은 천문에 밝다 하니, 점도 칠 수 있습니까?"

하고 묻기에 내가,

"아닙니다. 아니에요. 역상가曆象家와 천문가는 서로 다릅니다. 대저 해와 달, 햇무리와 달무리, 혜성이 나는 것, 꼬리별이 움직이는 것 등을 가지고 길흉화복을 미리 판단하는 사람은 천문가입니다. 예컨대 전진前秦의 장맹張孟[23]이라든지, 수나라의 유계재

22 황제의 만수절 행사가 끝난 뒤에 조선 사신 일행은 북경으로 돌아가 한 달 정도 북경 구경을 하고 나서 귀국 길에 오른다.

23 장맹은 전진前秦(350~394)의 부견苻堅 밑에서 태사령을 지내며, 하늘에 꼬리별이 나타난 현상을 두고서 전연前燕을 정벌해야 된다고 주장했다.

庾季才[24] 같은 인물들이 여기에 속합니다.

선기옥형璇璣玉衡(혼천의)과 같은 천문 관측 기계를 사용하여 일월성신의 궤도를 계산해 해와 달, 금·목·수·화·토성의 다섯 개 별을 가지런하게 조화를 맞추려는 사람은 역상가입니다. 예컨대 후한 시대의 낙하굉落下閎[25]이나 장평자張平子[26] 같은 무리가 여기에 속합니다. 『한서』「예문지」藝文志에도 천문가 20여 가家와 역법가曆法家 10수 가家를 분명하게 구분하여 둘로 나누어 놓았습니다.

저의 친구 홍대용은 기하학에 자못 마음을 두어 능하였고, 천체의 궤도와 그 속도를 알려고 했으나 아직 뜻을 이루지 못하고 있습니다. 그는 일찍이 송宋 경공景公이 임금다운 말을 세 마디 함으로써 재난의 별인 형혹熒惑의 별을 물리쳤다든지,[27] 처사 엄광嚴光이 황제의 배 위에 발을 얹은 것을 두고 별자리를 점치는 태사가 떠돌이별이 황제의 별을 범했다고 하는 등의 일은[28] 후세 역사가들이 억지로 끌어 붙인 것이라고 비판·배척했습니다."
하니 곡정은,

"옛날에 혼천의渾天儀에 정통했던 사람으로는 낙하굉과 장평자 이외에도 동한 때의 백개伯喈 채옹蔡邕,[29] 오나라의 왕번王番,[30] 유요劉曜가 세운 전조前趙 광초光初(319~329) 연간의 공정孔定,[31] 위魏의 태사령 조숭晁崇[32] 등이 모두 선기옥형의 남겨진 법제를 알았습니다. 그리고 송나라 원우元祐(1086~1094) 연간에 소자용蘇子容[33]이 예악의 책임자인 종백宗伯이 되어 옛날 기계를 참고해 몇 년 만에 완성하였습니다. 그러다가 서양의 기술이 들어오매 중국의 천문 기기는 아무짝에도 쓸모없는 멍텅구리가 되어 버렸습니다. 다만 학술은 엉성하고 비루하여 가소로웠습니다.

선기옥형(혼천의) 북경 관상대 소재

24 유계재는 수나라 인물로 자는 숙혁叔奕이다. 천문에 밝고 『영대비원』靈臺秘苑, 『수상지』羞象志 등의 저서가 있다.
25 낙하굉은 한나라 무제 때 인물로 태초력太初曆과 혼천의를 만들었다고 한다.
26 장형張衡(78~139)은 동한 때의 천문가로, 그의 자가 평자平子이다. 천문학, 지진학, 지리, 수학 등 다방면에 걸쳐 뛰어난 학자로, 수많은 기계와 기구를 만들었다.
27 춘추시대 송나라에 재난을 부른다는 형혹의 별이 나타나자, 별자리를 점치는 사람이 이를 퇴치하는 술법을 쓰라고 권했으나 경공은 이를 듣지 않고 오히려 임금다운 말을 함으로써 별자리가 사라지게 했다고 한다.
28 처사 엄광은 동한 광무제의 친구. 광무제와 함께 자면서 다리를 황제의 배에 올려 놓은 일이 있는데, 이를 두고 태사가 떠돌이별이 자미성紫微星을 범했다고 말했다.

야소耶蘇(예수)라는 말은 중국어에서 어진 사람을 군자라 하고, 티베트 풍속에서 승려를 라마라고 부르는 것과 같은 뜻의 말입니다. 야소는 한마음으로 하느님을 공경하여 가르침을 사방팔방에 세우다가 나이 삼십에 극형을 당했는데, 국민이 슬퍼하고 추모하여 예수회를 설립했습니다. 그 신을 공경하여 천주라 하고, 예수회에 가입한 사람은 반드시 눈물 콧물을 흘리며 비통해하고, 천주를 잊지 않는답니다.

어려서부터 네 가지 믿음의 맹서를 하는데, 색에 대한 생각을 끊고, 벼슬에 대한 욕망을 끊으며, 예수회의 가르침을 팔방에 펼치겠다는 소원을 가지고, 다시 고국으로 돌아갈 미련을 갖지 않으며, 명분으로는 비록 불교를 물리치기는 하지만 불교의 윤회 사상은 독실하게 믿는다 등 입니다.

명나라 만력萬曆(1573~1620) 연간에 서방 땅에 살던 사방제沙方濟[34]라는 사람이 월동粤東(광동)에 왔다가 죽었으며, 계속해서 이마두利瑪竇(마테오 리치) 등 여러 사람이 중국에 들어왔습니다. 그들의 종교는 하느님을 부지런히 섬기는 것을 으뜸으로 삼고, 자신을 수양하는 것을 요지로 삼으며, 충효와 자애를 공적인 임무로 삼고, 개과천선하는 것을 입문으로 삼으며, 생사의 대사에 대해서는 유비무환의 마음을 가지는 것을 가장 지극한 깨달음으로 삼습니다.

서방의 여러 나라들이 예수교를 받든 이래 천여 년 동안 크게 편안하고 성공한 정치를 이루었다고 합니다만, 그 말에는 과장되고 허튼소리가 많아 중국 사람 중 이를 믿는 사람은 없답니다."
한다. 내가,

"만력 9년(1581)에 이마두가 중국에 들어와 북경에 29년을 머

29 채옹(132~192)은 동한 시대의 문학가, 서법가로 천문과 음률에 뛰어난 인물. 백개는 그의 자. 저서에 『채중랑집』蔡中朗集이 있다.
30 畨은 畵의 오자이다. 왕번(228~266)은 삼국시대 오나라의 천문학자로, 자는 영원永元이며 지동의地動儀, 혼천의를 만들었다.
31 孔定은 孔挺의 오자이다. 323년에 혼천의를 제작했다.
32 조숭은 북위의 태사를 지낸 인물로 자는 자업子業이고, 철제 혼천의를 제작했다.
33 자용은 소송蘇頌(1020~1101)의 자. 송나라의 저명한 천문학자, 식물학자로 『신의상법요』新儀象法要, 『본초도경』本草圖經 등의 저서가 있다.

34 사방제는 방제각方濟各·사물략沙勿略으로도 불린 하비에르(Francis-Xavier, 1506~1552)를 가리키는 것으로 보인다. 그는 동방에 와서 최초로 기독교를 전한 인물로 알려졌는데, 일본을 거쳐 1552년 중국 광동 지방에 도착하여 포교 활동을 했으나 그 해 8월에 지병으로 숨졌다.

물렀습니다. 그는 말하기를, 한나라 애제哀帝 원수元壽 2년(기원전 1년)에 야소가 대진국大秦國(로마제국)에서 태어나 서해西海 밖으로 교를 전파했다고 하였습니다. 한나라 원수 연간부터 명나라 만력 연간에 이르기까지 1,500년간 이른바 야소라는 두 글자가 중국의 책에 나타나지 않았으니, 이는 야소가 바다 끝 너머 밖에서 태어났기 때문에 중국의 선비들이 혹 들어 보지 못한 탓이 아니겠습니까? 비록 들은 지 오래되었다 하더라도 그것이 이단이기 때문에 역사에 기록하지 않은 것 아니겠습니까?

대진국은 일명 불림拂菻이라고도 하는데, 이른바 구라파라는 것은 곧 서양을 총칭해 부르는 말인가요? 홍무洪武 4년(1371)에 날고륜捏古倫이란 사람이 대진국에서 중국으로 들어와 명나라 고황제高皇帝를 알현했는데도 예수교를 말하지 않은 건 무엇 때문인가요?[35] 대진국에서 처음부터 소위 예수교라는 것이 있었던 건 아닌데, 이마두가 처음으로 천주니 신이니 하는 말을 칭탁稱託하며 중국을 미혹하게 만든 것인가요? 불교의 윤회 사상을 독실하게 믿어서 천당, 지옥의 설을 만들어 놓고도 불교佛敎를 헐뜯고 배척하여 마치 원수처럼 공격하는 건 무슨 까닭인가요?

『시경』에 '하늘이 많은 백성을 태어나게 함에, 사물이 있으면 그에 맞는 법칙이 있다'[36]고 했는데, 불교의 학설은 형상이 있는 일체의 것을 환상과 망령으로 여기고 있으니, 이는 백성에게 사물이나 법칙도 없다는 것입니다. 지금 예수교는 사물의 이치를 기수氣數, 즉 운명이라고 여깁니다. 『시경』에 '하늘이 하는 일은 소리도 없고 냄새도 없다'[37]라고 했는데, 지금 저들이 안배하고 갖다 붙인 걸 보면 소리도 있고 냄새도 있는 것입니다. 이 두 종교 중 어느 것이 더 나은가요?"

35 날고륜에 대한 일화는 『명사』 외국열전편에 나온다. 날고륜은 원나라 말기에 중국에 들어와 장사를 하다가, 원나라가 멸망했는데도 귀국하지 않았다. 태조가 그를 불러 보고 귀국하여 그 왕을 초유했다고 한다.

36 『시경』 대아大雅 「탕지십」蕩之什 '탕'蕩에 나오는 말이다.

37 『시경』 대아大雅 「문왕지십」文王之什 '문왕'文王에 나오는 말이다.

하니 곡정은,

"서학西學이 어찌 불교를 흉볼 수 있겠습니까? 불교는 모두
가 고차원적이고 오묘합니다. 다만 허다한 비유의 말들이 끝내
귀착되는 결론이 없고, 겨우 깨달았을 때는 허망하다는 환幻이라
는 글자 하나만 남게 됩니다.

예수교는 본래 불교 이론의 껍데기만을 희미하게 얻어서 가
졌습니다. 중국에 들어와서 중국의 문헌과 서적을 배우다가 비로
소 중국에서 불교를 배척한다는 사실을 알고는 도리어 중국의 불
교 배척을 본받게 된 것입니다. 중국의 문헌과 서적에서 상제上帝
니 주재主宰니 하는 용어들을 들추어내서 스스로 우리 유가에 아
부를 하였습니다.

그러나 그 본령은 사물의 이름과 이치를 따지거나 운수나 따
지는 데서 벗어나지 않을 뿐이니, 우리 유가에서는 별로 중요치도
않은 그렇고 그런 영역에 떨어지는 것들입니다. 저들 역시 이치라
는 것을 본 바가 없지는 않을 터인데, 이치(理)가 운명(氣)을 이
기지 못한다고 여긴 것이 오래되어서, 요임금 때의 장마와 탕임금
시절의 가뭄도 모두 운명이 그리 만든 것이라고 여깁니다.

저의 친구 개휴연介休然 선생도 자못 이 기수氣數에 대한 논
의를 믿어서, 기수는 이와 같이 본래는 하나의 이理라고 생각했습
니다. 그는 호를 희암希菴이라 하고, 자를 태초太初 혹은 북궁北宮,
옹백翁伯이라고도 하는데, 그 학문은 사람과 하늘의 이치를 관통
했습니다. 저서로 『옹백담수』翁伯談藪 100권과 『북리제해』北里齊
諧 100권이 있으며, 또 『양각원』羊角源 50권이 있습니다. 금년이
나이 60인데도 저술 활동을 폐하지 않고 있습니다. 『양각원』한
책은 더더욱 하늘의 밑이라든지 달이 숨는 곳 등에 대한 이치를

깊이 연구한 것이고, 지구가 돈다는 학설도 혹시 그 안에 있는지 모르겠습니다.

그의 해설 중에는, 예컨대 『시경』의 '소리개가 날아서 하늘에 이른다'라는 구절[38]을 두고 '소리개가 발을 땅 쪽으로 펴서 굳게 움켜쥔다'라고 해석했으며, '물고기가 연못에서 뛴다'라는 구절에 대해서는 '물고기가 부레를 믿고서, 있는 대로 팽창해서 뛰지만 땅으로 떨어진다'라고 해석했는데, 만물이 땅에다 무게중심(重心)을 두지 않은 것이 없다고 여겼습니다. 땅에다 무게중심을 둔다는 건, 예컨대 우박이 땅으로 떨어질 때 천둥이 감싸고 떨어지는 것과 같으며, 그 움직이지 않는 곳은 마치 바퀴 안에 굴대(축)가 있는 것과 같다고 했습니다.

이런 것들은 모두가 오묘한 이론입니다. 제가 연소한 시절에 주의 깊게 읽어 보려고 하지 않았기 때문에 단지 몇몇 개의 제목만 훑어보았는데 지금은 그 대강의 뜻마저 모두 잊었습니다."
라고 하기에 내가,

"개희암 선생을 이번에 한번 배알하기를 원합니다. 선생께서 부족한 이 사람을 그에게 소개하고 추천해 주시면 고맙겠습니다."
하니 곡정은,

"그는 이곳에 있는 사람이 아닙니다. 본시 촉 땅 사람인데, 지금은 역주易州[39]의 이가장李家庄에서 차를 팔아 생계를 꾸리고 있습니다. 그곳은 북경에서 200여 리이므로, 저도 상면한 지 이미 7년이 넘었습니다."
한다. 내가,

"희암 선생은 어떻게 생겼는지요?"
라고 물으니 곡정은,

38 『시경』 대아大雅 「문왕지십」에 나오는 구절이다.

39 역주는 오늘날 하북성河北省 역현易縣을 말한다.

"눈은 움푹 파이고 광대뼈는 툭 튀어나왔습니다. 조정의 각로閣老인 조혜兆惠[40] 공께서 그의 경술과 학행을 조정에 추천하여 특별히 강서교수江西敎授의 벼슬을 제수했는데, 병을 평계로 출사하지 않았습니다. 그에게는 일찍이 아름다운 수염이 있었으나 하루아침에 자기 손으로 잘라 버림으로써 조공이 자신을 잘못 추천했다는 뜻을 밝혔는데, 그 즉시 나라에서 그에게 7품관의 모자와 복장을 하사했습니다. 어떤 현달한 벼슬아치가 그의 여러 저서를 나라에 천거하려고 하니 그가 흔쾌히 승낙했습니다만, 어느 날 밤 집에 불이 나서 책이 홀랑 타 버리는 바람에 결국 황제께 올리지 못했습니다."

라고 한다. 내가,

"선생의 가슴에 맺힌 체증을 이제는 말씀해서 깨뜨려 버릴 수 있겠지요?"

하니 곡정은,

"저는 원래 이런 체증이 없었답니다. 이 늙은이가 간사한 생각이 많아서 물고기를 삶아서 먹고는 그 물고기를 놓아주니 힘차게 헤엄쳐서 갔다고 거짓말을 하는 식으로,[41] 이치에 닿는 그럴듯한 말로 선생을 속이긴 했으나, 군자가 되는 데에 무엇이 해롭겠습니까?"

하여 서로 크게 웃었다. 곡정이,

"희암의 저서는 실제로는 불에 조금도 타지 않았습니다. 그 친구인 동정董程과 동계董稽의 처소에 비장되어 있으니, 반드시 후대에 전해질 것은 의심할 바 없습니다. 박공께서는 외국인이므로 제가 흉금을 툭 터놓고 사실을 한번 발설하는 것입니다."

라고 한다. 내가,

40 조혜(1708~1764)의 성씨는 오아씨吳雅氏이고 만주 정황기 출신의 무장이다. 병부 낭중과 내각 학사를 지냈으며, 자는 화보和甫, 시호는 문성文成이다.

41 정자산이 선물로 받은 잉어를 잡아먹기 어려워 하인에게 물에 놓아주라고 하였는데, 하인이 삶아먹고는 잉어가 기운차게 헤엄쳐 갔다고 보고하자 정자산이 이를 믿었다고 한다. 이 일을 맹자가 논평하기를 이치에 닿는 말로 군자를 속일 수 있다고 하였다. 『맹자』 「만장」 상편.

"희암 선생의 저서에 나라의 금령을 어기거나 꺼려야 할 내용이 많이 들었습니까?"

하고 물으니, 그가 대답했다.

"그런 것은 하나도 없습니다."

"그렇다면 무엇 때문에 비장해 두었습니까?"

"근년에 국가에서 금서로 지정한 책이 300여 종이나 되는데, 모두 나라 안 일류 명사들의 책이랍니다."

"금서가 어찌해서 그처럼 많단 말입니까? 모두 최호崔浩[42]의 저술처럼 나라의 역사책을 비방이라도 했습니까?"

"모두가 세상에 쓸모없는 선비들의 배배 꼬인 학문입니다."

내가 금서 목록을 물어보자, 곡정은 정림亭林(고염무), 서하西河(모기령), 목재牧齋(전겸익)의 문집 등 수십 종을 쓰고는 즉시 찢어 버렸다. 내가,

"영락永樂(1403~1424) 때에 천하의 책들을 구하고 수집해서 『영락대전』永樂大典 등의 책을 만들면서 사람을 기만하고 머리를 세게 하며 붓을 쉴 여가를 없애더니, 지금 『도서집성』圖書集成 등의 책도 모두 이런 의도로 만드는 것인가요?"

하고 물으니, 곡정이 손을 바쁘게 놀려 글을 지우면서 말했다.

"지금 조정의 문치를 숭상하는 정책은 역대의 어느 왕보다 탁월하니, 『사고전서』四庫全書 안에 들어가지 못할 책이라면 아무짝에도 쓸모없는 책일 것입니다."

『영락대전』(상)과 『도서집성』(하)

내가,

"전에 선생께서 무엇 때문에 조광윤趙匡胤이 세운 송나라를 아주 깔보셨습니까?"

하고 물으니 곡정은,

"왕조의 정통성이 돼먹지 못해서입니다. 태조 조광윤은 큰 공을 세우거나 위대한 과업도 없이 우연히 나라를 얻었으니, 당시 판에 박은 것 같은 평범한 천자에 불과했습니다. 경륜을 세우고 기강을 펼칠 기회마다 매양 자신이 나서서 대충 성급하게 처리했을 뿐 아니라, 아우 태종太宗은 집안에서 가족의 정의를 배신한 인물이라는 평을 면할 수 없습니다."[43]

라고 하기에 내가 물었다.

"소위 촛불 그림자 사건[44]이 만약 사실이라면, 어찌 다만 가족의 정리만 배신한 것뿐이겠습니까?"

"그것은 천고에 억울한 누명입니다. 그때 태조의 병세가 이미 위중해 아침에 죽을지 저녁에 죽을지 모르는 상황인데, 태종이 무엇 때문에 고통스럽게 그린 큰일을 벌였겠습니까? 다만 그가 행한 일을 추적해 보면 응당 이런 비방을 불러올 만했습니다.

이 사건은 원래 호일계胡一桂와 진경陳桱[45]의 사사로운 역사 기록에서 나와서, 이도李燾[46]가 편찬한 『속자치통감장편』續資治通鑑長編에 비로소 기록되었는데, 이는 바로 오중吳中 지방의 승려인 문영文瑩[47]이 저술한 『상산야록』湘山野錄이 열어 놓은 것입니다. 일개 까까머리 중이 도대체 어디에서 그런 엄청난 비밀을 알 수 있었겠습니까?

대체로 그 표현에는 무슨 의도하는 바가 없진 않았던 것 같습니다. '멀리서 붉게 흔들리는 촛불 그림자를 보다가, 큰 소리로

43 조광윤이 태자를 정하지 못하자 그 모후가 둘째, 셋째 아우에게 왕위를 전한 뒤에 다시 아들에게 전하라고 했는데, 아우 태종이 왕위에 올라 조카들을 죽였다. 조광윤은 아우 태종을 평소에 사랑하여 그가 쑥뜸을 뜰 때 그 쑥을 나누어 자기도 떠서 괴로움을 나누었지만, 태종이 정권을 잡자 그 조카들을 모두 죽이고 자기의 셋째 아들에게 왕권을 전하였다.

44 기록에 따르면, 태조가 병석에 있을 때에 태종이 와서 좌우를 물리치고 무슨 말을 하는데 잘 들리지 않았고, 멀리서 바라보니 촛불 그림자 아래에 태조가 일어서려다 도끼를 바닥에 던지며 '잘해라'라고 한마디를 남기고 죽었다고 한다. 이 기록을 두고 태종이 태조를 시해했다고 하여, '촛불 그림자 사건'이라고 부른다. 이에 대한 이야기는 홍한주洪翰周의 『지수념필』「촉하부영지설」燭下斧影之說 참조.

45 호일계(1247~?)와 진경은 각각 원나라와 명나라의 학자이다. 『십칠사찬』十七史纂과 『통감속편』通鑑續編이라는 역사서를 각기 서술했다.

46 이도(1115~1184)는 남송 때의 역사학자로, 호는 손암巽巖이다. 『속자치통감장편』, 『육조통감박의』 등의 역사서를 편찬했다.

47 문영은 북송 때의 승려로 자는 도온道溫이다. 저서에 『상산야록』, 『옥호야사』玉壺野史 등이 있다.

잘해라 하는 말을 들었다'는 불과 수십 개의 글자가 천고에 끝없는 의심의 단서를 야기시켰습니다. 촛불이라는 것은 밤중에 쓰는 도구이고, 그림자는 빛줄기가 약할 때 일어나는 일이요, 붉게 흔들린다는 건 바로 불빛이 껌뻑거린다는 것이며, 큰 소리라는 것은 화평한 목소리가 아니고, '잘해라'라고 하는 말은 명백한 말이 아니며, 멀리서 보고 멀리서 들었다는 것 역시 불분명한 것인데, 이것이 정말 천고의 의심스러운 사건이 되게 만들었으니 가히 이치에 어긋나고 엉뚱한 필치라고 말할 만합니다.

그 당시의 사대부들은 첫째, 태조가 죽은 뒤에 한 해가 넘어가지도 않았는데 태종이 연호를 태평흥국太平興國으로 바꾼 것을 옳지 않게 여겼고, 둘째, 태종이 태조의 비妃인 형수를 핍박하여 비구니가 되게 하고 그녀가 죽었을 때에도 상복을 입지 않은 것을 옳지 않게 여겼으며, 게다가 아우 정미廷美가 피살되고 자신의 아들인 덕소德昭가 자살한 사건에서 그를 옳게 여기지 않음이 축적되었으니, 무슨 방법으로 천하 사람들의 옳지 않게 여기는 민심을 억누를 수 있었겠습니까?

전국시대에 여섯 나라의 선비들이 진시황 영정嬴政에 대한 분노가 쌓여 여섯 나라가 망하기에 앞서서 진나라가 먼저 멸망하기를 바라, 여불위呂不韋가 진시황의 친아버지라는 이야기를 교묘히 꾸몄습니다.[48] 하물며 선비를 파묻어 죽이고 서책을 불사르는 만행에 대해서는 그 분노가 어떠했겠습니까? 한나라의 꾀 많은 책사들이 하나같이 나서서 진시황을 매도하느라고 그런 기이한 문장을 만들었으니, 촛불 그림자 사건이란 것도 모두 이런 의도에서 만든 것입니다.

송나라 인종의 영특한 기질은 한나라의 문제에 비해 뒤떨어

송 태종

48 조趙나라의 장사꾼인 여불위는 자신의 애첩에게 태기가 있자 이를 미끼로 큰 장사를 할 생각을 가지고, 당시 조나라에 볼모로 와 있던 진秦나라의 장양왕에게 주었다. 뒷날 그 아이가 태어나서 진나라로 돌아가 진시황이 되었다고 한다.

지나 학식만은 문제보다 뛰어났고, 신종의 정치적 도모는 한나라 무제보다 뛰어났지만 재주와 지략은 무제를 따라가지 못했으며, 건염建炎(남송 고종의 연호, 1127~1130) 이후의 황제들은 족히 따져 볼 만한 인물이 없었습니다. 애통하게 여길 일은 원수를 망각하여 친척으로 오인한 일이니, 천륜의 관계도 아니거늘 어떻게 조카라고 일컬을 수 있었겠습니까?[49] 힘이 달려서 굴복하는 것, 이는 천명이 두려워 부득이하여 하인이나 신하로 일컫는 일이니 하늘도 어찌할 수 없는 노릇이지만, 조카나 손자라고 일컫은 일은 이보다 더 큰 욕이 어디에 있겠습니까?

49 송나라가 오랑캐라고 여 겼던 금나라의 침입을 받아 휘종과 흠종이 포로로 잡혀 갔는데도, 그 원수의 나라를 조카의 나라라고 하여 굴욕 적인 강화조약을 맺은 것을 말한다.

　당시 벼슬아치들은 속국의 신하가 되는 치욕을 면하기 위해 신하라는 이름을 조카라고 바꾸어, 그만 자기의 임금을 인륜을 무시하는 지경에 몰래 밀어 넣은 것입니다. 임금이 인륜을 무시하고 강상을 파괴한 행위는 진晉나라를 세운 석경당石敬塘의 전철을 그대로 밟은 것이며,[50] 지위가 높고 책임이 무거운 나라의 대신들도 가만히 앉아서 난데없는 애비를 불러들였습니다. 남송의 군신들은 이러고도 바야흐로 느긋하고 흡족히 여기며 하례까지 드렸으니, 참으로 무식하기 그지없습니다.

50 석경당은 당나라를 정벌 하기 위해 거란에 원병을 청 하면서 거란 황제를 아버지 의 예로 모실 것을 맹약했다.

송 이종理宗

　목전의 급한 사무는 강구하지 않고 버려두면서 부질없이 그림자 같은 허황한 이야기만 하고 앉았으니, 정말 답답한 노릇입니다. 이종理宗 황제 40년 동안 알뜰히 격물치지의 공부를 한 결과, 죽은 뒤에 이理 한 글자를 시호에 얻은 것뿐이니, 참으로 가소롭습니다. 모르겠습니다만, 평생을 바쳐서 궁리했다는 이치라는 것이 과연 어떻게 생겨먹었는지?

　자고로 신하들은 자신의 임금이 항상 학문에 부지런할 것을 바랐지만, 천 년 동안이나 적막하게 그런 임금이 나타나지 않더

51 양시(1053~1135)는 남송 때의 저명한 도학자로, 정이천의 제자이다.

52 석세룡은 오호五胡 시대 후조後趙의 고조인 석륵石勒이다.

53 막길렬은 오대 시대에 흉노 출신으로 후당後唐 장조莊祖의 양자가 된 명종明宗의 본명이다.

54 후한 때의 고봉高鳳은 널어놓은 보리를 지켜보고 있으라는 아내의 부탁을 받고도 책을 읽느라 폭우에 보리가 떠내려가는 줄도 몰랐다고 한다.

55 구사량(781~843)은 당나라 환관으로 자는 광미匡美이다. 국사를 전횡하여 두 명의 왕과 한 명의 왕비, 네 명의 재상을 죽였다. 그는 환관들을 교육하면서, '사치와 오락으로 임금의 이목을 항상 즐겁게 하고, 책을 읽거나 유생을 가까이하지 말아야 권세를 유지할 수 있다'고 하였다고 한다.

56 송나라 허혼許渾이 지은 「제최처사산장」題崔處士山莊이라는 한시에 나오는 구절이다.

57 진사도(1053~1102)는 북송의 시인으로, 호는 후산거사后山居士이다. 너무 청렴결백하여 얼어 죽었다고 한다.

58 황정견(1045~1105)은 송나라의 시인으로, 호는 산곡山谷이다. 강서시파江西詩派의 원조로 소동파와 병칭된 인물이다.

니 겨우 송나라 이종이라는 임금 하나를 얻었습니다. 그러나 그의 학문은 전쟁의 승패나 국가 존망의 운수에는 아무런 보탬도 없었습니다. 그를 구산龜山 양시楊時[51]의 문하에 두었더라면 가히 훌륭한 제자라고 일컬어지기라도 했을 터인데, 그 학문이란 게 까막눈으로 글을 몰랐던 석세룡石世龍[52]이나 막길렬邈佶烈[53]에도 훨씬 미치지 못할 것입니다.

천하를 다스리는 일이란 비가 와서 널어놓은 보리가 떠내려가는 줄도 모르고 책이나 읽는 선비처럼 해선 안 되는 것입니다.[54] 당나라 때 악독하기로 이름이 났던 구사량仇士良[55]이란 환관은 벼슬을 그만두면서 환관 무리에게 '여러분은 책을 읽지 마시오'라는 훈계를 하였답니다. 그러나 이종이 다스리던 보경寶慶(1225~1227)과 경정景定(1260~1264) 연간에는 40년 동안 어두운 안개가 천지 사방을 그득 메우고 있었건만,

서당 문을 걸어 닫고 고금의 이치를 연구하느라
호숫가의 두 이랑 밭이 반이나 묵었도다[56]
坐窮今古掩書堂 二頃湖田一半荒

라고 읊은 시는 바로 그때를 말한 것입니다.

도군道君 황제(휘종徽宗)는 정말 명망 있는 선비라 할 수 있으니, 비록 소동파의 송죽松竹 같은 꼿꼿한 기개와 절조는 부족했으나, 풍류와 문학 감상의 안목은 꼭 진사도陳師道[57]와 황정견黃庭堅[58] 등의 인물에 비해 뒤진다고 할 수 없을 것입니다.

윤형산이 필담 초고를 뒤따라서 열람하다가,

"더 낫습니다. 한나라 성제成帝에 비하더라도 더더욱 낭만적

이고 방탕했습니다. 초여름에 건륭 황제께서 태학의 강관講官에게 조칙을 내려서 알리기를, '짐이 매양 전 시대의 역사를 보면 신하는 아첨하고 임금은 교만하였다. ……' 운운하였으니, 태학의 대성문大成門 오른쪽 담에 방을 붙인 것이 그것입니다."

라고 하며 크게 웃기에 내가,

"성스러운 유시문을 읽어 보니 위대한 성인의 진정한 학문이 역대의 왕보다 으뜸이 된다는 사실을 깨닫겠습니다. 위魏나라 무공이 여왕厲王을 풍자하고 자신을 경계하기 위해 지었다는『시경』「억」抑편과 「계」戒편도 그보다 나을 수는 없을 겁니다."

하니 곡정은,

"정말 그렇습니다"

하고 말했다.

(어제 나는 세 사신을 따라 태학의 공자 사당을 배알했는데, 왕곡정과 거인 추사시가 태학관의 주인 자격으로 우리를 인도하였다. 대성문의 담장에는 오석烏石을 액자 모양으로 만들어 벽 안에 박아 놓았는데, 강희와 옹정 및 지금 황제의 훈시문을 새겨 두었다. 오른쪽에는 새로운 방을 붙여 두었는데 바로 건륭 황제가 강관들에게 내리는 조칙이었다.

내용은, 자기 집안의 학문과 문장을 굉장히 자랑하는 한편, 역대의 문치를 숭상한 임금들이 실속도 없이 한갓 허위만을 숭상하여 대전 위에서 황제에게 머리를 조아리고 만세를 부른다든지, 조정에 나가서 탄식을 더한다든지 하는 등의 일을 나무라는 것들이었다. 대체로 아래의 신하들이 글의 뜻이나 꾸며 윗사람에게 아첨하고, 임금이 된 사람은 자신의 장점만을 믿고 아랫사람을 깔보는 것에 대한 경계의 내용이었다.

나는 곡정과 함께 한번 읽어 보았는데, 주절주절 천여 마디의 말들이 자기에 대한 과장과 자랑으로 일관하였다. 내가 곡정에게 "대전 위에서 황제에게 머리를 조아리고 만세를 부른다"는 말이 무엇이냐고 물었더니, 곡정은 경연經筵에서 임금과 강관이 무엇을 토론하다가 임금이 무엇을 맞히면 좌우의 신하들이 모두 머리를 조아리고 만세를 부르며, 강관이 무엇을 맞혀서 임금이 옳다고 동의해도 좌우의 신하들이 역시 만세를 불러 모든 아름다움을 임금에게 돌린다는 것이니, 임금이 선을 따르고 선한 말을 얻었음을 경하하기 위한 것이라고 한다. 한나라의 육고陸賈[59]가 황제 앞에서 매양 한 편의 글을 읽을 때마다 임금은 옳다고 일컫지 않은 적이 없고, 좌우의 신하가 그때마다 만세를 불렀다는 것이 그런 예라고 한다. ─원주)

　내가,

　"이종理宗은 송나라가 거의 망해 갈 시기인 말기의 황제로서, 그가 항상 학문에 부지런했던가 하는 여부는 근본적으로 따질 것도 없거니와, 임금이 학문을 좋아하는 것을 가지고 왕의 자질이 총명하다고 하는 선생의 말씀은 틀렸소이다. 만약 한나라 문제와 송나라 인종의 아름다운 자질에 한나라 무제와 당나라 태종의 영특한 자질을 더하고 정자와 주자의 학문을 겸할 수 있다면 정말 요순 같은 임금에게 결코 뒤지지 않을 것입니다. 하필 문장이나 짓는 말단의 재주와, 쓰고 외우기나 하는 폐단을 미리부터 염려하여 임금된 자의 학문이 보잘것없다고 곧바로 몰아붙여야 옳겠습니까?"

하니 곡정은 도리질을 치면서,

"아니, 그렇지 않습니다. 저는 본시 송나라 이종을 따진 것이 아닙니다. 또한 『송사』宋史 「형법지」刑法志를 살펴보면 아주 사람을 심란하게 만듭니다. 제가 따져 본 것은 임금이 오직 학문에만 빠지는 폐단입니다. 총명하고 영특한 전대의 임금을 대충 논하면서 바로 한 무제와 당 태종을 예로 들었을 뿐입니다. 선생께서 말씀하신 '정자와 주자의 학문을 겸할 수 있다면' 운운한 것은 바로 가설입니다. 이런 가설의 말이 정말 천고의 역사에서 뜻있는 선비들에게 얼마나 많은 한을 품고 원망을 하도록 만들었습니까?"

한다. 내가,

"무엇 때문에 많은 한을 품고 원망을 하게 했다는 겁니까?"

하자 곡정은,

"군사를 출정시켜 이기지도 못한 채 이 몸이 먼저 죽게 되니 영웅들로 하여금 길이길이 옷깃에 눈물지게 하네.[60]

出師未捷身先死 長使英雄淚滿襟

라고 하는 것이 수많은 원망과 한의 예입니다."

하기에 내가,

"무슨 뜻입니까?"

하니 곡정은,

"조맹덕曹孟德(조조)이 두통을 앓다가 그냥 죽었다면, 어찌 그가 한나라의 제환공齊桓公[61]이 되지 않았겠습니까?"

하기에 나는,

"그게 무슨 말입니까?"

하고 물으니 곡정은 웃으며,

"선생께서 말하신 '만약'이나 '설사'와 같은 말들은, 곧 가정하는 말이거나 비유하는 말이지 참말은 아닙니다. 만약 제갈공명

60 두보가 제갈공명을 두고 지은 시 「촉상」蜀相에 나오는 구절이다.

61 춘추시대 제나라 환공은 제후의 우두머리로서 천자의 나라인 주나라를 떠받들었다. 평생 두통에 시달렸던 조조가 천자가 되려고 전쟁을 하지 않고 다만 두통으로 죽었더라면 그는 한나라를 잘 보필한 신하로 남았을 것이니, 그런 면에서 제환공과 같다고 말한 것이다.

이 사마중달司馬仲達을 죽일 수 있어서 끝까지 중원을 밀고 들어
갈 수 있었다면 어찌 통쾌하지 않겠습니까? 가령 당나라 현종이
마외역馬嵬驛[62]에 이르러 양귀비를 만나서 빙그레 웃으며 눈길을
주었더라면 어찌 통쾌하지 않겠습니까? 만약 송나라 고종이 매
국적 역신인 진회秦檜의 모가지를 베어 버렸다면 얼마나 통쾌했
겠습니까?

가령 정자와 주자 같은 두 선생을 임금의 자리에 오르게 하
여 천하를 다스리게 하고, 게다가 정자와 주자 같은 학자를 곁에
두어 매사를 요순의 일로 충고해서 섬기게 할 수 있다면 무슨 원
망하는 마음이 들겠습니까? 만약 이 부인李夫人이 몸을 돌려 한
무제에게 한 번 나타나기라도 했다면 또한 무슨 원망하는 마음이
들겠습니까?[63]

63 한무제는 첩실인 이 부
인이 죽자 그를 다시 보고 싶
은 마음에 술객術客의 말을
믿고 궁궐을 짓고 촛불을 켜
고 기다렸으나 끝내 이 부인
이 나타나지 않았다는 고사
이다.

대체로 한 시대의 군주로서 지극히 못났거나 아주 어그러진
사람을 제외하고 중간 정도는 된다고 일컬어진 임금을 요모조모
따져 보고 비교해 보면 도리어 당세의 이름난 석학보다 나았을
겁니다. 만약 당세의 이름난 석학이 임금과 서로 처지를 바꾼다
면 그 임금이 이룩한 치적보다 도리어 못한 점이 있을 겁니다."
라고 한다. 내가,

"옛날부터 제왕은 자신이 가르친 사람을 신하로 삼기를 좋아
하고, 군자를 가까이하지 않고 소인을 멀리하지 않았습니다. 때
문에 그 임금의 영향력 아래에 모여드는 사람은 진실로 부귀영화
에 탐닉하고 녹봉을 탐하는 무리이니, 그 임금을 따라가지 못하
는 건 진실로 마땅한 일입니다. 만약 밝고 훌륭한 군신이 서로 만
난다면 반드시 그렇지는 않았을 것입니다. 밝은 사람을 외지고
누추한 가운데에서 발탁하고, 어진 사람을 세우는 데 그 출신 성

분을 따지지 않는다면 담을 쌓는 천한 사람도 꿈에 나타날 것이며,[64] 점을 쳐서 낚시질하는 사람을 얻을 수도 있어서,[65] 같은 목적을 위해 서로 마음이 맞고 같이 노력할 수 있을 것입니다. 만약 저들 제왕이 그런 인물을 구하지 않았다면 어찌 그런 빼어난 재주를 가진 인물을 태어나게 만든 하늘에 보응報應할 수 있었겠습니까?"

하니 곡정은,

"그렇지 않습니다, 그렇지 않아요. 직접 행동으로 하는 때는 말로 하는 때만 못합니다. 옆에서 바둑을 구경하는 사람이 직접 두는 사람보다 낫습니다. 『논어』에 이른바 청렴하고 욕심이 적었던 맹공작孟公綽이라는 사람은 조趙나라, 위魏나라 같은 큰 나라에서는 집사 노릇을 할 수 있지만, 등滕나라, 설薛나라 같은 작은 나라에서는 그 능력이 대부도 감당하기 어렵다는 말이 바로 그것입니다.[66] 이는 제가 역사를 보면서 마음을 냉정하게 가라앉히고 연구해서 알아낸 것입니다.

주돈이周敦頤[67]가 태어난 염계濂溪 지방이나 정자程子가 태어난 낙洛 땅에 송나라 인종을 태어나게 했더라면 그의 도학의 빼어남이 어떤 현자들보다 못하지는 않았을 것입니다. 자양紫陽(주자)은 평생 학문에 정력을 바치고 특히 『사서』四書에 심오했지만, 기실 송나라 인종이 그보다 먼저 『사서』의 중요성을 알고 넌지시 일깨웠던 것입니다.

인종은, 왕요신王堯臣[68]이 과거 시험에 급제하자 『예기』 안에 들었던 「중용」 한 편을 따로 떼어 하사했으며, 여진呂溱[69]이 급제하자 또 『예기』 안에 들었던 「대학」 한 편을 떼어 하사했습니다. 인종의 학문은 당시 선비들보다 훨씬 고명하여, 『예기』 안에서 두

64 은나라 무경武庚 임금이 꿈에 성인을 만난 후 깨어서 그 성인을 찾다가 담을 쌓고 있는 부열傅說을 만난 고사이다.
65 문왕이 사냥을 나갈 때 무슨 동물을 잡을지 점을 쳤는데, 강태공을 얻는다는 점괘가 나왔다는 고사이다.

66 『논어』 「헌문」憲問편에 나오는 말이다.
67 주돈이는 송나라 때의 저명한 학자이다. 염계에서 살았기 때문에 주렴계 선생이라고 불렸으며, 「태극도설」을 지어 이기하理氣學의 원조가 되었다. 정자는 그의 제자이다.
68 왕요신(1002~1058)은 송나라 때의 학자로 한림학사를 지냈다. 자는 백용伯庸이고, 그의 묘지명을 구양수가 지었다.
69 溱은 溙의 오자이다. 여진은 송나라 인종 1038년에 과거에 장원급제했다. 자는 제숙濟叔이고, 말수가 매우 적어서 사람들은 그를 '칠자사인'七字舍人(일곱 마디의 말만 하는 자제라는 뜻)이라고 불렀다.

장사長沙에 있는 가의의 고택

70 가의는 한나라 문제 때의 유명한 신하로 연소한 수재라 하여 가생賈生이라 불렸다. 당면한 현실을 개혁하기 위해 상소문을 올려, 통곡할 일과 눈물지을 일, 한숨쉴 일 등을 조목조목 짚어가며 당대 현실을 논했다.
71 앞의 「황교문답」편에 주석이 나왔다.

72 이필(722~789)은 당나라 중엽의 정치가이며 모략가이다. 그의 인물됨을 평가한 『이비』라는 책이 1996년 중국에서 출판되었다.

편을 따로 떼어 드러내고 알린 공로는 당대의 대학자요 문인인 범중엄范仲淹보다 앞섭니다.

후대의 선비들은 한漢 문제文帝가 가의賈誼[70]를 재상으로 삼지 않음으로써 한나라의 업적에 커다란 손실을 끼쳤다고 그를 책망했으며, 또 법관 장석지張釋之[71]의 고명한 논의를 배척했다고 해서 문제를 야비하고 비천하다고 단안斷案했지만, 기실 문제는 가의보다도 훨씬 훌륭한 임금이었습니다. 그가 '가의를 만나 보기 전에는 자신이 그보다 뛰어나다고 생각했지만, 이제는 가의를 따라갈 수가 없다'고 말했는데, 이는 문제의 마음속에서 저절로 우러나온 말이지, 쩨쩨하게 그 스스로 잘나고 못났음을 가의와 비교해서 한 말이 아닙니다.

요컨대 한 문제는 큰일을 하려고 했기 때문에 자기를 헤아리고 가의를 헤아린 것이니, 선대부터 내려온 장상과 대신 들이 엄연히 있는데 이찌자고 경험도 없는 새파란 일개 시생을 하루아침에 등용하여 그들을 억눌러서 복종시키려 했겠습니까? 한 문제는 한나라 궁궐인 선실宣室의 자리에서 이미 가의의 경륜과 능력에 경도되었으니, 장차 그의 재주를 더 노숙하게 하여 등용하려 했던 것입니다.

가생의 깊고 너그러운 마음씨는 저 당나라의 업후鄴侯 이필李泌[72]에게도 못 미칩니다. 벼슬을 하지 않던 선비의 몸으로 재상까지 되었던 업후는 좌천되어 강서판관江西判官으로 전직되었건만 그것 때문에 스스로 번뇌한 적은 없었습니다. 가의는 좌천되었다고 항상 울울하여 가슴속의 울분을 토해 내려고 사나운 말을 허다하게 퍼부었으며, 한 문제는 자신의 생각을 겉으로 잘 드러내지 않는 성격이어서 허다한 허튼 객기를 드러내지 않았으니, 이는 한 문제에게 수양 공부가 있었기 때문입니다.

한 문제는 서얼庶孼인 세 명의 자식에게 천하의 반을 나누어 주었고, 당시 부귀영화를 누리던 대신들은 오랜 동안 혹독한 전쟁을 치르고서 이제 막 편히 앉아 부귀를 누리려는 판에, 누가 기꺼이 발 벗고 뛰쳐나와 열을 내면서 나랏일을 하려고 했겠습니까? 그렇다면 문제는 진작 가의보다 먼저 천하를 위해 통곡하고 한숨을 쉬었을 것입니다.[73]

그런데도 가의는 조급함을 이기지 못하고선 분개하며 어떤 일을 지적하여 통렬하게 말하며 통곡을 하고 한숨을 지었으니, 이른바 서서 말을 주고받다가 갑자기 상대방을 위해 통곡하는 꼴이니[74] 과연 상대방을 놀라게 하고 의혹이 들지 않을 수 있겠습니까? 양梁과 초楚 지방의 검객들이 먼저 원앙袁盎[75]의 배에 칼을 꽂았으며, 황하 북쪽 지방의 결사대가 배도裴度[76]의 머리를 박살내었으니, 한 문제는 진실로 가의에게 이런 일이 닥치리라고 미리 염려했을 따름입니다."

라고 하기에 내가,

"나라를 다스리는 일은 비유하자면 바둑을 두는 것과 같습니다. 임금은 바둑을 직접 두는 사람이고, 신하는 옆에서 대국을 구경하는 사람입니다. 대국을 구경하는 사람이 직접 두는 사람보다 바둑의 수가 낫다고 하신 선생의 말씀은 옳습니다. 바둑을 두는 사람이 길을 잃고 헤맬 때 어찌 옆에서 구경하는 사람의 훈수를 듣지 않을 수 있겠습니까?"

73 가의는 문제에게 올린 상소문에서 천하를 위해 통곡할 일이 하나요, 눈물지을 일이 둘이요, 긴 한숨을 쉴 일이 여섯이라고 말하였다.

74 소식이 「가의론」賈誼論이라는 글에서 한 말이다.
75 원앙은 한나라 경제景帝 때 인물로, 가의처럼 왕실을 강화하기 위해 제후의 땅을 삭감하라고 주장하다가 종실의 자객에게 피살되었다.
76 배도는 당나라 헌종憲宗 때의 인물로, 가의처럼 지방 권력을 약화시켜야 한다고 주장하다가 반대파의 맹렬한 공격을 받았다.

하니 곡정은,

"아닙니다, 아니에요. 전쟁을 하며 말 위에서 천하를 얻어 나라를 창업한 임금[77]은 매양 열 손가락에 피를 흘렸다고 과장할 것이고, 선대로부터 왕위를 이어받아서 나라를 지켜 나가는 임금은 좋은 옷을 입고 왕비가 자신을 모시는 것을 본래부터 있어 왔던 것처럼 여깁니다. 온 천하의 일이 모두 임금 한 사람의 집안일에 속해 버린 지 이미 오래되었으니,[78] 이는 천고에 불변의 진리입니다. 만약 짐朕이라는 한 글자를 지워 버릴 수 있을 때는 문득 요순과 같은 성군이 즉시 되리라 생각하지만, 만약 짐이라는 글자를 제거할 수 없을 때는 감히 손톱으로 손바닥을 찔러 흐르는 피가 소매 밖으로 흘러나오도록 할 효성이 있는 사람이 누가 있겠습니까?[79]

공자와 같은 성인도 신하가 되었을 때에 소정묘少正卯[80]를 죽임으로써 그 임금까지 겁을 먹게 만든 일이 있었는데, 이미 임금을 떨게 한 지나친 위엄을 가지고 있었고, 주공周公과 같은 성인도 낙양으로 도읍지를 옮기려 했을 때 도리어 조카 성왕을 범하려 한다는 혐의를 받았습니다.

삼내 이후에 유교 경전의 학술에 밝은 신하로 왕망王莽[81]만 한 사람이 없었습니다. 왕망은 처음부터 천하를 차지하려고 했던 건 아니었고, 성인을 독실하게 믿어서 평생 배운 학문을 한번 실천해 보려 했던 것입니다. 왕망은 천하를 책임지는 중대한 임무를 자임했으니, 어찌 임금을 섬기는 것을 기쁨으로만 여기는 사람이었겠습니까? 다만 천품이 조급하여 가만히 앉아 요순의 도를 담론하기보다 차라리 학문을 당세에 베풀고 실천하는 일을 시험해 보고, 이를 기어코 자기 몸으로 직접 보고 싶었을 것입니다."

하기에 내가 웃으며,

77 한 고조는 육고陸賈에게 자신은 말 위에서 천하를 쟁취하였기 때문에 시서詩書를 모른다고 했다.

78 신하의 직간으로 임금이 어떤 일을 결정하지 못할 때 역대의 많은 신하들은 '그것은 폐하의 집안 일이니 남이 간섭할 수 없다'고 아첨한 적이 있었다. 천하의 일을 집안 일이라고 하는 표현은 임금이 신하의 충언을 듣지 않고 독재한다고 풍자한 말이다.

79 북제北齊의 효소제孝昭帝는 그 태후가 심장병으로 고통을 받자 자신도 그 고통을 분담한다는 뜻에서 손톱으로 손바닥을 찔러 흐르는 피가 소매 밖으로 흘러나왔다고 한다.

80 소정묘는 노魯나라 때의 정치가로, 참람된 짓을 했던 인물이다.

81 왕망(BC45~23)은 후한 때의 인물로, 왕위를 찬탈하여 신新이라는 왕조를 건국했다.

"성인께서 어찌 사람들에게 도적질을 하라고 가르쳤겠습니까?"

하니 곡정도 웃으며,

"이 논의는 신하의 처지로 일을 할 때는 한 시대의 제왕보다 못하다는 예를 든 것입니다. 황로黃老 사상으로 천하를 통치할 때는 혹 한 시대에 효력을 거둔 적도 있었지만, 경술經術(경학에 관한 학술)로 통치할 때는 미상불 나라를 망치고 백성을 도탄에 빠뜨리지 않은 적이 없었습니다. 송나라 왕안석王安石[82]의 학술은 당시 범중엄范仲淹이나 한기韓琦 같은 사람이 따라갈 수 없는 수준이었지만, 요컨대 가의, 왕망, 왕안석, 방손지方遜志[83] 등은 정치가로서는 하나같이 조급한 인물들이었습니다."

웬 사람이 망포蟒袍[84]를 입고서 주렴을 걷고 들어와서는 의자에 앉는데, 관복의 겉옷은 입지도 않았고 모자도 쓰지 않았다. 나를 빤히 쳐다보더니 뭐라 뭐라 말을 하기에 내가 못 알아듣겠다고 하자, 그는 곡정과 귀엣말로 몇 마디 수작을 하더니 몸을 돌려서 즉시 일어나서 나가 버렸다. 내가,

"저 사람은 누구입니까?"

하고 물으니 곡정이,

"그는 산동의 제남濟南 사람으로 성은 등鄧이고 이름은 수洙인데, 현재 호부戶部의 주사主事 벼슬을 합니다. 저 멍청이가 도대체 무얼 보러 왔다가 뭘 보고 가는 것이람?"

하기에 내가 물었다.

"저분은 선생의 친지가 아닌지요?"

"아니랍니다. 다만 이름이 등수鄧洙라는 것만 알 뿐입니다.

82 왕안석(1021~1086)은 송나라의 문인 학자이자 정치가이다. 신법新法과 같은 급진적인 정책을 써서 부국강병을 꾀했다.

83 방손지(1357~1402)는 명나라 학자 방효유方孝孺이다. 손지는 그의 호이고, 자는 희직希直, 희고希古이다. 문장을 잘하고 곧은 절개를 가진 인물이었는데, 결국 찢어 죽이는 형벌을 받았다.

84 망포는 관원들의 예복. 이무기를 수놓았다. 용무늬를 수놓은 황제의 곤룡포와 비슷하지만, 망포의 이무기는 용보다도 발톱의 숫자가 하나 적으며, 이무기의 숫자도 곤룡포의 용보다 적다.

제남 표돌천 옆의 백설루

85 이반룡(1514~1570)은 명
나라 문학가로, 자는 우린于
鱗이고, 호는 창명滄溟이다.
의고문에 특히 뛰어나서 명
나라 칠재자七才子로 불렸
다.
86 표돌천은 산동성 성도省
都인 제남시에 있으며, 땅속
에서 물이 솟구쳐서 연못을
이루었다.

잠시 전에도 조선이 중국의 동쪽에 있는지 한문을 쓰는지도 모를
정도로 무식한 사람입니다."

"제남이란 말이 나온 김에 묻겠는데, 명나라 문장가 이반룡李
攀龍[85]이 지었다는 백설루白雪樓가 아직도 제남에 있습니까?"

"백설루는 우린于鱗 이반룡의 옛날 누각으로 애초에는 한창
점韓倉店에 있었는데, 후에 백화주百花洲 물가에 다시 지어 벽하궁
碧霞宮 서쪽에 있었습니다. 지금 제남의 표돌천趵突泉[86] 동쪽에 있
는 백설루는 후인들이 건축한 것으로 옛날의 유적은 아닙니다."

내가,

"선생께서는 황로黃老 사상을 귀중하게 여기고, 유교의 경술
經術을 천시하며, 나라를 제멋대로 한 역적(왕망)이 성인을 독실

하게 믿었다고 말하고, 왕안석을 숭배하여 범중엄보다 훌륭하다고 하시니, 사람에 대한 평가가 너무 지나치신 것 같습니다. 게다가 유교의 경술이 천하를 파괴하는 도구라고까지 말씀하시니, 애오라지 이 사람을 한번 떠보려고 하시는 말씀입니까?"

하니 곡정은,

"선생께서 저를 이렇게 허물하시니, 제가 어찌 감히 다시 말할 수 있겠습니까?"

한다. 내가,

"선생이 논하시는 말씀이 지나치게 고차원적이라서 저처럼 고루하고 꽉 막힌 선비의 견해로는 미칠 수가 없으니, 그 어마어마하게 크고 넓음에 대해서 놀라울 뿐입니다. 감히 선생의 말씀을 두고 양주楊朱·묵적墨翟과 같은 이단의 말이라고 여기는 것은 아닙니다."

하니 곡정은,

"더러운 것까지 용납해 주시는 선생의 도량에 감동이 됩니다. 대저 천하의 일이란 정도가 아닌 편법을 사용해서는 옳지 않고, 또한 한 자를 굽혀서 여덟 자를 곧게 하는 것도 옳지 않다고 하니, 모든 것을 이렇게 정도만 가지고 처리한다면 도무지 이야기할 거리가 없습니다. 공자의 문하에서는 5척 동자라도 패도覇道를 입에 올리는 것을 수치로 여기니, 이런 외곬의 이론만 가지고 논의를 한다면 다시 더 일삼을 것이 없습니다.

한창려韓昌黎(한유)가 「원도」原道라는 글에서 말한 대로 '이단에 물든 사람을 일반 사람으로 회복시키고, 이단의 책들은 불사른다'고 한다면 도리어 천하는 태평하게 될 것이고, 동중서董仲舒[87]가 말한 대로 '의리를 바로 하고 이익을 도모하지 못하게 한

87 동중서(BC179~BC104)는 한나라 무제 때의 학자이다. 무제에게 유교를 국교로 삼도록 건의했으며, 『춘추번로』春秋繁露라는 책을 지었다.

다'면 도리어 천하는 태평하여 길에 떨어진 남의 물건을 줍지 않게 될 것입니다.

한번 물어봅시다. 선생은 하·은·주 3대 이후에 유교의 경술로 정치를 한 사람이 과연 몇이나 있다고 생각하십니까?

88 창공은 『사기』 열전 「편작·창공열전」에 나오는 인물로, 한나라 시대의 명의이다.
89 장중경은 한나라 때의 명의인 장기張機로, 중경은 그의 자이다. 상한론傷寒論의 창시자로 저서에 『상한론』, 『금궤요략』金匱要略이 있다.

창공倉公[88]이 사람을 치료할 때는 더운 기운을 가라앉히는 화제탕火齊湯에 차가운 성분을 가진 대황大黃 네 근을 넣어서 달이라고 했거늘, 200년 사이에 장중경張仲景[89]은 기운을 덥게 만드는 팔미탕八味湯에 더운 기운을 나게 하는 부자附子라는 독을 다섯 냥 쓰라고 했으니, 머리를 한 번 돌리는 잠깐 사이에 고금의 기준이 이렇게나 달라졌습니다.

은나라를 정벌하러 나가는 무왕에게 말 머리를 막아서며 불가하다고 백이·숙제가 말할 때에 그들을 죽이라고 한 사람도 있었지만, 의로운 사람이니 부축해서 보내라고 한 태공망太公望[90] 같은 사람도 있었습니다. 무왕의 정벌은 보는 관점에 따라 의견이 상반될 수도 있으나, 백이·숙제와 태공망의 행동은 모두 옳습니다. 만약 천하에 양쪽이 다 옳다거나, 양쪽이 다 틀렸다고 하는 일은 있을 수 없다고 한다면, 백이·숙제나 태공망 두 편 중 어느 한 편은 응당 흑룡강으로 귀양을 가야 했을 것입니다.[91]

90 태공망은 흔히 강태공으로 알려진 여상呂尙이란 인물이다.

91 청나라 때 죄인들이 흑룡강 오지로 귀양을 많이 갔다.

무릇 천하의 일이라는 것은 비유하자면 양쪽에서 줄을 당기는 것과 같습니다. 줄을 당기다가 줄이 끊어지면, 끊어지는 곳 가까이 처했던 쪽이 먼저 넘어지는 것은 두말할 필요가 없습니다. 처음에는 서로의 힘이 대등하게 겨룰 만하기 때문에 천하에는 거스르는 것과 순종하는 차이, 즉 밀고 당기는 차이는 있어도 어느 쪽이 옳다든지 어느 쪽이 틀렸다든지 하는 것은 없습니다. 그러나 분명하게 승패의 자취가 갈리게 되면 거스르거나 순종한다는 뜻의 역순逆順이라는 두 글자는 도리어 밤중에 등불 뒤의 어두운 곳에서 귀엣말로 소곤거리는 말이 되고 맙니다.

　무릇 도를 말하는 사람은 마치 까마귀가 고기를 감추듯 합니다. 까마귀란 놈이 고기를 감출 때에는 하늘의 구름을 바라보고서 이를 푯대로 삼아 표시를 합니다만, 구름이 흘러가 버리면 그만 감추어 둔 곳을 잃어버리게 됩니다. 천하에는 끝까지 서로 모순되는 것도 없으며, 의리도 시대의 변천에 따라 달라지게 마련이거늘, 경술이나 하는 서생들의 일처리라는 것이 구름을 쳐다보는 까마귀 친구처럼 행동하는 게 얼마나 많습니까?"

라고 한다. 내가,

　"구름이야 흘러가도 감추어 둔 고기는 그대로 있습니다. 비록 시대가 바뀌고 일이 변하여 고금의 기준이 달라지더라도 올바른 의라는 건 본래 그대로 있는 법입니다. 다만 사람들이 찾지 못할 뿐이지요."

하니 곡정은,

　"먼저 관중關中에 들어가 차지하는 사람이 임금이 된다는 말처럼 무엇이든지 먼저 들어가서 자지하는 놈이 임자라는 셈입니다."

하기에 내가,

　"유가의 경술이 나라를 파괴한다고 하지만 그것이 어찌 경술 탓이겠습니까? 비루한 선비들이 단지 경술의 이름만 도적질한 것이니, 천하를 어지럽히는 것은 모두 경술의 빈 껍데기일 뿐입니다. 경술을 정말 바르게 사용했더라면 이른바 천하의 밭에 비로소 정전제井田制가 가능할 것이며, 천하의 제후를 비로소 다섯 등급[92]으로 만들 수 있었을 것입니다."

하니 곡정은,

92 공公, 후侯, 백伯, 자子, 남男의 다섯 등급을 말한다.

"선생께서는 정말 제가 대담하게 경술을 배척한다고 여기십니까? 옛날부터 말을 하는 사람이라고 해서 반드시 그런 마음을 가지고 있다고 할 수 있는 것은 아니며, 행동을 하는 사람이라고 해서 반드시 말을 먼저 하는 것은 아닙니다. 일부는 허위로 하는 말일 수도 있습니다. 선생이 하시는 말씀은 도리어 단학丹學을 하는 사람들의 상투적인 말입니다."

하기에 내가,

"단학을 하는 사람들의 상투적인 말이란 무엇을 의미합니까?"

하니 곡정은 말했다.

"'문성文成 장군은 말의 간을 먹다가 죽었다'는 격으로, 선생께서는 저를 유가를 배척하고 이단을 옹호한다고 비난하면서도 저에게 계속 이야기를 하라고 하십니다."[93]

내가,

"성인들도 역시 작은 사업에는 손을 대고 싶지 않았을 터이나, 이는 고금에 차이가 있습니다. 당임금은 70리 되는 작은 나라로 시작해서 중국의 천자가 되었고, 문왕은 100리 되는 나라로 천자가 되었지만, 맹자는 걸핏하면 이 두 임금을 인용하여 당시 작은 나라의 임금에게 유세를 하였습니다.

그러나 문공文公은 천하의 어진 임금으로 등滕나라의 군주가 되었고, 허행許行과 진상陳相[94]은 천하의 호걸로 문공의 신민이 되었습니다. 맹자는 등문공에게 녹봉 제도와 토지 제도에 대해 중요한 강령을 들어 말했지만, 처음부터 등나라에 어떤 애착을 두지는 않았습니다.

93 문성 장군에 봉해진 이 소옹李小翁은 한무제가 신선술을 좋아하며 죽은 애첩이 부인을 그리워하는 것을 보고 그에게 이 부인을 다시 보게 해 준다고 술수를 부리다가 발각되어 사형을 당했다. 그 뒤에 문성 장군과 함께 동문수학했던 난대欒大가 한무제에게 방술을 이야기하다가, 문성 장군처럼 사형을 당한다면 어느 누가 방술을 이야기하겠냐고 따지자, 문성을 사형시킨 것을 후회하던 무제는 난대에게 이야기를 계속 듣고 싶기도 하고 문성을 죽인 것이 후회도 되어, 문성은 독성이 있는 말의 간을 먹고 죽은 것이라고 거짓말을 둘러댔던 고사이다. 여기서 곡정이 이 말을 한 취지는 연암이 자기의 말을 비난하면서도 자기에게 계속 말을 듣고 싶어서 적당히 거짓말을 하고 있다는 뜻이다.

94 허행과 진상은 전국시대 농업을 주장했던 인물로, 『맹자』에 나온다.

이른바 맹자가 등나라 세자에게 '지나친 것은 잘라 내고 부족한 것을 보충한다면 50리 되는 등나라도 좋은 나라가 될 수 있다'고 한 말은 대국의 지도자가 될지언정 녹록하게 작은 등나라에서 크나큰 경륜을 베풀 수 없다는 뜻을 말한 것에 불과합니다.

제齊나라와 위魏나라 같은 큰 나라의 임금이 지극히 못났는데도, 맹자가 그 나라를 떠날 때 오히려 배회하며 차마 발걸음을 떼지 못한 까닭은 그 나라에 넓은 토지와 많은 민중, 풍부한 재화가 있어서 그 형세를 가지면 쉽게 실력 발휘를 할 수 있었기 때문입니다. 그래서 맹자는 제나라 같은 조건을 가지고 왕도정치를 하는 건 손바닥 뒤집듯 쉽다[95]고 말한 것입니다."

하니 곡정은,

"공자는 1년이면 나라를 바로잡을 수 있다 했고, 맹자는 큰 나라는 5년, 작은 나라는 7년이면 천하에 정치를 할 수 있다[96]고 구별하여 말했습니다. 이는 정치를 하는 방도에서 큰 제나라를 존중하고 작은 등나라를 폄하해서 말한 것이 아닙니다. 고금의 형세가 다르고, 나라 크기의 형세가 다르기 때문입니다. 맹자는 결코 상앙商鞅[97]처럼 요순 같은 제왕의 이야기를 먼저 함으로써 듣는 군주로 하여금 졸리게 만들지는 않았습니다."

하기에 내가,

"상앙이 먼저 말한 건 어느 제왕에 대한 이야기입니까?"

하니 곡정이 말했다.

"다만 황제나 요순의 호칭을 빌려 와, 중요하지도 않은 너절한 이야기를 어긋나게 하였기 때문에 듣는 사람을 지루하게 만든 것입니다. 이것이 손자병법에서 말하는 삼사술三駟術[98]입니다."

(곡정이 고금의 인물과 학술 및 의리를 논변할 때 그 평가 기

95 『맹자』「공손추」상편에 나오는 말이다.

96 공자와 맹자의 말은 『논어』「자로」편과 『맹자』「이루」상편에 각각 나온다.
97 상앙은 위나라 출신 정치가로, 법을 강화하자는 법가류의 인물이다. 진秦 효공孝公을 찾아가서 처음에 요순의 왕도정치를 이야기하여 그를 졸게 했다가, 나중에 부국강병의 패도정치를 이야기하여 효공의 마음을 사로잡았다.
98 말을 경주할 때, 세 필의 말 중 제일 약한 말을 상대방의 가장 강한 말과 시합을 시키고, 중간 말은 제일 약한 말에, 강한 말은 중간 말과 시합을 시키는 방법인데, 여기서는 대화를 할 때 먼저 재미없는 이야기를 늘어놓다가 중간에 조금만 중요한 이야기를 해도 상대방의 주의를 끌 수 있다는 요령을 말한다.

준이 종횡무진 제멋대로인 것이 많았는데 아마도 나를 떠보려는 의도가 있었던 것 같다. 그런데도 나는 처음에 이를 깨닫지 못하고 오히려 큰 학자에게 웃음거리나 되지 않을까 걱정하여 문답하는 사이에 겨우 스스로 원칙만 지켜 나갔더니, 곡정은 매양 몇 장을 써 내려가다가도 하고 싶은 말이 있으면 문득 다시 얼버무리곤 했다. 나는 늦게야 비로소 이를 깨달았기 때문에『맹자』의 한 단락을 끄집어내어 그를 시험해 보았는데, 곡정의 주장이나 논의는 역시 잡것이 섞이지 않은 진국이었다. — 원주)

이 아래 몇 단락은 잃어버려서, 말이 서로 연결되지 않는다.

곡정이,

"제갈무후諸葛武侯(제갈공명)의 학문이 신불해申不害[99]나 한비韓非 같은 법가에서 나왔다고 하는 건 도리어 원통한 일입니다. 그가 후세의 경전을 공부하는 서생처럼 독서를 세심하게 한 건 아니지만,『맹자』에 대해서는 문득 대의의 분명함을 살피고는 자신의 가슴 한가운데에 공公이라는 글자 한 자를 새기시 도무지 그의 인중에는 성공과 실패라는 글자가 없었을 겁니다.

3대 이후로 유독 제갈공명 한 사람만이 대신의 책무를 감당했다고 할 수 있습니다. 그는 치도治道를 논하며 '임금이 있는 궁중과 재상이 있는 부중府中은 한 몸'이라고 말했고, 임금의 덕을 권면하면서 '임금 스스로 용렬하다고 여기며 적당한 비유나 끌어들이고 의리를 잃는 것은 옳지 않다'라고 말했으며, 천하의 막중한 책임을 자임하면서 '나라를 염려하고 충성하

99 신불해는 전국시대 한韓나라의 재상이 되어 15년 동안 나라를 부국강병하게 만든 인물이다.

사천 무후사의 제갈량 상

440

려는 모든 사람은 다만 나의 부족하고 잘못된 점을 부지런히 공격하라'[100]고 말하였으니, 그는 참으로 죽은 뒤로 만세토록 그 승상의 자리를 보충할 만한 인물이 없을 정도의 위대한 승상이었다고 평가할 만합니다."

하기에 내가,

　"그러나 유비에게 유장劉璋[101]이 다스리던 사천四川 지방을 취하게 한 일은 대의를 위한다는 명분으로 작은 부정을 용인한 왕척직심枉尺直尋의 잘못이 어찌 아니겠습니까?"

하니 곡정은,

　"그거야 공명이 반드시 그의 자리를 습격하여 빼앗으라고 가르친 것은 아닐 것입니다. 유장의 죄를 성토하는 것은 합당한 일이었지만, 사마귀가 매미를 잡듯 순식간에 해치우는 방법을 배운 것은 옳지 않습니다. 유장은 그 아비 유언劉焉의 시대부터 땅이 비옥하고 물산이 풍부하여 천부天府의 나라라고 불리는 촉蜀 지방을 차지하고도 제후를 도와 나라의 역적 조조曹操를 토벌하지 않았으니, 이는 한나라의 종실인 그가 뜻을 어디에 둔 것입니까? 유표劉表는 형주荊州의 이홉 개 군을 움켜쥐고서 학교를 일으키고 아악을 펼치고 있었으니, 도대체 그때가 어느 시절인데 그렇게 느긋하게 있었단 말입니까?

　만약 한나라를 업신여겨 충성심을 가지고 있지 않은 사람을 추궁한다면 응당 한나라와 같은 유씨劉氏 성을 쓰는 종실의 제후들을 먼저 바로잡아야 합니다. 이는 제갈공명이 오두막에서 은거하며 버슬하지 않은 시절에 이미 오랫동안 유언이나 유표 같은 인물에 대해서 분노하는 마음이 가슴에 꽉 찼을 것입니다. 만약 한나라 황제 집안의 후손으로서 평소에 신의가 드러난 사람이 있

100 이상 제갈공명의 말은 「출사표」出師表에 나오는 내용이다.

101 유장은 삼국시대 촉蜀 나라 사람으로, 조조 밑에서 장군으로 있다가 유비에게 항복하였다.

다면 눈을 부릅뜨고 담력을 펴서 반드시 손권이나 조조보다 그들을 먼저 토벌해야 합니다.

　정자나 주자 같은 학자들은 매양 공명의 학문이 순정하지 못함을 한스럽게 여기고, 그가 촉蜀을 취한 일을 애석하게 여겼습니다. 그러나 형주와 익주益州를 차지하여 양쪽에서 걸터타고 있어야 한다는 공명의 전략은 그가 오두막에서 전략을 짤 때 가졌던 첫 번째 생각이었습니다. 이것이 공명이 나라의 역적에 대해 눈을 부릅뜬 것이고, 학술이 정대正大한 점입니다.

　다만 종실로서 역적을 토벌하지 않은 유언에 대해서는 그를 토벌할 만한 핑계도 있었지만, 유장에 대해서는 그를 속이면서까지 땅을 탈취할 이유는 없었습니다. 유표가 다스리던 형주는 그를 대신해서 차지할 세력이 없었으나, 아들 유종劉琮이 다스리던 형주는 습격해 빼앗을 기회가 있었습니다. 유종은 분명히 형주를 나라의 역적 조조에게 바쳤으니, 소열昭烈 황제 유비가 대의를 밝혀 형주를 취한다면 천하의 어느 누가 옳지 않다고 말하겠습니까?

유비

　그러나 유비는 형주에 대해서는 죽음에 이르도록 신의를 지켰지만, 익주에 대해서는 홀연히 간사한 영웅의 본색을 드러냈습니다. 결국 차려 놓은 음식을 먹으라고 할 때는 손도 대지 않다가, 갑자기 남의 팔을 비틀어 음식을 빼앗아 갔다는 비판을 면하지 못했습니다."

하기에 내가,

　"양발 차기로 앉은뱅이를 차서 거꾸러뜨린다는 격이네요."(使個鴛鴦脚 踢倒支離疏)

하니 곡정이 크게 웃으며 말했다.

"선생도 북경어를 구사할 줄 아십니다그려. (우리나라 속담에, 약한 놈을 속여서 물건을 빼앗는 것을 두고 '우는 아이 눈물 젖은 떡을 빼앗아 먹는다'라고 하고 또 '앉은뱅이 턱 차기'라고 한다. 내가 오는 길에 통관 쌍림雙林이, 남과 싸우는 그의 비복을 나무라며 '원앙각'鴛鴦脚 운운하는 것을 들었는데, 아마도 우리 속담의 '앉은뱅이 턱 차기'와 뜻이 같은 모양인데, 그 표현이 재미있었다. 지금 내가 중국어 발음으로 이 말을 한번 해보았는데, 입이 어둔해서 정확하게 발음이 되질 않았다. 곡정이 무슨 말인지 못 알아듣기에, 내가 글씨로 쓰자 곡정이 크게 웃으며 나를 보고 북경어를 구사할 줄 안다고 놀린 일이 있었다. ─원주)

만약 성왕成王이 삼촌인 주공周公 같은 성인을 죽였다면, 주공의 아우인 소공召公이 어찌 감히 '집에 있느라 몰랐다'고 말할 수 있겠습니까?[102]

주자는 위원리魏元履[103]에게 답한 편지에서, 역시 소열 황제 유비를 논하기를 '유종이 조조를 맞이하는 날에 유비는 형주를 쳐서 빼앗지 못하고신, 결국 낭패를 보고 근거지를 잃고서야 도적놈 같은 꾀를 내었으니, 이는 정도라는 원칙과 임시방편의 권도를 모두 잃어버린 것이다'[104]라고 했습니다.

그러나 저는 생각이 다릅니다. 그때 유비가 형주를 쳐서 비록 땅을 빼앗았다 하더라도 역시 지키지 못했을 것입니다. 조조의 80만 대군이 이미 접경 지역을 압박하고 있던 터에 어떻게 능히 새로 차지한 조그마한 형주를 가지고서 조조와 맞서서 겨룰 수 있었겠습니까? 차라리 청렴하고 겸양하는 절개를 굳게 지켜 천하 사람들에게 신의가 있다는 명성이나마 챙기는 것이 더 나았을

102 '집에 있느라 몰랐다'라는 말은 『서경』「군석」君奭 편에 나온다. 나이 든 소공이 은퇴하려고 하자, 주공이 소공에게 조상의 영광을 계승해야 할 책임이 있음에도 불구하고 집에 있느라 그런 책임을 몰랐다고 하면 옳겠냐고 꾸중한 말이다. 곧 집에 틀어박혀 있느라고 세상사 돌아가는 것을 몰랐다고 변명해서는 옳지 않다는 뜻이다.

103 원리는 위섬지魏掞之 (1116~1173)의 자로, 처음의 자는 원리였는데 후에는 자 실보實로 고쳤다. 호헌胡憲을 스승으로 모시고, 주자와 교유했으며, 간재艮齋 선생이라 불렸다. 사창법社倉法을 시행하여 백성에게 혜택을 주었다.

104 『회암집』晦庵集 39권 「답위원리」라는 편지글에 나오는 내용이다.

겁니다.

그러므로 유종이 조조를 맞이하는 날에 유비가 형주를 취하지 않은 것이야말로 정도와 권도를 모두 얻은 처신입니다. 유장이란 인물은 어리석고 나약하여 사졸과 백성을 돌보지 않았으니, 공명이 오두막집에서 유비를 처음 만났을 때 이미 그에게 약한 곳을 합병하고 어리석은 사람을 공격하는 방법을 고해 주었을 것이나, 딱히 유비에게 속여서 빼앗으라 일러주진 않았을 것입니다.

105 호인(1098~1156)은 자가 명중明仲, 호가 치당이다. 학자 호안국胡安國의 조카로, 저서에 『논어상설』論語詳說, 『독사관견』讀史管見, 『비연집』斐然集 등이 있다.
106 노식(139~192)은 동한 말기의 경학자로 자는 자간子干이다. 원방은 진기陳紀(129~199)의 자이다. 진식陳寔의 아들로, 동생 진심陳諶과 함께 학행에 뛰어나서 난형난제라는 고사성어의 주인공이 되는 사람이다. 강성은 동한 말기의 경학자 정현鄭玄(127~200)의 자이다.

107 유비는 하비下邳 전투에서 참패하여 두 부인과 아들을 버리고 도망했다.

송나라 유학자 치당致堂 호인胡寅[105]은 틀에 박힌 생각을 가지고서 당시 학자라고 일컫던 노식盧植, 진원방陳元方, 정강성鄭康成[106] 등과 유현덕(유비)이 종유한 사실을 두고 유현덕을 정말 경술과 학문을 하는 선비로 추켜세웠으니, 참으로 가소롭지 않습니까?

그때 유현덕은 마치 상승기류를 타고 하늘로 용솟음치는 용과 같아, 사람을 깨물어 먹고도 눈 하나 깜짝하지 않을 사납고 날랜 영웅이었습니다. 그는 일이 없을 때는 수심에 차서 툭하면 울려고 하였고, 조조와 함께 있을 때는 뇌성벽력이 치자 화들짝 놀란 척하며 무슨 변괴가 났느냐고 물었으며, 천지 사이에 자신만 없어질까 근심하여 급하면 처자까지 내버리고 달아난 인물이었으니,[107] 원숭이 새끼 같은 유장을 어렵게 여길 게 뭐가 있었겠습니까? 그때 공명은 결코 유현덕에게 서쪽으로 가 유장을 쳐서 사천 지방을 취하라고 하지 않았을 겁니다.

후대의 유학자들은 한갓 결과만을 가지고 유현덕에게 흠이 없고 완전하기만을 요구하여 갑자기 탕임금이나 무왕 위에 내세우고자 하였으니, 이 역시 후세에서 내린 사사로운 견해입니다. 후대의 학자들은 탕임금이나 무왕의 한두 가지 실책에 대해서 속으로는 분노하면서도 감히 말을 끄집어 내지는 못하며, 그들을 보필한 이윤伊尹이나 여상呂尙(태공망)에 대해서도 으레 두둔합니다. 세월은 천고에 도도히 흘러서, 명나라 동림당東林黨[108]이 내린 완강한 논의를 격파하지 못하고 있습니다.

예컨대 주공은 자기 조카인 성왕을 보필하기 위해 성왕에게 잘못이 있을 때는 자신의 아들 백금伯禽을 때렸는데,[109] 백금이야 말로 무슨 죄가 있습니까? 이것은 아마도 주공의 논의가 틀린 것이 아닌가 생각됩니다. 의례적인 일이나 한 가지 공으로 사람의 생각이나 행동을 나누어 평가하는 것, 이는 후대 유학자들의 패거리 문화에서 나온 악습입니다. 두보는, '제갈공명의 위대함은 이윤, 여상(강태공)과 비교하여도 서로 백중지세일 것이다'[110]라고 시를 썼는데, 이는 정말 잘된 평가이옵니다.

대개 역사 이래로 모든 군신에 대한 판단이 있습니다. 임금은 평범한 한 남녀라도 자기 살 곳을 찾지 못한다면 마치 자신이 그들을 구렁텅이에 밀어 넣은 것처럼 해야 된다[111]고 하였으니, 임금이 된 사람은 모두 이런 마음을 가지고 있어서, 이런 마음을 미루어 상대방에게까지 미치게 하고, 그리하여 억울한 사람을 하나라도 죽이고 불의한 일을 하나라도 저질러서 천하를 얻는다면 왕노릇을 하지 말아야 합니다. 그러나 이런 마음을 가진 임금이 결코 없었으니, 이는 후대의 임금들에 대한 결론입니다.

비록 폭군과 어리석은 임금일지라도 더러는 신하의 충언을 받아들이고 신하들에게 직간을 장려한 일이 있었거니와, 비록 한 시대를 어질게 보필한 신하라 하더라도 자기를 공격하는 남의 말을 달게 받아들여 스스로 언로를 열어 놓은 자가 있었다는 이야기는 듣지 못했습니다. 임금 중에는 옹치雍齒[112] 같은 원수라 하더라도 임금을 믿고 두려워하지 않게 만든 임금이 있었으나, 신하

108 동림당은 명나라 때 강소성 무석無錫 지방의 동림서원東林書院에서 유자들이 맺은 모임의 이름으로, 시의時議를 좌우지했다. 동림당에서 유비의 실책을 논의하여 유비에게 마치 큰 흠결이 있는 것처럼 하였는데, 이러한 논의가 시의를 결정하여 후대에 유비를 평가하는 기준이 되었다.

109 주공이 성왕을 보필하기 위해 자신의 아들 백금을 때려서 경계시켰다는 이야기는 『예기』「문왕세자」편에 나온다.

110 두보는 「영회고적詠懷古跡」이란 시에서 제갈공명의 사적을 읊조리며, "伯仲之間見伊呂"라고 하였다.

111 『맹자』「만장」 상편에 나오는 내용이다.

112 옹치는 한 고조가 가장 미워하는 신하였는데, 한 고조는 천하를 통일하고 나서 그를 제일 먼저 벼슬에 봉해 줌으로써 모든 장수들의 마음을 안정시켰다고 한다.

중에는 비록 송나라 한기韓琦나 부필富弼 같은 훌륭한 신하라 하더라도 죽을 때까지 임금에 대한 유감을 끝내 풀지 못한 신하들이 있었습니다. 이것이 천고의 신하들에 대한 결론입니다."

내가 곡정과 함께 닷새를 지냈는데, 매양 필담을 할 즈음에는 자주자주 한숨 쉬는 소리를 냈다. 그 소리가 '후우' 하고 나는데, 옛 문헌에 소위 한숨을 쉬며 크게 탄식한다는 위연태식喟然太息이란 말이 바로 이런 것인가 보다. 내가,

"선생께서는 평소에 어찌 그리 탄식을 자주 하시는 겁니까?"
하니 곡정은,

"이게 저의 뱃속이 꽉 막힌 증상이지요. '후' 하고 숨을 쉬는 것이 드디어 길게 탄식하는 한숨이 되었답니다. 평생 책을 읽었지만 세상에는 뜻대로 되지 않는 것이 십중팔구이니, 어찌 이런 속이 막히는 증상이 생기지 않겠습니까?"
하기에 내가,

"책을 읽을 때마다 매양 세 번씩 탄식을 한다면, 선생께서 탄식한 숫자는 응당 가의賈誼보다 6만 번은 더 탄식을 했겠습니다 그려."[113]
하니 곡정은 웃으며,

"천하의 일이란 매양 강물 하나를 사이에 두고 단지 건너가느냐 못 건너가느냐 하는 투쟁일 뿐입니다. 제가 독서를 할 때 공자가 황하에 이르러 '내가 황하를 건너가지 않는 것은 운명이다'라고 말했다는 『사기』의 대목에 이르러 일찍이 세 번 탄식하지 않은 적이 없었고, 항우가 실패하여 오강烏江을 건너지 못한 부분에 이르러 세 번 탄식하지 않은 적이 없었으며, 송나라 종택宗澤[114]이

113 한나라 가의는 상소문을 올려 천하에 탄식할 만한 일이 여섯 가지 있다고 했다.

114 종택(1060~1128)은 송나라 때의 충신으로, 자는 여림汝霖이다. 그가 동경유수로 있을 때 황제에게 황하를 건너가라고 20여 차례나 상소했으나 묵살을 당했다. 이에 분개해서 병을 얻어 죽을 때에 "황하를 건너라"고 세 번 외치고 죽었다고 한다.

임종 때 황하를 건너라고 세 번 외치고 죽었다는 대목
에 이르러 일찍이 세 번 탄식하지 않은 적이 없었으니,
그것만 해도 아홉 번 탄식한 셈이니 이미 가의의 여섯
번 탄식보다 많은 숫자입니다."
하여 서로 대판 웃었다.

통주의 이탁오 무덤

　내가,

　"머리를 깎아 변발하는 두액頭厄의 고통을 당했을
때도 이미 탄식을 하였을 터이니, 뜻있는 선비라면 만
번 한숨을 쉬었겠습니다."
하자 곡정의 얼굴색이 변했다. 조금 뒤에 곡정은 다시
본래의 기색으로 돌아와서 두액 부분을 찢어서 화로 속에 던지
며,

　"공자는 '노나라 사람들이 사냥의 포획물을 비교하니, 나 역
시 이를 따를 수밖에'라고 하였으니, 이것은 어찌 시대 상황에 따
라서 옳게 처신한 성인이 아니겠습니까? 이탁오李卓吾[115]는 갑자
기 자기 머리를 자진하여 밀어 버렸다고 하니, 이것은 흉악한 성
품입니다."
하기에 나는,

　"들자하니, 절강浙江 지방에는 머리를 깎는 점포가 있는데,
점포의 간판을 훌륭한 세상의 즐거운 일이라는 뜻
으로 '성세낙사'盛世樂事라고 붙였다지요?"
하니 곡정은,

　"들어 보지 못했습니다. 이는 석성금石成金[116]
의 「쾌설」快說처럼 반어법으로 쓴 의미이겠지요."
(전날 곡정과 함께 머리, 입, 발에 대한 3대 재액災

115 이탁오(1527~1602)는
명나라의 저명한 사상가 이
지李贄로, 탁오는 그의 자이
다. 가려운 병을 얻어 머리를
깎았는데, 그로 인해 파직을
당했다.
116 석성금은 청나라 때의
학자로 자는 천기天基, 호는
성재惺齋이다. 40여 종의 저
술이 있었다 하고, 『전가보』
傳家寶라는 저서가 남아 있
다.

이발관 모습

厄을 이야기한 바 있었다. ─ 원주)

내가,

"명나라의 건국을 어떻게 생각하십니까?"

하니 곡정은,

"『예기』에 멸망한 전 왕조를 가리켜서 다음 왕조가 그 왕조에게 승리했다는 의미에서 승국勝國이라고 한 것이 이것이니, 명나라에 대해서 굳이 따질 필요는 없습니다.

117 『맹자』 「공손추」 상편에 나온다.

은나라에는 어질고 성스러운 임금이 예닐곱이나 있었기 때문에 쉽게 멸망시킬 수 없었다는 맹자의 말[117]이 있지만 송나라 왕조라는 것은 볼만한 것이 없었습니다. 송나라가 무력이 강하지 못했던 까닭은 범중엄范仲淹이나 한기韓琦 같은 재상에게 책임이 있습니다. 나라를 세운 규모가 마치 여러 대를 이어 온 전통적인 집안처럼 그 자제들은 위엄이 있고 느릿느릿 연회와 제사나 받들며, 말을 빠르게 하거나 다급한 기색을 짓지 않았으며, 종복들도 뜰에서 조심스럽게 행동하여 급히 걷거나 크게 침을 뱉는 모습을 볼 수 없는 것과 같았습니다. 다만 그것이 너무 지나쳐서, 제사의 절하는 절차를 질질 끌다가 절을 채 마치기도 전에 차려 놓은 음식이 이미 썩어 문드러지고, 사당에 분향을 하고 있는 마당에 이제 제관을 부르는 격이 되었답니다."

하기에 내가,

"따로 예악을 만들 수 있었습니까?"

하니 곡정은,

"진실로 끝이 없으니, 여러 방면으로 옛것을 본뜨고 답습했습니다. 한나라 시절에는 섬라暹羅(태국) 소주 같은 독한 술을 마셔서 고꾸라질 정도로 대취하여 우는 놈, 노래하는 놈, 춤을 추는 놈, 옆사람에게 욕을 하는 놈 등등 모두 천진한 자기 본모습을 보였지만, 송나라 시절에는 먹다 남은 찌꺼기를 마시면서도 서로 쳐다보며 술이 진하다고 칭찬하며 담백하게 몸가짐을 똑바로 해서 종일을 마셔도 몸이 흐트러지지 않아 본래의 천진스런 모습은 모두 잃게 되었습니다.

종실 대신들 중에는 한나라 때 예학에 밝았던 하간헌왕河間獻王[118] 같은 사람을 한 사람도 볼 수 없었으니, 명나라 때 음악에 밝았던 정세자鄭世子였던 주재육朱載堉 같은 인물이 어느 누가 있었겠습니까?"

하기에 내가 물었다.

"정세자는 어느 시대 인물입니까?"

"전 왕조 명나라의 종실이며 정 공왕鄭恭王에 봉해진 주후완朱厚烷의 세자로서 이름은 주재육이며, 『율려정의』律呂精義를 저술했습니다.[119] 명나라는 음악으로 치자면 금속악기로 연주를 시작해서 옥으로 된 악기로 연주를 마치는 교향악의 시종일관된 모습과 같다는 금성옥진金聲玉振의 격이었다고 평가할 수 있습니다."

"무슨 말입니까?"

"처음과 끝, 본과 말이 한결같이 빛나고 밝아서, 하나도 구차한 것이 없었다는 뜻입니다."

"과연 그와 같을 수 있었겠습니까?"

"태조는 운운…… (곡정이 붓으

118 하간헌왕은 한나라 경제景帝의 아들인 유덕劉德이다. 저명한 학자로 실사구시학實事求是學을 제창했다.

119 주재육에 대한 설명은 「망양록」편의 주석에 상세하게 나온다. 본서 331쪽 참조.

곡부 공묘에 있는 금성옥진 글씨

120 명나라 2대 황제인 혜제
는 영락永樂 황제가 된 삼촌
주체朱棣가 황제가 되기 위
해 반란을 일으켰을 때 행방
불명이 되었다고 한다.
121 청나라 강희 황제의 이
름인 현엽玄燁의 현자를 기
휘忌諱하여 현종을 원종으
로 바꾸어 썼다.
122 안록산의 난이 일어나
자 당현종의 아들 숙종은 아
버지 모르게 즉위한 뒤, 아버
지를 퇴위시켜 감금하고는,
그가 두통이 난다고 하자 머
리에 구리줄을 감아서 결국
제 명에 죽지 못하게 하였다.
123 환관 이보국이 조정의
정치를 전횡하자 황후 장씨
가 태자에게 그를 처치하라
고 했는데, 이것이 사전에 발
각되어 이보국은 황후를 몽
둥이로 쳐 죽였다.
124 영종은 북방과 전쟁 중
에 왕위를 아우 대종代宗에
게 빼앗겼다가 8년 만에 다
시 찾아서 황제에 올랐다.
125 진晉 민제愍帝 사마업
司馬業은 흉노 출신인 전조
前趙의 유요劉曜에게 항복
하여 청의靑衣를 입고 술잔
을 올리며 일산을 받쳐 주었
다.

로 점을 툭툭 찍으면서 나를 향해 어찌고저쩌고 이야기를 하면서
도 기꺼이 글씨를 쓰려고 하지 않는다. 아마도 태조가 오랑캐 원
나라를 쓸어서 쫓아 버린 것을 광명정대하다고 말하려는 것 같
다.─원주) 건문建文(명나라 혜제惠帝의 연호, 1399~1402)[120]이 대궐
안에서 제 명대로 살다가 죽은 것은 참으로 기이한 일인데, 당나
라 원종元宗(당 현종)[121]은 아들 숙종肅宗에 의해 두개골에 철사줄
을 감기는 욕을 면하지 못했습니다."[122]

"무슨 말씀이신지?"

"세상에 전해지길 당나라 역적 환관 이보국李補國은 숙종의
황후 장량제張良娣를 몽둥이로 박살을 내어 쳐 죽였으며,[123] 숙종
에게는 올빼미 머릿골로 담은 약주를 항시 올려서 벙어리가 되
도록 만들었습니다. 천순天順(명나라 영종英宗의 연호, 1457~1464)
이 황제 자리에 다시 오른 것은 대단히 기적적인 일로 천고에 둘
도 없는 사건입니다.[124] 천자라 하더라도 적에게 잡혀가면 적국의
왕에게 술잔을 돌리고 일산日傘을 잡는 모욕을 어느 누가 면할 수
있겠습니까?[125]

숭정崇禎(명 의종毅宗의 연호, 1628~1644) 17년 동안에 재상을
50번이나 갈아치워서, 사람을 등용하는 일이 그처럼 뒤죽박죽 되
었으니, 그가 했던 일이 엉망진창이었음을 가히 알 만합니다.

군자는 공을 세우거나 충성을 위해 일하다가 차라리 옥처럼
깨끗하게 부서져 죽을지언정, 어찌 하는 일도 없이 목숨이나 보
전하여 온전한 기왓장처럼 몸을 보전하리오? 이것이 정도를 따
르는 길입니다. 숭정의 흥망성쇠는 가히 천고에 둘도 없는 사적
이라 평가할 만합니다."

내가 가느다란 글씨로 '사해에 남은 명나라 백성'(사해유려四

海遺黎)이라고 막 쓰자 곡정이 갑자기,

순치 황제(세조)

"본 청나라 조정이 나라를 얻은 정정당
당함은 천지에 유감이 없을 것입니다. 나라
를 처음 세우는 사람은 누구라도 혁명을 하
는 시점에서 상대방을 원수로 삼지 않을 수
없습니다. 그러나 청나라는 나라를 세우는
처음에 전 왕조를 위해 도리어 원수를 갚아
주는 큰 은혜를 베풀었으니, 이는 오직 우리
왕조만이 가능할 것입니다.

여덟 살 어린아이[126]가 중국 천하를 통일한 것은 백성이 생긴
이래로 아직 없었던 일입니다. 우리 세조世祖 장황제章皇帝(순치順
治 황제)[127]는 처음부터 천하를 차지하려는 마음을 가지지는 않았
습니다. 단지 천하를 위하여 대의를 밝히고 나라의 원수를 갚았
으며, 백성을 피바다와 해골더미의 산에서 건져 내려고 했기에,
하늘이 편을 들고 백성이 따랐습니다.

숭정 임금을 따라 순절한 범경문范景文[128] 등과 같은 대신 20명
을 제일 먼저 포상했거니와, 지난 을미년(1775)에도 황제께서 숭
정을 위해 죽은 신하들을 추가로 조사하여 충민忠愍, 민절愍節 등
과 같은 시호를 모두 1,600명에게 내렸습니다. 그 공명정대함과
강상綱常을 올바로 붙들어 잡은 일은 중국 역사가 생긴 이래로 아
직 들어 보지 못한 일입니다. 천하를 차지하고 있는 사람은 자신
의 가정 안에 부끄러운 일이 없는 뒤라야 능히 나라를 길이길이
유지할 수 있을 것입니다."

내가 을미년(1775) 11월 숭정을 따라 순국한 신하들의 충성을
장려하기 위해 황제가 내각에 내렸다는 조서를 구해 보려고 했더

니, 곡정은 밤에 베껴서 보여주겠노라 약속하였다.

내가,

"전에 선생께서 말씀하시기를, 백이·숙제보다 앞에 있던 인물로는 태백太伯(泰伯)과 중옹仲雍이 있었고, 백이·숙제의 뒤에는 관숙管叔과 채숙蔡叔이 있었다고 하셨는데, 그게 무슨 뜻입니까?"[129]

하니 곡정은 빙긋이 웃으며 답을 하지 않는다.

내가 말을 하라고 졸랐더니,

"자고로 의리라는 것은 보는 관점에 따라 평가가 달라집니다. 비유하자면 쳇물을 녹여서 거푸집에 붓는 것과 같습니다. 쳇물이 절로 무슨 모양을 이루는 것이 아니라 거푸집의 모양에 따라 그릇의 모양이 만들어집니다. 또 조개껍데기를 보는 것 같기도 합니다. 조개껍데기는 본래 빛깔이 정해져 있지만 보는 사람이 바로 보는가 옆으로 보는가 하는 각도에 따라 그 빛깔이 각각 다르게 보입니다. 물길을 동으로 트면 동쪽으로 흐르고 물길을 서로 트면 서쪽으로 흐르는 것 같아서 물은 애초에 동서의 구분이 없건만 물을 트는 사람이 어디로 트느냐에 따라 방향이 달라지는 것과 같습니다."

하기에 내가,

"그렇다고 물을 터서 산 위로 가게 한다면 그것을 어찌 물의 본성이라고 할 수 있겠습니까?[130] 물이 아래로 흐르는 것이 옳은 본성이듯, 의리라는 것 그 자체는 옳은 것 아니겠습니까?"

하니 곡정은,

"세상에는 거꾸로 되는 일이 많기 때문에 하는 말이랍니다.

공자는 태백이 천하를 세 번씩이나 양보했다고, 그 지극한 덕을 백성들이 무어라 칭송할 수조차 없다고 극찬을 했습니다.[131] 그러나 은나라 폭군인 주紂[132]는 태백이 살았던 시대에는 아직 그 어미의 뱃속에서 씨도 생기지 않았을 터이고, 태백의 조상인 고공단보古公亶父의 나라라는 것은 제후들의 나라에 비해도 가장 변방에 있던 아주 작은 나라에 불과했을 것입니다.

천하를 세 번이나 양보했다고 하는데 도대체 어느 왕조의 천하였는지 모르겠으며, 태백이 세 번 양보했다는 것은 과연 누구에게 양보했다는 말인지 모르겠습니다. 그런데도 주자는 『논어』의 그 구절을 주석하면서 '고공단보의 막내아들 계력季歷이 아들 창昌(문왕)을 낳았는데 그에게 성스러운 덕이 있어서 태왕太王(고공단보의 시호)이 은나라를 정벌하겠다는 뜻을 가지게 되었다'고 했으니, 이는 잘못된 것입니다. 이는 너무 일찍 서둔 계획이라고 말할 수 있습니다. 손자를 통해 자신의 집안을 번성시키겠다는 것은 있을 수 있지만, 이를 가지고 가망이 없는 일을 함부로 바랐다고 말한다면 합당하겠습니까?

주자는 또 그것이 지극히 공정한 마음에서 나왔다고 했는데, 그 설명이 틀려먹었습니다. 지극히 공정한 마음이란 과연 어떤 마음을 말하는지 모르겠습니다. 다만 주나라가 나라의 터전을 일군 데에는 반드시 어떤 사적이 있었을 터인데 후세에 전해지는 것이 없습니다. 공자가 뜬금없이 태백의 신상에 대해 그렇게 칭찬한 것을 보면, 주나라가 터전을 일으킨 자취에는 겉으로 드러나지 않은 무언가가 있었던 모양입니다. 뇌공雷公은 주자의 해석을 공박했으나, 도리어 간교한 백성이 고소장告訴狀을 바친 꼴이 되었습니다."

131 『논어』「태백」편 첫머리에 나온다.
132 주紂는 은나라 마지막 임금으로, 이름은 신후이다.

모기령의 문집 『서하집』

하기에 내가,

　"뇌공이 누구죠?"

하니 곡정이 대답했다.

　"모기령毛奇齡입니다. 국초에는 대가로 통했습니다."

하기에 내가 웃으며,

　"뺨에 털이 듬성듬성 난 사람 말인가요?"

하니 곡정이 대답했다.

　"그렇습니다. 또 고슴도치라고도 불리는데, 온몸에 남을 찌르는 가시가 돋았다는 말입니다."

　"저도 그의 문집인 『서하집』西河集을 일찍이 설핏 본 적이 있는데, 그가 경전의 뜻에 주자를 반박한 부분은 따지고 싶은 의견이 없지는 않았습니다."

　"아주 망령된 인물입니다. 그의 문장 역시 간교한 백성이 고소장을 얽어 놓은 것 같습니다. 모씨는 강소江蘇 지방 소산蕭山 사람입니다. 그 지방의 아전들이 법조문을 아주 간교하게 꾸며서 가지고 놀며 장난을 잘 치는 사람이 많습니다. 때문에 안목이 있는 사람들은 모기령을 지목해 '소산의 티를 벗지 못했다'라고 말을 한답니다."

　내가,

　"문왕은 바로 태왕의 막내아들의 아들입니다. 태왕이 어린 손자의 성스러운 덕을 보았을 때는 그 나이가 응당 100살이 못 되지 않았을 터이고, 태백과 중옹이 기岐와 옹雍 지방에서 남쪽 오랑캐 땅인 형만荊蠻까지 갔다고 하니 그 길이 만여 리가 못 되지 않았을 것입니다. 100살 되는 어버이를 버리고, 만 리 먼 길에 약초를 캐러 갔다고 하니, 이른바 7년 묵은 병에 3년 묵은 쑥을 구하러 갔다는 격[133]입니다.

그러나 공자는 태백의 지극한 덕을 칭송했고, 주자는 태왕의 지극히 공정함을 칭송했지만, 아무래도 서로 도리에 어긋나지 않은 백이와 태공太公과의 관계만 못한 것 같습니다. 태백의 처지에서 따져 본다면 태왕은 응당 지극한 공정함이 되지 못하며, 태왕의 처지에서 따져 본다면 태백은 응당 지극한 덕이 될 것 같지 않습니다. 공자 같은 성인이나 주자 같은 현인의 지극히 미묘하고 지극히 정미한 뜻을 얕은 학식으로 엿볼 수는 없지만, 저 역시 이 문제에 대해서 의아한 생각이 없을 수 없습니다.”

하니 곡정이,

“선생의 말씀이 옳습니다. 그러나 사람을 너무 궁지에 몰아세우는 것은 옳지 않습니다. 소자첨(소식)은 단지 겉모양만 보고는 「주공론」周公論이란 글에서 경솔히 무왕을 배척하여 성인이 아니라고까지 말했으니, 이는 소자첨의 독서가 덤벙대고 데면데면해서 그렇습니다.

『논어』에는 문왕의 지극한 덕을 칭송하여 그가 천하의 3분의 2를 차지하고도 오히려 은나라에 복종하여 섬겼다고 했고, 주자는 그 집주集註에서 ‘형荊, 양梁, 예豫, 옹雍, 서徐, 양楊 등 천하 9주九州의 여섯은 주나라 문왕에게 귀속되었고, 은나라 주紂임금에게 속한 것은 오직 청靑, 연兗, 기冀 등 세 주뿐이었다’라고 설명했는데,[134] 이는 잘못입니다.

제 생각에 천하를 셋으로 나누었다는 말은 마치 삼국시대에 촉한蜀漢, 오吳, 위魏 등 세 나라가 정립鼎立했던 것과는 같지 않습니다. 예컨대 작은 나라인 우虞와 예芮의 임금이 토지 분쟁 때문에

133 『맹자』에 나오는 말로, 미리 준비하지 않고 소용이 있을 때 갑자기 구하려고 함을 비유한 것이다.

134 『논어』 「태백」편에 있는 주자의 주석을 가리킨다.

문왕을 찾아가다가 주나라의 백성이 서로 밭의 경계를 양보하는 것을 보고 소송을 중단하고 돌아갔다[135]는 것처럼, 천하의 3분의 2되는 민심이 주나라로 기울었다는 뜻입니다. 왕망이나 조조 같은 자들은 정말 천하의 3분의 2되는 세력을 차지하자 복종하고 섬기는 예절을 폐했습니다만, 문왕은 천하 민심의 3분의 2를 얻고도 자기란 존재를 잊고서 주紂의 죄악을 보지 않았습니다. 오히려 자제들이 부형을 위해 대신 수고하는 것처럼 새벽부터 밤 늦게까지 신하의 도리를 스스로 다했습니다.

주자의 말처럼 문왕이 정말 9주의 여섯을 차지하여 그 세력이 족히 은나라를 대신할 만한데도 일부러 신하의 분수를 다하여 공손한 것처럼 행동했던 건 아닙니다. 만약 주자의 말과 같다면 조조처럼 처신을 한 주나라 문왕을 가리켜 어찌 지극한 덕이 있었다고 말하겠습니까? 셋으로 나누었다는 분分은 천하를 나누었다는 말이 아니라, 분수의 분이라는 뜻입니다.

문왕의 지극한 덕이란 바로 그가 바보처럼 행동하여 도대체 남과 시비를 따지지 않았음을 말한 것이니, 후세의 소위 '하늘이 임금의 자리를 주고 민심이 돌아온들 나와 무슨 관계랴'라는 말은 문왕을 두고 한 말입니다. 주자가 문왕을 무왕보다 높이 치는 까닭은 이 때문입니다. 천하의 사람들은 그의 몸을 마치 거북이 등에 털이 나고 토끼 머리에 뿔이 난 것처럼 이상하게 보고서 호들갑스럽게 천하에 큰일이라도 난 양 시끄럽게 떠들어 대지만, 그래봤자 뱁새가 큰 집을 지어 본들 나뭇가지 하나를 차지하고, 두더지가 황하의 물을 마셔 본들 자신의 배나 채우고 그치는 것처럼[136] 기껏 한두 마디 말하며 제풀에 만족하며 깔짝거리다가 그칠 뿐입니다.

상고시대에도 이런 종류의 학문이 없지는 않았을 터인데, 그렇다면 공자가 태백을 반드시 지나치게 인정한 것만은 아닐 겁니다. 태백은 머리를 하늘로 두고 발을 땅에 딛고 선 하나의 평범한 남자일 것이고, 태왕은 일개 굳세고 사나워 욕을 잘 참는 사람에 지나지 않을 것입니다."

하기에 내가,

"『사기』에는 오자서伍子胥[137]가 굳세고 사나우며 욕을 잘 참는다고 했고, 『장자』에는 은나라를 건국한 탕임금이 굳세고 사나우며 욕을 잘 참았다고 칭송을 했지요."

하니 곡정은,

"맞습니다. 어질면서도 능히 사람을 죽일 수 있고, 예절이 있으면서도 능히 무력을 쓸 수 있으며, 지혜로우면서도 능히 남에게 질문할 줄 알고, 용맹스러우면서도 능히 남에게 굴복할 수 있으며, 신의가 있으면서도 능히 변통할 수 있어야, 이것이 굳세고 사나워 욕을 참을 수 있는 성정이 될 것입니다. 이런 성정이 아니고는 난리를 평정하고, 혁명을 하여 질서 있는 세상을 만들 수 없습니다.

대체로 나라의 터전을 닦아서 건국하는 사람은 모진 풍상을 겪지 않으면 능히 천지를 맑고 고요하게 할 수 없습니다. 천지가 서로 바뀔 때 바람, 서리, 번개, 우레가 아니면 한 해를 이룰 수 없으니, 10월 어름[138]은 바로 천지가 바뀌는 시점이니 어찌 무서운 변화가 없겠습니까? 주공이 선대의 아름다운 덕을 늘어놓고 서술한 것은 한 편의 신도비神道碑[139]를 잘 지은 셈이니 그야말로,

영롱한 저 달빛을 함께 구경하였건만

누가 말하는가. 지난밤 창가에 비가 들이쳤다고.

137 전국시대 오吳나라의 명장 오원伍員으로, 자서子胥는 그의 자이다.

138 10월 어름, 곧 '시월지교'十月之交란 『시경』의 편명이다. 시월에 양인 태양과 음인 달이 서로 만난다는 뜻인데 주나라 여왕厲王의 폭정을 풍자한 시이다. 곧 주나라의 세상이 끝나고 새로운 세상이 옴을 뜻한다.

139 신도비는 무덤으로 가는 동남쪽 길목에 세우는 비석으로, 죽은 사람의 공적을 칭송하는 글을 주로 담는다.

玲瓏共玩仲秋月 誰道前宵雨打窓

라는 격이니 후세에 와서 태왕이 천하에 대해 무심했다고 한 말을 정말 인정한 겁니다. 송나라 태조 조광윤趙匡胤을 두고,

점검이라는 미관 말직으로 술에 뻗어서 아무것도 몰랐다.[140]

點檢醉睡渾不知

라고 하는 것을 믿는다면, 이는 소를 잡는 백정이 칼을 갈면서 소의 명복을 빌며 염불했다는 것과 무엇이 다르겠습니까?

송 태조 조광윤은 천자가 된 뒤에 서북 변방을 평정하지 못한 것이 마음에 걸려 마치 침상 밖에서 들리는 남의 코 고는 소리를 용납할 수 없는 것처럼 신경이 쓰이는 상황이라고 말하였는데, 이로써 본다면 그가 정말 군대 막사에서 술에 취해 아주 곤죽처럼 되어 있었겠습니까?

태백의 지극한 덕은 천하를 양보한 데에 있지 않습니다. 천하를 양보했다는 말은 공자가 장래에 일어날 일을 거꾸로 서술한 것이니, 지극한 덕이란 바로 '백성이 뭐라고 꼬집어서 일컬을 수 없다'라고 한 데 있습니다. 태백은 바보가 아니면 귀머거리일 것입니다. 도대체 은나라에 얼마만큼 나쁜 천자가 있는지도 알지 못했고, 자기 집안에 얼마만큼 성스러운 덕을 가진 아이가 태어났는지도 살피지 못했으니, 그 스스로 큰 바보이거나 지혜롭지 못한 사람임을 면하지 못할 것입니다. 곧 우리 태백이 천하를 잊었다고 말한 것이 아니라, 천하 사람들이 모두 우리 태백을 잊었다는 말입니다. 이것이 백성이 태백을 뭐라고 특정해서 일컬을 수 없다는 까닭이며, 주자가 태백을 문왕보다 높다고 여긴 것도 이 때문입니다.

송 태조 조광윤

『춘추좌전』에는 '태백이 은나라를 정벌하자는 아버지 태왕의 말을 따르지 않았기 때문에 왕위를 계승하지 못했다'[141]고 했으나, 이는 망발입니다. 태왕이 양위를 계속해서 말하며 태백에게 왕위를 주려고 꾀하는데, 태백이 안 된다고 꼬장꼬장하게 간했겠습니까? 만약 천하의 사람들이 태백을 지극한 덕이라고 일컫는다면 도리어 아버지 태왕의 일을 망치게 됩니다. 이것이 제가 태백을 일컬어 머리를 하늘로 두고 땅에 발을 딛고 선 평범한 사람이라고 말하는 까닭입니다. 전에 이른바 백이·숙제보다도 앞 시대에 태백·중옹이 있었다고 말한 것은 단지 주자의 『논어집주』를 따라서 한번 말해 본 것이며, 지금의 이야기와는 그 뜻이 다릅니다."

하기에 내가,

"백이·숙제 뒤에 관숙과 채숙이 있다고 하셨는데, 그렇다면 선생께서는 관숙과 채숙의 덕을 태백과 비교하려고 하셨습니까?"

하니 곡정은,

"제 말의 본래 취지는 이와는 다릅니다. 단지 한漢나라의 건국이 광명정대함을 밝히려는 것이지, 관숙과 채숙에게 지극한 덕이 있다는 말이 아닙니다. 관숙과 채숙을 일컬어 은나라 왕실의 충신이고 문왕의 효성스러운 자식이라고 말하는 사람도 있는데, 이는 비록 알량한 학문을 가지고 세상에 아부하는 것에 분개하고, 비루한 선비들이 구차하게 부화뇌동하는 것에 복받쳐서 하는 말입니다만, 그렇게 논리를 세운다면 어찌 도리에 어긋나지 않겠습니까? 제가 단지 분개하는 건 한갓 고금의 성공과 실패의 결과만 보고서 의리를 왜곡하거나 의리 위에 의리를 포개고 씌워, 이른바 추켜세울 때는 하늘 끝까지 추켜세우고, 깔아뭉갤 때는 황

141 노魯 희공僖公 5년 겨울(冬)의 『춘추좌전』에 나오는 말이다.

천 밑바닥까지 처넣는 행위입니다. 우리 유학에도 이랬다저랬다 말을 바꾸는 합종연횡의 악습이 없지는 않으니, 너무 심하게 헐뜯거나 칭찬하는 사람의 평가 역시 일종의 합종연횡입니다.

한나라 건평建平(애제哀帝의 연호, BC 6~BC 3)과 원시元始(평제平帝, 1~5) 연간에, 왕망이 황제가 하사한 신야新野의 밭을 받지 않자, 관리들과 백성들이 대궐 앞마당을 떠나지 않고 왕망을 칭송하는 상소를 올리는 자들이 앞뒤로 487,572명이었고, 제후, 왕공, 열후, 종실에서 황제에게 머리를 조아리며 안한공安漢公(왕망의 봉호)에게 최고의 예우인 구석九錫[142]의 예물을 내리라고 간청했습니다. 그 당일의 일만을 가지고 따져 본다면, 왕망이 모반할 것이라며 처단하려 했던 적의翟義[143]와 진풍陳豐[144] 같은 장수야말로 주공이 모반한다고 유언비어를 퍼뜨렸던 관숙이나 채숙과 같은 인물이 아니겠습니까? 만약 관숙과 채숙의 계략이 성공해서 왕조의 법령을 적용해 주공을 처벌하는 문안을 만들었더라면, 비록 모든 중생을 구원한다는 천수관음보살이 있었더라도 주공[145]을 구제하기 어려웠을 겁니다."

하기에 내가,

"왕안석王安石의 시에,

만약 주공이나 왕망이 그 당시에 정말 죽었더라면

그들 일생의 참과 거짓을 그 누가 있어 알아주랴?[146]

假使當年身便死 一生眞僞有誰知

라고 읊었던 것처럼, 그들을 죽지 않게 하여 성인인지 간신인지를 즉시 판결 나도록 하였으니 어찌 하늘의 뜻이 아니었겠습니까?"

하니 곡정이,

142 구석은 황제가 공신에게 내리는 아홉 가지 예물로, 최고의 예우를 뜻한다.
143 적의는 한나라의 장수로 왕망을 무찌르고 유신劉信을 천자로 세웠다.
144 진풍은 한나라의 장수로, 왕망이 모반한 사실을 알고 거병했으나 실패했다.

145 원문은 필사본에 따라 姬某, 姬朝라고 되어 있다. 주공의 이름이 희단姬旦인데, 이성계의 초명에 旦이 들어가므로 이를 휘하여 某 또는 뜻이 같은 朝라고 하였다.

146 백거이白居易의 「방언」放言이라는 시에 나오는 구절이다.

"그 시는 형공荊公 왕안석이 지은 것이 아니라 백낙천白樂天의 시입니다. 주나라 왕실은 본래 변란이 많았던 집안이고, 주공은 비방을 많이 당했던 성인입니다.『장자』의 '도량형의 도구들을 없애 버리면 도적이 없어질 것이다'라는 말이 비록 기이한 궤변이긴 하지만, 백대의 폐단의 근원을 통찰한 말입니다. 공자가『춘추』를 저술하고 나서 '후대에 나를 허물할 것도『춘추』일 것이며, 나를 칭찬할 것도『춘추』일 것'이라며 스스로 말씀하셨으니, 주공도 자신이 만든 예악 제도가 장차 화근이 되리라 마음 아파했을 겁니다.

근세에 먹을 만드는 사람들은 모두들 첨성규詹成圭[147]의 제품을 본뜨고, 침을 만드는 사람들은 이공도李公道의 이름을 빌리듯, 유명한 이름을 빌리게 마련입니다. 당나라 태종은 춘추시대의 제환공齊桓公의 모습을 흉내 내려고 하였는데, 그래서 제환공을 보필했던 관중管仲 같은 신하를 급히 구해야 했습니다. 위징魏徵이란 인물은 천하의 간교한 자입니다. 그는 당태종이 관중과 같은 인물을 구한다는 소리를 듣자마자 나와서는 '네에' 하고 큰 소리로 대답을 하고는 엄정한 태도를 지으며 천하 사람들 가운데 서서 '관중이 여기 있습니다' 하였지요. 누가 묻기를,

'네가 관중이라면 어째서 처음에 모셨던 공자 규糾가 죽을 때 함께 죽지 않았느냐?'[148]

라고 하면, 위징은 떳떳하다는 듯 하늘의 해를 바라보며 대답하였습니다.

'성인께서 저에게 죽지 말라고 하셨습니다.'
'어떤 성인이 너에게 죽지 말라고 하였더냐?'
'노나라의 공자입니다. 그는 견문도 많고 박식하며, 지극히

147 첨성규는 청나라 건륭 때 안휘성에서 먹을 잘 만들었던 인물이다. 첨자운詹子雲 등 첨씨 성을 가진 사람이 당시에 먹을 잘 만들었다고 한다.

148 관중(관이오)과 소홀은 제나라 왕자 규糾를 섬겼고, 포숙아는 그 동생 소백小白을 각각 섬겼다. 형제의 싸움에서 규가 지고 소백이 승리하였다. 소홀은 그가 섬겼던 규가 죽자 스스로 목숨을 끊었으나 관중은 죽지 않았고, 친구 포숙의 추천으로 도리어 소백을 섬기게 되었다. 관중은 소백을 섬겨 제나라가 패제후하도록 하였는데, 제환공이 바로 소백이었다.

공정하고 매우 진실한 성인으로, 만세의 사표이십니다. 한 말씀을 땅에 뱉으면 금석 같은 교훈이 되어 귀신에게 질문해도 틀림이 없을 것이고, 천지에 세워도 어긋남이 없을 것이며, 이후 어떤 성인이 나더라도 공자의 말에 토를 달지 않을 것입니다.'

'공자께서 언제 죽지 말라고 허락을 했더냐?'

위징은 의기양양하여 목소리를 깔고 느릿느릿,

'평범한 남녀가 약속을 지키려고 시냇가에서 목을 매어 죽어도 아무도 알아주는 사람이 없는 것처럼 행동을 해서야 어찌 옳겠는가?[149] 하셨으니 이것이 어찌 공자께서 저를 허락하신 것이 아니리까?'

라고 말할 것입니다.

이는 위징이 제 스스로 곤란함을 벗어나려는 수단일 뿐만 아니라, 태종에게 빌붙어서 평생 동안 아첨할 수 있었던 방법이었습니다. 죽은 사람에 대한 신의를 개떡같이 저버린 이런 사실을, 만약 동네 통장으로 하여금 사방의 이웃에 통문이라도 돌리게 했다면, 하후령녀夏侯令女[150]가 남편과 시댁에 대한 신의를 저버리지 않기 위해 자신의 귀를 자르는 일은 아마도 없었을 것입니다."

한다. 내가,

"어째서 위징에게 다시 물어보지 않습니까? '제환공인 소백小白은 아우이고, 공자 규糾는 형이 아니었던가?[151] 게다가 관중은 공자 규의 올바른 신하도 되지 못했던 것이 아닌가?'라고."

하니 곡정은,

"그렇습니다. 위징과 진왕秦王에 봉해졌던 당태종 이세민李世民은 모두 당나라 태자 건성建成의 신하였습니다. 위징은 본래 도사道師 출신으로, 곧 민간 도교인 오두미도五斗米道[152] 출신입니

---

149 『논어』「헌문憲問편에 공자가 관중을 칭찬하면서 한 말이다.

150 하후령녀는 삼국시대 위魏나라 여성으로, 개가를 하지 않겠다고 머리카락과 두 귀를 잘랐다. 남편도 죽고 시집도 망했는데 어찌 자신의 몸을 괴롭게 하느냐는 물음에, 집안의 흥망에 따라 절의를 바꾸고 생사의 유무에 따라 마음을 바꾸는 일은 짐승이나 하는 짓이라고 말했다 한다.

151 원문에 소백을 형이라 하고 공자 규를 아우라고 한 것은 잘못이다. 규가 형이고 소백이 아우이므로 바로잡았다.

152 오두미도는 중국 민간의 도교로, 들어갈 때에 쌀 닷 말을 바친다. 다섯 방향의 별들을 섬기고 오두경을 신봉하기 때문에 오두미도라고 한다.

다. 위징이 당 태종에게 올렸다는 「십점소」十漸疏[153]는 은근하고 간절하게 임금을 깨우치며 엄격하게 임금을 권면하는 내용 같지만, 사실은 시장 바닥 경매인들의 수수께끼 같은 말입니다. 역사상 제환공이 중부仲父라고 부른 관중을 죽인 일이 없었으니, 위징은 '정관貞觀(당태종의 연호) 천자께서 모름지기 자신 같은 촌늙은이를 죽일 리가 없다'라고 생각했겠지요.

군신간이라는 것이 마치 시장의 거간꾼처럼 아래위가 서로 이득이나 챙기려고 하였으니, 이것이 고금에 성공과 실패의 커다란 결론입니다. 성패成敗라는 두 글자는 유학자의 입에 올려 표현해서는 안 될 말이고, 제후의 문에는 인의가 붙어 있어야 합니다. 당태종이 지었다는 『제범』帝範이라는 책은 정말 성군 요순을 본떠 포장한 것일 뿐입니다.

우리 유학자들이 말하는 천명天命이라는 것은 뛰어 보았자 기수氣數, 즉 운명이라는 두 글자를 벗어나지 못하니, 기수라는 것은 도리어 성패의 자취만 가지고서 말하는 것입니다. 그러니 당시에 천명이 편을 들었다, 민심이 돌아갔다는 말은 도리어 상투적이고 바보 같은 말입니다.

옛날부터 역리逆理로 빼앗아 순리順理로 지킨다는 사람을 어찌해서 천명이 독실하게 돌보아 주지 않겠으며, 위대한 후직后稷의 땅의 도를 합당하게 한 농사 방법으로 수확한 곡식이라면 어느 귀신인들 제물로 받아먹지 않겠으며 어느 백성인들 편안하게 여기지 않겠습니까? 한나라 백성은 날마다 왕위를 찬탈한 왕망의 공덕을 칭송하는 소리를 들을 것이며, 우虞나라의 조상신이 진晉나라에서 올린 음식이라고 토했다는 말은 아직 보지 못했습니다."[154]

153 「십점소」는 당나라 태종이 차츰 수신과 정치에 게을러지자, 위징이 10가지 조목을 들어서 그것을 경계한 상소문으로, 정확한 명칭은 「불극종십점소」不克終十漸疏이다.

154 『춘추좌전』 희공僖公 5년 기사에 진晉나라가 비록 우虞나라를 취하였지만 밝은 덕으로 향내 나는 음식을 올려 제사지내면 우나라 조상신이 이를 토하지 않을 것이라고 했다.

(곡정의 이 말은 뭔가를 은밀하게 지적해서 한 말이지, 범범하게 역대의 역사를 논한 것은 아니다. 그가 비록 청나라가 나라를 얻은 사실을 말끝마다 극구 칭송했지만, 필담하고 말하는 사이에 때때로 속마음을 드러냈다. 특히 역대 왕조들이 정도와 이치를 어기고 나라를 빼앗아 놓고 도리어 정도를 지킨다거나 성공과 실패의 자취 등의 말을 빌려서 자신의 비분강개한 기분을 드러내었다.—원주)

내가,

"모든 게 기수에 달렸다고만 말한다면 도대체 사람이 손을 쓸 일이 없을 겁니다. 공자께서 운명에 대해서는 쉽게 말하지 않았던 까닭은 세상의 교화를 세우기 위해서 부득불 그렇게 하지 않을 수 없었기 때문이겠지요. 그러나,

때가 오면 바람이 불어 등왕각[155]으로 보내 주었고
운세가 가면 천복비[156]가 번개에 맞아 부서지도다.

時來風送滕王閣 運去雷轟薦福碑

155 강서성 남창南昌에 있는 누각으로 이곳에서 큰 시회가 열렸는데, 천 리 밖에 있던 당대의 천재 시인 왕발王勃이 탄 배가 순풍을 받아서 그곳에 참석할 수 있었다고 한다.
156 천복사薦福寺의 비문은 탁본 값이 비쌌기 때문에, 송나라의 가난한 서생이 탁본을 하여 팔고자 종이 천 장을 준비했는데 그만 간밤에 번개가 쳐서 비석이 깨졌다는 고사이다.
157 『명심보감』「순명」順命편에 나오는 구절이다. 『명심보감』에서는 '운거'運去가 '운퇴'運退로 되어 있다.

등왕각

라는 격으로,[157] 천지 사이의 일이란 도대체 때가 맞거나 아니면 운세가 가 버리는 것에 달린 듯합니다."
하니 곡정은,

"그렇습니다. 이른바 임금이 천지의 도를 적절히 조절하고, 천지의 바름을 도와서 백성을 통치하게 한다는 '재성보상'財成輔相

이란 말과, 하늘의 소임을 사람이 대신한다는 '천공인대'天工人代
라는 말은 세상의 교화라는 면에서 본다면 이치에 순종한다는 말
이겠지만, 하늘의 뜻에서 본다면 도리어 흠이 되고 거역한다고
말할 수 있을 겁니다."

하기에 내가,

　"사람들은 항상 말하기를, '하늘은 거짓을 용납하지 않으신
다'라고 합니다. 그러나 일이 바야흐로 되려고 하면 딱히 그렇지
도 않아서, 왕패王霸라는 장수가 멀쩡한 강물을 두고 꽝꽝 얼었으
니 군사들이 건너갈 수 있다고 거짓말을 했는데도 하늘은 그 거
짓말이 진짜가 되도록 만들어 준 것처럼,[158] 꼭 지극한 정성으로
빌어야 소원을 들어 주는 것도 아닙니다. 그리고 일이 바야흐로
안 되려면 또한 그렇지도 않아서, 장세걸張世傑이 한 줄기 향을 피
우고 하늘에다 대고 나를 죽이려면 내가 타고 있는 배를 엎어 보
라고 큰소리를 지르자, 하늘이 정말 즉시 배를 전복시켰습니다.[159]

　세상에서 가장 정확하게 시간을 알리는 것은 닭일 터인데, 맹
상군孟嘗君이 범의 아가리에서 탈출하려고 할 때 한 사람이 밤중
에 닭 울음 흉내를 내자 모든 닭들이 울 시간이 아닌데도 따라서
울었습니다.[160] 천하에 가장 어김없이 신뢰할 수 있는 자연현상으
로 밀물과 썰물만 한 것도 없을 것입니다. 그러나 송나라 국가 체
제가 더 이상 나라를 버텨 나갈 형편이 되지 않자, 전당錢塘[161] 강
물의 조수가 사흘 동안 들어오지 않았습니다.

　나라가 흥하고 망하는 즈음에는 귀신의 조화마저도 거짓과
진실이 번갈아 섞이고, 성실과 기만이 함께 난무하게 됩니다. 하
늘이 나라를 주려는 사람을 꼭 좋아하여 주는 것은 아니겠으나,
몰래 붙들고 보호해 주어 마치 간절하고 은혜로운 뜻이 있는 것

158 후한 때의 장수 왕패는
광무제가 쫓겨 가면서 앞의
강물을 건너갈 수 있냐고 묻
자, 강물이 얼어서 건너갈 수
있다고 거짓말을 했는데, 과
연 강가에 이르니 강물이 얼
어 있었다고 한다.
159 장세걸이 몽고군에 쫓
겨 배를 타고 도망을 갈 때
모진 풍랑을 만나자, 자신은
송나라 조씨를 위해 갖은 고
생을 하여 두 왕을 세웠고 이
제 또 조씨의 왕통을 세우려
는데 하늘이 동의하지 않으
면 자신이 탄 배를 엎으라고
하자, 하늘이 과연 배를 전복
시켰다는 고사이다.
160 맹상군은 제齊 나라의
왕자인데, 진秦나라에게 쫓
겨 탈출하려고 함곡관에 이
르렀으나 관문을 열 시간이
되지 않아 추격병에게 사로
잡힐 위기의 순간에 처했다.
이때 맹상군의 식객 하나가
닭 울음을 흉내 내어 모든 닭
이 따라서 울어, 수문장이 새
벽이 된 것으로 오인하고 문
을 여는 바람에 탈출할 수 있
었다. 계명구도鷄鳴狗盜.
161 전당은 항주만杭州灣으
로 들어가는 절강浙江의 하
류이다.

162 다이곤(1612~1650)은
누르하치의 열네째아들로,
수많은 전공을 세웠다. 그는
청 태종 사후에 태종의 아홉
째 아들을 보좌하여 순치 황
제가 되게 하였고, 그 공으로
1644년에 섭정왕에 봉해졌
다. 순치 7년(1650) 사냥 도
중에 죽었고, 청 성종成宗에
추봉되었으나 1651년에는 섭
정왕이란 봉호가 회수되고
무덤도 파헤쳐졌다. 건륭 황
제 때 와서 다시 신원이 되고
예친왕으로 봉해졌다.
163 숭정은 명나라 마지막
왕인 의종毅宗의 연호(1628
~1644). 숭정 황제는 북경이
함락되자 북경의 경산景山
에서 목을 매어 자살했다.

처럼 합니다. 천하를 빼앗고자 할 때에도 하늘이 반드시 그를 시
샘해서 그런 것은 아니겠으나, 잔인하고 참혹하게 하기를 마치
철천지원수를 갚듯이 하니, 이는 무슨 까닭입니까?"

하니 곡정은 말했다.

"우리 청나라의 패륵貝勒(부락의 우두머리)인 박락博洛이란 장
수가 병사를 거느리고 절강 지방으로 갈 때 강 언덕에 군영을 쳤
는데, 이때에도 강물의 조수가 며칠 동안 밀려오지 않았답니다."

내가,

"중국에서 칭송하는 섭정왕攝政王이란 누구를 말합니까?"

하고 물으니 곡정은,

"그는 예친왕睿親王으로, 이름은 다이곤多爾袞입니다.[162] 우리
청나라의 주공과 같은 인물이지요. 청나라가 건국된 순치順治 원
년(1644)에 예친왕이란 왕호와 함께 황제 앞에서도 깃
발과 일산을 쓸 수 있는 특전을 하사받았답니다.

예친왕 다이곤

그가 성경盛京(심양)에서부터 대군을 통솔하여 막
영위寧遠 지방으로 진격하였는데, 비적 이자성李自成이
이미 북경을 점령하였습니다. 이에 평서백平西伯인 오
삼계吳三桂가 우리 예친왕의 군대를 맞이하여 산해관
으로 들어가게 해서 숭정崇禎[163]을 죽인 원수를 갚고 흉
적을 제거했습니다. 예친왕은 군대와 민간인에게, 폭도
들을 잡아 없애고 무고한 백성은 죽이지 말며 함께 태
평한 시대를 누릴 것이라는 뜻의 유시를 발표했는데,
인민이 크게 기뻐했습니다. 5월에 예친왕이 북경의 조
양문朝陽門으로 입성하는데, 그가 탄 수레 앞에는 명나

라 의장대를 세웠으며, 무영전武英殿에서 명나라 문무백관의 조
회와 경하를 받았습니다."

하기에 내가,

　"그때 천하를 예친왕이 모두 점령하여 차지한 셈인데 어찌해
서 스스로 천자가 되지 않았습니까?"

하니 곡정은,

　"그래서 우리 성스러운 청나라의 주공과 같은 인물이라고 하
는 것이지요. 또 그렇게 될 수 없었던 점이 있었으니, 당시의 여러
종친의 왕들은 개개인이 모두 영특하고 용맹스러웠으며, 사람마
다 영웅호걸이었으니 말입니다. 우리 세조(순치 황제)가 9월에 북
경에 들어왔을 때, 밖으로는 양자강 왼편인 절강 강소 지방이 아
직 평정되지 못했으나, 안으로는 친척과 현신들이 보좌하고 있었
습니다."

하기에 내가,

　"그 당시에 여러 종친의 왕들 중 섭정왕 같은 공덕을 이룬 사
람은 몇이나 있었던가요?"

하니 곡정은,

　"『열성실록』列聖實錄[164]이 아직 중국과 외국에 널리 보급되지
않았으니, 선생께서 모르는 것이 당연합니다. 명나라가 망한 후
에 신종의 손자인 복왕福王은 강녕江寧[165]에서 황제라고 칭하며
연호를 홍광弘光으로 바꾸었습니다. 순치 2년(1645) 5월에 예친왕
은 군대를 통솔하고 남하하여 승승장구하며 양자강을 건너 곧바
로 강녕으로 쳐들어갔는데, 복왕은 무호蕪湖 지방으로 달아나 숨
었다가, 6월에 총병總兵인 전웅田雄과 마득공馬得功에게 결박당
하고 항복을 했습니다."

164 『열성실록』은 청나라
역대 왕들의 사적을 기록한
실록이다.
165 강녕은 강소성 남경시
에 있는 지명이다.

예친왕 다탁

166 마사영(?~1646)은 명
나라 말기에 병부시랑 등 요
직을 지낸 인물이다. 명이 멸
망하자, 그 후손 복왕을 추대
하는 데 공을 세웠다. 자는
요초瑤草이고 산수화에 뛰
어났으나, 역사에서는 탐학
한 인물로 알려졌다.
167 사가법(1601~1645)은
명말의 충신으로, 자는 헌지
憲之 혹은 도린道鄰이고, 시
호는 충정忠靖이다. 청나라
에 포로로 잡혔으나 굴복하
지 않고 죽었다.

한다. 내가,

"예친왕豫親王은 이름이 무엇입니까?"

하니 곡정은,

"다탁多鐸이라고 하는데, 그의 영특함과 용맹은 예친
왕睿親王 다이곤보다 못하지 않았습니다. 영친왕英親王은
이름이 아제격阿濟格으로, 이자성을 토벌하여 전멸시켰
습니다. 숙친왕肅親王은 명나라 역적 장헌충張獻忠을 토
벌하여 격퇴시킬 때 직접 활을 쏘아 그를 죽임으로써 신
령과 사람의 분통을 통쾌하게 썻었습니다. 숙친왕의 이
름은 호격豪格으로, 모두들 하늘이 낸 인물이니 누가 능
히 감당하겠습니까?"

하기에 내가,

"홍광弘光(복왕福王의 연호)이 만약 마사영馬士英[166] 무리 같은
간신들을 배척하고, 사가법史可法[167] 같은 어진 인물들을 믿고 의
지했더라면, 양자강 남쪽의 땅을 어찌 대대로 지켜 나가지 못했
겠습니까?"

하니 곡정이 긴게 한숨을 쉬고는,

"하늘이 폐한 나라를 누가 능히 일으킨단 말입니까? 그들이
행했던 일을 따져 보면 주나라 말기의 유왕幽王·여왕厲王이나, 한
나라 말기의 환제桓帝·영제靈帝 시대에도 일찍이 보지 못했던 바
입니다.

예친왕睿親王 다이곤은 사가법에게 편지를 보내, 춘추대의를
인용하여 임금이 시해를 당했는데도 역적을 토벌하지 않고 부당
하게 임금을 세웠다고 질책했습니다. 또한 그를 달래기를, '역적
이자성이 어버이 같은 임금에게 해를 끼쳤는데도 중국의 신민은

화살 하나 쏘아 보지도 못했다. 우리 조정에서 묵은 혐의를 없애고, 이에 군대를 정비하여 흉악하고 더러운 것을 깨끗이 소탕하고, 천하를 위해 임금의 원수를 갚았으며, 가장 먼저 숭정 황제와 황후를 황제의 예법에 맞게 장례를 지내 주었노라. 나라의 도읍을 북경에 정한 것은 역적 이자성에게서 얻은 것이지, 명나라 조정으로부터 빼앗은 것이 아니니라. 마땅히 황제라는 존칭을 깎아 버리고 번국藩國이 되어서 길이 복된 땅에서 편히 지내려고 한다면 조정에서는 그를 전 황제의 자제로 예우할 것이니라'라고 하였습니다.

그러자 사가법은 답장에서, '나라가 망하고 임금이 죽었으나, 사직이 중요한지라 지금의 임금을 맞이하여 세웠으니 (곡정이 지

금의 임금이란 말에 명나라 복왕이라고 주석을 달았다. ― 원주)
천명이 편을 들고 민심이 돌아간 것이외다. 전하께서 북경에 들어
가 우리 숭정 황제와 황후를 위해 초상이 났다고 곡을 해서 알리
고 상복을 입게 해 주었다고 하니, 무릇 명나라의 신하와 자식된
자라면 누군들 감격하여 그에 보답하려고 생각지 않으리요? 그런
데 욕되게도 춘추대의를 인용하여 마치 일통一統 대의를 모르는
사람을 힐난하고 책망하듯 하니, 장차 인심을 어떻게 붙들어 묶어
두려고 하시는가? 왕망이 한나라 제위를 앗아갔으나 광무 황제가
중흥시켰고, 조조의 아들 조비曹丕가 산양山陽 황제[168]를 폐위시켰
으나 소열昭烈(유비)이 황제의 자리를 이었으며, 진晉나라 회제懷
帝와 민제愍帝가 북쪽으로 도망갔으나 원제元帝가 나라의 기틀을
이었고, 송나라 휘종과 흠종이 금나라에 포로가 되는 수치를 당
했으나 강왕康王(남송의 고종)이 적통을 이었으니, 이들은 모두 국
가의 원수를 갚기 전에 왕위를 재빨리 바로잡은 것이외다. 그래서
주자도 『통감강목』通鑑綱目에 크게 써서 이것이 잘못되었다고 배
척하지 않았소이다.[169] 운운……'이라고 하였습니다.

지금의 긴룽 청제가 친히 지은 글 한 편에도 그 시비를 분명
하게 정하였으며, 또 황제가 직접 비평하여 저술한 『통감집람』通
鑑輯覽은 극히 공명정대한 책입니다. '복왕이 웬만큼 뜻을 분발하
여 큰일을 해보려고 한다면, 남송의 고종이 양자강 남쪽으로 옮
겨 가 한쪽 구석에서나마 편안하게 지낸 것처럼 해 주려고 윤허
를 하지 않은 적이 없었는데, 복왕은 마사영, 완대성阮大鋮(1587~
1646) 같은 간사한 도당을 등용하여 옳고 그른 것을 뒤집어 놓았
으니, 비록 사가법 같은 충신이 힘써 외로운 충성을 다한다 해도
쓰러져 가는 큰 집을 나무 한 그루로는 버티기 어려운 것처럼 어

168 산양 황제는 후한의 마
지막 황제인 헌제獻帝가 폐
위된 후에 받은 봉호이다.

169 여기 인용한 사가법의
답장은 그 내용이 축약된 것
이다. 전문은 「사가법복예진
왕서」史可法復睿親王書 참
조.

찌할 수가 없었을 것이니라.' 황제의 성스러운 유칙諭勅은 가히
천지처럼 위대한 것이겠습니다만, 자고로 나라의 흥망은 이처럼
운수가 있는 법이니 어찌하겠습니까? 어찌하겠어요?"

하기에 내가,

"사가법의 답서에 또 이르기를, '귀국은 일찍이 우리에게서
봉호를 받았소이다. (나 역시 원래의 편지에서 '귀국'이라고 한
말은 지금의 청나라임을 밝혔다. ─원주) 지금 난신과 역적을 몰
아내고 제거함은 가히 대의라고 말할 수 있겠으나, 그 틈을 타서
도리어 이 강토를 자기의 것으로 규정함으로써 덕이 있는 행동을
마치지 못했으니, 이는 이른바 의로운 명분으로 시작했다가 결국
은 이익을 챙기는 행동으로 끝냈다는 것입니다'라고 했으니, 그
편지는 가히 저 해와 달과 함께 광명정대함을 다툴 만합니다."

하니 곡정은 크게 놀라며,

"박공께서는 외국인인데, 어디에서 이를 읽었습니까?"

(예친왕과 사가법의 두 편지는 모두 이현석李玄錫[170]의 『명
사강목』明史綱目에 실려 있는데, 곡정은 내가 외국인이라서 응당
명·청 교체기의 사정을 상세히 알지 못하리라 생각했다. 그래서
나는 사가법의 답서를 상세히 갖추어서 쓰고, 하단에 '일찍이 우
리에게 봉호를 받았다' 등의 말에 주석을 달아서 밝혔다. 그 의도
는 섭정왕이 산해관에 들어온 일을 두고서 곡정은 마치 국가끼리
재난을 구제해 준 것으로 여기는 것 같기에 내가 상세하게 외워
서 쓴 것이었다. 그랬더니 곡정은 내가 그 편지를 상세하게 알고
있음에 깜짝 놀란 것이다. ─원주)

하기에 내가,

"사가법의 이 편지는 금서에 드는 글입니까?"

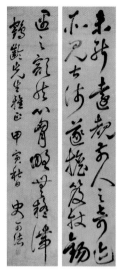

사가법의 글씨

170 이현석(1647~1703)의
본관은 전주이며 자는 하서
夏瑞, 호는 유재游齋이다. 저
서에 문집 『유재집』游齋集,
『역의규반』易義窺斑이 있고,
편저에 『명사강목』이 있다.

171 예친왕 다이곤 사후에, 그에게 숙청되었다가 복권된 패륵 제이합랑濟爾哈朗이 다이곤은 생전에 섭정왕으로서 전횡을 일삼아 황제만 입을 수 있는 곤룡포를 입었고 순치제 이복형의 첩을 취했다는 등의 상소를 올렸다. 격노한 순치제는 모든 관작을 삭탈하고 부관참시하여 그 머리를 각지에 효수하였다.
172 주공은, 자신이 모반한다고 모함하는 무리가 있자, 자신을 밤에 우는 부엉이에 의탁하여 조카 성왕에 대한 충성심을 맹세한 시를 지었는데, 이것이 「치효」이다.
173 「금등」은 『서경』의 편명. 주공이 자신의 형인 무왕이 병들었을 때, 자신을 희생한다는 축문을 지어 제사를 지내고 이를 쇠로 만든 궤짝에 넣어 두었는데, 뒷날 무왕의 아들 성왕이 주공의 모반 소식을 듣고 이 금등을 열어 보고서 삼촌 주공의 진심을 알고 그를 맞아들였다.
174 이신비는 송나라 진종 황제의 궁녀였다. 이신비가 아기를 낳자 황후는 이 아기를 자기 아들로 삼고 이신비를 궁녀로 두었는데, 이신비가 급사하자 이 사실을 안 신하가 황후 모르게 황후의 예절로 수은으로 염을 하여 장사를 지냈다. 뒷날 인종은 그 궁녀가 자기의 생모인 것을 알고 관을 열어 보았는데, 산 사람처럼 썩지 않고 황후 복색을 입고 있었다고 한다.

하니 곡정이,

"금서가 아닙니다. 황제께서 손수 지으신 글과 함께 여러 편을 뽑아서 수록했습니다. 우리 청나라 조정의 관대하고 꺼려하지 않음은 전 시대에도 드문 일입니다."

하기에 내가,

"그 두 편지의 의리는 어느 것이 옳습니까?"

하니 곡정은 미소를 지으며,

"서로 춘추대의를 끌어들였으나, 결점투성이의 공문서처럼 너덜너덜한 누더기 『춘추』가 된 지 이미 오래되었고, 모두 자기들의 일을 천명天命에 의한 것이라고 일컫고 있으나, 누가 하늘이 말하는 그 구체적인 소리를 들었겠습니까?"

하고는 즉시 지워 버린다. 내가,

"예친왕睿親王 다이곤은 사후에 무엇 때문에 가산이 몰수되고 가족까지 처벌받았습니까?"[171]

하고 물으니 곡정은 손을 내저으며,

"말하자면 이야기가 깁니다. 『시경』의 「치효」鴟鴞[172]가 지어진 까닭이라고나 할까요?

정자程子는 『서경』의 「금등」金縢편[173]을 두고, 마치 근세의 축문과 같은 글이니 응당 태워서 묻어 버려야 하는데 그 일이 중요했기 때문에 쇠로 만든 궤짝에 넣어 보관했다고 하였습니다. 이는 아주 교묘하게 주공에게 찍어다 붙인 말입니다. 이신비李宸妃를 수은으로 염하여 관에 넣어 둔 것도 일종의 금등이라 할 수 있으니,[174] 이는 마치 화림원華林園에서 우는 개구리가 자기를 위해서 우느냐, 아니면 관청을 위해서 우느냐고 묻는 것처럼 자기 편리한 대로 해석하는 것입니다.[175]

대저 세상의 교화를 위해 훌륭한 글을 남기는 사람은 부득불 자기의 처지에 따라서 뜻을 왜곡하여 영합할 수밖에 없으니, 각자가 자기가 듣고서 아는 내용을 최고로 치고 또 거기에다가 이런저런 말까지 붙이게 됩니다. 송나라의 사대부는 이학理學을 담론하기 좋아했으나 마음으로는 불교를 찬성한 사람도 있었고, 몸소 도교를 실천한 사람도 있었습니다. 중국 21대의 역사는 모두 역사 사실을 근거로 해서 이야기를 꾸민 소설이며, 유가의 『십삼경주소』十三經注疏는 태반이 억지소리를 가져다 붙인 것이고, 제자백가의 말들은 대부분 우언입니다.

이런 것들은 제가 스스로 깨달은 지식이어서 임금에게 아뢸 수도 없고 자손들에게 전할 수도 없는 것들이니, 함께 방을 쓰는 친구에게 억지로 말할 수도 없는 내용입니다. 지금 바다 멀리서 온 뛰어난 인물을 만나 이생에서는 다시 만나지 못할 이런 기회를 얻고 보니, 어찌 저의 충정이 복받쳐 오르지 않겠습니까?"
하고는 주르르 눈물을 흘리고 또 크게 웃으며,

"소요부邵堯夫[176]는 매양 일이 있으면 사주로 풀어서 점을 본다고 하였으니, 정말 답답한 인물입니다."
하기에 내가,

"물동이 하나를 사면서도 성한지 새는지 점을 쳤다지요?"
하니 곡정은,

"그의 저서 『황극경세서』皇極經世書에서 설명한, 예컨대 춘하추동, 인의예지, 황왕제백皇王帝伯, 금목수화金木水火 등에 대한 학술은 활기活機, 즉 살아 움직이는 원리나 작용이 없고, 정밀한 것 같으나 실제로는 거칠기 짝이 없습니다. 주자는 소강절을 평가하여, 꾀가 많다고 알려진 장자방張子房[177]에도 못 미친다고

175 『천중기』天中記에 나오는 이야기로, 진晉 혜제惠帝가 세자로 있을 때 화림원에서 나는 개구리 소리를 듣고 "저 개구리는 저 자신을 위해 우느냐, 아니면 관청을 위해 우느냐?"고 물었는데, 가윤賈胤이라는 신하가 "관청 못에 있는 개구리는 관청을 위해 울 것이고, 개인의 못에 있는 개구리라면 개인을 위해 울 것입니다"라고 답하자, 개구리에게 곡식을 내렸다고 한다.

176 소요부는 송나라 때의 학자인 소옹邵雍이다. 자가 요부, 시호는 강절康節이어서 흔히 소요부 혹은 소강절 선생으로 불렸다. 그는 매화시 10수를 지어 그의 사후 900년 중국 역사를 예언했다고 한다.

177 장자방은 유방을 도와 한나라를 세운 공신 장량張良이다.

소강절의 고택

했고, 또 그의 간웅姦雄의 수단을 평하여 장주莊周(장자)보다 열 배는 못 미친다고 했으니, 뛰어 봤자 주자의 빛나고 밝은 눈을 벗어날 수 없었습니다. 주자는 장주를 평가하여, 도의 본체를 논한 그의 이론은 매우 훌륭하고, 그가 붙인 명칭과 이치는 후대의 유학자들이 따라잡지 못할 것[178]이라고 했으니, 이는 주자의 공정하고 분명한 점입니다."

하기에 내가,

"이 천지에 꽉 찬 만 가지 일과 만 가지 사물이 주자가 살펴서 감정하지 않으면 곧 가짜 같다는 말이겠지요."

하니 곡정이 한참 동안 나를 물끄러미 쳐다보다가 대답했다.

"주자 뒤에 태어난 사람들은 모두 흙과 나무로 만든 빈껍데기랍니까? 주자 역시 친구인 진량陳亮의 말만 치우치게 듣고는 당중우唐仲友[179]란 사람을 탄핵하여 혹독하게 상처를 입혔으며, 주돈이가 지은 『통서』通書를 잘못 이해하여 역사를 편찬하는 기관의 사람에게 편지까지 보내서 흡사 남을 무고하듯 하여 『통서』에 나오는 이른바 무극無極이 태극太極을 낳았다는 말은 도무지 무슨 뜻인지 알 수가 없으니, 붓으로 선을 그어서 지워 버리는 것이 옳을 것이라고 했답니다."

내가,

"문치를 숭상하는 성스러운 청나라의 정책은 사해에 영향을

178 『주자어류』 권16 「대학」 3에 나오는 내용이다.

179 당중우(1136~1188)는 주자와 같은 시대에 살았던 인물로, 주자에게 탄핵을 당해 파직되었다. 자가 여정與政이고, 저서로 『육경해』六經解가 있다.

주어, 우리나라도 비록 동쪽으로 퍼져 오는 교화를 입고는 있지만, 중국과 외국이 엄연히 다르니 나라를 세운 규모와 성스러운 정신을 전수하는 심법心法은 알 수가 없습니다. 저로서는 같은 한자 문화권에 살고 있는 터에 아쉬움이나 안타까운 마음이 없을 수 없습니다.”

하니 곡정이,

　“나라를 세운 규모라는 말은 무엇을 가리킵니까?”

하기에 내가,

　“오제五帝의 음악이 각기 다르고,[180] 삼왕三王[181]은 그 예가 달랐으니, 즉 하夏나라는 충직함(忠)을 숭상했고, 은나라는 질박함(質)을 숭상했으며, 주나라는 꾸밈(文)을 숭상했다는 것과 같은 것을 말합니다.”

하니 곡정은,

　“그야 공자께서 말한 것처럼 그 나라가 앞 시대의 무엇을 따랐던가를 관찰한다면 비록 백세라도 더하고 뺀 것을 알 수 있을 겁니다. 옛사람들은 흔히 천하를 비유해서, 한 차례도 외적의 침입을 받지 않은 나라라는 의미에서 금으로 된 주발이라는 뜻의 금구金甌라는 용어를 사용했는데, 지금의 금으로 된 주발은 마치 잘 익은 수박과 같습니다.”

하기에 내가 웃으며,

　“금 주발은 이지러짐이 없지만 수박은 깨지기 쉽습니다.”

하니 곡정은 손을 내저으며,

　“아닙니다. 수박은 겉은 푸르지만 속은 붉게 익어 씨도 많고 아삭아삭하니, 이른바 주역에서 천하를 천하에 간직한다는 격으로 꼭 내 것이라고 우기지 않고 그대로 놓아두고 있습니다.

180 오제는 중국의 전설상 다섯 황제이다. 황제黃帝, 전욱顓頊, 제곡帝嚳, 요堯, 순舜으로, 그 음악의 이름은 각각 함지咸池, 육경六莖, 오영五英, 대장大章, 소소簫韶이다.
181 삼왕은 하나라를 건국한 우禹, 은나라를 건국한 탕湯, 주나라를 건국한 무왕을 말한다.

전 왕조의 이자성 같은 비적의 우환을 따져 봅시다. 무릇 가난한 인민을 구제하는 구황 정책에도 극단적인 방법을 쓰지 않은 적이 없었습니다. 밖으로 삼왕의 예법을 겸하고 안으로 불교와 유교를 아울러 펴서, 천하의 사대부를 몰고 채찍을 쳐서 문교文教와 명분 안에 가두고, 일반 백성은 평소의 생업을 자발적으로 힘쓰게 하였습니다. 근본(왕실)을 강하게 하고 지엽(백성)을 약하게 만드는 기술, 즉 중앙정권을 강하게 하는 앞 시대의 정책이란 고작 큰 도시를 허물어 버리고 호걸을 죽이는 것에 불과했습니다. 그렇지 않으면 제齊나라의 전씨田氏, 초楚나라의 굴씨屈氏, 소씨昭氏 같은 명문가들을 관중關中 지방으로 옮기는 것이었고, 그들을 어루만지고 편안하게 하는 방법을 몰랐습니다.

본 조정의 문무의 훌륭함은 앞 시대보다 훨씬 뛰어납니다. 유학의 학술을 존숭하고 나라 안에 퍼지게 해서 호걸들의 선량치 못한 마음을 몰래 녹여 버리고, 벼슬에 봉해 주는 은전을 미루고 넓혀서 두루 변방에까지 더해 줌으로써 오랑캐들이 겸병하려는 형세를 가만히 분산시켰습니다.

만주 지방을 억누른 뒤 그들에게 군사와 국방에 관한 일을 맡겨 나라의 근본과 터전을 굳건하게 만들고, 자주 치수사업을 벌이고, 천하의 기이한 재주 있는 사람들을 모아 유랑하며 먹는 무리를 위로하였습니다.

황제는 자기 몸을 공손히 하면서 정치를 할 뿐이니, 대저 천하에 무엇을 생각하며 무엇을 염려하겠습니까? 그야말로 요순 임금이 옷을 바로 입고만 있어도 천하가 절로 다스려졌다는 격입니다. 대개 천하를 다스릴 때 백성에게 일을 시키되 그 일을 하게 만들 뿐이지 그 까닭을 알게 해서는 안 된다[182]고 하였으니, 이는

182 공자가 한 말로, 『논어』 「태백」편에 나온다.

요순의 생각이고, 공자가 부연설명한 것이며, 진나라 사람이 써 먹은 방법입니다."

하기에 내가,

"이는 기이한 이론이니 더 들어 봅시다."

하니 곡정이 말했다.

"밭을 갈아서 먹고 샘을 파서 마시며 내 분수대로 살 것이니, 황제의 힘이 나와 무슨 관계리요? 이는 요임금이 미복 차림으로 큰 길에 나가서 들었던 백성의 노래였는데, 요임금이 속으로 즐거워했던 점입니다.

위衛 나라에서 노魯 나라로 돌아온 공자가 『시경』과 『서경』을 간추려서 편집하고 예악을 정리했으니, 이는 세도世道를 위해 매우 급박하고 어쩔 수 없는 일이었습니다.

진시황이 봉건제를 혁파하고 정전 제도를 없애며, 책을 불사르고 선비를 파묻어 죽였으니, 이는 천하를 통일한 천자로서 대단히 큰 일을 해보려는 것이었습니다.

자고로 역대의 제왕들은 자신의 덕을 요순에 비기면 기뻐하고, 진시황에 비기면 분노하지만, 정작 요순을 배웠다는 이야기는 들어 보지 못했습니다. 진시황의 사업을 계승하고 본받아 밝히면서도 한 시대의 군주로서 천하에 호령하기를, '이는 요순의 사업이니 의논하여 시행하도록 하고, 이는 망한 진나라의 사업이니 논의하여 혁파하도록 하라'라고 말하는 것을 들어 보지 못했습니다. 이것이 이른바 『십삼경』十三經이나 『이십일사』二十一史 같은 책에 도무지 펼쳐 볼 만한 곳이 없다는 말입니다.

재상이 된 사람을 비교하며 한나라 때의 소하蕭何나 조참曹參 같은 재상에게 비기면 멈칫거리며 감히 감당할 수 없다고 겸양하

183 이사는 전국시대 초나
라 출신으로, 진시황을 도와
서 천하를 통일하고 군현제
를 창립했다.
184 방현령(578~648)은 당
나라 초기의 재상으로, 당태
종을 도와서 정관貞觀의 정
치를 이룬 인물이다.
185 두여회(585~630)는 당
나라 창업기의 재상으로 태
종을 도와서 정관의 정치를
이룬 인물이다. 자는 극명克
明이고, 채국공蔡國公으로
불렸다.

다가도 전국시대의 상앙이나 진秦의 이사李斯[183] 같은 재상에 비기면 살점을 뜯어먹고 가죽을 벗겨 침소에 깔 것처럼 철천지 원한으로 여깁니다. 그러나 소하, 조참, 당나라 때의 방현령房玄齡[184]이나 두여회杜如晦[185] 같은 재상들은 한 시대의 어질고 능력 있는 재상이라고 불렸지만, 모두 상앙이나 이사에게 죄를 지은 사람들에 불과합니다.

저들 상앙이나 이사는 오히려 공적인 것을 강하게 만들고 사적인 것을 막아 상하가 서로 신뢰할 수 있도록 했건만, 그들이 거둔 공효에 대해선 저토록 형편없이 취급하는 까닭은 그들이 배운 학문이 유학이 아닌 법가였기 때문입니다. 소하와 조참은 원래 탓할 만한 학문도 없었거니와 겨우 자기 몸뚱이의 허물이나 면하는 정도였습니다.

재상의 자리라는 것이 윗사람에게 신임을 받으면 아랫사람에게는 인심을 잃게 되고, 백성에게 잘 보이면 군주에게는 시기를 받게 되는 법입니다. 한 시대에 임금을 도와 정치를 한다는 것이 무슨 일인지 잘 모르겠습니다만, 시렁에 올려 차단하고 있다가 한번 손을 놓치는 실수라도 하는 날에는 와장창 쏟아져 내려 뒤집어쓰는 꼴입니다."

윤형산이 조정 반열에 참여했다가 나와서 곧바로 우리가 필담하는 곳으로 왔다. 나와 곡정이 의자에서 내려와 공손히 읍을 하였더니, 윤공은 황급히 나를 부축하여 다시 의자에 앉히고는 품속에서 콧담배통을 꺼내 보여주는데, 자주색 마노瑪瑙로 만든 것이었다.

윤공은 또 품속에서 누런 보자기로 싼 특이한 비단 두 필을 풀어서 내게 보인다. 곡정이 연신 황제께서 하사한 것이라며 칭송을 하니, 윤공은 얼굴 가득 기쁜 빛을 띠었다. 하나는 아청빛 우단에 복사꽃을 수놓은 것이고, 다른 하나는 간장 빛깔의 운문단에 금실로 신선과 부처를 수놓은 것이었다.

건문제

형산은 필담했던 초고 한 장을 빠르게 읽고는 즉시 붓을 적셔,

"명나라 건문제建文帝(혜제惠帝)가 대궐 안에서 제 명대로 살다가 죽었다고 했는데 원래 그런 일은 없었습니다. 왕 선생께서 잘못 들으신 것 같습니다."

하니 곡정은,

"의심나는 일을 기록해서 전하는 것도 역시 역사가의 한 가지 도리입니다."

하기에 내가,

"건문제가 오량吳亮에게 거위 고기를 던져 주었다는 이야기는 어찌 진실이 아니겠습니까?"[186]

하니 곡정은,

"선배들이 한 변설 중에는 차이가 많이 있습니다만, 그따위 이야기는 꼭 확인해 볼 것도 없는 것으로, 반드시 없었을 겁니다. 만에 하나 그것이 사실이라면 어찌 천고에 희한한 일이 아니겠습니까? 백룡암白龍菴의 고사[187] 같은 것도 비록 날이 저물 무렵 울타리에서, 혹은 동이 틀 무렵 이불 속에서 읽는 『수호지』와 같은 소설적인 이야기이지만, 역시 또 하나의 귀래망사대歸來望思臺[188]처럼 죽은 사람에 대한 그리움의 표시입니다.

낱낱의 붓 끝마다 마음속에 솟아나는 핏방울
한 방울만 떨어져도 천지를 물들이네.[189]

筆筆心頭血 一落染天地

186 건문제가 도망을 다니며 고생을 하여 얼굴이 알아보지 못할 정도로 변하자, 과거 내사 벼슬을 하던 오량도 황제의 얼굴을 보고 모르겠다고 하였다. 황제가 예전에 자신이 오량에게 거위 고기를 던져 주어 오량이 엎드려서 핥아먹지 않았냐고 말하자, 비로소 오량이 황제를 알아보았다는 고사이다.
187 건문제가 남쪽 오吳 지방의 백룡산에 암자를 만들어 은신했으나 음식이 없어서 굶고 있을 때, 사중빈史仲彬 등 옛 신하들이 찾아가 싸가지고 온 음식을 내놓고 신세타령을 한 고사이다.
188 한무제가 무고한 아들을 죽이고 이를 후회하여, 귀래망사대를 세우고 아들을 그리워했다. 귀래망사대란 아들의 혼이라도 돌아오면 바라보고 그리워하겠다는 뜻이다.
189 당나라 진윤陳潤의 「궐제」闕題라는 시에, "丈夫不感恩 感恩寧有淚 心頭感恩血 一滴染天地"라고 했다.

190 사중빈(1366~1427)은 한림원 시서侍書의 벼슬을 할 때 피신 다니던 건문제를 만나서 자신의 집으로 도피시켜 주었고, 그런 인연으로 건문제의 사적을 서술하여 『치신록』을 저술했다고 한다. 그러나 사중빈이 벼슬한 사실이 없다는 근거를 가지고 그 저술을 위작으로 보는 견해가 많다. 왕사정의 『지북우담』池北偶談 권6 「치신록」 참조.
191 두보의 「영회고적」詠懷古蹟 5수 중 한 구절로, 한나라 때 오랑캐에게 끌려간 왕소군王昭君을 그리워한 황제의 마음을 담은 시이다.
192 영련진가라는 요승이 송나라 황제의 무덤을 파헤쳐서 보물을 훔칠 때, 황제의 뼈를 수습하여 장사를 지낸 원나라 임경희林景熙(1242~1310)가 황제를 그리워하며 지은 시 「몽중작」夢中作에 나오는 구절이다. 「몽중작」은 당각唐珏이 지었다는 설도 있다.
193 하간헌왕(?~BC130)은 전한 시대 황족인 유덕劉德이다. 유학을 숭상하고 유학자들과 교유하였으며, 특히 실사구시라는 말을 최초로 사용하였다. 많은 서적을 모았고 한무제 때 아악을 바쳤다. 그는 치도治道는 예악이 아니면 이룰 수 없다고 하였다.
194 「안세방중가」는 악부시가로, 한고조의 비妃인 당산부인唐山夫人이 지은 시라고 전해진다.

라고 하는 사연과 같을 겁니다."

하기에 내가,

"사중빈史仲彬[190]의 『치신록』致身錄이란 책도 어찌 후인들이 모방해서 만든 것이 아니겠습니까?"

하니 곡정이,

"'패물을 둘러차고 달밤에 부질없이 돌아오는 혼백'(環佩空歸月夜魂)[191]이라고 읊은 것이나, '해마다 두견새는 사철나무에서 울부짖는다'(年年杜宇哭冬青)[192]라고 읊은 내용은, 마음이 괴로운 사람들이 만들어 낸 망상일 것입니다."

하자 형산이,

"어제 왕 선생이 하신 말씀 중에 한나라가 창업할 때 부끄러운 덕이 없으므로 가히 예악을 일으킬 수 있다고 한 건 틀린 말 같습니다. 조정의 위에서 호령을 하고 명령을 내리는 것이 우레처럼 움직이고 바람처럼 시행될 때에는 훌륭하다는 소식이 퍼지는 곳마다 억조창생이 모두 그 잘잘못을 살펴볼 수 있지만, 안방에서 가만히 사적으로 이루어지는 은밀한 행실이나 작은 덕행은 밖의 세상에서는 알 수가 없습니다.

그러므로 반드시 하간헌왕河間獻王[193] 같은 어진 종실이 있어서 그런 사실을 노래로 지어 부르고 서술하며, 또 오묘하게 그 음악을 살핀 뒤라야 가히 그 덕행에 부합된다고 할 수 있을 겁니다. 이른바 금슬이 어울려야 사철이 화평해지고, 가락이 조화로워야 만물이 통합된다는 것이지요.

악곡에 따라 부르는 한나라의 노래로는 「안세방중가」安世房中歌[194]가 가장 그럴듯하지만, 황제가 한 환관의 다리를 베고는 미앙궁未央宮의 서까래를 센다는 노랫말은 일국의 임금이 부르는 노래치고는 아주 좀스럽기 짝이 없으니, 한때 불렀다는 「대풍가」大風歌[195]의 씩씩함이 아주 땅바닥에 떨어진 꼴입니다.

심지어 한고조가 신하 벽양辟陽[196]과 동성애를 했다는 치욕은 궁궐 밖의 세상에 숨기기 어려운 일이었고, 황후 여후呂后가 사람의 팔다리를 자르고 돼지우리에 넣고는 '인체'人彘(사람돼지)[197]라고 부른 건 천인공노할 일이었습니다. 군자의 도리는 부부관계에서 시작된다고 했는데, 황제와 황후 사이의 일이 이런 꼴이었으니 그 돌아가는 형편을 짐작할 수 있습니다.

박희薄姬란 여성은 본래 포로로 잡힌 위왕魏王 표豹의 계집[198]이었고, 효경왕孝景王의 왕 황후王皇后는 금왕손金王孫에게서 빼앗은 여자[199]였으며, 광무 황제는 음려화陰麗華[200]라는 여자를 한번 본 이래로 황제가 된 뒤에도 오매불망 잊지 못했다고 하니, 모르겠습니다만 누가 이런 추잡한 사실을 시로 짓고 노래로 불렀겠습니까?

왕실의 아주 가까운 친척으로 하간헌왕 같은 사람이 없고 보니, 『시경』「관저」關雎 장과 같은, 임금과 왕후의 교화를 읊은 시라든지, 혹은 요임금이 순임금에게 두 딸을 시집보낸 것과 같은 아름다움은 따져 볼 것도 없었습니다. 그러므로 예를 논의할 수는 있지만, 음악을 감히 논의할 수 없음에는 그 이유가 있습니다."

하기에 내가,

"한고조가 백등산白登山[201]에서 내었다고 하는 기이한 계책이란 어떤 것이었습니까?"

하니 곡정이,

"그 계책은 세상에 비밀로 되어 있어서 전해 오는 것이 없습니다."

195 「대풍가」는 한고조 유방이 천자가 된 뒤에 자신의 고향에 갔을 때 불렀다는 노래.

196 벽양은 한고조의 신하 심이기審食其의 봉호인데, 그는 미남자로 한 고조에게 추잡한 총애를 받고, 황후인 여후呂后와도 불륜 관계가 있었다고 한다.

197 한고조의 황후 여후는 고조의 애첩 척 부인戚夫人을 질투하여, 고조 사후에 척 부인의 수족을 자르고 눈알을 빼고 귀를 자르고 벙어리를 만들어서 돼지우리에 집어넣고는 '사람돼지'라 불렀다고 한다.

198 한고조는 위왕 표를 포로로 잡고, 그의 여자를 빼앗아서 문제를 낳게 했다.

199 왕 황후는 본래 금왕손에게 시집을 갔는데, 그 어머니가 점을 쳐 보니 딸이 귀한 사람이 되겠다고 하여, 빼앗아서 궁녀로 바쳐 결국 황후가 되었다고 한다.

200 광무 황제는 황제가 되기 전에 음려화(5~64)란 여인을 보고 "여자를 얻으려면 마땅히 저런 여자를 얻어야 된다"고 탄식을 했는데, 뒷날 황제가 된 뒤에도 음려화를 잊지 못했다고 한다. 뒤에 음려화를 취하여 황후(광렬光烈)로 삼았다.

201 한고조가 산서성 백등산에서 흉노 모돈冒頓에게 이레 동안 포위되었을 때 미인계를 써서 탈출했다는 계책인데, 부끄러운 사실이라서 역사에는 기록되지 않았다고 한다.

하기에 내가,

　"기이한 계책이란 필시 성이 함락되자 무릎을 꿇고 항복한 일일 터이니, 부끄러운 일이 아니라면 무엇 때문에 비밀로 하겠습니까?"

하니 형산이 크게 웃으며,

　"앞 시대 사람들이 미처 하지 못한 말을 하십니다그려."

하기에 내가,

　"그때에 흉노의 우두머리 모돈冒頓은, 항복한 사람이 입에 구슬을 물고 관을 등에 지는 것과 같은, 항복하는 여러 절차를 모르고 있었겠지요?"

하니 곡정은,

　"자고로 중국은 변방 오랑캐 문제를 속 시원하게 해결한 적이 없었습니다. 흉노족인 강거康居[202]가 제 발로 투항을 한 것이라든지, 돌궐족의 추장인 힐리詰利가 당태종에게 잡혀 와 궁중에서 춤을 춘 일 등은 '울고 싶어 하자 때려 준다'는 격으로 절묘하게 때가 맞아떨어진 것이지요."

하기에 내가,

　"천하의 걱정거리를 남보다 먼저 걱정해야 하는 천자의 자리야말로 정말 괴로운 자리일 것입니다. 한고조가 환관의 허벅지를 베고 누워서 천장을 처다볼 때 자신이 8년 동안 경영해서 얻은 일이 무엇이라고 생각했겠습니까? 서리가 내리고 물이 마르는 쓸쓸한 계절에 지난날을 돌이켜 생각해 보면 이가 시릴 정도로 서글펐겠지요. 상상하건대 그때는 천하라는 것이 응당 버리자니 아깝고 먹자니 먹을 게 없는 계륵鷄肋 같은 존재였겠지요."

하니 형산이,

"재상의 자리도 역시 그럴 것입니다. 술이나 여색, 재물 운세가 도대체 불러도 응답이 없을 때에, 젊어서 과거에 합격해 임금이 자기의 이름을 불러 주던 것을 생각하면, 정말 내가 무엇을 하고 있나 하는 심정이 들 겁니다."

하자 곡정은,

"어르신께서는 경치 좋은 물가에 은퇴하셔서 밭뙈기나 구해서 농사지으며 저술이나 하시면 그저 그만이겠지요."

하니 형산이 크게 웃으며,

"눈앞에 급급하게 서둘러 하는 일이란 모두 사후의 준비겠지요. 누에가 늙으면 스스로 고치를 만드는 것이 사람들에게 비단옷을 입히려고 하는 일은 아닐 겁니다."

하기에 내가 곡정에게

"아직 과거 시험을 단념하지 않았습니까?"

하고 물으니 곡정은,

"등우鄧禹가 남의 쓸쓸함을 비웃었던 것처럼,[203] 이미 포기하였답니다. 선생은 어떠십니까?"

하기에 내가,

"저도 꼭 같습니다."

하니 곡정은,

"머리가 허연 늙은이가 과거 시험장을 맴돈다는 건 선비의 수치이지요."

한다. 형산이 뭔가를 쓰려 하다가 혼자서 웃고는 곡정을 향해 뭐라고 하니 곡정 역시 크게 웃는다. 내가,

"두 선생께서 이처럼 몸을 못 가눌 정도로 웃고 계시니, 응당 대단히 기이한 일이 있는 것 같은데, 저로서는 그 속사정을 모르

[203] 등우는 후한 때의 장군으로, 광무제와 친하여 여러 가지 계략을 진언했고, 천하 통일에 공을 으뜸으로 세웠다. 등우가 24세에 사도司徒 벼슬을 하고 있었는데, 당시 왕융王融은 그 나이에도 벼슬을 하지 못했다. 이 때문에 등우가 왕융에게 적막하다고 비웃었다는 고사가 있다. 『자치통감』.

니 두 분의 배를 떠받들며 웃음을 도와 드릴 수가 없답니다."

하니, 두 사람은 더더욱 크게 웃으며 넘어간다. 형산이,

"강희 기묘년(1699) 과거 시험에 102세 된 과거꾼이 있었는데, 성은 황黃이고 이름은 장章으로 광주廣州 불산佛山의 생원이었답니다. 그는 스스로 말하기를, '금년 과거 시험에 실패하면 다음 임오년(1702년)에 올 것이며, 임오년에도 실패하면 그다음 을유년(1705년)에는 내 나이 백여덟 살이 되니 반드시 장원급제해서 많은 일을 하고 나라에 힘을 보태야겠다'[204]고 했답니다."

하여, 나 역시 몸을 못 가눌 정도로 웃음이 터져 나왔다. 내가,

"그래, 그 황장黃章이란 노인이 을유년 과거에는 합격을 했던가요?"

하니, 두 사람은 머리를 가로 흔들고는 더더욱 웃음을 참지 못한다. 곡정은 말했다.

"그가 급제를 하지 못했을 때에는 세상의 결함을 통쾌하게 남겨 둔 것이지만, 그의 말대로 급제라도 하는 날에는 세상에 아무런 맛이 없겠지요."

204 황장에 대한 일화는 청나라 진강기陳康琪의 『낭잠기문이필』郎潛紀聞二筆에 수록되어 있다. 증손자를 둔 황장은 향시를 치러 갈 때 등롱燈籠에 '백세관장'百歲觀場이라고 쓰고, 증손이 앞에서 인도하여 과장에 들어갔다. 102, 105세 때는 향시에 불합격하고, 108세 되는 해에는 뜻밖의 행운이 있었다고 한다.
205 천산은 요녕성 안산시鞍山市 근처의 명산.

천산

형산이,

"선생은 오실 때에 천산千山[205]을 유람하셨습니까?"

하고 묻기에 내가,

"천산은 100여 리 길을 돌게 되고, 또 오는 길이 바빴기 때문에 단지 멀리서 하늘 끝의 점점이 있는 봉우리를 바라보

았을 뿐입니다.”

하니 형산은,

　“이 늙은이가 일찍이 무인년(1758)에 의무려산醫巫閭山의 산
천 제사가 있을 때 향을 가지고 가는 관리로 갔는데, 거기에 조선
인사들의 이름이 먹으로 쓰여 있었습니다.”

하기에 내가,

　“그 성명이 누구이던가요?”

하니 형산은,

　“예닐곱 명 되었는데, 성명이 누구였던지는 전혀 기억나지
않습니다.”

하기에 내가,

　“우리나라 선배로 김창업金昌業이란 분은 자가 대유大有이고
호는 노가재老稼齋인데, 일찍이 강희 계사년(1713)에 천산을 유람
하였고, 의무려산에도 응당 이름을 남겨 둔 곳이 있을 겁니다.”

하니 형산은,

　“천산은 저도 한번 구경할 인연이 없었습니다. 혹 노가재 김
공이 지은 아름다운 시 구절이 있습니까?”

하기에 내가,

　“몇 권의 문집이 있으나, 한두 개의 아름다운 구절도 기억을
못합니다. 또한 노가재 김공은 북경 창춘원暢春苑에서 이용촌李榕
村 선생을 뵈었는데, 당시 이 선생은 각로閣老로 계셨다지요.”

하니 형산은,

　“용촌 선생은 강희 계사 연간에는 아마도 강남 고향으로 돌
아가셨을 터인데, 어떻게 서로 만날 수 있었는지요?”

하기에 내가,

206 이광지(1642~1718)는 복건 출신으로 자는 진경晉卿, 호는 후암厚庵이다. 저서에 『용촌전집』, 『용촌어록』이 있다.
207 남송의 시인 육유의 「취향」醉鄕이란 시의 한 구절로, 시간이 빨리 흘러 날이 저물려 한다는 뜻이다.

승덕 태학의 주자 위패

208 공문 십철은 공자의 문하에서 아주 우수한 열 명의 제자를 말한다. 덕행에는 안회(자연), 민손(자건), 염경(백우), 염옹(중궁)이 뛰어났고, 언어에는 재여(재아), 단목사(자공)가 뛰어났으며, 정사에는 염구(염유), 중유(자로, 계로)가 뛰어났고, 문학에는 언언(자유), 복상(자하)가 뛰어났다. ( ) 안은 자이다.

"용촌 선생은 이름이 이광지李光地[206]이고, 애꾸눈이 아닙니까?"

하니 두 사람은 모두 고개를 끄떡인다.

형산이,

"어리석게도 아교를 달여서 해와 달을 붙여 두려 하네."(痴欲煎膠粘日月)[207]

라는 육유陸游의 시구를 적었는데, 필담하는 사이에 날이 어두워졌으니 해와 달을 묶어 정지시켜야 필담을 계속할 수 있다는 뜻으로 시를 인용한 것이다.

이때에 날은 이미 저물어 방 안이 어둠침침했기 때문에 촛불을 켜라고 하인을 불렀다. 내가,

"모름지기 사람의 세상에 촛불을 허비하지 말라.

해와 달이 쌍으로 걸려 천지를 비추고 있나니."

不須人間費膏燭　雙懸日月照乾坤

라고 읊었더니, 곡정이 손을 내저으며 '해와 달이 쌍으로 걸려'라는 부분을 먹으로 지워 버린다.

해(日)와 달(月)을 바짝 붙여 쓰면 명明이라는 글자가 되기 때문이다. 나는 형산이 말한 교점일월膠粘日月에 우연히 대구를 맞추어 쌍현일월雙懸日月이라고 했는데, 자못 이를 꺼려하고 두려워 피하는 것 같았다.

내가,

"어제 공자의 사당을 배알할 때 보았더니, 주자를 전각 위에다 올려서 배향했으니, 그렇다면 공문孔門 십철十哲[208]이 아니라 공문 십일철이 되는 셈입니다. 언제부터 주자를 높여서 배향했습

니까?"

하니 형산이,

　"강희 때에 높여서 배향했지요. 십철이란 것이 원래 공자의 문하에서 합당하게 정해진 정론이 아니고, 일시적으로 공자가 진陳나라와 채蔡나라 사이에서 어려움을 겪을 때 함께했던 사람에 불과했는데,[209] 당나라 때부터 지금까지 감히 토를 다는 사람이 없었습니다.

　유약有若 같은 제자에 대한 이야기는 『논어』에 네 번 나왔지만, 그의 생김새가 공자와 닮았다고 해서 자하와 자장의 무리는 공자 사후에 그를 공자를 섬겼던 예로써 섬기려고까지 했으니, 그의 어짊을 알 수가 있습니다. 또한 공서적公西赤이란 제자는 예악에 뜻을 두고 나라를 다스리는 재주가 있었으니, 재여宰予나 염구冉求보다 훨씬 뛰어나지 않았겠습니까?

　염구와 재여의 언행은 굳이 다른 역사 기록을 따져 볼 것도 없이 『논어』에 있는 말만 참고하더라도 그 우열은 같은 차원에서 말할 수 없을 정도로 서로 차이가 납니다. 그러니 유약과 공서적 두 분을 전각 위에 모셔 놓고 제사를 지내야 하며, 염구와 재여는 행랑 중으로 내려서 모셔야 마땅할 것입니다.

　정단간鄭端簡[210]과 왕이상王貽上[211] 같은 선배의 논의는 모두 이와 같았습니다. 왕이상이 국자좨주國子祭酒가 되어 상소를 올려 개정하려고 했으나, 사람들의 저지로 상소는 황제께 올리지도 못했습니다. 이는 만세의 공론이라고 말할 만한데, 선비들은 지금도 이를 애석히 여기고 있답니다."

209 『논어』「선진」편에 나오는 말로, 공자가 말한 내용이다.

210 단간은 명나라 학자 정효鄭曉(1499~1566)의 시호이다. 자는 질보窒甫, 호는 담천淡泉이다. 그는 경술과 전고에 밝았다.
211 이상은 청나라 학자 왕사정王士禎(1634~1711)의 자이며, 그의 호는 완정阮亭, 어양산인漁洋山人이다. 『지북우담』池北偶談 등의 저서가 있다.

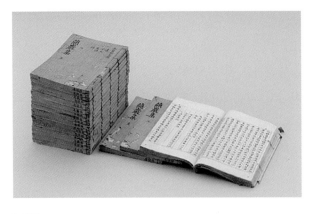
『연암집』

형산이,

"박 선생은 지금 몇 권의 저서를 가지고 있습니까? 또한 문집을 이번에 중국에 가지고 왔는지요?"

하기에 내가,

"평생에 학문과 식견이 거칠고 둔해서 아직 몇 권의 책도 저술한 것이 없답니다."

하니 형산은 말했다.

"비록 주공과 같은 아름다운 지능과 기예가 있더라도 교만하고 쩨쩨하다면 그 나머지는 말할 것도 없습니다.[212] 선생은 만약……

(이 아래로는 그 말을 미처 다 마치지 못했는데, 기풍액이 들어와서 황제가 하사했다는 콧담배통을 내게 보여주는 바람에 그만 자리를 파하고 일어났다.―원주)

내가 입은 흰 모시 겹옷이 날이 저물자 약간 선선하였다. 그때 달이 바야흐로 처마에 걸렸다. 섬돌 위에서 함께 산보하는데, 형산이 내 옷을 만지며 말했다.

"좌중이 청수淸秀하고 힘찬 기운을 이루다 감당하지 못했습니다."

212 『논어』「태백」편에 나오는 말이다.

연암이 곡정과 필담했던 곳으로
추정되는 열하 태학의 건물

덧붙이는 말

나는 곡정과 필담을 가장 많이 하였는데, 엿새 동안 창문을
마주하고 밤을 새워 가면서 이야기를 하였기 때문에 특별히 신경
쓰지 않고 조용하게 잘 지낼 수 있었다. 곡정은 정말 굉장한 선비
로 우뚝하게 뛰어났으며, 이야기가 종횡무진 엎치락뒤치락 자유
자재였다.

내가 한양을 떠나서 여드레 만에 황주黃州[213]에 도착하였을
때 말 위에서 스스로 생각해 보니, 학식이라곤 전혀 없는 내가 남
의 도움을 받아서 중국에 들어갔다가 위대한 학자라도 만나면 무
엇을 가지고 의견을 교환하고 질의를 할 것인가 생각하니 걱정이
되고 초조하였다. 그래서 예전에 들어서 아는 내용 중 지전설地轉
說과 달의 세계 등에 대한 이야기를 찾아내 매양 말고삐를 잡고
안장에 앉은 채 졸면서 이리저리 생각을 풀어내었다.

213 황주는 황해도 봉산군
과 평안도 평양의 중간 지점
에 있던 고을 이름이다. 이곳
에 사신이 묵는 제안관齊安
館이 있었다.

무려 수십만 마디의 말, 문자로 쓰지 못한 글자를 가슴속에 쓰고, 소리가 없는 문장을 허공에 썼으니, 그것이 매일 여러 권이나 되었다. 비록 말이 황당무계하긴 하나, 이치가 함께 붙어 있었다. 말안장에 있을 때는 피로가 누적되어 붓을 댈 여가가 없었으므로, 기이한 생각들이 하룻밤을 자고 나면 군자는 원숭이와 학으로 변하고 소인은 벌레와 모래로 변한다는 말처럼 이리저리 생각이 바뀌긴 했지만, 이튿날 다시 가까운 경치를 쳐다보면 뜻밖에 기이한 봉우리가 나타나듯 새로운 생각이 샘솟고, 돛을 따라 새로운 세계가 수시로 열리는 것처럼, 정말 긴 여정에 훌륭한 길동무가 되고 멀리 유람하는 길에 지극한 즐거움이 되었다.

열하에 들어가서는 먼저 이 학설을 가지고 안찰사 기풍액에게 물었더니, 그는 머리를 끄덕이며 수긍은 하되 그다지 깊이 이해하지는 못했다. 곡정과 지정 역시 의심하며 듣는 것이 많았는데, 그러나 곡정은 이 학설이 아주 틀렸다고 말하지는 않았다. 대개 곡정은 응수하는 대답이 민첩하여, 종이를 잡고 수천 마디의 말을 거침없이 써 내려가, 천고의 역사를 제멋대로 종횡무진 누비고 다녔다.

경전과 역사, 제자백가와 개인의 문집에 이르기까지 손에 닿치는 대로 뽑아내 아름다운 구절과 묘한 문장을 입을 여는 대로 문득 만들어 냈는데, 모두 조리가 있어서 흐트러지거나 맥락이 닿지 않는 것이 조금도 없었다. 어떤 것은 성동격서聲東擊西 격으로 전혀 엉뚱한 것을 가리키기도 하고, 어떤 것은 견백동이堅白同異[214]의 궤변처럼 말을 해서 나의 눈치를 관찰하기도 하고, 나의 말을 유도해 내기도 하였다.

참으로 박식하고 달변의 선비라고 할 만하나, 벼슬도 하지 못

214 중국 전국시대 사상가 공손룡公孫龍이 주장한 일종의 궤변을 말한다. 단단하고 흰 돌을 눈으로 볼 때는 흰것을 알 수 있지만 단단한 줄은 모르고, 손으로 만지면 단단한 줄은 알지만 흰 빛깔은 모르므로, 단단한 돌과 흰 돌은 동일한 돌이 될 수 없다는 설명이 견백동이설이다.

한 채 황량한 변방에서 머리가 희끗희끗해지다가 장차 쓸쓸한 황야로 돌아가게 될 터이니, 정말 서글프기 짝이 없는 노릇이다.

북경에 들어가서 사람들과 필담을 해 보았는데, 말이 단단하고 예리하여 능란하지 않은 사람이 없었다. 그러나 그들이 지은 글들을 읽어 보면 모두 필담하는 말보다 못했다. 그제야 나는 우리나라와 중국이 글을 짓는 방식이 다르다는 사실을 비로소 깨달았다. 중국은 바로 문자가 말이 되기 때문에 경사자집經史子集 책들의 내용이 모두 입 속에서 말을 이루게 되는데, 이는 그 기억력이 특별히 남들보다 나아서 그런 것이 아니다. 그 때문에 억지로 시문을 지으려 하면 속생각을 잃게 되어 결국 말과 문장이 완전히 떨어져 두 개의 물건이 된다.

우리나라에서 글을 짓는 사람은 잘 맞지도 않고 틀리기 쉬운 옛글자를 가지고 다시 한 차례 이해하기 어려운 우리말을 번역해야 하니, 그 문장의 뜻이 아주 캄캄해져 알 수 없게 되고 표현이 애매모호하게 되는 까닭은 오로지 이 때문이 아니겠는가?

내가 귀국한 뒤에 나라 안의 사람들에게 두루 이야기해 보았으나, 대부분 그렇지 않다고 말하였다. 정말 개탄할 노릇이지만, 달리 어찌 해 볼 도리가 없다.

연암 계곡의 엄화계罨畵溪 물가에서 비 내리는 날 집에서 붓 가는 대로 쓰노라.

피서산장에서의 기행문들

—

산장잡기
山莊雜記

◉ ─ 산장잡기

산장잡기란 피서산장에서 쓴 여러 편의 기문이라는 의미이다. 본편에 수록된 아홉 편의 기문 중에서 두 편은 북경에서 열하에 이르기까지 있었던 일을 기록한 것이고, 뒤의 일곱 편 중 여섯 편은 열하에서 황제의 만수절 행사와 관련해 견문한 내용을 지은 기문이고, 나머지 한 편은 북경의 상방에 있는 코끼리의 모습을 보고 지은 기문이다.

열하에 이르기까지의 기문인 「야출고북구기」와 「일야구도하기」는 이름난 산문 작품으로 기왕에 많이 주목되었던 기문이거니와, 가장 뒤에 놓인 코끼리 이야기인 「상기」 역시 철학적으로 중요한 주제를 담고 있는 글이다. 「상기」는 하늘을 인격적 창조주로 보고 매사를 이뻐로 해석하려는 경직된 주자학적 사유 체계를 비판하고, 개방적 사유로 만물의 무궁한 변화를 탐구해야 한다는 주제를 담고 있다.

이외에도 각 편의 끝에 대체로 붙어 있는 보충적 성격의 평설은 연암의 참신한 사유를 보인다는 점에서 주목된다.

한밤에 고북구를 빠져나가며

「야출고북구기」夜出古北口記

북경에서 열하로 가는 길은 창평昌平을 경유하면 서북쪽으로 거용관居庸關 장성을 나가게 되고, 밀운密雲을 경유하면 동북쪽으로 고북구古北口 장성을 나가게 된다. 고북구로부터 장성을 따라서 동쪽의 산해관山海關까지 700리이고, 서쪽의 거용관까지 280리이다. 거용관에서 산해관 사이에 있는 만리장성 중 가장 험준한 요새로는 고북구 장성만 한 곳이 없다. 몽고가 중국에 출입할 때 이곳이 항상 중요한 길목이 되기 때문에 여러 겹의 관문을 만들어서 그 험준한 요새를 제압하고 있다.

송나라 학자 나벽羅壁[1]이 지은 『지유』識遺에 "연경燕京 북쪽 100리 밖에 거용관이 있고, 거용관 동쪽 200리 밖에 호북구虎北口가 있다"고 했으니, 호북구란 곧 고북구이다. 당나라 때에 처음으로 고북구라고 이름하였다. 중국 사람들은 장성 밖을 말할 때 구외口外라고 일컫는다. 구외는 모두 당나라 때 동북방 오랑캐 추장

1 나벽의 자는 자창子蒼이고 호는 묵경默耕이다.

해왕奚王의 군사 진영 본거지가 되었다. 『금사』金史를 살펴보면, 금나라 말로 유알령留斡嶺이라고 부른 곳이 바로 고북구이다.

대개 만리장성 밖에 구口라는 명칭으로 불리는 곳이 100군데 정도 된다. 산을 따라서 성을 쌓았는데, 그 절벽의 계곡과 깊은 골짜기는 짐승이 아가리를 벌린 듯 깊이 함정이 파였고, 물이 들이쳐서 구멍이 뚫려 성을 쌓을 수 없는 곳에는 보루를 설치하였다. 명나라 홍무洪武(1368~1398) 때에 수어천호소守禦千戶所[2]를 두어 관문을 다섯 겹으로 만들었다.

나는 무령산霧靈山을 끼고 돌아가서, 배로 광형하廣硎河(백하)를 건너 한밤중에 고북구를 빠져나갔다. 밤이 이미 삼경을 지난 시간에 겹겹의 관문을 빠져나갔다. 장성 아래에 말을 세우고 그 높이를 헤아려 보니 가히 10여 길은 됨직했다. 붓과 벼루를 꺼내고 술을 부어 먹을 갈아서 장성을 어루만지며 글자를 썼다.

2 명나라 위소제衛所制의 한 단위로 열 개의 백호소百戶所로 이루어진다.

최근 복원된 고북구 동관東關

'건륭 45년(1780) 경자년 8월 7일 밤 삼경, 조선의 박지원 여기를 지나가다.'

그리고 한바탕 웃으며,

"나는 서생의 몸으로, 그것도 머리가 하얗게 세어서 한번 장성 밖을 나가 보는구나."

라고 했다.

옛날 진시황 때 몽염蒙恬[3]이 스스로 말하기를,

"내가 장성을 임조臨洮[4]에서 시작하여 요동까지 연결하여 성을 쌓고 참호를 판 만여 리 가운데는 땅의 지맥을 끊은 곳도 없지는 않았다."

라고 했다. 지금 고북구 장성을 보니 과연 산을 파내고 계곡을 메웠다는 말을 믿을 수 있겠다.

하아! 여기 고북구는 옛날부터 수없이 전쟁을 치른 격전의 장소였다. 후당後唐의 장종莊宗이 연왕燕王 유수광劉守光을 사로잡을 때 별장 유광준劉光濬이 이곳 고북구에서 승리를 했다. 거란의 태종이 산남山南[5] 지방을 점령할 때 먼저 이곳 고북구를 함락시켰다. 여진이 요나라를 멸망시킬 때 장수 희윤希尹이 요나라 병사를 크게 격파한 곳이 바로 이곳 고북구였고, 그들이 연경을 점령할 때 장수 포현蒲莧이 송나라 병사를 패배시킨 곳도 바로 여기 고북구였다.

원나라 문종文宗이 즉위하자, 장수 당기세唐其勢가 여기 고북구에 병사를 주둔시켰고, 여진 장수 살돈撒敦이 상도上都[6]의 병사를 추격한 곳도 여기 고북구였으며, 독견첩목아禿堅帖木兒[8]가 북경으로 쳐들어오자 원나라 태자는 여기 고북구 관문으로 도망하여 흥송興松[7]으로 갔다. 명나라 가정嘉靖 때(1550) 북쪽 오랑캐 엄

3 몽염은 진나라 때 장수로 30만 대군으로 흉노를 무찌르고, 장성을 쌓았다. 붓을 처음 만들었다고 한다.
4 임조는 감숙성에 있는 현 이름.

5 산남은 태화산太華山과 종남산終南山, 두 산의 남쪽 지방을 가리킨다.
6 원나라 초기에 난하灤河 북쪽에 개평부開平府를 설치했다가 후에 상도라고 불렀다. 북경의 대도大都와 함께 양도라고 불린다.
7 흥송은 열하 남쪽 난평현의 서남쪽에 있던 흥주興州와 송주松州를 가리킨다.
8 독견첩목아(트간티프르)는 몽고인으로 원나라 황실의 후예이다. 원나라 조정이 황제파와 태자파로 나뉘어 투쟁할 때 그는 황제파에 속하여 1364년 태자를 축출하였다.

답俺쌈이 북경을 침범할 때 모두 여기 고북구 관문으로 드나들었다.[9]

고북구 장성 아래는 바로 날고뛰고 전쟁과 정벌을 하던 전쟁터였으나, 지금 사해는 전쟁을 하지는 않지만 여기 사방의 산 주위를 둘러보면 수많은 골짜기는 오히려 음산하며 매우 어둠침침하다.

때마침 달은 상현달로 고갯마루에 걸려 넘어가려고 하는데, 그 빛이 싸늘하고 모진 모습이 마치 숫돌에 벼린 칼처럼 생겼다. 조금 뒤에 달은 더욱 고개 아래로 내려갔으나, 그래도 양쪽에 뾰족한 모습을 드러내더니, 홀연히 붉은색으로 변하여 마치 두 개의 햇불이 산에서 나오는 것 같다.

북두칠성은 반쯤 관문 가운데에 꽂혔으며, 사방에서는 풀벌레 소리가 일고, 획 하며 긴 바람이 숙연하게 불어와 숲과 골짜기가 모두 울린다. 짐승처럼 생긴 바위와 귀신 모양의 낭떠러지는 마치 전쟁터에 병장기를 모조리 세워 둔 것 같다. 강물이 양쪽의 산 사이에서 쏟아져 나오며 부딪치고 싸우는 모습이 건장한 말들이 내닫고, 징 소리 북소리가 마구 울리는 것 같다. 하늘 끝에 학의 울음소리가 대여섯 번 나는데, 그 소리가 맑고 아련한 것이 마치 길게 간드러지는 피리 소리처럼 들린다. 어떤 사람이 이는 천아天鵝[10]의 소리라고 말한다.

덧붙이는 말

우리나라의 선비들은 생로병사 하는 동안에 나라의 강토를 벗어나지 않는다. 근세의 선배로는 오직 노가재 김창업과 나의 벗 담헌 홍대용이 중원의 한 모퉁이를 밟아 보았다.

전국시대의 일곱 나라 중에 연燕나라는 그중의 하나였고, 『서경』「우공」禹貢편에 나오는 구주九州 중에 기冀(하북성)는 그중의 하나였으니, 천하의 땅덩어리를 가지고 본다면 연경과 하북 지방은 그야말로 한 모퉁이의 땅에 지나지 않을 것이로되, 원나라 명나라에서 지금 청나라에 이르기까지 천하를 통일한 천자는 이곳 북경을 도읍지로 삼아서 마치 옛날의 장안이나 낙양처럼 중국의 수도가 되었다.

소자유蘇子由(소철蘇轍)는 중국의 선비인데도 오히려 자기 시대의 수도인 개봉開封에 이르러 궁궐의 장대함과 국가의 창고와 곳간, 성곽과 연못, 정원과 동산의 풍부하고 대단함을 우러러 본 뒤에 천하의 크고 화려한 것을 알게 된 것을 스스로 행운으로 여겼으니,[11] 하물며 우리나라의 선비가 그 거대하고 화려한 볼거리를 한번 볼 수 있다면 스스로 행운으로 여기는 것이 마땅히 어떠하겠는가? 내가 이번 여행에서 노가재나 담헌보다 더더욱 스스로 행운으로 여기는 점은 장성 밖을 나가서 장성의 북쪽인 막북漠北에까지 이르게 된 것이니, 이는 선배들에게 일찍이 없었던 일이다.

그러나 캄캄한 밤중에 여정을 좇아서 가니 마치 장님이 꿈속을 가는 것 같아서, 산천의 빼어난 경관과 요새와 관문의 웅장하고 기이한 모습을 정말 두루 볼 수가 없었다. 그때 바로 상현달이 관문 안을 비껴서 비추고, 양쪽 절벽은 깎아지르듯 100길 낭떠러

11 소철이 태위 벼슬의 한기韓琦에게 올린 「상추밀한태위서」上樞蜜韓太尉書에 나오는 말이다.

지로 벽처럼 서 있으며, 길은 그 사이로 나 있다. 골짜기는 길어서 상자 같고, 지름길은 깊어서 우물 같다. 진나라의 함곡관, 조나라의 정경井徑의 관문과 입구가 응당 이와 같을 것이다.

나는 유년 시절부터 담이 작고 겁이 많은 성격인지라, 더러 대낮에 빈방에 들어가거나 밤중에 희미한 등불을 마주치기라도 하면 머리카락이 곤두서고 가슴이 두근두근하지 않은 적이 없었다. 마치 꿈속에서 귀신이 쫓아오는데 소리를 질러도 입에서 소리가 나오지 않고, 달려도 다리에 힘이 빠져서 물러지는 것 같다.

지금 내 나이 마흔넷이건만, 두려워하는 성격은 아직도 어릴 때와 마찬가지이다. 오늘 한밤중에 홀로 만리장성 아래에 서고 보니, 달은 떨어져 캄캄하고 냇물은 소리를 내며 흐르고 바람은 오싹하게 불며 반딧불은 이리저리 날아다니니, 보고 듣는 모든 상황이 겁이 나고 휘둥그레지며 기이하고 야릇하지 않은 것이 없다.

그런데 홀연히 두려운 생각이 사라지고 특이한 흥취가 도도하게 솟아나며, 헛것으로 보여 사람을 놀라게 했던 숲과 바위에 마음이 꿈쩍도 하지 않으며 동요되지 않으니,[12] 이것이 더더욱 행운으로 여길 점이다.

한스럽게 여길 것은 벼루는 작고 붓은 가늘며, 돌에는 이끼가 끼고 먹물은 말라서 큰 글자로 이름을 쓸 수 없고, 또 시를 남겨서 만리장성의 고사를 만들지 못한 점이다. 이른바 크게 쓴다는 것은 특별히 크게 말하는 것일 터이다. 이런 기문을 지음에 오고가는 7천여 리 사이에 하루도 좋은 구절과 글자를 다듬으려 생각하지 않은 날이 없었다. 그러나 이 한 편을 겨우 시도하려고 하자 문장의 성취가 이처럼 쇠잔하고 나약하여 보잘것없게 되었다.

이제 이 기문을 읽어 보니 한밤에 웅장한 관문을 빠져나가는

기개가 전혀 없다. 이제야 글 짓는 어려움이 이와 같음을 알겠도
다. 이에 아울러 기록하여 당시 마주친 기이한 경치와 글 짓는 어
려움을 표시해 둔다.

하룻밤에 강물을 아홉 번 건너며

「일야구도하기」一夜九渡河記

　물이 두 산 사이에서 흘러나와 바위와 부딪치며 사납게 싸우면서, 놀란 파도, 성난 물결, 분이 난 큰 물결, 화가 난 물보라, 구슬픈 여울, 흐느끼는 소용돌이가 달아나며 부딪치고 굽이치고 곤두박질치면서 으르렁 소리치며 울부짖고 포효하며, 언제나 만리장성을 깎어서 무너뜨릴 기세이다. 만 내의 전차, 만 바리의 전투 기병대, 만 틀의 전투 대포, 만 개의 전투 북을 가지고도 무너뜨리고 깔아서 뭉갤 것 같은 저 야단스러운 소리를 충분히 형용할 수 없으리라.

　모래밭 위에 큰 바윗돌은 우뚝하게 나란히 섰고, 강 둔덕의 버드나무숲은 까마득하고 어두컴컴하여 마치 물귀신과 강 도깨비가 앞을 다투어 튀어나와 사람을 놀리는 듯, 교룡蛟龍과 이무기가 양쪽에서 서로 움켜쥐고 낚아채려 날뛰는 듯하다. 혹자는 말하리라. 여기는 옛날 전쟁터이므로 강물이 이렇듯 으르렁거리며

소리를 낸다고. 그러나 이는 그런 까닭이 아니다. 무릇 강물 소리
란 듣는 사람이 어떻게 듣느냐에 달려 있을 뿐이다.

　내가 사는 연암협燕巖峽 산중에는 큰 개울이 집 앞에 있다. 해
마다 여름철이 되어 소낙비가 한차례 지나가면 개울물이 갑자기
불어서 언제나 수레 소리, 말 달리는 소리, 대포 소리, 북소리를
듣게 되어 마침내는 아주 귀에 탈이 생길 지경이었다. 언젠가 문
을 닫고 누워서 소리의 종류를 다른 사물에 비유하면서 들어 보
았다.

　우거진 소나무숲에서 퉁소 소리가 나는 것 같은 물소리, 이는
청아한 마음으로 들은 것이요, 산이 짜개지고 절벽이 무너지는
것 같은 물소리, 이는 분발하는 마음으로 들은 것이다. 개구리 떼
가 다투어 우는 것 같은 물소리, 이는 뽐내고 건방진 마음으로 들
은 것이요, 만 개의 축筑(악기)이 번갈아 메아리치는 것 같은 물소
리, 이는 분노한 마음으로 들은 것이요, 번개가 번쩍하고 천둥이
치는 것 같은 물소리, 이는 놀란 마음으로 들은 것이다. 찻물이 화

력의 약하고 강함에 따라서 각기 보글보글 부글부글 끓는 것 같은 물소리, 이는 아취 있는 마음으로 들은 것이요, 거문고가 가락에 맞게 소리가 나는 것처럼 뚱땅거리는 물소리, 이는 애잔한 마음으로 들은 것이요, 대들보와 시렁에 바람이 몰아치는 듯한 물소리, 이는 의심하는 마음으로 들은 것이요, 종이 창호에 문풍지가 떠는 듯 파르르 하는 물소리, 이는 수심에 차서 들은 때문이다. 이렇듯 모두 그 바른 소리를 듣지 못하는 까닭은 다만 자신의 마음속에 어떤 소리라고 이미 설정해 놓고서 귀가 그렇게 소리를 듣기 때문이다.

오늘 나는 한밤중에 한 가닥 강물을 이리저리 아홉 번이나 건넜다. 강물은 장성 밖의 변방에서 흘러 들어와 장성을 뚫고 유하楡河와 조하潮河, 황화黃花·진천鎭川 등 여러 가닥의 강물이 한군데 모여 밀운성密雲城 아래를 지나서 백하白河가 되었다. 나는 어제 배를 타고 백하를 건넜는데, 그곳은 바로 이 물의 하류였다.

내가 아직 요동 땅에 들어서지 못했을 때는 바로 한여름이라, 지독한 뙤약볕 아래 길을 가는데 갑자기 큰 강이 앞을 막았다. 시뻘건 흙탕물이 산더미처럼 밀려와서 끝이 보이지 않았는데, 이런 경우는 대체로 천리 밖에 폭우가 내린 까닭이다.

물을 건널 때 사람들은 모두 고개를 젖히고 하늘을 바라보았다. 나는 속으로 사람들이 고개를 젖히고 하늘에 조용히 기도를 올리는가 생각했다. 하늘에 조용히 기도를 하여 경각에 달린 목숨을 비는 것이라고 여겼다. 일찍이 대낮에도 날마다 서너 차례나 강을 건넜는데, 수레와 말을 탄 사람이 물고기를 꿴 것처럼 한 줄로 늘어섰고, 내 눈 앞에 있는 사람은 문득 모두 하늘을 쳐다보았다. 한참 뒤에야 알았지만 물 건너는 사람들이 넘실거리고 빙

밀운수고 당시 연암이 아홉 번 건넜던 강물은 오늘날 북경 시민의 식수원인 밀운수고密雲水庫라는 호수가 되었다.

글빙글 빨리 돌아가는 강물을 보면, 마치 자기 몸은 물을 거슬러 올라가는 것 같고 눈은 강물과 함께 따라 내려가는 것만 같아서, 갑자기 현기증이 생기고 몸이 빙글 돌며 물에 곤두박질치게 된다는 것이다.

그들이 고개를 젖히고 우러러 하늘을 보는 까닭은 하늘에 기도를 하는 것이 아니라, 곧 물을 피하여 보지 않으려 함이다. 어느 겨를에 경각에 달린 생명을 위하여 기도를 드릴 경황인들 있을 것이랴. 이토록 위험하다 보니 물소리를 듣지 못하고, 모두들 말하기를 '요동의 벌판은 넓고 편편하기 때문에 물소리가 분노하여 소리를 내지 않는다'고 한다. 이는 물을 몰라서 하는 말이다. 요동

땅 강물이 일찍이 소리를 내지 않은 적이 없건만, 단지 밤에 건너지 않았기 때문이다. 낮에는 눈으로 물을 볼 수 있으므로 눈은 오직 위험한 데만 쏠려 바야흐로 벌벌 떨면서 눈으로 보는 것을 걱정하고 있는 판인데, 어찌 귀에 소리가 다시 들리겠는가?

오늘 나는 밤중에 물을 건너는지라 눈으로는 위험을 볼 수 없으니 그 위험은 오로지 듣는 데만 쏠려 귀가 바야흐로 무서워 부들부들 떨면서 그 걱정을 이기지 못하게 되었다.

나는 오늘에서야 도道라는 것이 무엇인지 깨달았도다. 마음에 잡된 생각을 끊은 사람, 곧 마음에 선입견을 가지지 않는 사람은 육신의 귀와 눈이 탈이 되지 않거니와, 귀와 눈을 믿는 사람일수록 보고 듣는 것을 더 상세하게 살피게 되어 그것이 결국 더욱 병폐를 만들어 낸다는 사실을.

지금 나의 마부인 창대가 말발굽에 발이 밟혀서 뒤에 따라오는 수레에 실렸다. 나는 하는 수 없이 말의 고삐를 늦추어 혼자 말을 타고 강물에 들어갔다. 무릎을 굽혀 발을 모으고 안장 위에 앉았으니, 한번만 까딱 곤두박질치면 그대로 강바닥이다. 강물을 땅으로 생각하고, 강물을 옷이라 생각하며, 강물을 내 몸이라 생각하고, 강물을 내 성품과 기질이라고 생각하며, 마음속으로 까짓것 한번 떨어지기를 각오했다. 그랬더니 내 귓속에는 강물 소리가 드디어 없어져 무릇 아홉 번이나 강물을 건너는데도 아무런 근심이 없었다. 마치 안방의 자리나 안석 위에서 앉고 눕고 일상생활을 하는 것 같았다.

옛날 우禹임금이 강물을 건너는데 타고 있던 배가 황룡黃龍의 등에 올라앉는 위험을 당했다. 그러나 죽고 사는 판가름이 이미 마음속에 먼저 분명해지니, 그의 앞에는 용인지 도마뱀인지 족히 문제가 되지 않았던 것이다. 정이천程伊川 선생이 부강涪江을 건널 때도 또한 이와 같았을 뿐이다. 순임금이 큰 산기슭에 들어가서도 매운 바람과 우레처럼 치는 비에도 길을 잃지 않았다. 이는 다른 이유가 없다. 그 상황에 자신을 맡겼기 때문이다.

소리와 빛깔이란 내 마음 밖에서 생기는 바깥 사물이다. 이 바깥 사물이 항상 사람의 귀와 눈에 탈을 만들어 사람으로 하여금 이렇게 올바르게 보고 듣지 못하게 만든다. 더구나 한세상 인생살이를 하면서 겪는 그 험하고 위태함은 강물보다 훨씬 심하여, 보고 듣는 것이 문득문득 병폐를 만듦에 있어서랴. 내가 장차 연암협 산골짝으로 돌아가 다시 앞 시냇물 소리를 들으면서 이를 징험해 보리라. 또한 교묘한 방법으로 자기만 유익하게 하여 자신의 영달을 꾀하며, 자신의 총명만을 믿는 사람에게 이것으로 경고하노라.

거북을 탄 신선이 비를 뿌리는 이야기

「승귀선인행우기」乘龜仙人行雨記

　　8월 14일 한낮에 피서산장에 들어가서 전각 안의 누런 장막 깊은 곳에 앉아 있는 황제의 모습을 멀리 바라보았다. 뜰에는 반열에 참여한 관리가 매우 드물고, 뜰 가운데 웬 노인 하나가 있었다. 상투에는 선도건仙桃巾[13]을 쓰고 누런 장삼을 입었는데, 검고 모

선도건을 쓴 모습

난 옷깃과 소매의 테두리는 모두 검은 선을 둘렀다. 붉은 비단이 넓은 띠를 허리에 둘렀고 붉은 신을 신었다. 수염은 반백으로 가슴까지 치렁치렁 내려왔으며, 지팡이 끝에는 금으로 된 호리병과 비단 두루마리를 묶었고, 오른손에는 파초 모양의 부채를 쥐고 있었다. 그는 커다란 거북이 등에 섰는데 거북은 조금씩 나아가며 마당 주변을 빙빙 돌았다.

　　거북이가 머리를 쳐들어 물을 뿜으니, 마치 무지개가 드리운 것 같다. 거북의 색은 검푸른 색이고, 크기는 연자방아 밑받침처

13 선도건은 명주실로 거칠게 짠 비단으로 만든 두건으로, 뒤에서 보면 종 모양으로 생겼다. 유학자 정이천과 도가의 도사들이 주로 썼다고 한다.

럼 크다. 처음에는 가느다란 비를 뿜어서 전각 위의 기왓골을 촉촉하게 적시는데, 가느다란 물보라가 날리고 튀어서 마치 안개비가 자욱하게 공중에 내리는 것 같다. 더러 화분을 향해서 뿜기도 하고, 더러 석가산石假山을 향해서 뿌리기도 한다.

잠시 뒤에 빗방울의 기세가 더욱 거세지더니 처마의 낙숫물이 갑자기 장맛비처럼 방울방울 쏟아져 내린다. 방울이 달린 전각에 햇살이 비끼니 마치 수정으로 된 발을 드리운 것 같다. 전각 위의 황금색 기와는 맑게 씻겨 금방이라도 흘러내릴 것 같고, 정원 동쪽의 나뭇잎들은 더욱 투명하고 화려해진다. 물이 온 정원을 흥건하게 채워서 흡족하게 적신 뒤에 거북은 물러나 오른쪽 장막 속으로 들어간다.

환관 십 수 명이 각기 대나무 빗자루를 들고서 뜰의 물을 쓸어 낸다. 거북의 배에 비록 100말의 물을 채웠더라도 능히 이처럼 세차게 퍼붓지는 못할 것이다. 게다가 사람들의 옷은 젖지 않게 비를 뿌리는 기술은 가히 귀신같다고 말할 만하다.

온 세상이 비가 오기를 모두 갈망하고 있는 판에, 단지 천자의 뜰 하나만을 비를 뿌려 젖게 하는 데 그친다면, 또한 볼 장 다 본 것이리라.

등불로 글자를 쓰는 이야기

「만년춘등기」萬年春燈記

황제가 피서산장 어원御苑의 동쪽에 있는 별전別殿으로 자리를 옮기자, 수많은 관리가 피서산장을 나와서 모두 말을 타고 궁성의 담을 끼고 5리쯤 갔다.

어원의 문을 들어서면 좌우에는 높이가 예닐곱 길 되는 고승들의 사리탑이 있고, 불당과 패루들이 몇 리를 뻗쳐서 서 있다. 전각 앞에는 누런 장막을 하늘에 닿을 정도로 높게 쳐 놓았고, 장막 앞에는 모두 흰 막을 침침하게 둘러치고는 셀 수조차 없는 수많은 채색의 등을 달아 놓았다. 그 앞에는 붉은 문이 세 곳 서 있는데, 높이는 모두 여덟이나 아홉 길 정도 되었다.

음악이 연주되며 여러 연희가 펼쳐지는데 날은 이미 어둑어둑해졌다. 붉은 궐문에는 황색의 커다란 궤짝이 내걸리고, 궤짝 바닥으로 갑자기 등불 하나가 떨어져 나

피서산장 영우사의 사리탑

오는데, 크기가 북처럼 크다. 등불에는 끈 하나가 연결되어 있으며, 끈 끝에서 갑자기 불이 절로 붙더니 그 끈을 따라 위로 타 올라가 궤짝 바닥까지 이르자, 궤짝 바닥에서 또 둥근 등 하나가 드리워지고, 끈에 붙었던 불이 그 등을 태우며 땅으로 떨어진다. 궤짝 안에서 또 쇠로 된 새장 모양의 주렴이 드리워지는데, 주렴의 표면에는 모두 전서체篆書體로 된 수복壽福이란 글자가 쓰여졌으며, 푸른빛 불이 붙었다. 한참 뒤에 수복이란 글자에 불이 붙어서 타다가 절로 꺼지며 땅으로 떨어진다. 또 궤짝 안에서 등불을 죽 달아서 맨 연주등聯珠燈 100여 줄이 드리워지는데, 한 줄마다 달린 등이 사오십 개는 되었고, 등불은 속에서 차례대로 저절로 불이 붙어서 일시에 밝은 달처럼 훤하게 되었다.

또 수염이 없는 미모의 남자 천여 명이 비단 도포를 입고 수놓은 머리싸개를 쓰고 각자 고무래 정丁 자 모양 지팡이를 손에 쥐었다. 지팡이 양쪽 끝에 모두 작은 홍등을 매달았는데, 앞뒤로 왔다 갔다 하기도 하고 빙빙 돌기도 하면서 마치 군대에서 진영을 짜는 모양을 연출하더니 갑자기 변하여 세 무더기의 큰 산 모양이 되었다가, 홀연히 변하여 누가 모양이 되고, 또 홀연히 변하여 네모난 진영의 모습이 된다.

밤이 깊어갈수록 등불의 빛은 더욱 밝아진다. 갑자기 등불의 모양이 변하여 '만년춘'萬年春 세 글자를 쓰더니, 또 변하여 '천하태평'天下太平이란 네 글자를 쓰고, 홀연히 변하여 두 마리의 용이 된다. 용의 비늘과 뿔, 발톱과 꼬리가 꿈틀꿈틀 공중에서 빙그르 돈다. 잠시 잠깐 사이에 갑자기 나타났다가 없어졌다가 환상적으로 변하고, 떨어졌다 붙었다 하는 동작들이 저울의 눈금이나 좁쌀만큼도 착오가 나지 않고, 글자의 획이 또렷하여 귀신이 붓을 휘갈겨 쓴 것 같은데, 단지 수천 개의 신발 소리만 들릴 뿐이다.

이것은 잠시 동안 하는 유희일 뿐인데도 기강과 질서가 이처럼 엄숙하다. 만약 이런 법을 가지고 군대의 진영에 적용한다면 천하에 어느 누가 감히 거치적거리겠는가? 그러나 천하를 다스리는 것은 임금의 덕에 달린 문제이지 병법에 있지 않거늘, 하물며 천자가 이런 유희를 가지고 천하를 다스리려고 해서야 옳겠는가?

불꽃놀이
「매화포기」梅花砲記

14 매화포는 종이로 만든
딱총의 하나이다. 불똥 튀는
모양이 매화꽃이 떨어지는
것과 비슷하다고 해서 붙은
이름이며, 매화총이라고도
한다.

15 송나라 때 사람 송백인宋
伯仁이 편찬한『매화희신보』
梅花喜神譜에는 매화의 모
습을 형용한 수십 가지 명칭
이 나온다. 여기 연암이 묘사
한 글은『매화희신보』에 나
오는 개경開鏡, 의풍欹風, 고
문전古文錢, 토순兔脣 등의
명칭을 각각 표현한 것으로
보인다. 이덕무의『청장관전
서』「윤회매십전」輪回梅十箋
에도 '고로전古魯錢, 규경窺
鏡, 토취兔嘴' 등 각종 매화
꽃 모양의 비유가 형용되어
있다.

16 『병사월표』는 명나라 때
도본준屠本畯이 쓴 책으로,
월별로 피는 꽃의 종류를 나
열하였다.

날이 저물자 수많은 매화포[14]를 동산 안으로 내왔다. 그 소리가 천지를 흔들고, 매화꽃 같은 불꽃이 산지사방으로 흩어져 마치 숯불을 부채로 부쳐서 그 불똥이 튀고 흐르는 것 같다.

각양각색의 불꽃 모양이 마치 거울을 엿보고 상긋 웃는 모양, 바람을 맞아 비스듬히 기대는 모습, 옛날 엽전처럼 생긴 모양, 토끼의 언청이 입술처럼 아직 터지지 않은 모양[15]이 공중에 흩어진다. 이어서『병사월표』瓶史月表[16]에 의하면 가장 뒤늦게 핀다는 매화도 늦게야 모습을 드러냈지만 꽃받침과 꽃술이 분명하게 났고, 꽃술과 꽃받침은 날카롭고 가늘다. 이것들이 모두 불꽃으로 변하여 날아간다.

계속해서 새와 짐승, 벌레와 물고기 족속들이 날고 달리며 꿈틀거리고 뛰어오르며 갖가지 정상情狀을 갖추고 있다.

새의 모양을 한 매화꽃을 보자. 날개를 펴서 기지개를 켜는 놈이 있고, 부리로 깃털을 쪼는 놈도 있으며, 발로 눈을 비비는 놈도 있고, 벌과 나비를 쫓아다니는 놈도 있고, 꽃과 과일을 입에 물고 있는 놈도 있다. 짐승 모양을 한 놈들은 모두 튀어 오르고 뛰며, 움켜쥐거나 낚아채며, 입을 벌리거나 꼬리를 펴는 모습 등 천태만상이다. 모두 붉게 빛나며 불꽃으로 날아오르다가 하늘 한가운데 이르러서는 빛이 가늘어져 차츰 꺼지며 사그러진다.

대포 소리가 커지면 커질수록 불빛은 더욱 밝아지는데, 수백 명의 신선과 수만 명의 부처가 쏟아져 나와 날아서 승천하는 모습이다. 어떤 이는 뗏목을 탔으며, 어떤 이는 연잎의 배를 탔고, 어떤 이는 고래를 탔고, 어떤 이는 학을 탔다. 어떤 이는 호리병을 높이 들고 있고, 어떤 이는 등에 보검을 찼으며, 어떤 이는 쇠고리를 매단 지팡이를 휘두르고, 어떤 이는 맨발로 갈대를 밟고, 어떤 이는 맨손으로 호랑이의 이마를 쓰다듬는데, 모두들 공중에 떠서 서서히 흘러가지 않는 인물이 없다. 눈으로 다 돌아볼 겨를이 없는데, 번쩍번쩍하여 눈이 부실 지경이다.

정사가,

"매화포를 좌우에 배열하였는데, 그 통이 어떤 것은 크고, 어떤 것은 작더군. 긴 것은 서너 발 정도 되겠고, 짧은 것은 서너 자가 되겠으며, 만든 모양이 우리나라의 삼혈포三穴砲[17]와 닮았네. 하늘에서 옆으로 퍼져 나가는 화염의 모습은 우리나라의 신기전神機箭[18]과 같더구먼."

한다.

불꽃이 아직 꺼지지 않았는데, 황제는 일어나서 반선班禪을 돌아보며 잠시 이야기를 하더니 가마를 타고 내전으로 돌아간다. 때는 바야흐로 칠흑처럼 캄캄한데도 앞을 인도하는 등불 하나가

17 삼혈포는 포신 세 개를 겹쳐서 만든 대포.

18 화살에 화약을 장착하거나, 불을 달아서 쏘는 병장기이다.

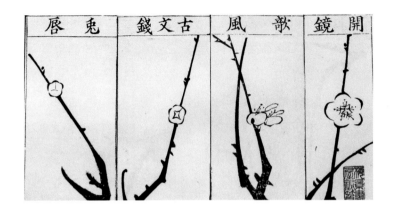

없다.

　대략 여든한 가지 놀이를 하는데, 매화포 불꽃놀이로 끝을 맺는다. 이 여든한 가지 놀이를 일러서 구구대경회九九大慶會라고 부른다.

납취조 이야기
「납취조기」蠟嘴鳥記

납취조[19]는 비둘기보다는 작고 메추리보다는 큰데, 몸통은 회색빛이고 날개깃은 푸르다. 커다란 부리가 마치 밀랍으로 만든 초처럼 생겼다고 해서 이름을 그렇게 붙인 것이다. 또 오동조梧桐鳥라고도 부르는데, 능히 사람의 말귀를 알아들어서, 무릇 무엇이고 시키면 그 목소리에 따라서 받들어 하지 않는 일이 없다.

이 새를 길들여서 시장에서 돈을 받고 놀리는 사람이 있다. 골패 서른두 개를 그릇 속에 담아 놓고 손바닥으로 비벼서 평평하게 섞고는 구경꾼에게 골패 한 개를 뽑아서 어떤 패인지 알게 한 뒤에 그 골패를 새의 임자에게 주면, 새를 놀리는 자가 구경꾼들에게 두루 보여준 뒤에 다시 그릇 속에 넣어서 재차 손으로 어루만져 뒤섞어 놓고 새를 불러 그 골패를 찾게 한다. 새는 즉시 그릇 안으로 들어가 부리로 그 골패를 물고는 날아서 횃대에 앉는데, 그 골패를 취해서 보면 과연 먼저 표시해 두었던 바로 그 골패

납취조

19 납취조는 고지새 혹은 밀화부리라고 하는데, 되샛과의 새이다.

이다.

오색의 깃발을 세워 놓고 새에게 어떤 색의 깃발을 뽑으라고 하면, 새는 소리에 응하여 깃발을 뽑아서 사람에게 준다.

종이로 겹처마와 누런 장막으로 된 임금의 수레를 만들고 코끼리 인형으로 멍에를 메어서 새에게 수레를 몰게 하면, 새는 머리를 숙이고 코끼리 배 밑으로 들어가 부리로 코끼리의 양쪽 허벅지 사이를 물고 수레를 민다.

무릇 맷돌을 돌리고, 말을 타며, 활을 쏘고, 호랑이춤과 사자춤을 추게 하는 등 모두 사람이 지휘하는 대로 그대로 하여 하나의 착오도 없다.

또 종이로 작은 전각과 구중궁궐의 문을 만들고는 새에게 전각 안으로 들어가 어떤 물건을 가지고 나오라고 시키면, 새는 즉시 날아 들어가서 입으로 부르는 대로 물고 나와서 물건을 탁자 위에 차례로 진열해 놓는다.

비록 앵무새처럼 사람의 말을 흉내 내지는 못하지만, 그 교묘한 재주와 지혜로움은 더 나은 것 같다. 새를 한참 동안 부리고 나면, 몸에 열이 나는 것을 이기지 못한 새는 입을 벌리고 혀를 빼물며 땀으로 깃털을 흠뻑 적신다. 한 번 새를 부릴 때마다 삼씨 하나를 먹이는데, 새를 놀리는 사람은 매번 자기의 입에서 삼씨를 꺼내어 새에게 준다.

각국에서 보내온 진상품

「만국진공기」萬國進貢記

건륭 45년 경자년庚子年(1780), 황제는 칠십이 된 나이로 남쪽 지방을 순수巡狩하고 곧바로 북쪽 열하로 돌아왔다. 가을 8월 13일은 바로 황제의 탄신일이다. 특별히 우리 사신을 탄신일 전에 열하의 행재소까지 오도록 하여 뜰에서 거행하는 축하 반열에 참석하도록 하였다.

나는 사신을 좇아서 북쪽 만리장성을 나가서 밤낮으로 길을 달렸다. 달려가는 길에서 보니, 사방에서 황제에게 진상하는 조공들이 수레 만 대는 됨직했다. 또한 사람이 직접 메고, 낙타에 싣고, 가마에 태워서 가는데, 그 형세가 폭풍우처럼 빨랐다. 그중에서 들것에 마주 메고 가는 것은 아주 정교하고 연약해서 다치기 쉬운 물건이라고 한다.

수레마다 말이나 노새를 예닐곱 마리씩 묶어서 끌게 했고, 가마는 작대기를 연결하여 노새 네 마리에 멍에를 묶었으며, 위에

〈만국래조도〉에 그려진 조선
사신의 모습

는 작고 누런 깃발을 꽂았는데 모두 '진공'
進貢이란 글자가 적혀 있다. 진상하는 물품
은 모두 겉을 붉은 담요와 형형색색의 티베
트 지방의 양탄자로 쌌으며, 대나무 삿자리
와 등나무 자리로 싼 것은, 모두 옥으로 만
든 그릇이라고 한다.

수레 하나가 길에서 넘어져서 바야흐
로 포장을 다시 하는데, 겉에 쌌던 등나무
자리가 닳고 해진 틈 사이로 궤짝의 모습이
빠끔하게 보인다. 궤짝은 누런 칠을 했는
데, 크기는 한 칸 정도의 작은 정자만 하다. 정중앙에 '자유리보
○○일좌'紫琉璃普○○一座라고 쓰였으며, 보普와 일一 사이에 두
세 글자가 있으나, 등나무 자리의 모서리가 약간 가리고 있어 알
아볼 수가 없다. 무슨 놈의 유리그릇이 저렇게나 크담. 이를 보면
다른 수레와 가마에 뭐가 실렸는지 미루어 짐작할 수 있겠다.

날이 저물자 수레와 말들이 더욱 많이 눈에 띄고, 길을 다투
며 서둘러 갈 길을 재촉한다. 대나무 상자에 넣은 등불이 앞뒤에
서 서로 비치고, 말방울 소리가 지축을 진동하며, 채찍 소리가 들
판을 울린다. 호랑이와 표범을 우리에 넣어서 실은 수레가 십여
대가 된다. 창문이 나 있는 우리는 겨우 범 한 마리가 들어갈 정도
의 크기인데, 안에 든 호랑이는 모두 목에 쇠사슬을 감았으며, 누
렇고 푸른 눈의 불빛이 땅에 철철 흘러 구른다. 승냥이는 체구가
매우 나지막하고 털은 북슬북슬하며 꼬리가 큼지막하다.

이밖에 곰, 여우, 사슴 등의 종류는 이루 다 적을 수가 없을 정
도로 많다. 사슴 가운데 붉은 굴레를 하여 마치 말처럼 수레를 끌

고 가는 놈도 있는데, 이는 길들인 사슴인 순록이다. 악라사鄂羅斯
(러시아)의 개는 키가 거의 말과 같으며, 온 몸의 뼈는 가느다랗고
털은 짧으며, 날렵하게 우뚝 서자 바짝 마른 정강이가 마치 학의
정강이 같다. 꼬리는 빙빙 꼬여서 뱀과 같고, 허리와 배는 홀쭉하
고 길며, 귀에서 주둥이까지가 한 자 남짓 되는데 그것이 모두 입
이다. 호랑이와 표범도 능히 쫓아가서 죽인단다. 마치 낙타 모양
을 한 큰 닭이 있는데, 높이는 서너 척이고 발은 낙타의 발굽과 같
다. 날개를 휘저으며 하루에 삼백 리를 간다고 하는데 이름은 타
계鴕鷄(타조)라고 부른다.

대낮에 지나쳐 가는 것들이 모두 응당 저런 종류일 터인데,
일행의 상하가 갈 길이 총망하여 무심코 지나가고 말았다. 마침
해가 저물자, 아래 비복이 표범의 으르렁거리는 소리를 들었다고
한다. 드디어 부사, 서장관과 함께 호랑이 실은 수레에 올라가 보
고서야 날마다 마주쳐 지나간 수만 대의 수레에 옥으로 된 그릇
이나 보물만이 아니라, 사해 만국의 기기괴괴한 날짐승과 길짐승
도 많이 실려 있다는 사실을 비로소 알게 되었다.

연희를 구경할 때에 아주 작은 말 두 마리가 산호나무를 신
고 전각 안에서 또렷하게 나오는데, 말의 높이는 고작 두 자 정도
되고 색깔은 황백색이었다. 그러나 말갈기가 땅에 치렁치렁하고,
갑자기 크게 소리를 치며 뛰어오르는데 준마의 모습을 갖추었다.
신고 있는 산호나무의 줄기와 가지가 엉성한데 말보다 더 컸다.

아침나절에 피서산장의 궐문 밖에서부터 혼자 걸어서 태학
관으로 돌아오다가 길에서 태평차를 타고 가는 한 부인을 보게
되었다. 얼굴에는 하얀 분을 바르고, 수놓은 비단옷을 입었으며,
수레 옆에는 맨발 차림의 사람 하나가 채찍을 치며 수레를 질풍

처럼 몰고 간다. 짧은 머리카락이 어깨를 덮었는데 그 끝은 양털처럼 모두 돌돌 말렸고, 금테로 이마를 둘렀고, 얼굴빛은 붉고 살이 올랐으며, 눈은 고양이처럼 둥글었다. 수레를 따라가며 구경하는 자들이 와그르르 떼를 지어 몰려들어 시끄러면 먼지가 하늘을 덮을 정도였다.

처음에는 말을 모는 사람의 모습이 아주 유별나게 생겨서 그를 쳐다보는 바람에 수레 위의 부인을 상세히 쳐다보질 못했다가, 다시 가만히 살펴보니 부인이 아니라, 곧 사람 모양을 한 짐승 종류였다. 손에는 원숭이처럼 털이 수북하게 났고, 쥐고 있는 물건은 쥘부채처럼 생겼다. 얼핏 보았을 땐 모양이 아주 요염해 보였으나, 상세히 살펴보니 늙은 할망구의 요망하고 사나운 모습과 같았다. 신장은 겨우 몇 척 남짓 되고, 수레의 장막이 걷힌 부분으로 좌우를 힐금거리며 쳐다보는데 눈이 마치 잠자리 눈처럼 생겼다. 대저 남쪽 지방에서 태어나는 짐승으로서, 능히 사람의 뜻을 알아차린다고 한다. 어떤 사람은 그것이 산도山都(침팬지의 일종)라고 했다.

덧붙이는 말

나는 몽고 사람인 박명博明에게 그것이 어떤 짐승이냐고 물어보았다. 박명은,

"옛날에 장군 풍승액豐昇額[20]을 따라서 옥문관玉門關[21]을 나가서 돈황에서 4천 리 떨어진 어떤 산의 계곡에서 야영을 했습니다. 아침에 일어나니 장막 안에 있던 작은 나무 궤짝과 가죽으로 된

20 풍승액(?~1777)은 만주 양황기 출신의 무인으로, 벼슬이 정백기 만주도통正白旗滿洲都統에 이르고, 시호는 성무誠武이다.
21 옥문관은 감숙성 돈황 서북쪽의 작은 관문으로, 한나라 무제 때 서역으로부터 옥을 수입하기 위해 세운 관문이다.

〈**만국래조도**〉(**부분**)　건륭 황제의 생일을 맞아 각국의 사절들이 진상품을 보내왔다.

22 『제동야어』齊東野語 '야
파'野婆 항목에 의하면, 야파
는 중국 서남쪽 변방에 사는
유인원의 한 종류로 누런 머
리털에 상투를 했으며, 맨발
에 나체로 다니는 모습이 꼭
노파와 닮았으며, 사람의 자
녀를 훔치기를 좋아하고, 암
놈끼리만 살다가 짝짓는 계
절을 만나면 남자를 잡아가
서 교미를 한다고 한다.

23 유황포는 연암이 북경에
서 사귄 중국인 친구로, 이름
은 유세기兪世琦이다.

상자가 없어졌습니다. 당시 함께 갔던 막료들도 차례로 잃어버렸
었지요. 군인들 중에서 말하기를 '이는 야파野婆[22]가 훔쳐 간 것이
다'라고 했습니다.

병졸을 풀어서 포위를 했더니, 야파는 모두 나무를 타고 다니
는데 민첩함이 나는 원숭이 같았습니다. 막다른 곳에 몰리자 야
파는 구슬피 울부짖으며 잡히지 않으려 필사적으로 저항하다가
결국은 모두 나뭇가지에 목을 매고 죽었습니다.

잃었던 상자를 모두 찾았는데, 자물통으로 봉해진 것이 옛 모
습 그대로였으며, 열어서 살펴보니 기물은 하나도 잃어버리거나
상한 것이 없었답니다. 상자 안에는 모두 붉은 연지분을 보관했
으며, 머리 장식과 화장통이 많았습니다. 아름다운 거울, 실과 바
늘, 칼과 자까지 있었습니다. 대체로 야파는 짐승이면서도 부인
네들의 화장하는 것을 본받아, 스스로 이를 즐거움으로 삼는다고
합니다."
라고 한다.

유황포兪黃圃[23]가 내게 장성 북쪽의 막북 지방에서 뭐 특별한
볼거리가 있었냐고 묻기에, 나는 타계(타조)를 본 이야기를 해 주
었다. 황포는 축하를 하면서,

"그것은 바로 아주 먼 서쪽의 중국에서 나는 기이한 짐승으
로 이름만 들었지 실제의 생김새는 본 적이 없습니다. 박공께서
는 외국인인데도 그놈을 다 보셨군요."
한다. 산도 이야기를 했더니, 그것을 본 사람이 아무도 없었다.

내가 열하에서 북경으로 돌아올 때에 북경 근처인 청하淸河
의 시장 안에서 한 난쟁이를 보았다. 신장은 겨우 두 척 남짓 하
고, 커다란 배는 바람이 꽉 차서 팽창된 북처럼 톡 튀어나온 생김

새가 그림에서 보던 포대화상布俗和尙[24]과 비슷하다. 입과 눈은
거의 땅바닥에 붙은 셈이며, 팔뚝과 정강이가 없이 바로 손과 발
이 몸통에 붙어 있는데, 담배를 입에 물고는 아장아장 걸어가며
손을 펴서 빙글빙글 돌며 춤을 춘다. 사람을 보면 문득 크게 웃는
데, 이 난쟁이는 중국 사람인데도 유독 변발을 하지 않고 상투를
찌고서 뒤통수에는 선도건仙桃巾을 묶었다. 무명도포는 소매가
넓고, 천연덕스럽게 배를 드러내 놓고 있는데, 모습이 오종종하
여 그 기이하고 괴상한 모습을 다 표현하기가 어렵다. 조물주는
가히 장난치기를 너무나도 즐긴다고 말할 만하다.

24 포대화상은 오대 시대
의 승려로 미륵보살의 화신
이라고 한다. 작은 키에 배가
불룩 튀어나왔다.

포대화상

내가 이것을 유황포에게 말하였더니, 황포와 여러 사람들이
모두,

"이는 천생이물天生異物, 즉 하늘이 특이한 생물을 만든 것이
라 부를 수 있겠는데, 사람을 자라처럼 만든 것입니다. 지금 시장
에 나가 보면 많이 볼 수 있습니다."
라고 한다.

내 평생 기이하고 괴상한 볼거리를 열하에 있을 때보다 더 많
이 본 적은 없었다. 그러나 대부분 그 이름을 알지 못했고, 문자로
능히 형용할 수 없는 것들이어서 모두 빼고 기록하지 못하니, 안
타까운 일이다.

비 내리는 날, 평계平溪[25]의 집에서 연암이 쓴다.

25 이곳이 한양의 어디인지
확실하지 않으나, 연암의 처
남인 이재성의 집이 있는 곳
이고, 이를 연암이 빌려서 우
거하고 있었다. 종로구 평동
과 서대문구 냉정동(냉천동)
사이에 계천이 있었는데, 이
를 평계라고 불렸던 것으로
추정된다.

희곡 대본 목록
「희본명목기」戲本名目記

26 여기 나오는 희곡 대본
의 목록은 희곡의 제목을 말
하는 것이다. 제목은 모두 일
정한 의미를 가지고 있어서
간략하게 번역할 수 있다.
예컨대 「구여가송」은 '끝없
이 장수하라는 송축의 노래'
「광피사표」는 '임금의 은택
이 사방을 덮는다' 능이 그것
인데, 여기서는 제목만 제시
한다.

「구여가송」九如歌頌,[26] 「광피사표」光被四表, 「복록천장」福祿
天長, 「선자효령」仙子效靈, 「해옥첨주」海屋添籌, 「서정화무」瑞呈花
舞, 「만희천상」萬喜千祥, 「산령응서」山靈應瑞, 「나한도해」羅漢渡
海, 「권농관」勸農官, 「첨포서향」簷葡舒香, 「헌야서」獻野瑞, 「연지
헌서」蓮池獻瑞, 「수산공서」壽山拱瑞, 「팔일무우정」八佾舞虞庭, 「금
전무선도」金殿舞仙桃, 「황건유극」皇建有極, 「오방정인수」五方呈仁
壽, 「함곡기우」函谷騎牛, 「사림가악사」士林歌樂社, 「팔순분의권」八
旬焚義券, 「이제공당」以躋公堂, 「사해안란」四海安瀾, 「삼황헌세」三
皇獻歲, 「진만년상」晉萬年觴, 「학무정서」鶴舞呈瑞, 「복단재중」復旦
再中, 「화봉삼축」華封三祝, 「중역래조」重譯來朝, 「성세숭유」盛世崇
儒, 「가객소요」嘉客逍遙, 「성수면장」聖壽綿長, 「오악가상」五嶽嘉祥,
「길성첨요」吉星添耀, 「구산공학」緱山控鶴, 「명선동」命仙童, 「수성
기취」壽星既醉, 「낙도도」樂陶陶, 「인봉정상」麟鳳呈祥, 「활발발지」

524

活潑潑地, 「봉호해근」蓬壺海近, 「복록병진」福祿幷臻, 「보합대화」
保合大和, 「구순이취헌」九旬移翠巘, 「여서구가」黎庶謳歌, 「동자상
요」童子祥謠, 「도서성칙」圖書聖則, 「여환전」如環轉, 「광한법곡」廣寒
法曲, 「협화만방」協和萬邦, 「수자개복」受玆介福, 「신풍사선」神風四
扇, 「휴징첩무」休徵疊舞, 「회섬궁」會蟾宮, 「사화정서과」司花呈瑞菓,
「칠요회」七曜會, 「오운롱」五雲籠, 「용각요첨」龍閣遙瞻, 「응월령」應
月令, 「보감대광명」寶鑑大光明, 「무사삼천」武士三千, 「어가환음」漁
家歡飮, 「홍교현대해」虹橋現大海, 「지용금련」地湧金蓮, 「법륜유구」
法輪悠久, 「풍년천강」豊年天降, 「백세상수」百歲上壽, 「강설점년」絳
雪占年, 「서지헌서」西池獻瑞, 「옥녀헌분」玉女獻盆, 「요지묘세계」
瑤池杳世界, 「황운부일」黃雲扶日, 「흔상수」欣上壽, 「조제경」朝帝京,
「대명년」待明年, 「도왕회」圖王會, 「문상성문」文象成文, 「태평유상」
太平有象, 「조신기취」竈神旣醉, 「만수무강」萬壽無疆.

청음각 피서산장의 연희를 공연
하던 건축물로 현재는 유지만 남
았다.

8월 13일은 바로 황제의 탄신일인 만수절萬
壽節이다. 이날을 전후로 각기 사흘 동안 연희가
베풀어진다. 모든 관리들은 오경五更(새벽 3시~5
시)에 대궐에 이르러 황제에게 문안을 올리고,
묘시卯時(오전 5시~7시) 정각에 반열에 참여하여
연희를 구경하고, 미시未時(오후 1시~3시) 정각
에 마치고 퇴궐한다.

연희의 대본은 모두 조정의 신하들이 바친
시와 부賦 및 사詞를 연극 대본으로 꾸민 것이
다. 별도로 연희를 하는 무대를 행궁의 동쪽에
세웠는데, 누각은 모두 겹처마이며, 높이는 다섯 길 되는 깃발을
꽂을 수 있을 정도이고, 넓이는 수만 명을 수용할 수 있는 크기이
다. 무대를 설치하고 철거하는 것은 크게 거치적거리거나 장애가
되는 것이 없이 간단하다. 무대 좌우에는 나무로 만든 가산假山이
있는데 높이는 누각의 높이와 나란하고, 옥처럼 아름다운 온갖
나무로 그 위를 덮어서 연결했으며, 채색 비단을 오려서 꽃을 만

들고 진주를 엮어서 과일을 만들었다.

매 대본을 하나 연희할 때마다 동원되는 배우들은 무려 수천 명이나 되었는데, 모두 비단에 수놓은 옷을 입었다. 대본에 따라서 옷을 바꾸어 입으며, 모두 한인漢人 관리의 도포를 입고 모자를 썼다. 연희를 시작하기 전에 잠시 비단으로 된 차단막을 무대의 전각 위에 치는데, 고요하여 인기척이라고는 없고 단지 발소리만 난다. 잠시 뒤에 막을 올리면, 이미 전각 안에는 산이 우뚝 솟고 바다가 넘실거리며, 소나무가 서고 태양이 높이 떠 있다. 형산亨山 윤가전尹嘉銓이 지었다는 소위 「구여가송」九如歌頌을 대본으로 만든 것이 바로 이것이다.

연희의 노랫소리는 모두 맑고 씩씩한 우조羽調의 음으로서, 보통 음률의 두 배나 높은 음을 낸다. 악기 소리는 모두 높고 맑아서 마치 하늘 위에서 나는 소리 같으며, 청탁의 조절이 없는 소리이다. 모든 대본의 연희에는 생황, 젓대, 피리, 종, 경쇠, 거문고, 비파의 소리가 나고, 다만 북소리는 나지 않고 간간이 첩정疊鉦(여러 개의 징이 달린 악기)의 소리가 난다. 잠시 잠깐 사이에 산이 옮겨지고 바다가 움직이는데 물건 하나도 들쭉날쭉하는 것이 없고, 한 가지 일도 뒤집히고 거꾸로 되는 일이 없다. 황제黃帝, 요임금, 순임금 시대의 고대로부터 그 의상을 그대로 본뜨지 않은 것이 없으며, 제목에 따라서 의상을 별도로 입고 연희를 놀았다.

왕양명王陽明[27]은,

"순임금의 음악이라는 소韶는 바로 순임금에 대한 한 편의 연극 대본일 것이고, 무왕의 음악이라는 무武는 무왕에 대한 하나의 연극 대본일 터이니, 그렇다면 폭군으로 알려진 걸桀, 주紂, 유왕幽王, 여왕厲王과 같은 군주들도 마땅히 하나의 연극 대본이 있었

27 명나라 유학자 왕수인王守仁(1472~1528)으로, 양명은 그의 호이다. 그의 학문을 양명학이라 하는데, 주자학파와는 다른 지행합일론을 주장하여 주자학파와 대립했다.

북경 창음각 연극을 공연한 건축물로 피서산장의 청음각, 이화원의 대희루와 함께 3대 공연장이다.

을 것이로다."

라고 말했는데, 그렇게 본다면 지금 연희하는 연극은 바로 오랑캐의 한 연극인가?

노魯나라에 가서 이미 없어진 주周나라의 음악을 알았다고 했던 계찰季札과 같은 음악에 대한 지식이 내겐 없으니, 갑자기 연희의 음악을 듣고서 그 덕화와 정치를 논할 수는 없을 것이다.

그러나 대저 악기의 음률이 지나치게 고고하고 높을 대로 높아진다면 윗사람이 아랫사람과 함께 어울릴 수 없으며, 노랫소리가 맑고 격하면 아랫사람이 의지할 데가 없을 것이다. 아! 슬프다. 중국에 전래하던 선왕들의 훌륭한 음악이 있을 터이지만, 그만이로다. 내가 장차 어찌해 볼 수가 없구나.

코끼리 이야기
「상기」象記

괴상스럽고 특별하며 우스꽝스럽고 기이하며 거창하고 뛰어난 구경거리를 보려거든 먼저 북경 선무문宣武門 안에 가서 코끼리 우리인 상방象房을 보는 것이 옳으리라. 내가 북경에서 본 코끼리가 열여섯 마리인데, 모두 쇠사슬로 발을 묶어 놓아 움직이는 모습을 보지 못했다. 이제 코끼리 두 마리를 열하 행궁行宮 서쪽에서 보았는데 온 몸뚱이를 꿈틀거리며 움직이는데, 가는 것이 폭풍우처럼 빠르다.

내가 일찍이 새벽에 우리나라의 동해 바닷가를 거닌 적이 있었다. 파도 위에 말처럼 생긴 것이 수없이 많은 것을 보았는데, 모두 활꼴 모양으로 중앙이 높고 옆이 처진 집채 같아서, 그게 물고기인지 짐승인지 알지 못했다. 해가 돋기를 기다려 자세히 보려고 했더니, 해가 막 수면 위로 솟아오르자 물결 위에 말처럼 섰던 것들은 바다 속으로 이미 숨어 버렸다.

이번에 코끼리를 열 걸음 밖에서 보았는데, 그때 동해에서 상상했던 것이 떠올랐다. 코끼리의 모습은 몸뚱이는 소 같고, 꼬리는 나귀 같으며, 낙타의 무릎, 범의 발굽을 하였으며, 짧은 털은 회색이었다. 어질어 보이는 모습에 슬픈 울음소리를 내며, 귀는 구름장같이 드리웠고 눈은 초승달 같았다. 두 어금니(상아)는 굵기가 두 줌쯤 되고, 길이는 한 발 남짓 된다. 코는 어금니보다 길고, 굽혔다 펴는 모습이 자벌레와 같으며, 도르르 마는 모습은 굼벵이 같고, 코의 끝은 누에 꽁무니 같은데, 물건을 족집게처럼 집어서 돌돌 말아서는 입에 집어넣는다.

어떤 사람들은 코를 주둥이로 생각하여 코를 따로 찾아보기도 한다. 그도 그럴 것이, 코 생긴 모양이 이렇게 생겼으리라고는 생각하지도 못했던 까닭이다. 더러 코끼리의 다리가 다섯이라고도 하고, 코끼리의 눈이 쥐를 닮았다고 하는 사람도 있다. 대체로 코끼리의 코와 어금니인 상아를 보다가 생각이 그만 궁색해지기 때문이다. 그 전체 몸뚱이 중에서 제일 작은 것을 가지고 비교해보니 이렇게 엉터리 계산이 나오게 된다. 대개 코끼리 눈은 몹시 가늘게 생겨서 간사한 사람이 눈부터 먼저 웃으며 아양을 떠는 것과 같으나, 코끼리의 어진 성품은 바로 눈에 있다.

강희康熙 시대에 남해자南海子[28]에 사나운 범이 두 마리 있었는데 오래도록 길을 들일 수 없었다. 황제는 노하여 범을 코끼리 우리에 몰아넣으라고 명하였다. 코끼리가 몹시 겁을 내면서 코를 한번 휘두르자 범 두 마리가 그 자리에서 고꾸라져 죽었다고 한다. 코끼리가 범을 죽일 의도가 있어서 그런 것이 아니라, 범의 낯선 냄새가 싫어서 코를 한번 휘두른 것이 잘못 부딪쳤던 것이다.

아하! 털끝같이 작은 세상의 물건도 모두 하늘이 내지 않은

28 남해자는 북경의 숭문문崇文門 남쪽에 있는 동물원이다.

것이 없다고들 말한다. 그러나 하늘이 어떻게 일일이 다 명령을
하여 만물을 생겨나게 했겠는가? 하늘이란 형체로 말한다면 천
天이요, 성정으로 말한다면 건乾이요, 중심이 되어 맡아서 처리하
는 면으로 말한다면 상제上帝요, 미묘한 작용으로 말한다면 신神
이라고 말하니, 그 이름 붙이는 것이 여러 가지요, 또 호칭이 너무
난잡하다. 그런데도 이理와 기氣를 자연계의 창조자로 삼아 널리
전하고 펴서 사물을 만든다고 한다. 이는 마치 하늘을 솜씨 좋은
기술자로 보고서 망치질, 끌질, 도끼질, 칼질에 조금도 쉴 사이 없
이 손을 놀린다고 하는 것과 같다.

　　그러므로 『주역』周易에 이르기를 "하늘이 초매草昧[29]를 지었
다"고 했으니, 초매란 빛은 검고 형태는 흙비와 같은 것이니, 비
유하자면 동이 틀 듯 말 듯한 때와 같아서 사람이고 물건이고 똑
똑히 분별할 수 없는 상태, 그것이라고들 말한다. 나는 도대체 모
르겠다. 하늘이 컴컴하고 흙비처럼 자욱한 속에서 과연 어떤 물
건을 만들었다는 것인지.

　　국숫집에서 밀을 맷돌에 갈아 밀가루로 만들 때 작고 크고 가
늘고 거친 것이 뒤섞여 바닥에 흩어지니, 무릇 맷돌의 작용이란
그저 도는 것일 뿐이다. 가루가 가늘고 거친 것이 어찌 맷돌이 의
도적으로 그렇게 만들 생각을 해서 그렇게 된 것이겠는가?

　　그런데도 말하기 좋아하는 자는 "뿔이 있는 놈에게는 이빨을
주지 않았다"[30]고 하여 조물주(하늘)가 물건을 만들 때 무슨 결함
이나 있게 만든 것처럼 말한다. 이는 망발이다.

　　"이빨을 준 자는 누구인가?"

하고 묻는다면 사람들은,

　　"하늘이 주었지요."

29　천지가 처음으로 열리면
서 만물이 혼돈된 상태로 있
는 것을 초매라고 한다.

30　『예기』 「역본명」易本命
편에 나오는 말이다.

라고 장차 말하리라. 다시

　"하늘이 이빨을 준 이유는 장차 무엇을 하게 함인가?"

라고 물으면 사람들은,

　"먹이를 씹어서 먹으라고 주었지요."

라고 답하리라. 또

　"이빨로 먹이를 씹어 먹게 함은 무슨 까닭인가?"

라고 물으면 사람들은,

　"대저 이것이 이치입니다. 새와 짐승은 손이 없으므로 반드시 주둥이를 굽혀 땅에 닿도록 해서 먹이를 구하게 하는 것이지요. 그래서 학의 다리가 길어서 입이 이미 높은즉, 부득불 목을 길게 만들지 않을 수 없었던 것이고, 그래도 혹 땅에 닿지 않을까 염려하여 부리를 길게 만든 것입니다. 만약 닭의 다리를 학의 다리를 본떠 길게 만들었더라면 필경 닭은 뜰에서 굶어 죽었을 것이외다."

라고 답하리라. 나는 웃음이 터져 나와,

　"그대들이 말하는 이치란 것은 곧 소, 말, 닭, 개에게나 해당하는 이지일세. 만일 하늘이 이빨을 준 까닭이 반드시 구부려서 먹이를 씹어 먹기 위함이라고 가정해 보세. 이제 저 코끼리는 쓸모없는 어금니(상아)가 곧추세워져 있어서 장차 입을 땅으로 굽히려면 상아가 먼저 땅에 거치적거릴 것이니, 이른바 먹이를 씹어 먹는 데에 도리어 방해가 되지 않겠는가?"

라고 말하면 어떤 사람은,

　"그야 코에 의지하면 되지요."

라고 말하리라. 내가 어이없어

　"어금니를 길게 만들어 놓고 코에게 의지하여 덕을 보라고 할 바엔, 차라리 어금니를 없애 버리고 코를 짧게 하는 게 낫지 않겠는가?"

했더니, 그제야 주절대며 떠든 자들이 하늘의 이치라는 처음의 주장을 더 이상 우기지 못하고, 자신들이 배운 내용을 약간 굽혔다.

이는 생각과 상상, 학식과 도량의 미치는 범위가 기껏해야 소, 말, 닭, 개와 같은 일상적인 것에 머물 뿐이요, 용, 봉황, 거북이, 기린 같은 짐승에게는 생각이 미치지 못한 까닭이다.

코끼리가 범을 맞닥뜨리면 코로 때려눕혀 즉사시키니, 그 코로 말한다면 천하무적이라고 할 것이다. 그러나 코끼리가 쥐를 만나면 코를 둘 자리가 없어서 멍하니 하늘을 쳐다보고 섰을 뿐이다. 그렇다고 쥐가 범보다 무섭다고 말한다면 앞에서 말한 하늘이 낸 이치는 아닐 것이다.

무릇 코끼리란 우리의 육안으로 볼 수 있는 동물인데도 그 이치를 모르는 것이 이와 같은 터에, 하물며 천하의 온갖 사물의 이치는 코끼리보다도 만 배나 복잡함에랴. 그러므로 성인이 『주역』을 지을 때 코끼리 상象 자를 취해서 괘의 모양이 지닌 의의를 설명하며 '상왈'象曰이라고 하였다. 그 까닭은 이 코끼리의 형상을 보고 만물의 변화하는 이치를 연구하라는 뜻이리라.

찰십륜포의 코끼리 석조상

영재冷齋 유득공柳得恭의 논평

천하의 지극히 기이한 문장이로다.

찾아보기

자금성 평면도

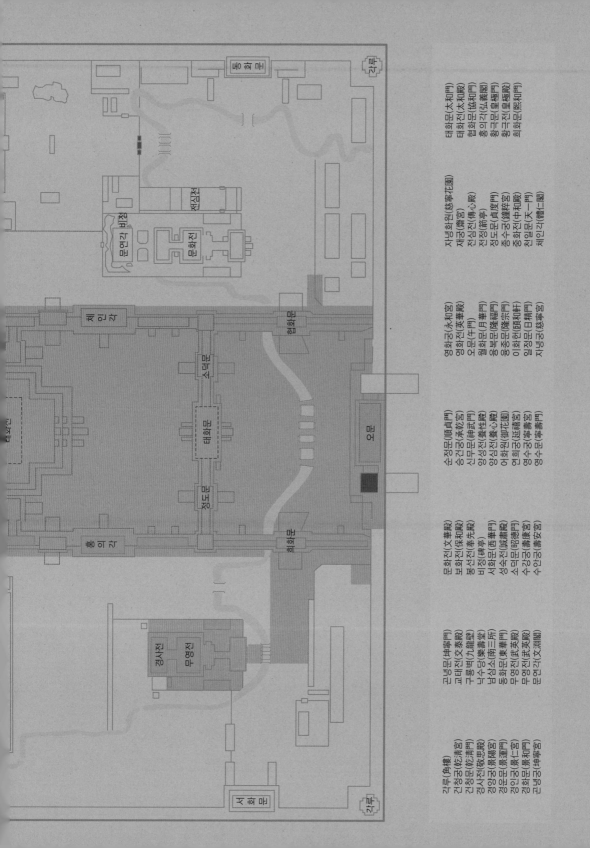